ÉCOUTE CE QUE DIT LE VENT

J'AI LU

MADGE SWINDELLS

Tant d'étés perdus	*J'ai lu* 2028/**K**
Écoute ce que dit le vent	*J'ai lu* 2280/**L**
Comme des ombres sur la neige	*J'ai lu* 2899/**L**
L'honneur de Sybilia	*J'ai lu* 3066/**L**
Edelweiss	*J'ai lu* 4188/**M**
Les amants de l'apartheid	*J'ai lu* 4843/**N**

MADGE SWINDELLS

ÉCOUTE CE QUE DIT LE VENT

Traduit de l'anglais
par Nicole Bensoussan

Éditions J'ai lu

À moi la vengeance, c'est moi
qui rétribuerai, dit le seigneur.
« Épître aux Romains »,
12,19.

Mes remerciements vont à Lawrie Mackintosh, Valerie Hudson, Owen Teasdale, Greg Morris, D.W. Bulmer du Bureau des Minerais d'Afrique du Sud et tout particulièrement à Lana Odell, mon éditrice, pour son aide précieuse.

Deux ouvrages m'ont également beaucoup servi :
— Das Reich : The March of the 2nd Panzer Division Through France, June, 1944, *par Max Hastings (Pan).*
— The Vogue Book of Fashion Photography, *par Polly Devlin (Thames and Hudson).*

Titre original :

SONG OF THE WIND

1

Johannesburg, le 25 février 1969

Minuit. Un orage couvait à l'horizon, les nuages s'amoncelaient, énormes et menaçants, tels des guerriers cafres en rang de bataille. Éclats de lances. Martèlement de pas. Et là, plus proches, les bruits familiers d'une nuit d'été : stridulation de cigales, coassement de crapauds en rut, cris sporadiques d'un oiseau de proie.

Dans l'obscurité, un homme longeait les grandes demeures isolées des beaux quartiers de Parktown. Visiblement, la nuit lui appartenait. Les Noirs qui le croisaient gardaient leurs distances, impressionnés par l'aspect menaçant de sa démarche rapide et assurée.

Après un bref coup d'œil, il traversa la route et alla s'asseoir sur un mur qui dominait Johannesburg. En contrebas, des éclairs jaunes, rouges, bleus surgissaient de la ville comme d'un panneau lumineux où les routes larges, récentes, absolument rectilignes, s'entrecroisaient du nord au sud et d'est en ouest. Au sud de la ville, on distinguait de hauts terrils de poussière provenant des mines d'or d'où jaillissaient également les mille lumières aveuglantes des néons. Les faubourgs opulents s'étendaient au nord. Avenues ombragées. Taches de lumière. Le tout dans un ordre parfait imposé à l'Afrique par un peuple d'une exigence méticuleuse.

Ce n'étaient là que des égratignures. Il esquissa un sourire dénué d'humour. C'était partout la même chose, au Zaïre, en Ouganda... La barbarie finissait toujours par triompher.

Il haletait. Perplexe, il compta ses pulsations. Quatre-vingt-quatre ! Il s'inquiéta brusquement. Son travail exigeait une forme physique parfaite et des réflexes sans faille. Or il n'arrivait pas à reprendre son souffle. Mais n'était-ce pas normal à deux mille mètres d'altitude ?

Derrière lui, au sommet de la colline, se dressait Xhabbo, demeure du magnat de la mine, Günter Grieff. Vieille bâtisse historique, elle était entourée de trois hectares de pelouses parsemées d'arbres, reliques des pionniers de la mine.

Il s'appelait Kramer bien qu'un autre nom figurât sur son passeport. Il ne se trouvait à Johannesburg que depuis quelques heures, mais il connaissait les habitudes des domestiques de Xhabbo comme s'il y avait toujours vécu.

Il savait, par exemple, que Jim Hackett, le gardien, était venu faire une dernière inspection. Après avoir vérifié que les deux gardes zoulous se trouvaient bien à leur poste devant et derrière la maison, il avait regagné son pavillon qu'il ne quitterait plus jusqu'au matin. Les gardes, passablement éméchés, devaient jouer aux dés, confortablement installés sous la véranda.

Le travail requis ne présentait aucune difficulté, pourtant il était inquiet. Grieff, incarcéré à Paris, risquait la peine de mort. Sa femme ne manquait pas un jour d'audience. Le procès avait suscité un grand émoi. On ne parlait plus que de lui, le milliardaire sud-africain, possesseur du kwammang-a, l'un des diamants bruts les plus gros du monde; lui, le beau, l'intrépide Günter Grieff, qui accompagnait les scaphandriers dans les profondeurs marines dangereuses de la côte du Squelette à la recherche des diamants; lui, l'expert en géologie, qui disparaissait pendant des mois dans la brousse pour enrichir sa collection d'objets d'art africain.

Il faisait la une des journaux depuis des semaines. C'était le scandale de l'année. Chaque foyer en Grande-Bretagne, en Europe et en Afrique du Sud découvrait quotidiennement au petit déjeuner des détails intimes sur la vie privée de l'élite de la société. Aux yeux de tous, les soupçons se confirmaient : richesse et cruauté impitoyable allaient de pair, Günter Grieff en était la parfaite illustration. Claire, son épouse, partageait son sort. Femme brisée au destin tragique, elle soutenait son mari et aurait certainement suscité la bienveillance du public et de la presse si le crime de son époux n'avait été aussi odieux.

1 heure du matin. Le temps s'écoulait lentement. Kramer, l'air songeur, scrutait le ciel menaçant. Malgré la clarté du ciel sous la lune, d'épais nuages se formaient au sud-est. Depuis des années il n'avait pas assisté à un tel spectacle. Des éclairs striaient l'horizon, et le tonnerre, bien que lointain, ne cessait de gronder. Le terrible orage qui se préparait approchait rapidement. Il ne manquerait pas de réveiller le gardien et de renvoyer les gardes à leur poste. Ce satané toit serait certainement arraché. Ce n'était pas la première fois qu'il affrontait une tempête dans le Highveld. Il lui faudrait rentrer plus tôt que prévu.

Kramer fit le tour de la pelouse. L'armoire du compteur d'électricité n'était pas fermée à clé. Il fit sauter la boîte et coupa le courant. Les lumières s'éteignirent et Kramer retourna se tapir dans l'obscurité.

L'œil morne, la barbe blanchie par l'âge, un garde s'avança lentement le long du chemin, un gourdin à la main. Son imposante silhouette se profilait sur le mur éclairé par la lune. Quand le vieil homme fit grincer portes et fenêtres, son chien gémit. Il sortit et peu après le jeu reprit. Bruits de dés. Jurons étouffés. Éclats de bouteille brisée.

C'était le moment d'intervenir.

Kramer, en quelques secondes, ouvrit la porte de derrière. Tout avait été prévu dans les moindres détails. Il traversa plusieurs pièces en silence, balançant sa lampe de droite à gauche. Son cerveau, véritable ordinateur, évaluait la valeur des objets : livres, cartes, tapis chinois et persans, tableaux, argenterie, verres en cristal, chefs-d'œuvre célèbres accrochés au mur parmi des toiles exotiques. Des nuages masquèrent la lune, plongeant la maison dans l'obscurité totale. Les cigales s'étaient tues. Les crapauds s'enfuyaient vers l'étang. Un éclair traversa le ciel.

Kramer n'y prêta guère attention. Conformément à la tradition, il trouva le coffre-fort encastré dans le mur du bureau, derrière un grand tableau. Il fit la combinaison du coffre. Des gouttes de sueur perlaient sur son front. Il se leva, reprit son souffle et fit pivoter la porte.

Quelle ne fut pas sa déception ! Il y avait une douzaine de krugerrands répertoriés, d'une valeur de quelques milliers de dollars chacun, une boîte à chaussures remplie de petits diamants bruts ayant l'aspect de vulgaires morceaux de verre, plusieurs titres mobiliers et immobiliers, une liasse de billets de cent dollars. Il mit les diamants, les pièces d'or et les billets dans les poches chamoisées de son sac. Mais où était donc le kwammang-a ?

À l'extrémité du salon une petite porte ouvrait sur une sorte d'antichambre. Au moment où Kramer y pénétrait, un éclair baigna la pièce d'une lumière surréaliste. L'espace d'une seconde, un millier de regards malveillants se détachèrent des murs. Puis le tonnerre ébranla littéralement la maison. Kramer dirigea sa lampe sur la collection de Grieff : figurines de magie noire, masques mortuaires, visages stylisés destinés à terroriser l'homme primitif, statuettes idoma, masques d'apparat knono, têtes de serpent kyuy. Ça vaut un paquet ! se dit-il sans avoir la moindre idée de leur valeur réelle. Il fit la grimace.

À 4 heures du matin, Kramer finit par trouver le coffre-fort de Claire Grieff, ingénieusement caché dans le faux plafond de son armoire. Il était bourré de colliers de diamants, de boucles d'oreilles et de bagues, de broches en rubis, émeraudes et saphirs; il y avait également une ceinture d'émeraudes serties dans un serpent d'argent aux yeux de rubis. Ces objets provenaient du monde entier. La collection valait une véritable fortune. Mais aucune trace du kwammang-a, ce qui accentuait son amertume et sa colère.

Au milieu des bijoux se trouvait une liasse de documents. Kramer y braqua sa lampe. *Dernières volontés et testament de Claire Grieff, née MacGuire. Moi, Claire Grieff, déclare par la présente…*

En parcourant les documents jaunis par le temps, il ne put s'empêcher de lancer des jurons. Merde ! Il avait bien fait de ne pas se marier. Là, cachée dans la chambre, se trouvait la preuve de l'innocence de son mari.

Alors qu'il cherchait un sac où mettre son butin, il découvrit une photo des Grieff sur fond de désert. Günter lui avait passé un bras autour du cou et elle arborait un fier sourire. Après tout ce voyage n'a pas été totalement inutile, se dit Kramer en mettant les papiers dans son sac.

2

Après une nuit de froid intense, ce fut la grisaille d'un après-midi londonien. Il allait bientôt neiger. La cafétéria de la gare de Charing Cross n'était guère éclairée. Il y régnait une odeur de renfermé entretenue par la mauvaise aération. Dans la foule agitée des voyageurs se trouvait Kramer, assis devant une tasse de café et un sandwich, immobile, vigilant, impassible. Il observait les allées et venues d'un regard de prédateur, tel un lion choisissant sa victime au milieu d'un troupeau de daims.

Une femme entra dans la cafétéria. Les conversations cessèrent. Insensiblement, les regards convergèrent vers elle. Ce n'était pas tant l'excentricité de sa mise et de ses bijoux qui retenait l'attention qu'une morgue extrême due à la parfaite conscience de l'effet qu'elle produisait. Son abondante chevelure donnait à sa silhouette trop menue une certaine lourdeur.

Elle jaugea les occupants des tables voisines d'un seul coup d'œil et les chassa aussitôt de ses pensées. Puis elle s'assit.

Elle doit avoir dans les quarante ans, se dit Kramer. Malgré son visage ridé par le soleil et couvert de taches de rousseur, il émanait d'elle un air de jeunesse. Elle avait des yeux bleus d'une grande vivacité, des lèvres écarlates finement ourlées.

Ambitieuse, impitoyable, endurcie, songea Kramer en observant Claire Grieff. Le fier sourire qu'il avait remarqué sur la photo deux jours auparavant avait disparu. Elle semblait sur ses gardes. Il avait senti une certaine appréhension dans sa voix quand il lui avait fixé rendez-vous, le matin même.

Kramer attendit un instant. Laissons-la mijoter un peu, se dit-il tout en calculant la valeur de ses bijoux sans même s'en rendre compte : la bague en diamants, dix; la broche en émeraudes, trois, non deux car les pierres sont trop petites. Quoique bien taillées, il faudrait leur donner un style plus moderne.

Au bout de quelques minutes, elle posa un œil inquisiteur sur lui.

Du regard, des lèvres et de la main, elle lui fit signe.

Il se leva à contrecœur. La garce ! Elle avait retourné la situation en sa faveur.

– Café ? demanda-t-elle d'une voix grave et autoritaire, typique de la classe aisée.

Il acquiesça et s'assit à côté d'elle.

Claire redoubla d'assurance en découvrant son adversaire. Elle sentait chez lui une brutalité latente, une animosité refoulée. C'est un homme amer, se dit-elle, qui a dû étouffer sa sensualité et ses sentiments depuis longtemps. Elle avait déjà vu des hommes de cet acabit en Afrique; des tueurs professionnels qui avaient perdu tout respect de la vie. Un je-ne-sais-quoi chez lui la fit frissonner et, paradoxalement, son anxiété s'atténua. Ce n'était pas un homme de main, elle en était certaine; sans doute un ex-mercenaire devenu escroc. C'était écrit sur son visage.

Le café fut servi. Claire jouait avec sa petite cuillère, tandis que tous deux évaluaient en silence leurs atouts.

– Le soleil de Johannesburg vous a donné de belles couleurs.

Les yeux bleus de Claire s'illuminèrent.

Kramer haussa les épaules. Il n'était pas là pour perdre son temps.

– Allons droit au but, dit-il sèchement. Ce que j'ai vous intéresse. Faites-moi une offre.

Son regard reflétait une lueur de mépris.

Claire sentit la colère monter. Comment osait-il la juger ?

– Ça vous rapporte gros de voler aux gens leurs biens pour les leur revendre par la suite ? demanda-t-elle froidement.

Il se pencha en arrière et l'observa d'un air perplexe, sans dire un mot. Puis il sortit un calepin et un crayon. Il inscrivit un numéro sur une feuille qu'il arracha et lui tendit.

– Si vous voulez faire une offre, mettez-moi ça par écrit dans ce coffre. Vous avez vingt-quatre heures. Merci pour le café, dit-il en se levant.

– Non, attendez, dit-elle, fébrile.

– Tout est dit. Vous avez vingt-quatre heures. C'est simple. Je vous ferai signe.

Elle était suffoquée.

– C'est pour mon mari que je négocie cette affaire, dit-elle, n'hésitant pas à mentir. Vous feriez mieux de m'écouter.

Kramer l'observait avec curiosité. Ses joues en feu trahissaient son angoisse. Elle mentait mal.

– Avez-vous eu d'autres offres ? murmura-t-elle enfin.

– Non. (Elle parut soulagée.) J'ai d'autres rendez-vous, je choisirai le plus offrant.

C'était faux. L'apaisement laissa place à la colère.

– Que le diable vous emporte !

Haussant les épaules, il lui tourna le dos et se dirigea vers la sortie. Un instant plus tard, il sentit une main sur son bras. Le visage décomposé par la peur, les mains tremblantes, elle déchira la feuille qu'il lui avait donnée.

– Dites-moi votre prix maintenant, fit-elle d'un ton pressant. Ou vous pourriez bien rater l'affaire.

– Vous perdez votre sang-froid, madame Grieff. Vous vous faites remarquer. Je ne vous conseille pas de me suivre, du moins pas avant d'avoir réglé le café.

Claire se rassit et chercha de la monnaie dans son sac. Des larmes de terreur, de colère et d'impuissance sillonnèrent son visage maquillé à l'excès.

La neige tombait dru. Bas dans le ciel, les nuages s'auréolaient des lumières mystérieuses de Londres. Le vent du nord s'amplifiait. Dieu, quel froid !

Il marchait le long des rues, d'un pas rapide. Il lui fallait réfléchir. La neige prenait bien, revêtant de sa blancheur haies et grilles, s'amoncelant dans les coins; la visibilité était réduite à vingt-cinq mètres.

Il se mit à courir dans la tempête pour combattre un sentiment de vulnérabilité, une sensation étrange d'être trop à découvert; cela lui rappelait le temps où il était mercenaire. Il ralentit le pas, attentif. Quelqu'un courait subrepticement dans la neige fraîche, à quelques mètres derrière lui. Il perçut un bruit de pierres, puis de glissade. Il jeta un coup d'œil oblique dans l'obscurité. Dans la nuit se profilaient des formes blanches et des ombres ténébreuses, mais nulle trace d'êtres vivants.

Il était suivi. Conscient de son imprudence, il se tapit sous le premier porche venu.

Son poursuivant s'était mis à courir. Il n'essayait même plus de se cacher et gagnait du terrain rapidement. Une seconde s'écoula. Un homme apparut au coin de la rue, s'arrêta, lança un juron, ne sachant quelle direction prendre.

Kramer surgit derrière lui, le saisit d'une main par les cheveux et lui tordit violemment le bras.

– Que voulez-vous ?

– Eh ! Arrêtez ! Ne me cassez pas le bras !

Kramer força son emprise.

– Vous êtes Jones ? demanda l'individu, haletant. Quelqu'un veut acheter ce que vous possédez. Vous devez avoir une idée de qui il s'agit. Si l'offre vous intéresse, il faut me suivre.

Kramer l'observait, incrédule.

– Comment m'avez-vous repéré ?

L'individu détourna le regard, mais il ne put cacher une lueur de triomphe.

– Ça me regarde. N'essayez pas un de vos tours. Ou vous allez tout perdre.

C'était une grande bâtisse de brique rouge à Hampstead, cachée derrière une haute haie, en retrait de la rue. Il héla un taxi et indiqua la route à suivre.

– Eh bien voilà, dit-il, il ne faut pas m'en vouloir, mon vieux, je fais mon boulot. Je serais plus méfiant si j'étais vous.

Une minute plus tard, une soubrette le fit entrer dans le salon.

Logement de fonction, se dit Kramer en examinant la grande pièce impersonnelle. Ça devait sans doute valoir pas mal, pourtant rien ne semblait vraiment avoir de valeur, ni le mobilier ni les gravures qui ornaient les murs; seule la maison devait atteindre le demi-million de livres.

La porte s'ouvrit.

Kramer resta bouche bée. Sur le seuil se tenait une femme d'une beauté époustouflante. Elle avait une peau d'une blancheur immaculée et portait une robe bleu marine drapée sur l'épaule à la manière d'une toge grecque. Sa chevelure d'or, ondulée, tombait sur ses épaules nues, et ses yeux profonds et aguichants lançaient des éclairs d'ambre.

– Bonjour, dit-elle. Voici donc le fameux M. Jones.

Elle rit comme s'ils partageaient tous deux un secret intime. Puis elle s'avança vers lui et approcha son visage tout près du sien, remarquant aussitôt sa dureté mêlée de tristesse, son teint hâlé et ses traits réguliers.

– Il y a une éternité que je n'ai pas rencontré d'homme comme vous, dit-elle. Vous arrivez d'Afrique, sans doute. Ex-mercenaire, je parie.

– Inutile de parier, dit-il, gêné.

Il s'écarta, mais elle posa aussitôt la main sur son bras. Il prit soudain conscience de ce qu'elle désirait : les papiers. Elle ferait tout pour les obtenir.

– Je suis sûre que vous savez qui je suis, murmura-t-elle.

C'était évident. Le scandale soulevé par le procès l'avait rendue célèbre. Marika Magos, la reine de la fourrure, comme la presse l'avait surnommée. Elle était nettement plus belle que sur les photos parues dans les journaux.

– Vous avez fait du bon travail, monsieur Kramer.

Comment diable cette putain savait-elle son nom ? Kramer ne put cacher sa surprise.

Devant son embarras, elle éclata de rire.

– Il ne faut pas vous étonner de trouver un adversaire à votre taille, dit-elle doucement.

Féline, elle se cala dans le divan, les bras étendus sur le dossier, les jambes croisées.

– Que diriez-vous d'un verre ? Vous nous servez ? ajouta-t-elle.

Fasciné, Kramer ne pouvait détacher d'elle son regard. Il en renversa du whisky sur la table.

– J'aimerais savoir ce que vous désirez, dit-elle d'un ton neutre.

Il l'observa attentivement. Pas du genre à coucher avec n'importe qui. Pourtant elle n'était pas avare de ses charmes. Nulle délicatesse, nulle passion certes, mais plutôt une lueur de désespoir.

– Je veux les papiers... Il me les faut. (Sa voix tremblait d'émotion.) Ensuite, je tiens à ce que vous vous occupiez de mon mari.

– Je ne suis pas un tueur à gages.

Il vida son verre et prit son blouson.

– Je ne vous ai pas demandé de le tuer. Je veux simplement lui faire peur, vraiment peur.

– Désolé. Mon seul but est de vendre les papiers.

– Un million de livres. Réfléchissez. C'est la retraite assurée, monsieur Kramer.

– Ou la mort.

– Quelle que soit l'offre qu'on vous fasse par ailleurs, je vous propose davantage, bien davantage, dit-elle au comble du désespoir. Je suis très riche. Dites-moi votre prix. J'accepte.

Tout sauf le kwammang-a, se dit-il.

– Ce n'est pas un coup de poker, lança-t-il en tournant les talons.

3

Il marchait d'un bon pas dans le froid mordant, s'arrêtant parfois pour chercher du regard un taxi en maraude. Mais à Hampstead, ils étaient rares. Il en passa un alors qu'il était presque arrivé.

La tempête redoublait. La visibilité était pratiquement nulle tant la neige tombait dru. Devant sa porte, il faillit trébucher sur une sorte de gros sac. Il se pencha. Un corps glissa et s'immobilisa sur le paillasson.

Des lèvres endolories s'entrouvraient, prononçant quelques sons inaudibles. Kramer éprouva tout d'abord un sentiment de dégoût : l'odeur, le sang, la position du corps. Dans quel piteux état se trouvait cette jeune femme chez qui l'on décelait encore quelques traces de beauté. L'inquiétude prit le dessus. Il ouvrit la porte, la prit dans ses bras et la porta dans le salon où il la déposa sur le parquet.

En levant les yeux, il s'aperçut du désordre qui

régnait tout autour de lui. La maison avait été mise à sac, pièce par pièce, par des experts.

À contrecœur il décida de résoudre d'abord le problème de la jeune fille. Qui donc était-elle ? Qui l'avait battue ? Elle avait une respiration forte mais irrégulière, un pouls trop rapide, le visage tuméfié et les yeux au beurre noir. Pis, elle avait sur elle le froid de la mort.

Il monta chercher une couverture et un oreiller. Quand il revint, la jeune fille gémissait, l'œil vague. Il essaya de lui faire boire un verre de cognac puis lui examina bras et jambes. Rien ne semblait cassé; ce n'étaient apparemment que de légères contusions.

Au bout de quelques instants, elle ouvrit les yeux en gémissant.

– Êtes-vous Kramer ? demanda-t-elle.

Kramer sursauta. Comment savait-elle, elle aussi, son nom et son adresse ? Malgré son visage tuméfié, il la reconnut. Elle apparaissait chaque soir sur le petit écran. « L'éclat de sa beauté rapporte à Sylvia Shaw neuf mille dollars par jour », avait-il lu dans un journal.

– J'ai été agressée, balbutia-t-elle. Je venais vous apporter tout l'argent que je possède. Je suis allée le chercher à la banque cet après-midi et on me l'a volé, ajouta-t-elle en sanglotant. Il me faut les papiers.

Des pleurs d'enfant bruyant et capricieux qui quémandait de l'aide. Sans lui prêter la moindre attention, Kramer feuilleta une pile de journaux et de magazines couverts de poussière qui se trouvaient dans un coin de la pièce.

– Qui était au courant ? lui demanda-t-il.

– Au courant de quoi ?

– De votre venue avec l'argent. Et vous, comment saviez-vous mon nom et mon adresse ?

Elle gardait obstinément le silence, les yeux embués de larmes.

– Très bien. C'est bien vous ? dit-il en lui tendant un hebdomadaire américain.

Sur la couverture apparaissait un visage d'une beauté indéniable : de grands yeux bleus empreints de chaude compassion, de longs cheveux blonds qui tombaient sur les épaules. On avait l'impression qu'elle venait d'une planète habitée par des êtres lui ressemblant, et qu'elle s'était posée sur terre avec douceur.

– Incroyable ! s'exclama-t-il.

– Oui, c'est bien moi. Il faut que vous me vendiez ces papiers. Vous voyez ce que je gagne. Quel que soit votre prix, je m'en acquitterai. Combien voulez-vous ? C'est une question de vie ou de mort. Vous comprenez ?

– Oui, dit-il, songeur. C'est à peu près tout ce que je comprends.

Sylvia leva les yeux et le scruta.

– Est-il vrai que Claire détenait les papiers ?

– Je ne suis ici que pour négocier...

– Pas de mensonges, grand Dieu !

Elle était jeune, vingt ans à peine, mais têtue. Du style à se laisser cajoler, mais pas rudoyer. Il n'avait pas d'enfant, mais s'il en avait eu, ils auraient eu l'âge de Sylvia. Il était ému par son désarroi. Pourvu qu'il ne soit plus là quand elle se découvrirait dans une glace !

– Pour l'amour de Dieu, dites-moi combien.

Certainement plus qu'elle ne possédait.

– Je vais transmettre votre offre...

Déconcertée, ne sachant plus que faire, elle détourna le regard. Puis d'un coup de pied elle envoya valser la couverture et, prenant appui sur le divan, se leva avec difficulté.

– Quand vous êtes arrivée... ils étaient là ? Vous les avez surpris, c'est ça ?

– Oui, je crois.

– Avez-vous pu les voir ?

– Ils avaient le visage masqué. C'était horrible.

(Elle en frissonna.) Où y a-t-il une glace ? (De son index, elle effleura son visage.) Aïe ! s'écria-t-elle en remuant la tête avec précaution.

– À votre place je ne me donnerais pas cette peine.

– C'est si laid ?

Il acquiesça.

– C'est superficiel. Tout sera rentré dans l'ordre dans une dizaine de jours. Je vous sers quelque chose ?

– Je veux bien.

Kramer lui tendit un verre de cognac. Il l'observait d'un air songeur. Les femmes ne manquaient pas dans la vie de Grieff. L'une d'elles avait le diamant. Peut-être elle d'ailleurs. Improbable, tout de même. Toujours est-il qu'elle possédait ce qu'il cherchait : des renseignements. Une fois, on l'avait parachuté au Zaïre avec une carte inexacte et il s'était retrouvé en prison. Il éprouvait le même sentiment d'insécurité.

– Écoutez-moi. Si seulement je savais de quoi il s'agit, je pourrais prendre votre offre en considération dès maintenant.

De toute évidence il mentait mal, car elle ne put masquer un sentiment de profonde lassitude. Il n'aimait pas cette expression-là. Il lui tourna brusquement le dos et se servit un autre verre de cognac.

– Très bien, s'empressa-t-elle de dire. Je ne sais pas grand-chose... Il n'y a qu'une personne...

Elle s'interrompit pour se tâter le visage.

– N'y touchez plus.

– Si vous me permettez d'utiliser votre téléphone, je vous conduirai jusqu'à elle.

– Je vous en prie.

Il tira les rideaux et contempla le spectacle qu'offrait la tempête. La neige s'amoncelait en couches épaisses sur les haies et les gouttières. Un véritable décor de carte de Noël. Soudain, de dépit, il lança un juron. Il haïssait l'Angleterre avec ses rues étroites, ses maisons proprettes, sa verdure, ses champs clos qui le rendaient claustrophobe; tout cela le menait à la limite de la confusion mentale, physique et morale. Il supporterait à la rigueur une tempête en Finlande ou au Canada, mais pas ici où l'espace était non seulement restreint, mais encore réduit par cet amoncellement de neige aveuglante et oppressante.

Il perçut une petite voix derrière lui.

– Mamie ? C'est toi, Boba ? Je suis désolée de te réveiller.

Merde. Qu'attendait-il pour lui remettre les papiers et foutre le camp ? Oui, mais le kwammang-a serait perdu à tout jamais ! Un instant plus tard il sentit la main de la jeune fille posée sur son bras.

– Allons-y, dit-elle.

Dans une petite boîte placée au-dessus d'une mezuzah, ce qui signifie « maison juive », tout à côté de la porte, figurait un nom : Bertha Factor. Il tressaillit. Il n'était pas encore au bout de ses surprises. Tout y était : la menorah sur le buffet, les chandeliers en argent, les nappes de dentelle brodées à la main et les lustres décorés.

La femme chez qui Sylvia l'avait amené était à l'image de sa maison : typiquement juive, bourgeoise, respectable et bâtie pour durer. Elle était assise dans son rocking-chair, bien droite et digne malgré son poids excessif. Elle doit avoir la soixantaine, se dit Kramer. Elle avait l'air intelligente, rusée, pleine de ressources.

En apercevant Sylvia elle pâlit.

– Oh, mon Dieu, Babella ! s'écria-t-elle en traversant la pièce à une vitesse surprenante pour serrer contre elle la jeune fille.

– Boba ! murmura Sylvia en se blottissant toute tremblante dans ses bras.

– Je m'appelle Bertha Factor, dit-elle en levant vers lui ses yeux de jais. Qu'est-il arrivé à ma petite-fille ?

– Boba, j'ai été agressée. Je n'ai pu voir leur visage; ils ont volé tout mon argent. Je venais de le retirer de la banque… mais je vais bien, ne t'inquiète pas.

– Écoutez-moi ça ! Des bleus partout et elle dit que je ne dois pas m'inquiéter. Cela prend une drôle de tournure…

– Boba, c'est l'homme dont je t'ai parlé, celui qui a les papiers, M. Kramer.

Kramer essaya de déceler le vrai visage de cette femme, sous sa peau hâlée toute ridée et ses paupières saillantes.

Bertha fit asseoir sa petite-fille et alla aussitôt chercher un verre d'eau et de l'aspirine. Elle la harcela de questions sans se soucier de Kramer, qui se sentait de plus en plus gêné. Quand, enfin, Bertha se fut assurée qu'elle ne pouvait rien faire de plus pour sa petite-fille, elle lui servit une tasse de café et daigna lui adresser la parole.

– Eh bien, monsieur Kramer, vous voilà plongé malgré vous en plein drame de famille, avec des gens puissants et entêtés. Encore plus obstinés que vous, monsieur Kramer, et bien plus madrés. Rien ne peut désormais les arrêter. Les passions se déchaînent.

L'espace d'un instant, elle le jaugea de son regard pénétrant; rien ne lui échappa, ni l'énergie que dégageaient ses mains brunes, ni sa sveltesse, ni son regard voilé.

– Je doute que vous puissiez les comprendre. À dire vrai, je n'y parviens pas moi-même, et c'est ma famille.

Kramer écarquilla les yeux.

– Cela vous surprend ? dit Bertha avec malice. Incroyable, n'est-ce pas ? Mais pourtant vrai.

– Boba ! Tout cela n'a pas d'importance. Tu

perds ton temps. Il faut lui acheter les papiers.

– Il n'est pas là pour de l'argent, Babella. (Bertha lui lança un regard hostile.) Non, monsieur Kramer, vous êtes venu parce que vous vous trouvez dans une situation embarrassante. Qui fera la meilleure offre ? Vous l'ignorez encore.

Kramer s'éclaircit la gorge et posa sa tasse. Les yeux violets l'observaient avec une expression qu'il n'aimait pas.

– Quand je vous aurai tout dit, c'est à moi vraisemblablement que vous vendrez les papiers, poursuivit Bertha. C'est une longue histoire qui remonte à 1940, à Walvis Bay. (Elle se tourna vers Sylvia, intriguée.) Ne pleure pas, mon petit. Nous allons révéler à ce M. Kramer ce qu'il veut savoir. Ensuite nous échafauderons un plan.

» C'était une époque horrible. Les Allemands avaient envahi la Tchécoslovaquie en mars 1939. Bon nombre de personnes essayaient de fuir. Seules quelques-unes y parvinrent. Marika en faisait partie. Par pur hasard elle se trouva expédiée en Afrique dans une famille d'accueil, comme tant d'autres enfants juifs. Était-ce vraiment le hasard ? Je n'en sais rien, monsieur Kramer. Quand vous aurez mon âge, vous décèlerez une certaine logique dans la chaîne des événements. Vous aussi, vous avez votre rôle à jouer.

Kramer posa sa tasse sur le plateau. Si seulement le feu de la cheminée ne dégageait pas une telle chaleur ! Quelle journée éprouvante ! D'abord Claire et Marika Magos, et maintenant cette enfant meurtrie, d'une beauté incroyable ! Il avait du mal à suivre la conversation de la vieille dame. Il était éreinté. Si seulement elle allait droit au but !

4

Walvis Bay, le 25 janvier 1940

Une brume sinistre enveloppait les embarcadères et les grues, jetant la confusion dans la rue sablonneuse, masquant ainsi l'aspect austère du village. Les bâtiments semblaient se fondre dans la grisaille du paysage et de la mer, comme si la nature essayait de laisser son empreinte sur cette côte rébarbative.

Mais rien n'échappait au regard inflexible de l'enfant qui voyait avec angoisse le bateau s'approcher du quai. Pas un seul arbre dans ce village lugubre et sinistre. Elle voyait défiler de longs entrepôts de bois, le quai, le port avec ses baleiniers et ses bateaux de pêche et, au-delà, quelques maisons et vieilles bâtisses. De tous côtés s'étendaient des dunes sous un ciel terne.

C'était donc cela, l'Afrique ! Elle avait imaginé ce pays des milliers de fois, mais même dans ses pires cauchemars, il n'avait jamais revêtu un aspect aussi funèbre. Le soleil commençait à se lever, énorme, implacable, rouge sang. Quand le bateau arriva à quai, la brume se dissipa, révélant la morne aridité du village.

Marika ferma les yeux, se boucha les oreilles, mais elle ne put éviter le cri rauque des mouettes, le vacarme des brisants venant se fracasser sur le rivage, la sirène du bateau.

Elle sentit une main posée sur son épaule et aperçut le regard anxieux de l'assistante sociale qui l'avait prise en charge ainsi que quinze autres enfants en Suisse et venait les présenter à leur nouvelle famille.

– Regarde ! On t'attend.

Elle s'exprimait en allemand.

Marika ne prêta aucune attention à elle. Elle exécrait l'allemand et ne tenait pas à répondre. Fermant de nouveau les yeux, elle s'agrippa au bastingage. Impossible de chasser de son esprit l'image d'une femme qui l'attendait sur le quai depuis une heure, immobile dans la foule tandis que le bateau accostait.

Elle est à l'image de ce village, laide, se dit Marika. Trapue, brune aux cheveux courts, le visage couperosé, elle était vêtue d'une saharienne bleue.

Le bateau avait sept jours de retard et la femme scrutait l'horizon brumeux chaque matin en priant Dieu que le bateau échappe aux sous-marins allemands et lui amène sa petite fille saine et sauve.

Son nom : Bertha Factor. Elle tenait, avec son mari, Irwin, le seul magasin d'import-export de Walvis Bay. Ce matin-là, Bertha ne prêtait pas la moindre attention au sable qui criblait son visage et à la chaleur étouffante du soleil malgré l'heure matinale car là, sur ce bateau, se trouvait sa fille adoptive.

Sa fille ! Depuis quinze ans qu'elle caressait ce rêve, elle n'y croyait plus. Et voilà qu'il se réalisait. Des années de refoulement maternel faisaient surface, tel un bourgeon naissant dans le lit asséché d'une rivière.

Elle avait imaginé son enfant dans les moindres détails. Elle la voyait petite, brune, dodue, lui ressemblant un peu. Bertha était chaleureuse, mais à trente-cinq ans elle en paraissait cinquante, tant sa peau était ridée par le soleil et par le sable. Ses mains larges et congestionnées dénotaient une certaine puissance et son regard reflétait une intelligence mêlée de compassion. Tous pouvaient compter sur elle, le sauvage affamé comme le pauvre Blanc ou même le marin ivre.

Jeune, elle n'avait pas dû être belle non plus. Son mari l'avait choisie pour sa force de caractère, non pour sa beauté. Ils s'étaient connus lors d'une croisière. Après une visite à sa famille en Hollande, il se rendait à Walvis Bay, alors qu'elle, Londonienne, était en route vers Le Cap. Elle n'atteignit jamais sa destination. Ils s'étaient mariés en mer et avaient débarqué ensemble.

Bertha n'avait pas fait un mariage d'amour, mais plutôt d'amitié, fondé sur la confiance. Elle pensait que l'amour viendrait avec les années et elle ne s'était pas trompée. Elle croyait s'épanouir dans la maternité, mais ce ne fut pas le cas car ils n'eurent pas d'enfant. Mois après mois, elle priait en espérant pouvoir un jour surmonter sa déception.

Au comble du désespoir, elle se rendit un jour chez un rabbin à Johannesburg pour une éventuelle adoption. Il lui avait gentiment expliqué qu'on ne trouvait pas d'enfants juifs, et que la loi lui interdisait d'adopter un enfant d'une autre religion. Si seulement elle était catholique...

Après sa visite chez le rabbin, Bertha fut totalement découragée. Lorsqu'elle ne faisait pas l'effort de sourire, on décelait sur son visage une expression de tristesse.

Puis la guerre survint. Dans le flot des déshérités se trouvait un groupe d'enfants juifs venus de Tchécoslovaquie, en quête de familles d'accueil.

Une lettre émanant du consistoire juif lui demandait si elle accepterait de s'occuper de l'un d'eux.

Si elle acceptait ! Oh, Seigneur ! Elle avait hurlé de joie au point d'effrayer les pêcheurs qui se trouvaient dans le magasin et qui ne la connaissaient que sous un jour calme et placide.

Depuis lors Bertha n'avait eu que peu d'informations. Elle savait seulement que c'était une fille, qu'elle s'appelait Marika Magos, et qu'elle arriverait sur le *Tristan Belle* vers le mois de janvier si tout allait bien.

Enfin à quai ! Descendant la passerelle, une femme d'un certain âge scrutait la foule, l'air anxieux.

– Elle est là, n'est-ce pas ? Elle est avec vous ? balbutia Bertha.

– Vous êtes Mme Factor ? Oui, elle est bien là, mais je crains que Marika ne soit pas une enfant facile, lui dit-elle après s'être présentée.

Elle éprouvait de la compassion pour tous ces enfants. Walvis Bay n'avait rien d'attrayant et Marika était de loin celle qui lui avait donné le plus de tracas. Elle remonta sur la passerelle pour aller chercher une petite fille qu'elle tira par le bras.

– Ça ne peut pas être elle ! C'est impossible ! dit Bertha à Irwin.

Sa démarche traînante, ses longues jambes, son crâne chauve et ses yeux rieurs cachés derrière des lunettes en écaille étaient pour elle une présence rassurante. Elle chercha désespérément sa main.

– Non, je t'en prie, dis-moi que ce n'est pas elle... murmura-t-elle.

Grande, mince, l'enfant s'accrochait au bastingage, refusant obstinément d'avancer. Elle déversa un torrent de paroles incompréhensibles avant d'y mettre fin par un hurlement, tout en donnant des coups de poing et de pied dans les tibias de la malheureuse femme.

Bertha leva les yeux vers elle. Elle décela dans son regard une lueur d'humiliation et de crainte.

– Impossible ! répéta Bertha. Ça ne peut pas être elle. Elle est si grande, si... étrange !

L'enfant avait eu le crâne rasé; en repoussant, ses cheveux avaient formé une calotte blonde. Elle avait un visage allongé, un visage d'adulte aux traits anguleux, une peau laiteuse et des yeux d'ambre. Elle avait une bouche trop large, des dents trop grosses, et elle était d'une maigreur anormale.

Elle lui faisait penser à une gazelle qu'ils avaient écrasée en voiture autrefois. Jamais elle n'avait oublié le regard tragique de l'animal. Cette enfant était aussi sauvage, aussi apeurée.

Soudain il souffla une rafale de vent et de sable. Marika se cacha aussitôt le visage dans les mains. Elle était emplie de haine et de désespoir. Elle sentit quelqu'un la saisir pour la conduire à terre. Elle était certaine qu'une nouvelle et terrible existence l'attendait.

5

Bertha emboîta le pas rapide d'Irwin, sans détacher son regard de l'enfant. Elle éprouvait à la fois du chagrin et de la colère. Parfois, de ses longues jambes osseuses, la petite donnait à Irwin des coups dans l'estomac.

– Mon Dieu, qu'ai-je fait ! ne cessait de murmurer Bertha.

Elle se remémora le jour où elle-même avait débarqué à Walvis Bay, quinze ans auparavant. Le sable l'avait véritablement rendue folle. Elle s'était faite à la chaleur, au manque de luxe et de divertissements, mais le sable... Ô Seigneur ! Elle ne s'y était d'ailleurs toujours pas accoutumée. En permanence il bouchait la baignoire, recouvrait les meubles, provoquant toutes sortes de maladies des yeux, crissant entre les dents aux repas pour finalement être expulsé en excréments sableux.

La majeure partie du budget du village servait à retirer le sable. Personne ne s'en plaignait. À quoi bon ? Walvis Bay était situé au milieu du plus vieux désert du monde, qui s'étendait sur deux mille kilomètres depuis Orange River au sud jusqu'à la frontière de l'Angola au nord, et les dunes étaient également les plus élevées du globe.

Leur maison en bois à deux étages avait un aspect disgracieux. On aurait dit un hangar monté sur des échasses à cause des inondations catastrophiques qui avaient failli les conduire à la faillite cinq ans auparavant.

L'entrée se trouvait tout en haut de l'escalier qui menait à une double porte donnant sur le magasin. Cet antre sombre était encombré de bidons d'essence, de matériel de pêche, d'appareils ménagers, de produits pour bébés, d'articles de bateau, de vêtements entassés, de sacs de grain et de sucre, de caisses de poisson et de fruits séchés.

Irwin était essoufflé. Il traversa le magasin, portant toujours dans ses bras l'enfant qui ne cessait de marmonner, puis il la monta dans sa chambre. Tout en fredonnant « tra-la-la-lalère » il ouvrit la porte d'un coup de pied. Des petits lutins grimaçants, des Mickey, des fées et toutes sortes d'animaux en peluche peuplaient la pièce.

Pourquoi faut-il que Bertha en fasse toujours trop ? se dit-il perfidement. Quel cauchemar ! Mais comment aurait-elle pu savoir que l'enfant était bien plus âgée qu'ils ne l'avaient imaginé ? Il savait que Bertha était déçue, mais il savait également qu'elle ne l'avouerait jamais.

Il défaillait presque sous l'effort.

– Ouf ! s'écria-t-il en la déposant sur le lit.

Il lui lança un petit ours dans les bras et s'appuya contre le mur, à bout de souffle.

– Tu aimes ta chambre ? demanda Bertha d'un air anxieux.

Marika ne la comprenait pas, mais le visage de Bertha était suffisamment expressif. Elle ferma les yeux pour faire abstraction de leur présence, de leurs efforts conjugués pour tenter de lui plaire et de cette horrible chambre.

Elle lança l'ours et se jeta sur le lit en se cachant le visage.

Les Factor se regardèrent, désemparés, puis se tournèrent de nouveau vers l'enfant. Elle était toute collante à cause de la chaleur et sentait mauvais, mais elle restait engoncée dans son manteau dépenaillé qu'elle ne voulait pas ôter.

Quelle maigreur ! se dit Bertha. C'est un miracle qu'elle ait survécu. Elle avait besoin de se remplumer et surtout de beaucoup d'affection. Elle s'assit au bord du lit et essaya de lui enlever son manteau. Marika se défendit violemment. Bertha se leva, furieuse.

– Viens, lui dit Irwin. Laissons-la un instant. Elle a peur, tout est si nouveau pour elle.

Ils sortirent doucement, refermèrent la porte et descendirent au magasin. Mais Bertha avait une arrière-pensée.

– La laisser seule ? Ah ça, non ! Elle vient d'arriver.

– Donne-lui le temps de se ressaisir.

Bertha lui lança un regard méfiant. Irwin, malgré sa bonté naturelle, semblait agacé.

– Regardez-moi ce spécialiste ! Ah, tu m'as l'air de vraiment connaître les enfants, tiens ! s'exclama-t-elle en allant porter un verre de limonade à Marika.

Marika saisit le verre et le jeta contre le mur. Il atterrit dans un coin de la pièce sur le petit ours, éclaboussant au passage les joyeux lutins et un poster où était inscrit « Goûter des ours ».

– Eh bien voilà ! dit Irwin quand Bertha revint, déçue. (Il fouilla dans le dossier remis par l'assistante sociale.) Dimanche, c'est son anniversaire. Le 29 janvier. Elle aura douze ans. (Il leva vers elle un regard triste.) Il est dit qu'elle ne parle que le tchèque et l'allemand. Où en sont tes connaissances en allemand ?

– Au même point que celles de tchèque. Et toi ?

– Rouillées.

Un pêcheur vint chercher des chaluts qu'Irwin alla prendre dans le hangar où il entreposait les marchandises volumineuses.

Refoulant ses larmes, Bertha se rendit à la cuisine.

Plus que quatre jours avant son anniversaire, et quel chemin à parcourir ! Comment imaginer un anniversaire sans gâteau, sans bougies ? Et puis qu'importe si elle n'est pas exactement telle que je l'imaginais ! se dit-elle. Elle est mieux que ça ! Bertha pétrit le sucre et le beurre. Quel fichu caractère ! Après tout, elle est comme tout le monde. Jusqu'à présent, elle a dû se débrouiller seule dans la vie, la pauvre petite ! Elle ajouta des fruits séchés. Ce n'est plus une enfant. Elle a besoin d'affection et elle est bien tombée. Dieu sait combien j'ai désiré un enfant !

Bertha se vengea sur le gâteau. Elle pétrissait la pâte avec vigueur. Elle ne me considérera jamais comme sa mère, et une fois la guerre terminée, elle s'en ira. Elle s'arrêta un instant pour essuyer une larme. Puis elle repartit à l'attaque de son gâteau. Préférerais-tu qu'elle n'ait pas de foyer, Bertha Factor ? se dit-elle en s'admonestant. Elle versa le mélange dans un moule. Puis elle alla s'asseoir devant sa machine à coudre. Quelques instants plus tard elle entendit Irwin monter.

– Comment s'y prend le spécialiste ? lui demanda-t-elle.

– Donne-lui le temps de s'habituer.

Bertha surprenait sans cesse Irwin. Elle ne faisait jamais d'efforts vestimentaires car elle se trouvait laide. Quand elle se regardait dans la glace, le matin, elle ne voyait qu'une mine renfrognée.

Jamais elle n'avait pris conscience de sa démarche gracieuse, de son sourire puéril et de la bonté qui émanait d'elle. Son regard sombre était étonnamment observateur. Elle avait une force de caractère masculine et en même temps une féminité débordante. Là, penchée sur sa machine, elle confectionnait une robe d'une finesse extrême, tout ornée de la broderie anglaise la plus chère qu'elle ait trouvée dans le magasin.

– Si tu veux mon avis, elle finira jetée dans un coin avec l'ours et la limonade, lui dit-il en lui pinçant affectueusement l'oreille.

– Tu préférerais qu'elle reste en haillons ? répliqua-t-elle d'un ton cinglant.

Les jours qui suivirent furent un véritable calvaire pour Bertha. Chaque matin lui apportait son cortège de nouveaux défis, de nouveaux chagrins déchirants. L'enfant était réellement malheureuse et refusait d'affronter la réalité. Elle se renfermait et restait des heures recroquevillée sur son lit comme un hérisson. Lorsque Bertha essayait de la prendre dans ses bras pour la réconforter, elle la repoussait. Parfois elle allait se promener sur les dunes avec une telle expression de haine que Bertha avait envie de pleurer.

– C'est comme une prison pour elle, confia Bertha à Irwin.

Mais que faire ?

Bertha finit par trouver quelqu'un qui parlait tchèque. Il était matelot sur un chalutier russe mouillé dans la baie à la suite d'avaries. Il arriva, une casquette à la main, la veille de l'anniversaire de Marika, sur la demande de Bertha.

Pour la première fois, Bertha et Irwin entendirent un témoin raconter l'invasion de la Tchécoslovaquie et le retrait forcé de la communauté juive. C'était d'autant plus saisissant que l'histoire était rapportée dans un langage très direct d'enfant.

Ce fut un choc pour Marika d'entendre dans

sa propre langue ce kaléidoscope de souvenirs toujours présents et bouleversants. Elle revécut la période précédant l'arrivée des Allemands. Le regard de sa maman brillait alors d'un bonheur radieux. C'était une vedette de la publicité, la meilleure de Prague, disait son père. Parfois elle emmenait Marika à son bureau et lui demandait son avis.

– La petite a du talent, crois-moi, disait-elle fièrement à son mari en rentrant le soir.

Au souvenir de son père, elle eut la gorge nouée. Quelle joie elle éprouvait lorsqu'elle l'accompagnait à l'hôpital ! Qu'il était beau dans son long kimono blanc qui faisait ressortir ses cheveux noirs !

Quand les Allemands envahirent la Tchécoslovaquie, toute la famille quitta Prague pour aller vivre à la campagne chez des parents éloignés, mais peu de temps après son père fut emmené par les Allemands. Mère et fille se préparèrent alors pour ce voyage cauchemardesque qui devait les conduire à la gare de Brno, où sa tante avait un ami qui était censé les aider à quitter la Tchécoslovaquie dans un wagon de marchandises. Sa mère lui avait dit qu'elles partaient pour la France.

Elle avait pleuré des heures durant. Pourquoi ne restait-elle pas chez sa tante avec les canards, les poulets et son chien qu'elle aimait tant ? Elle avait voulu demander des explications, mais en levant les yeux vers sa mère, elle s'était aperçue qu'elle pleurait. Aussi lui avait-elle pris la main affectueusement avant de l'aider à préparer les sacs. Puis vint la nuit horrible où elle perdit sa maman.

Elle se rappelait cette longue marche au milieu des usines et des entrepôts déserts où l'on apercevait à peine le ciel; les grondements de tonnerre espacés et les bruits émanant du chantier; le fracas des tampons de choc suivi d'un jaillissement de fumée avant de replonger dans le silence. Elle se rappelait les soldats, et sa mère qui tentait d'atteindre la gare sans être repérée. Il y avait une décharge de ferraille où des formes macabres et bizarres se profilaient dans le ciel nocturne : des géants, des trolls et des sorcières, mais nul n'était aussi maléfique que les nazis, cela Marika le savait.

C'était tout.

À partir de là il y eut un grand vide dans son esprit, un vide effrayant, puis bien plus tard ce fut la peur, la confusion jusqu'à ce qu'elle se retrouve dans un train en partance pour la Suisse avec d'autres enfants.

– Ensuite ? demanda le marin.

Elle tressaillit. En levant les yeux elle aperçut Bertha, Irwin et le matelot. Des regards d'étrangers ! Elle n'arrivait pas à mettre de l'ordre dans ses idées, alors comment leur expliquer ?

Elle se précipita dans sa chambre et resta prostrée le reste de la journée.

Marika passa une nuit agitée. Elle ne s'endormit qu'à l'aube.

Il faisait une chaleur étouffante. Le vent du désert gémissait de colère en s'engouffrant dans les rues étroites de Brno. Piégée ! Il crachait du sable sur les pavés, crépitait aux fenêtres des entrepôts. Impossible d'y échapper. Bertha tenait le vent au collet, et il se débattait comme un mauvais génie suspendu à la lampe d'Aladin. De l'autre main, elle tenait fermement Marika qui tentait de se libérer. Elles repartaient en Tchécoslovaquie... Elles remontaient le temps.

Elle revoyait le hangar et le vent qui, de ses longues jambes, chassait les trolls et les géants, leur faisant demander grâce, mais ce soir-là il n'était question d'aucune pitié, tout explosait et s'envolait dans la tempête de sable.

– Ils ne tiendront pas deux minutes dans le vent du désert, disait Bertha avec un calme exaspérant.

Ils jetèrent un coup d'œil dans le hangar et découvrirent une petite fille effrayée, tapie dans un coin, qui tentait de se mettre à l'abri de la pluie diluvienne.

– Non, c'est trop tard ! s'écria Bertha, brusquement.

La pluie cessa et les nuages se dissipèrent à l'horizon. Marika vit son double repartir en courant, tel un lapin apeuré, jusqu'au seuil de la maison où elle se dissimula, les bras croisés autour des genoux, attendant sa maman.

– Pas ici, on n'est pas arrivées ! s'exclama Bertha. Retournons...

Elle se faufilait le long des rues. Quand elle parvint aux alentours de l'entrepôt, un chien se mit à hurler en faisant grincer ses chaînes. Marika ferma les yeux et se rendit compte que Bertha la tirait par le bras.

– Nous y sommes, regarde, mon enfant, regarde bien.

– Non, hurla-t-elle, je ne veux pas regarder, je ne veux pas, laissez-moi partir...

– Tu préférerais ne jamais rien savoir ?

Les paroles de Bertha semblaient sonner le glas.

L'attrapant par les épaules, Bertha se mit à la secouer. Le vent s'enfuit dans le désert retrouver la liberté.

– Réveille-toi, Marika ! Réveille-toi ! lui dit Bertha en la secouant de plus en plus fort.

– Je ne veux pas regarder, non, je ne veux pas, s'écria Marika en sanglotant.

Puis en levant les yeux vers Bertha, elle aperçut Irwin, derrière elle, qui l'observait avec inquiétude.

– Ce n'est qu'un cauchemar, lui dit-il en allemand. Tu es en sécurité ici, rendors-toi.

– Non, répliqua Marika dans un sanglot, ce

n'est pas un cauchemar, c'est la pure vérité, je ne veux pas regarder. Vous ne pouvez m'y forcer.

Elle marmonnait en tchèque, aussi ni Bertha ni Irwin ne la comprenaient-ils. Se cachant le visage sous l'oreiller, elle se mit à trembler.

Bertha resta plusieurs heures assise auprès d'elle, lui caressant les épaules et les cheveux. Quand enfin Marika s'endormit, elle alla se coucher, épuisée.

6

C'était l'anniversaire de Marika.

Bertha alluma les bougies et Irwin lut la prière devant un verre de vin. Aux cris de « Mazeltov, Mazeltov ! » ils dégustèrent le bon vin rouge du Cap.

Le dîner commença par de la soupe et des kneidelehs, suivis d'un poulet rôti et de tzimess. Ce n'était pas vraiment le repas léger qui convenait par cette chaleur, mais c'était jour de fête.

Marika restait prostrée, triste et renfermée, daignant à peine goûter les mets, après mille suppliques de Bertha.

Irwin essaya vainement de converser en allemand, et Bertha s'exprima en anglais comme si la petite fille comprenait. Arrivés au gâteau, ils ouvrirent les cadeaux achetés en ville ou pris au magasin : une perruche en cage, des ballerines commandées pour la fille d'un client qui patienterait deux semaines de plus, une poupée, des écharpes, une coiffeuse nacrée que Bertha s'était achetée deux ans auparavant mais qu'elle avait jugée trop belle pour l'utiliser quotidiennement.

Marika prêta à peine attention aux présents. Elle lança seulement des regards de colère vers l'oiseau.

– Chéri, j'aimerais que tu lises cette lettre à Marika sans y apporter la moindre modification, dit Bertha à Irwin en lui tendant une feuille de papier où elle avait inscrit un message de son écriture nette et lisible.

Irwin tourna vers elle un regard méfiant. Il appréhendait l'excès de sentimentalité de sa femme. Il savait au fond de lui que cela n'impressionnerait pas Marika.

– Es-tu sûre...

Bertha lui lança un regard foudroyant.

Haussant les épaules, il déplia la feuille et se mit à traduire doucement et d'une voix claire.

– Marika, je vais te lire une lettre que t'adresse ma femme parce qu'elle ne parle pas l'allemand et que toi, tu ne sais pas l'anglais. (Il s'éclaircit la gorge, soudain embarrassé :) *Marika, je sais que tu ne souhaites pas rester ici, mais c'est nécessaire, du moins un certain temps.*

Marika, toujours prostrée, ne bronchait pas.

– Je veux que tu saches que nous sommes très heureux que tu sois auprès de nous pendant cette période de guerre parce que nous n'avons pas d'enfant et nous en avons toujours souhaité un.

Inclinant la tête, Marika jeta un coup d'œil furtif vers Bertha. Elle remarqua son visage fatigué, son double menton, sa verrue sur la joue et ses grosses mains laides. Au souvenir de la finesse des mains de sa mère, elle détourna le regard. Comment cette femme osait-elle prendre sa place ?

– Je sais que tu ne me considéreras jamais comme ta maman, mais c'est une chose que je ne te demanderai jamais. Je souhaite simplement devenir ton amie. J'aimerais que tu m'appelles Bertha, ça crée un lien...

Irwin s'interrompit. Il était désolé pour sa femme. Elle avait tant espéré cet instant !

– En guise de cadeau d'anniversaire, Marika,

je te fais une promesse, celle de tout faire pour retrouver tes parents.

Marika leva, cette fois, les yeux vers Bertha, en proie au doute. Une lueur d'espoir avait remplacé la tristesse de son regard.

– *Dès que la guerre sera finie,* poursuivit Irwin, *je te ramènerai moi-même en Tchécoslovaquie dans ton vrai foyer.*

Devant la clarté du message de Bertha, Marika se trouva confrontée à ses problèmes et à ses espoirs. Elle se remémora ce long voyage terrifiant à travers la Yougoslavie et l'Italie avant de parvenir en Suisse, puis cette longue attente dans le camp; l'espérance quotidienne de voir revenir sa mère, espoir vain qui s'amenuisait au fil des jours. Les autres enfants gémissaient et pleuraient, elle, jamais. Sans une larme, elle avait supporté la solitude, les interrogatoires, les leçons, les sermons et, pis, les doutes et la crainte que sa maman ne revienne jamais.

Marika secoua la tête. Une amie ? Quelle absurdité ! Jamais plus elle n'accorderait sa confiance. Non, ça, jamais !

– *Lundi,* poursuivit Irwin, *nous t'ouvrirons un compte à la caisse d'épargne, et chaque mois, nous y verserons de l'argent pour payer ton retour à la fin de la guerre. Quand tu éprouveras des moments de nostalgie, tu compteras tes économies. Nul en dehors de toi ne pourra toucher à cet argent, et cela ne sera possible qu'en temps voulu, à la fin de la guerre. On te donnera en plus un peu d'argent de poche pour les menus services que tu nous rendras; à toi de décider si tu voudras le mettre sur ton compte…*

Irwin s'interrompit, car en levant les yeux vers Marika il lut dans son regard tourné vers Bertha une immense tristesse. Quant à Bertha, elle arborait cette expression d'entêtement incroyable qu'il lui connaissait bien. De toute évidence l'enfant allait prendre peur. L'effet ne se fit pas attendre.

Un instant plus tard elle éclatait en sanglots.

– Tu n'as pas honte ! s'écria Irwin.

Mais Bertha ne l'écoutait pas. Elle avait pris l'enfant dans ses bras et la berçait doucement.

– Allons, allons, Marika, du calme. (Puis se tournant vers Irwin, elle ajouta :) Enfin, elle pleure.

– Une enfant coupée de ses racines et rejetée... s'exclama Irwin. Une mère Dieu sait où ! Dire que tant d'enfants sont dans ce cas !

Il en frissonna.

Bien longtemps après que Marika se fut endormie, Irwin et Bertha restèrent devant les restes de cet anniversaire gâché, incapables de se départir d'un sentiment de profonde tristesse.

7

Quand les armées allemandes envahirent la Hollande, le 15 mai 1940, Irwin décida de s'engager. Il fit part de ses plans à sa famille, au dîner, espérant que la présence de Marika atténuerait la réaction de Bertha. Il n'avait pas prévu le déchaînement que provoqua la nouvelle.

Les jours qui suivirent, Bertha usa de tous les moyens pour le faire changer d'avis, la séduction, les menaces, les larmes même. Quand elle se rendit compte qu'il ne céderait pas, elle arbora un visage faussement joyeux jusqu'à son départ, mais au fond d'elle-même elle souffrait. Elle était persuadée de ne jamais le revoir.

Dès lors Bertha prodigua son affection à Marika qui demeurait toujours indifférente. On aurait dit une fleur transplantée dans un lieu inadéquat où elle ne prendrait jamais racine. Pâle et maigrichonne, elle ne respirait pas le bonheur.

Son professeur ne put l'aider davantage. Après plusieurs rencontres avec Bertha et des mois d'efforts, il finit par capituler et laissa Marika rêvasser près de la fenêtre. Au bout d'un an Marika n'avait toujours pas d'amis et refusait d'apprendre l'anglais.

Elle passait des heures à errer sur la plage et à observer les oiseaux. Bertha la laissait faire tout en la surveillant. C'était le seul moment où elle paraissait heureuse. Elle devint une silhouette familière, épave parmi les épaves, voûtée, solitaire.

Lorsqu'elle restait prostrée pendant des heures, Marika, en fait, ne contemplait pas les oiseaux. Une seule image la hantait depuis des mois : le visage de sa mère sous les torches électriques, les yeux écarquillés, la bouche ouverte. Il y avait un autre détail qu'elle cherchait vainement à se rappeler.

Et puis elle comprit qu'elle ne trouverait jamais la paix de l'âme. Elle avait enfoui au tréfonds de son esprit la clé du problème. Un souvenir essentiel.

Quelle nuit atroce ! Des bribes de souvenirs étaient devenues son unique réalité. Le reste se perdait dans une sorte de rêve. Si dans cet univers nouveau, insolite et irréel, on essayait de percer son cœur, elle résistait avec toute l'obstination dont elle était capable.

Même la nuit sa quête était incessante : elle cherchait partout sa maman et finissait toujours par la trouver. Sa joie débordante la réveillait et la réalité l'assaillait de nouveau, lui rappelant l'absurdité de son existence; aussi se réfugiait-elle une fois de plus dans le rêve.

Peu avant Noël 1940, Marika reçut une lettre de sa tante qui avait pu sortir de Tchécoslovaquie et avait été envoyée dans un camp de réfugiés grâce à un rabbin. Elle disait que le père de

Marika avait sauté du train qui l'emmenait en camp de concentration et se trouvait maintenant en France, dans la Résistance, où il exerçait ses talents de médecin. Elle était désolée d'annoncer à Marika la mort de sa mère, mais se réjouissait de savoir sa nièce en sécurité en Afrique jusqu'à la fin de la guerre.

Marika eut du mal à lire la lettre. Elle n'avait pas parlé tchèque depuis plus d'un an. Quand elle arriva au passage qui concernait sa mère, elle jeta la lettre dans la corbeille à papier. Tout cela n'était que mensonges !

Ce soir-là, Marika s'enfuit. Lorsqu'elle s'avança à tâtons vers la fenêtre, un épais brouillard couvrait la mer, le ciel et le sable. Les rideaux bruissaient légèrement dans la froide brise maritime. Bertha ronflait paisiblement quand elle sortit.

Irwin se levait toujours le premier, ce qui agaçait Bertha. Aussi avait-elle pris l'habitude de se lever à l'aube pour aller lui préparer le café. Ensuite elle ouvrait le magasin, puis vers 8 heures réveillait Marika.

Or, ce matin-là, elle trouva la porte de sa chambre ouverte, la pièce vide. Bertha sortit en courant et la chercha partout : sur la plage, au port, demanda à tous ceux qu'elle rencontrait s'ils l'avaient aperçue.

En moins d'une heure, nul n'ignora que Marika s'était sauvée dans le désert. Où donc pouvait-elle aller sinon là-bas ?

Walvis Bay n'avait qu'un commissaire de police secondé par deux auxiliaires noirs qui patrouillaient à dos de chameau et une petite prison vide en temps normal, mais là deux Bochimans étaient incarcérés pour avoir volé un mouton.

Il ne fallut guère de temps à Bertha pour

ameuter la population et l'inciter à rechercher sa fille. Les Bochimans furent libérés sous caution. Bertha paya les cinq livres nécessaires et un éleveur d'usakos prêta à Bertha un camion conduit par un Ovambo qui parlait le dialecte bochiman.

Tous acceptaient de l'aider, mais l'espoir de retrouver l'enfant était infime. Le désert du Namib était impitoyable. Tant de chercheurs d'or avaient disparu sans laisser de traces, le sable ayant recouvert leur squelette.

Épuisée, assoiffée, Marika n'osait pas s'arrêter, car elle savait que cela signifierait la mort, pensée qu'elle rejetait de toutes ses forces. Midi. Le soleil lui brûlait les poumons. La tête lui tournait. Couverte de cloques, les yeux en feu, elle ne distinguait presque plus rien.

Tout d'abord elle s'était éloignée de la mer, croyant atteindre l'extrémité du rivage, mais elle avait marché toute la nuit et une partie de la matinée vainement. Comment le monde pouvait-il contenir une telle étendue de sable ? Tout autour d'elle se dressaient d'horribles montagnes d'un rouge éclatant. Du sable, rien que du sable.

La peur la gagnait. Quelle direction prendre ? Elle se força à continuer.

Il lui sembla marcher des heures sous un soleil torride. Le sable miroitait et crissait sous ses pas. En essayant de s'asseoir elle se brûla les jambes. La langue lui collait au palais et mille étoiles scintillaient devant ses yeux.

En fin d'après-midi, elle perçut un crépitement étrange, un sifflement insolite, un bourdonnement lancinant. C'est alors qu'elle se rendit compte que le désert s'animait. Le vent soulevait des tourbillons de sable qui parfois cinglaient sa peau endolorie. Elle s'enfuit en hurlant. Mais où aller ? Le sable était partout.

Elle en avait dans la bouche, le nez, les oreilles. Le sifflement devint un grondement et le sable lui cribla le visage. Elle tenta de le protéger de ses mains, et lorsqu'elle risquait un regard le spectacle qui s'offrait à elle n'en était que plus effrayant : la cime des montagnes revêtait mille formes, disparaissant et reparaissant à nouveau. Soudain les bruits cessèrent, puis le murmure du vent. Celui-ci retomba dans un silence de mort.

Marika était en proie à une peur intense. Elle avait envie de pleurer, mais nulle larme n'affleurait. Des montagnes de sable formaient autour d'elle un étau menaçant. Elles attendaient le signal du vent pour fondre sur elle et l'ensevelir vivante.

L'heure de sa mort avait-elle sonné ?

Elle avait du sable partout, dans les yeux, les oreilles, le nez, les cils, les cheveux, sur tout son corps couvert d'ampoules. Mais, pis, elle se sentait plonger dans les profondeurs abyssales de la solitude. Elle perçut de nouveau ce murmure angoissant tandis que le vent du désert allait chercher sa force dans le lointain.

Soudain, à quelques pas, elle vit une étrange touffe verte. D'un pas hésitant, elle se dirigea vers ce qui ressemblait à un arbre géant dont les feuilles vertes aux formes bizarres vibraient sur le sable. On aurait dit un monstre étalé sur toute sa longueur. Enfin quelque chose de vivant ! En rampant, elle parvint à se mettre à l'abri sous les feuilles géantes.

– Marie, mère de Dieu, demande à maman de venir me sauver, Marie, mère de Dieu...

Épuisée, elle tomba dans un profond sommeil.

Cruelle ironie du sort ! Si le vent s'était levé une ou deux heures plus tard, ils auraient certainement retrouvé Marika, se disait Bertha, mais les recherches se révélaient impossibles dans la tempête de sable. Le Bochiman se réfugia sous le camion, Bertha et le chauffeur sous une bâche, tandis que le vent, soufflant en rafales, secouait le véhicule, mugissant inlassablement dans les dunes.

Comment la pauvre enfant pourrait-elle survivre dans cette tempête ? Elle serait ensevelie vivante. Bertha risquait parfois un œil à travers la bâche, mais elle ne distinguait rien. La visibilité était nulle et le sable lui criblait le visage, l'obligeant à se remettre à l'abri, les yeux larmoyants.

En fin d'après-midi, le vent cessa, leur permettant ainsi de poursuivre les recherches, mais la tempête avait effacé toutes les pistes. Ils continuèrent cependant jusqu'à la tombée de la nuit.

Très tard ce soir-là, le groupe regagna tristement Walvis Bay.

À l'aube Bertha se rendit au camp militaire où un avion et un pilote avaient été affectés aux recherches. L'avion avait une réserve de quatre heures de ravitaillement. Ils retournèrent là où ils avaient perdu la trace de Marika la veille.

Ils survolèrent maintes et maintes fois la route que Marika était censée avoir empruntée. Le pilote lançait des regards compatissants à Bertha. Il savait que c'était sans espoir. La tempête avait estompé toute trace. La petite fille devait être ensevelie quelque part. Un jour on retrouverait sur les dunes de la côte du Squelette quelques os de plus.

8

– Marie, mère de Dieu, sauve-moi !

Vaine supplique perdue dans le murmure du vent.

Midi, le lendemain. Marika, déshydratée, la langue enflée et douloureuse, la gorge en feu, était à bout de forces. Une douleur persistante à l'estomac la tenaillait, elle avait le corps endolori. Impossible de marcher tant ses jambes tremblaient. Les mains et les genoux à vif, elle rampait le long des pierres, sans pouvoir éviter les aspérités du sol.

Trop épuisée pour poursuivre sa route, elle s'étendit sur un rocher tout en jetant alentour un regard désespéré. C'est alors qu'elle aperçut une hyène approchant à pas lents. Elle voulut crier, mais seul un petit cri étouffé sortit de sa gorge. Lorsque la bête, la gueule couverte de bave, vit que Marika l'observait, elle s'immobilisa et se mit à hurler. Marika tenta de toutes ses forces de se sauver. Si seulement maman était là !

Elle se rappela la nuit où elle avait perdu sa mère. Tout semblait irréel. Elle se revoyait dans les rues de Brno, suivant sa mère avec difficulté à cause de ses pieds enflés. Elle percevait le martèlement de leurs pas sur les pavés. Quel vacarme ! Le bruit assourdissant des trains dans la gare de manœuvres se rapprochait, fondu dans un grondement lointain de tonnerre, tandis que des nuages s'amoncelaient dans le ciel.

– Excuse-moi, murmura-t-elle après l'avoir bousculée une fois de plus.

– Avance ! murmura sa mère.

Elles approchaient d'une décharge de ferraille. Tout en se faufilant le long des rues, Marika lançait des regards apeurés alentour. Des ombres macabres dansaient dans le vent et s'avançaient vers elle. Soudain elle poussa un long cri perçant et s'accrocha à sa mère. Un flot de lumière éclatante envahit la rue. Sa mère la repoussa violemment, mais elle, aveuglée, se trouva piégée. Les yeux écarquillés et pétrifiés, la bouche ouverte.

– Cours, Marika, cours ! hurla-t-elle.

Le bruit des balles l'atteignit dans son corps. Le trottoir explosa et sa mère fut projetée en l'air comme une marionnette.

Marika essaya de courir, de faire comme sa maman le lui avait demandé. Impossible. Elle s'assit auprès d'elle et vit sa tête retomber en arrière.

Il lui fallait fuir les Allemands, c'est ce qu'avait dit sa mère, et elle était morte maintenant. Mais lorsque, effrayée, elle leva les yeux, elle ne vit que les mâchoires baveuses de la hyène et sentit son souffle fétide. Dans un sursaut d'énergie, elle tenta de se lever, mais, une fois debout, elle chancela avant de s'effondrer.

Bien plus tard elle perçut la voix de sa mère, puis une lueur miroitante.

– Courage, Marika, nous sommes presque arrivées. Ne traîne pas ou nous allons être en retard pour le dîner.

Elles dévalèrent la colline, par un sentier de forêt étroit et sinueux, et se dirigèrent vers le village où elles devaient prendre le bus qui les conduirait à Ghubczuce. On apercevait déjà les lumières des chaumières. Son chien manifestait de l'impatience en aboyant. Il avait toujours hâte de rentrer à la niche.

– Allons, Marika, dit sa mère, agacée, cette fois tu te trompes de chemin, tourne vers l'ouest, vers la mer.

La mer ? Étrange. Il n'y avait pas de mer. Obéissante, elle suivit sa mère qui éclairait le chemin de sa lampe.

Éreintée, elle vacilla quelques instants avant de s'effondrer.

– Marika, tu n'es plus une enfant, relève-toi.

Elle essaya de rattraper sa mère, mais la lumière était toujours hors de portée.

– Attends-moi, attends-moi ! s'écria-t-elle.

– Dépêche-toi, Marika, ne t'arrête pas ! Ne

t'arrête pas quoi qu'il arrive, et rappelle-toi toujours que maman t'aime...

Marika poursuivit sa route interminable dans la nuit. Au prix d'un effort surhumain, elle se laissa guider par la lumière de la lampe.

Enfin l'aube se leva. Marika s'aperçut qu'elle était seule. Sa maman était morte à Brno. Devant elle se dressait un monticule rocheux. Elle se hissa péniblement, étonnée d'en avoir encore la force, mais en se retournant elle vit la hyène oscillant sur ses longues pattes dégingandées, secouant la tête. Soudain la bête fit demi-tour et s'éloigna.

À travers une étroite fissure entre les rochers, elle entendit le déferlement du ressac. Mais la mer n'existait que dans son imagination. Puis, bien plus haut, le long du lit de la rivière, elle distingua une montagne blanche d'écume dans l'éclat du soleil, et le grondement du tonnerre n'était autre que le bruit qu'elle faisait en retombant en cascade sur le sable sec et les rochers. Un mur d'eau gigantesque se précipitait vers elle.

Non, je rêve ! Encore un cauchemar ! se dit-elle.

Terrifiée, elle se hissa au sommet d'un rocher et s'y agrippa en tremblant, tandis qu'un flot rugissant dévalait la colline et venait envahir le lit de la rivière. Le tonnerre grondait. L'air était noyé d'embruns. Les rochers se mirent à vibrer tandis que les brisants martelaient le sable. En l'espace d'une seconde, le déferlement cessa. Marika se retrouva près d'une rivière brunâtre qui se déversait tristement dans la mer en dégorgeant une écume jaune à la surface.

De l'eau ! Elle se glissa le long des rochers et pénétra dans l'eau, inconsciente de la force du courant. Elle se laissa aller dans la tiédeur de l'onde, plongeant la tête et se désaltérant avec délices.

Elle n'avait plus la force de lutter contre le flot

qui l'aspirait et la ballottait. Et puis soudain elle se sentit projetée sur le lit de la rivière sablonneuse.

Le sable, les rochers tourbillonnaient autour d'elle tandis que la houle déferlait. Ses pieds touchaient le fond, mais elle n'avait guère la force de se lever. Elle se laissait voguer au gré des vagues qui la déposèrent doucement sur la grève avant d'aller mourir sur le sable.

Elle se redressa, le corps endolori, mais ne parvint pas à se mettre debout. Une multitude de petites créatures décampèrent aussitôt vers les dunes. Marika les observa en souriant. Quel soulagement ! Elle en avait le vertige. Dans son esprit confus, mille pensées se succédaient. Sa maman était morte, mais elle l'aimait toujours. Elle s'était sacrifiée pour sa fille.

Le poids de la culpabilité glissa et, tout comme la vague, alla mourir sur la grève. Sa maman l'avait protégée en lui offrant ce nouveau foyer dans cette bicoque qu'elle méprisait, au-dessus du magasin. Sa maman ne prendrait pas ombrage de ce qu'elle éprouvât de l'affection pour Bertha.

La pensée de Bertha la réconforta étrangement. Bertha devait la chercher, elle en était certaine. Mais comment la retrouverait-elle ? Elle avait parcouru un si long chemin.

– Marie, mère de Dieu, envoyez Bertha à mon secours…

Elle ne cessa de prier. Soudain elle éprouva un immense soulagement. Elle savait qu'elle pouvait compter sur elles deux.

Au crépuscule on la retrouva.

9

Il fallut quelques semaines à Marika pour se remettre, mais elle conserva longtemps sa crainte et sa haine du désert.

Un jour, parmi les nombreux cadeaux trouvés à son chevet, elle découvrit des crayons et un album. Elle essaya de dessiner les oiseaux étranges qu'elle avait rencontrés le long du rivage.

– Qu'ils sont beaux, ma chérie ! s'écria Bertha qui était montée dans sa chambre voir comment elle allait. Qui te les a dessinés ?

– Moi, répondit gaiement Marika en se montrant du doigt.

Son anglais étant approximatif, elle accompagnait toujours ses phrases de gestes expressifs.

– Et tu veux que je te croie, petite coquine ?

Marika s'assit auprès de Bertha et croqua un oiseau. Émerveillée, Bertha commanda plusieurs cadres chez le menuisier et accrocha au mur les petits chefs-d'œuvre pour que tous puissent les admirer.

Son anglais suivit la même progression. Existait-il une enfant aussi douée qu'elle ? clamait Bertha à la ronde. Pour lui faire plaisir, Marika progressait à vue d'œil, s'étonnant d'avoir gardé en mémoire les leçons tant exécrées des camps de réfugiés.

Bertha n'avait qu'un centre d'intérêt : Marika. Au fur et à mesure que les mois s'écoulaient, elle voyait la transformation de la jeune fille : un visage plus étoffé, des cheveux longs. Elle n'avait plus cet air triste d'enfant abandonnée et prenait même de l'assurance.

Une fois sa décision de retourner à l'école prise,

elle arriva très vite en tête de classe. Bertha était fière de sa fille adoptive, mais c'était tout de même une enfant étrange, introvertie et secrète. Elle ne donnait jamais l'impression de se sentir chez elle. Elle était présente, ne se dérobait jamais à une tâche domestique mais semblait indifférente à tout. Jusqu'au mois d'août 1942 où Irwin fut tué à Alam-el-Halfa.

Le télégramme arriva un dimanche, dans l'air vif et délicieux du petit matin. Sur l'onde d'un bleu éclatant soufflait une légère brise fleurant l'ozone. Les pélicans pataugeaient dans une mare près du magasin. En observant les oiseaux auprès de Marika, Bertha oubliait la guerre, ainsi fut-elle prise au dépourvu.

En apprenant la nouvelle elle s'évanouit et peu de temps après attrapa une pneumonie. Pendant un mois Marika s'occupa du magasin et soigna sa mère adoptive avec l'aide de Rose Manners, une infirmière de l'hôpital qui venait quotidiennement.

Bertha finit par se rétablir mais restait tributaire de Marika qui, ressentant profondément ce besoin chez elle, essaya d'être la fille dont elle avait toujours rêvé.

De son côté Bertha voulut lui faire découvrir les rites familiaux. Le jour de Tou Bichevat, Bertha acheta un gros pot ainsi qu'un jeune arbre et demanda à Marika de le planter. À Pourim, Marika goûta poliment aux bestels fourrés à la confiture de prune préparés par Bertha; à Pessa'h, elle fit les plats du Seder puis, à Chavou'a, elle aida à décorer la maison de fleurs et de plantes. Ainsi s'écoula l'année suivante.

Noël 1943. En passant, un soir, près de l'hôtel, elles aperçurent un sapin de Noël tout illuminé devant l'entrée. Bertha remarqua aussitôt l'expression d'immense tristesse qui se dessina sur le visage de Marika. Quel désir ! Quelle émotion ! Bertha en fut tout émue.

Culpabilisée comme toujours, elle choisit la voie du compromis en lui achetant un sapin, tout en précisant à Marika qu'il s'agissait d'un arbre de 'Hanoukka. C'était, en fait, un bel arbre en pot qui venait du Cap et qui commençait déjà à perdre ses aiguilles. Bertha y posa huit bougies et raconta à Marika comment les Juifs reprirent Jérusalem aux Grecs syriens en 165 avant Jésus-Christ; comment ils purifièrent le temple et rallumèrent la grande Menora; puis la légende selon laquelle ils trouvèrent un minuscule flacon contenant suffisamment d'huile pour un jour, mais qui, par miracle, continua de brûler pendant huit jours.

– Voilà l'origine de 'Hanoukka que nous célébrons depuis, dit-elle à Marika.

Ébahie, elle vit Marika s'effondrer sur une chaise, se cacher le visage dans les mains et verser de longs sanglots.

Bertha se leva d'un bond et la prit dans ses bras. Elle frissonnait. Le visage écarlate, elle semblait avoir un accès de fièvre.

– Mon Dieu, Marika, qu'y a-t-il ? Te sens-tu malade ? Où as-tu mal ?

– Je suis désolée, murmura Marika, blottie contre son épaule.

Elle serrait Bertha si fort qu'elle lui enfonçait les ongles dans la peau.

– Pourquoi faire tout cela pour moi ? dit Marika en sanglotant. Je ne suis pas juive. C'est absurde. Je suis catholique. Je t'en prie, laisse-moi seule. Je suis vraiment désolée, je sais combien tu souhaitais avoir une fille, dit-elle en se jetant sur le divan et en se cachant le visage sous les coussins.

– À ton avis, y a-t-il un problème du fait que tu es catholique ? demanda Bertha d'un ton plus sec qu'elle ne l'aurait souhaité.

Il régna un long silence embarrassant.

– Si tu es catholique, Marika, pourquoi te trouvais-tu dans un train avec des petits réfugiés juifs ?

Marika, les yeux écarquillés, avait une expression de peur dans le regard. Bertha en fut blessée.

– Je n'ai jamais vraiment su la vérité, répondit Marika en sanglots.

Le visage toujours caché dans ses mains, elle essayait de se rappeler. La pluie battante, le tonnerre, la marche harassante le long des rails de chemin de fer, les vociférations des soldats.

Elle leva les yeux sur Bertha. C'était si loin, si difficile à expliquer.

– Un vieil homme m'a aidée parce qu'il avait connu mon père à l'hôpital, balbutia-t-elle.

– Vois-tu, ce n'était pas une si mauvaise idée, cet arbre de 'Hanoukka. Il est à toi. De toute façon, c'est un sapin de Noël.

Elle ôta les bougies.

– Ne pouvons-nous pas le partager ? demanda une petite voix feutrée sous les coussins.

Bertha se pencha sur la desserte, feignant de ne pas avoir entendu. Ne voulant pas que Marika s'aperçoive de sa confusion, elle eut recours au mensonge.

– Je crois qu'il y a un client, dit-elle en se précipitant au magasin, s'essuyant une larme au coin de l'œil.

Elle mit de l'ordre dans le magasin pour tenter de s'occuper, mais ses pensées étaient ailleurs.

Marika l'aimait profondément. Elle en était persuadée, car l'enfant lui avait donné mille preuves d'affection. Pourtant Marika n'était pas heureuse à Walvis Bay. Elle avait hâte de retourner en Europe et d'aller vivre en France avec son père, dès la fin de la guerre. Elle voulait devenir mannequin et ne doutait nullement de sa réussite. La pauvre enfant passait des heures à dessiner des modèles qu'elle comptait porter un jour.

C'est dans ces moments-là que Bertha éprouvait le plus de compassion à son égard. Grande, dégingandée, des dents trop larges, une bouche trop grande, des traits anguleux, elle ressemblait à un lutin qui avait grandi trop vite avec ses yeux bridés et ses oreilles pointues. Pourtant ses cheveux longs lui donnaient une certaine féminité.

Bertha poussa un soupir. Ce n'était pas facile d'être une mère adoptive. Comment se faire à l'idée qu'un jour elle s'en irait et qu'elle ne la reverrait jamais plus ? Elle l'aimait comme si c'était sa propre fille. Et puis après tout, se dit-elle en mettant un terme à ses élucubrations idiotes, si Marika est catholique, qu'elle pratique sa religion ! Il devait bien rester quelques guirlandes au magasin.

– Très bien, nous partagerons l'arbre, répondit-elle quelques minutes plus tard en revenant avec une boîte pleine de babioles orientales.

– Incroyable ! murmura-t-elle quand Marika eut fini de le décorer.

Un arbre de Noël surmonté des huit bougies de 'Hanoukka qui dominaient même l'ange de Noël. Marika y avait tenu, pour faire plaisir à Bertha.

– Si tu m'en avais parlé avant, tu aurais pu avoir un arbre chaque année, Marikala.

– Je voulais te ressembler, mais je n'y arrivais pas, lui dit Marika d'un ton si grave que Bertha en fut étonnée. Si nous vivions ailleurs, peut-être, bredouilla-t-elle.

– Pourquoi ? Qu'est-ce que cela changerait ?

– Vois-tu, rien ici ne me rappelle mon univers d'avant la guerre. Il ne me reste rien. Je t'ai, bien sûr, s'empressa-t-elle d'ajouter, mais de mon passé... en fait, que pourrait-il y avoir ? Quand je pense à tout ce qui revêtait de l'importance à mes yeux en ce temps-là !

– Quoi, par exemple ?

– Le printemps, les changements de saison. Ici, il fait toujours bon, on ne connaît pas le froid.

Ni les fleurs printanières, ni les feuilles d'automne, ni le mugissement des incendies, ni la neige. Maman et moi, nous cueillions des fleurs au printemps, nous ramassions des pommes de pin pour nos feux de cheminée et des châtaignes. (Elle s'interrompit et se mordit les lèvres.) On n'entend pas le chant des oiseaux, poursuivit-elle, seulement le vacarme que font les mouettes. Si seulement je pouvais m'allonger dans l'herbe, sentir sur mon visage la fraîcheur de la brise, observer les nuages dans le ciel, percevoir le bourdonnement des abeilles et humer l'herbe ! Il n'y a pas que le paysage. Les vieilles maisons, les théâtres, les boutiques regorgeant de beaux habits, les galeries d'art... Vois-tu, Bertha, je n'arrive même pas à apprendre à dessiner correctement. Et les gens ! Ils me manquent. Toi non, Bertha ?

– Moi, j'aime ce pays, répondit-elle tristement.

– Mais, Bertha, tu ne t'es jamais amusée ici !

Ah ! l'arrogance des jeunes ! Comment lui faire comprendre ?

– J'ai été très heureuse, vois-tu.

C'était vrai. Avec Irwin, elle avait monté ce magasin. Ils avaient pris plaisir à entreprendre cette affaire ensemble. Les années aidant, elle s'était mise à aimer ce village. Elle appréciait l'esprit chaleureux qui régnait au sein de cette petite communauté lorsqu'ils se réunissaient pour l'unique séance hebdomadaire de cinéma dans le seul hôtel du coin. Elle aimait les gens, l'activité du port, les phoques qui se prélassaient dans la baie, les nombreux oiseaux de mer. Il y avait tant de choses, mais Marika refusait de les voir. Bertha lui lança un regard triste.

– Dès la fin de la guerre, dit Marika, j'irai vivre à Paris avec papa. Tu viendras toi aussi, et peut-être qu'un jour tu finiras par l'épouser.

Quelle immaturité ! songea Bertha en esquissant un sourire.

– Et le magasin ?

– Oh ! tu le vendras. Tu en tireras certainement un bon prix. Il faut que tu viennes avec moi. Après tout, il ne te reste plus que moi, maintenant.

Elle ne mentait pas. Cette affreuse pensée la tint éveillée toute la nuit. Irwin lui manquait. Elle sentait au tréfonds de son âme que ses racines allaient être arrachées au sable du désert.

10

Les mois qui suivirent, elle n'eut certes pas le temps de se préoccuper de l'avenir, car le magasin des Factor était devenu le pivot de Walvis Bay. Bertha demanda à la banque de lui accorder un découvert afin d'acheter le stock nécessaire pour approvisionner les bateaux qui arrivaient impromptu. Elle engagea un employé, puis un deuxième et finit par embaucher un comptable à temps complet.

La chance souriait enfin aux Alliés. Les bombardements de la RAF et de la force aérienne américaine sur l'Allemagne battaient leur plein. Tunis et Bizerte étaient tombées. En juillet, les Alliés envahirent la Sicile. Peu de temps après, les Américains atterrirent en Nouvelle-Guinée et les Russes reprirent Kharkov.

Marika passait des heures à éplucher des magazines et des journaux qui parvenaient d'Europe avec des mois de retard. Elle harcelait tout marin qui entrait dans le magasin, posant invariablement la même question :

– La guerre finira quand, à votre avis ?

Elle éprouvait une telle envie de partir pour la France !

L'enfant grandissait. Bertha était fière du rôle

qu'elle avait joué, sans nier celui de l'Église catholique qui lui avait été d'un grand secours. Marika avait retrouvé une partie de son passé, elle se sentait bien au milieu des croyants, de l'encens et des prières chantées en latin. Elle était très pieuse, mais Dieu n'était pas l'objet de sa révérence. C'était la Vierge Marie qui avait remplacé sa mère. Avec le temps, le souvenir de sa mère se métamorphosa. Elle prit les traits de la statue qui se trouvait dans l'église.

Ayant terminé ses études secondaires, elle étudiait la comptabilité chez elle. Elle s'occupait souvent du magasin, à la grande joie des clients qui appréciaient son charme et ses capacités.

Parfois, en la regardant, Bertha retenait son souffle car, sous un certain angle, il émanait d'elle une beauté rare et fugace.

Était-ce vraiment une beauté éclatante ou n'était-ce qu'un mirage ? Un jeu de lumière ou sa position ? Ou bien sa beauté se cachait-elle comme un cactus dans le désert, attendant l'instant prédéterminé où elle se révélerait au grand jour pour enrichir le désert de son époustouflante perfection ?

Ne rêve pas, ma pauvre Bertha Factor ! se disait-elle, cette enfant n'a jamais été jolie. Pourtant une lueur dans son regard d'ambre forçait l'admiration. Plaise à Dieu qu'elle ne devienne pas une beauté ! Charmante ? Sans doute. Mais belle ? Non ! Bertha savait bien que Marika ne saurait s'en accommoder, elle était trop sensible, trop vulnérable.

Marika ne remarquait pas l'étonnement de Bertha devant sa transformation. En se contemplant dans le miroir, elle voyait une étrangère. Mais peu lui importait, seule sa vie intérieure l'intéressait. Elle ressentait une harmonie profonde entre son corps et son esprit; elle vibrait au même rythme que la terre, sa mère, et l'air, son père; elle était le fruit de cette fusion. Vulnérable, prête à prendre son envol, oisillon en équilibre au bord de son nid, sur le point de franchir ce premier pas irrévocable; termite dépliant ses délicates filandres; papillon émergeant de sa chrysalide. À l'aube de la vie et de l'adolescence, des plaisirs qu'elles engendrent, de l'aventure.

Des rêves étranges effleuraient son sommeil : le prince charmant lui apparaissait sous des masques différents, mais toujours en uniforme des Alliés; il l'emmenait sur son fidèle coursier, et toujours en Europe. Quelque part dans le monde se trouvait l'homme de sa vie. Quand elle l'aurait découvert, elle n'aimerait plus que lui.

Pourtant elle n'était pas pressée de le rencontrer. Telle une novice devant l'autel de sa vie, vénérant bonté et pitié, elle se sentait sécurisée dans l'univers de Dieu le Père, Dieu le Fils et Dieu le Saint-Esprit, de la Vierge Marie et de surcroît d'une myriade de saints. Prières et promesses ! Le monde de la chair et de l'esprit unis dans un contrat global du nom de « Vie ». Très vite, elle en découvrirait les modalités et en saisirait le sens profond.

Et alors ?

Oh, Marika, Marika !

Oradour-sur-Glane, village du centre de la France, près de Limoges. 14 h 15, le 10 juin 1944. Les habitants, au nombre de trois cent trente, que la guerre avait fait passer à six cent cinquante, prolongeaient agréablement le déjeuner en ce début d'après-midi d'été ensoleillé, scène qui allait glacer d'horreur le monde entier et rester dans l'Histoire.

Il y avait du monde au village ce jour-là. Personne ne manquait à l'école, car c'était le jour de la visite médicale et des vaccinations. L'école des garçons comprenait cinquante-quatre élèves, celle des filles cent six, et il existait une autre école pour les petits réfugiés. Les paysans étaient rentrés des champs tôt dans l'après-midi, et quelques pêcheurs du dimanche étaient venus tenter leur chance sur le Glane. Scène rurale tout à fait paisible.

L'arrivée du premier bataillon du commandant Otto Geissler appartenant au régiment du Führer, avec un convoi de camions et de half-tracks dans la rue principale d'Oradour-sur-Glane, sema aussitôt la confusion générale. Que faisaient-ils là ? Nul ne le savait.

Les troupes SS tirèrent en l'air, martelèrent les portes avec la crosse de leurs fusils, firent irruption dans les classes et exigèrent que tout le monde se rassemblât sur la petite place du village, connue sous le nom de Champ de Foire. Une fois réunis, ils furent disposés en groupes de quarante à cinquante puis emmenés vers des garages et des granges qui se trouvaient à proximité.

À 15 h 30, au signal donné depuis la place, les Allemands firent feu sur tous les Français unis dans un même sort. Puis les soldats recouvrirent les corps, même ceux qui n'étaient pas morts, de paille et de brindilles. Ils y mirent le feu et refermèrent les portes.

Il n'y eut que cinq survivants, des hommes, qui purent témoigner des événements d'Oradour-sur-Glane en ce fatidique après-midi.

Plus de quatre cents femmes et enfants étaient entassés dans l'église du village. Les portes furent barricadées et les soldats y mirent également le feu. Ils armèrent leurs fusils, lancèrent leurs grenades et tuèrent les fugitifs qui tentaient de passer par la sacristie. Seule une femme en réchappa.

Plus tard, quand les Allemands quittèrent Oradour-sur-Glane saccagée, que les Français des villages avoisinants purent enterrer leurs morts, Oradour se retrouva au milieu de décombres encore fumants, sa population détruite, à la suite d'un acte de sauvagerie sans précédent sur des civils sans défense.

Un seul maquisard fut tué ce jour-là à Oradour-sur-Glane : un médecin, Pierre Magos, d'origine franco-tchèque, qui était venu à bicyclette au village chercher sa ration de tabac distribuée tous les dix jours. Son corps calciné put difficilement être identifié. Il fut enterré dans la fosse commune trois jours plus tard.

La nouvelle parvint à sa fille Marika, la seule parente proche qui ait survécu, la sœur du défunt ayant été tuée lors de l'évacuation de la Tchécoslovaquie par les Allemands. Elle arriva plusieurs mois après le crime par une voie détournée, la Croix-Rouge internationale en ayant informé le consistoire juif. Le rabbin de Swakopmund jugea l'affaire suffisamment grave pour faire le voyage de Walvis Bay et annoncer la nouvelle personnellement à Marika.

– N'oubliez jamais que votre père a voué sa vie à la cause universelle de la victoire du bien sur le mal. Sa mort fut accidentelle. Il se trouvait par hasard à Oradour, village que les Allemands avaient choisi pour des représailles, et il y a succombé avec toute la population. Les Allemands n'ont jamais su sa véritable identité. Ils ignoraient qu'il était du maquis. C'est un crime abominable contre l'humanité.

Après le départ du rabbin, Marika se dirigea lentement vers l'église, y passa toute la journée et la suivante. Au début, elle pria, submergée de chagrin et de colère. Elle réclamait vengeance; c'est tout ce qu'elle pouvait demander. À ses yeux, tous les nazis étaient à l'image des bouchers d'Oradour. Un symbole de barbarie. Elle concentra sur eux toute sa haine et tout son désir de vengeance sur le commandant du régiment du

Führer, Otto Geissler, qui avait organisé la destruction d'Oradour. Elle priait pour qu'il ait une mort atroce et qu'elle en soit témoin.

Au bout de quelques jours, elle prit conscience de son immense solitude au sein de l'église. Le sentiment d'amour, d'unité avec Dieu s'était estompé. En fait, il n'a jamais dû exister, se dit-elle. C'est le fruit de mon imagination, de mes stupides élucubrations ! Qui pourrait-il y avoir ici ? Dieu n'existe pas. Impossible après ce qui vient de se passer. Jamais plus elle ne pénétrerait dans ce lieu. Il ne lui restait plus qu'à attendre sa revanche. Le poids de sa responsabilité pesait lourd sur ses épaules. Elle marmonna, seule dans son coin, et repartit au magasin.

Bertha remarqua qu'après la visite du rabbin Marika était devenue plus distante. Il lui fallait envisager son avenir, mais elle n'arrivait pas à briser sa carapace.

Elle essaya de persuader Marika de partir en pension à Johannesburg, car elle ne pouvait pas continuer ses études à Walvis Bay. Marika refusa.

– Je ne resterai pas ici suffisamment longtemps pour envisager des études, répliquait-elle généralement.

Bertha lui répétait sans cesse que le magasin lui appartenait en partie, et qu'un jour elle hériterait de la totalité. Pourquoi, lui proposa-t-elle, ne pas devenir dès maintenant son associée ? Inlassablement, Marika refusait.

Indifférente à tout, elle connut des moments de dépression. Elle se montrait odieuse envers ses amis et plus particulièrement à l'égard de Bertha.

Bertha avait l'impression de la comprendre. La pauvre enfant était bouleversée par la mort de son père, mais elle finirait par se remettre.

Des semaines, puis des mois s'écoulèrent. Marika ne mentionna jamais le nom de son père, mais elle lisait tout ce qu'elle trouvait sur le massacre d'Oradour-sur-Glane et évoquait une sombre revanche, un jour lointain lorsqu'elle serait riche. Sa haine des Allemands devenait paranoïaque, ce qui inquiétait Bertha. Lorsqu'un fermier d'origine allemande pénétrait dans le magasin, elle s'éclipsait. Elle ne voulait pas... ne pouvait pas le servir.

Elle ne se rendait plus à l'église.

– Ce sont des hommes qui ont tué tes parents, pas Dieu, ne cessait de lui répéter Bertha.

– Dieu n'existe pas, répondait Marika, une lueur de désespoir dans le regard. Et s'Il existe, je ne tiens pas à Le connaître. Mon père, ma mère, ma tante, tous morts. Quand je pense à toutes ces prières, à tous ces genoux endoloris à force de L'implorer !

– Ne dis pas cela. Ce n'est pas ce que t'apporte la religion qui est important, c'est ce que tu y mets.

– Tout ça, c'est du vent, répondait-elle avec un entêtement bizarre.

Marika fêta ses dix-sept ans en janvier 1945. Comme Bertha l'avait toujours redouté, elle était devenue d'une beauté resplendissante. Elle avait un teint diaphane, une chevelure d'or qui retombait sur ses épaules, des traits d'une perfection absolue, une silhouette provocante et voluptueuse, une poitrine aguichante, une taille de guêpe, des hanches bien moulées et de longues jambes galbées, une bouche sensiblement trop grande, mais sur son visage on ne remarquait que ses grands yeux d'ambre bridés. Pourtant son charme venait d'ailleurs, sans doute d'une sensualité latente dont elle n'était même pas consciente. Chaque homme rêvait de devenir le prince charmant qui réveillerait la belle au bois dormant.

Marika avait pris une assurance étonnante.

Bertha en connaissait également la raison. Elle se moquait totalement de ce qu'on pensait d'elle.

Elle prit vite conscience du pouvoir qu'elle exerçait sur les hommes, car même les marins les plus frustes prenaient un air niais devant elle. Quant aux jeunes gens du village, ils rôdaient avec mille cadeaux et promesses.

Elle était connue sur toute la côte sud-africaine. Les marins du coin inventaient toutes sortes d'excuses pour se rendre au magasin. Les éleveurs de bétail faisaient plus de cent cinquante kilomètres pour acheter des articles qu'ils ne trouvaient qu'à Walvis Bay, et ils traînaient des heures dans le magasin, achetant peu, mais réfléchissant longtemps.

Marika les repoussait tous. Elle n'avait guère de temps à leur consacrer. Plus elle se montrait distante, plus ils multipliaient leurs efforts pour la conquérir.

Bertha l'observait sans rien dire. Toute complaisance avait disparu, sa sensibilité de jeunesse, la douceur de son regard, sa timidité craintive, plus rien ne subsistait. On discernait maintenant une détermination inflexible d'acquérir pouvoir et puissance, et de ne jamais se laisser marcher sur les pieds et encore moins détruire. Pourtant Bertha savait que cette douceur demeurait à l'état latent. Un jour, Marika redeviendrait elle-même.

Si seulement elle tombait amoureuse ! Cela résoudrait tous ses problèmes, se disait Bertha. De plus un gendre pourrait diriger le magasin qui avait pris de l'extension et devenait tout à fait rentable. Un jeune homme ambitieux pourrait en tirer un excellent parti et assurer parfaitement son avenir.

11

Pour l'Europe, la guerre était pratiquement terminée. Les Russes s'étaient emparés de Vienne et progressaient en direction de Berlin, pris dans l'étau gigantesque des forces soviétiques. La jonction de l'Armée rouge et des Alliés sur l'Elbe fut marquée par d'occasionnelles résistances désespérées, mais l'opposition n'était que sporadique et isolée. Le commandement de l'armée allemande fut dissous, les communications totalement interrompues.

Ce n'était pas le cas en mer.

La reconquête du littoral contrôlé par les Allemands fut l'œuvre du 21e groupe d'armées de Montgomery. Cela signifiait que les forces britanniques et canadiennes étaient chargées de dégager les ports des sous-marins qui pouvaient encore servir de bases pour des raids contre la flotte sous-marine des Alliés installés en mer du Nord. Malgré la victoire de la bataille de l'Atlantique, une poignée de puissants sous-marins allemands sillonnaient encore l'océan. Leurs commandants furent contraints à une défaite écrasante, unique dans l'Histoire. Ils furent obligés de se rendre par manque de munitions et de combustible. Bon nombre d'entre eux préférèrent les batailles suicidaires aux camps de prisonniers.

Ce fut le cas de Max Erath, commandant du sous-marin secret, le *XLII*. Ce superbe bâtiment de combat, le premier de sa catégorie, pouvait atteindre une vitesse de onze nœuds grâce à son système de propulsion électrique alimenté par les groupes électrogènes diesels-dynamos de Walther.

C'était la toute dernière arme secrète mais efficace de l'Allemagne, destinée à anéantir la flotte des Alliés et éviter la détection sous-marine pendant une longue durée grâce à son Schnorchel révolutionnaire qui aspirait l'air pour la ventilation et en rejetait le surplus. Le sous-marin avait un équipage de cinquante-six hommes triés sur le volet après examen de leur forme physique, leur intelligence, leur endurance et leur courage. Tous avaient des références hors pair.

Les six derniers mois, le sous-marin avait torpillé douze bateaux ennemis et mis trois autres hors de combat. Or, le *XLII* attendait au large du Sud-Ouest africain un convoi de dix cargos suédois et deux escorteurs d'escadre britanniques. Le commandant, tout comme l'équipage, savait qu'il risquait de manquer de combustible avant que le convoi ne fût en vue.

Dans la salle de contrôle, le commandant arpentait le pont fiévreusement. Steen, le second, l'observait avec étonnement. En deux ans passés en mer, il ne l'avait jamais vu perdre son calme. Pourtant, là, Erath semblait vaincu.

– Montez le périscope ! hurla-t-il d'une voix méconnaissable.

Propulsé dans l'atmosphère, le tube dégoulinant ne révéla qu'une blancheur opaque, car le brouillard était si dense qu'on n'apercevait même pas les vagues à deux pieds au-dessous.

Erath lança un juron en s'essuyant le front. En temps normal, c'était un homme madré, d'une patience infinie; il avait une capacité presque inquiétante d'anticiper la stratégie de l'ennemi. Steen comprenait, mais ne partageait pas la ferveur patriotique qui poussait le commandant à les mener tous à leur perte dans cette ultime attaque suicidaire.

Steen soupira. Tout l'équipage venait de traverser une épreuve difficile.

La vitesse était le point fort du *XLII*. Un

minimum d'aménagements avaient été conçus pour l'équipage. Ils venaient de passer vingt-huit jours d'affilée sous l'eau et il régnait une atmosphère pesante de gâchis humain. Un limon verdâtre recouvrait les parois et les cartes, les membres de l'équipage, sous pression, avaient le visage blafard. Seule une très grande maîtrise les empêchait de se quereller. La fin de la guerre était proche. Ils le savaient grâce aux contacts radio qu'ils maintenaient régulièrement avec l'Argentine et Las Palmas. À quoi bon de nouvelles pertes humaines ? se demandait le second.

Dans la salle des machines, l'officier chef mécanicien Hans Kolb partageait les sentiments de Steen sans toutefois souffrir de cette longue retraite forcée sous l'eau. Il y avait toujours quelque chose à faire dans la salle des machines; de surcroît, Hans était doué d'une force d'âme étonnante qui lui permettait d'accueillir tout désagrément sans broncher et de garder un optimisme inébranlable.

Malgré sa grande carcasse d'un mètre quatre-vingt-cinq, il était penché sur la tuyauterie, totalement absorbé par ses chers diesels. Son assistant, Franz Schmidt, qu'on surnommait Smitty, n'avait pas cette chance. L'air fétide le rendait malade, la chaleur et l'humidité lui étaient insupportables. Les tuyaux fuyaient en permanence, dégageant une odeur de fuel épouvantable mêlée à des vapeurs de gaz et à l'acide des batteries.

En levant les yeux, Hans remarqua le visage de Smitty, aussi verdâtre que le limon qui recouvrait l'armature.

– Prends une pause. Deux heures, grommela-t-il avant de replonger dans ses machines sans remarquer que Smitty n'avait pas bougé.

La voix du commandant, grêle et à peine perceptible, se fit entendre à travers le porte-voix :

– Surface.

Le sous-marin remonta doucement et se trouva

au large de Swakopmund, enveloppé dans un épais brouillard. Le commandant Erath escalada l'échelle, ouvrit l'écoutille qui donnait sur la tourelle et jeta un coup d'œil sombre alentour. Rien, sinon le brouillard. La mer, semblable à un chaudron de lait, bouillonnait au-dessous. Tel un être possédé du démon, il referma l'écoutille.

– Plongée ! hurla-t-il en verrouillant le sas.

L'eau envahit le pont tandis que le *XLII* s'enfonçait dans la mer.

– Stoppez les machines, cria-t-il dans le portevoix avant d'ajouter : Silence total !

Dans la salle des moteurs, Hans était penché sur une pompe, écoutant le bruit monotone, inégal et agaçant des gouttes qui tombaient des tuyaux percés.

Il régna un silence de mort dans le sous-marin, insolite après le ronflement incessant des diesels. Les moteurs étaient arrêtés, personne ne disait mot. Cinq minutes, puis dix...

Hans savait que dans la salle de contrôle le commandant écoutait par l'hydrophone l'indicateur du vrombissement des moteurs du convoi. À cette distance il était plus efficace que n'importe quel instrument.

Hans tenta de s'étirer dans cet espace restreint, se pencha en arrière et ferma les yeux. Il poussa un long soupir, essayant de chasser de son esprit inquiet la pensée de la proximité du danger et de l'infime espoir de survivre à la guerre.

Il avait vu, un jour, un poster représentant une belle Fräulein autrichienne, vêtue de son habit traditionnel de paysanne, au milieu d'un champ parsemé de fleurs printanières, ses longs cheveux d'or flottant au gré du vent, ses seins ronds bien maintenus sous son chemisier blanc brodé. Depuis il la revoyait souvent en rêve.

Il esquissa un sourire en voyant resurgir ses fantasmes. Pourtant il y manquait un je-ne-sais-quoi.

L'odeur de l'acide était insoutenable. Il tentait d'imaginer l'air frais de la montagne sous un soleil éclatant, le parfum des fleurs sauvages sur les collines et les effluves de la laiterie à l'heure de la traite. Il percevait le bruissement du vent à travers les cimes et le tintement des clochettes des vaches.

Par un effort surhumain, il parvint à conserver plus longtemps dans son esprit cette image habituellement fugitive. Puis le ronron monotone des machines le ramena à la réalité. Il se leva d'un bond, saisit la commande des gaz, anticipant l'ordre du commandant.

– En avant, toutes !

Hans poussa la poignée à fond.

– Prêts au combat ! Prêts au combat ! Nous allons livrer bataille.

La puissance des diesels Walther propulsa le sous-marin à une vitesse de onze nœuds. Il hésita légèrement à cause du remous de la lame d'avant.

Le convoi approchait à dix nœuds d'après Hans. Ils avançaient beaucoup trop vite. La destruction totale ! Voilà ce que recherchait le commandant, se dit-il.

L'équipage le connaissait trop pour ignorer les intentions du commandant. Après des années passées en mer, ou plutôt en immersion avec les mêmes compagnons, tous savaient exactement comment chacun pouvait réagir. En un sens c'est inquiétant, pensa Hans.

Son ami Steen, par exemple, ne partageait aucunement l'opinion du commandant. C'était un pragmatique, tout comme Hans. Il était prêt à mourir pour gagner la guerre, mais nullement décidé à perdre la vie inutilement; sentiments que partageait Hans au fond de lui, tout comme l'équipage, mais personne n'avait osé les exprimer.

Tout le monde savait que le commandant avait reçu l'ordre de faire sauter le sous-marin plutôt que de se laisser capturer, mais à quoi bon puisqu'ils étaient à quelques semaines de la fin de la guerre ? Toutes les inventions allemandes tomberaient très vite aux mains des Alliés.

Hans ne voyait pas l'utilité de perdre encore des vies humaines, amies ou ennemies. Il avait fait son devoir. Il s'était engagé à dix-sept ans, dès le début de la guerre. Il avait suivi une formation de mécanicien parce qu'il était passionné de mécanique. On l'avait envoyé dans les sous-marins à cause de son extraordinaire capacité à garder son calme et sa bonne humeur pendant de longues périodes, dans les pires conditions. Par la suite on l'avait mis sur les diesels. Après la guerre il lui serait facile de trouver du travail avec sa qualification de technicien, mais il savait que vraisemblablement il ne verrait pas la fin de la guerre.

– Ralentissez.

L'ordre le replongea dans une activité intense. Il se prit à souhaiter que le fuel vienne à manquer. Il lança un juron en percevant le sifflement de la première torpille, suivi immédiatement d'un second. Hans sentait la tension qui régnait dans le sous-marin tandis que l'équipage, lentement, comptait.

Une minute, une minute et demie, deux minutes. Silence.

Ils avaient raté leur cible. Il y eut un autre sifflement, une troisième torpille fut lancée, puis une quatrième.

... soixante et un, soixante-deux, soixante-trois...

Ils perçurent le bruit lointain d'une torpille se fracassant sur la coque d'un navire. Touché ! Hans resta figé. Il se mit automatiquement à compter. Une deuxième explosion, plus impressionnante que la première, se fit entendre aussitôt après, puis une troisième; un vacarme effroyable ébranla le sous-marin au même instant, tandis que le reflux le soulevait.

Chargement de munitions sans doute, se dit Hans.

Les flancs du sous-marin se soulevèrent, il fit un

demi-tour complet comme un être vivant, projetant à terre Hans et Schmidt. Lentement, il se redressa, s'inclina vers l'arrière. C'est alors qu'ils perçurent le bruit inquiétant de destroyers qui approchaient.

– Trop près, murmura Hans.

Il avait une envie folle de saisir la manette des gaz et de la pousser à fond; mais ils avançaient lentement, droit sur la cible.

– Droit dessus ! Droit dessus !

Les ordres du commandant arrivaient faiblement à travers le porte-voix.

– Quatre-vingt-dix pieds. Cap deux cent trente. En avant, toutes !

Hans respira longuement avant de pousser la manette à fond.

Les destroyers devaient être en position de feu, mais ils ignoraient la vitesse incroyable que pouvait atteindre le *XLII*; c'est du moins ce qu'espérait Hans.

Il avait raison. La première explosion se fit loin et bien au-dessus d'eux. Il perçut le bruit sourd de l'explosion d'une grenade sous-marine.

– Onze nœuds, dit Hans à Smitty. On va maintenir cette vitesse jusqu'à épuisement du mazout. Douze heures environ. Ça suffit ! Et puis il y a les accus !

– Allons, dit Smitty en esquissant un vague sourire.

Hans lui donna une tape amicale sur l'épaule, mais au même moment une détonation assourdissante retentit, tandis que la seconde grenade sous-marine explosait, si près que tous en frissonnèrent.

Elle fut aussitôt suivie d'une autre, un peu plus éloignée à tribord.

– Elles sont passées plutôt près ! grommela Hans.

– Stoppez les moteurs.

L'ordre du commandant signifiait qu'il n'y avait plus aucun espoir d'atteindre la cible. Même le *XLII* ne pouvait pas égaler la vitesse d'un destroyer.

Il allait plonger et rester caché au fond de l'océan.

De toute évidence ils plongeaient rapidement. Hans entendit le sifflement de l'air qui sortait des valves et le bouillonnement de l'eau dans les ballasts.

Trop vite, trop vite, attention ! avait-il envie de hurler. Enfin, au bout de quelques instants qui lui parurent interminables, le sifflement cessa et le sous-marin se posa.

Hans s'essuya le front. Il était tout suant, à cause de la chaleur, certes, mais surtout de la peur qu'il avait éprouvée. Dans la pénombre, il vit Smitty en faire de même.

– Silence total ! ordonna le commandant.

Hans fit un clin d'œil à Smitty tout en esquissant un sourire forcé. Les cinq minutes qui suivirent semblèrent une éternité. Ils percevaient le bruit des moteurs des destroyers juste au-dessus de leur tête.

Soudain une explosion terrible à l'arrière du bateau propulsa le sous-marin comme un requin harponné.

L'espace terrifiant d'une minute, Hans s'accrocha à un tuyau et vit Smitty tomber à la renverse et se cogner la tête contre un moteur. Le sous-marin perdit l'équilibre, roula sur le côté puis en arrière et sembla s'enfoncer. Hans essayait désespérément d'évaluer les dégâts, mais les lumières s'éteignirent peu à peu.

Il s'aperçut alors que Smitty gisait, la tête à moitié dans l'eau qui commençait à monter; elle lui arrivait déjà aux chevilles. Ce fut soudain l'obscurité totale.

Hans se dirigea vers Smitty à tâtons et parvint à le hisser sur des tuyaux. Il trouva sa lampe et l'alluma. Il entendit la voix du commandant, plus calme maintenant. Le salaud a atteint son but ! se dit Hans.

– Rapport d'avaries immédiat, Kolb ! s'écria le commandant.

La lampe ne révélait que trop les dommages.

L'explosion avait tordu la plupart des tuyaux. L'eau et le mazout filtraient à travers des milliers de fissures.

Hans se fraya un chemin dans l'eau qui montait de plus en plus dans la salle des machines; horrifié, il vit qu'à l'endroit où la grenade avait fracturé l'armature du sous-marin, formant un trou aussi grand que son poing, l'eau de mer essayait de pénétrer en force. L'écume grésillante lui mouilla le visage, tandis que l'eau formait des nappes d'écume autour de ses genoux. Les batteries étaient déjà sous l'eau dont le niveau devenait inquiétant.

Hans retourna dans la salle des moteurs et, utilisant toute son énergie, parvint à refermer la porte et à la coincer fermement. La légère fuite d'eau s'accentuait, le sous-marin s'était incliné et sombrait rapidement par l'arrière. Vociférant à cause du sol glissant, il tenta de s'approcher du porte-voix où le commandant s'évertuait à poser des questions.

– Ça va mal, répondit-il en haletant. Il y a un trou béant dans la salle des moteurs et l'eau monte rapidement. J'ai verrouillé la porte. On ne peut plus avoir de courant. Les diesels sont déjà à moitié submergés et les tuyaux fuient en bien des endroits. C'est sans espoir.

– Fermez la salle des machines et remontez au contrôle, dit le commandant d'un ton sec.

Hans saisit Smitty, mais au moment où il allait le hisser sur ses épaules, la position de sa tête le fit frémir. Smitty était mort, la nuque brisée.

Il le posa doucement sur les tuyaux.

– Sans bavure ! C'est peut-être lui qui a de la chance.

Pour la première fois de sa vie, Hans ressentit une peur panique. Il éprouvait le désir insensé de s'évader. Il sentit une décharge d'adrénaline et se mit à trembler. Il partit à la renverse, roula contre les tuyaux. Impossible de se contrôler !

Piégés ! Ils étaient tous piégés !

Les diesels Walther dégageaient une chaleur mêlée à une odeur de mazout intolérable. Il commençait à étouffer.

– Ressaisis-toi ! Sors d'ici !

On aurait dit la voix d'un étranger, mais il savait que c'était la sienne.

En essayant de se frayer un chemin à travers cette galère, il lui sembla entendre une prière; une supplique étouffée, rapide, comme si l'homme avait mille choses à dire mais manquait de temps.

Le *XLII* inclina sa quille à quarante-cinq degrés; il était pratiquement impossible d'avancer. Hans parvint au mess des sous-officiers. Il enfonça la lampe dans sa poche et, à quatre pattes, essaya de grimper malgré l'inclinaison du sol glissant.

Le sous-marin atteignit le fond sans grande secousse; il n'y eut qu'un léger grincement au moment où il se cala lourdement et de guingois. On ne perçut plus que le bruit de l'eau qui pénétrait dans la salle des machines et celui des tuyaux qui fuyaient.

Quand il arriva à la salle de contrôle, Hans avait retrouvé son sang-froid. Un sentiment de honte s'empara de lui. Lui qui avait survécu à la bataille de l'Atlantique, passé deux ans en mer dans l'océan Arctique et qui frôlait la mort quotidiennement depuis cinq ans avait soudain craqué. Il en connaissait la raison. La fin de la guerre approchait. Tout cela était parfaitement inutile. Il fit face au commandant, une lueur de haine dans le regard.

– Écoutilles des salles des machines verrouillées, commandant. Schmidt est mort. Nuque brisée en tombant.

– L'heureux homme ! répondit-il en riant. Bien, certains peuvent encore en réchapper. (Il fronça les sourcils et se tourna vers Hans.) Qui dois-je choisir en premier, Hans ?

– Les officiers ou les hommes mariés. (Hans

ressentit une immense lassitude l'envahir.) Permission de me mettre au repos, commandant ?

– Permission accordée. Enfilez un gilet de sauvetage, dit-il en le regardant pensivement. Êtes-vous marié, Hans ?

– Non, commandant. Pas eu le temps. J'étais trop jeune avant la guerre.

– C'est vrai, nous n'avons pas eu souvent de permissions, n'est-ce pas ? Très bien, Hans, prenez ceci et montez, dit-il en lui tendant un ballon d'oxygène et en lui montrant l'écoutille au-dessus de leur tête.

Hans, ébahi, ne demandait qu'à le croire.

– C'est un ordre, Kolb. Pour vous aussi, ajouta-t-il en montrant le second.

L'espace d'un instant, Hans et Steen, médusés, se lancèrent un regard gêné.

– Pourquoi moi ? demanda Hans, culpabilisé au plus haut point.

– Parce que vous êtes un rêveur, Kolb. Le monde civilisé aura besoin de gens comme vous. Comment recréer le monde, autrement ? Et n'oublions pas que vous étiez champion de natation. Vous avez donc une chance de vous en tirer.

Une secousse soudaine ébranla le sous-marin qui sembla se pourfendre. L'eau s'engouffra dans la coque sous la pression des millions de tonnes qui l'enserraient.

Hans se hissa sur la tourelle et se retourna pour aider Steen. Trop tard, se dit-il, mais il se rendit compte qu'on refermait l'écoutille. Au prix d'un violent effort, il parvint à ouvrir le sas.

Il n'apercevait qu'une écume blanche bouillonnante. Saisi par le froid, il se sentait écrasé, aplati, aspiré, roulé d'un côté, de l'autre. La force de l'eau lui arracha son masque; il réussit à sauvegarder le tuyau à oxygène et le fourra dans sa bouche, serrant âprement les dents.

Il remontait vers la surface, tirant Steen derrière

lui. En dehors de quelques éclairs phosphorescents, l'obscurité était totale, le froid intense. Là-haut, bien au-dessus de leur tête, on pouvait respirer l'air. La vie ! Autour de lui, il ne régnait qu'une impression de mort. Dans les cabines, il y avait encore des poches d'air. Les hommes avaient encore quelques jours de survie dans ce piège, mais une mort atroce les attendait. Incapable de maîtriser sa peur, il battait désespérément des pieds pour atteindre la surface.

Pas si vite, se dit-il. Du courage, mon vieux, du courage ! Mais l'obscurité, autour de lui, restait un mur impénétrable. Il s'accrochait énergiquement au tuyau, aspirant de grandes bouffées d'oxygène qu'il retenait le plus longtemps possible dans ses poumons et expirait lentement. Il ressentait une douleur intolérable aux yeux et aux oreilles. Un certain engourdissement le gagnait peu à peu. Il lui fallait lutter.

Ses battements de pieds redoublèrent, ses bras puissants le propulsaient à la surface. Au bout d'un moment, il ralentit, se rendant compte qu'il remontait trop vite. Il aurait des problèmes de décompression en arrivant à la surface, si jamais il y arrivait ! Il se trouvait au cœur du Styx.

12

Tout s'était estompé, mais pour combien de temps ? Impossible de savoir. Il faisait encore nuit et l'épais brouillard qui avait recouvert la mer n'était plus qu'une lueur jaune énigmatique. Il faisait un froid glacial. La lune a dû se lever, pensa Hans. Il était en état de choc. Tout se mêlait dans son esprit. Il était en train de mourir, mais qu'importe ! Il ne souhaitait qu'une chose : dormir.

Ce fut la décompression qui le sauva : des douleurs lancinantes dans l'estomac, les bras et les épaules. Il entendit un hurlement aigu, inhumain qui se répercuta sur la mer déserte. Il se rendit vite compte qu'il était seul et que les cris sortaient de sa gorge. Il lutta de toutes ses forces pour ne pas perdre la raison. Jamais il n'avait ressenti de douleur aussi intense. Il ne résisterait pas longtemps. Soudain, il n'eut plus mal.

Il fit quelques mouvements de jambes et de bras avec précaution, tout étonné de pouvoir bouger et respirer l'air pur.

– Steen, Steen ! Hou hou ! s'écria-t-il.

Aucune réponse. Il capitula.

Ils se trouvaient au large de Walvis Bay quand ils avaient eu le convoi en vue, mais là, perdu en pleine mer, dans un brouillard total, il ne savait plus à combien de kilomètres de la côte il était. Il n'avait qu'une solution : nager jusqu'au rivage.

Comme par miracle, l'espace d'un instant, le brouillard se leva. Il aperçut la lune à travers la brume, juste au-dessus de l'horizon. Était-ce le lever du soleil ou le coucher ? Il n'en avait aucune idée. Il savait seulement qu'il avait perdu conscience quelques instants. Il se mit à nager vers ce qui, selon ses calculs, devait être l'est.

Il fit quelques centaines de mètres en crawl, mais au bout d'une demi-heure il était à bout de souffle et avait l'impression d'avoir du plomb dans les membres. Il avait des élancements dans les jambes. Il nagea la brasse, songeant tristement aux effets néfastes des cinq dernières années qu'il avait passées enfermé dans la salle des machines. Grand Dieu, à l'école quand il avait dix-sept ans, il faisait régulièrement des courses de huit kilomètres à la nage et en sortait généralement vainqueur. Se mettant sur le dos, il se laissa porter par les vagues, l'air songeur. S'il se débarrassait de son gilet de sauvetage, il se noierait probablement quand la fatigue prendrait le dessus; si, d'autre part, il le conservait, il ne parviendrait jamais jusqu'au rivage car le gilet l'empêchait d'avancer normalement. Il n'avait pas le choix. Au prix de mille efforts, il parvint à l'ôter, puis retira ses papiers de sa ceinture, les mit dans la poche de sa chemise et enleva également son pantalon avant de reprendre ses mouvements de crawl.

Quelques heures plus tard, il ressentit une douleur atroce à l'estomac, dans les côtes, les articulations des genoux et des épaules. Son corps, tel un robot, devait ignorer la douleur; il se mit à compter comme il le faisait lors des entraînements à l'école : un, deux, trois, quatre. La douleur s'infiltrait jusqu'au bout des doigts, mais Hans décida de ne pas y prêter attention et continua à compter. Il poursuivit sa course pendant une demi-heure, peut-être plus; impossible de savoir. Il avançait sans réfléchir, telle une épave à la dérive.

Des crampes fulgurantes le firent hurler de douleur. Ses mouvements redoublèrent dans l'eau. Il se tourna sur le dos, luttant pour ne pas couler et regrettant amèrement son gilet de sauvetage. Une fois la douleur passée, il reprit ses mouvements de crawl, mais il s'était retourné tant de fois qu'il ne savait plus quelle direction prendre.

Si seulement le brouillard se levait ! Mais il était plus épais que jamais. À l'aube, il pourrait enfin se repérer, mais il était peut-être à des heures de nage du rivage. Et s'il était dans la mauvaise direction ? La meilleure solution serait d'attendre, mais lorsqu'il flottait sur le dos, il sentait le froid envahir tous ses membres, et il savait que la mort le guettait s'il ne poursuivait pas sa route.

Une heure s'écoula, puis une autre. Il souffrait le martyre mais se forçait à pourfendre l'eau. Il aurait sans doute capitulé sans la pensée de ses camarades morts ou mourants. C'est à lui qu'on avait donné une chance de survivre. Il fallait qu'il y arrive. Il se sentait au bord de l'évanouissement. Une soif atroce le tenaillait. Il avait le visage, les lèvres, les yeux recouverts de sel; l'estomac lui brûlait tant il avait avalé d'eau salée; parfois il vomissait dans la mer.

– Un, deux, trois, quatre. Un, deux, trois, quatre.

Il entendit soudain le battement rythmé des concurrents, le bruit de l'eau qui giclait, les hurlements des copains qui encourageaient leur favori. Il était à l'école, il allait gagner le cinq cents mètres crawl. Il fallait qu'il gagne. Sa mère était dans les tribunes, vêtue de sa robe de taffetas bleue et d'un chapeau assorti, avec ses yeux d'azur comme les bleuets qui poussaient à profusion devant la porte de la cuisine. Toute une symphonie de bleus. Son père aussi se trouvait là. Il avait tout du fermier, raide dans ses vêtements du dimanche inconfortables, le bras autour de la taille de sa femme d'un air possessif. Hans savait qu'il pouvait gagner, que la coupe de l'école viendrait rejoindre sur le buffet les autres coupes gagnées par son père et que sa mère gardait comme un trésor.

Il avait toujours éprouvé une certaine jalousie à l'égard de son père. Malgré ses efforts, ses exploits ne pourraient jamais égaler ceux d'un homme qui était devenu un héros de légende dans le district. Ainsi Hans avait-il appris à nager comme une machine, plus vite et plus âprement que jamais; et il avait non seulement remporté la coupe de l'école mais, ayant battu le record, s'était retrouvé en équipe nationale pour défendre les couleurs de l'Allemagne, juste avant le début de la guerre.

– Un, deux, trois, quatre...

Plus rien ne comptait en dehors de la nécessité

de forcer ses bras et ses jambes à accomplir des exploits auxquels ils n'étaient pas préparés. Il remarqua qu'il les avait tous distancés, il était seul, mais il n'en voyait pas la fin; il devait se trouver certainement près de la courbe de la rivière où était l'arrivée, marquée par un ruban orné de drapeaux multicolores, tendu de chaque côté de la rive.

Il ouvrit les yeux, tourna légèrement la tête. Rien, sinon un épais brouillard, glacé, impénétrable, qui enveloppait l'Atlantique. Il s'immobilisa quelques instants. Le visage de sa mère lui avait paru si réel. Des larmes coulèrent le long de ses joues. C'était la première fois que son chagrin s'exprimait.

L'espace d'une seconde, il se demanda s'il n'allait pas capituler et se laisser doucement mourir ici. À quoi bon lutter ? Ses chances d'atteindre le rivage étaient pratiquement nulles. Mais il savait qu'il n'abandonnerait jamais. Au moment où, en grommelant, il allait lever le bras pour refaire ses mouvements de crawl, il aperçut, par-dessus son épaule, une flamme vacillante à un angle de quarante-cinq degrés. Il fit aussitôt demi-tour et se dirigea vers elle. D'après ses calculs, elle devait se trouver environ à quinze cents mètres.

Il eut un étourdissement. Puis, dans un sursaut, recracha l'eau qu'il avait ingurgitée.

– Putain, nage ! Nage, imbécile ! hurla-t-il.

La douleur était intolérable. Les yeux lui brûlaient, tous ses membres lui faisaient atrocement mal.

– Ne t'arrête pas, sinon c'est la mort ! hurlait-il, suffoquant.

Quand débuta ce dialogue avec lui-même ? Il n'en avait aucune idée, car il s'était perdu dans cet univers étrange de la semi-conscience où le corps et l'esprit semblent se dissocier. Il contemplait les battements de ses jambes et de ses bras endoloris et inlassablement incitait son corps à avancer.

Le brouillard s'auréola d'une lueur étrange, comme la flamme d'une bougie; bizarrement la mer devint tiède, puis carrément chaude. Au-dessous de lui, une grande bouffée de gaz se dégagea, lui brûlant les jambes; une odeur de sulfure emplit l'atmosphère. Sulfure et soufre ! Il était en enfer. Oui, la mer, le brouillard, c'était vraiment l'enfer.

Une autre flamme surgit à travers le brouillard, environ à cinq cents mètres. Il se sentit une énergie nouvelle. Rassemblant ses dernières forces, il nagea dans cette direction.

Il savait maintenant qu'il allait survivre, que rien ne serait plus comme avant. Désormais, la terre qu'il foulerait du pied serait vénérée et sanctifiée; chaque jour serait, à ses yeux, un don de la vie, pas tout à fait mérité mais accepté avec gratitude. Jamais plus, il en était conscient, il ne serait en proie à la panique. Il avait vaincu la souffrance et la peur. Le brouillard se levait. Pour la première fois, il apercevait la surface de la mer sur un rayon de trois mètres.

Puis ce fut l'aube. Un bref instant merveilleux, la brume s'éclaircit et le ciel apparut, symphonie de rose et de mauve.

– J'ai réussi ! J'ai réussi ! s'écria-t-il.

La terre était à moins d'un kilomètre. Quelques minutes plus tard, il perçut des cris. Un canot se dirigeait vers lui. Six matelots maniaient les avirons, un autre se tenait debout à l'avant.

– Par là, par là ! hurla-t-il.

Il régna un silence soudain. Le canot, symbole de vie, était là, devant lui.

– Sale boche ! s'écria l'un des matelots. Je parie que c'est un de ces sales boches !

Hans s'agrippa au bateau.

– Hé ! tu es boche ? dit l'un des marins en le poussant de son aviron.

Leurs regards se croisèrent. Hans y lut une expression de haine. Il en avait assez de la guerre, il voulait fuir, mais c'était impossible. Rester en vie, monter à bord, voilà ce qui lui importait. Il avait envie de mentir, de faire semblant de ne pas comprendre l'anglais. À quoi bon ?

– Oui, répondit-il.

– Alors on a eu ce putain de sous-marin ?

– Oui.

Impossible d'expliquer, il était si fatigué.

– Va nourrir les requins, vieux !

La vigie fit lâcher prise à Hans et le rameur le repoussa.

Kolb s'évanouit.

– Sois pas timbré, c'est probablement le seul survivant, dit un autre marin. Ils vont vouloir l'interroger.

– De toute façon, il va mourir.

– Il le mérite, ajouta la vigie en se penchant par-dessus bord pour saisir le bras de Hans. Bon sang, il pèse une tonne ! Aide-moi à le hisser.

13

La vie était si monotone à Walvis Bay, pas le moindre événement, même pas un changement de saison. Pourtant, une nuit, le village fut secoué par le vacarme retentissant d'une bataille navale. Tous les habitants se retrouvèrent aussitôt sur l'embarcadère. Il y avait des Ovambos, des Hottentots, des Hereros, quelques Bochimans, domestiques dans des familles du village, des colons d'origine anglaise, allemande et afrikaner, bon nombre de Basters, descendants des Hollandais-Hottentots, et une masse de gens frustes venus de tous les pays d'Europe qui s'étaient établis là plus récemment pour partager le butin qu'offrait la mer.

Deux heures du matin. Ils étaient toujours en pleine effervescence mais déçus. Quelques heures auparavant, ils avaient perçu le bruit de torpilles et de grenades sous-marines, puis un bref incendie quand un cargo suédois avait pris feu avant de sombrer. Le brouillard s'était alors épaissi, et ils ne distinguaient plus que la lumière fugitive des torches qui guidaient les survivants vers les bateaux de sauvetage.

Plusieurs bateaux de pêche étaient venus leur porter secours, et le petit hôpital de Walvis Bay avait été alerté par radio. Quelques survivants, trop gravement blessés pour atteindre Le Cap, durent être emmenés à terre en remorqueur.

L'infirmière en chef téléphona au médecin à Swakopmund et rappela le personnel réduit au nombre de deux personnes : une infirmière d'une cinquantaine d'années, Rose Manners, qui s'empressa de préparer le bloc opératoire, et une autre, plus jeune, fille d'une famille de pêcheurs du coin, Claire MacGuire, qui fut envoyée au port pour s'occuper du transfert des malades à l'hôpital.

Claire attendait fébrilement sur le quai. Consciente de ses capacités, elle avait beaucoup de bon sens et d'assurance malgré ses vingt ans. Petite, svelte, filiforme, elle avait une toison de cheveux frisés roux qui dépassaient de sa calotte. Tout en scrutant anxieusement l'horizon brumeux, elle remuait convulsivement les mains.

Peu de temps après, elle entendit la sirène de la voiture de police. Le commissaire vint aussitôt vers elle.

– Eh bien, Claire, c'est une lourde responsabilité pour de jeunes épaules.

Son air protecteur l'agaçait.

– Bonne chance, ma petite. Le remorqueur sera là d'une minute à l'autre. Il y a un survivant du sous-marin. Il ne faut pas le lâcher une seconde. Je dois l'interroger à l'hôpital, vous comprenez. Bon, je vais m'approcher. Je vous laisse un de mes hommes.

Il fit signe à un jeune agent.

– Mais... s'il est gravement atteint ? lui dit-elle en le retenant.

– Sécurité du pays d'abord, lui répondit-il pompeusement. Ils l'expédieront certainement à Johannesburg.

– Tout dépendra de son état.

Il lui lança un regard méfiant.

– Ce n'est pas de notre ressort, ajouta-t-il en appréciant, au fond de lui, son sens du devoir.

Claire avait du mal à se contenir.

– Je vous serais très reconnaissante de dire à votre agent de faire reculer la foule. Il pourrait ainsi se montrer utile.

On distinguait vaguement le remorqueur à travers la brume. Quelques secondes plus tard, des marins dévalèrent la passerelle et posèrent des brancards à ses pieds.

On dirait des offrandes, pensa-t-elle. Il n'y en a que cinq, Dieu merci ! Un instant plus tard, agenouillée, elle examinait les blessés. Après avoir jeté un regard d'ensemble, elle se tourna vers un marin qui avait le bras broyé, lui injecta une dose de morphine et l'expédia dans le premier véhicule.

Claire travaillait vite. Elle piquait un malade, en examinait un autre et passait au suivant. Plus que trois.

Un étrange silence régnait parmi la foule. Il s'éleva soudain un murmure de compassion lorsqu'elle souleva les couvertures et qu'un jeune homme blond, pas rasé, apparut. Il délirait en allemand. Il avait le corps et une partie du visage atrocement brûlés, et une jambe presque sectionnée. Il allait falloir l'amputer. Maniant l'aiguille avec dextérité, elle lui injecta une haute dose de morphine.

– Dites à l'infirmière que c'est le plus gravement atteint, dit-elle à l'un des chauffeurs.

En levant les yeux, elle s'aperçut que c'était Bertha Factor dans sa camionnette.

Claire donna l'ordre d'expédier le brancard suivant à l'hôpital avant de soulever la couverture pour examiner le dernier blessé. Cet instant allait rester gravé à tout jamais dans sa mémoire. On aurait dit un géant. Bien qu'il fût inconscient, puissance et obstination émanaient de lui. Il avait un visage large, trop large, un grand front recouvert de boucles blond cendré encore mouillées qui retombaient sur des pommettes saillantes, des sourcils blonds étonnamment raides. Malgré ses yeux fermés, il battait imperceptiblement des cils. Un nez court, droit, aux larges narines, des lèvres sensuelles, un menton saillant, volontaire, accentuaient sa virilité. Elle ne pouvait détacher son regard de lui, tant sa beauté la subjuguait.

Elle passa la main sous les couvertures pour lui tâter le pouls. Si beau et si près de la mort ! Elle en eut les larmes aux yeux. Elle se pencha vers lui. Ni pouls ni battements de cœur.

Il est trop solide pour mourir, se dit-elle. Elle plaqua ses lèvres contre les siennes et souffla avec acharnement, remarquant à peine la foule qui s'était rassemblée autour d'elle. Elle était prête à lui donner la moitié de sa vie, tant elle se sentait attachée à lui.

Les joues de l'homme reprirent peu à peu des couleurs, sa respiration redevint normale, son pouls se remit à battre. Claire avait totalement perdu la notion du temps.

– Trouvez-moi du cognac, s'écria-t-elle en se tournant vers la foule.

Elle lui passa le bras sous le cou, lui souleva

légèrement la tête et lui versa quelques gouttes de cognac dans la bouche. Il cligna faiblement des yeux puis avala quelques gorgées et se mit à tousser.

– Êtes-vous anglaise ? murmura-t-il.

– Ne parlez pas, répondit-elle doucement. Gardez vos forces. Maintenant que vous avez repris connaissance, on va vous transporter à l'hôpital.

– Je m'appelle Hans, Hans Kolb. Je suis allemand, dit-il d'une voix grave.

– Ne dites rien pour le moment. Respirez fort et avalez-moi ça, répondit-elle aussitôt.

– Ah, du cognac ! dit-il avec un accent allemand très prononcé. Je croyais me trouver en enfer... et je m'aperçois que c'est le paradis.

Il esquissa un sourire, découvrant des dents d'une blancheur éclatante.

Claire leva enfin les yeux et aperçut des bottes noires et un pantalon horriblement froissé.

– Voilà donc l'Allemand !

Le commissaire de police s'était retourné, légèrement perplexe.

Claire se redressa brusquement.

– Oh non ! je ne crois pas. J'en doute même. Mais enfin, qui sait ? Ils sont tous dans un si triste état ! Celui-ci ne peut pas parler. Il est choqué, je pense, mais le premier que j'ai fait partir s'exprimait en allemand. C'est plutôt lui que vous cherchez.

Elle plongea son regard dans ses yeux étonnés qui l'observaient. Elle en rougit.

– Ils posent trop de questions, lui dit-elle plus tard dans la camionnette. À l'hôpital, seuls les êtres comptent, pas leur nationalité. Il n'y a que deux catégories de gens, les malades et les autres. (Elle se sentait gênée.) On en a assez de leurs questions idiotes. Grand Dieu, oui !

Ils vont le conduire dans un hôpital de Johannesburg ou même l'expédier à Londres, songea-t-elle avec angoisse. Elle ne le reverrait plus. Mais pas tout de suite. Il n'en était pas question. Il lui fallait d'abord se reposer un jour ou deux. Quelle absurdité ! La guerre était presque gagnée.

Hans dormait quand ils arrivèrent à l'hôpital. Elle sortit le paquet volumineux de la poche de sa chemise et l'ouvrit. Le porte-monnaie était enveloppé dans une toile cirée, mais les papiers étaient tout de même mouillés. Elle les lui sécherait et les lui remettrait plus tard, se dit-elle en les fourrant dans sa poche.

Le médecin était arrivé et se trouvait au bloc opératoire avec Rose, tandis que l'infirmière-chef s'occupait des autres blessés. Plus le temps maintenant de se laisser aller aux regrets ou d'éprouver un sentiment de culpabilité, l'homme à la jambe sectionnée devait être emmené au bloc. Quelle perte de temps ! se dit-elle en lui ôtant son gilet de sauvetage. Il avait été blessé par une explosion et toute une partie de son corps était calcinée. Il n'avait aucune chance de s'en sortir.

Lorsqu'elle sortit du bloc, elle jeta un coup d'œil à ses papiers d'identité. Il était suisse. Günter Grieff de Zurich. Tout y était : le passeport, le certificat de naissance, 13 mars 1915, et un permis de séjour pour l'Afrique du Sud. Sa profession : tourneur-ajusteur. Les papiers avaient été enveloppés dans une toile cirée et placés à l'intérieur d'un porte-monnaie imperméabilisé. Elle les mit dans un tiroir avec soin. Entre deux rondes, elle venait s'asseoir auprès de Hans. Le simple fait de le voir la rendait heureuse. Ce n'est qu'à l'aube qu'il entrouvrit les yeux et lui sourit. Claire était au comble de la joie et de la gratitude. Il était sauvé.

L'infirmière approchait. Elle entendait le bruit

de ses pas sur le plancher. Elle se pencha vers Hans et lui chuchota à l'oreille :

– Dites que vous ne vous souvenez de rien. S'ils découvrent votre identité, ils vous emmèneront en prison et votre état ne le permet pas... Oh, non ! S'ils s'aperçoivent...

Son regard d'azur se posa sur elle avec gravité. Comprenait-il vraiment ? Acceptait-il ? Ces questions la tourmentèrent toute la journée. Elle passa ses heures de repos dans un état d'agitation extrême.

– Où vas-tu ? demanda Marika en voyant Bertha vêtue d'une robe de soie et d'un chapeau, prête à partir.

– Je vais à l'hôpital porter des fruits et des journaux aux malades.

– Des fruits ? s'enquit Marika avec un œil d'envie.

– Ce colis de pommes congelées est arrivé ce matin pendant que tu dormais. Je n'ai pas encore eu le temps d'ouvrir le nôtre.

– Je vais le faire, dit Marika gaiement. Je déjeunerai d'une pomme.

– Mange correctement. C'est idiot de faire du régime. Tu n'as pas un pouce de graisse. Pourquoi ne vas-tu pas à l'hôpital à ma place ?

– Non, merci. Je m'occuperai du magasin.

Bertha revint de l'hôpital bouleversée. Tous ces blessés lui faisaient penser à Irwin. Avait-il autant souffert ? Cette pensée la tourmentait.

– Que d'horribles blessures ! ne cessait-elle de répéter. Et ce pauvre Allemand ! Vois-tu, il était si gravement brûlé et mutilé qu'ennemi ou pas mon cœur est allé vers lui.

Le visage de Marika se durcit.

– S'il est allemand, il mérite de mourir. Ils auraient dû le laisser sur le quai. Ou, mieux, le rejeter à la mer. C'est ce que j'aurais fait.

– Si ton cœur n'éprouve aucune pitié, je crains que la vie ne te donne une leçon, ma chérie, et une bonne. Tu verras.

Marika éclata de rire. Elle décida de se rendre à l'hôpital le lendemain pour contempler, de ses propres yeux, la souffrance de cet Allemand.

14

Hans se trouvait à l'hôpital depuis deux jours. Cet après-midi-là, il était tout à sa joie d'être encore en vie. Claire, la douce et obstinée infirmière, lui avait sauvé la vie. Jamais il n'oublierait son visage sur l'embarcadère, son désir de le voir guérir, sa gorge presque nouée par les sanglots, la férocité de son regard lorsqu'elle mentit à la police.

Pourquoi ? Parce qu'elle se croyait amoureuse de lui, il s'en était rendu compte. Les filles sont d'une sentimentalité absurde ! Elle lui avait rendu plusieurs visites dans l'après-midi sans aucune raison, alors qu'elle n'était même pas de garde. Suivant ses conseils, il avait prétendu avoir perdu totalement la mémoire, mais il était certain que Rose ne le croyait pas. Tout comme Claire, elle se montrait compatissante.

Dieu merci, elles étaient là ! Il était faible, encore choqué, et avait besoin de repos. Mais pis, il était assailli de remords. Le destin cruel de ses camarades le rendait honteux d'être encore en vie; il avait passé des heures à se culpabiliser et en avait conclu que la vie sur cette merveilleuse planète était un don de Dieu; être malheureux, c'était ne pas être conscient de cette offrande. Ainsi, appuyé contre ses oreillers, il regardait par la fenêtre, obsédé par le privilège qui lui était accordé de respirer l'air pur et de distinguer l'éclat du soleil qui perçait à travers la brume.

Il pensait bientôt révéler la vérité pour ne pas en faire porter la responsabilité à Claire. On l'expédierait dans un camp de prisonniers et il serait, un jour, rapatrié. Il trouverait alors la Fräulein de ses rêves, l'épouserait et gagnerait sa vie comme spécialiste des moteurs diesels.

Fermant les yeux, il se laissa bercer par son rêve favori et s'endormit.

Un instant plus tard, il perçut un léger bruissement. En ouvrant les yeux il découvrit la jeune fille de ses rêves. Debout, près de lui, elle déposait délicatement quelques journaux et chocolats sur sa table de chevet.

– Fräulein... murmura-t-il dans un état de semiconscience.

C'était bien elle. Incroyable ! Il avait peur d'en détacher son regard. Il savait qu'au moindre clignement d'œil elle disparaîtrait.

– Fräulein... dit-il en cherchant sa main.

Elle recula, ébahie.

Elle était un peu différente, avec sa chevelure d'un blond plus soutenu, ses yeux ambre et non bleus, sa poitrine plus menue que dans son souvenir, mais c'était sans doute parce qu'elle était plus jeune. Dix-sept ans environ. Mais qu'importe, c'était bien elle. Elle avait surgi des profondeurs de son subconscient pour prendre forme.

Il ferma les yeux, mais quand il les rouvrit, elle avait disparu. Il en était presque heureux. Les hallucinations, même agréables, ne sont pas un signe d'équilibre.

Il se redressa et chercha son verre d'eau qui n'était pas à sa place habituelle. Par contre, il trouva des chocolats et des journaux. Il les effleura pensivement, ouvrit la boîte et en mangea un. Ils étaient parfaitement réels. Il en prit un autre puis appuya sur la sonnette.

Rose arriva tout essoufflée au bout de quelques minutes.

– Prenez un chocolat, lui dit-il.

– Eh bien, jeune homme, vous croyez que je n'ai rien d'autre à faire que d'accourir pour manger un chocolat ! (Elle en prit tout de même un.) Hum... ils sont délicieux. J'en prends un autre.

– C'est curieux. Oui, amusant comme vous dites, vous les Anglais, *ja !* C'est comme si je m'éveillais au milieu d'un rêve merveilleux et que je m'apercevais qu'il était réel, bien réel.

– De quoi parlez-vous ?

– De la jeune fille. Celle qui a apporté tout cela, dit-il en montrant les chocolats.

– À quoi ressemblait-elle ? demanda Rose en en prenant un autre.

Comment la décrire ? Quels mots pouvaient traduire sa perfection ?

– Un visage d'ange... des yeux de faon... et des cheveux... jamais vous n'en avez vu de semblables... comme des tresses d'or.

– Eh bien, s'écria Rose en éclatant de rire, c'est sans doute Marika, dit-elle, la bouche pleine. Je ne l'ai jamais regardée d'aussi près, mais elle correspond assez bien à cette description. Elle s'appelle Marika Magos, c'est la fille adoptive de Bertha Factor. Bertha vient souvent l'après-midi. J'espère qu'elle n'est pas malade, ajouta Rose avant de repartir s'occuper de ses autres malades.

Incroyable, se dit Hans. Son esprit analytique prit le dessus. Ce n'était pas incroyable mais impossible. Son état de fatigue extrême lui jouait des tours, il avait pris la jeune fille pour celle de ses rêves et son imagination avait fait le reste.

Il éclata de rire. Que d'élucubrations ! Mais quel joli nom tout de même ! « Marika, Marika », répéta-t-il en détachant chaque syllabe.

Il s'éveilla au milieu de la nuit, le sexe raide de désir, et se rendit compte qu'il serrait tout contre lui la main de Claire, l'infirmière anglaise. Il la repoussa avec une certaine gêne.

– Je rêvais, lui dit-il.

– Continuez, répondit-elle en lui reprenant la main et en la gardant dans la sienne.

Il esquissa un sourire par politesse, sachant qu'elle n'attendait que cela. Pauvre Claire, si seule. Il était ému. Il savait qu'il pourrait la posséder tout de suite. Il lisait son désir dans son regard. S'il soulevait les couvertures, elle se glisserait aussitôt contre lui. Pourquoi pas ? Après tout, elle était seule de garde. Il n'y avait personne dans la salle en dehors de lui et du pauvre diable du cargo suédois qui mourait discrètement derrière le rideau au bout du couloir.

Hans était assez tenté, mais en réfléchissant il se dit que ce n'était pas très correct. Hans n'avait jamais fait l'amour. Parfois, la nuit dans le sous-marin, son désir devenait intolérable. Seul dans son lit, il avait souvent imaginé l'acte d'amour, mais à ses yeux c'était encore auréolé de mystère. Il se levait physiquement soulagé mais passait des jours seul et déprimé, pris d'un profond désir de prendre une femme dans ses bras et de sentir la chaleur de sa peau. Et voilà qu'il en avait une certainement avec une grande expérience, qui s'offrait à lui. Assez mignonne également.

– Un sou pour vos pensées ?

– Je ne comprends pas, dit-il en la regardant, perplexe.

– À quoi pensez-vous ?

Ses yeux, d'un bleu éclatant, alertes et chaleureux comme un oiseau mais aussi méfiants, le scrutaient.

– À mille choses. À vous, par exemple. Pourquoi êtes-vous aussi gentille avec moi ? Vous avez menti au policier alors que je venais de vous dire qui j'étais. Il était de votre devoir de me remettre aux autorités. Me suis-je exprimé correctement ? *Ja ?*

Sans aucun doute, car elle rougit affreusement avant d'éclater de rire.

– Eh bien, je suis irlandaise.

Il se demanda si cela avait une signification profonde.

– La guerre est pratiquement finie, s'empressa-t-elle d'ajouter. Voyez-vous, après vous avoir interrogé, ils vous enverraient en Angleterre. Ils veulent des renseignements sur le sous-marin où vous vous trouviez... voilà pourquoi j'ai menti. (Elle poussa un long soupir.) Grand Dieu, vous n'allez pas m'en vouloir ? Vous n'êtes pas en état de supporter un internement dans un camp. À l'hôpital, on se moque pas mal des nationalités. Amis ou ennemis, quelle importance...

Elle s'interrompit. Hans eu du mal à réprimer son envie de rire.

Soudain elle se jeta dans ses bras. Elle sentait le désinfectant et ses cheveux roux frisés lui chatouillaient les narines. Hans tourna légèrement la tête pour éternuer.

– *Gesundheit*, dit-elle en levant les yeux vers lui et en l'embrassant.

– Claire, non, ne soyez pas amoureuse de moi, je ne resterai pas ici longtemps et vous seriez malheureuse.

Elle ne l'écoutait pas. Allongée sur le lit, elle se pressait contre lui, telle une marionnette filiforme et agitée. Elle va me lécher si ça continue, se dit-il. Son corps était long et musclé. Même ses lèvres, plaquées contre sa joue, étaient charnues et fermes. Des lèvres faites pour donner des ordres, non pour aimer.

Il lui caressa les cheveux, la joue, puis sa main descendit le long de son cou vers sa poitrine, à peine visible sous une étoffe affreusement empesée.

– Quel âge avez-vous, Claire ? murmura-t-il tout en la caressant de façon plus osée.
– Vingt ans.
– Moi, vingt-deux.
Elle se mit à pleurer.
– Dire qu'à vingt-deux ans vous avez connu tous ces drames ! Je ne veux pas qu'on vous emmène, dit-elle en sanglotant. Après tout, il est trop tard pour changer le cours de la guerre, non ? Ils captureront d'autres sous-marins, mais jamais je ne trouverai un être comme vous. Mon Dieu, je n'ose même pas y penser... Je ne supporte pas l'idée de vous savoir prisonnier.
– Ne vous inquiétez pas pour moi, dit-il en la repoussant. Je suis vivant, ça me suffit. Un camp de prisonniers serait le paradis comparé au sous-marin.
– Mais inutile d'y aller. Vous n'avez qu'à prendre ses papiers, dit-elle en montrant l'alcôve à l'autre extrémité de la salle.
Hans en frissonna.
– Pauvre chéri, s'écria Claire. Je vais aller chercher une autre couverture.
Elle s'éloigna quelques instants.
Une voix étouffée appela de l'autre côté de la salle. Hans se leva aussitôt et se dirigea sur la pointe des pieds vers le lit. Il écarta le rideau et se pencha vers le blessé.
Un moribond vivait ses dernières heures. Un mince filet de vie passait à travers une légère fissure laissée au milieu des bandages. Hans perçut un vague grognement sous l'amas de pansements. Scène encore plus horrible, le grognement devint une voix, celle d'un homme ou plutôt de ce qui avait dû être un homme.
– Vous êtes allemand, Hans ? murmura une voix éthérée.
– J'ai passé presque toute la guerre dans les sous-marins, répondit-il à contrecœur.

Le poids de la culpabilité l'assaillit de nouveau. Comment ce cocon pouvait-il renfermer un homme conscient qui s'exprimait avec lucidité ? Il se rappela toutes les pertes qu'ils avaient infligées à la flotte ennemie. Des chiffres sur un diagramme ! Mais ces chiffres s'étaient matérialisés devant lui en êtres de chair et de sang, blessés, aveugles, souffrants. Combien d'autres allaient encore subir le même sort ? Hans se dit que désormais il ne combattrait plus.

– Je suis désolé, désolé de ce qui vous est arrivé, murmura-t-il.

– Gardez votre pitié, Hans, dit Grieff. C'est la guerre. Je vais nettement mieux, je ne souffre plus. Demain je me lèverai.

Il poussa un long soupir. La fissure au milieu des pansements laissait apparaître deux lèvres et une fine moustache. Hans se dit avec dégoût qu'une fois cet homme enterré, sa moustache continuerait à pousser.

Claire entra en courant dans la salle. Elle déplia une couverture sur le sol avec quelques papiers.

– Regardez, dit-elle, ne prêtant nulle attention à la silhouette couverte de bandages près d'elle. Voici votre nouvelle identité. (Elle lui mit sous les yeux les papiers de Grieff.) Il faut simplement vous laisser pousser la barbe. Oui, il y a une certaine ressemblance. Évidemment, vous n'avez pas trente ans, mais avec une barbe...

– Non, grommela-t-il. (Il sentait une colère mêlée de haine monter en lui, effaçant toute pensée rationnelle.) Il va bien. Il est là et nous écoute.

– Quel imbécile ! Demain il sera mort. Vous savez bien comment ça se passe dans les climats chauds ! Un cadavre se décompose immédiatement. Ce n'est pas comme...

Hans se jeta sur elle et lui plaqua la main contre la bouche.

– Je vous dis qu'il va mieux.

– Baise-la, ronchonna le moribond en allemand.

– Vous voyez bien qu'il délire ! s'écria Claire, repoussant Hans.

Elle ramassa la couverture et il entendit le bruit de ses talons martelant le sol, tandis qu'elle se dirigeait vers le lit au bout du couloir, furieuse.

– C'est une nouvelle, elle est jeune, s'excusa-t-il en allemand, après s'être tourné vers l'amas de pansements.

Il n'obtint aucune réponse.

– Grieff, Grieff, murmura-t-il tout en se demandant quelle était la véritable identité de cet homme.

Était-il endormi ou inconscient ? Hans n'en savait rien. Il revint, tremblant de froid, vers son lit.

– Soyez raisonnable, lui dit Claire en le bordant.

On aurait dit que c'était lui, et non elle, le coupable. Pourtant elle envisageait de voler à un mourant tout ce qu'il possédait.

– Quand il sera mort et enterré, personne ne saura jamais. Ils auront leur victime... Grand Dieu... c'est tout ce qui les intéresse. Il marmonne toujours en allemand. Tout le monde est persuadé qu'il est allemand. (Elle se tourna vers Hans, l'air réjoui.) Vous serez immigrant suisse. Tous ses papiers sont là. Vous serez sauvé. Il le faut, il le faut ! Dites-moi que vous acceptez !

– Claire, écoutez-moi, dit-il en la secouant par les épaules. Il n'est pas encore mort, le pauvre diable !

– Pourquoi n'écoutez-vous pas la voix de la raison ? répondit-elle, irritée.

Il observait Claire dont le regard le suppliait de mettre un terme à cette discussion.

– Mon Dieu, que vous êtes stupide !

Hans lui arracha les papiers et les remit dans sa poche. Sa pitié s'était transformée en colère. Il se demandait pourquoi il avait attendu si longtemps.

– Pourquoi n'enlevez-vous pas cette saleté d'uniforme empesé, Claire ? J'ai l'impression de faire l'amour à une nonne. Ça me gêne.

Les yeux écarquillés, elle devint écarlate puis blême. Elle se mordit les lèvres. Elle avait les mains crispées.

– Je veux que vous sachiez que je vous aime, dit-elle en ôtant ses vêtements.

Elle avait une peau laiteuse, parsemée de quelques taches de rousseur aux bras et aux jambes. Elle était si mince qu'on lui voyait les côtes. Pourquoi porte-t-elle un soutien-gorge ? se demanda-t-il en la voyant se dévêtir.

– Je ne vous aime pas, Claire, je veux que vous le sachiez.

Je n'ai même aucune attirance pour elle, songea-t-il, mais je ne supporte plus l'idée d'être puceau. Plus aucune excuse. Fini, le sous-marin ! Un homme est un homme.

Il ne savait pas trop comment s'y prendre. Claire non plus. Ils s'embrassèrent un peu trop brusquement, leurs dents s'entrechoquèrent. Elle le mordit même par erreur. Leurs mains se cherchaient, tâtonnaient, caressaient mal. Elle était soit trop haut dans le lit, soit trop bas.

Il finit par la pénétrer. Elle cria.

Le lit se mit à grincer. Hans avait l'impression qu'on lui arrachait la peau en minces lamelles. Il voulut s'arrêter. Impossible. Il était empêtré, les bras autour de son cou, les jambes autour de sa taille.

La douleur disparut. Il sentit un étrange plaisir l'envahir. Il avait la chair de poule. Quelle agréable sensation ! Hans poussa un cri, plus de surprise que de joie. Il se cramponna.

Il perçut un écho, angoissé, embarrassé, triomphant. Il avait oublié Grieff. Comme un spectateur à une course de taureaux ! se dit-il en roulant sur le dos, dégoûté.

Claire était toujours là. Ce fut un choc pour lui. Il avait pris son plaisir si égoïstement qu'il en avait oublié sa présence.

Il aperçut ses cuisses ensanglantées. Elle débordait d'amour et de gratitude.

– Va jeter un coup d'œil, lui dit-il en lui montrant la silhouette couverte de pansements.

Il éprouvait une envie folle de se débarrasser d'elle.

– Mais Hans...

Il la repoussa.

– Je vais prendre une douche.

Claire se leva en titubant et alla vérifier l'état du blessé. Elle était affreusement déçue. Des larmes coulaient le long de ses joues.

– Pourquoi pleures-tu ? lui demanda Hans en proie au remords.

Elle leva les yeux vers lui et allait se plaindre lorsque, brusquement, elle se ravisa.

– Il est mort. Je te l'avais bien dit.

Hans partit en courant, loin de la culpabilité, loin de l'odeur de l'amour et de la mort. Il ouvrit en grand le robinet d'eau froide et plongea sous la douche.

15

Marika se regarda avec inquiétude dans la glace. Elle ne vit qu'une jeune fille pâle, insipide, les yeux ébahis, la bouche trop grande. Elle détourna le regard en soupirant, prit un magazine féminin et la trousse de maquillage que Bertha lui avait offerte pour ses dix-sept ans. Bénie soit-elle ! se dit soudain Marika.

Elle essaya le rouge à lèvres, mais cela ne faisait qu'accentuer sa bouche. Elle l'enleva. Peut-être qu'un peu de rose aux joues lui irait ? Non ! Elle se mit de la poudre. Ses traits s'estompaient, elle se démaquilla une fois de plus. Finalement, elle se brossa les cheveux à la Veronica Lake.

Marika n'avait qu'une jupe à la mode que Bertha lui avait confectionnée à partir d'un modèle copié sur un journal. En coton bleu orné de dentelle blanche, elle était parfaitement assortie à son chemisier brodé aux manches bouffantes.

Voulant éviter les questions, elle saisit le panier que Bertha avait préparé pour l'hôpital et disparut en criant :

– J'y vais.

– Dis donc, Marika, tu as l'air... déguisée, allait dire Bertha, mais elle se reprit aussitôt : si élégante. Que se passe-t-il ?

Marika, gênée, ne souhaitait pas lui mentir, mais tout de même Bertha outrepassait ses droits. C'était la première fois qu'elle avait une telle pensée. Marika ne pouvait se confier à Bertha, mais elle ne voulait pour rien au monde lui faire de peine. Néanmoins son regard fut éloquent.

Bertha comprit. Elle ne se sentit nullement blessée, mais se demanda avec anxiété qui avait gagné le cœur de sa fille.

Marika, minaudant dans sa robe à froufrous, lançait des regards furtifs dans le miroir derrière la porte. Elle semblait de plus en plus triste.

– Marika, viens ici !

La jeune fille s'arrêta, haletante, les yeux vifs, tel un oiseau prêt à prendre son envol.

– Puis-je te montrer comment on se maquille correctement ?

– Ça me plaît comme ça ! répondit Marika en se sauvant.

En arrivant à l'hôpital, l'odeur de désinfectant la fit frémir, elle en eut les larmes aux yeux, les mains moites. Que je suis bête ! se dit-elle. Il ne doit plus être là, et même, il ne me remarquerait pas. Elle arrivait à peine à mettre un pied devant l'autre tant elle était nerveuse mais se força à se rendre d'abord à la maternité. La salle était remplie de bébés noirs et de leurs mères. Elle distribua des fruits et se précipita ensuite dans la salle des blessés, puis s'aventura un peu plus loin, à droite au bout du couloir. Elle ouvrit la porte. Personne. Il n'était plus là. Elle faillit en pleurer, mais parvint à se maîtriser. Elle s'appuya contre l'encadrement de la porte, ferma les yeux, masquant difficilement sa déception.

Elle reconnut soudain le pas de Rose.

– C'est toi, Marika ?

En se retournant elle remarqua une expression étrange sur le visage de Rose.

– Il n'est pas parti. Je te dis cela au cas où tu chercherais notre homme mystérieux, car c'est bien lui que tu cherches, n'est-ce pas ? Il est derrière, assis au soleil, face à la mer. (En voyant la réaction de surprise de Marika, elle esquissa un sourire.) Il dit qu'il a perdu la mémoire, mais on dirait qu'il a gardé l'image d'une jeune fille qui te ressemble étrangement.

Marika devint écarlate.

– Je venais simplement distribuer des fruits, marmonna-t-elle.

– Bertha est-elle malade ?

– Non, non, répondit Marika en s'éloignant très vite.

– Pas de ce côté, ma petite, par là ! dit Rose en éclatant de rire.

Marika, rouge jusqu'aux oreilles, se mit à courir. Il était là ! En l'apercevant elle fut transportée de joie. Le visage radieux, elle esquissa un sourire. Elle aurait souhaité lui dire quelque chose de plaisant, mais elle avait la bouche sèche au point de ne même pas pouvoir lui dire simplement « Bonjour ». Elle trouva cependant le courage de s'approcher de lui et de s'appuyer sur le bord d'une chaise en bois.

– Il fait frais aujourd'hui, finit-elle par lui dire, pour trouver une raison à ses frissons.

Il avait les joues en feu, les cheveux qui se dressaient sur la tête comme s'il avait subi une décharge électrique.

– Il fait frais, c'est vrai, repéta-t-il d'un ton niais.

– Oh oui ! bien plus frais qu'hier.

Il fallait qu'il la touche, qu'il se rende compte qu'elle était bien réelle. Il tendit le bras et lui prit la main.

– Frais, oui, très frais.

Elle défaillit presque de bonheur.

– Si j'étais plus près... dit-il.

Il rapprocha sa chaise et passa un bras autour de son épaule.

Quand Rose passa, une heure plus tard, pour lui demander s'il voulait une tasse de thé, elle les aperçut tous deux, assis côte à côte, raides sur leur chaise; il avait passé une main autour de ses épaules et de l'autre, il lui tenait les siennes. Ils étaient tournés vers l'Océan, comme hypnotisés par les oiseaux et les bateaux de pêche.

En entendant le rire amusé de Rose ils sursautèrent.

– Vous observiez la mer ? Vous avez peut-être aperçu une baleine ? J'ai entendu dire qu'il y en avait une dans les parages en ce moment.

– Oh oui ! soupira Marika. Une baleine, c'est ça.

Hans, somnolent, esquissa un sourire.

– Il faut que je parte, dit Marika en se levant brusquement.

Il la vit dévaler les escaliers.

– Vous reviendrez ? (Hans se redressa comme s'il était prêt à la suivre.) Revenez ce soir.

– Pas de visites avant 7 heures, dit Rose d'un ton ferme.

Elle remarqua les efforts de Marika pour paraître gracieuse sur ses hauts talons qui s'enfonçaient dans le sable.

– Allons, Günter, un peu de thé ?

En entendant le nom de l'inconnu Hans fut assailli de remords. Je ne suis plus Hans, se dit-il, mais Günter. Toute la journée il s'était demandé s'il devait accepter la proposition de Claire de voler les papiers de Günter. Le désir de rester près de Marika l'avait finalement décidé à accepter. Mais il ne comprenait pas comment il avait pu passer l'après-midi sans avoir la moindre pensée pour Günter alors que c'était le jour de ses obsèques. En ce moment ils devaient descendre son cercueil dans la tombe. Eh bien, au revoir, Hans, songea-t-il avec une certaine nostalgie. Il palpa les papiers de Günter dans sa poche.

Claire se trouvait dans la foule des colons d'origine allemande qui avaient décidé d'assister à l'enterrement de ce marin allemand inconnu. Elle ne savait pas pourquoi elle était là et éprouvait un certain malaise, comme si elle craignait de voir Günter resurgir de sa tombe pour reprendre ses papiers.

Claire n'avait aucun remords. Elle ne redoutait que l'échec, pas pour elle, mais pour Hans.

Elle reconnaissait qu'elle aurait dû remettre les papiers de Hans à l'infirmière-chef. Le certificat de décès aurait porté son nom. Mais la pensée de voir inscrit sur une tombe le nom de son jeune amant lui faisait horreur.

À deux reprises, Hans lui avait demandé ses papiers, mais elle lui avait répondu qu'ils avaient dû se perdre en mer. Elle les avait mis en sûreté, et le fait de les posséder lui conférait un étrange pouvoir sur lui. C'était comme si elle avait entre ses doigts la sève de son être, tout comme elle l'avait détenue entre ses cuisses.

Il lui appartenait et elle lui appartenait : Mme Claire Grieff. Elle répétait ces mots merveilleux chaque fois qu'elle le pouvait. Elle lui avait sauvé la peau, lui avait trouvé une nouvelle identité, insufflé la vie. Incontestablement, il était sa propriété.

Il lui était difficile d'attendre 7 heures. Pourtant une partie d'elle-même luttait contre cette folie qui commençait à l'envahir.

Je suis toujours Claire MacGuire, pleine de bon sens et d'énergie, se disait-elle.

Mais c'était faux. Elle était cette inconnue qui frissonnait en passant devant la salle où il se trouvait, dont l'estomac se nouait quand elle entendait sa voix. Nuit et jour, elle était envahie du désir d'être auprès de lui, de le toucher. Pour la première fois, Claire se rendit compte que son esprit incisif, son intellect, qui ne lui faisaient jamais défaut, n'étaient qu'une infime partie de sa personnalité, un vernis précaire qui cachait mal la masse muette de ses sentiments qui constituaient tout le reste de son être.

– Que Dieu me vienne en aide ! murmura-t-elle en rentrant chez elle.

16

Toute frétillante dans sa blouse amidonnée, Claire traversa précipitamment le couloir, le regard radieux, ses cheveux auburn flottant au gré de son pas rapide.

Elle ouvrit brusquement la porte et se figea. Ébranlée par le spectacle qui s'offrait à elle, elle pâlit. Günter n'avait d'yeux que pour Marika. Il y avait dans son regard une expression que même dans ses rêves les plus fous elle n'aurait pu imaginer. Toute réserve avait disparu. Il émanait de lui une sensualité mêlée d'un tendre sentiment de possession. Comment était-ce arrivé ? Quand avaient-ils fait connaissance ? L'estomac noué, les lèvres sèches, elle tentait de reprendre son souffle.

Percevant du bruit, Günter jeta un coup d'œil par-dessus l'épaule de Marika. L'expression de son visage changea en apercevant Claire. Décontenancé, il sentit la colère monter en lui.

Claire fit demi-tour et repartit en courant dans le couloir. Quand elle entendit des pas approcher, elle se glissa dans la lingerie en sanglotant.

Elle était secouée de tremblements tant son humiliation et sa déception étaient grandes. Quel menteur, fourbe, infidèle, dénué de sentiments ! Marika connaîtrait, elle aussi, les mêmes affres, un jour. Mais tout en sanglotant dans une serviette, elle savait que c'était faux. Elle avait vu l'expression de son regard. Quelle imbécile de s'être offerte totalement sans la moindre contrepartie. Il lui avait dit qu'il ne l'aimait pas, mais elle avait cru qu'une passion aussi forte que la sienne garantissait l'amour en retour.

Que faire maintenant ? Se battre, songea-t-elle en poussant un long soupir qui la fit frémir. Après tout, toute sa vie elle avait dû lutter. Elle était bien la fille de son père, Buck MacGuire, n'est-ce pas ? Le plus opiniâtre, le plus minable pêcheur de la côte ouest. Elle avait passé sa vie à lutter, pour en finir avec le travail domestique et aller à l'école, pour ses vêtements et son argent de poche; après s'être opposée à son père, elle avait eu du mal à trouver du travail à l'hôpital. Être la fille de Buck MacGuire n'était pas vraiment une sinécure, mais il lui avait au moins légué une chose : sa ténacité.

Elle sortit furtivement de la lingerie, se passa de l'eau sur le visage, se redressa et alla accomplir ses tâches habituelles.

Claire était au supplice. Les heures s'égrenaient avec une lenteur insupportable. Elle avait décidé de ne pas leur prêter attention, mais elle ne pouvait détacher son regard de la salle où se tenait Günter. Elle y passait au moindre prétexte, et c'était chaque fois une torture que de les voir blottis l'un contre l'autre.

8 heures. Elle n'en pouvait plus. Hypertendue,

l'estomac noué, la gorge serrée, elle pouvait à peine avaler. Elle lui ferait regretter d'avoir connu cette petite prétentieuse de Marika, qui se donnait de grands airs et ne cachait pas ses ambitions. Un seul mot d'elle et on l'enverrait dans un camp de prisonniers; tout, plutôt que de le laisser gâcher sa vie par une telle mésalliance ! Elle préférerait être jetée en prison, mais Marika ne l'aurait jamais.

C'est ce qu'elle lui dit, le soir même à minuit, quand l'infirmière-chef alla se coucher.

Elle comprit son erreur dès qu'elle leva les yeux vers lui. Il bondit de son lit, fou de rage. Chancelant, il s'agrippa à la rampe et lui lança un regard foudroyant. Il pouvait être dangereux, mais elle s'en moquait.

– Je ne suis rien pour toi; je suis sûre que tu as abusé de filles dans chaque port.

Un sentiment de culpabilité atténua sa colère. Günter s'appuya avec peine contre le mur.

– Tu as été la première, dit-il d'un air contrit.

– Tu veux que je te croie ? hurla-t-elle.

Il soupira. Il était désolé pour cette pauvre petite créature délaissée. C'était lui le coupable. Il lui avait enlevé sa virginité sans rien lui accorder en retour, ni amour ni affection.

– Excuse-moi, Claire, je t'en prie, excuse-moi, mais toi et moi, c'est impossible. Vois-tu... je ne t'aime pas.

– Mais moi je t'aime.

Dans un élan masochiste, elle était décidée à se torturer à l'extrême.

– Tu n'as pas le droit de m'aimer, lui dit Günter, tristement.

Elle se jeta sur le lit en sanglotant.

– Je... je tiens à te dire que je regrette. Je ne voulais pas te rendre malheureuse. Je te suis très reconnaissant, ajouta-t-il.

– C'est tout ? s'écria-t-elle, le visage déformé par la haine. C'est tout ce que tu trouves à dire ? Et si j'étais enceinte ?

En le voyant pâlir, un sentiment de triomphe supplanta sa tristesse.

– Je ne t'épouserai pas, Claire, aussi vaut-il mieux que tu ne sois pas enceinte ! répondit-il d'un ton glacial.

Elle bondit et lui flanqua une gifle.

– Tu es cruel, méchant. Demain, je te dénoncerai aux autorités. Ils t'emmèneront et tu ne reviendras pas ici avant des années ! À ton retour Marika sera mariée.

– Si tu y tiens vraiment, dépêche-toi, parce que c'est moi qui pourrais agir le premier. Croyais-tu me tenir ? Posséder une arme infaillible contre moi ?

Claire partit en courant. Elle sortit de l'hôpital, oubliant qu'elle était de garde.

Le lendemain matin, à l'aube, Günter se préparait à aller se livrer lorsque Claire arriva. Son air penaud, ses yeux bouffis lui firent pitié.

– Je t'en prie, ne fais rien. Nous sommes tous deux impliqués. Toi, tu t'en sortiras indemne, mais moi, j'irai en prison. Je t'en prie, Günter...

Il se laissa convaincre facilement. Claire pourrait le dénoncer, mais pour rester auprès de Marika il était prêt à tout. De plus il avait hâte de quitter l'hôpital et d'être enfin libre après six ans dans les sous-marins.

Il emprunta vingt livres à Rose pour acheter un costume et prit le premier emploi qu'il trouva. Il devint technicien dans une compagnie maritime qui possédait une flottille de pêche et dont le propriétaire venait de monter une conserverie à Walvis Bay.

Au fur et à mesure que les semaines passaient, Rose voyait Claire dépérir. Son ardeur au travail avait toujours stupéfié tout le monde. Son bon sens et sa ténacité faisaient sa force. Elle ne capitulait jamais, n'admettait pas l'échec. Rose l'imaginait très bien dans les ordres, sans toutefois vouloir encourager cette vocation. Claire avait la capacité de se vouer entièrement à son ambition; jusque-là elle n'avait eu qu'un seul but : devenir une infirmière modèle.

Mais en l'observant Rose n'en était plus aussi sûre. Son dévouement, sa discipline dans le travail laissaient à désirer. Elle se montrait distraite, hargneuse, indifférente aux malades. Elle se coiffait à peine, avait les ongles sales et de gros cernes sous les yeux.

Comme le temps n'y faisait rien, Rose comprit que Günter Grieff en était la cause. Quelle imbécile ! À quoi bon ? Nul n'ignorait qu'il courtisait Marika.

Bertha s'étonnait. Elle avait entendu parler de cette rumeur. Elle savait que sa fille rencontrait souvent Günter, mais Marika ne l'avait jamais invité chez elle; ils faisaient simplement de longues promenades le long de la plage et allaient prendre ensuite un café au bistro du coin. Bertha était de plus en plus intriguée.

Une fois par semaine, le directeur de la conserverie venait au magasin passer commande, et invariablement Bertha lui posait des questions sur Günter. Ses propos étaient toujours élogieux à son égard : incroyablement consciencieux, sérieux, toujours désireux de parfaire ses connaissances. Günter habitait un studio, dépensait peu, et le soir il étudiait l'anglais et la navigation. C'était un expert en matière de bateaux, de pêche, de moteurs.

– Je ne sais pas pourquoi il reste ici, confia-t-il à Bertha.

Marika ne semblait pas particulièrement intéressée par ces conversations. Jamais elle ne parlait de Günter. Curieux ! se disait Bertha.

Pourtant elle avait changé, et Bertha s'en réjouissait. Elle était redevenue sa douce et sensible Marika. Elle avait certes gardé son côté introverti et rêveur, mais l'éclat de sa chevelure, la douceur limpide de son regard, son teint radieux faisaient plaisir à voir. Elle dessinait même mieux. Elle passait beaucoup plus de temps assise devant son chevalet ou partait sur le rivage avec toiles et pinceaux chercher l'inspiration.

Bertha se posait mille questions. Si Marika était amoureuse de Günter, pourquoi ne parlait-elle jamais de lui ou ne l'invitait-elle jamais ?

– Marika, ma chérie, lui dit-elle un jour, si nous invitions à dîner ce jeune Suisse, Günter Grieff ?

– Non, répondit Marika, un peu gênée. Il viendra quand il sera prêt...

– Prêt pour quoi ?

– Eh bien... quand il sera prêt à venir, dit-elle en rougissant.

Bertha, ne voulant pas blesser Marika, se montra prudente :

– Tu... tu sors avec lui ?

Marika tourna les talons. Comment expliquer ce qu'elle ne comprenait pas elle-même ? Elle n'avait plus une maîtrise totale d'elle-même. Une partie de son être appartenait à Günter même lorsqu'elle ne le voyait pas des jours durant. Comment un inconnu pouvait-il être plus proche qu'un frère ? Plus proche même que Bertha ? Parfois il lui semblait qu'elle ne se contrôlait plus, et cela l'effrayait. Les jours, les semaines passaient, elle ne faisait rien pour resserrer leurs liens. Peut-être qu'en se montrant distante il se lasserait et s'en irait. Elle se sentirait alors enfin libérée ! Aussi parfois le voyait-elle au café, comme convenu, et parfois l'évitait-elle.

8 mai 1945, jour de la Victoire. Walvis Bay vibrait sous les clameurs des sirènes de bateaux, des coups de canon et des feux d'artifice. Pour une fois, marins et pêcheurs, oubliant leurs bancs

de sardines, s'étaient rassemblés pour célébrer l'événement.

Günter se trouvait dans un bar avec ses nouveaux amis. Il offrait une tournée générale.

– Pourquoi cette tête ? demanda le directeur de l'usine à Günter en lui tapant sur l'épaule. Allons, buvez, mon vieux, maintenant les hommes vont revenir et cet endroit va reprendre vie.

– Je bois à la paix, dit Günter. (Il vida son verre et le reposa bruyamment sur la table.) Je me sens déplacé ici. Je n'ai pas combattu avec les Alliés.

Il se leva, fit un vague signe de la main et sortit.

– Allons, Günter, ce n'est pas ta faute si tu es suisse, lui dit l'un des pêcheurs.

Günter était apprécié de tous.

Il se dirigea, d'un air maussade, vers le quai et observa la mer. Il se rappelait son pays, les longues heures passées à étudier la culture allemande; la volonté de réussir qu'il avait ressentie dès son plus jeune âge; le désir d'exceller en tout. Et pourtant le génie allemand était tombé dans la folie et le monde entier se réjouissait de sa défaite.

Il songea à tous ses camarades qui pourrissaient lentement dans leur cercueil de fer, à tous les Allemands que l'on allait traîner dans les camps de prisonniers; à Steen, son meilleur ami, perdu en mer, à ses parents, morts dans le Blitz. À quoi doit ressembler l'Allemagne avec tous ces gens affamés, sans abri, entourés des troupes d'occupation ?

Pourtant tout semblait irréel. Pour lui, la réalité, c'était le désert du Namib, le port de pêche et l'usine. Il faisait partie intégrante de ce territoire d'une beauté sauvage. Il se sentait bien ici. Il avait une notion imprécise de son identité, mais il lui était difficile de s'accuser d'imposture, de vivre dans le mensonge et la duperie. Il se forgeait une nouvelle personnalité avec un nouveau nom,

Günter Grieff; ce nom lui appartenait, tout comme ce pays. Très vite il demanderait à être naturalisé et oublierait totalement le passé. Seul le présent l'absorbait. Mais il était un imposteur. Or, jusque-là il avait toujours mené une vie honorable.

Soudain il fut pris d'une telle répugnance vis-à-vis de lui-même qu'il alla vomir dans la mer.

17

Günter n'était à Walvis Bay que depuis six mois. Pourtant il aimait ce pays plus que sa terre natale. Il avait envie d'explorer l'intérieur. À ses yeux, le silence était d'une beauté obsédante, dans ces vastes espaces, ce désert non foulé par l'homme. Il éprouvait toujours une sensation étrange lorsqu'il se promenait le long du rivage, un pied dans l'Océan, fertile, abondant, grouillant de vie, et l'autre sur une rive de désolation totale, curieux contraste entre la vie et la mort. Aujourd'hui, la côte était particulièrement sinistre, le vent soufflait en tempête, l'air charriait du sable et les embruns de la mer.

Il cherchait Marika et l'aperçut enfin, assise sur un monticule rocheux, le regard tourné vers l'horizon, ses longs cheveux flottant dans le vent.

Il se hissa près d'elle. Qu'elle était belle, à la fois frêle et solide. Peut-être à cause de son nez un peu mince, qui contrastait avec sa bouche charnue. Ses yeux d'ambre avaient une expression si sérieuse que lorsqu'elle les baissait, ce qui lui arrivait souvent, ses longs cils effleuraient ses joues ivoire. Même en vieillissant elle gardera sa beauté, se dit-il. Elle avait une silhouette mince, agréable au regard; je vais essayer de graver dans mon esprit cette image d'elle, songea-t-il, cet éclat de jeunesse, ses lèvres virginales, la sincérité de son regard qui parfois me déconcerte.

Il aurait voulu lui parler des sentiments qu'il éprouvait à son égard, de ses projets, mais sa timidité le paralysait.

– Il y a un bal de Noël à l'hôtel, j'ai pris des leçons de danse, lui dit-il.

Elle esquissa un vague sourire soupçonneux, tout en fronçant légèrement les sourcils.

– Des leçons ? Ah, vraiment ? dit-elle en s'esclaffant.

Günter, contrarié, descendit de son rocher et s'approcha de l'eau. Il ramassa quelques galets et les lança le plus loin possible, se vengeant sur l'onde maussade.

– Vous feriez mieux de venir, lui cria-t-il. C'est dangereux là-bas. La marée monte et une vague va vous emporter.

Elle le rejoignit. Il n'avait vraiment pas le sens de l'humour !

– Günter, je suis ravie que vous ayez pris des leçons. C'est bête... enfin... d'inviter une jeune fille à danser et... de s'apercevoir que... vous pensez vraiment à tout...

– Vous avez l'air surprise ?

Son rire le déconcertait, mais, lorsqu'elle posa la main sur son bras, il lui sourit.

Elle se mit à danser dans le vent, sa jupe et ses cheveux flottaient au gré des rafales.

– Ah oui ?

Quelques bribes parvenaient jusqu'à lui, entrecoupées par le fracas des brisants et le hurlement du vent dans les dunes.

– Est-ce comme ça ? Un, deux, trois... Un, deux, trois... ? (Elle évoluait sur le sable.) Montrez-moi, Günter.

Il lui prit les mains, les serra fort contre lui, et l'embrassa furtivement sur les lèvres. Il sentait une telle passion en lui qu'il en était gêné. Elle devait sans nul doute s'en rendre compte. Il recula et la fit valser sur le sable en chantonnant *Le Beau Danube bleu.*

– Vous ne savez pas danser, lui dit-il en la lâchant.

– Bien sûr que je sais; c'est à cause du sable, et puis je n'ai pas de chaussures, dit-elle, les lèvres pincées.

Il remarqua quelques gouttes de sueur sur son front et ses joues en feu.

– Mais vous devez savoir embrasser, ajouta-t-il d'un air taquin. Je préfère que ma petite amie sache embrasser plutôt que danser.

Il la prit dans ses bras si brusquement qu'elle en perdit l'équilibre, mais il la retint et la serra encore plus fort contre lui. Lui prenant le visage entre ses mains, il pressa ses lèvres contre les siennes. Elles avaient un goût salé.

– Oh ! s'écria-t-elle en détournant la tête.

Elle sentit la chaleur du désir monter en elle.

– Tu es à moi, Marika, dit-il d'une voix rauque.

Aussi grisé qu'elle, il la saisit presque avec brutalité et l'écrasa contre sa poitrine.

– Tu me fais mal, murmura-t-elle.

Mais la douleur s'estompa quand elle sentit la proximité de son corps. Sa fine moustache blonde lui caressait le front, les poils de sa poitrine lui chatouillaient le menton, son corps massif l'impressionnait.

Elle glissa ses bras autour de sa taille, l'attirant encore plus près. Elle sentait son dos musclé, ses hanches contre les siennes.

Le désir surgit en elle avec la force d'une lame de fond déferlant dans un désert, et comme le désert, elle n'y était pas préparée. Elle avait l'impression d'avoir la peau tendue, en feu, les lèvres sèches, craquelées; elle en avait le vertige au point de perdre la notion de l'équilibre; elle ne savait plus où elle était.

Elle sentit vaguement Günter l'allonger sur le sable, consciente seulement de l'ardeur qui pénétrait tout son corps, sa poitrine, ses cuisses, sous ses caresses.

– Günter, Günter, va-t'en, laisse-moi.

Günter explorait son corps avec des gestes fébriles et maladroits. Il déboutonna son chemisier qui révéla des seins blancs enserrés dans un soutien-gorge déjà trop petit. Il enfouit son visage dans sa poitrine, grisé par la douceur de sa peau.

Il avait l'impression d'être une bombe à retardement, près d'exploser. Et si elle refusait... si elle... Il éclaterait et les débris de son corps se répandraient sur le sable.

Des doigts explorateurs. Le souffle haletant. Il était empêtré dans la dentelle et les élastiques. Enfin il découvrit ses cuisses. Il en resta bouche bée. Une telle finesse ! Une peau d'ivoire dans l'enchevêtrement soyeux de sa chevelure d'or !

Marika se redressa, prit conscience de sa nudité et en ressentit un sentiment de honte. Haletante, elle le repoussa frénétiquement, remonta son pantalon et se précipita vers la mer.

En la voyant plonger dans l'écume bouillonnante, l'inquiétude fit place à la colère. Il courut vers elle.

– Sors de là, idiote !

Mais elle riait en l'éclaboussant. Elle ne vit pas arriver derrière elle l'énorme lame qui la prit de plein fouet et la fit disparaître sous un gigantesque rouleau.

Günter hurla de peur. Elle allait se fracasser contre un rocher avant même qu'il ait le temps de la rattraper. Il plongea dans la vague écumante, aperçut sa chevelure d'or qui flottait comme une algue, la saisit et au prix d'un effort surhumain la tira de l'eau.

– Idiote ! s'écria-t-il, le soulagement laissant place à la fureur. (Il la secoua.) J'ai eu de la chance de t'apercevoir.

– Il le fallait... Il le fallait. (Elle suffoquait, le corps parcouru de frissons.) J'avais besoin de me rafraîchir... de me libérer... je ne peux pas l'expliquer... (Une quinte de toux l'interrompit. Elle leva vers lui son regard d'ambre qui le faisait fondre.) Vois-tu, je ne pouvais plus me contrôler, ça ne m'est jamais arrivé. Regarde mes jambes, lui dit-elle, tremblant encore. (Elle était éraflée des cuisses aux chevilles.)

– Que ça te serve de leçon ! Tu aurais pu être emportée par la mer, et je n'aurais rien pu faire si je ne t'avais pas vue.

– M'aurais-tu cherchée ? lui demanda-t-elle d'un air malicieux. Aurais-tu plongé dans cette mer démontée pour moi ?

La mer était un véritable chaudron d'écume bouillonnante entre les rochers noirs dentelés. Elle en frissonna.

Günter allait lui confier qu'avant la guerre il faisait partie de l'équipe allemande de natation, mais il s'arrêta à temps. Il se mordit les lèvres, son visage changea d'expression. Il était pris au piège de son mensonge pour le restant de sa vie. Quelle sinistre perspective !

– J'ai froid, j'aimerais rentrer, dit Marika d'un ton sec.

Elle se montra soudain distante.

C'est donc ça, l'amour, se dit-elle, en jetant un coup d'œil furtif vers Günter. Si seulement elle ne l'avait jamais rencontré ! Elle avait imaginé l'amour autrement : des fleurs, des chocolats, des pique-niques dans une clairière ombragée, écouter de la musique devant un feu de cheminée, l'hiver. Bien entendu, rien de tout cela n'était possible à Walvis Bay, et pourtant... La sensation de former un tout à eux deux l'inquiétait. N'était-elle pas décidée à quitter l'Afrique pour toujours ?

Ils arrivèrent au magasin. Günter n'avait pas décoléré.

Elle s'arrêta, ne sachant comment lui dire au revoir. Quel air sombre il avait ! Tête baissée, des yeux qui lançaient des éclairs comme s'il allait exploser. Ce serait une erreur de partir maintenant, se dit-elle, je risque de ne plus le revoir.

– Je viendrai peut-être au bal, lui dit-elle timidement avant de partir en courant.

Günter garda cette dernière image d'elle, trempée, échevelée, un regard mi-suppliant mi-rieur. Plein de regrets et de colère, il s'attarda devant le magasin, espérant qu'elle reviendrait sur ses pas et l'inviterait à entrer. Espoir vain. Quelques instants plus tard il rentra chez lui.

18

Midi, mais il faisait presque nuit. Dans sa frénésie le vent faisait tourbillonner le sable dans l'air où perçait la lueur rouge sang d'un soleil menaçant, déformée par la poussière. Malgré la tempête et la chaleur, une poignée de colons allemands s'étaient rassemblés devant la tombe, vêtus de costumes noirs austères, le nez et la bouche recouverts d'un mouchoir. Les paroles du pasteur luthérien se perdaient dans le vent qui soufflait en rafales. Nul n'y prêtait attention.

Il y avait presque un an que le survivant du sous-marin avait été enterré dans une tombe anonyme. Mais récemment l'Angleterre avait fait connaître son nom, son grade et son âge, aussi les colons allemands s'étaient-ils cotisés pour lui offrir une tombe qui maintenant portait son nom.

Une seule femme assistait à cette cérémonie, Claire MacGuire. Debout devant la tombe, elle semblait fascinée. *Hans Kolb, 1923-1945, membre de l'équipe de natation allemande en 1939, a servi son pays avec bravoure. Profondément regretté par ses camarades.*

Comment savaient-ils son nom ? Pendant des jours et des jours Claire se posa la question.

Si seulement c'était bien Hans qui reposait là, à six pieds sous terre ! Fermant les yeux, Claire essaya de l'imaginer mort, pourrissant, rongé par les fourmis. Mais elle ne pouvait effacer de son esprit son regard débordant d'amour pour Marika tandis qu'il valsait avec elle.

Ils avaient dansé toute la soirée ensemble au bal de Noël. Ce fut une telle souffrance pour Claire qu'elle se rendit malade au point de ne pas pouvoir aller travailler le lendemain.

Depuis, chaque jour, Marika venait le chercher à 5 heures à la conserverie, et ils allaient faire une longue promenade sur la plage, main dans la main, comme deux idiots. Claire les voyait de sa fenêtre. Elle ne pouvait s'empêcher de les observer malgré sa détresse. Son amour pour Günter ne lui laissait aucun répit. Au début elle avait vainement cru qu'avec le temps elle se remettrait et l'oublierait.

Jour après jour son dépit la minait, elle perdait le sourire, avait un air apathique, un visage hagard, le teint hâve et boutonneux. La nuit elle fomentait une revanche, mais jusque-là elle était la seule victime de sa jalousie. Elle le haïssait. Les poings serrés, les lèvres pincées, elle s'éloigna de la tombe.

Günter n'épouserait jamais Marika. Il avait fait le mauvais choix, s'était laissé prendre au charme et aux manières de Marika. Qu'il essaie ! Elle remettrait ses papiers aux autorités. Oui, elle préférait la prison plutôt que les voir heureux.

Il lui appartenait de droit et elle l'épouserait, elle, et personne d'autre. Avec du temps et de la patience elle regagnerait ses faveurs, songeat-elle en revenant du cimetière. Il avait besoin d'elle, de sa force et de son énergie pour la vie qu'il avait choisie dans ce pays. Et elle avait besoin de lui pour être épanouie, pour être une femme. Sans lui elle n'était rien.

19

Crépuscule dans le désert du Namib. Insolite spectacle de rose et de mauve qui se reflétaient sur le sable, conférant au paysage une lueur étrange. Ils avaient ramassé des échantillons de galets; tout collants de sueur, ils regardaient la mer dont l'éclat était comme une invite. Quel calme étonnant en cette soirée, seulement rompu par des éclairs fluorescents parmi les rochers et les algues.

Günter gara la voiture, se déshabilla et plongea dans la mer, laissant Marika s'asperger timidement au bord de l'eau, en culotte et soutien-gorge.

Günter disparut dans les ténèbres; Marika s'allongea sur le sable et regarda passer un vol de cormorans et de flamants roses le long de la côte. À l'autre extrémité du rivage, une colonie de phoques paressaient sur les rochers.

La nuit tomba très vite, mais Günter ne revenait pas. Elle se rhabilla et alla l'attendre près de la jeep. Au bout d'un moment, elle repartit au bord de l'eau, scrutant l'horizon malgré l'obscurité. Rien.

Quand enfin il revint, il la trouva en pleurs, accroupie sur un amoncellement d'algues drainées par la marée.

– Je peux nager des heures, Marika, essaya-t-il de lui expliquer. Ne t'inquiète pas.

Elle refusa d'écouter ses paroles réconfortantes et ils gardèrent le silence sur la route du retour. De temps à autre, Günter lui lançait un regard furtif. Elle était de fort méchante humeur, prompte à la réplique, les larmes au bord des yeux. Ce n'était pas le moment idéal pour lui faire une déclaration.

Il ralentit, à la recherche d'un lieu sympathique

dans les dunes pour faire un braai. Il se gara, déchargea la voiture et alla ramasser des brindilles pour faire un feu. Marika l'observait de la jeep; elle s'étonnait qu'il ne lui demande pas de l'aider. Il était d'un orgueil et d'une arrogance bien masculins ! Une fois le feu allumé et la viande grésillant sur le braai, il déboucha la bouteille.

– Marika, tu ne vas pas passer la nuit là-bas, je suppose ? Tiens, prends un verre de vin. Viens t'asseoir près du feu.

Elle descendit de voiture et savoura le vin qui lui fouetta le sang.

Qu'attendait-il d'elle ? Elle n'avait rien fait de la journée. Günter avait organisé le pique-nique, tout préparé; il faisait des efforts de conversation. Comme il collectionnait les minerais, ils avaient cherché les pierres dont il avait besoin. Elle s'était montrée sereine, complaisante, insouciante. Cette journée ne lui avait pas apporté de joie immense et elle se demandait pourquoi. D'un air songeur, elle tenait le verre de vin dans sa main, observant les reflets rubis à la lueur du feu. L'attachement qu'il avait pour ce pays l'irritait; jamais elle ne pourrait partager avec lui cet amour. Mais c'était pire. En cet instant précis, elle le haïssait. Ils étaient si proches et pourtant si éloignés l'un de l'autre. Sans doute était-ce à cause de son orgueil bien masculin qu'elle ne comprenait pas. Elle éprouvait une certaine appréhension, voire du mépris; l'antagonisme de la femme et de l'homme qui s'occupait toujours de tout se perpétuait. Quel perfectionniste !

Elle se mit à dessiner sur le sable, à la lueur du feu, mais la chaleur devint trop intense; elle alla s'asseoir un peu plus loin, dans l'ombre. Il n'arrêtait pas, tournant la viande, coupant le pain, mais pas une fois il ne tourna son regard vers elle. Il semblait totalement indifférent à sa présence. Elle avait l'impression d'être un objet planté là, pour satisfaire Günter qui s'adonnait à ses petits plaisirs. Parfois il l'agaçait vraiment. Elle avait envie d'aller le pincer. Le désir de le blesser était si fort qu'elle préféra s'allonger sur le dos et regarder les étoiles qui commençaient à apparaître dans le ciel obscurci.

Pendant que la viande cuisait, la pleine lune s'était levée derrière les hautes dunes de sable.

– Quelle nuit étrange ! murmura-t-elle. (C'étaient les premières paroles qu'elle prononçait.) Vraiment étrange, tu ne trouves pas ? Moi aussi, je me sens drôle.

– C'est le vin.

Ce qu'il pouvait être irritant ! Il était là, coupant des brindilles, beurrant le pain, efficace, indépendant, digne de confiance. Où se cachaient ses défauts, ses doutes, ses inquiétudes ? Il semblait n'avoir rien de tout cela.

Ne remarquait-il pas l'effroi qu'engendrait la nuit ? La désolation du paysage ? L'avenir qui s'offrait à eux, semblable à un chemin creusé dans le désert, sans signalisation, sans personne pour montrer le chemin, solitaire, tortueux et tout au bout... l'oubli ? D'où pouvait-il tirer cette fatuité, cette assurance ?

– T'arrive-t-il d'avoir peur ? lui demanda-t-elle brusquement.

– Plus maintenant. Une fois, j'ai eu très peur. Un jour, je te raconterai tout.

– Peur de la vie, c'est ça que je veux dire ? insista-t-elle.

– Bien sûr que non. La vie est belle, il faut l'apprécier.

Elle lui lança un regard haineux.

Günter l'observait discrètement. Il voyait qu'elle était toujours fâchée. Quel mauvais caractère ! se dit-il, tout cela changera avec la maturité.

– Viens dîner, lui dit-il.

Il était décidé à ne pas la regarder. Il avait évité, toute la journée, de poser son regard sur sa poitrine aguichante sous son chemisier. Quand elle se promenait nu-pieds dans le désert, avec ses hanches bien moulées et sa mince silhouette, il en avait le souffle coupé. Il craignait de perdre le contrôle de lui-même, tant le désir de la prendre dans ses bras et de la faire rouler sur le sol était fort. Il avait essayé de ne pas trop prêter attention à elle, mais le son même de sa voix chaude et profonde l'excitait, le mettant à l'agonie.

Il voulait l'épouser rapidement. C'était la raison pour laquelle il avait organisé ce pique-nique, espérant trouver ainsi l'occasion propice pour lui demander sa main. Quel imbécile de l'avoir effrayée en nageant si longtemps au large; maintenant elle était de mauvaise humeur. Inutile d'attendre davantage. Le braai serait bientôt terminé. Elle attaquait sa seconde côtelette et ne buvait que très peu.

– J'ai de bonnes nouvelles, lui dit-il. La société m'a donné une maison et une prime pour acheter des meubles. J'ai déjà économisé la moitié de la caution pour un bateau de pêche et j'aurai très vite le reste. La société est d'accord pour acheter la moitié des parts et se porte garante. Je vais gagner beaucoup d'argent...

Il s'interrompit. Elle n'écoutait pas, contemplant la mer d'un regard absent. Avait-elle entendu ?

– Dans cinq mois environ, je vendrai le bateau pour acheter une affaire.

Cela devrait tout de même l'intéresser ! Jetant un coup d'œil furtif vers elle, il s'aperçut qu'elle fronçait les sourcils.

Se tournant, elle saisit une pomme de terre et mordit à pleines dents.

– Et moi ? dit-elle en avalant rapidement, comment vois-tu mon avenir ?

Il esquissa un sourire. Voilà le moment qu'il attendait. Mais il se figea en voyant son expression. Prudence, se dit-il.

– J'aimerais qu'on en parle tous les deux. (Bon

sang, pourquoi était-il si lâche !) Épouse-moi, s'écria-t-il.

Marika ne répondit pas. Elle avait espéré cette question. Devait-elle accepter ? Elle l'avait toujours aimé. Pourtant une partie d'elle-même se rebellait contre cette dépendance. Elle voulait s'appartenir complètement et non pas donner à un autre une partie d'elle-même. Pourtant, elle souhaitait dire oui, elle le sentait au tréfonds de son âme, car elle ne trouverait jamais un être comme lui, un être qu'elle aimerait autant.

Elle se tourna vers lui, avec un air de défi. Elle essayait de s'imaginer mariée, partageant avec lui le même toit, les mêmes amis, le même lit... Elle ne s'était jamais plus laissé envahir par le désir de l'après-midi sur la plage où, effrayée, elle s'était précipitée dans la mer démontée. Elle était même devenue froide et agressive.

– J'ai peur de « ça », murmura-t-elle.

– Non, il ne faut pas, ce n'est rien.

– Oh ! dit-elle, déçue. Bien sûr, j'ai lu des livres...

– C'est une chose qui arrive à tout le monde. Ça n'aide pas de...

– Est-ce que tu...

– Une fois. Avant de faire ta connaissance, s'empressa-t-il d'ajouter.

Il ne se sentait pas très fier, car c'était encore un mensonge, mais si petit, une différence d'un jour, c'est tout.

– C'était agréable ?

– Affreux.

Ce simple souvenir le fit frémir d'horreur.

– Si nous n'aimions pas ça, nous ne serions pas obligés de le faire, n'est-ce pas ?

– Je suppose que non.

– Je n'ai jamais vu d'homme nu... c'est-à-dire... jusqu'à aujourd'hui... quand tu as plongé.

– Ce n'est pas un spectacle particulièrement attrayant ! dit-il d'un ton malicieux.

– Si tu ôtais tes vêtements, je pourrais m'en rendre compte.

Le sourire moqueur disparut. Il se sentit tout timide. Quelle absurdité ! Un homme n'est jamais timoré. C'est plutôt le contraire.

Il fit un petit tas de sable et de sa main l'aplatit, y posa son verre et enleva son slip. Il l'envoya valser d'un coup de pied et vint s'asseoir auprès d'elle. Il saisit une côtelette et y mordit à belles dents, le plus nonchalamment possible.

Marika le regardait, ébahie. Il était à la fois submergé de désir et de culpabilité.

– Je t'en prie, ne me regarde pas.

– À quoi bon alors ôter ton slip ?

Se sentant rougir, il se cacha le visage derrière son verre de vin. Marika glissait lentement vers lui sur le sable, fascinée.

– Regarde ! Mon Dieu, c'est devenu énorme ! s'écria-t-elle.

Günter bondit, saisit son slip pour dissimuler sa nudité, renversant au passage son verre de vin qui se mit à grésiller dans le feu.

– Regarde la mer, hurla-t-il d'une voix rauque méconnaissable.

– Tu es timide, dit-elle en éclatant de rire. (Elle sentit qu'elle prenait le dessus et s'enhardit.) Si tu ne me laisses pas regarder, je ne t'épouserai pas, ajouta-t-elle, soudain consciente de son extraordinaire pouvoir.

– Ne joue pas avec moi si tu ne veux pas qu'il t'arrive des ennuis.

– Et que feras-tu ? lui dit-elle en le défiant du regard.

Elle avait envie de le toucher, de le prendre, de le saisir et même de le blesser. Elle jeta sa pomme de terre dans le feu et lui arracha son slip. Sa verge tendue se dressa, cramoisie.

Marika s'approcha et du bout de l'ongle effleura l'extrémité. C'était tout rond, et d'une douceur !

– Que c'est beau ! s'écria-t-elle.

Günter la prit par les poignets mais elle s'esquiva.

– Tu ferais mieux d'aller te rafraîchir dans l'eau, lui dit-elle d'un ton taquin.

– Garce ! Attends que nous soyons mariés !

Mais il obéit et elle put voir ses fesses blanches au clair de lune.

– Quel imbécile je suis ! soupira-t-il.

– Oh, Günter, reviens vite !

Il accourut aussitôt.

– Regarde, le feu va s'éteindre; tu ne peux pas me laisser ici toute seule !

Il se rassit, la mine renfrognée. De ses beaux yeux bleus, il la regarda pensivement.

– Je ne vais pas te violer, Marika. Même si tu continues ce petit jeu toute la nuit.

Elle tourna de nouveau son visage vers la mer.

– Vois-tu... dit-elle, confuse et rougissante, si nous attendons d'être mariés... je veux dire cette nuit-là... enfin... avec toutes les plaisanteries... et tout le monde qui regarde. J'y ai pensé...

– Je comprends, dit-il doucement.

– Ah, oui ? répondit-elle en souriant. J'ai pensé que peut-être... nous sommes fiancés, non ?

Günter n'en croyait pas ses oreilles. Il avait la gorge nouée, les lèvres sèches. Elle enleva lentement son chemisier. Ah, ce n'était pas une idéaliste !

– Ainsi, vois-tu, je pourrais me détendre et apprécier le... (Elle déboutonnait son short sous le regard envoûté de Günter.)... c'est-à-dire... tous les préparatifs... tous les achats...

Elle avait ôté son short et s'était recroquevillée, simplement vêtue de son soutien-gorge blanc et de sa culotte, arborant une expression sérieuse, les bras repliés autour de ses genoux.

– Tu es la plus belle femme du monde, lui dit-il. Je t'en prie, ne m'excite pas.

Soudain il eut peur d'elle. Elle pouvait dire oui ou non; d'elle dépendait son bonheur ou son désespoir. Il savait que jamais il n'y aurait d'autre femme dans sa vie. Il l'avait aimée bien avant de la rencontrer et il l'aimerait toute sa vie.

– Tu sais, Bertha est si timide qu'elle n'a jamais abordé... ce sujet avec moi.

– C'est plus drôle de faire la découverte toi-même, murmura-t-il. Oh, Marika, je t'aime.

Elle recula, la mine triste.

– Je suis désolée... mais je ne peux pas... c'est impossible. J'ai cru que je pouvais, mais je ne peux plus continuer. Mon Dieu !

Il la déshabilla lentement, de ses mains tremblantes il défit son soutien-gorge, puis s'aventura sous l'élastique de sa culotte. Il avait si peur de jouir, au simple contact de sa peau, et de mourir de honte.

– On a du sable partout. Si on allait se baigner... on va secouer la couverture.

– Très bien.

Elle partit en courant. Vision sublime au clair de lune ! Mais Günter était littéralement paralysé par sa passion.

L'eau glacée le réveilla. Il l'aspergea et ôta amoureusement le sable de son corps, suivant le parcours des gouttes qui tombaient de ses épaules sculpturales sur ses seins admirables, puis dégoulinaient le long de sa taille, de ses larges hanches jusqu'au triangle soyeux et blond de son être intime. Ses membres étaient d'une finesse extrême, sa peau douce et vulnérable. Il se sentit investi d'une immense responsabilité, car elle lui offrait son corps et sa vie avec une confiance touchante. Il la protégerait, se battrait pour elle, il ferait fortune, rien que pour elle. Ses projets lui donnaient le vertige. Il la prit dans ses bras et la porta jusqu'à la couverture.

– Je serai ton esclave, lui dit-il en tremblant. Tout ce que tu voudras, toute ta vie.

Elle était encore glacée. Il parcourut son corps salé du bout des lèvres. Elle gémit doucement.

Puis elle passa ses bras autour de son cou, et le plaqua contre elle.

Il voulait la courtiser gentiment pour ne pas la blesser. Il ne pouvait effacer de son esprit l'image de Claire étendue sur le lit, ensanglantée, désespérée.

– Attends, attends, murmura-t-il, mais elle passa ses jambes autour de ses hanches.

Pourquoi attendre ? Des gouttes de sueur perlaient sur son corps, elle haletait sous la force de son désir. Elle se redressa légèrement et s'agrippa à lui comme un jeune animal s'accroche à sa mère.

– Je t'en prie, je t'en prie.

Il fut submergé de désir, ses membres étaient lourds et raides; puis la tendresse l'envahit et il succomba à la passion.

Il plongeait en elle, encore et encore. Soudain il sentit une douleur fulgurante puis un chaud liquide coula le long de ses cuisses.

– Mon Dieu ! (Il s'arrêta, en proie à l'inquiétude.) T'ai-je fait mal ?

Quelle expression étrange ! Les dents serrées, la bouche crispée, elle ouvrit les yeux d'un air réprobateur.

– N'arrête pas, n'arrête pas, dit-elle en passant ses bras autour de son cou.

Ses doigts exploraient tout son corps. Elle l'attira vers elle.

– Encore, encore, lui ordonna-t-elle.

Ses doigts le griffaient, lui transperçaient la peau. Mais il hésitait toujours.

– Viens, dit-elle, impatiente, en le mordant au menton.

Elle enfonça ses talons dans le sable et pivota, le faisant rouler de gauche à droite comme un bateau en mer, se soulevant, retombant au gré de son désir. La force de sa volupté la surprenait. Elle poussa un cri déchirant, ses muscles se raidirent, ses jambes se contractèrent autour de son corps.

Günter soupira de bonheur et une seconde plus tard déversa en elle tout son plaisir. L'extase embua son esprit, sa vision; mais, lorsqu'il émergea, il se rendit compte que Marika était secouée de sanglots.

– Mon Dieu, Marika chérie, t'ai-je fait mal ?

– Non, dit-elle, levant vers lui un regard étonné. Bien sûr que non, c'était merveilleux, Günter. As-tu, toi aussi, pris autant de plaisir ?

Son soulagement était si grand qu'il ne put lui répondre immédiatement. Il s'allongea sur le sable. Quelques instants plus tard, il frissonna.

– Où est la couverture ?

– Qu'importe ! lui répondit-elle en riant.

Elle s'appuya sur le coude et le caressa doucement, laissant sa main vagabonder le long de son corps.

Étrange ! songea-t-il. Il croyait ressentir ce dégoût qui avait suivi ses tentatives maladroites avec Claire, mais cette fois, il n'éprouvait que tendresse. Qu'elle était belle ! Elle avait le visage dans l'ombre, mais sa chevelure étincelait au clair de lune, sa peau avait la blancheur de l'albâtre et ses grands yeux irradiaient de bonheur. Il lui sourit.

– Pourquoi souris-tu ?

– Parce que je t'aime.

– Moi aussi, je t'aime. (Elle se pencha et posa sa joue sur son ventre.) J'entends des gazouillis et des gargouillements. Quel ventre musclé !

Elle s'appuya sur un coude et lui martela l'estomac de son poing.

– Ça te fait mal ?

– Non, bien sûr.

Elle esquissa un sourire et enfouit son visage au creux de sa partie intime.

– Quel corps magnifique ! J'aime tes poils doux et soyeux ! Oh, mon Günter, tu es à moi, n'est-ce pas ?

– Oui, murmura-t-il.

– Dis-le, dis-le-moi... oh, tout ça ! Oh, qu'elles sont lourdes !... tellement lourdes !

Elle replongea son visage entre ses cuisses, en proie à un désir insatiable de le goûter, de le sentir. Enivrée par l'odeur de son corps, elle effleura de sa langue ses doux poils fins, sa peau hérissée de frissons.

– J'éprouve une sensation étrange, lui confia-t-elle. Je ne veux pas être moi, pas ce soir. Je veux être une partie de toi, entrer dans toi.

Elle le caressa avec amour.

– Alors, épouse-moi.

– Quand tu voudras, mais on l'est déjà un peu, tu ne crois pas ? dit-elle en riant.

– C'est vrai.

En fait, il mentait, car au fond de lui, il éprouvait un sentiment d'insécurité. Chaque fois qu'elle l'appelait Günter, sa culpabilité l'effrayait. Était-ce le moment propice pour lui révéler la vérité ? S'il ne le faisait pas, leur mariage serait-il légal ? Elle épouserait un cadavre. Il avait d'étranges pressentiments. Il la prit dans ses bras et la pénétra; il sentait le poids de son corps sur sa poitrine et ses lèvres. Ses cheveux lui chatouillaient le visage.

Peut-être devrait-il attendre un mois ou deux, le temps qu'ils soient mariés, pour le lui dire. Ensuite, ils partiraient pour l'Europe où il se marierait sous son vrai nom. Mais il en ferait sa complice, l'entraînant dans ses mensonges et sa duperie. Si seulement... La culpabilité le déchirait. Il savait que s'il se rendait aux autorités, on ne voudrait plus de lui dans ce pays et bien des années s'écouleraient avant qu'il puisse revenir. Marika ne l'attendrait certainement pas. Et si elle en épousait un autre ? Cette pensée lui était insupportable.

– Tu ne m'écoutes pas, dit-elle en colère. Tu penses à quelqu'un d'autre ou peut-être à ton travail, ce qui est pareil. C'est une véritable infidélité ! Tu es bien un homme ! Pas de sentimentalité ! Ce soir, tu pourrais penser seulement à moi !

Sous son emprise, sa verge se tendit légèrement.

– Je te défie de penser à ton travail, dit-elle en éclatant de rire.

– Oh, Marika, s'écria-t-il en soupirant.

Elle était insatiable. Elle se mit fièrement à califourchon sur lui, sans aucune pudeur. Ses préjugés sur les femmes et l'amour s'estompaient à vue d'œil.

– Ne souhaites-tu pas te reposer un instant ? lui demanda-t-il. Viens ici. Je veux que tu viennes te blottir contre moi, sentir ta tête sur mes épaules.

Guidant amoureusement son pénis, elle le poussa au plus profond de son être.

Ève, dénuée de tout sentiment de honte ! Les seins lourds et tendus, elle se jetait sur lui avec la force agressive de sa passion.

– Oh ! gémissait-elle. (Elle se couvrit le visage de ses mains et se laissa tomber sur sa poitrine.) M'aimes-tu ? dit-elle d'un ton suppliant.

La femme avait laissé place à la petite fille.

– Oui.

– Est-ce qu'on aura un enfant ?

– Oui, si tu veux, murmura-t-il.

– J'ai chaud au ventre, mais froid dans le dos.

Il la souleva et l'allongea sur le sable; puis il alla chercher la couverture et, avant de la couvrir, s'émerveilla une fois de plus devant ses fesses aux rondeurs harmonieuses, ses épaules carrées, sa taille mince. Il se pencha vers elle, effleura son corps de ses lèvres, enivré par sa longue chevelure soyeuse qui retombait sur sa nuque.

– Que tu es lourd ! dit-elle d'un ton plaintif.

– Je vais te ramener chez toi.

Elle se redressa et prit un air contrit.

– Non, pas ce soir... je ne veux pas te quitter.

Main dans la main, ils allèrent plonger dans la mer qui était d'un calme impressionnant, comme si elle était consciente et respectueuse de l'événement. Ils se séchèrent mutuellement avec la serviette couverte de sable. Günter alimenta le feu tandis que Marika s'habillait. Puis ils s'enveloppèrent dans la couverture, blottis l'un contre l'autre.

– Non, je n'aime pas ça, dit Marika, j'ai besoin de te sentir contre moi.

Elle rejeta la couverture, se dévêtit et se pelotonna contre lui. Immobiles, ils restèrent là, éprouvant une volupté intense à sentir leurs corps nus qui ne formaient qu'un.

La lune, piquant sur la mer, disparut à l'horizon, plongeant le désert du Namib dans l'obscurité, tandis que le vent balayait les dunes. Les deux amants s'endormirent dans les bras l'un de l'autre.

20

Matin pluvieux. De hautes vagues déferlaient dans la baie, l'air était devenu irrespirable tant il était chargé de sable, le vent hurlait. Le magasin était en pleine effervescence. La mer étant démontée, les pêcheurs étaient restés à terre; ils s'approvisionnaient et réparaient leurs filets.

Marika était affairée derrière le comptoir lorsqu'un messager arriva et lui tendit une lettre qui sentait vaguement l'éther. Étonnée, Marika déchira l'enveloppe. C'était une courte missive : *Günter Grieff est mort. Viens au cimetière. Claire.*

Günter mort ! Impossible ! Marika essaya d'appeler Bertha, mais elle avait la gorge nouée. Elle sortit en courant du magasin et se précipita vers la conserverie.

– Quelle absurdité ! marmonnait-elle tout en courant, mais tandis que son esprit raisonnait encore logiquement, son corps était pris de panique.

Insensé ! Quelle plaisanterie de mauvais goût ! Mais dans quel but ? Elle éprouvait un étrange pressentiment.

– Où est Günter ? demanda-t-elle à un pêcheur qui réparait ses filets.

Haussant les épaules, il lui indiqua la conserverie. Sans prêter attention aux sifflements d'admiration qui ponctuaient son passage, elle pressa le pas. L'atelier était vide, mais elle trouva Evans dans la salle de mise en conserve.

– Où est Günter ? s'écria-t-elle, haletante, ne parvenant pas à maîtriser ses sanglots.

– Calme-toi, Marika, dit-il, inquiet. Il est par là, je l'ai vu, il y a dix minutes.

– Il n'a pas eu d'accident alors ?

– Eh bien... non...

Marika lui fourra la lettre dans les mains et courut au cimetière, bravant la tempête. Il était désert. Elle s'appuya contre un arbre, ferma les yeux, toute tremblante.

– C'est vraiment cruel ! murmura-t-elle. Si je trouve Claire, je lui tords le cou.

Pourtant quelque chose n'allait pas. Mais quoi ? L'atmosphère était lugubre. Les nuages étaient bas dans le ciel obscurci par le sable. Elle en frissonna.

Marika n'était jamais venue là. Elle s'avança à pas feutrés le long d'étroites allées, jetant un coup d'œil furtif aux fleurs fanées, attendrie par les vaines tentatives pour empêcher les tombes de disparaître sous des amoncellements de sable. Paysage sinistre, ô combien déprimant ! Son regard fut soudain attiré par un bouquet de fleurs fraîchement cueillies et placées dans un pot de confiture. Visiblement, elles venaient d'être déposées, mais il n'y avait personne alentour. *Hans Kolb* était inscrit sur la tombe. Elle prit soudain conscience que c'était celle de l'Allemand du sous-marin.

Grand Dieu ! Il y avait une croix gammée gravée

sur la pierre ! Devant ce symbole exécré, elle se mit à trembler. Des hommes arborant une croix gammée étaient entrés en Tchécoslovaquie et avaient exterminé sa famille.

– Mon Dieu ! gémit-elle.

Elle ferma les yeux pour effacer les souvenirs que ce symbole faisait resurgir. Impossible. Elle perçut le bruit des bottes qui martelaient le sol, revit le visage de sa mère explosant sous le feu nourri des balles. Toute l'amertume, la haine depuis longtemps refoulées au plus profond de son être refirent surface, balayant toute pensée logique. Elle se cacha le visage dans ses mains. Pourquoi était-il enterré ici ? On aurait dû jeter son cadavre dans un puits de chaux vive ! Il allait contaminer et polluer le sol.

Elle esquissa un sourire sardonique. Les gens étaient trop lâches. Ils oubliaient vite, mais elle, elle n'oublierait jamais. Elle donna un coup de pied dans le récipient et l'eau des fleurs se déversa à même la terre. Laminée par la haine, elle trépigna de rage, martelant de ses talons la terre sableuse.

– Sale boche ! Sale boche ! grommelait-elle, le visage déformé par la colère.

Elle entendit un petit rire étouffé et se retourna aussitôt.

C'était Claire. Comme elle avait changé ! Elle était plus maigre que jamais; son regard mesquin était chargé de venin. Sa jalousie atteignit Marika en plein visage.

– Sale putain vindicative ! balbutia-t-elle. Je te déteste, toi et ta jalousie stupide. Comment pourrait-il te désirer ?

Les yeux étincelants de haine, les poings serrés, Claire lança un paquet à Marika.

– C'est à lui. Tu peux le lui remettre, dit-elle avant de s'enfuir.

Marika, abasourdie, vit une croix de fer jetée à ses pieds. À lui ? Son esprit était en ébullition.

Elle n'entendit pas le crissement des freins de la voiture de Günter. Il courait à travers les tombes en criant son nom. Soudain, il la prit dans ses bras, mais elle resta de glace.

– Marika, regarde-moi.

Elle leva son regard vers lui et se rendit compte qu'il était aux cent coups. Elle fut de nouveau parcourue d'un frisson.

– Elle a dit que c'était à toi, murmura-t-elle en poussant du pied la médaille. Dis-moi que ce n'est pas vrai, ajouta-t-elle d'un ton suppliant.

Günter se pencha, ôta le sable de la médaille et la mit dans sa poche.

– Je m'en veux. J'aurais dû t'en parler avant.

– Ainsi, tu es allemand ? lui demanda-t-elle d'une voix brisée.

Günter acquiesça et se ressaisit.

Le voilà soulagé, se dit-elle.

– J'ai essayé de te le dire, mais... je n'ai jamais trouvé le moment opportun.

Elle détourna la tête. De grosses larmes coulaient le long de ses joues.

– Je suis maudite, dit-elle très calmement. Tous ceux que j'aime disparaissent.

– La malédiction, c'est ta haine. Nous nous marierons et tu finiras par me pardonner... d'être allemand.

– Je ne pourrai jamais épouser un Allemand. Aimer un de ceux qui ont exterminé ma famille, toute ma famille...

Elle éclata en sanglots.

– Tu dois oublier tout cela. C'est du passé... (Il s'arrêta, conscient de la futilité de ses propos. Il se passa la langue sur ses lèvres sèches.) Je t'aime.

– Moi aussi, je t'aime. (L'éclat de son regard avait disparu, elle était effondrée. Quelques instants plus tard, elle se ressaisit.) Je souhaiterais... Je souhaiterais que ce soit toi qui gises dans cette tombe. J'aurais préféré ne jamais te connaître.

Günter recula, choqué.

– Va au diable ! Je suis fier d'être allemand. Malgré tout ce qui s'est passé. Fier de mes parents, fier de ma maison. La guerre est finie. Oublions tout cela.

– Finie ? dit-elle en riant tristement. Où étais-tu quand ils ont tué ma mère ? Tu défilais au pas de l'oie à travers l'Europe avec ta croix gammée ? (Elle le regarda d'un air grave.) Tu as dû être un bon patriote pour mériter cette croix.

Il n'y avait rien à ajouter. Günter la regarda partir; il remarqua sa tête courbée, son pas lourd. Elle représentait ce qu'il avait de plus cher au monde et il venait de la perdre.

Ce fut une nuit agitée. Le vent gémissait dans les dunes, les mouettes poussaient des cris incessants. Pourtant ce n'était pas le bruit qui empêchait Marika de dormir, mais l'impression d'avoir perdu une partie d'elle-même. Elle aimait toujours Günter, mais elle était décidée à rejeter tout sentiment à son égard. Jamais elle n'épouserait un Allemand, non, jamais !

Günter avait quitté Walvis Bay depuis près de deux mois. Il s'était rendu au sud-est du Kalahari, près de la frontière du Bechuanaland, où l'on pouvait acheter de la terre pour presque rien.

Elle avait essayé de l'oublier. Elle envisageait de retourner en Europe avec l'argent qu'elle avait économisé, pour suivre des cours de stylisme.

Elle avait la certitude de réussir. Épuisée, elle s'endormit et fit un rêve.

On lui avait offert un rôle mineur dans un film. Elle était vêtue sobrement, à la manière d'une épouse puritaine, et se trouvait au milieu d'un vaste champ, derrière les caméras. Un train avançait sur le plateau; c'était une authentique locomotive à vapeur. Elle voyait des figurants galoper vers le train qui se déplaçait lentement. Des soldats se penchèrent aux fenêtres et firent feu, tuant les figurants qui tombèrent de cheval en gémissant, tandis que du sang jaillissait de leurs blessures.

– Ce n'est pas du cinéma ! hurla-t-elle en secouant le metteur en scène. Arrêtez le massacre, ce sont de vraies balles !

Il tourna vers elle un regard sarcastique. Elle s'aperçut que c'était Günter. Elle se précipita aussitôt sur le plateau et s'écria : « Arrêtez ! Arrêtez ! Vous allez tous vous faire tuer ! » Au même moment, une balle lui pénétra dans l'estomac et alla se loger dans ses entrailles.

Les acteurs se relevèrent en riant et quittèrent le plateau, tandis que, chancelante, elle se dirigeait vers l'infirmerie.

– J'ai reçu une balle dans le corps, dit-elle au médecin.

– Eh oui, répondit-il après l'avoir examinée. Je ne peux rien pour vous. On ne peut extraire la balle. Elle devra rester là.

Haussant les épaules, il tourna les talons.

Marika se réveilla, toute tremblante. Le rêve s'estompa mais la balle était bien réelle : un corps étranger s'était logé en son sein et grandissait; quelque chose qu'elle méprisait et exécrait. Une graine ennemie avait germé en elle et personne ne pouvait l'aider; il ne lui faudrait compter que sur elle-même.

Un mois plus tard, après une conversation avec la femme d'un pêcheur herero, elle acheta un irrigateur et deux pains de savon qu'elle râpa et fit dissoudre dans de l'eau bouillante. Quand l'eau tiédit, elle enfonça le tuyau en caoutchouc au plus profond de son être, s'évanouissant deux fois sous la douleur, pour tenter de déloger le fœtus avec de l'eau savonneuse.

Bertha la trouva par terre sans connaissance. Elle appela aussitôt une ambulance.

Elle put garder l'enfant et, un mois plus tard, Marika revint au magasin, furieuse et endurcie.

Bertha eut beau la supplier d'épouser Günter, ce fut peine perdue.

Le ventre de Marika, qui prenait des formes, devint la principale source de commérages de Walvis Bay. Elle prétendait s'en moquer, mais au fond d'elle-même, elle écumait de rage : être contrainte de porter en elle un petit Allemand ! Parfois elle ressentait une telle haine qu'elle avait envie d'enfoncer un poignard dans ses entrailles.

Bertha était folle d'inquiétude. Elle ne savait pas pourquoi Günter et sa fille s'étaient querellés, mais elle connaissait suffisamment Marika pour être consciente qu'une nouvelle tentative d'avortement mettrait sa vie en danger. Elle priait pour que Günter revienne; elle essaya de le prévenir, mais nul ne savait où le joindre.

21

Après avoir quitté Walvis Bay, Günter traversa le col de Kunene, puis se dirigea vers les plaines du Sud avant de parvenir au Kalahari, où l'État vendait des terres pour presque rien avec un délai de paiement infini.

Depuis six jours, il avait abandonné sa jeep pour partir à pied, car, bien qu'elle pût couvrir de bonnes distances même sur un terrain accidenté, elle consommait beaucoup d'eau et d'essence. Le long de la route, il avait trouvé suffisamment de melons pour se nourrir; une fois, même, il avait tué une oie sauvage et avait fait un véritable festin. Les volailles ne manquaient pas, il ne risquait donc pas de mourir de faim. Mais Günter n'était pas d'humeur à chasser. Il cherchait une source assez grande pour ne pas tarir en période de sécheresse. Là, dans le désert, il construirait sa ferme, vingt mille hectares qu'il peuplerait de karakuls croisés avec une race locale de moutons. Ils étaient assez résistants pour supporter l'aridité du territoire et se contenter d'une maigre pitance de fourrage. Seule nécessité : trouver de l'eau.

Il avait contourné le désert du Kalahari par l'est, mais au matin il avait pris la direction de l'ouest le long de larges vallées entourées de dunes légèrement pentues qui s'étendaient sur des milliers de kilomètres du nord au sud. Le sable ocre était assez fertile pour donner naissance à une herbe jaune et à quelques robiniers.

Tout autour de lui, le veld, chatoyant sous les vagues de chaleur, s'estompait, comme irréel. L'air, chargé de sable, était suffocant. La cime des robiniers ployait au gré du vent, des vautours tournoyaient dans le ciel; on percevait le bourdonnement d'insectes et le cri de toutes sortes d'oiseaux, mais aussi le jappement des chacals et le brame des chevreuils. Il devait donc y avoir de l'eau, tout près.

Günter finit par poser son fusil. Devant lui s'étendaient d'autres dunes. Des francolins glanaient quelques insectes. À ses pieds, se dressait une tsamma dont la tige, de la grosseur d'un bras d'homme, se perdait dans le veld. Günter s'en approcha et cueillit un melon qu'il coupa en deux avant d'en avaler le contenu. La chair pulpeuse n'était pas particulièrement appétissante, mais elle contenait suffisamment d'eau et de sucre pour tenir une demi-journée.

Il recula, le sourire aux lèvres. Cet endroit était le paradis.

Günter était méconnaissable. Il ne s'était ni lavé ni rasé depuis six jours; sa chemise était déchirée, sa peau brûlée par le soleil, son nez, écarlate, pelait pour la cinquième fois. Ça, c'est un univers d'homme, sauvage, désert, un monde de liberté ! se dit-il. Il ressentait au plus profond de son être cette chaleur sensuelle, ce bourdonnement des insectes et des cigales; il recherchait la solitude de ce paysage aride. Un sentiment proche du bonheur l'envahit.

Il fut tiré de sa rêverie par le cri d'une outarde sur un arbre. L'oiseau était dérangé, mais par quoi ? Günter se laissa glisser le long de la dune, remerciant le ciel d'avoir le vent dans le dos. Soudain, il aperçut une sorte de marais qui ressemblait au lit d'une rivière asséchée.

À moins de quarante mètres, un serpentaire livrait combat à un sépédon. Avec son dos noir comme jais, son ventre ocre jaune et son cou cerclé de blanc, il lançait des éclairs luisants. À quelques mètres de là, trois antilopes, étonnées, les contemplaient. Günter voyait enfin des bêtes, ce qui lui rappelait que l'eau n'était pas loin.

Il s'arrêta sur la dune, trop surpris pour avancer. Durant plusieurs minutes, il vit les deux adversaires se feinter, reculer, exactement comme dans un combat de boxe, mais aucun d'eux ne parvenait à prendre l'avantage. Puis le sépédon poussa un cri perçant. Günter pensa à tort qu'il avait été blessé. Une minute plus tard, il fut rejoint par un compère et tous deux attaquèrent le serpent qui perdait du terrain car il ne pouvait regarder des deux côtés à la fois. Les deux oiseaux saisirent en même temps le reptile l'un près du cou, l'autre plus bas, maintenant en l'air son corps qui se débattait et se tortillait dans tous les sens. Ils s'envolèrent à une centaine de mètres d'altitude. Puis ils laissèrent tomber leur victime et fondirent sur leur proie à une telle vitesse qu'ils arrivèrent au moment où le serpent touchait terre. Il était complètement étourdi par le choc. Au même instant, il reçut un coup sur la tête qui lui fit éclater le crâne.

Les deux oiseaux combattirent âprement pour s'emparer du butin. Günter fut si surpris qu'il éclata de rire et se laissa rouler le long de la dune. Les sépédons s'envolèrent et les antilopes disparurent. Günter remonta au sommet de la dune et scruta l'horizon. Il lui sembla apercevoir dans le lointain les lueurs miroitantes d'un marécage entouré d'arbres. Il se demandait si c'était un mirage. En trois jours, il en avait eu deux.

Le crépuscule approchait. Günter commençait à avoir faim. Il était épuisé. Ce soir, le veld revêtait un aspect étrange. Il tenta de l'analyser. Pourquoi les francolins le fuyaient-ils avec autant de précipitation ? Il avait vu un petit troupeau d'antilopes galoper au loin dans la même direction que lui. Le chant des oiseaux était varié, car il y en avait de toutes sortes et la brousse devenait plus dense. L'eau ne devait plus être bien loin.

C'était de la pure folie de traverser la brousse de nuit, il le savait, mais un profond enthousiasme l'incitait à poursuivre sa route. Il fut enfin récompensé de ses efforts : devant lui, sous la pleine lune, s'étendait un marécage d'une centaine de mètres, entouré de hauts roseaux et de bosquets d'alhagis. Il avait trouvé ce qu'il cherchait.

Günter n'oublia jamais la magie de cette nuit passée dans la brousse, blotti près du feu. Il entendit le rugissement effrayant d'un lion, suivi de profonds gémissements qui s'intensifiaient au fur et à mesure que le fauve approchait; les oiseaux, perchés sur les branches, s'agitaient bruyamment. Il perçut le cri aigu d'une hyène et d'un pluvier importuné, puis le jappement d'un chacal et le ululement d'un hibou.

Le coassement des grenouilles et la stridulation des criquets dans le murmure du vent avaient l'ampleur d'une symphonie; l'odeur de la terre humide et stagnante du marécage le ravissait.

Cette nuit-là, il ne put dormir tant il était heureux. L'aube vint trop tôt.

Günter se leva et s'étira. Aussitôt, des douzaines de lièvres sauvages s'enfuirent dans l'herbe folle; un petit troupeau de gazelles qui se suivaient prudemment passa devant lui, leurs cornes annelées droites et fières; derrière elles, couraient quatre antilopes; une cigogne noire sauta des branches d'un arbre mort et plongea dans l'eau.

En jetant un regard alentour, Günter imaginait déjà son campement. Il prit un couteau et inscrivit sur le tronc le plus large : « Cette ferme est la propriété de Günter Grieff ». Après avoir réfléchi un instant, il ajouta : « Camp XLII », en souvenir du bon vieux temps.

Trois mois plus tard, le Camp XLII avait tout à fait l'aspect que Günter avait imaginé lors de sa première nuit passée près du marécage. Il y avait trois grandes maisons au toit de chaume avec des murs d'un mètre d'épaisseur, faits d'un mélange bizarre de termitières pulvérisées, de sable et d'eau. Günter avait fait cette découverte dans les tribus locales.

Il fut étonné de la rapidité avec laquelle il construisit ces trois chaumières; la première lui servait de lieu d'habitation, la seconde de garde-manger et la troisième de cuisine, mais ce n'était, en fait, qu'un toit supporté par quatre poteaux. La chaumière de Günter comportait un demi-étage, car il avait partiellement aménagé le toit et l'on pouvait y grimper à l'aide d'une échelle rudimentaire. Il dormait en haut sur un lit de camp et utilisait la pièce du bas comme salle de séjour.

Günter était fier de sa réalisation. Il n'avait qu'une préoccupation : l'assèchement du marécage. C'était l'automne en cette mi-avril et il n'y avait eu que de rares averses durant l'été, saison des pluies. Chaque après-midi, de gros nuages menaçants s'amoncelaient à l'horizon, mais les quelques gouttes qui tombaient s'évaporaient avant même de toucher le sol. Le marécage se resserrait, l'herbe se desséchait et le sable gagnait du terrain. Même les alhagis revêtaient une teinte diaphane, n'offrant qu'une ombre claire.

Les nuages furent balayés par un vent violent qui souleva des tourbillons de sable et de cailloux dans tout le veld. Parfois quelques averses soudaines et abondantes tombaient sur un sol asséché reconnaissant, mais la promesse n'était pas tenue et les nuages se dissipaient au crépuscule.

Günter avait paré à toute attaque en incluant le marécage dans sa propriété qu'il avait entourée d'une clôture de barbelés. Plusieurs animaux avaient tenté de passer au travers, mais les pièges de fortune que Günter avait dressés fonctionnèrent, et quelques coups de fusil tirés en l'air les firent fuir. Les maraudeurs de loin les plus opiniâtres étaient les Bochimans qui, à plusieurs reprises, tentèrent de pénétrer dans l'enceinte, mais en vain.

Günter s'était maintes fois rendu au magasin des Koe; il avait acheté un camion d'occasion pour transporter tout son matériel. Il était assez satisfait de sa maison. Il y avait du gibier dans le garde-manger et suffisamment de provisions pour six mois. Pas loin du marécage, se dressait, haut et fier, un moulin à vent qui faisait fonctionner une pompe. Il avait construit une palissade en bois et une pancarte où l'on pouvait lire *Günter Grieff, Camp XLII*. Il ne lui restait plus qu'à acheter la terre, des moutons karakuls et un chien. Ensuite, il se lancerait dans les affaires. Il décida de partir immédiatement.

Günter attendit l'aube avec impatience. Comme toujours dans le désert, les ténèbres, puis la semi-obscurité disparaissaient brusquement pour faire place à une lumière éclatante dès que le soleil se levait à l'horizon. Dix minutes plus tard, il faisait une chaleur étouffante; Günter, en sueur, se mit au volant de sa jeep.

Une route rudimentaire traversait le veld, mais Günter aimait la brousse; il conduisait lentement, s'arrêtant parfois pour scruter le paysage avec ses jumelles. Une heure plus tard, il aperçut deux petites silhouettes noires qui se détachaient dans l'ocre mouvante du soleil levant. Il distingua peu à peu leurs minuscules têtes d'ébène et la fine pointe de leurs lances qui se dressait derrière eux.

Très vite il se rendit compte qu'il s'agissait d'un homme et d'une femme. C'était un spectacle déchirant. Ils paraissaient très vieux, au moins quatre-vingts ans, mais Günter devinait qu'ils ne devaient pas avoir plus de trente-cinq ans, les Bochimans vieillissant prématurément. Ils avançaient curieusement à petits bonds hésitants. Günter discernait maintenant leurs joues hâves, les fanons de leur peau ridée sur un corps décharné, leurs yeux enfoncés.

Ils étaient sur le point de mourir. Günter ne comprenait pas qu'il était la cause de leur tourment et il commençait à s'impatienter.

Quand ils se rendirent compte qu'il avait remarqué leur présence et qu'il ne leur tirait pas dessus, ils s'enhardirent jusqu'à approcher à une centaine de mètres de la jeep. Puis ils s'arrêtèrent, partagés entre la crainte et l'espoir, levèrent les mains et prononcèrent d'étranges mots incompréhensibles.

Günter versa de l'eau de son bidon dans deux timbales et les leur tendit. Ils se précipitèrent et burent près de quatre litres chacun. Il se demanda si le fait de s'être approprié le marécage n'avait pas contribué à leur rendre la vie encore plus difficile. Les Bochimans se laissèrent tomber à genoux et lui lancèrent un regard si reconnaissant que Günter en fut tout ému. Ils étaient d'une telle maigreur qu'ils faisaient pitié, et pourtant leur regard reflétait une expression de douceur puérile.

Il les ramena au camp et, dialoguant par signes, il réussit à comprendre que les autres mares étaient à sec. Le gibier avait fui. Maintenant qu'ils avaient bu tout leur saoul, les Bochimans se sentaient capables de s'aventurer au cœur du Kalahari.

Günter ressentit une honte extrême. Quel sentiment d'orgueil l'avait incité à s'accaparer l'eau au détriment des autres, détruisant l'équilibre naturel de la région ? C'était un péché contre la nature et contre Dieu.

Il leur donna des vivres. Puis il saisit une hache, une pelle et, indifférent à la chaleur et à ses mains ensanglantées, il se mit avec acharnement au travail jusqu'à ce que toute trace de ces barbelés tant exécrés libère le marécage. Il y avait un trou de sonde tout près du camp, cela devait suffire. Puis il s'éloigna sans même leur dire au revoir, espérant qu'ils resteraient.

22

Günter avait disparu depuis maintenant quatre mois et personne n'avait eu de nouvelles. Bertha avait interrogé tout le monde à Walvis Bay, mais en vain. Même Evans ne savait rien.

Marika l'inquiétait. Pauvre enfant ! Évidemment elle était responsable de ses actes, puisqu'elle avait fait l'amour avec Günter avant de se marier, mais qui pouvait lui en vouloir ? Après tout ils étaient fiancés. Elle payait cher son impatience.

Bertha ne supportait plus la mesquinerie de la petite communauté de Walvis Bay. Marika était devenue un objet de dérision. On l'appelait la poupée de Günter. Bertha était admirative devant l'attitude de sa fille qui souffrait sans se plaindre. Calme, apparemment indifférente, elle gardait ses distances.

Mais son refus d'accepter sa grossesse n'était pas aussi admirable. Dès qu'on parlait d'acheter la layette, le berceau ou même de l'éventualité de faire adopter le bébé par Bertha, Marika s'enfermait pendant des heures dans sa chambre, comme elle l'avait fait des années auparavant. Bertha ne la comprenait pas.

Pourquoi était-elle si prompte à se mettre en colère et si lente à pardonner ? Les jeunes se disputent souvent, mais ils refont vite la paix, se disait Bertha. Pourtant ce n'était pas la faute de Marika. Bertha rendait Günter responsable; c'était bien lui qui s'était enfui et l'avait abandonnée alors qu'elle était enceinte ! Quelle pouvait être la raison de leur querelle ? Tout cela semblait si bête ! Marika aimait Günter. Bertha l'entendait pleurer la nuit. Même là, elle broyait encore du noir, enfermée dans sa chambre.

Marika, prostrée, le regard morne, éprouvait de la répugnance vis-à-vis d'elle-même. Après une tentative désespérée d'avortement qui la plongea dans d'atroces souffrances et faillit lui coûter la vie, elle avait décidé de ne pas recommencer. Elle se sentait devenir énorme et, en plus du fardeau qu'elle portait, les jambes lui faisaient mal, elle avait des nausées en permanence et des moments de nervosité succédaient à une léthargie totale. Pourtant elle était incapable d'accepter le fœtus qui grandissait en elle. Elle avait l'impression d'accepter de force un parasite, l'enfant d'un ennemi. Son corps avait subi une invasion et elle en était la victime.

Il lui fallait seulement un peu de patience avant de s'en débarrasser à jamais. Fini l'amour, fini le sexe. Elle ne voulait plus en entendre parler. Elle partirait bientôt pour l'Europe et deviendrait mannequin, comme elle l'avait toujours souhaité.

Un matin de mai, alors qu'elle était affairée dans le magasin, Günter entra. La vue de cet homme splendide, mince, fort, vigoureux, fut un choc à la fois douloureux et merveilleux. Il avait le visage bronzé, sauf le nez, ce qui faisait ressortir ses yeux bleus et accentuait l'éclat de ses cheveux blonds. Ses lèvres étaient légèrement craquelées et brûlées. Un sentiment de haine submergea

Marika. Que la vie était injuste ! Elle se sentait diminuée, ridicule. Lui, il s'en était parfaitement tiré. « Le salaud ! » marmonna-t-elle en faisant semblant de ne pas le voir.

Günter tremblait. Pour masquer son émotion, il fit semblant d'examiner les filets. Il apercevait sa chevelure éclatante par-dessus l'épaule d'un client qu'elle servait. Quand allait-il se décider à partir ?

Au moment où enfin le client sortit, Günter remarqua le ventre rond de Marika. Enceinte ! Il devint blême de colère.

– Pourquoi ne m'as-tu rien dit ?

– Ça ne te regarde pas, lança Marika, furieuse.

– Oh que si ! Il est à moi aussi !

Il s'avança vers elle et la prit dans ses bras. Elle le repoussa violemment.

– Ôte tes mains de là ! Tu n'as aucun droit sur moi ! Je le ferai adopter. Bertha s'est déjà occupée de tout, s'écria-t-elle d'un ton méprisant.

Au comble de la fureur, Günter se précipita dans le bar le plus proche et commanda un scotch. Puis un second. Puis un troisième. L'image de Marika avec sa chevelure d'or retombant sur son ventre proéminent l'obsédait.

– Salut, Günter ! Tu es donc revenu !

Quelques pêcheurs de la conserverie venaient d'entrer dans le magasin. Günter leur lança un regard furibond. Il n'était pas d'humeur à plaisanter.

– Allez, viens, Günter, qu'est-ce qui ne va pas ? Tu as des ennuis avec ta ferme ?

Evans, le directeur, qui se trouvait parmi eux, gardait étrangement le silence.

Günter esquissa un sourire de complaisance.

– Très bien, les gars, que voulez-vous ?

Ils passèrent commande, tout en plaisantant.

– Il n'y avait pas d'eau, là-bas ? Étonnant ! Étonnant !

– Et les oiseaux ? Simplement des vautours ? Pas de chance.

Leur bonne humeur attisait sa peine.

– Mais dis-nous, Günter, qu'es-tu venu faire ici ? Tu capitules ? Tu cherches du travail ?

– Ta gueule ! Oui, c'est pour Marika que je suis là, mais elle est plus têtue que jamais ! Je ne la comprends pas. Après tout, elle est...

Il s'interrompit et leva les yeux vers eux. De toute évidence, ils étaient au courant. Dans son état, on pourrait croire...

– Marika a toujours été obstinée, dit Evans d'une voix neutre. Elle a causé bien des soucis à Bertha quand elle était plus jeune. Je ne parierais guère sur tes chances. Tu ne savais donc pas qu'elle a passé un mois à l'hôpital après une tentative d'avortement ?

Günter était effaré.

– Elle a essayé de tuer le bébé ?

Il comprit la nature malveillante de l'intervention d'Evans. Il semblait si bouleversé par cette nouvelle qu'ils en furent tous embarrassés.

– Allons, viens boire, lui dit Evans. C'est moi qui offre la tournée. Qu'est-ce que vous prenez ?

Au bout du quatrième verre, ils étaient ivres au point de chercher ensemble une solution pour que Günter puisse reconquérir Marika.

– Ça ne sert à rien, dit-il, désespéré. Nous nous sommes disputés. Elle ne me pardonnera jamais. (Devait-il leur dire la vérité ?) Non. Allez, buvez, cette fois c'est ma tournée.

Devant le désarroi de Günter et l'alcool aidant, ils furent tous envahis de tristesse.

– Moi, dit l'un d'entre eux au bout d'un moment, si ma bonne femme dégoisait et fichait le camp à cause d'une dispute ou d'un truc comme ça, eh bien, je la ramènerais à la ferme, si j'en avais une, bien sûr, et j'attendrais qu'elle recouvre ses esprits.

– Écoutez-le, écoutez-le ! répondirent en chœur les autres.

– Il faut être dur avec les femmes, ajouta son ami. Elles respectent la force. En un sens, les femmes sont comme des chiens.

– Emmène-la dans les fourrés et elle reviendra.

– Les femmes changent quand elles ont un enfant.

– Tu peux compter sur nous, vieux, mais d'abord il faut s'assurer qu'elle t'aime toujours.

Ils avaient tous une suggestion à faire; quand, enfin, ils se mirent d'accord sur un plan à suivre, personne ne se rappela qui en avait été l'instigateur.

Il était presque 10 heures lorsque Bertha et Marika entendirent du bruit. C'était un concert de gens ivres qui martelaient la porte.

Bertha regarda par la fenêtre, puis dévala l'escalier et ouvrit la porte. Plusieurs pêcheurs chancelants ricanaient d'un air niais. Ils pénétrèrent dans le magasin.

Bertha leur lança un regard furieux.

– On vous demande pardon, madame, mais on a tous un peu trop bu.

– Je m'en aperçois, répondit-elle sèchement.

– On est venus à cause de Günter. Nous ne pouvons rien pour lui. C'est comme ça. Il a pris un revolver et il joue à la roulette russe. Il ne veut pas entendre raison. Il dit qu'il tirera toutes les minutes jusqu'à ce que Marika arrive. Si elle ne vient pas immédiatement, il va mourir.

– C'est peut-être vrai, dit Bertha, exaspérée. Je suppose qu'il est ivre, lui aussi.

– Il a bu un verre de trop, comme nous tous.

– Oh, ne perdons pas de temps, Bertha, dit Marika qui venait de faire irruption.

Bertha lança un regard surpris à la ronde. Livide, toute tremblante, Marika se dirigea vers la porte. L'espace d'un instant, elle hésita, puis dévala l'escalier, suivie par l'un des pêcheurs. Un instant plus tard, ils roulaient à vive allure dans la jeep de Günter.

– On n'apprend pas à un singe à faire des grimaces, dit Bertha, je suis trop vieille pour croire à de telles sornettes.

Elle ne s'inquiétait nullement. Elle les connaissait trop. C'étaient de braves gens, un peu rudes parfois.

– Voyez-vous, madame Factor, tenta de lui expliquer un des pêcheurs, c'est tout de même idiot, il l'aime et elle l'aime... enfin on se disait que si elle accourait, c'est qu'elle l'aimait... et vous avez été témoin...

– Arrivez-en au but, lui dit-elle.

– Eh bien... comme elle est enceinte...

Il triturait sa casquette. Ce n'était peut-être pas une aussi bonne idée. Bertha pouvait se montrer féroce.

– Voyez-vous, il va la ramener à la ferme. Elle acceptera sans doute de l'épouser quand elle aura le bébé. Il paraît que c'est beau chez lui. Günter vous demande de lui préparer quelques affaires, il prendra soin d'elle.

Bertha ne broncha pas, mais son esprit pesait le pour et le contre. À quoi bon garder Marika ici ? Elle était enceinte et malheureuse. Peut-être qu'à la ferme elle oublierait le passé. Si elle avait une chance de trouver le bonheur, il fallait l'aider. Ce serait tellement mieux pour l'enfant aussi ! songeait Bertha.

Oubliant les pêcheurs, elle grimpa au premier étage et mit dans les valises quelques affaires pour Marika et un peu de layette qu'elle avait tricotée en cachette. Elle retira trois cents livres du coffre-fort de sa chambre et les cacha au fond de la trousse de maquillage de Marika.

– Günter n'est pas un mauvais bougre, dit le pêcheur à qui elle tendit les valises.

– Je sais, répondit-elle. Dites-lui tout de même de la ramener à Walvis Bay à temps pour l'accouchement. Plaise au ciel qu'ils soient mariés d'ici là !

Quand ils furent partis, Bertha s'offrit le luxe de se laisser aller à son chagrin. Était-ce la peur ou le soulagement ? Elle était bien incapable de le dire.

23

Marika, assise sur le seuil de sa chaumière, avait le regard tourné vers le marécage. Elle était ainsi prostrée depuis plusieurs jours, observant les oiseaux et le gibier qui faisaient de fugitives apparitions. Günter se morfondait en silence. Le premier jour où il l'avait amenée au camp, il avait essayé de faire renaître la passion que tous deux avaient partagée et de la persuader de l'épouser, mais ils s'étaient querellés nuit et jour. Elle refusait de lui pardonner. Il finit par capituler.

Son calme et sa froideur étaient pires que tout. Elle répondait quand il lui parlait, elle ne lui refusait jamais son aide. Elle mangeait ce qu'il lui donnait sans faire de commentaires et montrait une indifférence totale. Le soir, elle fermait sa porte à clé et ne la rouvrait qu'au petit déjeuner. On avait l'impression que rien ne pouvait la troubler.

Un jour, il lui proposa de la ramener chez Bertha, mais elle refusa.

– Je ne suis pas moi-même, lui avait-elle répondu. Laisse-moi seule, tout finira par s'arranger.

Günter s'inquiétait. Il était difficile de trouver des fermiers qui accepteraient de se séparer de leurs précieux troupeaux de karakuls. Or le vieux Weidinger, qui possédait un ranch dans le district de Maltahohe, comptait prendre sa retraite et mettait en vente son bétail. Günter savait qu'il lui fallait impérativement se rendre à cette vente aux enchères, car c'était l'unique chance de sa vie d'acquérir des bêtes d'une telle qualité. Il avait donc fait réviser son camion et avait engagé un jeune Ovambo pour la fin du mois. Mais il était malheureux à l'idée de laisser Marika seule.

Il la regardait avec anxiété. Sa pâleur trahissait son angoisse. Il avait promis à Bertha de la ramener avant la naissance du bébé. Mais c'était un peu trop tôt, elle n'en était qu'à son huitième mois de grossesse.

– Marika, je dois me rendre à la vente; c'est ma seule chance.

– Eh bien, vas-y, dit-elle sans même tourner la tête.

– N'as-tu pas peur de rester seule ?

– As-tu peur, toi ?

– Non.

– Qu'est-ce qui te fait croire que nous sommes différents ?

– Je ne suis pas enceinte, lui dit-il.

– Quelle chance !

Elle leva les yeux vers lui et fut subjuguée par la force étonnante qui émanait de lui. Il était mince et puissant. Ses muscles ressortaient sur sa peau moite. Quand il s'approchait d'elle, elle devait subir les assauts stupides du fœtus exécré qui lui donnait des coups de pied dans le ventre comme s'il voulait manifester sa jalousie devant la passion qu'elle refoulait. Elle s'éloigna pour qu'il ne se rende pas compte de son émoi, se reprochant amèrement sa vulnérabilité.

– Ça me prendra au moins trois jours, lui dit-il, se demandant toujours s'il devait l'emmener à Walvis Bay, mais il n'avait pas envie de la perdre si vite. Marika, je t'en prie, accompagne-moi.

Elle alla s'enfermer dans sa chaumière. Günter attendit quelques instants puis s'en alla en marmonnant.

Marika perçut le bruit du camion qui s'éloignait

en cahotant sur les dunes. Elle était totalement seule. Elle ouvrit la porte, sortit dans la cour et s'assit sur un bloc de pierre. Il lui sembla rester là une éternité, mais lorsqu'elle regarda sa montre, elle s'aperçut qu'une demi-heure seulement s'était écoulée. Elle décida de préparer du thé. Ça lui prendrait au moins trente minutes.

Marika éprouvait une certaine appréhension. Mais ce n'était pas dû à sa solitude. Elle avait peur d'elle-même, car elle se rendait compte qu'elle avait changé. Tant de désirs importuns la submergeaient. Elle éprouvait des envies : meubler sa chaumière, planter des fleurs. Pis encore était son besoin d'être aimée, protégée, d'avoir un homme auprès d'elle et de serrer son bébé dans ses bras. Mais il était hors de question qu'elle capitule. Jamais elle n'épouserait un Allemand, jamais elle n'élèverait son enfant. Si elle faiblissait, le piège se refermerait sur elle pour toujours. Elle refoula donc ses sentiments, attendant fébrilement d'être débarrassée de son fardeau.

La journée s'écoula lentement. Le sifflement aigu des geckos, suivi d'une cacophonie de chants d'oiseaux, traversa le crépuscule. Le soleil fondit sur l'horizon et la nuit tomba si vite qu'elle prit Marika au dépourvu.

Je ne devrais peut-être pas rester près du marécage, se dit-elle, mais elle n'avait nulle envie de s'enfermer dans sa chaumière. La lune ne s'était pas encore levée, pourtant le ciel avait un éclat étonnant, chaque étoile lui offrant sa brillance. L'atmosphère s'était brusquement rafraîchie et le vent lui fouettait le visage. L'odeur du marécage et de la terre humide parvenait jusqu'à elle dans le bruissement étrange des branches.

Des lièvres sauvages bondissaient autour du marécage, tels de minuscules kangourous. Elle entendit soudain le cri perçant de l'un d'eux qui avait dû tomber dans un piège. C'était le moment où les prédateurs commençaient leur ronde nocturne : chats sauvages, chacals, renards et caracals se profilaient dans l'ombre.

Son ouïe s'était habituée aux bruits de la nuit. Elle voyait des yeux verts lançant des éclats dans la broussaille.

Combien de temps resta-t-elle ainsi ? Peu importe, elle savait seulement qu'elle faisait partie intégrante de cet univers indivisible, qu'elle-même était indestructible, puisque intégrée à cette intelligence interne, à cette vaste force vive qui faisait vibrer la terre. Elle sentait que, si un prédateur la dévorait, les particules de son corps se reconstitueraient sous d'autres formes et que sa force vitale retournerait aux fonts baptismaux. Son pays ! Quelque chose d'imperceptible, qu'elle avait gommé de sa mémoire, remua en elle.

Sa mauvaise humeur s'estompa; elle éprouva un sentiment de vide. Il lui semblait être passée à côté de l'essentiel, mais ce souvenir avait disparu. Comme si elle essayait de se rappeler un air de musique. Qu'était-ce exactement ?

Elle se leva, frissonnante, et se précipita dans la chaumière. C'était le mois de septembre. Au printemps les jours étaient chauds et ensoleillés et les nuits parfois glaciales. Marika s'enveloppa dans une couverture et s'assit sur le lit de camp.

Le hurlement d'une hyène qui partait chasser, puis son cri de joie quand elle trouva sa proie déchirèrent la nuit. Puis, au loin, elle entendit les rugissements répétés d'un lion, suivis d'une série de petits grognements. Terrifiée, elle se mit à trembler. Elle prêta l'oreille attentivement. Les sons se rapprochaient. Ils étaient même tout près.

Elle essaya de se maîtriser, mais elle avait l'impression que la cour était remplie de fantômes qui avançaient à pas feutrés. Rien n'est pire que l'imagination, se dit-elle. Je dois sortir et me prouver que mes craintes sont sans fondement.

Elle se leva, ouvrit la porte et sortit sous un clair de lune étincelant.

Des yeux verts, écartés, la fixaient. Derrière, il y en avait plusieurs autres. Les lions du Kalahari ! Elle en avait entendu parler mais ne les avait jamais vus. Leur pelage blanc ressortait dans la lumière crépusculaire, mais elle savait qu'il avait la couleur du sable. Elle sentait leur souffle fétide et l'odeur musquée de leur peau. Des grognements sourds la pétrifièrent.

En hurlant, elle rentra précipitamment dans la chaumière, claqua la porte, se coinçant un doigt au passage. Elle s'assit sur son lit, enveloppée dans une couverture, et attendit l'aube, tandis que les lions rugissaient et grognaient en grattant le mur.

Au petit matin, elle ressentit les premières contractions. Les douleurs ne la lâchèrent pas de la journée. Au crépuscule, sa résistance faiblit et elle se mit à gémir.

Beaucoup plus tard, elle sentit une main lui soulever la tête. Elle reconnut le visage ridé de la vieille Bochiman qui avait fait son campement de l'autre côté du marécage. Elle sentait horriblement mauvais et ne portait pratiquement aucun vêtement. Elle avait un regard paisible et souriant.

Marika n'était plus seule. Heureuse de trouver cette aide providentielle, elle fit exactement ce que lui dit la Bochiman. Le bébé naquit très vite et l'accouchement se fit presque sans douleur, à la manière des Africaines, les deux femmes accroupies sur le sol, se tenant par la main, les pieds posés l'un contre l'autre tandis qu'elles poussaient fort. Marika avait l'impression de ramer. Que c'est étrange ! se dit-elle.

Le bébé ouvrit la bouche et se mit à crier. Marika, éreintée, tomba aussitôt dans un profond sommeil.

Quand elle s'éveilla, elle trouva la Bochiman à ses côtés, nourrissant le nouveau-né. La femme lui tendit l'enfant mais, frissonnant, Marika se déroba.

La Bochiman attendit toute la journée et une grande partie de la nuit que Marika accepte le bébé mais finit par capituler. Elle alla s'asseoir sur le pas de la porte, berçant le nourrisson qui gémissait de faim.

Quand Günter revint le lendemain matin, il entendit ses cris en garant le camion dans la cour. Submergé de terreur et de culpabilité, il traversa la cour comme un éclair. Marika avait survécu. Son soulagement était tel qu'il se jeta à ses pieds.

– Je ne me le pardonnerai jamais, jamais. Est-ce que tu vas bien ? Je vais t'emmener à l'hôpital.

– Inutile, répondit-elle d'un ton glacial.

– Je comprends ta colère, dit-il tristement. Comment va notre bébé ? Est-ce un garçon ou une fille ?

Marika ne répondit pas.

Günter sortit et prit le bébé des bras de la Bochiman. Il lui donna quelques vivres et elle disparut dans la nuit.

Günter s'occupa du bébé toute la journée. Marika refusait toujours de le serrer contre elle ou même de le regarder.

Le lendemain matin, quand Günter lui amena le bébé, elle sentit qu'il était inquiet.

– Si tu refuses de le nourrir, il va mourir, dit-il doucement, essayant de maîtriser sa colère.

Qu'il me batte ! se dit Marika. Je m'en moque.

– Je ne voulais pas un enfant de toi, Günter. Il est hors de question que je le nourrisse. Si vraiment tu t'en préoccupes, emmène-le à l'hôpital. Laisse-moi seule, maintenant.

Debout dans la pénombre sur le seuil, tête baissée, il parvenait difficilement à maîtriser sa fureur.

Il ne répondit pas. Le bébé s'était remis à pleurer de façon déchirante. Marika ne pouvait plus supporter ses cris.

Günter tenta de lui poser le bébé dans les bras.

Elle le repoussa avec violence. Le pauvre petit tomba. Günter se précipita vers lui.

Puis il alla chercher une chaise qu'il avait fabriquée lui-même et la plaça au centre de la pièce. Il souleva Marika de force en la prenant sous les aisselles, sans brutalité mais avec fermeté, et la hissa sur son épaule. Elle sentait son corps contre son ventre endolori. Sa chemise de nuit flottait autour de ses cuisses. Ici, je ne subis que des humiliations, songea-t-elle, mais bientôt je m'en irai et il pourra garder son trésor.

– Assieds-toi, dit Günter.

Il lui sembla découvrir chez cet homme une brutalité et un entêtement jamais soupçonnés. Il était prêt à la ligoter une année s'il le fallait, pour sauvegarder la vie du bébé.

Il lui lia les mains derrière le dos et défit sa chemise de nuit. Il lança un juron de colère quand il se rendit compte qu'elle s'était serré la poitrine avec des morceaux de drap. Il les enleva avec précaution et du lait coula de ses seins.

Marika se mit à pleurer doucement.

– Je ne veux pas, je ne veux pas. Je le hais et je te hais. Je souhaite sa mort ! Tu ne comprends donc pas ?

Günter plongea maladroitement la main dans la chemise de nuit. Ses mains semblaient deux fois plus larges que d'habitude. La tête du bébé tomba en arrière, puis sur le côté. Günter maugréa en essayant de la mettre dans la bonne position. Enfin la petite bouche hurlante trouva le sein de Marika et le bébé se mit à téter vigoureusement.

C'était très douloureux, mais Marika ressentit un certain soulagement quand le lait coula de sa poitrine gonflée et brûlante.

Marika se pencha en arrière, ferma les yeux et tenta de refouler un sentiment de tendresse qui envahissait tout son être.

Günter arriva avec le bébé tôt le lendemain matin. Il remarqua à peine ses seins énormes et son état dépressif. Seul le bébé le préoccupait. C'était une enfant gâtée et capricieuse, incapable de donner ou d'accepter l'amour. Il lui lia les mains encore plus fermement, prenant plaisir à lui faire mal, et lui mit de force le bébé dans les bras.

– Je te hais ! murmura-t-elle. Et je me hais pour avoir mis au monde un assassin nazi.

– C'est une fille, dit Günter d'un ton sec.

Marika, ébahie, resta bouche bée. Une fille ? Quelle idée étrange !

Marika se sentait de plus en plus humiliée. Elle avait l'impression d'être une vache, d'avoir cessé d'exister, d'avoir perdu son identité. Elle n'éprouvait que haine. Pourtant, assise sur sa chaise, les yeux clos, les jambes tendues, Günter agenouillé près d'elle et du bébé, elle sentait naître un lien étrange entre elle et cette chose minuscule qui gémissait tout en tétant. Ce n'était pas simplement du lait qui coulait de ses seins, mais sa force vitale. Elle avait le sentiment de communier. Elle se pencha et regarda le bébé.

À cet instant, le nourrisson ouvrit les yeux et la regarda fixement. Marika était stupéfaite.

– Le regard de ma mère ! murmura-t-elle.

C'étaient de grands yeux violets, presque disproportionnés pour sa toute petite tête.

– Je n'ai jamais connu d'autre personne avec un tel regard ! dit-elle, émerveillée.

– Elle me ressemble, répondit Günter avec une pointe de jalousie.

Effectivement, elle semblait avoir la couleur de cheveux de Günter et son grand front, mais pour le reste c'était le portrait de sa mère.

Quand Günter lui reprit le bébé, Marika se pencha en arrière, en proie à une grande confusion. Elle ne comprenait pas ses réactions.

– Comment puis-je me tromper à ce point ? murmura-t-elle.

Comment peut-elle se montrer aussi cruelle ?

se disait Günter en lavant le bébé sous un robinet à l'ombre d'un arbre. Marika réagissait-elle d'instinct ? Il essayait de l'excuser, se disant qu'elle avait le comportement d'une bête sauvage en captivité qui rejette son petit. Il la savait malheureuse, mais sa fierté, son indépendance, son désir d'être libre étaient d'une telle violence !

Il sécha le bébé avec tendresse et le berça jusqu'à ce qu'il s'endorme. Il aimait cette enfant plus que Marika. La force de son amour et l'humilité qu'il éprouvait face à cette lourde responsabilité l'étonnaient.

Le bébé pleura une grande partie de la nuit. Marika ne put s'endormir. Elle se retournait sans cesse dans son lit de camp. Günter devait entendre ses cris. Comment arrivait-il à dormir ?

Quand elle entendit le hurlement d'un chacal tout près du camp, elle ouvrit toute grande la porte et se précipita dehors. La cour était éclairée par la lune, et tout autour des arbres et des chaumières il y avait des taches d'ombre veloutées de noir. D'étranges bruissements parvenaient des buissons, les moutons s'étaient regroupés dans leur enclos. Elle perçut de nouveau le cri du chacal, les moutons se mirent à bêler et à s'agiter. Marika traversa la cour à la hâte. Elle ouvrit brusquement la porte de la chaumière de Günter.

Le bébé reposait dans un berceau de bois, le visage écarlate, la respiration haletante. Marika se pencha, passa une main sous la tête du bébé et l'autre sous son corps.

– Allons, allons, murmura-t-elle doucement.

Tendu, ne perdant rien de la scène, Günter attendit que Marika l'ait apaisé et emmené dans sa chambre. Puis il esquissa un sourire, se leva et alla voir ce qui perturbait les moutons.

24

C'était la mi-novembre. Des volutes de fumée s'échappaient de la terre humide, chaque brin d'herbe était perlé de rosée. Les arbres dégoulinaient encore et des fleurs étaient apparues dans le veld. Il avait plu pendant la nuit. Magnifique déluge sur une terre qui s'était laissé pénétrer avec reconnaissance.

L'air regorgeait de joie, tout comme le murmure du vent et les pas légers des karakuls qui s'acheminaient lentement vers les pâturages. Les oiseaux gazouillants se baignaient dans les flaques, les antilopes se roulaient dans l'herbe humide, même les chats sauvages, trop heureux pour se cacher, se prélassaient dans la boue.

Seul Günter ne partageait pas cette joie. Pis, il avait peur. Il n'avait aucune emprise sur Marika. Elle partirait quand elle l'aurait décidé et elle emmènerait très certainement son bébé avec elle. Il craignait son départ au point d'en être obsédé et il passait ses nuits à échafauder des plans pour l'empêcher de partir.

Si seulement elle acceptait de l'épouser ! Depuis trois mois, il l'abreuvait de promesses, mais elle refusait obstinément. Elle se montrait entêtée, déterminée, poussée par Dieu sait quel orgueil stupide, incapable d'oublier le passé et de repartir de zéro.

En la regardant bercer l'enfant, il se dit qu'il avait tout essayé sauf les suppliques. Peut-être s'adoucirait-elle s'il lui disait qu'il avait besoin d'elle, qu'il serait très malheureux sans sa fille. Il s'avança vers elle, l'air soucieux, se demandant comment l'aborder.

– Marika, j'aimerais te parler, dit-il en se laissant tomber par terre auprès d'elle, les lèvres sèches, les mains moites.

– Je ne peux t'empêcher de parler, lui répondit-elle, le regard obstinément fixé sur l'eau.

– J'ai fait tout ce que j'ai pu pour te rendre heureuse...

Il s'interrompit en apercevant deux taches humides sur son chemisier trop étroit qui lui comprimait la poitrine.

– Qu'as-tu fait pour me rendre heureux ?

Pourquoi donc se plaignait-il ? Il essayait de se rappeler le discours qu'il avait préparé mais sa colère et son désir l'emportaient.

– Tu ne te rappelles donc pas cette nuit dans le Namib ? Tu avais besoin de moi, là. (Il s'approcha et lui saisit le bras en lui enfonçant les ongles dans la peau.) Je sais que tu m'aimes, malgré tes efforts désespérés pour le dissimuler. Est-ce que tu penses à moi ? Te demandes-tu quels sentiments j'éprouve ?

Le regard de Marika trahit un certain mépris. Günter en fut meurtri.

– Bon sang, Marika, à quoi penses-tu, la nuit, toute seule dans ta chambre ? N'as-tu pas envie d'un homme ? De moi ?

L'espace d'un instant, il ressentit une haine profonde. Était-il un seul homme au monde capable de faire plus d'efforts ? Il était furieux contre lui-même également. Ce n'était pas ainsi qu'il avait prévu de la reconquérir.

– Épouse-moi !

Cette demande fut proférée comme une sorte de rugissement. Il avait les yeux injectés de sang. Les cuisses raidies, il était submergé du désir de la soumettre, contre sa volonté.

Marika eut peur.

– Lâche-moi, s'écria-t-elle d'une voix aiguë.

– Ça suffit, ça suffit !

Il lui ôta sa jupe et commença à la caresser.

– Enlève ta main, dit-elle, des larmes plein

les yeux. (Puis elle le gifla.) Je t'ai déjà dit que je n'épouserai jamais un Allemand ! Et puis tu te trompes, je ne t'aime plus !

– Alors pourquoi es-tu mouillée, là ? Pourquoi tes seins sont-ils si durs ? Tes joues si rouges ? Quand apprendras-tu à laisser parler ton cœur ?

– Tu te trompes, tu te trompes ! Je ne veux pas de toi !

– Oh que si !

Günter la fit basculer sur le sol. Elle se débattit un instant, mais il était trop fort. Lui maintenant les bras au-dessus de la tête, il déchira son slip et l'obligea à ouvrir les jambes.

Elle avait les yeux ouverts, mais les pupilles avaient presque disparu sous les paupières. Elle avait la bouche pendante, les lèvres sèches.

Günter la pénétra, elle gémit, il sentit ses bras et ses cuisses vibrer. Il crut devenir fou de désir. Il allait jouir quand il l'entendit pousser un cri aigu, comme celui d'un lièvre sauvage. Ils prirent leur plaisir ensemble dans un bref instant d'extase partagée.

– Maintenant, ose me dire que tu n'avais pas envie de moi, dit-il, encore haletant.

– Je ne veux pas t'aimer. Tu te moques de moi, tu m'as eue avec ce bébé, me forçant à éprouver des sentiments que je refuse.

Elle se leva, arracha le bébé de son berceau et se précipita dans sa chaumière.

Günter, allongé, souriait. Son instinct ne l'avait donc pas trompé. Il avait dû simplement employer la force. Quel imbécile d'avoir attendu si longtemps ! Marika l'aimait. Il en était sûr, à présent. Comment pourrait-elle encore le nier ? Désormais elle serait à lui. Une crécelle tournoya au-dessus de sa tête. Des nuages s'amoncelaient à l'horizon. Avec un peu de chance, il pleuvrait également.

Soudain il entendit le bruit du moteur de la jeep.

Incrédule, fulminant de rage, il bondit. Crissement de pneus, nuage de fumée. Günter essaya de l'arrêter, il courut, courut... Les paroles de Marika résonnaient à ses oreilles :

– Au revoir, Günter... À un de ces jours ! Plutôt mourir que d'épouser un Allemand !

La jeep disparut sur la colline. Sa voix se perdit dans le vent.

– Où que tu sois, je te retrouverai ! hurla-t-il inutilement. La garce ! L'imbécile ! ajouta-t-il en donnant un coup de pied dans une touffe d'herbe, les yeux embués de larmes.

Günter s'affala sur le sol et jeta un coup d'œil alentour. Il aimait la brousse, la solitude, la liberté, et par-dessus tout il aimait sa ferme tout en sachant qu'il ne ferait jamais fortune s'il y restait.

La perte de sa fille l'atteignait au plus profond de lui-même. Il fallait les faire revenir, mais comment ? Il trouverait bien un moyen. Pour l'instant il allait noyer son chagrin dans l'alcool.

25

Bertha entendit des pas sur le perron de bois devant le magasin; pourtant il était fermé depuis bien longtemps. En soupirant, elle laissa tomber ses comptes. Elle était épuisée mais n'avait jamais refusé son aide à quiconque.

La porte s'ouvrit. C'était Marika.

– Ma chérie ! s'exclama Bertha, trop surprise pour se lever.

Elle était au comble du bonheur.

Marika entra et ferma la porte derrière elle. Sa joie d'être de retour se lisait sur son visage. Elle avait du mal à dissimuler son émotion. Elle avait minci et mûri. Ses cheveux longs formaient une tresse qui remontait jusqu'au front. Ses pieds sales dépassaient de ses sandales déchirées. Elle était couverte de poussière, tout comme le paquet qu'elle tenait dans ses bras.

Ils sont enfin revenus ! se dit Bertha. La ferme n'a pas marché et ils vont m'aider désormais à mener cette affaire.

– Bienvenue à la maison ! s'écria-t-elle, essayant de ne pas donner libre cours à sa joie débordante. Où est Günter ?

Marika hésita un instant.

– J'ai quitté Günter. Je vais partir pour l'Europe, dit-elle, prête à affronter Bertha.

– Oh, Marikala ! s'exclama-t-elle, tu m'as tellement manqué ! Bon, tu ne vas pas partir tout de suite, je suppose ?

Tous ses espoirs s'étaient évanouis d'un coup.

Marika s'assit en éclatant de rire, mais son rire sonnait faux. Elle essaya aussitôt de se maîtriser.

– Ne dis rien, je sais ce que tu vas penser : nous allons échafauder un plan.

Bertha s'esclaffa et ôta ses lunettes. Elles s'embuaient toujours quand elle avait le cœur serré.

– Pourrais-je voir ton bébé ? (Elle s'approcha de lui et ajouta aussitôt :) Mais, Marika, un bébé doit toujours être propre !

– Tu ne te rends pas compte ! Dans un camion décapoté, sur une route poussiéreuse pendant trois jours...

– Mais tu as dû tout de même t'arrêter en chemin ? lui dit Bertha, inquiète devant l'aspect du bébé.

– Non, j'ai conduit sans penser à autre chose.

– Mon Dieu, il m'a l'air bien portant !

Marika se mit à rire. Visiblement elle se moquait de Bertha.

– Est-ce une fille ou un garçon ?

– Une fille.

Bertha était aux petits soins, elle caressait le bébé sous le menton, gazouillait avec lui. Il ouvrit les yeux. Bertha, médusée, faillit le laisser tomber.

– Regarde ces beaux yeux ! Jamais je n'ai vu une si jolie couleur !

– Ce sont les yeux de ma mère, dit Marika, la voix légèrement voilée. C'est la raison pour laquelle je l'ai emmenée. Autrement, je l'aurais laissée à Günter. Il la voulait désespérément.

– Tu l'aurais laissée ? s'écria Bertha, incrédule.

Elle serra le bébé dans ses bras pour le protéger.

Les lèvres pincées, Marika était trop fatiguée pour tout expliquer.

– Je ne lui ai pas encore donné de prénom.

Bertha était ébranlée.

– Tu peux te montrer cruelle, parfois, dit-elle sèchement.

Marika tressaillit. C'était la première fois que Bertha prenait parti contre elle; bien que ce soit pour son propre enfant, elle était étrangement bouleversée.

– Je vais prendre un bain, j'ai mal partout, dit-elle en se levant et en s'étirant.

– Günter n'a-t-il pas... insista Bertha.

– Oh, oui, des dizaines de noms. Chaque jour, il essayait d'en trouver un qui me plaise. Mais, vois-tu, c'étaient toujours des noms allemands.

Bertha entendit la porte de la salle de bains se refermer et le bruit de l'eau. Elle appela la domestique pour aller chercher les valises dans la jeep, mais elle était vide.

Le bébé serré contre elle, elle monta dans la chambre.

– Où as-tu mis tes affaires ? lui cria-t-elle.

– J'ai tout laissé là-bas.

Bertha ouvrit la porte et posa sur Marika un regard inquisiteur.

– Je t'en prie, Bertha, je suis fatiguée.

– Très bien, mais tout à l'heure nous aurons beaucoup de problèmes à régler, s'exclama-t-elle d'un ton menaçant.

Le soir même, après le dîner, une fois l'enfant endormi, Bertha força Marika à lui dire la vérité.

Elle lui raconta comment elle avait souhaité la mort du bébé, lui parla de sa haine pour la brousse, de son dégoût pour la vie qu'elle menait là-bas et de sa détermination de partir pour l'Europe. Elle ne dit toutefois pas que Günter était allemand, n'évoqua point l'amour qu'elle avait pour lui mais qui lui répugnait, ni son rêve de voir les assassins de son père passer en justice.

Bertha alla se coucher, triste et désolée pour ce petit être qu'elle avait décidé de prénommer Sylvia. Elle resta éveillée plusieurs heures. Le vent n'avait jamais poussé de gémissements aussi lugubres, le cri des mouettes n'avait jamais été aussi prolongé. Bertha se sentait coupable. C'est elle qui avait eu cette enfant à élever et elle avait échoué. Peut-être l'avait-elle trop gâtée ou avait-elle troqué son rôle de femme contre celui de soutien de famille ? Où était donc l'instinct maternel de Marika ? C'était le néant.

Elle se remémora soudain le jour où Marika avait fêté ses douze ans. Irwin avait dit alors : Une enfant déracinée, c'est une mère déracinée en puissance. À l'époque, elle lui avait reproché son pessimisme.

Quelle sorte de femme tenterait de tuer son propre enfant ? se demandait-elle. La réponse s'imposa avec clarté : toute femme confrontée à une vie qui lui est intolérable. Pourquoi ? Pourquoi était-ce aussi terrible pour Marika ? N'importe quelle femme aurait aussitôt arrangé sa maison. Mais pas elle.

Ces questions obsédèrent Bertha les jours suivants. Des moments de désespoir succédaient à des instants de confusion. Elle observait Marika, analysant ses moindres paroles et actes, cherchant les qualités qui pouvaient racheter sa fille à ses yeux.

Marika n'était ni paresseuse ni cruelle. Simplement indifférente. Elle n'était que trop heureuse de voir Bertha s'occuper de Sylvia et ne cachait pas son empressement de la mettre au biberon.

De toute évidence, elle comptait bientôt partir. Elle cousait, raccommodait, triait ses vieux vêtements, en commandait d'autres, emballait des affaires de bébé. Bertha décida d'aborder le sujet, un matin au petit déjeuner.

– Je sais que tu envisages de partir, lui dit-elle d'un ton aussi anodin que possible. J'ai sans doute cru égoïstement que tu allais rester ici. Je n'ai aucune envie d'être séparée de toi et j'aime l'Afrique. Mais tout de même... (Elle soupira et perdit le fil de sa pensée.) Où en étais-je ?

Elle leva un regard anxieux vers Marika qui l'observait avec compassion.

– Tu ne peux t'occuper de cette enfant toute seule, poursuivit-elle. Tu ne l'aimes pas assez. Ou peut-être l'aimes-tu, mais tu n'as pas vraiment la fibre maternelle. De plus, avec ton intention saugrenue de devenir mannequin, je me demande comment tu feras ! C'est cruel de laisser un petit bébé tout seul. (Elle respira longuement.) Attends que je vende mon magasin et nous partirons ensemble. Toutes les trois.

Voilà. Tout était dit. Elle lança un regard de défi à Marika.

– Bertha, je ne peux plus me permettre de perdre du temps. Il n'y a aucun problème pour Sylvia. D'autres mères travaillent et leurs bébés survivent. Quand je serai riche, je lui trouverai une nounou...

– Tu vas travailler toute la journée. Tu seras obligée de négliger Sylvia. Si tu restes ici, tu pourras t'en occuper correctement.

– Oh, Bertha, dit Marika en remarquant une lueur de tristesse sur son visage, les bébés sont une charge pénible. Le biberon, les cris, les langes...

– Je n'ai jamais rien entendu de plus égoïste ! s'écria Bertha, faisant des efforts pour ne pas prononcer des paroles rédhibitoires.

Elle croulait sous le poids du chagrin.

Le lendemain matin, juste après le petit déjeuner, un Ovambo en haillons entra dans le magasin avec un gros sac. Sans demander la permission, il déchargea sa marchandise par terre. Les yeux vifs, les joues creuses, une lueur de désespoir dans le regard, il faisait pitié.

Bertha était ennuyée. Il déballa des figurines sculptées qu'il essayait de vendre. Il avait l'air si affamé qu'elle se sentit contrainte de lui en acheter une.

Au même moment, Marika pénétra dans le magasin.

– J'ai envie d'acheter une de ces pièces, Marika, dit Bertha d'un ton péremptoire, de peur que sa fille ne se montre brutale.

– C'est magnifique ! s'écria Marika. (Elle s'accroupit pour examiner chaque pièce.) Dire qu'il a fait tout cela seul dans sa brousse ! Regarde ce qu'il est arrivé à produire !...

Elle avait les yeux voilés de larmes.

Elle lui acheta la moitié de ses marchandises et les dissémina dans le magasin.

– Un jour, dit-elle à l'Ovambo, je les emporterai en Angleterre. (Elle inscrivit son nom sur un carnet.) Peut-être pourrai-je vous aider.

– Je n'arrive pas à te comprendre, lui dit Bertha d'un ton maussade après le dîner. Tu as besoin de cet argent !

La nuit était chaude. Sylvia geignait dans son berceau. Bertha la berçait avec le pied tout en tricotant une veste.

– Je sais que tu as une mauvaise opinion de moi et que tu réprouves mes actes, mais tu ne m'as jamais comprise, dit Marika, un peu nerveuse. Autrement, tu n'aurais jamais pensé... enfin, jamais espéré que je puisse rester ici... (Elle avait une lueur étrange dans le regard.) Je veux aller là où tout est possible, où je pourrai enfin être moi-même, donner le meilleur de moi-même au lieu de toujours recevoir. Oh, Bertha, il faut que tu me comprennes. Toi et moi... Combien de fois nous sommes-nous promenées le long de la rive pour jeter du pain rassis aux mouettes ? Ne te rappelles-tu pas notre confusion lorsqu'il nous arrivait d'oublier le pain et de ne rien avoir à donner ?

Débordant d'une énergie soudaine, elle arpentait la pièce, le regard ardent, se frappant la paume de la main de son poing serré.

– Vois-tu, Bertha, si je ne trouve rien à donner de moi-même, je préfère mourir. Mon existence ne servirait à rien. Quand je vois des danseurs, que j'écoute des chanteurs à la radio, j'ai l'impression qu'ils donnent ce qu'ils ont. Et je me dis : Toi, que vas-tu donner, Marika Magos ?

Elle se tourna brusquement vers Bertha, s'accroupit auprès d'elle, les bras autour de ses genoux.

– Bertha, poursuivit-elle, je ne sais pas encore comment, mais je vais trouver quelque chose à apporter à ce monde. Ça doit bien exister quelque part. (Elle poussa un long soupir.) Créer, voilà ce qui compte; c'est la raison pour laquelle j'ai aimé cet Ovambo. C'est pour moi comme un frère, dit-elle, soudain timidement. Il faut que je réussisse, mais dans quelle branche, je ne le sais pas.

– Peut-être devrais-tu suivre des cours aux Beaux-Arts, lui dit Bertha, après un silence embarrassé.

– Oh, non, je n'ai pas le temps.

Bertha alla se coucher, en proie à une grande confusion. Elle avait l'impression d'être une poule qui découvre que son poussin est d'une autre race.

En se remémorant le passé, elle se rendit compte qu'elle aurait dû s'en douter depuis longtemps. Dans son enfance, Marika dessinait pendant des heures. Elle était secrète et introvertie. Il y avait en elle l'esprit et le cœur d'une créatrice. Elle était parfaitement incapable de mener une vie normale. Elle portait la marque du Messager.

Mais où se cachait son talent ? Elle était douée pour la peinture, mais pas suffisamment. Elle ne possédait pas d'autres dons. Avec ses formes sensuelles, elle n'avait pas la silhouette d'un mannequin. Marika voulait donner, mais avait-elle quelque chose à donner ? Bertha craignait de voir sa fille détruite par son propre échec.

Elle essaya de lui expliquer tout cela les semaines qui suivirent, mais Marika ne capitulait pas. Il lui fallait partir.

Bertha parvint à la convaincre de lui laisser Sylvia, au moins le temps qu'elle trouve une maison. D'ici là, Bertha aurait vendu son magasin et pourrait venir s'installer à Londres.

Une fois la décision prise, Marika n'aborda plus le problème.

– Sylvia va te manquer, nous aussi tu sais, plus que tu ne le penses, l'avertit Bertha.

– Pourquoi ? Qu'est-ce qui pourrait me manquer ? Un paquet de chair ? Je l'aimerai quand elle sera plus grande. En attendant je ne vois personne au monde capable de mieux l'élever que toi, Bertha.

Une fois de plus, Bertha se retrouva sur le quai, essayant de distinguer Marika dans la brume. Cela lui rappelait le passé, mais le bateau ne se profila pas doucement, il s'éloigna puis disparut très vite, happé par le brouillard.

Pauvre enfant égarée, se disait Bertha. Elle aura de la chance si elle parvient à gagner sa vie sans aucune qualification ! Ne parlons pas de la richesse et de la célébrité. Ah, ces jeunes ! soupira-t-elle. Ils ne veulent rien écouter, il faut qu'ils aient leur propre expérience. Elle reviendra très vite, avec un peu plus de bon sens si Dieu le veut. Et si ce n'était pas le cas ? Si elle avait des problèmes ? Elle était bien trop vulnérable et bien trop jolie. Oh, Marikala ! murmura-t-elle.

Pourtant elle était restée.

Sept ans ! Une éternité ! La venue de Marika

avait changé la vie de Bertha. Maintenant elle était partie.

Bertha se rappela la petite fille effrayée, au crâne rasé, et Irwin, de son allure nonchalante, montant la passerelle pour aller chercher Marika.

Des larmes coulèrent le long de ses joues; elle s'essuya le visage de la main. Enfin, se dit-elle, il me reste Sylvia ! Ayant passé suffisamment de temps, selon son gré, dans la brume matinale, elle décida à contrecœur de faire demi-tour et repartit chez elle en poussant le berceau.

26

Le désert du Kalahari, avril 1947

Günter regarda le ciel en maugréant. Des nuages s'amoncelaient au loin, des éclairs traversaient l'horizon vers le sud, le tonnerre parfois grondait mais le ciel restait d'une clarté impitoyable. Pas une seule goutte de pluie n'était tombée sur la ferme depuis le départ de Marika cinq mois auparavant. Nulle herbe n'avait poussé, les arbrisseaux dont les karakuls se repaissaient devenaient chaque jour de plus en plus frêles, les feuilles prenant un ton diaphane en se déshydratant. Il lui fallait combattre quotidiennement les fourmis, les termites, les chacals, les mouches et la chaleur. Mais personne ne pouvait lutter contre la sécheresse.

Chaque matin, Günter se levait avant l'aube, allumait un feu, avalait son porridge de maïs dans la cour, en observant le ciel et le désert qui abandonnaient la grisaille pour revêtir des teintes multicolores.

Il conduisait ensuite les karakuls vers des pâturages plus verdoyants, se demandant comment il pouvait supporter la monotonie de cette routine quotidienne.

Le 1er mai, quand Günter se rendit au village pour chercher des provisions, une lettre l'attendait. Était-ce Marika ? Les mains tremblantes, il ouvrit l'enveloppe. C'était Claire. Elle lui adressait une lettre prolixe, sans aucun intérêt. Elle travaillait toujours à l'hôpital de Walvis Bay. Il allait fourrer la lettre dans sa poche, lorsqu'un nom lui sauta aux yeux, au bas de la page : Marika. *Marika est partie pour Londres sur le* Knysna Morn. *Bertha s'occupe du bébé.*

Elle ne parlait que d'elle tout le reste de la lettre. Günter la jeta sans poursuivre sa lecture et rentra chez lui, fou de colère.

Comment revoir Marika ? Il lui faudrait des années pour économiser le prix du voyage en avion. La ferme ne rapportait rien, le barrage ne retenait que de l'eau saumâtre, l'eau de pluie était tarie et les karakuls mouraient de faim. Quelle joie avait-il à garder les moutons toute la journée sans aucune compensation ? Toute une vie serait nécessaire pour rentabiliser la ferme. Marika serait perdue à jamais.

Il n'avait qu'une solution pour faire rapidement fortune : la prospection dans le Namib. Il suffisait d'un coup de chance et il serait milliardaire ! Il décida de vendre les karakuls et de laisser la ferme en friche.

Günter partit le mois suivant, ne prenant que le strict nécessaire pour prospecter. Il laissa toutes ses affaires dans sa chaumière fermée à clé. En fait, il ne possédait rien de valeur.

Il se rendit en jeep à Aranos; de là, à Mariental et Maltahohe, puis il traversa le plateau de Nanaja jusqu'aux montagnes de Zarisberg, immense chaîne de rochers noirs qui forment une barrière entre les massifs montagneux de l'ouest et le désert du Namib.

Le lendemain soir, après avoir franchi les derniers lacets d'un col, il parvint dans les plaines sablonneuses qui s'étendaient entre les montagnes et les dunes. Il avait rencontré des autruches et des antilopes, se demandant avec étonnement comment des animaux pouvaient survivre dans un lieu aussi aride.

À midi, Günter arriva au bas des premières dunes. Il faisait quarante-cinq degrés et la chaleur était étouffante. La jeep avançait lentement le long des routes friables entre des pics qui se dressaient à trois cents mètres.

Descendant de sa jeep, Günter mit son baluchon sur le dos et grimpa sur les dunes pour avoir un panorama de la région. Il avait pris un fusil, une torche, des cartes, des allumettes, une pelle et de l'eau. Il revint à sa jeep au crépuscule et s'allongea dessous, son fusil à portée de la main.

Günter passa une nuit blanche à observer les étoiles. Il pensait à Marika, à leur première rencontre et se remémorait le jour où ils avaient fait l'amour sur la plage. Dieu, qu'il la désirait ! Il lui fallait faire fortune. Un seul coup de chance ! Peut-être le lendemain...

Chaque matin, il repartait inlassablement.

Durant des mois, il supporta la chaleur du Namib, courbé sous le poids de son baluchon, escaladant ces hautes dunes glissantes, les redescendant sans cesse avec fébrilité. Il prospecta le coin avec méthode, traçant des carrés de huit mètres sur huit, mais prenant toujours sa jeep comme base. La fortune n'était pas loin, elle était là, sous ses pieds. Mais où ?

Le temps passa. Günter accusait de plus en plus la fatigue. Il avait les yeux cernés, le visage hébété, la peau ridée sur sa grande carcasse. Il se nourrissait de viande desséchée, de biscottes et parfois de chevreuil lorsqu'il en trouvait.

Au bout de quelques mois, ses espoirs s'évanouirent. Il avait bien trouvé du plomb et du fer et enregistré sa concession, mais les dépôts n'étaient pas suffisants pour couvrir tous les frais de transport des minerais à travers le désert. Günter avait filé vers le sud, empruntant une route en zigzag de Sossuvlei à Fish River Canyon, mais là, après une recherche éreintante sur des milliers de kilomètres, il se rendit compte qu'il devait continuer vers le nord pour aller prospecter du côté de Swakopmund.

Il partit tôt le lendemain, mais à midi il parvint à un cul-de-sac. La route était barrée par une haie de quatre mètres. C'était une zone de concessions privées interdite au public, qui s'étendait le long de la côte, d'Alexander Bay au sud, jusqu'à Walvis Bay au nord. Il lui fallait faire un détour.

Günter était furieux : il y en avait, des diamants, disséminés le long de la côte, des millions de livres de pierres précieuses ! Il regardait avec un œil d'envie cette étendue de sable, de l'autre côté de la grille.

Il était assoiffé de richesse. Et elle était là, devant lui ! Un jour, il aurait sa propre concession de diamants ! Oui, un jour...

27

Claire gara sa voiture. Elle était effarée devant le spectacle qui s'offrait à elle. Le *Camp XLII* lui semblait totalement à l'abandon. Durant son long trajet depuis Walvis Bay, elle en avait vu, des baraquements ! Seules les traces des chacals et des chevreuils étaient encore visibles; le fumier des karakuls n'avait pas dû être ramassé depuis des mois; les portes et les fenêtres des trois chaumières étaient barricadées.

Elle tenta de se ressaisir. Sa déception était grande. Günter était parti définitivement, Dieu sait où. Le reverrait-elle un jour ? Marika l'ayant abandonné, elle avait pensé qu'il se contenterait d'elle. Il était seul désormais, et pas une femme n'accepterait de venir vivre dans la brousse. Mais il s'était envolé, et son rêve s'évanouissait.

Elle était épuisée et trop découragée pour faire demi-tour. De plus, elle éprouvait un certain réconfort à savoir que c'était la ferme de Günter.

Elle descendit de la jeep qu'elle avait conduite toute la nuit, ne s'arrêtant dans la journée que pour prendre de l'essence. Elle avait mal partout et particulièrement dans le dos.

Elle fit le tour du campement, examinant les chaumières et le pré. Tout avait été prévu. Mais quel gâchis ! Oh, cet imbécile de Günter !

Le crépuscule était tombé, étrange, langoureux, avec ses lueurs d'ambre ensorcelant le paysage et ses couleurs chatoyantes. L'ocre du sable prenait une teinte brune plus sombre, les buissons semblaient plus épais, le maïs, d'un jaune plus soutenu. Les oiseaux se retiraient, les chauves-souris se réveillaient, les moucherons fourmillaient au-dessus du marécage, un lapin effrayé en sortit, traversa le kraal et s'enfuit sur les dunes.

Mais où était Günter ?

28

Le meilleur moment se situait tôt le matin. Les pics rocheux projetaient des ombres pourpres sur le Namib. À l'est, tout au loin, la chaîne de montagnes scintillait comme une ancienne muraille. L'air, chargé de brume, était frais. Lorsque le soleil commençait à poindre, la terre revêtait une teinte rose lumineuse.

En allant vers le nord en direction de Kunene River Canyon, Günter eut, pour la première fois, l'impression d'être en désaccord total avec la nature. Ses désirs insatiables de trouver des vivres, des richesses, tout ce qu'il ne possédait pas, lui semblaient vils et barbares.

Ces derniers temps, il s'était mis à réfléchir sur la nature et la place de l'homme dans le monde. Il n'avait rien d'autre à faire. À ses yeux, la maîtrise de soi était à la fois une qualité négligeable et en même temps une grande force.

Il analysait ses anxiétés et ses faiblesses. L'impatience ! C'était là son plus grand défaut ! Chaque instant devait être un fragment de joie, et la joie, songea-t-il après une longue réflexion, c'était l'instant où l'homme était en parfaite harmonie avec lui-même et son entourage.

Mais ce n'était pas le cas. Pourquoi ? Parce que son ventre gargouillait et que l'image d'un steak et d'une tranche de foie grésillant sur le feu flottait toujours devant ses yeux; aussi, lorsqu'il apercevait les traces d'une antilope ou d'un zèbre, ne songeait-il qu'à les tuer. C'était là une terrible faiblesse.

Dans la matinée il avait découvert des traces fraîches d'antilopes, et il se faufilait le long de cette étroite gorge, telle une bête de proie à l'affût. Derrière une corniche rocheuse, il aperçut deux bêtes magnifiques à portée de fusil. En visant un animal, il se rendit compte qu'il tremblait de joie comme un chien, et quand l'antilope tomba, touchée d'une balle en plein cœur, Günter sauta en poussant un cri et s'abattit sur sa proie d'une façon aussi vorace qu'un chacal.

Il déchira ses entrailles, traîna la bête un peu plus loin et alluma un feu. Il fit cuire le foie et le mangea, avant de dépecer l'animal. Il lui fallut des heures pour découper la viande en fines lamelles. Le soleil, qui s'était levé, lui brûlait le dos. Il faisait une chaleur accablante, mais il ne s'arrêta que lorsque toute la viande fut suspendue aux branches d'un arbre.

Quand il fut rassasié, Günter eut honte de s'être comporté comme un sauvage. Il avait encore les mains pleines de sang.

Il se jura de refréner ses envies. Il se contenterait de deux tranches de viande séchée par jour et de quelques biscottes, ne chasserait que lorsqu'il n'aurait plus de provisions et, en dépeçant une bête, il ne se précipiterait pas avec frénésie sur la viande pour la dévorer, mais attendrait patiemment que celle-ci ait séché.

Les jours s'allongeaient, la chaleur s'intensifiait, le plateau était calciné par le soleil. En fin d'après-midi, les dunes rougeoyantes s'étendaient à ses pieds comme du métal fondu. Günter, luttant contre la sauvagerie de ses besoins physiques et mentaux, traversait son purgatoire.

Fin janvier, Günter se rendit à Walvis Bay. D'une maigreur effrayante, il avait la peau tannée comme du cuir. Ses cheveux hirsutes avaient poussé et ses yeux brillaient de fièvre. Ses lèvres remuaient, mais nul ne comprenait ce qu'il disait. Il entra dans un bar en chancelant, s'assit sur un tabouret et s'évanouit.

Il se réveilla trois jours plus tard à l'hôpital de Walvis Bay et aperçut des boucles rousses qui sortaient d'un bonnet blanc et un regard étincelant.

– Pauvre imbécile ! s'écria-t-elle, en colère.

Avec une nourriture convenable, de l'eau et des piqûres de vitamine B, Günter se remit au bout de quelques jours.

Allongé sur son lit d'hôpital, il avait les pensées plus claires. Il était allé trop loin. La barbarie étouffait la personnalité et freinait le développement spirituel, réduisant les capacités de jugement. Il décida de faire une étude sur les tribus primitives, car il avait noté qu'elles gardaient toute leur dignité malgré la lutte quotidienne pour leur survie. Désormais, il en tirerait la leçon.

Quand Günter dut quitter l'hôpital, Claire le persuada de venir s'installer chez elle jusqu'à ce qu'il soit complètement rétabli.

Pendant une semaine, il dormit par terre dans un sac de couchage et ils firent une fois l'amour sur son petit lit grinçant.

Elle essaya de le persuader d'abandonner la prospection et de reprendre son emploi à la conserverie. Elle se jeta à ses genoux, le prit dans ses bras et le serra très fort.

– Tu vas mourir, là-bas !

Il lui caressa les épaules et le cou.

– Chut, il me faut une semaine pour m'approvisionner et la voiture a besoin de réparations.

Un soir, lorsqu'elle rentra, chargée de commissions et de livres, elle s'aperçut que Günter était parti. Il n'y avait qu'une lettre de remerciement et un chèque sur la cheminée.

– Va au diable, Günter ! s'exclama-t-elle.

29

– La suivante !

Marika leva les yeux avec une certaine appréhension et entra dans la salle. À sa gauche se trouvait un homme assis à son bureau. Avec son regard glacial, il avait l'air de s'ennuyer. À sa droite, il y avait un salon d'essayage où un mannequin se rhabillait.

– Que dois-je faire ? murmura-t-elle.

La jeune fille hésita.

– Écoute-moi, ma petite, si tu n'as aucune expérience pour présenter les soutiens-gorge, mieux vaut repartir !

Rougissante, Marika lui lança un regard furieux.

Le mannequin semblait embarrassé.

– Excuse-moi. Déshabille-toi jusqu'à la taille,

fais quelques demi-tours devant le directeur des ventes et retourne à l'alcôve, mets ce soutien-gorge et refais ton petit tour.

Il était 8 heures du matin, en ce dix janvier 1948. Dehors la température était descendue au-dessous de zéro. Marika gelait. Il ne faisait pas plus chaud qu'à la conserverie. Elle frissonna. Elle se trouvait à Londres depuis un an et ses échecs successifs avaient fini par ternir ses espoirs. Elle adorait Londres et son atmosphère de grande ville, ses magasins bondés, mais elle n'était jamais parvenue à s'y intégrer totalement. Elle avait rêvé de devenir riche et célèbre, mais il lui avait été impossible de trouver du travail. Était-elle vraiment la même, celle qui s'était juré de retrouver les assassins de son père ? Certainement pas. Pour l'instant, elle n'arrivait même pas à subvenir à ses besoins.

Il lui restait exactement neuf livres, quatre shillings et onze pence. Elle devait payer le loyer d'une chambre sordide le lendemain : cinq livres, dix. Si elle n'obtenait pas cet emploi, il lui serait impossible de le payer.

Son optimisme insensé lui donnait presque envie de pleurer. Elle avait suivi avec succès ses cours de stylisme, mais les études et la détermination ne pouvaient en rien changer son corps. Elle avait des épaules trop larges, des hanches trop prononcées, une taille trop fine, et un an de privations n'avait pas changé grand-chose.

C'est sa poitrine qui l'avait amenée à se présenter dans cette sinistre usine. La société cherchait un mannequin pour présenter les grandes tailles de soutiens-gorge. Ce n'était pas vraiment ce qu'elle recherchait, mais n'importe quel emploi ferait l'affaire. Elle ressentait un profond désespoir et une peur intense, car tout au fond de son cœur, elle était toujours la petite fille sans famille qui s'était enfuie de Brno. Elle tenta de se raisonner.

Elle se sentait malheureuse et l'idée de se montrer à moitié nue l'intimidait. Depuis qu'elle se trouvait à Londres, elle s'était habituée à la nudité, mais elle n'avait pas encore réussi à acquérir l'attitude blasée des autres mannequins. Peut-être parce qu'elle avait beaucoup plus à donner. Honteuse, elle hésita.

– Êtes-vous prête, mademoiselle... euh... euh... ?

Quelle absurdité ! se dit-elle. S'ils fabriquent des soutiens-gorge, ils doivent voir des milliers de poitrines chaque jour !

Marika se redressa, rejeta ses cheveux en arrière et avança, comme dans un nuage, vers la table qui se trouvait à l'autre extrémité de la pièce. Elle marqua un instant d'arrêt, puis posa son regard sur le jury.

Un homme l'observait avec une expression étrangement impersonnelle. Il passa en revue son visage, sa poitrine, ses hanches et sa chevelure. Elle se sentait vulnérable tant il la déshabillait du regard. Elle fut prise d'un sentiment de honte soudain. Rougissante, elle se cacha la poitrine de ses mains. Elle allait s'enfuir lorsqu'une voix l'arrêta sur le seuil :

– Comment vous appelez-vous ?

Le directeur des ventes bondit de sa chaise et s'écria avec un certain empressement :

– Monsieur Lymington ! Il est rare de vous voir ici de si bonne heure !

Lymington l'observait de façon inquiétante, tel un chat traquant une souris. Voilà, c'est exactement cela : un regard de prédateur ! Il me faut déguerpir le plus vite possible, se dit Marika.

– Attendez un instant, je vous prie, s'exclama Lymington en voyant Marika repartir à la hâte vers le salon d'essayage.

Elle se sauva, mais l'entendit appeler son directeur.

– Faites venir cette fille dans mon bureau. Je veux la voir immédiatement.

Marika se serait sauvée si elle avait pu, mais, lorsqu'elle sortit du salon, le directeur l'attendait.

Celui qui désirait la voir était Quentin Lymington, président-directeur général du groupe. C'était un homme brusque qui ne perdait pas son temps en paroles inutiles.

– Ainsi vous souhaitez être mannequin ? dit-il après avoir demandé au directeur de se retirer. N'y pensez plus, croyez-moi.

Ses yeux verts brillaient de malice.

Marika, impassible, avait la tête baissée.

– Alors pourquoi perdre votre temps et le mien ? lui répondit-elle, parvenant difficilement à maîtriser sa colère.

– J'espère que ce n'est pas le cas, s'exclama-t-il en riant. Nous avons un autre poste vacant. Nous recherchons quelqu'un pour s'occuper de nos clients de province et de l'étranger, organiser les réservations d'hôtel et cætera... Peut-être faudra-t-il de temps à autre présenter quelques modèles. C'est une simple question... de jugement. Nous avons une filière internationale. Rien n'est assez beau pour nos clients. Un excellent salaire sera accordé à celle qui conviendra. Vingt livres par semaine.

– Vingt livres !

Marika était stupéfaite. Elle n'en espérait que sept.

– Plus les commissions sur les grosses commandes bien entendu.

... il s'agit donc de s'occuper des ventes, écrivit-elle à Bertha le soir même. *Grâce à Dieu, j'ai enfin trouvé un emploi. J'ai toujours envie de devenir mannequin, et le travail qu'on me propose comporte la présentation de modèles. J'ai été prise un mois à l'essai...*

Les trois semaines suivantes, elle fit son apprentissage auprès de Quentin, comme elle l'appelait maintenant. Il avait tout organisé avec soin. Il l'emmenait au restaurant, lui apprenait à passer une commande et se montrait toujours correct. Il la présentait à ses amis ou ses associés comme « Mademoiselle Magos, attachée aux relations publiques ».

Marika était fière. Elle s'était enfin fait un nid dans cette grande ville impitoyable.

– Vous vous en sortez très bien, lui dit-il un soir en la raccompagnant devant son appartement sordide de Chalk Farm. Demain après-midi, nous avons un client très important qui arrive du Moyen-Orient. Je crois que vous êtes parfaitement capable de vous occuper de lui. Allez le chercher à Heathrow et ne le quittez pas jusqu'à son départ. Vous connaissez toutes les ficelles du métier, n'oubliez pas de le présenter à tout le monde à l'usine. Bonne chance. Oh, n'oubliez pas, Marika, vous avez une prime de cinq pour cent.

Elle arrivait à la fin de son mois d'essai. Elle serait prise définitivement si son premier gros client se montrait satisfait.

Elle alla le chercher à Heathrow. Il venait d'Iran. Il lui expliqua qu'il n'était pas simplement acheteur mais possédait une chaîne de magasins de luxe. Elle l'emmena à l'usine, les mannequins lui furent présentés et il prit bon nombre de notes de son écriture étrange.

Ils travaillèrent toute la journée. Il était d'une énergie inépuisable mais sympathique. Il demandait toujours son avis à Marika.

– Qu'en pensez-vous, Marika ? Vous l'aimez ? Pensez-vous que ce modèle plaira à mes clients ? Donnez-moi votre avis.

Ils dînèrent ensemble à l'hôtel qu'on lui avait réservé. Il avait fait monter les valises contenant toute la collection de modèles dans sa chambre. Il comptait les revoir avec Marika après le dîner puis faire un choix.

À la fin du repas, il demanda qu'on leur monte du champagne dans sa suite.

– Je ne crois pas... lui dit-elle, fébrile.

– Cela fait partie de votre travail, lui rappela-t-il.

Bien sûr. C'était une question de travail. Ce n'était pas si déplaisant.

Elle n'avait jamais vu de chambre semblable. Un lit royal dans une chambre damassée de rose.

– Je crois que nous devrions voir les modèles dans l'autre pièce, lui dit-elle, un peu nerveuse. La lumière est meilleure là-bas.

– Comme vous voudrez, dit-il d'une voix suave et assurée.

Il ôta son veston et sa cravate. Nous allons travailler tard, se dit Marika.

– Essayez ce modèle, lui demanda-t-il impromptu.

Il lui tendit un soutien-gorge et une petite culotte.

– Je n'ai jamais pensé... lui dit-elle en voyant son air sceptique et étonné.

– M. Lymington m'a dit que vous étiez mannequin et que vous me présenteriez les modèles.

– C'est vrai, je le suis.

Elle essayait de paraître naturelle. Après tout, Quentin lui avait dit qu'elle aurait parfois à en présenter quelques-uns. Elle entra dans la chambre, ferma la porte à clé, enfila le soutien-gorge rose en dentelle transparente, la culotte et le jupon assortis. Dieu merci, il y avait une robe de chambre ! Elle la mit sur ses épaules et pénétra dans la pièce attenante.

– Il y a une erreur, voyez-vous, je m'occupe des relations publiques et normalement...

Il la prit brusquement dans ses bras. Inutile de lutter, se dit-elle, il a des bras d'acier. Elle avait l'impression de se battre contre un ours.

– C'est bon de se disputer d'abord, n'est-ce pas ? Toutes les femmes sont pareilles, dit-il en lui ôtant sa robe de chambre et en lui passant la main derrière le dos pour lui dégrafer le soutien-gorge.

Elle lui décocha un coup de poing dans la figure.

Il lui prit les poignets et lui maintint un instant les bras en l'air tout en l'admonestant.

– Il ne faut pas exagérer, vous pourriez vous faire mal, ajouta-t-il.

– Vous faites erreur. Je ne suis pas disponible. Ce n'est pas ainsi qu'on traite une affaire.

– Mais M. Lymington m'a dit que vous étiez une prostituée... et il doit le savoir, il vous paie pour ça ! Ou du moins est-ce ce qu'il a prétendu de sa voix douce et suave. Très anglais, votre M. Lymington ! (Il esquissa un sourire étrange.) Il m'a dit que vous vous soumettriez à mes caprices. Marika, allongez-vous sur la table. J'aime ça.

– Je vais crier !

– Mais vous êtes nue et vos vêtements sont dans la chambre à côté. Quelle explication donnerez-vous ? Votre police, je crois, n'est pas particulièrement tendre envers les prostituées. C'est donc absurde, n'est-ce pas ?

Elle aurait dû s'en rendre compte. Elle se rappela les paroles de Quentin : Nous avons une filière internationale. Elle se dégoûtait. Elle étouffait sous le poids de ce corps penché sur elle. Le rebord de la table lui sciait les jambes. Elle ne distinguait pas son visage à travers ses larmes. Le dégoût qu'elle éprouvait décupla sa force. Elle le repoussa en poussant un cri sous l'effort et lui assena un coup de pied dans l'estomac. L'espace d'un instant il se courba sous la douleur. Puis il ouvrit les yeux et la regarda d'un air sceptique et blessé, tel un chien qui ne comprend pas pourquoi on le bat.

– Je crois que M. Lymington ne sera pas très content de votre attitude, dit-il en se relevant. (Il esquissa un sourire.) Mais ne vous inquiétez pas, je ne lui dirai rien. Vous avez l'ordre d'être violente, n'est-ce pas ? Le monde entier est violent, même les femmes. Mais vous, Marika, vous vous surpassez.

Elle éclata d'un rire hystérique, puis se mit à pleurer avant de se laisser faire sans savoir pourquoi. Peut-être par solitude, ou simplement par concupiscence ou par désir de se venger de lui. C'était un homme, après tout.

Elle grimpa sur lui, l'incitant à déployer une grande virilité, le cajola quand enfin il jouit. Homme et homme-enfant. Il était les deux à la fois tandis qu'elle aspirait sa force vitale et son énergie. Impudique ! Insatiable ! Il faillit crier grâce tant il était épuisé, mais elle était avide de plaisir. Enfin ils s'endormirent.

– Vous êtes extraordinaire, lui dit-il au réveil, la meilleure que j'aie jamais eue !

Il lui adressa un sourire reconnaissant. Elle en ressentit une certaine gratitude.

Elle prit un bain, commanda le petit déjeuner, s'habilla avec soin et saisit son sac.

– N'attendez-vous pas que je vous passe une commande ?

– Non.

– Ne vous inquiétez pas, elle sera très importante, je vous le promets.

– Je ne m'inquiète pas du tout, je ne travaille plus pour eux.

Elle sortit.

30

La dernière lettre de Marika incita Bertha à mettre son magasin en vente. Elle avait partagé les efforts de sa fille pour trouver un emploi, pleuré de ses multiples déceptions, tremblé lorsque Marika lui avait fait la description de la chambre sinistre qu'elle habitait. Mais lorsque Marika lui fit part de sa décision de consacrer sa vie à retrouver les assassins de son père, Bertha prit peur.

Elle entra en contact avec un courtier connu de Johannesburg. Il envoya un expert pour évaluer le magasin. Trente mille livres. Les deux tiers en stock et le reste pour le pas de porte et les murs. Bertha était stupéfaite.

La semaine suivante, le directeur de la conserverie vint du Cap lui rendre visite. Devant une tasse de café, il lui expliqua que sa société avait toujours souhaité acquérir le magasin de Walvis Bay mais ne voulait pas léser Bertha. Ils se mirent d'accord sur le prix et en l'espace de quelques jours, l'affaire fut réglée. Bertha pouvait rester dans l'appartement qu'elle occupait au-dessus du magasin jusqu'à son départ.

Un vrai cauchemar, se dit-elle.

Le berceau ! Les bagages ! Un petit bébé qui poussait des cris en passant la douane ! Quand enfin elle sortit sur la passerelle à l'aéroport de Southampton, elle fut submergée de joie en apercevant Marika. Quelle minceur !

Marika éclata en sanglots, étreignit Bertha et prit Sylvia dans ses bras.

– Mon Dieu, comme elle a poussé ! Elle est très grande pour dix-sept mois ! Qu'elle est belle ! Regarde ses yeux !

– Ce sera une beauté, comme toi, répondit Bertha, le regard posé sur Marika.

Marika fit celle qui n'avait rien entendu. Mais au bout d'un moment, elle murmura :

– Non, Bertha, peut-être selon les critères de Walvis Bay, mais ici, c'est différent.

Cette expression lui allait. Avec son visage apeuré, elle ressemblait à la petite fille qu'elle était sur le bateau. Elle était seulement un peu plus pâle et ses cheveux avaient l'éclat de l'or.

Je suis arrivée à temps, se dit Bertha. Marika était sans le sou et mal habillée pour une Londonienne. Elle ne devait pas manger à sa faim et avait perdu confiance en elle. Il fallait échafauder un plan, mais chaque chose en son temps.

Laissant Marika seule avec sa fille, Bertha se mit en quête d'un logement. Elle finit par trouver une petite maison à Finchley.

Marika éprouva une grande gratitude envers Bertha lorsqu'elle découvrit la maison. Les semaines qui suivirent, elle ne pensa qu'à l'aménager. Quelle ne fut pas sa joie de trouver chez un brocanteur une vieille machine à coudre à pédale. Pouvant enfin confectionner ses propres modèles, elle passa ses soirées penchée sur sa machine.

L'après-midi, elle emmenait Sylvia au parc et lui faisait faire un tour de balançoire. Parfois elle prenait le métro jusqu'à Hampstead où elle allait donner à manger aux canards sur le lac. Il y avait tant à voir ! Au fur et à mesure que les semaines s'écoulaient, mère et fille se rapprochaient.

Mais ses nuits étaient toujours aussi agitées. Bertha l'entendait descendre tôt le matin pour se préparer du thé et lire jusqu'à l'aube. Une nuit, Bertha la suivit.

– Ça ne peut plus durer. Dis-moi ce qui ne va pas, lui dit Bertha d'un ton ferme.

Marika ne répondit pas.

– C'est bien la voie que tu as choisie, n'est-ce pas ? poursuivit-elle. Je sais que tu aimes Günter, alors pourquoi l'as-tu quitté ? Il aurait quitté le Kalahari si tu le lui avais demandé. Il aurait fait n'importe quoi pour toi.

– Oh, Bertha, Günter est allemand, dit-elle en pleurant doucement. Il a combattu pendant la guerre. Il a même gagné la croix de fer. Je l'ai vue. Il s'est procuré de faux papiers. Je ne lui ai pas demandé comment. Je ne veux pas le savoir.

Bertha était trop abasourdie pour répondre.

– C'est Günter qui t'a dit qu'il était allemand ?
– Oui.
Bertha prépara du thé. Au bout d'un moment, Marika sécha ses larmes et s'essuya le visage avec un torchon.
– Mais il n'y a pas que Günter, dit Marika, essayant de refouler ses larmes. Ici, tout me rappelle la maison : la ville, la pluie, les magasins, des choses sans importance comme une goutte de pluie, un chant d'oiseau, le crissement des pneus sur une route humide. Je n'ai jamais perçu ces bruits dans le Namib. J'avais l'impression d'être sourde. Soudain je me suis laissé porter par le souvenir et le chagrin. Sincèrement, Bertha, c'est insupportable.
– Continue, dit Bertha, tout en s'affairant dans la cuisine.
Plus elle parlera, mieux elle se sentira et plus vite elle se remettra, pensait-elle.
Marika évoqua sa maison d'antan dans les moindres détails, les coupes en argent que son père avait gagnées en athlétisme, exposées sur la cheminée, la robe de soie bleue que sa mère avait portée pour son anniversaire, son chien qu'elles avaient laissé à sa tante.
L'aube se leva. Marika parlait toujours.
– Je me sens désemparée, dit-elle à Bertha avant d'aller enfin dormir. Il m'est impossible d'oublier. Vois-tu, si j'agis ainsi, si nous agissons tous ainsi, nous ne serons plus jamais en sûreté, ajouta-t-elle avec un fond de tristesse.

31

Bertha était assise à son petit bureau, près de la fenêtre; la douce lumière printanière formait des ombres pourpres et brunes sur son fauteuil d'ébène. Marika l'observait à son insu. Pour la première fois, elle prit conscience de son charme. Elle était peut-être un peu trop enveloppée, mais ses grands yeux presque noirs et ses traits réguliers n'étaient pas dépourvus de beauté. Le climat anglais lui convenait, elle paraissait plus jeune. Marika fit un rapide calcul : Bertha avait quarante-deux ans. Dieu du ciel ! Ce n'était pas vieux !

Bertha passait son temps à gribouiller des chiffres sur un calepin. Des pages et des pages de chiffres. Étaient-ce les comptes de l'entretien de la maison ? Elles ne pouvaient tout de même pas dépenser autant ! Marika éprouvait une certaine gêne à ne pas contribuer aux dépenses familiales. Elle avait essayé de travailler dans un bureau, mais cela ne lui convenait absolument pas. Elle désirait faire quelque chose d'utile, créer, mais quoi ? Quelle était la raison de son échec ?

– Qu'as-tu dans ton précieux carnet ? demanda-t-elle à Bertha d'un ton agressif tant elle était dévorée de culpabilité.

– Dans notre carnet, pas seulement le mien, lui dit-elle en souriant. J'ai investi la moitié de l'argent de la vente du magasin en peaux de karakuls. En fait, j'ai payé les fermiers d'avance. On peut faire de gros bénéfices.

Marika s'efforça de sourire.

– C'est très rusé de ta part, Bertha.

Marika ne tenait pas à reprendre leur vieux débat. Bertha insistait pour leur donner la moitié de l'argent du magasin, à elle et à Sylvia. C'était absurde mais il était inutile d'aborder ce problème tant qu'elle n'avait pas trouvé de travail.

– Nous verrons si j'ai eu raison la semaine prochaine. Il y a une vente de fourrures. Tu viendras avec moi, Marikala.

Leur voisine, Myrtle, s'occupa de Sylvia toute la journée et elles partirent toutes deux en taxi pour Garlick Hill où se trouvait la société Hudson Bay, le centre londonien de la fourrure.

La salle des ventes était assez vaste. D'après

les calculs de Marika, elle devait contenir cinq cents personnes au moins. Elle se remplit très vite.

Bertha était fière de Marika. Tout le monde la remarquait tant elle avait d'allure dans le tailleur en crêpe georgette bleu qu'elle s'était confectionné. Il semblait venir de chez le meilleur couturier.

Marika n'oublia jamais sa première vente : l'odeur des peaux, le brouhaha produit par toutes ces langues étrangères, la surexcitation refoulée au fur et à mesure que les enchères montaient, la voix saccadée du commissaire-priseur et le bruit sec du marteau qui retombait.

Il y avait plus de deux cents catégories différentes de karakuls dans le catalogue et les fourrures devaient être vendues en lots de deux ou trois cents peaux.

Elle examinait les peaux durant la pause café, lorsqu'elle l'aperçut. L'espace d'un instant, elle s'arrêta, ébahie. Il émanait de lui une expression si familière. Il avait des cheveux noirs bouclés, presque crépus, qui encadraient un large front, des tempes légèrement grisonnantes, le visage carré, des oreilles un peu grandes. Si je lui mettais une blouse blanche, se dit Marika, il ressemblerait à mon père.

Étrangement bouleversée, elle s'éloigna rapidement et alla s'asseoir en attendant que la vente commence.

La foule revenait. Bertha cherchait désespérément Marika du regard. Quelqu'un vint s'asseoir à côté d'elle, à la place de sa fille. Il se présenta : Mendel Sidersky, fourreur. Ils parlèrent de tout et de rien. Il parlait doucement, avec un accent londonien très prononcé malgré quelques intonations étrangères, polonaises sans doute.

Bertha écouta poliment, se demandant pourquoi il s'intéressait à elle. Elle n'eut pas à attendre la réponse longtemps.

– Cette belle jeune femme que j'ai vue tout à

l'heure à vos côtés, je suppose qu'elle est avec vous ?

L'imbécile ! Il était bien plus vieux qu'elle. Il devait avoir au moins quarante-cinq ans.

– C'est ma fille adoptive, elle a vingt ans, ajouta-t-elle pour qu'il n'y ait aucun doute sur l'âge de Marika.

– Elle est belle. Je vous envie. Si j'avais eu une fille, elle aurait son âge.

Bertha éprouva de la sympathie pour lui. Ils conversèrent agréablement jusqu'au début des enchères. Là, il fut si accaparé qu'il ne dit plus un mot.

À la fin de la vente, il se leva et lui fit une petite révérence bizarre.

– Peut-être souhaiteriez-vous voir ce que deviennent vos peaux après le tannage ? Venez donc visiter mon usine la semaine prochaine avec votre fille.

Bertha était satisfaite. Ils prirent rendez-vous pour le mercredi suivant. Puis elle partit à la recherche de Marika.

Mendel était nerveux. C'était la première fois depuis des années qu'il était dans cet état. Il regardait sans cesse sa montre. Et si elles avaient changé d'avis ? Si Bertha venait seule ?

Mendel était un personnage solitaire. Il se liait rarement d'amitié. Pendant la guerre, il avait eu des camarades de régiment mais, après une légère attaque cardiaque, on l'avait réformé.

Il se trouvait fade, inintéressant, et Marika l'intimidait terriblement. Il était dans tous ses états à l'idée qu'elle serait bientôt là, dans son usine. Non point qu'il ait des arrière-pensées, oh, certes pas !

Il avait simplement envie de la voir de temps à autre. Il avait décidé de lui demander de présenter sa collection. Avec sa stature, ses manteaux auraient une allure folle.

Il lança de nouveau un regard à sa montre. Elles avaient dit « aux alentours de 3 heures » et il était déjà 3 heures passées de 4 minutes. Soudain il se précipita. L'usine fonctionnait à plein. Ses douze ouvrières étaient penchées sur leur machine. Au bout de l'allée, on mettait une touche finale à un magnifique manteau d'hermine. Il aimerait la voir porter cette merveille. Il songea à le lui offrir, peut-être en tant que mannequin, mais aussitôt il chassa cette idée de son esprit. Il n'était pas Rothschild !

L'usine de Mendel se trouvait dans Copenhagen Street; c'était une vieille bâtisse de quatre étages encaissée entre deux entrepôts. Bertha et Marika eurent du mal à trouver l'entrée. Elles arrivèrent donc avec dix minutes de retard. Tout le monde tournait vers elles un regard étonné, tandis que Mendel les menait d'étage en étage. Apparemment c'était la première fois qu'un tel événement se produisait.

L'usine était un univers hétéroclite. Il y avait un magnifique salon d'essayage, au sol recouvert d'un épais tapis pourpre, aux murs ornés de miroirs dorés. À cela s'ajoutaient un lustre d'apparat, une estrade qui pouvait être masquée par de beaux rideaux de velours et, derrière, un salon d'essayage. Mendel était très fier de son avance technologique : un bouton actionnait le rideau. Il en fit plusieurs fois la démonstration.

Attenante au salon d'essayage se trouvait une salle de réception très agréable qui donnait sur la rue. Derrière le salon, elles découvrirent un monde totalement différent : un bureau en forme de niche où était assis le gardien, Jim Landon. Le comptable, Mme Brown et Miss Brompton, qu'on surnommait les deux abeilles, partageaient une vieille et longue table enserrée entre deux cloisons faites d'étagères bourrées de dossiers. Dans la pièce d'à côté, encore plus minable, se trouvait le bureau de Mendel.

Les ateliers étaient situés aux deux étages supérieurs. Là, tout était clair et aéré. Au premier, il y avait deux rangées d'ouvrières à côté de la salle de coupe. Mendel leur expliqua qu'une fois les peaux cousues, elles étaient transportées dans des chariots à l'étage au-dessus pour recevoir boutons, doublure, col, broderies et la vérification finale.

Soudain Marika se mit à poser mille questions. Elle désirait connaître tous les détails de la fabrication. Mendel, comme il la pria de l'appeler, ne fut que trop heureux de lui répondre.

Au dernier étage, face à l'escalier, se trouvait une grande porte ouvrant sur une chambre forte. Munie d'un système de refroidissement, la pièce était glacée. Elle était remplie de peaux entassées les unes sur les autres et de rangées de manteaux de fourrure déjà prêts, suspendus à des cintres. Il n'était pas étonnant que la pièce fût barricadée vu la fortune qu'elle contenait !

Marika était fascinée par la beauté de ces fourrures : visons, opossums, karakuls, castors, des peaux de toutes sortes et de toutes les couleurs. Elle imaginait de fabuleux manteaux, de somptueuses étoles. Marika était éblouie. Elle avait l'esprit en ébullition tout en redescendant en compagnie de Mendel et elle s'attarda un long moment dans la salle des finitions, tandis que Bertha allait prendre le thé au salon d'essayage.

Mais les manteaux de Mendel étaient démodés et sans éclat. Si seulement elle avait la possibilité de disposer de ces peaux elle en ferait de pures merveilles !

– Quel dommage ! dit-elle tout fort, le regard posé sur un long manteau d'hermine que l'on poussait au bout de la rangée. Quel gâchis !

– Pardon ?

Elle se retourna en rougissant. L'ouvrière qui se trouvait à ses côtés lui lança un regard furieux. On aurait dit une souris avec ses petits yeux perçants, sa chevelure grise et ses dents pointues légèrement en avant. La jeune femme la regardait d'un œil envieux.

– Les manteaux sont très beaux, dit la souris avec son accent cockney très prononcé.

Elle avait du mal à contenir sa colère.

Marika avait envie de lui répondre, mais cela n'aurait pas été très gentil pour Mendel.

Le contremaître arriva à la hâte.

– Ne t'arrête pas, Tanya, dit-il d'un ton sec à la souris.

Marika tourna les talons et se dirigea vers l'escalier. Mais elle ne put s'empêcher d'entendre la réflexion du contremaître :

– Il n'y a rien de pire qu'un vieux pour se laisser berner !

Les oreilles bourdonnantes, elle s'empressa de descendre les rejoindre.

Mendel, comblé, leur adressait mille sourires tout en prenant le thé en leur compagnie. Il avait d'étranges manières vieillottes.

– Ainsi vous aimez mes fourrures ? Et si vous les présentiez au prochain défilé de mode ?

Marika fit la moue, ne voulant pas le blesser.

– Bien entendu, vous serez payée pour ce travail, lui dit-il, anxieux. Mais pas beaucoup évidemment.

Les paroles du contremaître et l'hostilité manifestée à son égard par l'ouvrière lui revinrent en mémoire. Elle hésita l'espace d'un instant. Mais le sentiment d'appartenir à cet univers balaya ses doutes. De plus, Mendel avait l'air si inquiet !

– Je serais enchantée ! s'exclama-t-elle, en se demandant pourquoi Mendel semblait si heureux.

– J'aimerais voir votre nouvel arrivage de peaux de karakuls, dit-il à Bertha. Peut-être pourrions-nous traiter ensemble ? Je vous en offrirai un bon prix.

Mendel vint leur rendre visite une semaine plus tard et acheta toutes les nouvelles peaux de Bertha. Tout le monde était ravi. Bertha l'invita à dîner. Il accepta avec grand plaisir.

Le lendemain, en faisant ses comptes elle adressa un sourire joyeux à Marika.

– Sais-tu que malgré le bon prix que nous avons tiré à la vente aux enchères, nous gagnons davantage en traitant directement avec Mendel ? Désormais il va nous acheter toutes nos peaux. Quand nous les aurons toutes reçues et vendues, en moins de deux ans nous aurons doublé notre capital. Ce n'est tout de même pas mal ! Il suffit de bien investir. Nous aurons ainsi un petit revenu assuré.

– Toi, oui; moi, je n'ai toujours pas de travail !

Mendel revint souvent. Il devint un personnage familier, assis dans le vieux fauteuil de velours sous la fenêtre en saillie, lisant son journal tandis que Bertha préparait le thé ou le dîner. Mendel se sentait comme chez lui.

Marika eut très vite l'impression de le connaître parfaitement. Il était d'un abord chaleureux. Elle apprit qu'il avait émigré de Pologne lorsqu'il était adolescent. Pendant la guerre, son usine avait été réquisitionnée pour fabriquer des vêtements de l'armée et ses deux magasins avaient failli être mis en liquidation. Il était en train de remonter l'affaire, mais ce n'était pas facile. Mendel oubliait sa timidité auprès de Marika. Ils avaient tous deux de longues conversations tandis que Bertha préparait le dîner.

Quand Marika sut que toute la famille de Mendel avait été tuée en Pologne pendant la guerre, elle se rendit compte qu'ils avaient de nombreux points communs. Elle voulut en parler mais Mendel n'y tenait pas.

– Tout cela fait partie du passé, il vaut mieux l'oublier et penser à l'avenir, lui dit-il.

– Pourquoi donc ? Je ne suis pas du tout de votre avis. C'est exactement ce qu'il ne faut pas faire, lui répétait chaque soir Marika.

Elle finit par lui raconter l'histoire d'Oradour et la mort de son père.

– Je pense souvent à cet horrible massacre. La plupart des soldats qui ont survécu sont en prison. Leur procès aura-t-il lieu, un jour ? Pourquoi attend-on aussi longtemps ? Les gens oublieront.

Mendel décida de donner à Marika l'adresse d'un de ses amis.

– Ça l'aidera sans doute de penser qu'elle est utile, dit-il à Bertha. Je lui parlerai demain.

32

Le mercredi suivant, Marika prit le métro jusqu'au Cottage Suisse et longea la grand-rue. Quand elle aperçut la bâtisse défraîchie, elle eut quelques doutes. Mais Mendel lui avait recommandé cet homme, ce devait donc être quelqu'un de bien.

Le bureau était particulièrement austère. Plusieurs étagères de bois le long du mur étaient remplies de dossiers. Au milieu de la pièce se trouvaient une table, une chaise et un téléphone. Rien d'autre. L'homme assis derrière son bureau était à l'image de cette pièce, dépourvu de toute chaleur humaine.

– Êtes-vous Klaus Greenstein ? demanda-t-elle.

– Oui, miss Magos, asseyez-vous, je vous prie, dit-il avec un accent étranger très prononcé.

Polonais, se dit Marika, malgré un long séjour en Amérique.

– Je n'ai pas besoin de vous parler du massacre d'Oradour-sur-Glane, commença-t-elle, fébrile. Plus de cinq cents personnes…

– Oui, oui, je sais… le monde entier est au courant. (Il se pencha soudain en avant, le regard vif et inquisiteur.) Vous n'avez pas l'air d'être française, miss Magos. De quelle nationalité êtes-vous ? Votre nom est hongrois, non ?

– Je suis sud-africaine, tchèque de naissance. La famille de mon père venait de Hongrie, mais il était juif français. C'était un médecin. Ma mère était tchèque. Nous habitions la banlieue de Brno avant la guerre.

– Bon, mettons un terme à ce préambule. Je connais la raison de votre venue, dit-il en souriant. Mendel Sidersky m'a tout dit à votre sujet.

Marika baissa la tête sans répondre.

– Je ne crois pas, finit-elle par dire.

Il régna un long silence.

– Parlez-moi de vous, lui demanda-t-il.

– Il n'y a rien à dire. Je suis venue vous demander de me confier une mission. Je veux vous aider. Le monde est indifférent, moi non. Je veux faire quelque chose.

Il poussa un long soupir.

– Marika, puis-je vous appeler Marika ? Vous auriez tort de croire que vous êtes la seule à vous préoccuper de ce problème. Chacun peut apporter son aide, mais elle est si minime ! Vous, par exemple. (Il se pencha vers elle et lui adressa un sourire compatissant. Il ne savait pas comment lui faire comprendre l'absurdité de son offre.) Vous souhaitez rendre coup pour coup, venger le meurtre de votre père, mais vous ne savez pas par où commencer. Ai-je raison ?

– C'est ce que Mendel vous a dit ?

– Exact. Marika, j'ai une armée de gens qui ne demandent qu'à m'aider, des Juifs du monde entier. Ils ne veulent ni argent ni reconnaissance. Ils souhaitent seulement traquer les criminels de guerre. Ils ont l'expérience, l'entraînement et ils sont parfaitement indépendants. Je peux faire appel à n'importe lequel d'entre eux, en Amérique du Sud, en Afrique, en Angleterre. Croyez-moi, ils ont eux aussi ce problème à cœur.

» Voyez-vous, Marika, ce qui me manque, c'est un soutien financier. L'agence n'a aucun but lucratif, cela va sans dire, mais les frais sont là, les voyages, la corruption, les redevances légales. Je compte donc sur des appuis comme votre ami, Mendel Sidersky.

Marika s'efforça de cacher sa déception.

– Parviendrez-vous à retrouver le commandant Otto Geissler, le responsable du massacre d'Oradour-sur-Glane ?

– Marika, le monde entier serait à la recherche d'Otto Geissler s'il était encore vivant.

– Il subsiste tout de même certains doutes sur sa mort.

– Je vois que vous avez mené votre petite enquête, dit Greenstein.

Il se leva et alla consulter son fichier. Il en sortit un dossier.

– Otto Geissler, commença-t-il en s'asseyant à son bureau, le registre ouvert devant lui, commandant du premier bataillon du régiment du Führer, qui massacra les habitants d'Oradour. À l'époque, on avait pensé que l'action de Geissler était inspirée par la vengeance parce que son meilleur ami avait disparu, après avoir été pris par le maquis quelques jours auparavant. Ce fut le prétexte qui l'incita à envoyer son régiment à Oradour. Je ne vous donnerai pas de détails sur le massacre. Apparemment vous n'en ignorez rien. Depuis, bien de l'encre a coulé pour expliquer les motivations de ceux qui ont commis ces actes. Ce carnage a suscité une véritable fascination. (Il se pencha et parcourut le dossier.) Le 30 juin 1944, le commandant Geissler sortit de son bunker sans son casque; il reçut en pleine tête un fragment d'obus qui le tua sur le coup.

» Certains de ses compagnons ont prétendu que Geissler avait perdu le goût de vivre et avait ainsi commis un acte suicidaire. Il est difficile de croire qu'il ait été pris de remords mais il est possible que l'enquête sur ses agissements à Oradour l'ait poussé à bout.

» Sans nul doute, sa mort a dû être ressentie

comme un soulagement au sein du Reich et du groupe d'armées B, marmonna Greenstein comme s'il s'adressait à lui-même. Bien sûr il y a une autre explication : qu'il n'ait pas été tué et que ses compagnons l'aient couvert, sachant qu'il aurait à affronter la colère des Alliés à la fin de la guerre. (Il referma le dossier et se laissa aller dans son fauteuil.) En fait, c'est la seule piste que nous puissions suivre. Mais il y a de bonnes chances pour qu'il ait été tué.

– Je vous en prie, continuez, lui dit-elle.

– Ce serait une très longue enquête, répondit-il en haussant les épaules. Nous pourrions essayer d'entrer en contact avec des membres de sa famille, chercher à savoir s'ils ont une correspondance régulière avec un parent éloigné en Amérique du Sud ou même s'il leur arrive de s'y rendre.

» Si nous trouvions la tombe de Geissler, nous pourrions le faire exhumer pour faire examiner sa denture par son ancien dentiste en Allemagne, en supposant qu'on puisse retrouver ce dentiste et que les fichiers aient survécu à la guerre. On pourrait également faire des recherches auprès des communautés allemandes en Amérique du Sud. Nous avons nos informateurs, voyez-vous, même là-bas.

» En d'autres termes, ajouta-t-il avec un sourire morose, au bout de ce chemin long et coûteux, il y a l'échec. Néanmoins, je vais procéder à la réouverture du dossier, sans tenir compte de votre action personnelle. Si vous décidez de devenir l'un de nos donateurs, vous participerez à toutes les opérations de l'agence et pas simplement à la recherche d'Otto Geissler, parce que tout est lié.

Marika, agacée, lui fit un petit signe de main.

– Ça coûtera combien ? demanda-t-elle brutalement.

Il lui adressa un regard glacial.

– Le problème n'est pas de savoir combien ça

coûte, mais combien vous pouvez donner. Et vous n'avez pas l'air de disposer de beaucoup d'argent. Excusez-moi d'être aussi direct. (Il inscrivit un numéro de compte sur une feuille de papier et la lui tendit.) Si vous persistez, versez-y chaque mois le montant de votre choix.

– Ce sera chose faite dès que j'aurai trouvé du travail, murmura-t-elle.

Marika repartit déçue. Ne pouvait-elle donc rien faire de plus ? Simplement payer ? Si l'argent était la clé de la revanche, il lui faudrait désormais devenir riche, se dit-elle en rentrant. Elle avait tant de problèmes à régler !

Mendel avait invité Marika à visiter son usine quand bon lui semblerait. Elle ne put résister au plaisir de s'y rendre, malgré l'antipathie des ouvrières. Comme elle les enviait de faire partie de cet univers de la mode, alors qu'elle-même ne venait qu'en spectatrice !

La présentation de la collection approchait. Il y avait une grande effervescence mêlée d'inquiétude. C'était la première fois depuis la guerre que Mendel présentait sa collection. La banque lui avait accordé un découvert important pour financer ses machines. Sa survie dépendait du succès de ses affaires.

Marika n'était pas au courant de tout cela, mais elle discernait son anxiété. Mendel était joueur dans l'âme. Le jeu faisait partie de son caractère, tout comme son sens de l'humour et sa compassion. Pauvre Mendel ! Les manteaux et les capes manquaient d'éclat. Marika était certaine qu'il n'obtiendrait pas le succès escompté.

Ses craintes se révélèrent fondées. Plusieurs acheteurs et journalistes s'en allèrent avant la fin de la présentation. Il y eut quelques commentaires polis mais nul enthousiasme. Mendel fut totalement découragé en regardant son registre de commandes, mais c'était lui le seul responsable.

Elle ne lui cacha pas la vérité quand tout le monde fut parti. Il eut un mouvement de colère et ne desserra pas les dents.

– Peu m'importe si vous êtes furieux contre moi, lui dit-elle à contrecœur.

Il se versa un scotch sec et s'assit d'un air triste.

– J'en prendrais bien un moi aussi.

Il la servit.

– Eh bien voilà, dit-il d'un ton cassant. Vous devez penser qu'il me faut un bon styliste, n'est-ce pas ? Avant la guerre, je faisais partie des meilleurs.

Le passé est mort, se dit-elle.

– Je pourrais vous donner quelques idées... enfin... vous montrer les tendances actuelles... puisque, apparemment, vous ne semblez pas au courant.

– Vous ? dit-il en éclatant de rire.

– Mendel, vous n'avez pas eu le succès que vous espériez, n'est-ce pas ?

– Il est trop tôt pour le dire.

– C'est faux, dit-elle avec insistance.

– Bon, très bien.

– Je ne vous demande pas un salaire de styliste, là n'est pas le problème.

– Ah ! Ah ! Écoutez-moi ça ! J'ai soixante mille livres de découvert et elle veut me prêter ses malheureux cinq shillings !

– Je veux simplement vous aider.

Il semblait si angoissé qu'elle posa la main sur son épaule et l'embrassa sur la joue.

– Je tiens à vous dire que je suis très heureuse pour vous et Bertha, lui dit-elle en guise d'explication.

Elle est loin de respirer la joie de vivre, se dit Mendel en l'observant avec attention. Il se rendit compte soudain combien Marika était une petite fille sensible sous ses airs d'adulte. Elle était toujours à la recherche de son père qui lui avait été arraché dès son jeune âge.

– Vraiment très heureuse, ajouta-t-elle en mentant. (Remarquant l'expression de tristesse qui se lisait sur son visage, elle balbutia quelques paroles maladroites.) Vous ferez partie de notre famille, n'est-ce pas ?

– Non, répondit-il aussitôt. (Il était embarrassé.) Mon Dieu ! Est-ce Bertha qui vous a fait ses confidences ?

– Oh, non ! Elle m'a simplement dit que vous êtes seul. Mais... je vois bien votre comportement envers elle à la maison.

– J'aime Bertha, mais je vous aime également.

Mendel se sentait un lien très fort avec Marika. Elle avait besoin de lui et c'était la première fois qu'il se sentait nécessaire. Il se demandait pourquoi il était toujours gai lorsqu'elle était dans les parages et pourquoi il avait envie de l'aider. Peut-être n'était-ce que pour se faire valoir ? Elle était si belle ! Mais il savait qu'il y avait une autre raison. Il sentait d'une manière confuse que son avenir était lié au sien.

Soudain Marika se jeta à son cou et l'étreignit.

– C'est si bon d'être ensemble ! s'écria-t-elle, soulagée.

– Allons, allons, dit-il en l'éloignant de lui. Il est temps de rentrer. Pour vous montrer que je ne vous en veux pas, je vous donnerai les cinq shillings pour le taxi, d'accord ?

Le week-end suivant, quand Marika fut certaine que Mendel ne se trouvait pas à l'usine, elle persuada Jim Landon de la laisser entrer. Tout en la connaissant bien maintenant, il était intrigué. D'habitude, personne ne faisait d'heures supplémentaires en l'absence de Mendel. Il décida de lui téléphoner pour ne pas prendre le moindre risque. Mendel n'arriva que le soir.

Il trouva Marika assise tristement devant un manteau mal fini, suspendu à un cintre.

Elle était gênée d'avoir été surprise.

– Je voulais simplement vous montrer les tendances de la mode. Voyez-vous, c'est une de mes passions. Je souhaitais vous confectionner un modèle spécial pour vos prochaines ventes.

Mendel s'approcha du banc près de la fenêtre et jeta un coup d'œil aux croquis de Marika.

– C'est vous qui avez dessiné cela ?

– Oui, mais ce ne sont que des esquisses. Juste pour vous donner une idée... Mais je me rends compte que c'est plus difficile que je ne l'avais imaginé. Je n'ai pas de difficultés à faire des robes. C'est moi qui ai fait celle-ci, dit-elle en se levant et en tournant sur elle-même. La fourrure pose davantage de problèmes que le tissu. Comment arrive-t-on à fabriquer ces modèles merveilleux que l'on voit au cinéma ? Ces modèles qui mettent en valeur celles qui les portent ? Vos clientes ont l'air de grizzlis avec vos manteaux ! gémit-elle.

– Vous voulez vraiment savoir comment ? dit-il d'un ton furieux. Très bien, vous allez commencer par le commencement, apprendre ce métier correctement, suivre des cours du soir de stylisme et de coupe ! Je préfère ne pas penser à ce qui vous attend si vous me faites perdre mon temps et mon argent !

» Vous apprendrez à assembler les peaux, à leur donner le plus de souplesse possible, vous apprendrez aussi à les choisir, à vérifier le tannage et la teinture, en un mot, tout ce qu'il faut savoir de nos jours. Mais pour commencer, vous allez me faire le plaisir de ranger tout ça et si je vois une seule piqûre de travers ou un seul fil qui traîne, je vous renvoie sur-le-champ ! (Il referma le carnet de croquis et le jeta dans la corbeille.) Il n'y a pas un modèle qui convienne à la fourrure. Dans six mois, vous en saurez un peu plus.

– Oh, Mendel !

– Je ne veux pas de tire-au-flanc ici ! Faites le maximum, sinon vous serez renvoyée avant d'être engagée ! Au fait, ajouta-t-il avant de partir, vos croquis ne sont pas dépourvus de talent, c'est vrai.

– Merci, Mendel, répondit-elle en souhaitant qu'il ne voie pas les larmes qui coulaient le long de ses joues.

33

Marika travaillait à l'usine depuis neuf mois et Mendel savait qu'il pouvait compter sur elle. Certainement pas à cause de son expérience, car elle commettait chaque jour des erreurs malgré ses progrès indéniables. Non, c'était autre chose de moins tangible, une volonté farouche de réussir. Elle voulait arriver et semblait prête à y consacrer sa vie si cela était nécessaire. Son désir était si contagieux qu'elle entraîna Mendel.

Les journées de Marika commençaient à 6 heures. Elle s'habillait et descendait dans la cuisine où invariablement Bertha avait déjà préparé le café et les toasts. Elle passait dix minutes avec Sylvia avant de s'engouffrer dans le métro. Avant 8 heures, elle était assise devant sa planche à dessin qui se trouvait dans une petite pièce attenante à la salle de coupe. Généralement elle travaillait jusqu'à 5 heures puis rentrait chez elle à la hâte pour passer une demi-heure avec Sylvia avant le début des cours du soir.

Marika suivait ces cours avec assiduité. Elle maîtrisa très vite l'art de la coupe et du stylisme. Elle pouvait remplacer n'importe qui lorsque c'était nécessaire, ce qui arrivait souvent en l'absence d'une ouvrière. Elle vérifiait même les commandes.

Mendel la persuada de prendre des leçons de conduite et, par la suite, elle emprunta souvent sa voiture pour livrer des manteaux aux magasins ou se rendre aux dépôts de Bournemouth pour vérifier les ventes. Elle faisait même l'étalage des vitrines dans les deux magasins. Cela évitait des dépenses supplémentaires et puis elle ne manquait pas de talent.

Elle suscita la jalousie du personnel et surtout de la souris, Tanya, qui passait son temps à se plaindre des modèles de Marika. Si elle commettait une erreur, c'était toujours Tanya qui la réparait et allait se plaindre auprès de Mendel. Un jour, dans sa précipitation et par une faute d'attention, Marika dessina un manteau avec deux devants. Tanya, qui était chargée de la coupe, suivit exactement le modèle.

– Qui sommes-nous pour discuter les ordres de la préférée du patron ? s'exclama-t-elle, avec dédain.

C'était un pourpoint de renard coûteux et il ne restait plus de fourrure du même bain en stock.

Marika était agacée au plus haut point par l'attitude laxiste de Mendel en matière d'affaires. Elle l'observait lorsqu'il était aux prises avec les créanciers qui le harcelaient, les fournisseurs exigeant le paiement à la livraison, le directeur de la banque qui le rudoyait, lorsque les machines étaient en panne. Il gardait toujours sa bonne humeur et était prêt à faire une plaisanterie même dans les situations les plus périlleuses. Elle s'était rendu compte que son unique problème était de rentrer dans ses frais. C'était un bourreau de travail, mais il se contentait de faire face à ses engagements. Il était toujours acculé et ne cherchait pas à trouver une autre solution. À le voir, on avait l'impression que l'idée de profit lui faisait horreur.

Au bout d'un an, Mendel lui accorda une augmentation et lui promit une voiture de fonction si elle poursuivait avec autant de brio son rôle d'étalagiste.

Marika rentra très vite chez elle pour annoncer la bonne nouvelle à Bertha. Elle la trouva allongée sur son lit, un gant humide sur le visage, prétextant des maux de tête. Mais il était visible qu'elle avait pleuré.

Marika fut prise de panique. Cela ne s'était jamais produit, tout au moins depuis la mort d'Irwin. Elle en avait l'estomac noué.

– Où est Sylvia ? s'écria-t-elle.

– Elle joue avec les enfants de Myrtle.

– Alors qu'y a-t-il ? s'exclama Marika, intriguée.

– C'est moi qui ne vais pas bien, dit-elle d'un ton sec. En d'autres termes, il n'y a rien de bien grave. (Elle se leva et descendit dans la cuisine.) Veux-tu une tasse de thé ? demanda-t-elle à Marika qui l'avait suivie.

– Je t'en prie, parle-moi.

– J'ai un peu le mal du pays. C'est ridicule ! Dis-moi, Marika, est-ce que rien ne te manque ici, ni l'Afrique avec sa chaleur et son désert, ni même Günter ?

– Non, jamais, dit Marika en mentant. Tu peux garder ton désert.

Elle s'éloigna pour que Bertha ne remarque point son expression. Il lui était impossible de ne pas penser à Günter. Son chèque arrivait régulièrement chaque mois, accompagné d'une lettre mentionnant ses progrès qui ne semblaient pas véritablement probants. En dehors de cela, Sylvia était un souvenir permanent. En grandissant, la petite ressemblait de plus en plus à son père.

– Ça ne me ressemble pas d'être déprimée. Je ne sais pas ce qui m'arrive en ce moment.

Marika remarqua le visage chiffonné de Bertha, ses cheveux grisonnants, la tristesse de son regard. Quelle égoïste je suis ! se dit-elle. Puis elle pensa à Mendel. Il ne venait plus, tant il y avait de travail à l'usine. Dire qu'elle avait imaginé que Mendel courtisait Bertha ! Elle éprouva soudain un certain ressentiment. Au diable Mendel ! Pourquoi ne prenait-il pas la peine de venir lui faire une petite visite de temps à autre ?

– À la fin de l'année, tu auras terminé tes cours du soir, lui dit Bertha; tu n'auras donc pas besoin de rentrer tard. Il va falloir mettre Sylvia à l'école. Il y en a quelques-unes dans le coin, tu devrais aller les voir. Si tu es retenue à l'usine, emmène-la avec toi. D'autres mères de famille s'en accommodent. Il me semble que tu y es assez libre pour agir à ta guise.

Tout fut organisé, malgré quelques accrochages. Bertha repartirait pour l'Afrique dès que Marika aurait terminé ses cours. Sylvia fut inscrite dans une école maternelle près de l'usine.

Bertha se culpabilisait. Ce n'était pas une vie pour la pauvre petite; mais encore une année de solitude comme celle qu'elle venait de passer, et elle deviendrait folle. De plus, à son avis, Marika et Sylvia n'avaient pas eu assez d'intimité, et il était temps que Marika prenne réellement conscience de son rôle de mère.

Au début du mois de janvier, Marika, avec une certaine tristesse, aida Bertha à préparer ses bagages et l'accompagna à Heathrow. Bertha devait passer deux semaines à Walvis Bay, puis se rendre à Johannesburg où elle avait des amis et des parents.

Sylvia pleura à l'aéroport et tout le long du voyage de retour. Marika se demandait avec anxiété comment elle allait concilier ses deux rôles. D'autres mères de famille s'en accommodent, se répétait-elle pour se donner du courage.

Marika allait donc chercher Sylvia à l'école tous les après-midi à 4 heures et la ramenait à l'usine. Les ouvrières ne furent pas longues à se plaindre. Sylvia faisait trop de bruit et les déconcentrait. Ce n'était pas une école maternelle ! Tanya avait monté les autres contre elle, Marika le savait.

Elle dut donc s'organiser autrement. Elle transforma la chambre de Bertha en atelier. Elle installa chez elle sa table à dessin et tout son matériel et elle passa ses soirées et ses week-ends à travailler pendant que sa fille s'amusait. La Morris rouge de Marika faisait leur fierté à toutes deux et, le week-end, il leur arrivait d'aller découvrir de nouveaux sites. Marika se mit à apprécier ses responsabilités fraîchement acquises.

34

Mendel fut à la fois étonné et consterné lorsqu'il reçut une invitation à dîner chez Marika, le samedi soir, en bonne et due forme.

– Qu'est-ce que cela signifie ?

– Il vous arrive de manger ?

– Évidemment.

– Eh bien, voilà en quoi consiste un dîner, lui répondit-elle d'un ton un peu sec.

Elle s'était donné beaucoup de mal. Bœuf Stroganov, crêpes suzette et un bon vin.

– Maintenant, dites-moi ce qui vous préoccupe, lui dit-il, une fois Sylvia couchée.

Ils étaient assis dans le minuscule salon et écoutaient de la musique classique sur le tourne-disque que Mendel lui avait offert pour son anniversaire.

– Je dessine vos modèles depuis plus de dix-huit mois. Il est temps de me faire connaître, lui dit-elle en se forçant à rire.

– Si c'est une augmentation que vous voulez, jeune fille, il vaut mieux l'oublier, s'exclama Mendel sèchement.

– Regardez.

Elle se dirigea vers le buffet et en rapporta un certain nombre d'étiquettes, très jolies, avec une inscription en lettres d'argent sur fond gris perle : *Dessiné par Marika Magos.*

Mendel eut l'impression de recevoir un coup de poignard.

– Marika, enlevez-vous cela de la tête. Je vous

ai dit, lorsque vous avez commencé, qu'il faut des années pour apprendre ce métier. Or il n'y a que dix-huit mois que vous êtes ici.

– Mais je n'ai pas eu besoin de plusieurs années. Je veux ce label sur mes modèles. Nous y gagnerons tous les deux. Sidersky est synonyme de qualité, mais ce n'est pas vraiment moderne. Vingt-cinq pour cent des vêtements que nous vendons actuellement sont exclusivement conçus par moi.

– Vous êtes payée pour ça.

– Eh bien, ce n'est pas assez. Vous me donnez un salaire de misère.

Mendel retournait les étiquettes dans ses mains.

– Est-ce vous qui les avez faites ?

– Bien entendu.

– Elles ne sont pas mal, dit-il en les jetant sur la table. La réponse est non.

– Vous êtes stupide, Mendel, dit-elle, furieuse.

– Marika, écoutez-moi, lui dit-il gentiment. Vous avez beaucoup de talent. Vous êtes aussi très belle. Si vous vous trouviez un petit ami ou un mari pour enfin goûter aux joies de la vie ? Vous passez votre temps à travailler. Je crois qu'il serait préférable de mener une vie plus équilibrée.

– Quel toupet ! N'essayez pas de m'amadouer.

– Allons, Marika, vous savez très bien que j'ai raison.

Soudain, de façon incompréhensible, elle éclata en sanglots.

Mendel sortit avec panache son grand mouchoir blanc.

– Bientôt je n'aurai même plus un mouchoir à mon nom. Vous ne me les rendez jamais, gémit-il.

– Bon sang ! Pourquoi ce coup bas ? Je voulais discuter sérieusement. Vous êtes injuste, dit-elle en pleurant.

– Tout cela à cause de Günter ? Vous êtes toujours amoureuse de lui, n'est-ce pas ?

– Bien sûr que non, répondit-elle, n'hésitant

pas à mentir. Ni de lui ni de personne. (Son visage eut brusquement une expression d'une telle sincérité qu'il pensa que c'était l'un des rares moments où il lui serait donné d'écouter ses confidences.) Voyez-vous, il n'est pas un homme au monde qui arrive à la cheville de Günter. Voilà ! C'est dit ! Mais je n'épouserai jamais un Allemand ! Ça, jamais ! Bon, cela met un terme à notre discussion d'affaires, mais dites-vous que ce n'est pas oublié.

– Je n'aurai pas cette chance.

Une semaine plus tard, elle reprit cette conversation. Ils déjeunaient dans un pub du coin : tarte maison et bière pression. Marika se montrait particulièrement agressive.

– Je veux me faire connaître parce que ce sont mes modèles qui se vendent le mieux. La semaine dernière encore, l'actrice Jennifer Jones...

– Ce ne sont pas ces maigres succès qui vous donnent le droit d'avoir votre propre label. Voyons d'abord si vous êtes capable de tenir. Maintenant, écoutez-moi, lui dit-il d'un ton conciliant, vous vous débrouillez très bien. J'ai choisi bon nombre de vos modèles pour ma nouvelle collection. On a largement le temps, aussi, pas de panique !

Il s'assit, rayonnant.

– Certainement pas ! Sans mon nom, il n'en est pas question !

Mendel finit par capituler, mais il insista pour que Marika signe un contrat de cinq ans.

– Cinq ans ! s'écria-t-elle.

– Je vous donne dix pour cent des bénéfices sur vos modèles.

– Mais vous ne faites jamais de bénéfices !

– C'est vrai.

Ils passèrent l'après-midi à organiser la présentation de mode. Ils lanceraient les modèles de Marika Magos pour les jeunes qui seraient un mélange de fourrure et de tissu pour que ce soit moins cher, ainsi que quelques modèles uniques, des manteaux de fourrure et des capes.

Dès lors, ils ne virent plus le temps passer. L'usine qui jouxtait celle de Mendel fut mise en vente. Heureux présage ! Mendel décida de demander une option de trois mois pour voir la réaction des clients.

Marika se lança avec passion dans la fabrication de sa propre collection. Elle travailla de longues heures; parfois elle emmenait Sylvia à l'usine le week-end avec ses jouets. Après avoir esquissé des dizaines de modèles, elle ressentit une certaine satisfaction.

Vint le moment de l'achat des fourrures, des tissus et des accessoires, ce qui prit plusieurs semaines. Elle dut ensuite chercher des idées pour la fabrication, la coupe et les retouches. Le plus gratifiant était la confection de ses propres fourrures. Puis il y eut la touche finale et les ajustements de dernière minute.

Elle fut enfin prête. Et même en avance ! Encore huit heures de patience !

35

La journée s'éternisait. Le soir, Marika était totalement désespérée. Elle allait être la risée de Londres. Quand elle regardait ses modèles suspendus aux cintres, ils lui semblaient mal coupés et de si mauvais goût ! Qui était-elle après tout ? Un petit amateur qui allait ternir la réputation de Mendel !

– Mendel, il faut arrêter tout de suite, lui cria-t-elle en le voyant passer. Ces modèles sont affreux !

– Pensiez-vous atteindre la perfection à votre première présentation ? lui dit-il gentiment.

– Ah, je vous en prie, ce n'est pas le moment

de plaisanter ! hurla-t-elle en lui lançant un cendrier à la figure.

Elle le rata et il alla s'écraser par terre.

– Ressaisissez-vous ! s'exclama-t-il d'un ton sec, ou bien vous allez tout gâcher.

Il sortit, furieux.

Marika ne supportait pas de rester seule. Elle se précipita dans la salle où devait se dérouler le défilé. Elle resta bouche bée. Tout était allé si vite : le bureau de réception avait disparu; à sa place un tapis et une table avec un énorme bouquet de roses. Plusieurs rangées de chaises dorées, des fleurs sur l'estrade cachée par un rideau transformaient le décor habituel. Elle entendait un brouhaha dans le salon d'essayage, les maîtres d'hôtel arrivaient, la réception se préparait, les mannequins s'affairaient.

– De la glace ! Pour l'amour de Dieu, où est la glace ? s'exclamait Tanya, affolée.

Les musiciens accordaient leurs instruments au fond de la salle. Albert Sandler ! Mendel ne se refusait rien !

En se retournant, Marika se heurta à un maître d'hôtel.

– Allons, mademoiselle, souriez. Tout ne va pas aussi mal que vous le croyez ! Tenez, une coupe de champagne ! Cela va vous revigorer !

Elle but d'un seul trait. Puis elle reprit une coupe.

Elle n'allait plus porter que des fourrures Magos. Châtiment justifié ! se dit-elle en enfilant son justaucorps et son collant.

Un mannequin entra précipitamment dans le salon d'essayage.

– Dépêchez-vous, Marika. Margaret Lockwood est au premier rang et Glynis John trois rangs derrière. Faites vite.

– Je ne peux m'empêcher de trembler, gémit Marika.

– Avalez ça, lui dit le mannequin.

Marika se changea. Elle avait la tête vide, l'estomac noué. Elle jeta un coup d'œil dans le miroir et vit le visage éperdu d'une étrangère livide, échevelée, le regard traqué. Tanya arriva à la hâte.

– Marika, le présentateur vous a annoncée. Pour l'amour de Dieu, dépêchez-vous !

La sentence approchait. Après tout, elle s'en remettrait ! Prenant le modèle le plus criard de la collection, celui qui lui avait valu une amère dispute avec Mendel qui ne voulait pas le présenter, elle l'enfila en haussant les épaules et pénétra dans l'arène. Sous le choc, le public resta bouche bée. Elle entendit quelques murmures dans la foule, mais soudain se sentit indifférente à tout.

– Merde ! s'écria Mendel. Pourquoi a-t-il fallu qu'elle présente d'abord ce modèle ?

Il était censé passer en dernier. Le présentateur allait se tromper sur toute la ligne. Mendel saisit le micro.

– Voici une création d'avant-garde de Marika Magos. Nous avons décidé de vous la montrer d'emblée pour vous plonger dans l'esprit de cette collection. Laissez-moi vous dire que Marika dessine tous les modèles de sa collection. Elle a appelé celui-ci Oryx, car il est inspiré du pelage curieusement quadrillé de blanc et de brun des antilopes du désert. Vous remarquerez que la ligne triangulaire du manteau suit le dessin de la fourrure. J'oserai dire qu'il s'agit là d'un coup d'essai, dit-il avec un certain courage.

Marika, impassible, jambes écartées, semblait prête à prendre la fuite, tel l'oryx qui avait donné son nom au modèle présenté. Il émanait d'elle un sentiment intense de profonde solitude.

Le silence de stupéfaction qui avait suivi l'apparition de Marika se changea peu à peu en un murmure confus. Il y eut même quelques flashes et des éclats de rire.

Puis Mendel entendit la voix stridente mêlée d'impatience d'une Américaine :

– Je le prends ! Eh, garçon ! Donnez ce mot à celui qui est là-bas, sur l'estrade, et dites-lui que le modèle est à moi, d'accord ?

– Merci, Marika, c'était très beau, dit Mendel, fébrile.

Il prit le billet que lui tendait le garçon et esquissa un sourire radieux.

– Ma démarche n'est peut-être pas très orthodoxe, mais j'aimerais vous annoncer que le tout premier modèle présenté par Marika Magos vient d'être acquis par la célèbre Lucy Vanderbilt.

Marika parut recouvrer ses esprits et quitta la salle sous un tonnerre d'applaudissements.

Mendel tendit le micro au présentateur et partit dans l'arrière-salle où il trouva Marika, le visage penché sur une cuvette d'eau froide que lui tenait Tanya.

– Ne vous amusez pas à me refaire une chose pareille ! s'écria-t-il, furieux. Coiffez-vous et tâchez de dessaouler ! Nous réglerons ça après.

Qu'y avait-il d'autre à dire sinon Mazeltov !

36

Le succès était entré dans sa vie et s'était lové au creux de son être. Marika aimait cette sensation, mais elle savait que seul un travail ardu lui permettrait de poursuivre son ascension. Le téléphone ne cessait de sonner. Les commandes affluaient. Ses derniers modèles étaient pris d'assaut. Marika passait de plus en plus de temps devant sa planche à dessin. Mendel engagea deux ouvrières de plus. Elle reçut des invitations pour des galas et des réceptions de personnes qu'elle ne connaissait pas. Bon nombre de jeunes gens la courtisèrent.

Marika refusait tout. Elle ne sortait pas le soir, sauf pour des réunions d'affaires. Elle n'avait pas de temps à perdre en frivolités. Seul le travail l'intéressait.

1953. Année traumatisante pour Marika, car les derniers procès pour crimes de guerre du premier bataillon du régiment du Führer avaient lieu. Depuis 1951, ils posaient un problème aux gouvernements français et étrangers et c'était un point très douloureux pour Marika et tous les parents des victimes.

À la fin de la Seconde Guerre mondiale, ce qui restait de la division du Reich se trouvait encore en Hongrie ou en Autriche et combattait aux côtés du Troisième Reich bien appauvri. En apprenant la capitulation, quelques SS tentèrent de traverser l'Europe pour échapper aux Russes. Certains réussirent, mais la plupart furent faits prisonniers par les Alliés.

Les Français, bien entendu, réclamèrent les survivants de la division du Reich et plusieurs d'entre eux furent expédiés en France où ils restèrent détenus dans des bateaux ancrés à Bordeaux, jusqu'à la fin des années 40 et même au début des années 50, attendant d'être jugés ou relâchés.

Vingt et un officiers et quelques soldats du régiment furent traduits en justice pour avoir joué un rôle dans le massacre d'Oradour, mais le vrai criminel, Otto Geissler, était mort. Fait encore plus embarrassant pour la France, quatorze des accusés étaient originaires d'Alsace, or, cette région venait d'être rattachée à la France.

Les Alsaciens reprochaient au gouvernement français de permettre le procès de ces jeunes gens qui, disaient-ils, étaient autant victimes des nazis que les morts d'Oradour. Six d'entre eux s'étaient rendus aux Anglais en Normandie et avaient donné tous les détails sur le massacre. Par la suite, ils combattirent en Indochine dans l'armée française.

Enfin, en février 1953, le tribunal de Bordeaux donna son verdict. Un volontaire alsacien, le sergent Boos, fut condamné à mort; neuf autres aux travaux forcés, quatre à la prison; aucune peine ne dépassa huit ans. Un adjudant allemand fut condamné à mort par contumace, un autre fut acquitté, les autres eurent des peines de prison allant de dix à douze ans. Quarante-deux autres Allemands furent également condamnés à mort par contumace.

La France fut balayée par une tempête de protestations, d'abord des parents des victimes et des survivants d'Oradour, furieux de la clémence du jugement, et d'autre part des Alsaciens-Lorrains, convaincus que les jeunes gens n'étaient que des boucs émissaires.

C'en était trop pour un gouvernement français qui tentait de créer une unité nationale. Les peines furent commuées. Cinq des sept Allemands condamnés furent rapatriés sans attendre et tous les Alsaciens, sauf Boos, furent amnistiés. Les peines de mort furent également commuées.

Les autorités françaises avaient opté pour l'avenir, non pour le passé. Pour être forte, l'Europe unie aurait besoin de l'aide active de l'Allemagne de l'Ouest. Le gouvernement se disait que les vrais criminels étaient morts ou avaient disparu.

Quand elle apprit la nouvelle des amnisties, Marika se sentit frustrée. Elle passa bien des nuits blanches, les cauchemars reprirent, elle ne put rien avaler pendant plusieurs jours. Elle arpentait l'usine, telle une ombre errante, et finit par attraper une pneumonie.

Myrtle s'occupa de Sylvia jusqu'à ce que Marika se rétablisse. Trois semaines plus tard, elle fut de retour à l'usine. Elle était pâle, le regard vide.

Un message l'attendait. Klaus Greenstein avait téléphoné et voulait la voir immédiatement.

– J'ai pensé que vous aimeriez savoir où en sont les recherches, lui dit-il d'un ton mielleux lorsqu'elle arriva dans son sinistre bureau. Asseyez-vous, je vous prie. Désolé de vous demander de venir ici, mais je ne pouvais rien vous dire par téléphone. Geissler est vivant ! Ou du moins était-il vivant bien après sa mort officielle. Voilà pour la bonne nouvelle. Quant à la mauvaise, c'est que nous n'avons aucune idée du nom et de la nationalité qu'il a empruntés.

Marika s'adossa à la chaise et ferma les yeux. Elle éprouvait des sentiments confus. De l'effroi à la pensée que le monstre avait échappé à la colère des Alliés depuis si longtemps, de l'orgueil à l'idée qu'elle avait un peu contribué à retrouver sa trace. Et enfin de la crainte. Geissler se trouvait quelque part; il vivait parmi des gens normaux qui ne se doutaient de rien. Elle essayait d'imaginer à quoi il ressemblait en civil, avec son regard d'assassin et ses mains de boucher !

– J'arrive d'Amérique du Sud, lui dit Greenstein. Nous avons remis un criminel de guerre aux Israéliens. Du gros gibier ! Ça, je peux vous l'assurer !

Marika le préférait lorsqu'il semblait morose. Son visage n'était pas fait pour exprimer la joie.

– Durant l'interrogatoire il a avoué avoir vu Geissler à Paris après sa prétendue mort. Il ne sait pas où est allé Geissler et malheureusement, nous n'avons pas pu lui arracher d'autres renseignements.

– C'est un début, dit Marika, cachant mal sa déception.

Elle partit quelques minutes plus tard. Il faisait si beau qu'elle eut envie d'aller se promener dans le parc. Sans s'en rendre compte, elle scrutait le visage des passants. L'un d'eux pouvait très bien être Geissler. Elle était certaine de le reconnaître; tant de fois elle avait étudié son portrait. Elle décida de donner à l'agence non plus dix mais quinze pour cent de son salaire.

37

Günter fut réveillé par une tempête de sable et de schiste qui martelait les flancs du canyon comme une pluie battante. Il avait les cheveux, les oreilles et les sourcils couverts de sable et toutes ses affaires étaient ensablées. Le vent d'est s'était levé en rafales durant la nuit et allait probablement continuer pendant trois jours. Quand il tomberait, il ferait une chaleur encore plus accablante. Il faisait déjà quarante !

Günter était épuisé. À trente ans, les privations avaient marqué son visage. Il avait des rides aux joues et aux commissures des lèvres, un visage émacié, une peau parcheminée; seul son regard était parfois traversé de lueurs d'optimisme. Il vivait dans le désert depuis bientôt quatre ans. Il avait borné plus de quatre-vingt-dix concessions qu'il avait fait officiellement enregistrer lors de ses rares retours vers la civilisation. Mais aucune n'était viable et il commençait à se décourager.

Il prospectait dans la région lunaire du Namib, zone désertique aux canyons profonds et sinueux encaissés dans les flancs des montagnes de basalte. Ce paysage s'étendait à perte de vue sans qu'on distinguât le moindre arbrisseau, le plus petit oiseau.

Il se leva, cligna des yeux et jeta un coup d'œil alentour. La lumière incertaine du soleil perçait au-dessus du pic noir le plus élevé, remplissant l'horrible canyon d'une étrange lueur pourpre.

Günter se secoua pour se débarrasser du sable et prit le bidon d'eau. Impossible de se laver, elle était trop précieuse. Il but à grandes gorgées et rongea un morceau de viande séchée. Puis il mit son baluchon sur l'épaule, saisit sa canne et sa pelle et partit en direction du nord-est, là où il avait laissé sa jeep.

Le paysage lunaire semblait s'étendre à l'infini. Sans une parfaite connaissance des lieux, on risquait de se perdre.

Le soleil se leva, l'air vibrait sous la chaleur, des mirages scintillaient au loin, tels des miroirs étincelants.

Günter avançait dans le désert. Autour de lui, de fabuleuses richesses foisonnaient, mais il faudrait beaucoup plus d'argent et un équipement beaucoup plus sophistiqué s'il voulait continuer à prospecter et à trouver des minerais. Jusque-là il était parvenu à vendre ses concessions à de petites compagnies minières, ce qui lui avait permis de poursuivre ses recherches.

Midi. Günter était au bord de la déshydratation. Jamais il n'avait connu de chaleur aussi intense. Il était presque contraint de se courber pour faire l'effort de marcher, tant ses pieds s'enfonçaient dans le sable brûlant; l'air était si sec qu'il pénétrait dans ses poumons. Il but un peu d'eau. Soudain, en levant les yeux, il aperçut un rocher escarpé aux couleurs turquoise mêlées d'émeraude juste au-dessus de sa tête, là où s'était produit un éboulement.

Du cuivre !

Il lui fallut une demi-heure pour escalader le flanc aride de la montagne, mais cela en valait la peine, parce que c'était un filon particulièrement riche. Günter caressait les précieux fragments.

Le prix courant du cuivre raffiné était de deux cent cinquante livres la tonne, mais le minerai brut ne valait que vingt livres la tonne; avec le coût du transport, cela couvrait à peine les frais d'exploitation. Pourtant cette mine était différente. La roche contenait au moins vingt pour cent de malachite, catégorie de pierre précieuse qui se vendait bien sur le marché japonais. Il pouvait demander quatre fois le prix du cuivre et expédier le minerai brut.

Günter s'affala sur le rocher et but une triple ration d'eau pour fêter l'événement. Il se demandait jusqu'où s'étendait le filon. Sur le flanc de la montagne, on en percevait sur une longueur de près de quatre-vingts pieds. Il lui suffisait de l'extraire, de le transporter à travers les soixante kilomètres de désert qui le séparaient des docks.

C'était faisable.

Il borna sa concession, puis, après avoir réfléchi, décida de s'octroyer également les deux autres avoisinantes. Il construisit quatre piliers coniques au centre et à chaque coin des balises munies de poteaux de fer indiquant le numéro de sa licence de prospection et la superficie de son domaine. Puis il posa des rangées de pierres pour bien délimiter son territoire.

Ça devrait suffire, se dit-il trois heures plus tard. C'était sa plus grosse prise depuis le début de ses recherches. Il mit quelques précieux fragments dans son sac et se dirigea vers sa jeep.

Au crépuscule, il sortit enfin de ce désert lunaire et pénétra dans le lit asséché de la Kuisseb River. Il aperçut des bosquets d'aloès et d'alhagis dont les racines s'enfonçaient dans la terre à la recherche d'eau. Sur les flancs rocheux de la colline, quelques arbres étaient disséminés çà et là, telles des sentinelles surveillant en silence le canyon, avec leurs longues branches qui se dressaient comme des candélabres dont le dard était saupoudré de poussière verte.

Un peu plus tard, il tomba quelques gouttes d'eau qui suintaient d'un rocher un peu incliné, à flanc de coteau. Il avait entendu parler de cette source; c'était la seule du Namib à ne jamais tarir. Tout autour apparaissaient des empreintes de zèbres, d'antilopes, de babouins et d'autruches.

Il but un peu d'eau saumâtre et se précipita vers sa jeep. À 11 heures, il arriva à Walvis Bay.

Il lui fallut cinq jours pour faire enregistrer sa concession, acheter un camion, faire des réserves de vivres, engager la main-d'œuvre nécessaire et la ramener à la mine de cuivre. Il cadenassa le tonneau qui contenait l'eau, car elle était précieuse, et monta une tente pour les ouvriers. Il désigna un cuisinier et, à l'aube du jour suivant, les cinq hommes s'attaquèrent à la montagne avec leurs pioches. Les fragments de cuivre commencèrent à dévaler le flanc de la montagne, formant de petits tas dans le canyon.

Les mineurs transpiraient sous la chaleur accablante du soleil. Günter était à leurs côtés. À 11 h 30, il leur accorda trois heures de pause. À 2 h 30, les mineurs reprirent le travail, mais à 3 heures, ils reposèrent leurs pioches et exigèrent d'être ramenés sur-le-champ à Walvis Bay. Ils ne supportaient plus ni la chaleur ni le travail trop ardu.

Günter eut beau discuter, menacer même les six Ovambos, ils ne capitulèrent pas. Il leur offrit de leur doubler puis de leur tripler leur prime, ils refusèrent.

Ce n'était pas contre Günter qu'ils se rebellaient, mais ils se sentaient incapables de supporter davantage la chaleur.

– Nous allons mourir ici, lui dit leur chef. Aucun être vivant ne peut survivre. Regardez autour de vous, tout est mort dans cet horrible site.

Günter les ramena le soir même. Lui aussi était éreinté. Il entra en chancelant dans le bar le plus proche, s'assit et commanda une pinte d'eau à la grande surprise du barman.

– Grand Dieu ! Günter, je ne vous aurais jamais reconnu ! Apparemment la vie est rude dans le Namib !

Pas rasé, les cheveux hirsutes, Günter avait l'air d'un sauvage.

– Vous sentez plus mauvais qu'un putois, mon vieux ! s'exclama le barman, mais Günter était trop fatigué pour répondre.

Il but le verre d'eau, commanda une bière et

alla dans sa chambre prendre une douche et dormir.

Très vite la nouvelle du retour de Günter se répandit. Le lendemain soir, la plupart de ses amis vinrent au pub pour le voir. Günter avait eu le temps de se laver, de se raser et de passer chez le coiffeur. Quand il arriva, ils se précipitèrent tous pour lui offrir à boire. L'entêtement et l'endurance de Günter étaient devenus légendaires. Malgré sa maigreur il était fort, musclé et dur devant les épreuves. Nul ne s'aventurait à le provoquer !

Vers minuit, Günter suivit Evans jusqu'à son camion. Prenant un air naturel, il lui demanda :

– As-tu des nouvelles de Bertha et de la famille ?

Il n'arrivait pas à prononcer le nom de Marika, tant sa gorge se nouait quand il pensait à elle.

– Elle était là il y a quelques jours. Je veux parler de Bertha. Elle a passé deux semaines ici, simplement pour revoir ses amis. Elle est allée à Johannesburg. Elle doit y avoir des parents. Elle n'aime pas l'Angleterre. J'aimerais que tu l'entendes parler de ce pays !

– Et les autres ?

– Elles sont restées à Londres.

– Pour l'amour du ciel, Evans, as-tu oui ou non des nouvelles ?

Evans posa la main sur son épaule.

– Je sais ce que tu ressens, Günter, nous le savons tous d'ailleurs. Elle est belle, mais je pense que tu n'es plus dans la course, mon vieux.

– Que veux-tu dire ?

Quel minable ! se dit Evans.

– Marika est styliste. Elle dessine des modèles de fourrure. D'après Bertha elle réussit très bien. Je suppose qu'elle n'est pas pressée de revenir.

– Et Sylvia ?

– Elle est magnifique. Elle te ressemble. Bertha m'a donné quelques photos. Je lui ai dit que je te verrais un de ces jours.

Evans prit une enveloppe dans sa voiture et la tendit à Günter.

Il ne l'ouvrit pas immédiatement, mais une fois seul dans sa chambre, il étala les photos sur son lit. Il y en avait cinq. Sylvia était adorable. Six ans ! Jamais il n'avait vu de petite fille aussi jolie avec ses grands yeux et ses cheveux blond cendré. Il avait toujours pensé que ce serait une beauté.

– Bon sang ! s'exclama-t-il en martelant le lit de coups de poing.

Il lui fallait gagner de l'argent. Comment pourrait-il se rendre à Londres, autrement ?

Mais à quoi bon espérer ? Il était là, dans un hôtel minable de Walvis Bay, avec seulement quelques livres en poche et une mine à l'abandon dans le désert.

La raison lui dictait d'oublier Marika, mais il savait qu'il en était incapable. Il l'aimait et l'avait aimée avant même de la connaître, mais qu'allait-il faire maintenant ? Son plan en vue d'acquérir une fortune rapidement était tombé à l'eau. Pourtant il y avait le cuivre. Des centaines de milliers de livres ! Si seulement il pouvait exploiter le minerai et le transporter jusqu'à Walvis Bay !

Günter réfléchit longuement. Quel avenir avait-il ? C'était la seule chance qu'il lui restait de devenir riche. Il lui faudrait exploiter le minerai tout seul ! Cette perspective était terrifiante ! Même à ses yeux.

38

Midi. Le soleil implacable dardait ses rayons sur le paysage dénudé et les hautes montagnes de basalte miroitaient dans la pâleur du ciel.

Aux yeux de Günter qui trimait comme un

damné, seule la chaleur était réelle. Elle l'assaillait de tous côtés, couvrant son corps d'ampoules, asséchant ses poumons, lui brûlant les yeux. Il se sentait vieux et usé. Chaque mouvement lui faisait mal, mais il avait décidé de vendre son cuivre et il ne céderait pas.

Il souleva ses bras puissants noircis par le soleil et enfonça sa pioche dans le rocher. Par contrecoup, il ressentit une violente douleur dans le dos, aux épaules et au bout des doigts. Pan ! Pan ! Pan ! L'écho se répercutait dans le canyon toutes les dix secondes. C'était le seul bruit à des centaines de kilomètres à la ronde.

Le rocher vert émeraude devenait de plus en plus long, de plus en plus profond; le cuivre glissait sur la paroi et s'amoncelait dans le canyon. Peu à peu la mine prenait forme.

Ce fut le bruit de la pioche qui guida Claire vers le camp de Günter. Elle avait quitté Walvis Bay deux jours auparavant et était partie en camion avec un groupe de touristes. Elle avait passé la nuit dans le désert. Il n'y avait qu'un jour de trajet jusqu'à la région lunaire, mais nul ne savait exactement où se trouvait Günter et ils le cherchaient depuis deux jours. À l'aube, le surlendemain, ils perçurent le bruit de la pioche sur les rochers. Claire poussa un soupir de soulagement.

Günter était venu en ville à deux reprises depuis son séjour à l'hôpital, mais il n'avait jamais essayé d'entrer en contact avec elle. Un soir, au comble du désespoir, elle s'était rendue à l'hôtel où il résidait.

Il y avait un an de cela, mais le souvenir de cette nuit-là était resté gravé dans sa mémoire. Günter lui avait fait l'amour comme à une prostituée.

– Tu as besoin de moi, lui avait-elle dit en pleurant, tu ne t'en rends pas compte, mais un jour tu comprendras.

Ils s'étaient querellés amèrement; elle l'avait quitté, furieuse, se reprochant sa sottise.

Sa détermination à oublier Günter l'avait conduite dans le lit de plusieurs officiers de la marine et elle s'était même fiancée à un prospecteur de mines américain. Mais ce fut peine perdue : nuit après nuit, elle rêvait de Günter; il lui manquait terriblement. Elle avait fini par rompre ses fiançailles.

Au bruit de la pioche, Claire eut la gorge serrée. Était-ce de la colère ou de la pitié ? Elle ne le savait pas.

Günter était un imbécile, certes. Mais quel panache ! Partagée entre l'amour et la haine, elle était consciente de ne pouvoir se passer de lui.

Frissonnante, elle se redressa. Elle était collée à son siège tant elle transpirait; la chaleur était accablante et lui pénétrait les narines et même les poumons. Tout lui faisait mal. Le soleil était un véritable tyran, vigilant, malveillant. Chacun des mouvements était pour elle une déclaration de guerre.

Ils avaient gravi la montagne toute la journée. Le voyage devenait de plus en plus pénible, car le camion avançait difficilement à travers crevasses et rochers. Ils approchaient d'un plateau qui dominait le paysage lunaire. Enfin ils se garèrent. La perspective la laissa bouche bée. C'était si... Elle chercha un terme approprié pour décrire ce qu'elle voyait... si étrange !

Elle ne distinguait ni Günter ni la mine, car la pente formait une courbe, mais en contrebas elle aperçut un amas de roches turquoise qui étincelaient au soleil. Comme elle fixait son regard dans cette direction, elle en vit d'autres dévaler la paroi.

– Revenez me chercher, s'écria-t-elle.

– Quand ? demanda le guide.

– Demain matin.

– Ça vous coûtera une journée de plus, dit-il en haussant les épaules.

– Aucune importance, répliqua-t-elle en s'éloignant.

Le guide la vit dévaler rapidement la pente abrupte. Sa chevelure rousse brillait dans l'éclat du soleil. Elle leva les yeux et sourit, mais son regard avait une expression étrange. Elle fit un signe de la main.

Quelle femme tenace ! se dit-il.

Claire eut un coup au cœur en apercevant Günter. Impossible que ce soit lui, ce squelette accroché à la paroi rocheuse ! Elle faillit en perdre l'équilibre.

Günter leva les yeux et parut surpris. Il fronça les sourcils.

– Salut, Claire ! ronchonna-t-il. Tu ne capitules donc pas ?

Il posa sa pioche sur un rocher pour se reposer un instant.

– Et toi ?

– Non, je suppose que non.

– Eh bien, moi non plus.

Ça au moins il comprenait. Soudain il esquissa un sourire. Puis il reprit sa pioche et se remit au travail. Elle sursauta quand elle le vit grimacer de douleur. Elle ne supportait pas le bruit.

– Günter, hurla-t-elle, il m'a fallu deux jours pour venir ici. Ne peux-tu t'arrêter ?

– Oui, au crépuscule, répondit-il brièvement pour ne pas gaspiller d'énergie. Le camp se trouve là en bas.

Claire se glissa le long de la paroi, évitant les cailloux qui rebondissaient. Elle avait les larmes aux yeux.

– Le salaud ! marmonna-t-elle.

Elle découvrit son camp spartiate dans une grotte sous un rocher en saillie. Dans la chaleur étouffante, elle s'allongea et s'endormit profondément.

Quand elle s'éveilla, bien plus tard, elle trouva Günter debout à ses côtés. C'était le crépuscule et les rochers étaient parés d'une étrange lueur pourpre.

– À ton avis, ça vaut combien, tout ça ? lui demanda-t-elle en montrant le tas de cuivre à une centaine de mètres en contrebas.

– Il doit y en avoir environ quatre-vingts tonnes, donc à peu près quatre mille livres, moins le coût du transport jusqu'à Walvis Bay.

Il parlait doucement, ménageant ses efforts tout en se déshabillant. Il prit un baquet d'eau, un chiffon et se frotta le corps. Il avait l'air hagard, malade. Il n'avait que la peau sur les os. Tout son corps était couvert de bleus et de cicatrices.

Elle ressentit une joie soudaine à découvrir son corps meurtri.

– Je suis heureuse, s'écria-t-elle férocement. Est-ce que tu me comprends ? Heureuse que tu te détruises, simplement pour devenir riche ! Cela ne changera rien, Günter, Marika ne t'épousera jamais. Elle hait les Allemands et le Namib lui fait horreur.

– Tout le monde évolue. Et puis la guerre est finie depuis sept ans, presque huit. Les gens oublient.

Claire lui lança un regard sinistre.

– Sept ans... c'est si long et en même temps si...

Elle s'interrompit et se mordit les lèvres.

Günter éprouva de la pitié à son égard.

Elle se mit à ronger des lanières de viande desséchée.

– C'est toi qui l'as préparée ?

– Oui.

– C'est horrible. Regarde ce que je t'ai apporté, dit-elle en fouillant dans son sac.

– Garde-le, je n'ai nulle envie d'avoir mal à l'estomac.

– Je crois que j'aurai tout entendu !

Elle lança son morceau de viande dans le canyon.

Günter se leva lentement et alla le ramasser.

Il remplit une tasse d'eau à moitié, lava la viande et la suspendit à un crochet.

– Tu ne comprends rien, lui dit-il. Il m'a fallu des mois pour m'habituer à ce régime; si je change maintenant, ce sera encore plus dur par la suite.

Elle remarqua que son accent allemand était plus prononcé, sans doute parce qu'il était fatigué.

– Mon Dieu, Günter, qu'allons-nous devenir, toi et moi ?

– Tu vas retourner à ton travail et tu trouveras un gentil jeune homme que tu épouseras et avec lequel tu seras heureuse.

Il passa son bras autour de ses épaules. Elle se blottit contre lui, merveilleusement bien au contact de sa peau.

La vie serait tellement plus facile s'il aimait Claire ! Parfois il l'aurait souhaité ! Il se demandait même si la passion qu'il éprouvait pour Marika était véritablement de l'amour. N'était-elle pas le trophée qu'il lui fallait remporter ? À n'importe quel prix ! Claire était le lot de consolation.

– Ainsi tu l'aimes toujours ? lui dit Claire avec amertume.

– J'en ai bien l'impression, répondit-il un peu hâtivement.

Il regretta aussitôt ses paroles. Il ne tenait pas à la rendre encore plus malheureuse.

– Mais, Günter, et si tes rêves se réalisaient ? Si tu faisais fortune et qu'elle ne veuille toujours pas de toi ? Disons dans cinq ans ? Dix peut-être ? As-tu pensé... Oh, je me déteste de te supplier comme un chien...

Günter était submergé de pitié. Pauvre, pauvre Claire ! Elle n'était pas aussi dure qu'elle semblait. Il ne souhaitait qu'une chose : soulager sa peine.

– Si c'était le cas, je t'épouserais, lui dit-il.

– Tu me le promets ?

Doux Jésus ! Pourquoi avait-il dit cela ? Il leva vers elle son regard et lut dans le sien une peine intense mêlée d'espoir.

– Oui, dit-il, mais, vois-tu, Claire, ne te fais pas trop d'illusions, Marika m'aime.

– Oh, Günter ! dit-elle en se jetant sur lui.

Elle n'était plus une jeune fille inexpérimentée. Elle avait retrouvé sa rudesse habituelle. Il avait l'impression d'étreindre un ressort remonté.

– Tu n'as pas beaucoup changé, Claire; moi non plus. Rien n'a changé, ne l'oublie jamais.

Il se coucha sur elle en soupirant. Il n'y avait rien chez elle de la féminité de Marika. Elle avait la peau ferme, les fesses bien rondes, la poitrine naissante d'une adolescente. Mais elle l'aimait. Nul homme ne pouvait être l'objet d'une telle vénération. Si seulement sa passion pour Marika n'était pas aussi dévorante, peut-être pourrait-il éprouver une certaine affection pour elle ? Mais ce n'était pas le cas. Cependant, c'était une femme, et il avait besoin d'une femme.

Il se leva, alluma une lampe et la suspendit à un crochet enfoncé dans la roche en surplomb. Puis il lui ôta ses vêtements, son pantalon, sa culotte, son chemisier et son soutien-gorge, parfaitement inutile, avant de contempler son corps nu dans la pénombre de la grotte.

– J'ai envie de te regarder, lui dit-il.

Sa pudeur lui donnait un certain charme. Il n'avait jamais pris la peine de l'observer, mais son visage en forme de cœur, son petit nez retroussé, sa chevelure chatoyante, un peu sauvage, lui donnaient une grâce délicate.

– Viens ici, lui dit-il en s'allongeant sur le sac de couchage.

Il la pénétra. J'avais oublié la douceur de son sexe ! songea-t-il. Il vibrait au rythme de ses saccades.

Ils étaient là, tous deux, dans un bain de sueur. Les journées étaient insupportables et les nuits n'apportaient nul répit car les rochers emmagasinaient la chaleur et ils avaient l'impression d'être dans un four. La lune apparut, auréolant le canyon d'une lueur spectrale.

Quelques instants plus tard, le vent se leva et se mit à gémir dans la montagne.

Claire n'arrivait pas à dormir. Cette nuit-là était trop précieuse pour ne pas en apprécier tous les instants. Elle distinguait l'homme, les contours de sa joue, de son nez au clair de lune. Ses cheveux avaient l'éclat de l'argent. Il ressemblait à une statue gisant dans son cercueil au milieu d'une cathédrale. À cette pensée, elle frissonna.

Si c'était vraiment de l'argent qu'il voulait, elle était prête à l'aider. Un jour il serait à elle. Elle avait entendu parler de l'ascension fulgurante de Marika. Qui d'ailleurs n'était pas au courant ? Elle ne l'enviait pas. Dans la vie, elle ne voulait qu'une chose : Günter, et il était là, près d'elle.

Il fallait qu'il fasse fortune le plus vite possible. Ensuite il se débarrasserait de son obsession insensée.

Elle se leva et regarda le cuivre paré d'un éclat étrange au clair de lune. Tous les espoirs de Günter étaient centrés là-dessus.

Au lever du soleil, Günter se réveilla, s'étira et se dirigea tant bien que mal vers le réservoir d'eau.

– Je pars, lui dit-elle. Mais je reviendrai. Je vais chercher de la main-d'œuvre.

– Inutile, j'ai déjà essayé. Tu ne parviendras pas à faire travailler des Noirs par cette chaleur. Je leur ai même offert le triple.

– Et les forçats ?

– Non, ils mourraient tous avec ce soleil !

Que m'importent les autres ! se dit-elle, mais elle n'exprima pas sa pensée.

Elle se trouvait au sommet du premier pic lorsqu'elle entendit le bruit de la pioche.

Elle était éreintée mais heureuse. Elle franchit la dernière paroi rocheuse en s'aidant des pieds et des mains. Le guide l'aperçut de loin.

– Il doit y avoir un type là-bas, lui dit-il en souriant.

– Oui, répondit-elle fièrement. Et quel type ! En fait, c'est mon fiancé.

39

Il fallut à Claire trois semaines pour trouver de la main-d'œuvre. Elle dut d'abord convaincre les autorités pénitentiaires que Günter construisait une ferme expérimentale dans la vallée de la Kuisseb River. On finit par lui laisser six hommes accusés de délits mineurs, à la seule condition qu'ils soient accompagnés de deux gardes armés et qu'ils soient correctement logés.

Elle emprunta à son oncle qui vivait à Windhoek des fusils de chasse, engagea deux clochards blancs pour garder les prisonniers et acheta une tente.

Le voyage fut un cauchemar. Les forçats enchaînés chantonnaient des hymnes mélancoliques à la liberté. Les gardes en sueur lançaient des jurons tout en fumant cigarette après cigarette. Elle se rendait compte qu'ils étaient nerveux. La camionnette qu'elle avait achetée menaçait de caler à chaque ascension de col.

Ils arrivèrent sur le plateau au crépuscule. Elle se précipita, laissant les forçats décharger les outils et les étais.

La mine avait maintenant quarante pieds de profondeur sous les rochers qui la surplombaient. Elle aperçut Günter trimant en contrebas.

– Günter !

Sa voix aiguë et pressante se répercuta dans les rochers.

– Pour l'amour de Dieu, hurla-t-elle, sors d'ici ! J'ai des étais et six forçats.

Il escalada l'échelle de corde.

– Je n'aime pas les forçats, dit-il d'une voix éreintée. Ils ne sont pas assez forts pour ce genre de travail.

– On va toujours essayer ! répondit-elle en haussant les épaules.

Les jours qui suivirent, le filon s'agrandit, mais pas aussi vite que Claire l'aurait souhaité, car Günter voulait que les forçats travaillent deux heures et prennent trois heures de pause. Il travaillait au même rythme qu'eux, nu jusqu'à la taille, peinant dans ce trou puant. De toute évidence, il en faisait plus qu'eux.

Quand il y eut environ deux tonnes dans le ravin, Günter décida de prendre quelques jours pour se rendre en avion à Johannesburg et négocier un contrat avec la compagnie minière japonaise.

– Tu ne peux pas rester ici avec les gardes, tu ne serais pas en sécurité, dit-il à Claire à maintes reprises.

Mais elle restait inflexible.

– On ne peut pas laisser les gardes tout seuls, lui répétait-elle.

Il faisait une chaleur épouvantable le jour où Günter s'en alla. La température était montée à quarante-cinq degrés à l'ombre. Après son départ, les forçats changèrent d'attitude. Ils devinrent paresseux et maussades. Ils travaillaient lentement et plus Claire les invectivait, plus ils se renfrognaient.

Claire les observait, la haine au cœur. Si seulement ils se donnaient la peine de faire la moitié de ce que faisait Günter, elle n'aurait plus de problèmes. Günter avait assez de mal avec le transport du minerai. C'était sa seule préoccupation. Il fallait qu'il survive. Que les autres aillent au diable !

Elle décida que la ration d'eau des forçats dépendrait de la quantité de cuivre qu'ils fourniraient à l'heure. Cela les inciterait ainsi à travailler autant qu'en présence de Günter.

À midi la chaleur était si intense que Claire retourna au camp et s'abrita sous un rocher dans un bain de sueur.

Il était 10 heures du matin quand Johannes, l'un des gardes, descendit la colline à sa rencontre.

– Ils se sont mis en grève, dit-il fébrilement avant de se diriger vers sa tente.

– Où est Gédéon ?

– Avec eux. Il essaie de les raisonner.

Elle gravit péniblement la colline. Elle avait l'impression que son crâne allait exploser tant ses maux de tête étaient insupportables. Des éclairs passaient devant ses yeux. Elle atteignit le sommet et jeta un coup d'œil sur la mine.

– Si vous ne travaillez pas, vous n'aurez pas d'eau.

Une demi-heure plus tard, les forçats acceptèrent de reprendre le travail et elle leur fit porter un seau d'eau.

Elle parvint à les faire travailler pendant quatre jours. Ils avaient maigri, le blanc de l'œil avait viré au jaune, leur peau était desséchée comme du parchemin, mais là n'était pas son problème. Il ne fallait pas que Günter revienne travailler à la mine. Les forçats étaient remplaçables, Günter non.

À la fin de la semaine, le filon avait été creusé à soixante pieds, et le tunnel suivait la mine de cuivre à l'intérieur de la roche sur vingt pieds de plus. La grotte était soutenue par une série d'étais.

Les forçats se plaignirent d'insolation. Johannes vint aussitôt en faire part à Claire.

– Ils sont malades simplement parce que Günter n'est pas là, répondit-elle, furieuse.

Elle escalada la colline une fois de plus. Il faisait sombre.

– Eh, vous là-bas, Jason, cria-t-elle à celui qui dirigeait les forçats, vous m'entendez ?

– Oui, je vous entends, répliqua une voix caverneuse.

– Remettez-vous au travail immédiatement ! hurla-t-elle.

– Pourquoi nous avoir amenés ici ? répondit-il. Ce n'est pas une ferme et la chaleur est insupportable !

– Le patron y a travaillé pendant trois mois d'affilée.

– Nous, c'est fini ! dit Jason d'un ton obstiné.

Les forçats se mirent à chanter pour couvrir sa voix.

– Tirez l'échelle, dit-elle à Johannes en leur lançant un regard menaçant.

– C'est lourd, m'am !

– Je vais vous aider.

Elle gémit sous l'effort, mais ils finirent par lever l'échelle.

– Avec Gédéon, vous allez prendre la garde à tour de rôle, dit-elle à Johannes. Ils peuvent s'arrêter s'ils le souhaitent. Mais alors, pas d'eau, pas de vivres. Ils se remettront au travail avant ce soir.

– Ça c'est parler ! répondit-il d'une voix sinistre.

En proie à une colère noire, elle dévala la colline jusqu'au camp, les poings serrés. Il fallait qu'ils travaillent ! Si elle les ramenait en prison, on découvrirait qu'elle les avait emmenés à la mine et non à la ferme, et elle n'obtiendrait plus personne.

Le soleil se leva et darda la mine de ses rayons, impitoyablement. Ils s'arrêtèrent même de chanter.

Au crépuscule elle envoya Gédéon remplacer Johannes. Quand elle alla jeter un coup d'œil à la mine, tout était d'un calme étonnant, mais une odeur épouvantable lui retourna l'estomac. Elle revint au camp, se lava avec une maigre ration d'eau, mangea une lanière de viande séchée et une biscotte et se fit une tasse de thé noir.

Puis elle plongea dans un sommeil agité.

Elle dormit sans avoir conscience de l'heure.

Un bruit la réveilla. Elle frissonnait de peur. Quelque chose n'allait pas.

C'était une nuit sans lune. Il faisait une obscurité totale dans le canyon. Elle se faufila jusqu'au bord du rocher et prêta l'oreille. Mais elle ne percevait que son propre souffle haletant.

Elle entendit une pierre dévaler la colline et un cri soudain suivi d'horribles grognements qui s'arrêtèrent net. Silence ! Puis quelqu'un hurla et des pas précipités s'éloignèrent. Les forçats avaient dû réussir à s'enfuir et à tuer les gardes.

Elle essaya d'allumer la lampe, mais ses mains tremblaient au point de ne pouvoir tenir une allumette. Elle patienta un instant qui lui parut une éternité, mais elle n'entendit plus rien. Ils avaient certainement emporté les fusils avant de s'enfuir dans le Namib.

Le soulagement se transforma en stupéfaction mêlée de terreur lorsque se dressa devant elle la silhouette hirsute et suante de Jason. Son ombre gigantesque se profilait sur la paroi du canyon.

Elle se sentait impuissante. Trop terrorisée pour faire le moindre mouvement. Il sauta sur elle, les yeux exorbités, la bouche contractée, les mains tendues pour la saisir.

– Putain de Blanche ! Salope ! s'écria-t-il en lui agrippant le bras.

Il allait la tuer ! C'était certain. Elle se débattit comme un chat, le griffant, lui crachant à la figure, le mordant.

Jason la traîna dans la grotte.

– Non, non ! hurla-t-elle.

Elle se sentait descendre le long de la paroi, impuissante. Il ne se dessaisissait pas de sa proie. Elle sentit soudain une douleur violente. Il lui maintenait le bras avec une telle force qu'elle eut l'impression qu'il était luxé.

C'était un cauchemar ! Non, ce ne pouvait être réel ! Pas ça ! Pas la mort ! Elle lui enfonça les ongles dans la peau. Impossible de se relever.

Soudain leurs regards se croisèrent. Sa tête était tout près de la sienne. Il y avait une lueur jaunâtre dans ses yeux et ses cheveux noirs crépus lui donnaient l'allure d'un chien aux poils hérissés.

Elle gémit de peur, épuisée, sans force aucune. Elle ne pouvait plus lutter.

S'en rendant compte, il la releva.

– Je suis un homme, un homme, tu entends ! dit-il, haletant. (Il la regardait avec férocité. Il voulait à tout prix qu'elle comprenne.) Tu nous as laissés sans eau dans ce trou infernal, puant, dans notre propre merde !

Il ôta son pantalon, la tenant toujours d'une main, et lui arracha sa jupe avec sauvagerie. Puis il lui enleva tous ses vêtements.

Claire ressentait de la haine et non plus de la peur. Son corps touchait le sien, étrange, violent, puissant. Elle fut parcourue d'un horrible frisson. Il avait le visage livide, mais elle sentait que sa brutalité s'estompait. C'était le fait de la voir nue.

Secoué de tremblements frénétiques, il recula, le regard fixé sur elle, comme hypnotisé. Puis il fit un pas en avant. Elle savait qu'il allait la violer avant de la tuer.

Le temps parut irréel. On aurait dit un film au ralenti. Soudain Claire pensa à la lampe. Elle tendit la main, mais tout se déroulait si lentement, si lentement...

Jason plongea en avant, tel un coureur au moment de son triomphe. Chaque mouvement semblait se décomposer avec grâce.

Avec l'énergie du désespoir, elle saisit la lampe et la lui jeta au visage... mais c'était si lent... si lent. Il bondit et sembla suspendu un instant en l'air.

La paraffine dégoulina le long de son visage, lentement... lentement. La flamme vacilla et embrasa ses cheveux. Il hurla et se roula par terre, se protégeant les yeux de ses mains.

Le temps reprit son cours normal. Claire le

regardait se tortiller tandis que les flammes rongeaient son visage et ses épaules. Elle sentait l'odeur de sa peau brûlée.

Puis l'obscurité retomba. Elle perçut les derniers sursauts de son souffle. Le calme revint. Pourquoi ? Peut-être parce qu'il la cherchait. Si seulement il faisait un peu moins sombre !

Elle se tapit dans un coin de la grotte, cherchant à tâtons son fusil sous le matelas.

Elle l'entendait maintenant, sentait l'odeur de sa peau brûlée. Mon Dieu, il allait la découvrir avant qu'elle n'ait retrouvé son fusil.

Elle s'aperçut alors qu'elle l'avait en main. Elle s'aventura hors de sa cachette mais des mains la saisirent.

Elle fit feu à plusieurs reprises. Un peu plus tard son fusil était vide et elle hurlait. Elle entendait de profonds gémissements. Quelqu'un approchait. Puis elle perçut le bruit d'un corps qui se laissait glisser le long de la paroi rocheuse pour parvenir jusqu'à elle.

Quand Günter arriva le lendemain, il trouva les deux gardes, les mains liées derrière le dos, sans fusil, et Jason agonisant par terre, une balle dans le genou droit, une autre dans la cuisse gauche. Il avait le visage entièrement brûlé et si enflé qu'on ne lui voyait plus les yeux.

Claire entendit Günter l'appeler. Elle sortit aussitôt de sa cachette et se précipita vers le camp.

– Il a tenté de me violer, lui dit-elle.

Gédéon avait dit à Günter pourquoi les forçats avaient refusé de travailler. Il était horrifié des souffrances qu'ils avaient dû endurer. Il emmena sur-le-champ Jason à l'hôpital de Swakopmund, laissant Claire ramener les gardes à Windhoek et expliquer à l'administration pénitentiaire les raisons de la fuite des forçats.

Elle avait certes le droit de se défendre. Mais pourquoi les avoir si mal traités ? Ils auraient pu mourir. Il y avait en elle un côté mauvais qui lui faisait peur et même horreur.

Il en frissonna. La haine de Claire était aussi féroce que son amour.

40

Après le succès de la collection de Marika, Mendel acquit l'usine inoccupée d'à côté et augmenta son découvert de vingt mille livres pour avoir un fonds de roulement.

Ils avaient décidé de ne pas donner plus d'extension à la collection Marika Magos dans un premier temp; elle ne constituait que le nec plus ultra des modèles. Marika avait engagé un assistant styliste, un spécialiste de coupe, six ouvrières et une secrétaire. Pour le reste elle bénéficiait des facilités de caisse de Mendel.

Mendel était plutôt traditionaliste, mais il avait l'intelligence de se rendre compte que le monde appartenait aux jeunes et qu'il fallait propulser Marika sur le devant de la scène.

Enfin Marika pouvait exprimer sa créativité si longtemps refoulée. Les mois passèrent. Elle travaillait du matin au soir. Il restait quelques semaines avant la présentation de sa nouvelle collection. Elle y avait travaillé neuf mois, non sans une certaine inquiétude. Marcherait-elle ? Son dernier succès n'avait peut-être été qu'un hasard. Dans sa tête elle passa en revue les vingt-quatre manteaux et capes de la collection. Cette poche n'était-elle pas un peu trop volumineuse ? L'opossum pouvait-il se marier au vison ?

Soudain un petit corps froid vint se faufiler auprès d'elle sous les draps.

– Tu es en retard, maman, dit Sylvia d'un ton plaintif.

Elle se blottit contre elle, mettant ses petits pieds froids contre ses cuisses chaudes.

– Mon Dieu, que tu as froid ! Que faisais-tu hors de ton lit ?

– Je cousais.

– Sans tes pantoufles et ta robe de chambre !

Sylvia mit ses bras autour du cou de sa maman.

– J'ai mis la bouilloire sur le feu. Lève-toi, sinon je vais être en retard à l'école.

– Oh ! là là ! reste au chaud, je vais aller faire le petit déjeuner.

Marika se leva et alla à la cuisine préparer des œufs au bacon. Elle venait de terminer lorsque le téléphone sonna. C'était Landon, le concierge de Mendel. Il y avait le feu à l'usine. Il venait d'appeler les pompiers et M. Sidersky.

– Le feu ? Quel bâtiment ? balbutia-t-elle.

– Le nouveau.

Marika frissonna. Toute sa nouvelle collection s'y trouvait.

Elle s'empressa d'accompagner Sylvia à l'école, la laissa devant la porte et se rendit aussitôt à York Way. Il lui fallut une demi-heure pour y accéder. Arrivée à Copenhagen Street, elle s'arrêta devant le spectacle horrible qui s'offrait à elle. De la fumée sortait de toutes les fenêtres. Des pompiers étaient encore à l'œuvre.

Elle gara sa voiture et se précipita vers les bâtiments. Tout le personnel se trouvait déjà rassemblé au rez-de-chaussée. Mendel était à l'intérieur. Il évaluait les dégâts. Elle fit le tour du bâtiment en courant et se dirigea vers l'entrée Magos.

– Désolé, mademoiselle, vous ne pouvez pas entrer, lui dit le pompier de garde.

– Mendel ! hurla-t-elle.

Mendel se pencha par la fenêtre du premier. Il avait le visage tout noir.

– Calmez-vous, Marika. Je descends tout de suite. Nous allons évaluer les dégâts. Ne montez pas, vous allez vous salir.

– Me salir ? Et mes fourrures ?

Le pompier la laissa passer. Elle fila comme un éclair. Le plancher était noyé, il y avait de la fumée partout. En toussant elle grimpa l'escalier délabré et se faufila jusqu'à la salle où se trouvait le stock.

– Oh, non ! s'écria-t-elle.

Les peaux et les rangées de fourrures étaient trempées et couvertes de suie.

Elle pensa soudain à ses dessins et se précipita vers la salle de confection. Le sol disparaissait sous l'eau et les murs étaient noirs de suie, mais les dessins se trouvaient toujours dans un coffre en acier. Ils étaient sauvés ! Impossible cependant de refaire les modèles ou même de remplacer les peaux à temps pour la présentation.

Mendel arriva.

– À combien estime-t-on les dégâts ? murmura-t-elle.

– Environ un demi-million, plus le coût des peintures et des tapisseries.

– Nous sommes assurés, je suppose ?

– Bien sûr, ne vous inquiétez pas.

Elle l'observa. Il masquait mal son anxiété.

– Qu'y a-t-il ?

– Nous sommes mal assurés, lui avoua-t-il. Je n'ai pas réajusté l'assurance quand nous avons acheté les peaux pour cette collection. Je me disais qu'elles ne feraient qu'entrer et sortir.

Il fallut encore une heure aux pompiers pour maîtriser le feu. Le bâtiment n'était plus en danger.

– Je ne sais pas ce que vous en pensez, mais moi, j'ai besoin d'un remontant, dit Mendel d'un air contrit.

– Moi aussi, répondit-elle sans grand enthousiasme.

Ce fut alors la confusion totale. Les inspecteurs des assurances et les électriciens se succédèrent. Ils ne partirent qu'à 3 heures.

Mendel entra dans son bureau provisoire, posa sa main sur le bras de Marika et chancela. L'espace d'un instant elle crut qu'il avait trébuché, mais, lorsqu'elle se précipita vers lui pour l'aider, elle se rendit compte qu'il s'était évanoui.

L'ambulance arriva au bout de dix minutes, qui parurent interminables. Mendel n'avait pas repris connaissance quand on l'emmena. Marika allait le suivre quand elle pensa à Sylvia.

– Mon Dieu ! gémit-elle, comment ai-je pu oublier ma fille ?

Il était presque 3 heures et demie, il faisait noir et le vent du nord soufflait en rafales.

Elle arriva à l'école, le cœur battant. Pas de Sylvia. Le bâtiment se dressait dans une longue allée, sombre et laid. Pas de lumière. Chancelante, elle fit le tour du bâtiment en appelant sa fille. Enfin elle la trouva, recroquevillée sous un porche, le visage bleui par le froid.

Dans l'après-midi Marika se rendit à l'hôpital. Mendel, toujours inconscient, se trouvait aux soins intensifs.

– Dépêchez-vous de vous remettre, Mendel, j'ai besoin de vous, murmura-t-elle.

Sylvia attendait à l'entrée de la salle, une couverture sur les épaules, mais tremblante de froid.

– Elle devrait être au lit, lui dit une infirmière d'un ton de reproche.

Le lendemain, Sylvia avait de la fièvre. Marika appela le médecin. Elle avait une bronchite. Rien de grave. Elle devait rester au lit quelques jours.

Que faire ? Marika mit l'enfant dans un sac de couchage et l'emmena à l'usine. Personne ne travaillait. Elle ordonna aux ouvrières de reprendre le travail, reprocha son laxisme à la surveillante, Mme Hanson, et alla répondre aux messages téléphoniques : l'assureur, la police qui lui dit que le feu avait été provoqué par une défaillance électrique, les électriciens, les décorateurs et tous les confrères qui voulaient savoir si la fabrique allait fermer définitivement.

Pendant quinze jours, elle travailla jusqu'à la limite de ses forces. Elle déjeunait sur le pouce, gardait Sylvia avec elle à l'usine, la faisait dormir sur un lit de camp et la ramenait chez elle dans un sac de couchage.

Elle commanda d'autres fourrures, pas exactement celles qu'elle aurait souhaitées, mais elle parait au plus pressé. Elle incita les ouvrières à faire des heures supplémentaires pour honorer les commandes déjà passées. Elle demanda des facilités de caisse à la banque jusqu'à ce que les assurances lui aient versé les sommes dues et fit face aux harcèlements des créanciers.

Les journées n'en finissaient pas. Il y avait tout de même une consolation : Mendel allait de mieux en mieux.

Il retourna à l'usine à la fin du mois.

– Je ne pensais pas avoir un cœur faible, dit-il, n'hésitant pas à mentir. Je n'arrive pas à le croire. Je me sens bien maintenant. Donnez-moi un jour ou deux et tout sera rentré dans l'ordre.

Le 15 décembre, l'usine fermait pour trois semaines de congés annuels. La plupart des dégâts avaient été réparés, l'usine avait été remise à neuf et ils attendaient qu'on leur livre de nouvelles machines. Utilisant les installations de Sidersky, Marika était parvenue à honorer toutes les commandes. Seul le dernier défilé de mode avait été annulé. Ils l'avaient repoussé jusqu'au mois de mai. Mendel semblait s'être remis totalement et refusait de se reposer.

En regardant sa fille, Marika se disait avec tristesse qu'elle était la seule victime.

– Je vais l'emmener chez Bertha, dit-elle un jour à Mendel. Ma décision est prise et Bertha est ravie. Je ne peux m'en occuper correctement et travailler en même temps. C'est une situation bâtarde et Sylvia en souffre. Elle sera beaucoup plus heureuse là-bas. C'est vraiment la meilleure solution, ajouta-t-elle avec une certaine violence.

– Vous pourriez travailler à mi-temps et rester chez vous l'après-midi, lui rétorqua Mendel. C'est le lot de beaucoup de femmes. Vous auriez le même salaire et le même pourcentage sur les bénéfices.

– Non, c'est impossible. Quand je suis avec Sylvia, je néglige mon travail et quand je travaille, c'est elle que je néglige. Je me sens toujours coupable.

– L'important est de savoir que vous en avez la possibilité. Je ne vous ai jamais demandé de diriger l'affaire. Je crois que vous faites le mauvais choix.

L'expression qui se dessinait sur son visage déplut à Marika. De quel droit la jugeait-il ?

41

Günter s'éleva dans les airs au-dessus de l'horizon, aussi insignifiant qu'une mouche dans le vaste désert de plaines sablonneuses et de dunes montagneuses. Puis il atteignit Fish River Canyon. Tel un mince serpent brun, la rivière formait de nombreux méandres incrustés dans les montagnes de basalte.

Günter hurla de joie, poussa la manette des gaz à fond et plongea en direction de l'eau. Il se retrouva très vite longeant les courbes paresseuses de la rivière bordée de rochers noirs, puis il atterrit sur la rive. Il ôta son short et se glissa dans l'eau, laissant le liquide saumâtre s'imprégner de la saleté et de la sueur de sa peau. Puis il s'assit sur le sable, but une bière, avant de partir en aval avec ses tenailles et son sac de prélèvements de minerais.

Tout en sifflotant, il parcourut plus d'un kilomètre avant de faire demi-tour vers l'hélicoptère. Il étiqueta les échantillons, jeta un coup d'œil alentour et décolla à regret. Il suivit le cours de la rivière vers la mer. À trente kilomètres de là, à l'intérieur des terres, les deux puissantes voies fluviales se rejoignaient pour se jeter dans la mer, et les eaux cristallines de l'Orange River revêtaient une teinte ocre jaune.

Günter esquissa un rictus. Voilà la meilleure façon de prospecter ! se dit-il. Parcourir le désert à pied !

Il avait épuisé les ressources de la mine depuis plus d'un an. Il avait amassé suffisamment de cuivre pour acheter un vieil hélicoptère Bell en pièces détachées qu'il avait remonté. Il avait ensuite remboursé Claire et lui avait fait ses adieux avec soulagement. Il tressaillait encore en songeant à la scène qu'elle lui avait faite et à la hâte avec laquelle il avait préparé son départ pour Johannesburg où il avait suivi des cours pour obtenir son brevet de pilote.

Il lui avait fallu six mois et presque toutes ses économies pour remettre en état l'hélicoptère. Il ne partit pour le Namib que lorsqu'il fut certain de son parfait fonctionnement.

Il passa quatre mois à prospecter dans les régions du Nord. Prenant comme base un ancien poste de police allemand datant de la Première Guerre mondiale, il parcourut lentement tout le territoire. À environ trente kilomètres de Seal Bay, ayant découvert d'étonnantes traces d'uranium, au comble du ravissement, il jalonna sa concession. Il s'était alors envolé pour Windhoek pour l'enregistrer puis, au retour, avait exploré plus à fond la région. Des richesses insoupçonnées gisaient là, à ses pieds ! L'uranium n'était pas très recherché pour l'instant parce qu'il y avait une surproduction sur le marché, mais Günter misait sur la décennie suivante. L'énergie nucléaire, c'était l'avenir. Le fait d'avoir de l'uranium bien à lui le rassérénait. Mais il était certes moins grisant de penser qu'il lui faudrait une véritable fortune pour l'exploiter. Il serait contraint un jour ou l'autre de le vendre à l'une des sociétés minières du coin.

Günter n'était pas pressé. À trente et un ans, il avait tout le temps devant lui. Il se sentait bien. Il décida de célébrer l'événement en prenant quelques jours de repos à Swakopmund.

En cette matinée ensoleillée, les lueurs pourpre et saumon qui auréolaient les dunes ressemblaient à une vieille prostituée promettant la joie et l'oubli. À trois mille pieds d'altitude, Marika les contemplait du hublot de son avion. Elle n'était en rien impressionnée. Elle connaissait parfaitement le Namib et le redoutait.

Elle ferma les yeux et songea à Sylvia et Bertha. Avec quel regard de tristesse elles l'avaient accompagnée à l'aéroport, ce matin-là. Ce souvenir lui faisait mal.

Elle avait quitté Londres avec Sylvia deux semaines auparavant. Bertha était venue les chercher à Johannesburg. Bertha et Sylvia ! Elles sont faites pour vivre ensemble, se dit Marika avec une pointe de jalousie.

Elles avaient cherché une école et une petite maison et avaient eu la chance de découvrir immédiatement ce qui leur convenait. L'école, à Morningside, était entourée d'une immense pelouse et de bosquets; elle était réputée pour les excellents résultats obtenus par les élèves et en même temps pour l'atmosphère sympathique qui y régnait. La maison était située à proximité. Bertha était ravie de quitter enfin sa pension de famille et de retrouver un chez-soi.

Elles avaient emménagé peu avant Noël et avaient passé dix jours merveilleux ensemble. Mais quand avait sonné l'heure des adieux, Sylvia avait pleuré toute la journée.

Marika ne voulait plus y penser. Elle aurait pu prolonger son séjour de deux jours mais éprouvait de la tristesse mêlée à un sentiment de culpabilité, et elle avait envie de s'enfuir. Elle avait pris le prétexte de devoir se rendre dans le Sud-Ouest pour acheter des peaux de karakuls et s'était envolée pour Swakopmund. Maintenant elle se rendait à Walvis Bay. Bertha lui avait demandé de liquider les dernières traites de la conserverie qui avait acheté son magasin.

Marika avait peur de l'avion. Elle frémit quand celui-ci amorça sa descente sur la petite ville et atterrit.

Une voiture de location l'attendait. Trois heures plus tard tout était réglé. Elle avait foulé pour la dernière fois, c'était là du moins son souhait, le sable de Walvis Bay et était repartie vers Swakopmund avec un certain soulagement. Une fois rendue à l'hôtel, elle se demanda ce qu'elle allait bien pouvoir faire de sa journée. Elle essaya de lire, mais le souvenir du visage éploré de Sylvia restait gravé dans son esprit. Ne pouvant plus supporter le poids de sa culpabilité, elle descendit au salon. Elle s'attendait à voir le spectacle habituel de la foule bruyante et fruste des pêcheurs. Mais tout valait mieux que rester seule !

Il était assis sur une chaise à haut dossier, les jambes ballantes, tel un cow-boy sur un minuscule cheval. Ses cheveux étaient si blonds qu'ils en paraissaient blancs et il avait la peau bronzée. Les poils de ses bras et de ses jambes scintillaient dans la faible lumière au point de paraître couverts de reflets d'argent. Il portait une chemise et un short rayés et des sandales à lanières. Au milieu des gringalets du coin et dans cette atmosphère enfumée et ces odeurs de bière, Günter avait l'air d'une magnifique créature du désert capturée et enchaînée parmi la racaille. En l'apercevant, elle se dit : Si je le voyais pour la première fois, je tomberais amoureuse de lui... si bien sûr il n'était pas allemand.

Soudain son regard se posa sur elle. Il resta bouche bée et elle resta figée devant le bleu diaphane de ses yeux. Comment pouvait-il avoir autant de charme ? C'était presque surnaturel.

Sous le choc elle oublia ses bonnes manières. Son regard se promena le long des épaules massives, du cou musclé et puissant, des larges sourcils qui s'étaient épaissis et des joues un peu plus marquées. Mais il y avait quelque chose de plus : la menace qu'il représentait avec sa puissance, sa sensualité et son étrange sensibilité. Elle fut submergée de désir et en même temps elle éprouva une envie insensée de fuir. Mais elle restait pétrifiée. Elle essaya de sourire. Impossible. Ses mains étaient moites de peur.

Il régna brusquement dans la salle un silence glacial.

Günter tourna la tête. Les clients, l'air hébété, les regardaient à tour de rôle. Günter se leva, traversa la salle et posa la main sur son bras.

– Viens.

Cinq minutes plus tard, peut-être davantage, quand Marika reprit ses esprits, elle se trouva dans la jeep de Günter sur la route de Swakopmund, le long de la côte ouest, pour aller visiter les concessions d'uranium de Günter.

– Où est Sylvia ? Qui s'occupe d'elle ? demanda-t-il au cours du trajet.

Marika s'aperçut qu'elle tremblait. C'est ridicule, se dit-elle. De quoi se mêlait-il ? Sylvia n'avait rien à faire là-dedans !

– Elle est avec Bertha, lui répondit-elle d'un ton maussade.

– À Londres ?

– Non.

Il arriva péniblement à lui faire dire la vérité, accentuant son sentiment de culpabilité. Pourtant Günter souriait. Étrange, se dit-elle.

Ils prirent la direction de l'est et quittèrent la route principale pour s'engager le long de vastes plaines sablonneuses entourées parfois de hautes falaises de basalte. Seulement des rochers et du sable sur des kilomètres et des kilomètres. L'aridité du paysage lui donna le frisson.

– Rien ne peut survivre, ici, murmura-t-elle. Rien du tout.

Günter arrêta la voiture et lui demanda de faire un pas dehors. Il lui parlait avec douceur comme s'il s'adressait à une enfant. Il la pria d'examiner le sol, de se rendre compte que la vie fourmillait autour d'elle. C'était typique de Günter ! Elle avait critiqué ce désert qu'il aimait tant. En soupirant, elle regarda de près la mousse noir et pourpre qui recouvrait les rochers et apprit qu'ils tiraient leur humidité de la brume matinale de la mer. Ainsi les termites se nourrissaient de mousse et de l'air humide de la mer; et à leur tour, ils étaient mangés par les araignées et les scorpions, tout comme les serpents et les taupes, ces horribles bêtes qui rampaient dans le sable.

Elle remonta dans la voiture en frémissant. Ils parcoururent des kilomètres de routes tortueuses à travers des plaines monotones, par une chaleur étouffante. Mais pourquoi frissonnait-elle ? Elle se sentait parfaitement incapable de maîtriser la confusion des sentiments qui la submergeaient. Elle finit par se calmer et par se dire qu'après tout ce qui devait arriver arriverait !

Enfin Günter s'arrêta et fit un geste majestueux.

– Voilà, dit-il. Regarde du côté des montagnes. Il n'y a que des mines, toutes d'uranium. Des millions de livres gisent sous ce sable.

Il n'y avait rien d'autre à voir. Que du sable !

– C'est magnifique, dit-elle pour lui faire plaisir.

Elle le décevait, c'était visible. Mais du sable ! Brr!

Comme ils faisaient le tour de ses concessions, ils perçurent un long gémissement tout au loin dans les dunes, qui se transforma soudain en une plainte frénétique. Avant même qu'ils aient pu revenir à la jeep, ils furent pris dans une tempête de sable. Marika se tapit au fond de la jeep sous un sac de couchage tandis que Günter, bravant la tempête, prit la direction du canyon. Ils longèrent le lit asséché de la Kuisseb River et parvinrent à une ancienne oasis qui se dressait autour d'une source naturelle et du poste de police allemand abandonné. Les rafales étaient si fortes qu'ils ne voyaient pas à deux mètres. Ils se dirigèrent à tâtons vers la porte, elle s'agrippa à la poignée tandis que Günter tentait de l'ouvrir. Elle céda brusquement et Marika se précipita à l'intérieur.

– Oh, gémit-elle, de l'eau !

– N'en bois pas. (Il lui mit une timbale dans la main.) Rince-toi la bouche et crache. Fais-le plusieurs fois.

– Tu vis ici ! s'exclama-t-elle après s'être essuyé les yeux.

Günter avait suspendu une lampe à pétrole à un crochet au plafond et, dans la pénombre elle vit son lit de camp avec une couverture impeccablement pliée, une serviette accrochée à un clou et des livres sur la table. Les volets étaient bien fermés.

Elle s'assit sur une chaise pliante et examina la pièce, hébétée.

– C'est plutôt rudimentaire ! dit-elle.

– Ça me suffit quand je suis dans les parages. J'achèterai ce terrain un jour peut-être. Je m'y plais.

La tempête empirait, martelant les murs avec rage comme une bête sauvage soufflant et haletant. Mais pas la moindre brise ne pénétrait la vieille bâtisse. À l'intérieur, il faisait bon quoique un peu sombre. Il y régnait une agréable quiétude.

Elle fut prise d'une envie de rire, se demandant si elle rêvait. Elle luttait contre le désir incontrôlable de lui ouvrir son cœur et ses cuisses et de lui crier : Aime-moi.

– Personne ne vient jamais ici, lui dit-il. Regarde ! (Il indiqua un tuyau qui sortait du plafond et rejoignait un baquet en fer dans un coin.) Tu peux prendre une douche.

– Je ne peux pas le croire ! (Elle riait mais son rire sonnait faux. De quoi ai-je peur ? se demanda-t-elle.) Oh, Günter, non, laissa-t-elle échapper.

– Vas-y. C'est vrai, tu peux prendre une douche. Il y a un réservoir plein d'eau là-haut. C'est moi qui la pompe de la rivière. Il y a de l'eau sous le sable.

Günter avait du mal à rester calme. Il était submergé du désir de la prendre dans ses bras, de la faire rouler sous lui, de se jeter sur elle et de la soumettre à son plaisir. Il arrivait à peine à se contrôler. Où donc était cette maîtrise qu'il avait acquise au prix d'une discipline de fer ?

– Bon, il m'est impossible de rester, dit-elle avec fermeté, essayant de retrouver son esprit d'indépendance.

– Tu sais très bien que tu ne peux pas partir, répondit-il en observant de près ses réactions.

Combien de temps devrait-elle attendre ? Une nuit au moins, peut-être une journée aussi. Qui sait ? Elle n'avait pas oublié ces tempêtes qui pouvaient durer plusieurs jours.

Elle tourna lentement les yeux vers lui et ils échangèrent un long regard.

– C'est le destin, dit-elle enfin. Pourquoi lutter ?

– Je t'aime toujours. Il n'y a jamais eu personne d'autre dans ma vie. T'arrive-t-il de penser à moi ?

À quoi bon répondre ? Ils n'avaient aucun avenir devant eux.

– Réponds-moi, je t'en prie.

– Je n'ai nulle envie d'aborder ce sujet. À quoi bon ?

La tempête finirait par se calmer et ils quitteraient ces lieux. Elle prendrait le premier avion pour Londres. Elle n'était pas libre. Elle avait des responsabilités envers l'usine, le personnel et aussi envers sa conscience. Elle avait une mission à accomplir dans la vie et rien ne pouvait entraver sa marche. Pourtant elle aimait Günter. Elle avait même l'impression de ne jamais l'avoir autant aimé. Pourquoi ? Pourquoi tout cela était-il arrivé ? Pourquoi suis-je ici ? Est-ce vraiment nécessaire ?

Comme une somnambule, elle se glissa sous la douche, avec des gestes délibérément lents, sans réserve et sans provocation.

Günter se rendait bien compte qu'elle l'aimait toujours.

– Quoi que tu dises, où que tu ailles, je sais que tu m'aimes.

Il prit conscience de ce qu'il avait perdu et, l'espace d'un instant, fut envahi de tristesse. Puis le désir de la posséder s'empara de lui. Aucun de ses mouvements ne lui échappait. Il la regardait, comme hypnotisé, le visage écarlate, le regard brûlant.

Elle s'enveloppa dans une serviette et tendit les bras vers lui.

– Oui, dit-elle. Bien sûr, Günter, mais ça ne changera rien.

42

Après le départ de Marika, Günter éprouva de la colère mêlée à un besoin vital de la revoir. C'était comme une morsure de serpent qui paralysait son corps et empoisonnait son esprit.

Il se rendit en hélicoptère à l'intérieur des terres et prospecta durant quelques semaines dans les plaines sablonneuses de la région de Tiras. Il avait retrouvé son calme mais se demandait à quoi bon persévérer. Ce matin-là, il avait décidé de repartir en direction du sud vers Fish River Canyon et de remonter vers la côte de Luderitz. Il caressait toujours l'espoir de posséder son propre gisement de diamants. Les domaines miniers s'étendaient de Walvis Bay à la frontière sud-africaine, mais la mer jusque-là n'appartenait à personne. Non, personne !

Il survola les zones privées des concessions interdites. Une fois de plus, il éprouva un sentiment de jalousie.

D'Alexander Bay jusqu'à Luderitz, la côte, malgré son aspect dépouillé et rébarbatif, n'était pas dépourvue de beauté. Des dunes de sable désertiques surplombaient les brisants, telles des falaises de craie, et parfois des rochers noirs escarpés, inaccessibles, surgissaient du sable. Les baies abritées étaient rares. Elles étaient envahies de centaines de milliers de phoques lézardant au soleil tandis que des hardes de chacals rôdaient alentour, prêts à bondir sur les bébés phoques et sur les adultes les plus chétifs.

Tout le long de la côte, d'innombrables petites îles rocailleuses étaient peuplées de pingouins, de cormorans et de pélicans gardant jalousement leur territoire, et des flamants roses tournoyaient autour de l'hélicoptère.

Il arriva à Luderitz à midi et survola le petit village perché sur un rocher dominant la baie. Il apercevait les ruines de l'usine baleinière, la seule au monde qui eût harponné des baleines du rivage. Comment cette petite communauté peut-elle vivre sans un arbre, sans une fleur ? se demanda Günter.

L'aéroport était situé à l'extérieur du village sur une dune que l'on avait damée et qui jouxtait les anciens gisements miniers maintenant désertés et ensablés aux trois quarts. Il atterrit. Personne. Il descendit de l'hélicoptère et partit chercher du carburant. Il souhaitait également trouver un hôtel où passer la nuit.

Luderitz était en voie de disparition : pas de sol fertile, pas d'eau. Elle atteignait des prix invraisemblables et, pis que tout, il n'y avait pas d'arrière-pays, si ce n'est une étroite étendue de plage de quinze kilomètres, qui offrait aux habitants de Luderitz un but de promenade. Au loin il distinguait une haute clôture en fil de fer barbelé surmontée de pancartes portant l'inscription exécrée *Interdit* en trois langues.

Néanmoins, l'hôtel était accueillant et Günter était fasciné par les vieilles bâtisses allemandes.

Le garagiste du coin s'occupait également de l'entretien de l'aéroport.

– La prochaine fois que vous viendrez, dit-il à Günter, survolez trois fois l'aéroport avant d'atterrir et j'arriverai sur la piste avec du carburant.

Günter lui loua une jeep et partit en quête d'un équipement de pêche sous-marine que lui procura un pêcheur du village.

Le lendemain matin il prit un petit déjeuner léger et s'aventura en jeep dans le brouillard. Il parcourut les quinze kilomètres de plage et s'arrêta devant la clôture de barbelés sous la pancarte *Interdit.*

– Attention de ne pas dépasser l'embouchure de la rivière, l'avait averti l'hôtelier. L'endroit est traître. Il y a des courants dangereux, de la boue et des requins. Si vous êtes pris par le ressac, vous risquez d'aller vous fracasser sur les rochers.

Günter n'avait pas fait de longs parcours à la nage depuis des années, mais il se sentait encore capable de tenir sur une bonne distance. À cinq cents mètres du rivage, il prit la direction du sud et longea la côte sur près de huit kilomètres.

Le brouillard se leva et la mer eut des reflets bleu sombre. Un dauphin tourna autour de lui un long moment. Le soleil lui brûlait le dos et son visage était couvert d'embruns. C'était comme un signe de bienvenue.

Il nagea vers quelques rochers blancs d'écume,

qui se trouvaient à une centaine de mètres du rivage. Il ressentit une certaine fierté à l'idée qu'il était encore capable de nager aussi longtemps. Sans doute l'entraînement à la mine ! se dit-il. Malgré tout, ses bras et ses jambes commençaient à donner des signes de faiblesse. Il se mit sur le dos et se laissa flotter quelques instants avant de poursuivre sa route vers la rive. Quand il fut relativement près, il mit son masque, ouvrit le robinet d'oxygène et plongea en profondeur.

La visibilité était presque nulle dans l'eau sablonneuse. La force du ressac l'inquiétait. Il essaya d'avancer en touchant le fond. Tâche désespérante ! Il remonta brusquement en surface et se faufila au milieu des rochers noirs où les vagues atteignaient quinze mètres de hauteur. Il était plus en sécurité sous l'eau. Il plongea de nouveau et se dirigea à tâtons vers le sud.

Il fut projeté par le ressac, perdit tout contrôle, mais heureusement parvint à s'agripper à un rocher alors que la mer venait se jeter sur lui en tourbillons avec une force insoupçonnée.

Bientôt la mer se calma et il se fraya un chemin à travers les rochers, enfonçant ses doigts dans les fissures et les crevasses, et mettant les cailloux et coquillages qu'il ramassait dans une poche à sa ceinture. Quand il eut les doigts ankylosés, il s'éloigna des rochers en prenant garde de toujours nager sous l'eau puis refit surface à une bonne distance de là.

Il était si épuisé qu'il en avait le vertige. Il nagea alors à un rythme plus lent en continuant à longer la côte tandis que des phoques étonnés jouaient autour de lui.

Il ne retourna à sa jeep qu'au crépuscule avec quelques écrevisses qui justifiaient cette longue baignade. Il ne vida la poche de sa ceinture qu'une fois dans sa chambre d'hôtel et, là, parmi les cailloux et les fragments de rocher, il aperçut un petit diamant brut de la taille d'un pois. Au comble de la joie, il descendit chercher une bière.

Au bout de cinq jours, Günter, harassé, le corps douloureux, avait cinq diamants. C'était de bon augure !

Cette nuit-là, il resta longtemps éveillé, cherchant un moyen efficace pour extraire les diamants à bon prix. Ne pouvant décidément pas dormir, il descendit au bar puis se dirigea vers un bordel discret qui se trouvait juste en dehors du village.

Günter n'était jamais entré dans ce genre d'établissement. Il avait un peu honte, mais il éprouvait un besoin insensé de tenir une femme dans ses bras.

Il trouva une fille qui lui rappelait Marika. Il se demandait pourquoi car c'était une métisse à la peau brune et aux yeux légèrement bridés.

Elle ne parut pas surprise lorsque ce beau géant blond complètement ivre l'appela Marika. Tant d'hommes solitaires lui avaient donné des noms différents ! Au matin, lorsqu'il la paya, il lui donna en prime un petit diamant brut.

Il valait une centaine de livres, mais elle s'arrangerait pour en tirer un meilleur prix. Elle avait hâte que Günter s'en aille pour appeler son contact au Bureau des fraudes de diamants.

43

Claire était auprès d'un malade à l'hôpital de Windhoek quand elle apprit que Günter se trouvait en prison à Luderitz pour avoir volé des diamants. Elle inventa un prétexte pour prendre une semaine de congé, fit ses valises et acheta un billet d'avion. Le lendemain matin, elle arrivait à Luderitz.

En apercevant les murs de la prison, Claire

éprouva une certaine appréhension. Günter ne s'intéressait à elle que lorsqu'il avait des ennuis. Elle avait perdu son dernier emploi à l'hôpital de Walvis Bay parce qu'elle était partie une semaine sans autorisation pour aller aider Günter dans sa mine de cuivre, et il lui avait fallu trois mois pour en trouver un autre. Le souvenir de cette période épouvantable venait encore hanter son sommeil.

Le taxi s'arrêta devant la prison. Après l'avoir réglé, elle resta perplexe. Pourquoi s'inquiétait-elle ? Elle ferait mieux de ne plus se préoccuper de ce salaud ! Il le méritait bien !

Le directeur de la prison lui expliqua que ce n'était pas le jour des visites, mais néanmoins... Il lui adressa un sourire poli et lui accorda une autorisation spéciale. Une demi-heure après, elle se retrouvait dans la salle des visiteurs. Elle entendit un bruit de pas. Quelques secondes plus tard, la porte s'ouvrit et Günter apparut.

Claire resta figée. Il était si pâle et semblait si déprimé que toute idée de revanche s'évanouit.

– Comment as-tu pu agir de façon aussi inconsidérée ? ne put-elle s'empêcher de lui dire. Tu sais bien qu'ils sont extrêmement stricts dans ce domaine. Personne ne s'en tire avec eux. Oh, Günter ! tu vas attraper deux ans au moins !

– Réjouis-toi, Claire, dit-il gentiment. J'ai longé la côte à la nage sur près de huit kilomètres et j'ai trouvé des diamants dans des fissures rocheuses loin des gisements interdits. (Il se tourna, l'air rêveur, vers la fenêtre.) Je voulais vérifier si c'était possible.

– Si quoi était possible ?

– L'extraction des diamants avec une drague. (Il se frotta les mains.) Je sais maintenant que c'est possible. Le problème, c'est que si les autorités se rendent compte de la facilité avec laquelle il est possible de les ramasser, elles étendront leurs domaines. Pour l'instant, tout le monde pense que ça ne vaut pas la peine.

– Ils ont peut-être raison.

– Non. Il suffit de petits bateaux, ce qui réduit les frais au minimum. (Le visage de Günter s'illumina.) Je préfère rester en prison deux ans plutôt que de perdre une chance de posséder ce gisement.

– Et quelle chance auras-tu à ta sortie ?

– De toute façon personne n'acceptera de payer la caution. Ils ont peur que je file. Si je pouvais sortir d'ici, je réussirais à acheter un gisement.

Claire se leva en soupirant.

– Nous perdons notre temps. Ils ne m'ont accordé qu'une demi-heure. Dis-moi ce que je dois faire.

L'imbécile ! se dit-elle en sortant. Quand comprendra-t-il qu'il a besoin de moi ?

Le lendemain matin, Claire s'envola pour Johannesburg et essaya d'obtenir un rendez-vous avec Tex MacGregor, mais elle dut patienter deux jours.

MacGregor était propriétaire de gisements miniers. Il avait la réputation d'être anticonformiste et de n'agir qu'à sa guise. C'était du moins ce que lui avait confié Günter. Il s'était violemment opposé aux compagnies minières sud-africaines et britanniques depuis qu'il avait fondé un puits et sa propre compagnie, les Minerais de l'Ouest. Il possédait des gisements en Australie, au Canada et en Afrique du Sud, un quartier général à Londres et à Johannesburg. La plupart de ses exploitations se trouvaient en Afrique du Sud, mais il avait placé la plus grosse partie de ses capitaux dans des gisements non exploités qui devaient porter leurs fruits à longue échéance.

MacGregor était un personnage hors du commun. Avec son allure trapue, il ressemblait à un lutteur de sumo. Il avait le cou et les poignets enrobés de graisse, mais le reste du corps était musclé. Il était poilu comme un sanglier, et le pire, c'était son regard d'acier qui dénotait une absence totale de sentiments. Il avait la quarantaine passée. Claire le trouvait repoussant.

– Ainsi vous êtes prête à négocier pour votre petit ami, dit-il en abordant d'emblée le sujet. Vous souhaitez que je paie la caution et que j'achète la moitié de sa compagnie qui ne possède que du vent, c'est-à-dire des gisements d'uranium qui ne sont pas exploitables en souhaitant qu'un jour les prix montent. Vous me demandez également de prendre en compte l'étonnante découverte de diamants dans la mer ?

– Günter a pensé que vous seriez intéressé et ce n'est pas un imbécile !

Il se renversa sur sa chaise et sourit.

– Chacun sait qu'il y a des diamants dans la mer, mais ils sont disséminés dans les fonds marins. Il est impossible de les extraire. Vous imaginez bien que les compagnies minières l'auraient fait depuis longtemps ! Elles ont les meilleurs ingénieurs du monde ! Je dois avouer qu'elles ont fait une fois l'expérience mais ont abandonné, vu le peu de bénéfices par rapport aux dépenses. Elles se sont trouvées confrontées à l'impossibilité de draguer le fond de la mer, à cause des rochers, des courants, des sables mouvants, des requins, des tempêtes, de la boue et de Dieu sait quoi encore ! Elles ont perdu quelques plongeurs avant de faire la moindre découverte. C'est la côte la plus dangereuse du monde, mais je suis sûr que vous le savez déjà. Est-ce suffisant pour que vous compreniez que cette affaire ne m'intéresse pas du tout ?

– Mais Günter a trouvé cinq diamants ! dit-elle avec insistance. Et il peut les extraire lui-même car c'est un excellent nageur.

Elle se mordit aussitôt les lèvres.

L'air perplexe, MacGregor se leva. Derrière lui, un mur de son bureau était couvert de cartes sur des panneaux amovibles. Il en tira un.

– Où donc se trouvent ces gisements ?

– Je vous en prie, monsieur MacGregor, dit-elle

d'un air impatient, ne me faites pas perdre mon temps. Günter m'a dit que l'uranium vaudrait une fortune, un jour, avec ou sans les diamants. Vous savez tout. Maintenant, c'est oui ou c'est non, monsieur MacGregor ?

– Eh, pas si vite, mon petit ! (Il se leva lentement et l'observa des pieds à la tête.) Appelez-moi Tex. Une telle décision ne se prend pas en quelques secondes. Si nous allions dîner ensemble ?

Elle esquissa un sourire. Elle savait s'y prendre avec des hommes comme lui. Günter était pour ainsi dire libre.

44

Les jours s'éternisaient. Günter se demandait si Tex allait accepter. Le dixième jour, il commençait à désespérer lorsque Claire arriva avec l'avocat de MacGregor.

Il avait une proposition : son client offrait à Günter cinquante pour cent des parts de la Compagnie minière de l'Ouest qui pourrait être opérationnelle dès que tout serait en règle. Cinq mille livres seraient déposées au compte bancaire de la compagnie à Walvis Bay et Günter dirigerait les opérations. Günter signa immédiatement, consentant ainsi à partager tous les droits d'exploitation des diamants à venir. Une fois les concessions enregistrées, Günter pourrait révéler l'endroit exact où il avait trouvé les diamants, et toute charge contre lui serait levée. Avec l'influence de MacGregor, l'avocat était certain d'obtenir gain de cause.

Günter s'engageait légalement à renoncer à ses droits au profit de la Compagnie des minerais de l'Ouest dont il deviendrait copropriétaire à parts égales, et la compagnie se chargeait de l'extraction en temps voulu.

Ce n'est pas si mal ! se dit Günter. Il avait perdu cinquante pour cent de tous ses biens, mais Tex mettrait les liquidités et financerait l'équipement. Le marché était honnête. Il accepta d'accorder à Tex la moitié des bénéfices sur les gisements de diamants.

Günter était sur des charbons ardents. Il avait hâte de sortir de prison et de commencer à travailler, mais il n'eut plus de nouvelles pendant des semaines. Claire lui rendait visite régulièrement et jouait le rôle d'intermédiaire.

– Tex dit que le retard est dû à un secret d'État, lui dit-elle, inquiète.

Enfin l'avocat arriva avec un contrat de quatre-vingt-dix pages où étaient inscrits les noms de toutes les sociétés d'exploitation de diamants qui devaient être concédées à la Compagnie. Ils examinèrent avec minutie la côte depuis Orange River jusqu'à la frontière à cent mètres au-dessous de l'étiage.

C'était beaucoup plus étendu que ce qu'avait imaginé Günter, et lorsqu'il céda la moitié de ses droits à la Compagnie des minerais de l'Ouest il en fut absolument ravi.

Trois semaines plus tard, Günter fut libéré. Il alla fêter l'événement avec Tex dans un café à midi, mais les réjouissances se prolongèrent tard dans la nuit. Il n'y avait qu'un point de litige entre eux : Tex n'avait pas les liquidités suffisantes pour commencer l'extraction sur-le-champ.

– Dans quelques années, ne cessait-il de répéter.

Ils finirent par se quereller.

– Allez-y si vous le souhaitez, mais débrouillez-vous seul pour trouver l'argent !

Le lendemain après-midi, une fois remis de ses excès de boisson, Günter décida de passer à l'action.

Il se rendit à Walvis Bay chez son banquier qui avait toujours été son ami. Il lui montra le double de son contrat d'association avec la Compagnie des minerais de l'Ouest ainsi qu'une liste de tous ses gisements.

– Ça doit bien valoir quelques centaines de milliers de livres tout de même ! lui dit-il avec une certaine assurance.

Il confia les papiers au directeur et repartit pour son hôtel.

Quelques jours plus tard, Günter se trouvait au bar où il déjeunait d'un sandwich et d'une bière lorsque la banque lui téléphona.

– Nous avons procédé à une vérification, lui expliqua gentiment le directeur. Ces mines d'uranium appartiennent à la Compagnie des minerais de l'Ouest, mais vous m'avez montré des actions de la Compagnie des trusts d'exploitation des minerais de l'Ouest, qui est une nouvelle société totalement indépendante qui ne contrôle que les gisements de diamants au large des côtes. Avez-vous, oui ou non, des actions dans le trust ? parce qu'il semble que vous avez transféré tous vos avoirs dans l'autre compagnie.

Il n'y avait pas d'issue. Les meilleurs avocats de Johannesburg ne pouvaient récupérer les gisements d'uranium.

L'avocat de Günter persuada la Compagnie des minerais de l'Ouest de remettre les cinquante pour cent restants de la Compagnie d'exploitation à Günter, en insistant sur la menace d'un procès durable qu'il n'avait aucune chance de gagner mais qui se révélerait extrêmement préjudiciable pour MacGregor s'il souhaitait acquérir d'autres gisements et recevoir des liquidités des investisseurs étrangers.

Günter acheta les titres. Il avait un hélicoptère, un vieux camion, cinq mille livres à la banque, les droits d'exploitation de presque toute la côte du Squelette, mais pas assez de liquidités. Les gisements du Namib et la Compagnie des minerais absorbèrent le compte bancaire et les droits d'exploration de la côte. Il ne voulait plus entendre parler de la Compagnie de l'Ouest. Jamais plus ! Jamais de sa vie il ne signerait de contrat sans avoir demandé conseil aux meilleurs avocats de la ville ! On lui avait escroqué des millions de dollars mais le pire, c'étaient ces années perdues à trimer dans le désert !

Un appel téléphonique du bureau de Johannesburg confirma que Tex se trouvait dans le Namib, près de Seal Bay, dans les gisements d'uranium volés.

Le lendemain matin, Günter prit son hélicoptère pour aller le rejoindre. Le désert était enveloppé dans un épais brouillard et, lorsqu'ils atterrirent, la visibilité était presque nulle.

Tex entendit l'hélicoptère et se dirigea vers l'appareil qui s'était posé. Soudain Günter sortit du brouillard.

Dès que Tex l'aperçut, il chercha une arme. À cinq mètres de lui se trouvait une barre de fer. L'espace d'un instant, il se dit qu'il pourrait l'attraper s'il était rapide. Ça valait la peine d'essayer ! Il se précipita, se baissa, mains tendues. Trop tard !

Günter lui assena un coup de poing sur la tête. Tex vacilla. Sur sa lancée, Günter fonça, l'épaule la première, contre la poitrine de Tex. Ils tombèrent tous deux à la renverse.

Günter le saisit à la gorge et serra. Tex savait qu'il risquait sa vie. Il avait l'impression de se débattre dans de l'eau, car il n'avait aucun appui dans le sable qui ondulait sous ses pieds. En désespoir de cause, il saisit une poignée de sable et la lança au visage de Günter.

Günter riait avec férocité. Tex haletait, les yeux écarquillés, le visage bleu. Dans un ultime effort pour se libérer, il lui donna un coup violent au niveau des oreilles.

Sous la douleur, Günter lâcha prise.

Tex l'attrapa par les cheveux, le repoussa et parvint à se libérer. Il se redressa puis se pencha en avant, essayant d'anticiper les gestes de Günter.

Günter se jeta sur lui. Tex lui balança de toutes ses forces un coup de pied dans la mâchoire. Sous le choc il fut projeté en arrière et s'affala sur le sable. Tex se précipita sur lui et lui martela le corps de coups de pied.

Günter saisit sa botte, le fit basculer puis se dégagea sans lâcher le pied de son adversaire.

Ils étaient tous deux à terre, mais Günter fut le premier à se relever. Tex avait la carrure d'un lutteur, tout en muscles. Günter manquait d'entraînement, mais il était plus léger et plus en forme. Il savait qu'il ne devait compter que sur sa rapidité et son endurance. Il fallait le fatiguer et, quand il serait épuisé, procéder à la mise à mort.

Tex barrissait comme un éléphant. Soudain il chargea, la tête en avant, agitant les bras.

Günter évita Tex qui, emporté par son élan, tomba en avant dans le sable. Il avait du mal à reprendre son souffle mais il essaya de se sauver.

– Vas-y, cours, salaud ! s'écria Günter. Fatigue-toi !

Puis il se lança à sa poursuite.

Tex avait réussi à passer de l'autre côté de la dune lorsque Günter surgit en hurlant et se jeta sur Tex. Tous deux dévalèrent la dune. Günter, l'attrapant par les cheveux, lui enfonça le visage dans le sable.

Tex ne pouvait presque plus respirer. Il se remplissait les poumons de la poussière de quartz du Namib. Il n'entendait plus, ne voyait plus. Il suffoquait.

Il se débattit violemment, essaya de se lever, mais Günter, plus prompt, appuya de tout le poids de son corps sur sa nuque.

Agitant les bras et les jambes, Tex essayait de respirer.

Peu à peu, il cessa de bouger. Quand Günter relâcha son emprise, Tex était pratiquement inconscient. Il le releva et lui assena un coup sur le nez avec une violence telle qu'il le lui cassa. Du sang et du sable giclaient de ses narines.

Günter l'obligea à rester debout.

– Maintenant, tu vas m'écouter pour de bon ! s'écria Günter, fulminant de rage. (D'un revers de main il l'atteignit à la bouche. Tex partit à la renverse, mais Günter le rattrapa de justesse. Tex, chancelant, avait du mal à tenir debout.) Un jour, je t'achèverai. Ne crois pas que tu me vois pour la dernière fois.

Il lui donna un coup de poing dans l'estomac.

Tex, plié en deux, avait des haut-le-cœur.

– Tu pollues tout, même le désert, espèce d'ordure ! dit Günter en lui enfonçant son pied dans les côtes.

Puis il se dirigea en titubant vers l'hélicoptère.

45

Günter quitta Swakopmund à l'aube et survola le Namib à basse altitude, rasant la côte bien qu'elle ne fût pas sur sa route. Il voulait avoir un dernier aperçu de la mer, sa mer, puisqu'il possédait les droits sur tous les minerais de la côte de Walvis Bay à Alexander Bay.

Il était impatient de commencer l'extraction des diamants. La technique était simple et financièrement possible, mais il avait besoin de capitaux supplémentaires. La solution, c'était le charbon. L'Afrique du Sud avait des ressources charbonnières limitées et il était vital pour le pays de trouver de nouveaux gisements.

De plus, s'il installait son quartier général à Johannesburg, il serait près de Sylvia.

Le lendemain matin, il était inquiet en empruntant l'allée qui menait à la petite maison au toit de chaume. Bertha ne s'attendait pas à le voir. Il aurait dû téléphoner, mais sans savoir pourquoi il n'avait pu s'y résoudre. Il n'avait pas revu sa fille depuis que Marika l'avait emmenée pour aller vivre loin de la ferme du Kalahari, alors qu'elle n'était encore qu'un bébé. Elle avait maintenant huit ans et demi. Légalement il n'avait aucun droit sur l'enfant mais n'avait jamais omis d'envoyer son chèque mensuel.

Il se posait des questions sur les réactions de l'enfant. Allait-elle l'aimer ou le rejeter ? Savait-elle qu'elle avait un papa ? Savait-elle qu'il l'aimait et pensait toujours à elle ?

Sylvia jouait sur la pelouse avec un jeune chien. Elle était superbe et ressemblait autant à Marika qu'à lui-même. Là était la preuve vivante de cette nuit inoubliable passée dans le Namib. Ne serait-ce que pour cette raison, il aimait cette enfant de tout son cœur.

Soudain deux yeux mauves se posèrent sur lui.

– Vous n'avez pas le droit d'être ici. C'est une viola...

Elle fronça les sourcils.

– Une violation de propriété.

– C'est ça.

– Non, je suis venu pour toi, Sylvia, dit-il en s'asseyant dans l'herbe à côté d'elle.

– Comment connaissez-vous mon nom ?

– Je sais des tas de choses. Je connais par exemple le nom de ta mamie. C'est Bertha.

– Non, c'est Boba. Vous ne savez pas tout, dit-elle d'un ton malicieux.

– Regarde ! On a tous les deux la même couleur de cheveux et la même forme d'yeux. Tu me ressembles beaucoup.

Sylvia se leva, se toucha les cheveux et les examina un long moment. Puis elle recula, ne le quittant pas du regard tandis qu'il caressait le chien.

Au même instant, Bertha passa le nez à la fenêtre et reconnut Günter. Elle sortit précipitamment puis, souriante, se ravisa.

– Comment s'appelle ton chien ? demanda Günter.

– Pluton.

– Et ton père, comment s'appelle-t-il ?

Elle le regarda, l'air perplexe.

– Quelle question stupide ! Tu devrais savoir ton nom !

– Qu'est-ce qui te fait penser que je suis ton papa ?

– Parce que Boba m'a montré une photo de toi et elle m'a dit que tu reviendrais un jour et parce que maman dit que j'ai tes cheveux, et que Boba dit quand nous faisons nos prières que si nous sommes bons, Dieu nous écoute. J'ai été très gentille tous ces temps derniers.

– Et pourquoi veux-tu un papa puisque tu as déjà Boba ? dit-il d'une voix altérée par l'émotion et faisant semblant de regarder le chien.

– Toutes les petites filles ont un papa. Je suis la seule dans ma classe à ne pas en avoir, répondit-elle tristement.

– Eh bien maintenant tu pourras dire à tes amies que tu en as un.

Il la prit dans ses bras et l'étreignit tendrement.

– Elles me croiront pas. Je leur dis souvent que tu es venu. Je dis que tu es le papa le plus grand, le plus beau, le plus intelligent du monde et que tu m'as emmenée dans ton hélicoptère.

– C'est Bertha qui t'a parlé de l'hélicoptère ?

– Oui, elle me lit les lettres que tu envoies chaque mois avec l'argent.

– Il est temps d'emmener Bertha dîner dehors pour fêter l'événement. Qu'en penses-tu ?

– Je peux venir moi aussi ?

– Bien sûr.

– Est-ce que tu me conduiras à l'école lundi

matin ? Je veux que mes copines sachent que cette fois, je dis la vérité.
– Oui, ma chérie.
– Est-ce que les papas pleurent toujours comme ça ? Boba m'a dit que les adultes ne pleuraient jamais.
– Seulement lorsqu'ils sont heureux.

Günter mit au point ses nouveaux projets avec sa minutie habituelle. Il fallait d'abord chercher un logis près de l'école de Sylvia. En temps voulu il demanderait à Bertha de laisser sa fille vivre avec lui.

Il ne fut pas long à trouver un terrain correct. Deux hectares de terrain boisé et une minuscule chaumière comportant une seule chambre, une kitchenette et une douche. Sans maison, c'était pratiquement invendable. Il offrit la moitié du prix demandé et obtint un prêt sur quatre-vingt-dix pour cent du total.

Il fallut ensuite faire un transfert de son compte bancaire à Johannesburg.

Dès lors, Günter travailla comme un damné. Il prospecta dans des régions éloignées et, lorsqu'il décelait des traces prometteuses de charbon, il achetait les droits d'exploitation pour une bouchée de pain. Ensuite il développait les ressources de la mine avec le minimum de main-d'œuvre, comptant surtout sur son énergie, et lorsque la mine devenait rentable, il la vendait à l'une des grandes sociétés. En un an il doubla son capital. Il reprenait confiance.

Les week-ends et les vacances étaient exclusivement réservés à sa fille. Ils partaient en camping dans la brousse et dormaient sous une tente. Günter lui apprit à se diriger d'après les étoiles, à reconnaître les empreintes d'un chacal ou d'une hyène, un vrai diamant d'un morceau de verre, les minerais du Namib, et lui montra mille autres choses qui ne lui serviraient jamais mais qui illuminaient son univers.

Günter organisa une grande fête pour les dix ans de Sylvia. Bertha prépara des gâteaux tandis que Günter construisait une piscine autour de sa chaumière et imagina des jeux.

Sylvia semblait lointaine. Nul n'en connaissait la raison. Depuis quelques jours, elle n'avait pas dit un mot et une profonde tristesse se lisait sur son visage.

Un mois auparavant elle avait écrit à sa mère pour lui parler de la fête que Günter organisait et lui demander de venir. *Je t'en prie, maman, viens. J'ai si peur. Quand je ferme les yeux, je ne me rappelle même pas ton visage.*

Marika avait téléphoné pour lui dire qu'elle ne pouvait pas venir. L'usine ne fermait que dix jours à la fin de l'année et sa présence était indispensable à la réouverture. Le mois de septembre était le plus chargé de l'année. C'était l'époque des grandes ventes. Mais elle promit à Sylvia de lui envoyer une photo. Elle tint promesse.

Sylvia la déchira et l'enterra dans le jardin. Elle était tellement blessée au fond d'elle-même qu'elle ne pouvait en parler à personne. Bertha se demandait la raison de son état dépressif.

Sylvia passait souvent ses week-ends avec Günter car Bertha travaillait pour un traiteur, ce qui la retenait tard.

– Une « affaire » est un bien grand mot, disait-elle souvent à Günter car elle préparait des plats cascher chez elle et allait les livrer ensuite au magasin.

Günter s'était attaché à Bertha. Ses parents étaient morts pendant la guerre et elle était sa seule famille. Il savait combien sa solitude avait été pénible. Son nouveau travail l'amenait à rencontrer bon nombre de personnes.

Devant l'amour de Günter pour sa fille et le

désintérêt total de Marika, Bertha décida de venir habiter la maison que Günter avait construite pour eux trois dans le jardin. Elle pensait que Sylvia avait besoin de sentir l'affection de son père. Une mamie ne suffisait pas.

Dès lors Günter emmena Sylvia à chaque occasion. Pendant les vacances scolaires, ils prospectaient ensemble dans le Namib et chassaient pour se nourrir. Parfois ils partaient en expédition chercher des objets d'art africain. Un jour ils partirent dans la forêt de Kinshasa en Centrafrique à la recherche d'un casque de Janus utilisé par la tribu Ba-Bembe, objet rare que son père convoitait. Ce fut pour Sylvia l'un des grands moments de sa jeunesse.

Bertha se demandait si Günter savait la différence qui existait entre une fille et un garçon, car Sylvia portait un jean et un T-shirt et était coiffée à la garçonne. Elle ne prêtait jamais attention aux poupées que Bertha lui achetait, mais c'est elle qui était le meilleur tireur de son école et la mécanique n'avait plus de secret pour elle.

Sylvia n'avait qu'un problème dans sa vie : Claire. Elle était infirmière à l'hôpital de Johannesburg et semblait connaître son père et Boba depuis très longtemps. Elle arrivait toujours avec des cadeaux et suppliait Günter de l'inviter. Parfois elle les suivait en expédition, ce qui ennuyait profondément Sylvia. Elle voulait son père pour elle toute seule. Il était évident que son père n'appréciait pas ces visites.

Pour son douzième anniversaire, Günter l'emmena avec deux de ses camarades de classe dans une ferme du Kalahari. Ils survolèrent le sable ocre sur des centaines de kilomètres et arrivèrent au crépuscule. Sylvia poussa des cris de joie quand elle distingua le *Camp XLII*.

Pendant plusieurs jours, elles aidèrent Günter à réparer le camp. Elles faisaient la cuisine sous un toit de chaume. Günter leur apprit à suivre les traces des animaux, à trouver du gibier pour se nourrir. Il leur apprit également le nom des oiseaux sauvages et leur raconta les légendes des vieilles tribus, le soir, près du feu. Il leur montra la petite chaumière où Sylvia était née et où la Bochiman la nourrit jusqu'au rétablissement de sa mère, ainsi que l'endroit où les lions du Kalahari avaient effrayé Marika.

Cette nuit-là, dans son lit de camp, Sylvia essaya de se rappeler le beau visage de sa maman. Elle n'avait jamais compris pourquoi ses parents étaient séparés. Elle s'efforçait de se convaincre que tous les couples modernes agissaient de même et que c'était la mode d'avoir des parents qui n'étaient pas mariés, mais au fond d'elle-même elle en éprouvait un profond chagrin. De plus son père semblait toujours triste lorsqu'il évoquait Marika, et elle aimait son père plus que tout au monde.

Pourquoi ses parents ne pouvaient-ils pas être comme les autres, vivre dans la même maison et faire des tas de choses ensemble ? Ce qui l'ennuyait le plus, c'était de porter un nom différent. Toutes ses camarades savaient que son père s'appelait Günter Grieff et elle Sylvia Magos; ce n'était un secret pour personne. Elle se consolait en pensant que son père était le plus beau du monde et le meilleur père dont on puisse rêver.

46

Marika était au comble de l'impatience. L'ouvrière qui cousait les dernières boutonnières n'en finissait pas de fignoler le manteau. Ce n'était pas un simple vêtement mais une œuvre d'art, se disait Marika avec fierté. Il était presque trop beau pour être porté. Pourquoi fallait-il tous les vendre ?

C'était un renard blanc, une longue et belle fourrure avec un col cravate qui retombait sur les épaules. La ligne générale formait un V inversé qui s'arrêtait à cinq centimètres au-dessus du genou. Pourquoi pas ? se dit-elle en arpentant la pièce. Il fallait renverser les tabous de la mode, miser sur la jeunesse, et non sur les vieilles traditions. C'était l'ère des jeunes. De belles jambes ne devaient pas rester cachées.

Enfin ce fut prêt. Elle saisit le manteau et se précipita dans le bureau de Mendel. Il était penché sur son registre comme d'habitude.

– Regardez ! dit-elle avec fierté.

Elle jeta le manteau sur ses épaules.

Mendel lui lança un regard sceptique.

– Où se trouve le bas ?

– Allons, Mendel, ne soyez pas aussi pudique !

– Tout cela est parfaitement hors de question ! dit-il d'un air collet monté. Les genoux de femme ne présentent aucun attrait. Si vous ne me croyez pas, regardez-vous dans la glace. C'est fort peu distingué. Nul ne portera des vêtements de cette longueur.

– La distinction n'est plus un mot à la mode, mais peut-être ne le savez-vous pas ? dit-elle en maugréant.

Il se demandait en soupirant combien de peaux elle avait utilisées !

– Ne perdez jamais de vue les lignes classiques; ainsi vous serez sûre de ne pas vous tromper, surtout avec les fourrures. Maintenant, allez le découdre et... soyez plus prudente, Marika, dit-il en se replongeant dans ses comptes.

– Certainement pas ! Quand vous rendrez-vous compte, Mendel, que nous devons nous adresser aux jeunes acheteurs ?

Mendel posa son registre et lui sourit. Elle était trop impétueuse. Ce n'était pas la première fois qu'ils avaient cette discussion.

– Il faut viser l'intemporalité dans la fourrure.

On peut faire des excentricités mais pas trop souvent.

– L'intemporalité ? s'écria-t-elle. Apprenez des mots nouveaux : affriolant, éblouissant, moderne ! Vous n'auriez plus besoin alors de vous lamenter en vérifiant vos comptes !

Mendel ne l'écoutait même pas. Elle sortit, excédée.

Elle rentra chez elle de bonne heure, prétextant une migraine. Elle emporta le manteau de peur que Mendel ne demandât qu'on le découse. Soudain elle changea de direction et se rendit au magasin de gros de New Bond Street.

Il allait fermer et la gérante ne semblait pas très heureuse de sa visite.

– Je vais rater mon bus, lui dit-elle.

– Partez, lui répondit Marika.

Une demi-heure plus tard, Marika ferma le magasin et admira la vitrine. Son manteau avait la place d'honneur, très en valeur. Tout en fredonnant, elle rentra chez elle.

Après une journée aussi fatigante elle appréciait le calme de sa maison. Elle aimait les petites pièces douillettes garnies de minuscules pots de fleurs, pas les lieux impersonnels. Elle se prépara du foie au lard et dîna tout en lisant un roman. Puis à contrecœur elle posa son livre et s'assit devant sa planche à dessin.

Ce soir-là elle commença à entrevoir son avenir. Avec Mendel, elle formait une équipe solide. Ils finiraient par réussir et elle connaîtrait la célébrité.

À 1 heure du matin, le téléphone sonna. C'était la domestique de Mendel. Mendel avait eu une attaque. Elle avait appelé une ambulance. Il se trouvait aux soins intensifs. Cela s'était produit juste après le dîner…

– Où se trouve-t-il ? l'interrompit Marika.

Elle eut du mal à s'habiller tant ses mains tremblaient.

Mendel ne reprit connaissance qu'à l'aube. Il fut transporté dans une autre salle.

Il esquissa un faible sourire en l'apercevant et lui tendit la main au prix d'un grand effort.

– Reposez-vous, dit-elle.

Il lut dans son regard une expression de tristesse infinie. Il était vraiment désolé pour elle.

– Excusez-moi, Marika. (Sa voix était si faible qu'elle dut se pencher vers lui.) J'aurais aimé rester un peu plus longtemps pour vous aider.

– Mendel, je vous en prie, ne dites pas de sottises. Vous songez au... pire au lieu du meilleur.

– Très bien, très bien. Je voulais simplement tout vous laisser en ordre... que tout soit réglé... Je ne tiens pas à ce que vous soyez dans l'embarras.

Marika fixait le mur pour cacher son émotion.

À 7 heures elle embrassa Mendel et se rendit aussitôt à son travail. À 10 heures, le gérant du magasin de Bond Street téléphona. Il avait un acheteur pour le nouveau manteau de renard de la vitrine et voulait en savoir le prix.

Quelle importance ! se dit-elle.

À 3 heures, elle alla à l'hôpital. Mendel dormait. Elle resta à son chevet quelques heures. Lorsqu'elle revint dans la matinée, il dormait toujours.

L'infirmière lui téléphona à l'usine dans l'après-midi.

– C'est la fin, lui dit-elle. Il n'a pas d'autre parent. Vous devriez venir.

Incapable de conduire, elle appela un taxi et partit sur-le-champ.

Mendel dormait. Il avait le visage fatigué et semblait affaibli. Autrement tout paraissait normal. Ils se trompent, pensa-t-elle. Les hôpitaux commettent souvent des erreurs. Je suis sûre qu'il se remettra.

Quand le rabbin arriva, Marika lui lança un regard de défi.

– Avec un peu de repos, il ira mieux, lui dit-elle.

Le rabbin se mit à réciter ses prières avec une tristesse et une expression de fatalité qui la déprimèrent. Elle préféra attendre dehors. Les gens ne mouraient pas comme ça, pas les jeunes. Mendel n'était pas vieux ! On pouvait se faire tuer, assassiner, brûler dans un incendie ou mourir de vieillesse ! Elle éprouvait un sentiment d'impuissance et de solitude extrême.

Une fois le rabbin parti, Marika se glissa de nouveau auprès de Mendel.

– Mendel, il faut vous remettre, murmura-t-elle. Je vous en prie, j'ai besoin de vous.

Au bout d'un moment, il ouvrit les yeux et la regarda. Un je-ne-sais-quoi dans son regard la soulagea. Il paraissait heureux. De toute évidence, il allait mieux.

Elle lui prit la main et lui sourit.

– Marika... Marika...

Il s'endormit. Elle resta longtemps assise près de lui, sa main dans la sienne, jusqu'à l'arrivée de l'infirmière qui repartit aussitôt prévenir l'infirmière en chef. Quand elle revint dans la chambre, elle s'approcha de Mendel et avec une certaine tristesse dit à Marika qu'elle pouvait partir. Mendel était mort.

47

Marika vécut un véritable cauchemar. Elle ferma l'usine trois jours par respect pour Mendel. Peu de temps après les obsèques, on lut le testament. Il avait fait de Marika son unique héritière. Elle recevait une usine en faillite. Elle ne s'était jamais rendu compte de l'ampleur de ses dettes. L'actif et le passif étaient équilibrés. L'usine travaillait avec un système de traites à quatre-vingt-dix jours et Mendel s'était toujours arrangé pour fabriquer et vendre en un minimum de temps. Les deux magasins avaient un large découvert et aucun ne faisait de bénéfices. Pis encore, l'usine avait fait un découvert de cinquante mille livres qui avait en partie servi à l'achat de nouvelles machines lorsque Mendel avait remonté son usine à la fin de la guerre. Seule la maison de Mendel à Hampstead n'avait pas été hypothéquée et il l'avait mise au nom de Marika depuis des années sans le lui dire.

Marika repartit à l'usine en proie à des sentiments confus. Tristesse et angoisse s'amalgamaient. Comment pourrait-elle continuer sans la voix chaleureuse de Mendel pour l'encourager ? Comment survivre avec autant de dettes ? Elle était trop effondrée pour réfléchir calmement. Elle essaierait de résister jour après jour jusqu'à ce qu'elle ait totalement remonté la pente.

Vendredi matin, Marika envoya un coursier à la banque chercher le salaire des ouvriers. Il revint très perturbé : Marika devait se mettre en rapport sur-le-champ avec le directeur.

La banque exigeait le paiement immédiat du découvert de cinquante mille livres, sinon ils saisissaient l'usine. Une lettre recommandée l'attendait à la poste. Elle avait un mois pour s'exécuter.

Elle était encore sous le choc lorsqu'un fournisseur lui annonça par téléphone que son chèque avait été refusé pour manque de provision.

– Je suis désolée. La banque ne nous accorde plus de facilités de paiement depuis la mort de M. Sidersky. Accepteriez-vous un délai de huit jours ?

– Une semaine, pas plus avant les poursuites, dit-il, furieux.

La livraison des peaux avait deux jours de retard, cela ne s'était jamais produit. Les machines ne tournaient plus. Marika téléphona pour demander des explications. Le contremaître parut embarrassé.

– On m'a dit qu'il fallait payer à la livraison, dit-il.

Marika, essayant de se contrôler, demanda à parler au directeur général mais c'est un employé qui lui répondit.

– Nous ne pouvons vous accorder les mêmes facilités de paiement qu'à M. Sidersky. (L'employé, qui n'avait que rarement l'occasion de montrer son importance, avait l'air triomphant.) Si vous avez besoin d'un crédit, remplissez un formulaire et renvoyez-le-nous. Votre demande sera prise en compte au même titre que les autres.

Marika s'empressa de faire les démarches nécessaires en expliquant l'urgence du problème, mais, lorsqu'elle téléphona deux heures plus tard, on lui expliqua que la position de son compte était bien trop précaire pour qu'on lui accorde un prêt.

Jamais elle n'avait connu une telle angoisse. Elle rassembla les membres du personnel dans son bureau et leur avoua qu'elle était incapable de leur verser un salaire, mais promit d'aller dès le lendemain matin sortir toutes ses économies de la banque... Elle leur demandait donc de patienter un jour et leur fixait rendez-vous à 10 heures.

Ils étaient déjà tous au courant des difficultés parce que le coursier avait répandu la nouvelle. Cela ne s'était jamais produit et elle avait l'impression de ne pas avoir été à la hauteur. Elle remarqua la présence de Tanya qui visiblement voulait lui parler sans oser vraiment l'aborder. Elle veut sans doute m'annoncer son départ, se dit Marika. Nul ne peut l'en blâmer.

– Qu'y a-t-il, Tanya ?

La jeune femme ne savait par où commencer. Elle semblait hésitante.

– Je ne vous ai pas toujours appréciée, mademoiselle Magos...

– Oh, je le sais, répondit Marika, lui lançant un regard furieux.

Le moment était particulièrement mal choisi pour engager des hostilités.

– J'ai toujours pensé que vous étiez trop dure, ambitieuse, trop arriviste pour M. Sidersky. Mais, durant toutes ces années, j'ai appris à vous admirer. Vous faites partie des survivants. Je veux vous donner toutes mes économies... si vous les acceptez, bien sûr.

Marika, stupéfaite, se renversa sur sa chaise.

– Eh bien... je ne sais que répondre... je ne veux pas vous faire de peine mais... il y a peu de chances pour qu'on remette l'usine sur pied et je ne veux pas que vous perdiez votre argent.

– J'ai confiance en vous, mademoiselle Magos, je mise sur vous, je vous soutiendrai contre vents et marées, je vous l'assure.

Marika était trop accablée pour réfléchir à la situation.

– Très bien, balbutia-t-elle, si vraiment vous le souhaitez...

– Je ne sais pas de combien je dispose. Je vais hypothéquer la maison que m'a laissée ma mère. J'ai également des économies. Vous pouvez compter approximativement sur dix mille livres. J'espère quinze pour cent.

Excellente idée, se dit Marika. Dès la première heure le lendemain, elle hypothéquerait également la maison de Mendel.

– J'ai inscrit le nom des employés qui peuvent se passer de salaire pendant quelques semaines. Bien entendu, il faudra les rembourser quand tout sera réglé.

– C'est évident, répondit Marika, essayant de cacher son émotion devant cette étrange preuve de loyauté de la part d'une femme qu'elle avait toujours considérée comme une ennemie.

– Il y en a seulement un ou deux à qui la

solution ne convient pas, mais vous ne les verrez plus sauf lundi matin. Il vaut mieux s'en débarrasser. Bon, tout est dit, mademoiselle Magos.

– Puisque nous sommes associées, ne croyez-vous pas que vous devriez m'appeler Marika ? dit-elle avec un sourire ému.

Le lundi matin, la moitié du personnel, dont Mme Hanson, la surveillante, ne vint pas travailler. Tanya s'installa dans un nouveau bureau. Elle se mit en quête de bonnes ouvrières pour combler les démissions.

À 10 heures, Marika était en présence de l'avocat de Mendel.

– Il me faut gagner du temps. Arrangez-vous pour que la banque me laisse tranquille un an ou deux, le temps de régler toutes les dettes.

Il éclata de rire.

– Chère madame, c'est de la pure folie. Mendel avait la mentalité d'un joueur. Il misait sur l'avenir. Il visait la fabrication en série. Ça ne pouvait pas se faire en un jour. Malheureusement les soucis ont hâté sa mort. Si j'ai un conseil à vous donner, c'est de mettre l'affaire en liquidation judiciaire. Je m'occuperai de tout. On trouvera un liquidateur compréhensif et vous n'y perdrez rien.

Marika attendit qu'il ait fini de parler. Comment pouvait-elle capituler ? Il lui fallait faire fortune ! Sans argent, rien n'était possible. Elle devait penser à Sylvia. Elle avait envie de faire revenir sa fille, mais pour cela elle devait être en mesure de s'offrir les services d'une gouvernante. Jamais plus elle ne négligerait son enfant. Il fallait aussi payer Greenstein. Encore et encore de l'argent ! Comment pouvait-elle le convaincre de s'occuper plus particulièrement de l'affaire sinon en le finançant ? Capituler ? C'était peut-être un bon conseil si elle était libre, si elle pouvait se permettre de mener une vie normale comme toute autre femme, si…

– Je refuse, dit-elle en se maîtrisant. Je vais hypothéquer la maison pour avoir un fonds de roulement. Combien de temps pouvez-vous gagner avec la banque ?

– Aucune idée. Je ferai de mon mieux. Il y a tant de points de litige. D'abord...

– Je ne veux pas savoir, dit-elle d'un ton sec. Passez à l'action.

Cette semaine-là, Marika hypothéqua la maison de Hampstead. Elle ouvrit un compte dans une autre banque. Puis elle se rendit chez les fournisseurs et acheta des peaux au comptant.

Elle se replongeait dans le tourbillon des affaires.

Un mois plus tard, penchée sur ses comptes, elle commençait à désespérer. Depuis la mort de Mendel, peu de commandes avaient été passées. Les ouvrières travaillaient à temps partiel et les affaires ne couvraient pas les frais, sans parler du remboursement des dettes.

Elle appela Tanya dans son bureau.

– Seriez-vous prête à suivre, le soir, des cours de gestion et de direction d'une entreprise pour diriger l'usine pendant que, moi, je m'occuperai des ventes à l'extérieur ?

Le visage de Tanya s'illumina. Elle esquissa un sourire.

– Mettez-moi à l'essai.

Marika vendit la voiture de la société et racheta une camionnette d'occasion qu'elle fit peindre en gris perle orné de lettres d'argent à l'image des étiquettes qu'elle avait conçues quelques années auparavant. À l'intérieur, ses derniers modèles étaient suspendus à une crémaillère. Elle avait la liste des anciens clients et elle avait l'intention de présenter ses créations à chacun d'entre eux.

Il lui fallut un certain temps pour trouver le courage de faire son premier appel. Elle s'assit dans sa camionnette, regrettant la chaleur et la tranquillité de son bureau et de sa planche à dessin. Elle alla voir sa première cliente en tremblant. Elle en ressortit avec une commande.

Les quatre années qui suivirent, Marika excella dans l'art de la vente mais elle n'éprouva jamais de véritable passion pour ce travail. Elle parcourait la Grande-Bretagne par n'importe quel temps, à n'importe quelle heure, oubliant parfois de manger ou de dormir. Elle connaissait tous ses clients par leur prénom et n'ignorait aucun de leurs problèmes. Petit à petit elle devint compétitive et se fit un nom dans le monde de la fourrure. Elle eut son entrée dans les grands magasins. Ce n'était pas une vie facile mais, à la fin de la première année, les commandes affluaient et elle dut demander des facilités de caisse. Profits et pertes s'équilibraient encore, mais au moins elle n'était pas dans le rouge. À la fin de la seconde année, elle réussit à payer une partie de ses dettes et son travail commença à porter ses fruits. Deux ans plus tard, elle avait dix mille livres d'économies. Ce n'était pas son argent, mais celui de la banque. Marika le mettait de côté en envisageant l'avenir. Elle pouvait l'utiliser de tant de façons : les machines avaient besoin d'être remplacées, l'usine d'être remise à neuf, il fallait à Tanya une assistante et surtout des vacances. Quant à elle, elle se contenterait d'une nouvelle camionnette. Mais la banque voulait le remboursement du prêt. Elle poussa un long soupir.

Mendel avait raison. La fabrication en série ! C'était le seul moyen de s'enrichir.

48

C'était une belle matinée de juin. Il soufflait une légère brise et quelques nuages traversaient gaiement le ciel.

Marika demanda au coursier d'emballer toute

la gamme d'échantillons mais, quand elle se mit au volant, elle se rendit compte qu'elle était à bout de forces.

– Non, dit-elle tout haut. C'est fini. Je vis dans cette camionnette depuis quatre ans. Le châtiment est suffisant.

Le lendemain matin, elle se rendit dans le West End chez John Sidwell, directeur des relations publiques et ingénieur-conseil. Il lui avait été recommandé par un ami, mais il ne lui inspira pas grande confiance.

John Sidwell était grand, du style besogneux, sans doute à cause de ses lunettes à monture d'écaille et à son nez pointu. Il avait une bouche trop petite qu'il plissait sans arrêt à la manière d'une vieille fille, des yeux gris, des cheveux fins blond cendré. Son air hautain l'exaspéra d'emblée.

Elle se présenta aussitôt.

– Je veux que vous me rendiez célèbre, lui dit-elle avant même de s'asseoir.

Il la regarda, le sourire aux lèvres.

– Combien de temps me donnez-vous ?

– Un an.

– Il me faut d'abord voir votre œuvre, répliqua-t-il de façon arrogante. Si je décide de miser sur vous, ce sera mille livres d'avance par mois, les six premiers mois. Les dépenses imprévues doivent être payées sur présentation de facture.

– Je ne crois pas pouvoir m'offrir vos services, lui dit-elle. Je calculais en centaines de livres au plus.

– Je vois que vous avez réellement besoin de moi, lui répondit-il, furieux. Allons-y.

Marika ne put fermer l'œil cette nuit-là. Les problèmes d'argent l'inquiétaient. Et Sylvia ? Et Bertha ? Leur expédiait-elle suffisamment d'argent chaque mois ? Combien de temps lui faudrait-il pour devenir riche et les ramener à Londres ? Elle se posait également des questions au sujet de Greenstein. Pourquoi était-il si long à trouver l'assassin de son père ? Faisait-il vraiment des recherches ? Et puis il y avait Tanya. Qu'allait devenir l'affaire maintenant qu'elles avaient dépensé toutes leurs économies si durement gagnées ? Elle s'inquiétait enfin à cause de cet homme arrogant au visage ingrat.

Elle finit par abandonner l'idée de dormir et se fit du café.

Marika Magos, se dit-elle, tu as agi exactement comme il le fallait. Si tu veux poursuivre ta tâche, tu dois atteindre la célébrité. Alors les commandes afflueront, les capitaux rentreront et le tapis rouge se déroulera devant toi.

Le lendemain matin, elle arriva à l'usine plus tôt que d'habitude. John s'y trouvait et Tanya semblait contrariée.

Marika la prit à part.

– Tanya, j'ai misé la moitié de nos économies sur John Sidwell. Il est ingénieur-conseil. Je vous en prie, il faut coopérer.

– Qu'il se tienne toujours hors de ma vue, grommela Tanya.

John changea l'agencement de l'usine malgré les récriminations de Tanya.

– À quand remonte votre dernière présentation ? demanda-t-il à Marika.

– Il n'y en a eu aucune depuis la mort de Mendel. En fait, c'est inutile parce que je me rends chez les clients régulièrement et je leur montre toute ma collection. En ce moment, je passe le plus clair de mon temps sur les routes.

Son regard inquisiteur se posa longuement sur elle.

– Ça se voit, dit-il avant de sortir.

À midi, le téléphone sonna. C'était la gérante du magasin de New Bond Street. Elle était furieuse parce que John lui avait signifié son congé et lui donnait deux mois pour trouver un autre emploi. De plus, il y avait des peintres qui refaisaient entièrement les enseignes du magasin.

Marika s'y rendit aussitôt. Quelle ne fut pas sa surprise d'apercevoir son nom, *Marika Magos,* scintillant en lettres d'argent.

– Je ne peux vraiment pas permettre... balbutia-t-elle en tremblant.

Elle essaya de lui expliquer qu'elle avait toujours eu une profonde affection pour Mendel et tenait à ce que son nom figure auprès du sien. De surcroît, il était impensable de renvoyer une employée engagée par Mendel.

– Nous vivons dans un monde impitoyable, lui répondit John.

Il ne cessa de répéter cette phrase dans les semaines qui suivirent. Marika traversait des moments de tracas, d'étonnement, de colère et de tristesse, mais elle était impressionnée.

Elle s'était installée dans le magasin de New Bond Street avec tout son matériel. John engagea un jeune homme dynamique qui fut chargé des ventes.

– Ce sont les clients qui vont venir à vous, lui dit John. Maintenant vous pouvez les recevoir dans une boutique de grande classe. Quand vous ne vous occuperez pas des ventes, dessinez des modèles.

– Je dessine le soir.

– Vous devez consacrer vos soirées à devenir célèbre.

Dès lors, ce fut un tourbillon de galas, de soirées, de films, de représentations à l'Opéra, de conférences, d'interviews avec des journalistes de mode. Au mois de septembre, Marika fit sa première apparition à la télévision.

L'émission portait sur une étude psychologique des femmes des années 60. Elle fut confrontée à des experts dans différents domaines. Marika fit des déclarations fracassantes du style : « La mode doit représenter l'énergie nouvelle et l'allure impétueuse des femmes » ou bien « Finies les héroïnes romantiques et la haute société ! » ou bien encore :

« Je veux que souffle un peu d'air frais dans l'atmosphère confinée de la mode. »

Les commandes affluèrent, mais elle n'avait pas de fonds de roulement pour financer sa croissance. Il lui fallait avoir recours à un emprunt. Comment faire face à toutes ces commandes si elle ne pouvait pas acheter les peaux ?

Timidement elle entra de nouveau en contact avec les fournisseurs et cette fois elle obtint un rendez-vous avec le directeur.

– Chère madame, dit-il en lui servant une tasse de café offert dans le plus beau service en argent de la société, c'est la première fois à ma connaissance qu'une styliste met ses dons au service d'une imagination et d'un talent débordants.

– Je veux agrandir mon magasin, dit-elle avec un sourire engageant, mais pour cela j'ai besoin de facilités de paiement. (Elle respira longuement.) Je veux que vous m'accordiez les mêmes qu'à M. Sidersky.

– Bien entendu, dites-nous simplement ce que vous souhaiteriez. Ne vous préoccupez pas des formalités à remplir. Votre nom est une garantie suffisante.

Ébahie, Marika lui serra la main et sortit d'un air hautain.

À la fin de l'année, elle se rendit au bureau de John sans prévenir.

– Vous avez de la chance de me trouver, lui dit-il. Il est plus sage de prendre rendez-vous.

– John, j'aimerais avoir un relevé complet de mes comptes.

– Si nous reprenions tout au début ? Par exemple : « Bonjour, John, comment allez-vous ? » Je ne suis pas certain de parvenir à vous inculquer les bonnes manières.

Elle eut un sourire forcé.

– Où en est mon compte ?

– Un conseil : ne me le demandez pas.

Elle s'assit et ôta ses gants.

– Quand vous m'avez demandé plus de la moitié de ce que je possédais, j'ai été prise au dépourvu. J'ai passé bien des nuits blanches. Maintenant je commence à m'inquiéter en me demandant combien je vous dois.

Il se renversa sur sa chaise en souriant. Elle le préférait lorsqu'il était sérieux.

– Vous estimez donc que vous avez atteint la notoriété souhaitée ?

– Pour ce que j'envisage, oui.

– À savoir ?

– L'exclusivité de mon nom et de mes modèles dans toute l'Angleterre. Le magasin de Bournemouth marche remarquablement. Je veux vendre soixante-quinze pour cent des parts tout en gardant le contrôle de la qualité et bien entendu mon nom. Mes fourrures doivent constituer cinquante pour cent de leur stock.

Il parut étonné et éclata de rire.

– Je me suis souvent demandé quel but vous poursuiviez. Je ne sais pour quelle raison, je n'avais pas imaginé celui-là. C'est stupide de ma part.

– Si ça marche à Bournemouth, je veux l'exclusivité de mon nom dans toute l'Angleterre, dit-elle modestement. Aimeriez-vous vous charger de la vente ? Après tout, je suis votre seule cliente pour l'instant.

– Je vois que vous avez bien appris vos leçons, lui dit-il.

Dix pour cent, lui répondit-elle en souriant.

L'espace d'un instant, son regard resta posé sur elle.

– Il faut agir avec perspicacité. Si je prends votre affaire en main, il faudra me promettre de faire deux présentations de collections par an. Pour réussir, il vous faut beaucoup plus de publicité.

Elle fronça les sourcils. Elle n'avait pas présenté de collections depuis la mort de Mendel. Elle savait que c'était une nécessité, mais il était plus facile de les montrer en privé et de les distribuer dans ses différents points de vente. Elle pouvait ainsi apporter quelques modifications au fur et à mesure. Elle redoutait le verdict impitoyable du public qui suivait le lancement d'une collection. En un soir, la presse pouvait tout anéantir.

– Il faut bien que je commence un jour, lui dit-elle en haussant les épaules.

49

Marika retourna à sa planche à dessin et se donna la mission impossible d'exprimer sa créativité. Elle passait des heures à dessiner et le lendemain déchirait son travail de la veille. Elle cherchait désespérément l'inspiration, mais elle avait l'esprit vide. Elle était découragée. Tout ne tenait qu'à cette collection.

Ses modèles devaient être le symbole de son époque. Ils devaient représenter les aspirations d'une femme qui se levait à six heures pour préparer le petit déjeuner des enfants et les accompagner à l'école avant de se plonger dans un univers d'hommes. L'assaut des femmes dans le monde des affaires n'en était qu'à ses débuts. Elles cherchaient encore leur voie. Il fallait trouver une mode adaptée. C'était là un point essentiel.

Marika se mit à maigrir. Elle était livide, de mauvaise humeur. Sa collection n'avait aucune classe, aucune harmonie.

Puis un soir, épuisée, gribouillant presque machinalement, son subconscient prit le dessus. Elle dessina des robes sculpturales qui descendaient jusqu'aux genoux; la forme des épaules était atténuée, la taille bien marquée. Tout le chic des modèles résidait dans l'extravagance osée du col et des poignets; ils se portaient avec des bijoux pop'art. C'était à l'image de l'ère spatiale. Marika misait sur la nouveauté, même dans ses collections de fourrure : formes accentuées, plus courtes pour apporter une note de gaieté. Toute la collection était placée sous le signe de l'originalité, du mouvement et de la nouveauté.

Lorsqu'elle montra ses dessins à John une semaine plus tard, son visage s'anima. Il demanda à une agence de publicité de créer un décor d'avant-garde et de ménager des effets de lumière. Les mannequins arriveraient sur scène dans une soucoupe volante faite de tubes d'aluminium.

Tout le monde était inquiet car il restait très peu de temps. Les tailleurs, les stylistes, les fourreurs, les couturières plus particulièrement chargées des boutonnières, les brodeuses, tous travaillaient jour et nuit et les mannequins de la maison devaient toujours rester disponibles. La dernière retouche se fit alors que la soucoupe volante atterrissait sous le regard émerveillé des spectateurs qui applaudirent à tout rompre.

John avait fait appel non à des mannequins mais à des danseurs qui se mêlaient plaisamment à la foule. Toute la presse s'était dérangée et les flashes se succédaient. Marika se rendait compte qu'ils étaient tous ravis.

– Voici les années 60 et le rythme qui les caractérise ! avait annoncé Marika au début de la présentation. Finie la mode altière. Celle d'aujourd'hui doit représenter la femme active. Les femmes sont sur la brèche en permanence et elles parviennent admirablement à y faire face. Il leur faut des vêtements appropriés, des vêtements qui puissent supporter une journée de travail au bureau suivie d'un dîner.

La présentation se fit au rythme des applaudissements, des murmures d'admiration et même des acclamations du public.

Le lendemain, ce fut un délire dans la presse :

« Merveilleusement imprévisible ! » « Une classe folle ! » « Les modèles de Marika Magos ont une qualité indéniable qui vaincra le temps ! » « Impeccable, étincelant, remarquable ! » « L'allure dont rêve toute femme... vive, pétillante, éclatante ! »

Marika était enfin reconnue comme la styliste la plus en vue d'Angleterre.

50

L'exclusivité fut très vite négociée et connut un succès immédiat. Les détaillants de Londres, d'Edimbourg, de Glasgow et de Torquay suivirent. En moins d'un an, John avait vendu le label Marika Magos à six magasins de plus et il avait acquis une usine à Rome pour fabriquer ses modèles sous franchise.

À la fin de l'année suivante, Marika engagea un directeur financier qui réussit à démêler la situation financière de Marika qui devenait pour elle un véritable cauchemar.

– Suis-je encore solvable ? lui demanda-t-elle.

– Tout dépend du côté de la lorgnette où vous vous placez. Sur le papier, vous êtes milliardaire. Quel sentiment cela fait-il ?

– Comme si je n'avais pas le sou, répondit-elle avec sincérité.

– Vous avez vingt-cinq pour cent chez dix fourreurs, le magasin de gros de New Bond Street. L'hypothèque est payée, vous avez l'usine et toutes les machines. Mais les prêts ne sont pas tous remboursés. Néanmoins l'argent rentre plus vite qu'il ne sort. Dans deux ou trois ans, vous serez très riche, mais rappelez-vous ceci, Marika, vous ne dessinez pas seulement pour votre société, mais pour bien d'autres. Vous êtes en terrain glissant. Dans l'univers de la mode, il faut toujours aller de l'avant.

Elle haussa les épaules. Elle n'avait jamais connu autre chose. Là au moins, ce serait rentable. Les comptes ne la satisfaisaient pas vraiment. La réussite n'était qu'une partie infime de son ambition. Son but semblait plus inaccessible que jamais.

John pensait que Marika était le bien le plus précieux. Il l'assura contre tout avatar possible. Puis il engagea deux stylistes réputés pour l'aider.

Marika avait toujours travaillé seule. Ce fut un problème pour elle de se trouver confrontée à une équipe. Elle fut prise dans un tourbillon de travail. Trois mois plus tard, après avoir présenté sa collection, elle s'évanouit et fut transportée à l'hôpital. La presse en conclut au surmenage, mais Marika savait que c'était faux. Un sentiment de culpabilité rongeait sa force et son moral.

Dans un accès de mauvaise humeur, elle quitta l'hôpital sans la permission du médecin, héla un taxi et se rendit directement au bureau de Greenstein.

Rien n'a changé, se dit-elle en montant l'escalier délabré. Greenstein fut surpris de la voir. Elle ne put s'empêcher de voir combien il avait vieilli.

– Ces temps-ci, je suis resté dans mon bureau et j'ai laissé les jeunes travailler sur le terrain. Mais il vaut mieux téléphoner d'abord.

Marika acquiesça. Elle ne voulait pas perdre de temps.

Il fallait que je vous voie. La culpabilité me dévore. Tout cet argent, toute cette notoriété, je les ai voulus dans un seul but. J'ai l'argent, mais Geissler est toujours libre. L'idée m'est insupportable. Vous devez agir.

Elle se renversa sur sa chaise et respira longuement. Elle versait toujours quinze pour cent de ses revenus à l'agence de Greenstein, mais elle n'avait plus entendu parler de Geissler depuis le vague rapport qui stipulait qu'il était encore en vie. Marika attendait des nouvelles avec une telle impatience qu'elle avait parfois l'impression de perdre la raison. Elle tenta de l'expliquer à Greenstein.

– Je vais augmenter ma contribution mensuelle, lui dit-elle.

– Chère madame, même si vous versiez une fortune nous ne pourrions retrouver Geissler plus vite. C'est une question de chance. Peut-être même est-il mort ? Parfois je me demande si j'ai raison de poursuivre mes recherches. Savez-vous ce qu'a dit Churchill à la fin de la guerre ? « La revanche est, de toutes les satisfactions, celle qui coûte le plus et qui s'oublie le moins facilement. Le châtiment justicier est de loin le plus pernicieux. » (Greenstein poussa un long soupir.) Les crimes de guerre ! J'en suis venu à la conclusion que toute guerre est un crime et que les participants sont tous coupables au même titre.

Marika laissa exploser sa colère.

– Vous avez une certaine responsabilité envers tous ceux qui vous ont fait confiance et vous ont payé. Vous ne pouvez capituler. Essayez encore !

Elle insista pour tripler sa contribution. Greenstein finit par accepter et lui promit de mettre plus d'agents sur l'affaire.

– Peut-être avez-vous raison, je vieillis, lui dit-il.

Le fait de savoir qu'il y avait un réseau très structuré en Europe et en Amérique du Sud dont le but essentiel était de retrouver Geissler lui redonna confiance. Mais à sa grande surprise, elle n'en fut pas plus heureuse. Elle éprouvait un sentiment de vide et passait des heures à réfléchir sur l'absurdité de l'existence.

À quoi bon tout cela ? se répétait-elle sans cesse.

En tant que femme d'affaires, Marika était à son apogée, mais, en tant que mère et femme, elle avait lamentablement échoué. Elle n'avait été que trop heureuse de laisser Sylvia à Bertha. Pour la première fois, elle se remettait en cause. Était-ce pour le bien de l'enfant ou par égoïsme qu'elle l'avait expédiée loin d'elle ?

Marika était honnête. Avec le recul, elle se rendait compte que l'amour maternel était passé au second plan, bien après la haine qui l'avait motivée et propulsée au sommet.

Peut-être n'était-il pas trop tard pour recommencer.

51

C'était une belle journée d'automne. Par le hublot de l'avion de la BOAC, Marika apercevait les sommets enneigés des Alpes qui brillaient à trois mille kilomètres au-dessous d'elle.

Se renversant sur son siège, elle ferma les yeux et essaya de ne plus penser. Elle n'avait pas revu sa fille et Bertha depuis sept ans et elle éprouvait un sentiment de honte. Marika avait sans cesse repoussé ce voyage et maintenant elle avait peur. Pour la première fois depuis des années, elle songea à sa fille telle qu'elle l'avait laissée. C'était culpabilisant. Pourquoi ai-je cette faculté de rayer de mon esprit les gens qui me sont chers ? se demanda-t-elle.

Sa rêverie fut interrompue quand l'avion atterrit à l'aéroport de Johannesburg à 8 heures, juste à temps pour prendre une correspondance pour Luderitz où la famille passait ses vacances avec Günter.

Le vol fit le bonheur des touristes. Les étrangers furent ravis que le pilote survole les dunes à basse altitude. Ils virent des antilopes s'enfuir devant l'ombre que projetait l'avion. Ils étaient émerveillés par la beauté et l'immensité du Namib.

Marika n'était pas impressionnée. Elle ferma les yeux jusqu'à l'atterrissage sur un vaste plateau de sable.

La tempête soufflait en rafales quand Marika descendit la passerelle. Malgré son écharpe et ses lunettes, le sable lui criblait le visage. Elle alla directement à l'arrêt de l'autobus.

Il n'y avait qu'un hôtel à Luderitz. Marika avait dit à Bertha qu'elle arriverait dans la semaine sans préciser le jour, et elles avaient décidé d'en faire la surprise à Sylvia et Günter.

– Je suppose qu'ils sont là aujourd'hui ? demanda-t-elle à la réception. Où donc pourraient-ils aller avec un temps pareil ?

– Mme Factor et sa petite-fille sont à l'hôtel, lui répondit la réceptionniste, intriguée, mais M. Grieff est parti en mer.

Une fois arrivée devant la porte de la chambre de Bertha, Marika s'arrêta, pleine d'appréhension. Comment serait-elle accueillie ?

La porte s'ouvrit. Un instant plus tard, elle se retrouva dans les bras de Bertha.

– Marikala, quel bonheur de te revoir ! Je m'inquiétais tant de te savoir en avion avec une telle tempête !

Elle s'essuya vite les yeux et ôta la buée de ses lunettes.

Sylvia, anxieuse, restait à l'écart, mais Marika était si heureuse de la revoir. Comme elle avait grandi ! À seize ans, elle était aussi grande que sa mère. Marika tendit les bras et la regarda tendrement. Elle fut frappée par la perfection de ses traits. Sylvia avait le haut du visage de Günter, ses cheveux et ses grands yeux, mais elle tenait également de sa mère avec son teint pâle et son petit nez. Grâce à Dieu elle n'avait pas hérité de celui de son père !

– Je n'ai pas droit à un baiser ? demanda-t-elle à sa fille qui l'embrassa à contrecœur.

– C'est une beauté ! dit Marika en se tournant vers Bertha.

– Pour ce que cela lui sert ! Ça ne t'a pas réussi à toi, ma petite ! grommela Bertha.

Marika sourit et desserra son étreinte.

– Tu étais au courant ! dit Sylvia à Bertha d'un ton accusateur.

– On voulait te faire une surprise, lui répondit-elle avec douceur. Tu as tellement manqué à ta mère !

Quelque chose préoccupait Sylvia. Son arrivée impromptue n'en était pas la cause. Sylvia s'était installée près de la fenêtre, les mains crispées, l'air inquiet. Soudain elle tourna les talons et sortit précipitamment en claquant la porte.

– Sylvia est bouleversée, lui expliqua Bertha. Nous sommes censés être en vacances mais, la veille de notre arrivée, l'un des plongeurs de Günter s'est perdu en mer. Maintenant il ne laisse plus à personne le soin de plonger. Il tient à prouver que c'est une opération rentable. Tu connais Günter. Au début il emmenait Sylvia avec lui, mais elle s'inquiétait tant qu'elle lui faisait des scènes. Il ne veut plus désormais qu'elle l'accompagne.

– Oublions Günter quelques minutes, lui dit Marika en passant le bras autour de son cou et en la serrant fort contre elle. Je suis tellement heureuse de te revoir. Si tu savais ce que vous m'avez manqué, toi et Sylvia !

– Je croyais que tu n'avais le temps de penser à personne ! répondit Bertha, mais elle était radieuse malgré tout.

– Je vais aller chercher ma fille, finit par dire Marika, confiante et heureuse.

La bataille était à moitié gagnée.

Sylvia était dans sa chambre. Elle avait le regard perdu vers le large. Elle ne prêta même pas attention aux cadeaux que lui avait apportés sa mère.

– Puisque tu es là, dit-elle doucement, essayant de maîtriser ses larmes, peut-être pourrais-tu faire entendre raison à papa ? Un jour, il ne reviendra pas.

– C'est un excellent nageur. Ne veux-tu pas jeter un coup d'œil à tes cadeaux ?

Sylvia se retourna, l'air furieuse.

– Très bien, je lui parlerai si c'est là ce que tu souhaites.

Il faut lui laisser le temps, se dit Marika. Elle était sûre maintenant de regagner l'affection de sa fille.

52

Quand la chaloupe sortit de la baie et se trouva en pleine mer, Marika se rendit compte de son erreur. Si ce n'avait été pour Sylvia, elle aurait fait demi-tour.

D'énormes vagues venaient se fracasser sur les hautes falaises de sable. La chaleur était accablante et lui brûlait la peau à travers l'imperméable de plastique qu'elle avait emprunté à Bertha. Le contraste entre la chaleur et l'écume glacée qui lui fouettait le visage lui donnait le vertige.

Elle avait une peur intense. Le bateau se tenait en équilibre sur la crête d'une vague, le moteur tournoyant dans le vide, et l'instant d'après il plongeait dans un creux qui menaçait de l'engloutir.

Soudain elle ne perçut plus le bruit du moteur. Elle était portée par la houle. Elle trouva le courage d'ouvrir les yeux et distingua le bateau de Günter ballotté sur les flots comme un bouchon.

– Nous allons tourner autour de vous jusqu'à la prochaine accalmie, puis vous monterez par la poupe, cria le skipper.

Le vent s'apaisa soudain. Le marin, d'une main

experte, l'amena sous la poupe du bateau de pêche. Un instant plus tard, Marika escaladait l'échelle de corde. Des bras puissants la saisirent et la hissèrent péniblement à bord.

– Que diable faites-vous ici, madame ?

Il avait un accent du Middle West très marqué, des yeux verts et des cheveux roux.

– Je suis une amie de Günter, dit Marika en levant les yeux vers lui. Où est-il ?

Il lui indiqua le lit de la rivière.

– Vous envisagez de rester ici ? demanda Tom de façon indiscrète en la voyant secouer sa chevelure mouillée dans le vent.

– Je suis venue voir Günter. Appelez-le.

– Comme ça ?

– Je vous en prie, appelez-le, dit-elle, essayant de le séduire d'un sourire.

– Madame, si vous le connaissiez aussi bien que moi, vous attendriez qu'il soit prêt à remonter, dit-il sèchement avant de s'éloigner.

Marika était stupéfaite. Ainsi Günter avait une réputation bien établie auprès de ses compagnons. Elle se demandait s'il avait changé ces sept dernières années. Pour passer le temps, elle examina le bateau.

C'était une embarcation de pêche transformée, qui avait conservé le mât de misaine ainsi que le grand mât, mais vers la poupe se trouvait une pompe aspirante reliée à un tuyau qui passait par-dessus bord et plongeait dans la mer. Günter devait être au fond, essayant d'aspirer le lit de la rivière.

Au milieu du pont, le gréement était constitué de façon bizarre de trois grilles métalliques posées l'une sur l'autre, la plus belle disposée au fond. De l'eau salée jaillissait de la pompe à travers le treillis, balayant les détritus accrochés aux fils métalliques et rejetant le limon à la mer.

C'est simple mais il fallait y penser, se dit-elle en regardant les pierres et les coquillages bien nettoyés.

– Ce sont des diamants ? demanda-t-elle au skipper.

– Peut-être.

Elle se baissa et en ramassa un.

– En voilà un ! s'exclama-t-elle, ravie.

Le skipper le prit et le laissa glisser dans un sac en peau de chamois qui pendait à sa ceinture.

– Combien en trouvez-vous en moyenne chaque jour ? dit-elle en criant pour se faire entendre malgré les rugissements du vent.

– Ça dépend, répondit-il en haussant les épaules.

Visiblement il ne tenait pas à lui donner trop de détails.

Après cette courte conversation, elle ne prêta plus attention à lui. Elle s'assit sur la poupe et mit ses vêtements à sécher.

Soudain le bateau oscilla et remua dans le sens opposé à la houle.

Tom lui fit signe.

– C'est Günter. Il remonte.

Quelques secondes plus tard, Günter se hissait à bord.

Marika eut le souffle coupé quand elle l'aperçut. Elle se mordit les lèvres. La combinaison de caoutchouc noire accentuait sa taille et sa carrure. Elle se sentit intimidée. Pourquoi donc était-elle venue ? C'était le territoire de Günter.

Il avait l'air épuisé. Il ôta lentement son harnachement et jeta le tout sur le pont. Il avait vieilli, mais la maturité le faisait paraître encore plus beau. Elle était fascinée par son corps bronzé et musclé. Elle se sentit submergée de désir.

Soudain il l'aperçut.

Son visage changea. Une infinie tendresse atténua la dureté de ses traits, son regard s'illumina, sa bouche sensuelle esquissa un frêle sourire.

– Bonjour ! Quelle heureuse surprise ! dit-il d'une voix enrouée.

Il s'éclaircit la gorge.

Marika avait préparé son discours. Il devait revenir immédiatement et cesser d'effrayer Sylvia et Bertha. C'est ce qu'elle avait prévu de lui dire mais, la gorge nouée, elle était incapable de proférer un mot.

– Bonjour ! parvint-elle à dire.

L'instant d'après il la souleva dans ses bras, la fit tourbillonner en l'étreignant avec passion. Elle sentait contre elle son corps musclé. C'est de l'acier, se dit-elle, en lui passant la main dans le dos. Puis elle se laissa aller totalement, ne pensant qu'à l'amour qu'elle portait à Günter.

Au crépuscule il y eut une accalmie. Günter, qui avait insisté pour envoyer une autre équipe draguer les fonds marins, était affalé sur le pont, vêtu d'un vieux pantalon et d'un pull-over, un verre de bière à la main. Marika était allongée auprès de lui sur une natte.

– Regarde là-bas, lui dit-il en lui passant les jumelles. Il y a une vieille mine désaffectée construite par les premiers mineurs qui sont arrivés dans cette région. À côté, tu distingues un cimetière. La plupart d'entre eux sont morts de faim et de soif. Pourtant, en un sens, je les envie. En ce temps-là, il n'était pas question de gisements, de terrains réservés. Un homme était libre d'aller où bon lui semblait et tout ce qu'il trouvait lui appartenait.

– Il était aussi libre de mourir, lui répondit-elle d'un ton sec. Et c'est ce qui t'arrivera si tu ne prends pas plus de précautions.

Elle en frissonna.

Il se tourna vers elle, plongeant son regard pénétrant dans le sien.

– En serais-tu navrée ? lui demanda-t-il.

– Sylvia certainement.

Il lui prit doucement la main et la serra dans la sienne.

– Je sais que tu tiens à moi. Tes sentiments

envers moi n'ont pas changé, mais tu ne veux pas l'avouer, même pas à toi-même.

Elle éclata de rire, mais elle n'avait que trop conscience de l'attrait qu'exerçait son corps tout près du sien. Elle frissonna. La nuit commençait à tomber et Günter était un havre de paix indestructible, inviolé. Elle se serra contre lui.

Marika se sentit glisser vers les abîmes de l'oubli. Elle perdait lentement le contrôle d'elle-même, n'écoutant plus que sa passion. La proximité de son corps, le désir de sentir Günter en elle, tout cela la plongeait dans un état proche de l'extase. Elle avait le visage brûlant, et elle frissonnait. Elle approcha ses lèvres des siennes, cherchant sa bouche dans le noir, goûtant le sel de sa peau, la douceur de ses lèvres et de sa langue. Plus rien ne comptait que lui. Elle se pressa contre son corps avec passion.

– Allons dans la cabine, lui dit-il.

La présence de Tom et des autres l'effleura à peine. Elle les chassa aussitôt de sa pensée. Seul Günter comptait. Lui et son désir de faire l'amour, sur le pont s'il le fallait.

Jamais elle n'oublierait cette nuit-là, écrasée contre Günter sur ce vieux lit inconfortable, sous cet édredon malodorant auquel s'ajoutaient l'odeur de pétrole et celle du vent du large.

Il lui fit l'amour avec passion. Après l'avoir jetée sur le lit et lui avoir ôté ses vêtements avec des gestes fébriles, il la pénétra violemment tout en la tenant vigoureusement par les épaules. Il lui martelait le corps. Elle sentait sa passion vibrer en elle. Il jouit trop vite, la laissant encore brûlante de désir.

– Oh, Marika, ne bouge pas, je t'en prie.

Il resta en elle, lui couvrant le visage de petits baisers sensuels.

Il laissa errer ses lèvres dans ses cheveux, son cou, lui mordilla l'oreille. Son odeur la rendait folle de désir. Elle éclata soudain en sanglots, exprimant ainsi sa solitude et son besoin de Günter.

Pourquoi pleure-t-elle ? se demanda Günter. Pourquoi fallait-il qu'elle se punisse et qu'elle le punisse en même temps ? Toutes ces années gâchées ! Mais il ne voulait pas perdre la nuit maintenant qu'il la possédait enfin.

Il connaissait suffisamment Tom. Il resterait en mer indéfiniment. Oh, il ferait la même chose pour lui.

Il se mit à quatre pattes sur le lit étroit.

– Où vas-tu ? lui demanda-t-elle, fâchée et déçue.

– Allumer la lampe. Je veux te voir.

Il craqua une allumette et enflamma la mèche de la lampe qui se balançait au-dessus de sa tête.

Puis il s'assit sur le bord du lit et la regarda.

– Viens, lui dit-elle, je te veux tout près de moi. Reviens.

– Marika...

– Chut ! (Elle se redressa et posa un doigt sur ses lèvres.) Ne gâchons pas cet instant.

Chaque fois qu'il contemplait son corps sculptural, cette beauté sauvage, il en avait le souffle coupé. Extraordinairement féminine, il y avait chez elle un total abandon dans l'amour. Bravoure et froideur fondaient. Elle saisit son sexe avec ardeur. À cet instant, seul le désir gouvernait ses mouvements. Elle en était submergée. La pâleur de son visage, ses lèvres charnues et rouges, ses yeux à moitié fermés trahissaient sa volupté.

Il se glissa contre elle et de ses lèvres effleura ses épaules, ses joues, lentement, tendrement, puis ses seins et son ventre.

Elle gémissait de plaisir, lui enfonçant ses ongles dans la peau.

– Baise-moi, lui dit-elle d'un ton comminatoire.

– Attends.

Il se pencha et enfouit son visage au plus profond de son être, donnant de vigoureux coups de langue. Il se sentait à nouveau envahi de désir.

– Encore, encore, murmura-t-elle, mais il attendait.

Marika gardait les yeux fermés. Un désir intolérable s'était emparé d'elle. Elle avait envie de hurler, de cacher son visage dans les draps et lui crier son amour. Elle... elle... vite...

Elle se redressa, saisit Günter par le cou et le força à se coucher sur elle.

– Viens... viens...

Son corps vibrait au gré de sa passion. Elle ne formait qu'un avec lui, réagissant fébrilement au flux et au reflux de ses mouvements.

Dans les bras l'un de l'autre, les jambes entrelacées, ils martelèrent le lit, firent voler l'édredon et enfin prirent leur plaisir ensemble. Épuisés, ils trouvèrent la paix et l'harmonie, l'espace d'une brève nuit d'extase.

À l'aube, le bateau pénétra dans le port de Luderitz.

– Nous devons parler... commença Günter.

Elle secoua la tête.

Il la perdait de nouveau. Elle s'était retirée dans son univers secret, avait pratiquement refoulé tout sentiment dans ce lieu isolé où elle les gardait, loin des germes nuisibles, loin des sales Allemands.

Il ressentit une certaine amertume et des regrets. Il souhaitait ardemment passer une autre nuit auprès d'elle, puis une autre encore.

– Ne m'as-tu pas suffisamment puni ? Quinze ans ! C'est une condamnation à vie.

– Je ne punis personne, dit-elle d'un ton boudeur.

Günter lui lança un long regard désespéré. Ne comprenait-elle pas qu'elle lui faisait payer les fautes de toute la nation allemande ? Et ne voyait-elle pas que la vraie victime de sa haine, c'était elle ? Non, son visage fermé ne voulait pas entendre raison. Il la laissa et remonta doucement sur le pont.

53

Dimanche à l'aube. L'hôtel était enveloppé d'un épais brouillard. Tout le monde dormait. Marika, ne voulant pas réveiller Bertha et Sylvia, se glissa discrètement dans sa chambre. Elle s'endormit aussitôt.

Elle s'éveilla bien plus tard et alla rejoindre la famille. Bertha et Sylvia étaient assises sur le balcon, le regard tourné vers le large. Au regard de Sylvia, elle comprit que Günter était reparti en mer.

– Ton père est un excellent nageur, je te l'ai dit hier. De plus, il est dans une forme physique extraordinaire. Tu te rends malheureuse pour rien. Il ne capitulera jamais, tu devrais le savoir.

– Mais c'est dimanche, dit Sylvia d'un ton plaintif. Aucun plongeur ne travaille, alors pourquoi lui ?

Marika leva un regard interrogateur vers Bertha.

– Regarde, dit Bertha, la mer est un lac aujourd'hui. Je suis sûre qu'il cherche le corps du plongeur parmi les rochers. Il attendait avec impatience le beau temps. Demain, la tempête peut faire rage de nouveau.

À un demi-mile du rivage, à dix mètres de profondeur, Günter tentait de se frayer un chemin au milieu de rochers acérés comme un rasoir et de courants dangereux. Baladant sa torche, il cherchait l'endroit où le corps, peut-être empêtré dans les algues, avait pu se loger au fond d'une crevasse.

On n'y voyait pas à plus de deux mètres

dans ce coin boueux où la moindre brise soulevait le limon. Des frondaisons d'algues de la hauteur d'un arbre cachaient le soleil. Devant lui il aperçut un énorme trou noir et s'y dirigea. Au fur et à mesure qu'il approchait, la lumière de la torche formait une sorte de tourbillon kaléidoscopique. Il plongea.

Il perçut un bruit sourd tout près de lui. Une gigantesque forme noire se profila, l'attirant dans son sillon. Un requin ! L'espace d'une seconde, il resta paralysé sous le choc en se rendant compte qu'il venait de lui échapper par miracle. Il tendit doucement la main et s'agrippa au rocher le plus proche. Il resta là, immobile, tandis que le requin faisait des cercles autour de lui. Soudain il disparut dans l'obscurité.

Quand il attaqua, ce fut avec la vitesse et la puissance d'une torpille. Günter replongea et de toutes ses forces lui enfonça un couteau dans le flanc, lui lacérant le ventre à maintes reprises. Le requin l'entraînait dans sa course. Soudain le combat cessa, le requin se retourna sur le ventre et remonta à la surface. Günter accrocha son couteau à sa ceinture, saisit sa torche et repartit vers le trou, cherchant l'étrange lueur kaléidoscopique qui lui avait sauvé la vie.

Il trouva un diamant brut, de la taille d'un œuf, lové dans une crevasse. Il lui fallut un certain temps pour l'extraire. Peut-être se trouvait-il là depuis des milliers d'années !

Une heure plus tard, il abandonna ses recherches et retourna vers son canot.

Bouche bée, il examina son butin. Il était trop éberlué pour réfléchir à ce qu'il allait faire. Au bout d'un moment, il se ressaisit. Il avait dans sa main dix millions de livres ! Le diamant était énorme. Il se demandait combien lui coûterait la taille. Chaque fragment valait une fortune. C'était l'un des plus beaux trésors du monde et il lui appartenait !

Le lendemain, Günter remit ses plongeurs au travail. Il était trop fébrile pour plonger, et de surcroît, il voulait passer quelques heures auprès de sa famille. Ils allèrent se balader dans le village fantôme, l'usine baleinière, puis ils survolèrent en hélicoptère Fish River Canyon. Günter ne mentionna pas le diamant.

En observant père et fille, Marika se rendait compte que c'était le bonheur absolu. Au début elle essaya de se persuader qu'elle faisait cela pour Sylvia, mais à quoi bon se mentir à elle-même ? Les instants passés à Luderitz en compagnie de Günter resteraient dans sa mémoire comme les plus beaux de sa vie.

Les nuits étaient encore plus belles car, lorsque l'hôtel était plongé dans le silence, Günter venait se glisser dans son lit et elle se blottissait contre lui, passait un bras autour de sa taille et s'endormait profondément jusqu'au lendemain matin. C'était le paradis.

Sylvia découvrit très vite le manège. Elle devint extrêmement jalouse et au petit déjeuner leur demanda quand ils allaient se marier.

– Dès que ta mère le décidera, lui répondit Günter nonchalamment tout en dégustant ses œufs au bacon.

Marika fut aussitôt sur la défensive.

– Reste avec nous, lui dit Günter.

– Je vous aime tous, mais j'ai mes affaires...

– Vends tes boutiques et épouse-moi, insista-t-il.

Marika posa sa tasse et lança un regard furieux à Günter.

– C'est toi qui lui as mis ça dans la tête, n'est-ce pas ? Tu n'avais pas le droit...

– C'est faux, lui répondit-il doucement. Je suis désolé, j'aurais dû l'arrêter net. Sylvia, dit-il en se tournant vers sa fille, lorsque deux adultes se posent une question aussi grave que le mariage, c'est à eux et à eux seuls de décider.

Sylvia eut soudain des larmes plein les yeux. Elle sortit de la pièce en courant, suivie de Bertha.

– J'allais te le demander, tu le sais bien, dit Günter après un long silence. Elle a marché avant les violons.

– Tu t'exprimes en argot maintenant !

– Ne détourne pas la conversation.

– Ce n'est pas mon but, mais pourquoi faut-il que nous ayons cette conversation pénible ? lui dit-elle en soupirant. Ne pouvons-nous pas simplement passer de joyeuses vacances ?

– Elles sont presque terminées.

– Je sais.

– Je me rends compte que tu m'aimes.

– Tu n'as pas besoin d'être un génie pour t'en apercevoir, répondit-elle avec douceur. Rien n'a changé. Mes raisons sont toujours les mêmes. Je n'épouserai jamais un Allemand. J'ai des principes, comme ne pas cracher sur la tombe de mes parents. Où cela nous mène-t-il ?

– Bon sang, Marika ! s'écria Günter en tapant de toutes ses forces sur la petite table.

Fourchettes et cuillères en tremblèrent et le lait se renversa. Il régna un silence glacial dans la salle à manger et tous les regards se tournèrent vers eux.

Günter baissa le ton.

– Tu aurais dû rester à Londres à méditer sur ta vendetta. J'avais presque oublié à quoi tu ressemblais !

Elle se cacha le visage dans les mains.

– J'ai eu tort, c'est toi qui as raison. (Elle remit à la hâte ses lunettes de soleil.) Günter, je ne te demande pas de comprendre mes sentiments. Peut-être cela t'aiderait-il de savoir que quinze pour cent de mes revenus sont versés à une agence spécialisée dans la recherche des criminels de guerre nazis. À mes yeux, la guerre est une réalité. J'ai perdu mes parents, ma culture, mon pays.

C'est une perte que je ressens quotidiennement. Peux-tu au moins comprendre cela ?

– Moi aussi j'ai perdu mes parents. Et je les aimais. Cela ne m'empêche pas de t'aimer. Marika, je jure que je ferai tout pour combler ce vide. (Il lui prit la main.) Je trouverai un moyen de remplacer tout ce que tu as perdu. Donne-moi cette chance. Tu es la seule femme que j'aie jamais aimée.

Marika retira sa main et se leva. Günter fouilla dans sa poche.

– C'est pour toi, dit-il en lui tendant une petite boîte en carton entourée de ficelle.

Elle était de la taille d'une orange; elle avait dû servir à emballer une pièce mécanique.

– Non, ce n'est pas la peine.

– Prends ça, insista-t-il avec rage.

Elle saisit la boîte. Le poids la surprit. Puis elle s'enfuit dans sa chambre, s'enferma à clé et s'affala sur le lit, toute tremblante.

Pourquoi était-elle venue ? Comment Günter pouvait-il encore espérer ? C'était une femme de principes et elle ne capitulerait jamais. Si toutefois cela lui arrivait... ce n'était qu'une faiblesse temporaire.

Elle resta quelques instants sur son lit à contempler la petite boîte. Elle était étonnamment lourde pour sa taille. Marika, curieuse, l'ouvrit. Lové dans du coton, plus gros qu'une balle de golf mais d'une forme plus allongée, se trouvait un diamant brut. Incroyable ! Ce devait être un faux ! Impossible autrement ! Mais elle savait que c'était un vrai. On aurait dit une énorme boule de neige.

Elle le soupesa, puis l'enveloppa délicatement dans le coton. Elle eut envie d'éclater de rire. Elle avait dans ses mains une fortune !

Au bout d'un moment, elle le contempla de nouveau. Non, elle n'avait pas rêvé !

Elle déplia une feuille de papier qui se trouvait au fond de la boîte. *Tu n'as jamais considéré le*

Sud-Ouest comme ton pays, Marika. Tu ne t'es jamais donné la peine non plus de t'intéresser aux habitants, ce qui est dommage parce que leur culture est très enrichissante. Il est curieux de penser que toi, devenue une Londonienne à la pointe de la mode, tu puisses être aussi malheureuse et éprouver la même confusion de sentiments que la plus pauvre des Bochimans, parce que tu refoules tout ce qui est en toi. Il est une très belle chanson que fredonnent les Bochimans. Elle s'appelle « Le murmure du vent » et elle dit à peu près ceci : Oh, écoute le vent, toi la femme de là-bas. Le moment est venu, la pluie approche. Écoute ton cœur, ton chasseur est là. *J'espère que ce cadeau te fera plaisir. Je lui ai donné le nom de kwammang-a, ce qui signifie « l'arc-en-ciel de Dieu » en bochiman. Je l'ai trouvé tout près de l'endroit où tu as accosté.*

Marika ferma les yeux et se renversa sur le lit, abasourdie. Elle pensa à Günter, écrivant dans sa chambre d'hôtel son poème bochiman de son crayon épointé, espérant toujours. Elle sentit des larmes couler le long de ses joues. Il lui fallait retourner à Londres immédiatement. Elle avait l'impression que si elle restait un jour de plus, elle serait perdue à tout jamais.

Günter se trouvait dans la cour, rafistolant son moteur.

– Tu vas pouvoir t'en offrir un nouveau et même beaucoup d'autres, s'écria-t-elle en riant. (Elle lui tendit la boîte.) Que vas-tu en faire ?

– Je te l'ai donné. Ce fut ma première intention dès l'instant où je l'ai trouvé. Il y a là tout l'argent dont tu puisses rêver. Tu peux oublier tes affaires.

– Je n'ai nulle envie de les oublier, dit-elle d'une voix aussi douce que possible. (Günter avait les yeux obstinément fixés sur le moteur pour masquer sa colère.) Tu vas le faire tailler ?

– Je suppose, si je trouve quelqu'un de compétent.

– Il vaudra toujours une fortune, même s'il était brisé en éclats.
– J'espère que cela n'arrivera pas. Je veux le kwammang-a entier. Il deviendra l'un des diamants les plus gros du monde.
– Quel sentimental ! C'est l'argent qui compte !
– Épouse-moi, murmura-t-il.
– Non, jamais. Je repars aujourd'hui.
Günter esquissa un sourire triste.
– Claire m'avait prévenu. Elle m'avait dit qu'un jour je gagnerais une fortune et que tu ne voudrais tout de même pas de moi.
– Ah, parce que c'est Claire en ce moment ?
– Si tu ne veux pas de moi, je l'épouserai.
Marika parut blessée. Il en ressentit une certaine satisfaction.
Faisant un effort désespéré pour donner le change, Günter rabattit le capot et alla chercher Sylvia.
Marika fit ses valises et partit. Elle n'éprouva aucun regret en décollant. Pourtant elle se demandait quelle vie aurait été la sienne si elle avait épousé Günter et mené une existence normale. Mais elle n'avait pas de temps à perdre en regrets.
Une semaine plus tard, Günter rentra chez lui avec sa famille. Il erra dans la maison pendant quelques jours, puis se ressaisit et chassa Marika de ses pensées.
Un matin, il prit la décision de porter son trésor chez Van Zijl, le plus gros diamantaire de la ville. Il ne s'attendait pas à l'affolement que provoqua le kwammang-a.
Le directeur général, un petit homme pâle, austère, maigre, refusa de garder le diamant avant qu'il ne soit assuré. Günter dut attendre l'arrivée de leur courtier. Il téléphona à la Lloyd's de Londres qui assura le kwammang-a pour dix millions de livres.
Les experts de la société examinèrent le trésor dans la cellule de haute sécurité, éclairée par des

projecteurs, où le kwammang-a devait être gardé pendant la durée de l'opération, ce qui prendrait environ un mois.

Les spéculations allaient bon train. Les experts cherchaient le moyen de le rentabiliser le mieux possible. Pendant ce temps, Günter attendait avec impatience. Le directeur général lui expliqua qu'il y avait peu de chances pour qu'on parvienne à extraire de la masse un diamant pur vraiment énorme.

– Grand Dieu ! s'écria Günter. Il doit y avoir trois mille carats de diamant brut ! Il est aussi gros que le Culliman avant la taille, et c'était le plus gros diamant du monde !

Il faisait visiblement des efforts pour garder son calme.

– Bien. Nous le saurons très vite. En attendant, puis-je vous offrir une tasse de café dans mon bureau ?

La tête enfoncée dans les épaules, Günter le suivit. Il avait plutôt l'air d'un élève puni que du détenteur du diamant.

– Monsieur Grieff, une telle nouvelle ne restera pas secrète longtemps, mais je vous suggère de n'en rien dire avant que nous ayons terminé ce travail.

Il essaya de parler affaires mais Günter était trop préoccupé pour lui répondre.

Un heure plus tard, on le fit appeler.

Quelle étrange sensation de voir le diamant fermement fixé et éclairé par des lampes et des miroirs réfléchissants. Autour de la table se trouvaient plusieurs messieurs vêtus de blouses blanches qui commentaient avec virulence des diagrammes.

– Si l'on coupait ici, disait l'un d'eux, on obtiendrait le diamant le plus gros du monde ! (De la sueur perlait sur son front.) Il est encore trop tôt pour le dire, mais, après ce premier examen, il semble qu'il soit d'une pureté remarquable. Il comporte quelques défauts, mais seulement en périphérie.

– Il faut couper pour s'en rendre compte.

– J'ai peur d'en prendre la responsabilité. Avec votre permission, nous aimerions faire venir deux experts d'Amsterdam. Ce sont les meilleurs du monde. Avec une pierre de cette taille, on ne peut pas faire moins. Ils devraient être ici dans trois jours. Pendant ce temps...

Günter haussa les épaules.

– Il faut prendre conscience des risques, insista l'expert. Vous pouvez aussi bien vous retrouver avec plusieurs petits diamants. Dans l'opération, on peut perdre soixante-neuf pour cent du poids du diamant brut. Nous avons une chance minime d'obtenir un diamant d'une taille hors pair, mais je pense que le risque en vaut la peine. Maintenant, tel qu'il est, nous pouvons vous faire une offre.

– Inutile !

– Je comprends très bien.

– Je vous le confie, dit Günter, la gorge nouée.

Trois semaines plus tard, après de nombreux tests, des discussions sans fin, le diamant fut enfin taillé. Une fois la décision prise, l'opération se déroula très vite. En le voyant, Günter resta bouche bée. Le kwammang-a donnait un brillant de forme ovale d'un éclat, d'une pureté et d'un poids stupéfiants. Avec ses 419 carats, il devenait le deuxième diamant d'Afrique par sa beauté, arrivant juste après l'Étoile du Sud. Il venait d'assister à la naissance de l'un des trésors les plus extraordinaires du monde.

Toute l'assistance était muette d'admiration. En plus du kwammang-a, Günter se retrouvait également avec huit grosses pierres et soixante-dix autres, plus petites, qu'il avait accepté de vendre au diamantaire.

Après un cocktail organisé sur les lieux mêmes, il donna une conférence de presse dans la salle de réunion de la société. Il pensait se débarrasser ainsi de toutes ces contingences, mais le kwammang-a fit la une des journaux. On le pressait de questions. Tout le monde voulait savoir comment il l'avait découvert. Durant des semaines, Günter fut harcelé de coups de téléphone du monde entier.

Il se trouvait dans une étrange situation. C'est ce qu'il expliqua à Claire un soir. La vente des plus petits diamants lui avait permis de régler toutes ses dettes, mais, pour l'extraction des diamants au large, il avait fait un gros emprunt qui était à peine couvert par les bateaux, les camions et tout le matériel.

En dehors de cet équipement, il ne possédait que le kwammang-a. Bien entendu, c'était inestimable. S'il le vendait, il avait sa vie entière assurée, mais Günter n'avait nulle envie de s'en séparer.

Il restait une solution : gager le diamant. Mais c'était une opération dangereuse. S'il ne parvenait pas à payer l'emprunt, il risquait de le perdre.

Les semaines passèrent. Il n'avait pas le choix. Il lui fallait des liquidités. Il envisagea une exploration des fonds marins à plus haute échelle, tout le long de la côte sud-ouest. Cela coûterait une fortune.

À regrets, il donna le diamant en gage à une banque internationale contre une somme de dix millions de dollars remboursables en six ans. Le kwammang-a disparut dans la chambre forte de la banque.

Günter transforma vingt bateaux de pêche en dragueurs et les dix millions lui permirent d'acquérir des actions dans des mines de vanadium, de magnésium et de charbon.

Les semaines s'écoulèrent. Un jour, comme il en avait fait la promesse, Günter épousa Claire. La cérémonie se déroula simplement, en compagnie de Bertha et de Sylvia. Günter espérait que le mariage lui ferait oublier Marika et qu'avec le temps il aimerait sa femme.

Son but était de devenir très riche en un minimum de temps. Pour cela, il avait décidé de regrouper ses mines d'uranium dans le Namib avec la Compagnie des minerais de l'Ouest pour mener MacGregor à la ruine.

Lentement mais sûrement, Günter rachetait toutes les actions des Minerais de l'Ouest. Il les racheta par l'intermédiaire d'un prête-nom pour que MacGregor ne se rende pas compte qu'une seule personne détenait la plus grande partie des actions de sa société.

C'était un pari et Günter savait qu'il jouait son diamant pour le seul plaisir d'abattre Tex. Tous ses bénéfices servaient à acquérir des actions des Minerais de l'Ouest. L'affaire n'était pas dénuée de risques. Si le marché de l'uranium s'effondrait, s'il ne parvenait pas à acquérir la majorité des actions, si les bénéfices sur l'extraction des diamants diminuaient, si... si...

– Joue la sécurité, ne cessait de lui répéter Claire. Tu as tellement lutté pour obtenir ce que tu as. Ne risque pas tout, simplement par revanche. Oublie Tex. Tu as réussi tout seul.

Mais Günter ne pouvait oublier et il n'était pas dans son caractère de capituler.

54

Marika eut l'impression de rentrer dans une coquille vide lorsqu'elle retourna dans sa petite maison de Londres. Elle ressentit très profondément la solitude à laquelle se mêlaient des regrets, aussi se plongea-t-elle dans le travail. Elle réussissait tout ce qu'elle entreprenait. John Sidwell vendit l'exclusivité de son nom à quinze nouveaux magasins, ils agrandirent l'usine et achetèrent des machines ultra-perfectionnées. Marika apprit à travailler en équipe. Son rôle consistait uniquement à les guider. Elle aimait également prodiguer ses conseils au groupe chargé de la vente. Tanya était devenue une remarquable gestionnaire.

Dans la journée, Marika débordait d'activité, mais elle redoutait les nuits. Elle voulait échapper à la solitude. Elle était sans cesse invitée à des soirées, ne manquait jamais de compagnie, et donnait souvent des dîners fort appréciés. Elle assistait à toutes les premières et on la voyait partout dans la haute société. Elle faisait bien des efforts pour éviter de penser.

L'usine ferma pour ses congés annuels, mais Marika ne tenait pas à affronter la famille maintenant que Günter avait épousé Claire. Elle resta donc à Londres, plongée dans une immense solitude. Elle ne se supportait plus. Il doit y avoir des centaines de moyens d'oublier Günter, se dit-elle. Elle se rendit dans une agence de voyages.

– Je cherche un endroit bien particulier et surtout pas fréquenté par les touristes. Est-ce possible ? demanda-t-elle.

– Tout dépend de la somme que vous voulez mettre.

– Le prix m'importe peu pourvu que j'y trouve le calme et que ce soit loin des sentiers battus.

– J'ai ce qu'il vous faut.

Elle tendit une photo à Marika.

Les sports d'hiver, le ski… C'était exactement ce qui lui convenait. Elle partit le lendemain.

Elle se sentit de meilleure humeur en arrivant à la station des Alpes. En contrebas les lumières du village scintillaient sur le blanc et le pourpre des ombres projetées sur la neige au crépuscule. Dans le train, les voyageurs, vêtus de combinaisons de ski aux couleurs vives, s'adressaient des sourires avec un air de camaraderie. Il était facile de distinguer les touristes des gens du coin.

Quand Marika prit le traîneau tiré par un cheval qui la conduisit de la gare à l'auberge, elle se sentit détendue malgré sa fatigue et presque heureuse pour la première fois depuis un an.

En arrivant à l'hôtel, elle s'arrêta un instant et contempla les montagnes couvertes de neige et les lumières du village. Elle respira profondément l'air vif et se sentit merveilleusement bien. C'était tout de même mieux que se morfondre à Londres. Instinctivement elle était sûre de passer un agréable séjour.

L'auberge correspondait exactement à ce qu'elle avait souhaité. L'aubergiste et sa femme étaient de véritables caricatures, avec leurs joues roses et leur sourire éclatant. Elle avait une chambre vaste et confortable avec le chauffage central, des poutres au plafond et une vue sur les flancs de la montagne jusqu'au village dans la vallée.

Marika aimait skier. Peut-être parce qu'elle se rappelait les cours qu'elle avait pris dans sa tendre jeunesse. Elle fit quelques chutes sans gravité et très vite se laissa aller au plaisir de dévaler les pentes de débutants. Elle prenait chaque jour des pistes différentes et de plus en plus difficiles.

Marika skia trois jours. Elle revenait au coucher du soleil, épuisée au point de plonger dans un bain chaud, de se faire servir à boire et même à dîner dans sa chambre.

Le quatrième jour, à son retour, elle trouva une note.

Chère madame Magos, j'ai découvert votre nom par hasard sur le registre de l'hôtel. L'une de mes usines de Rome fabrique vos modèles sous franchise. Nous sommes donc associés, sans toutefois nous connaître. Accepteriez-vous de dîner avec moi ce soir ? Ou demain soir ? Angelo Palma.

Ah, non ! Elle voulait se tenir écartée des affaires. Elle décida d'écrire un petit mot à Palma pour lui expliquer que son médecin lui préconisait du repos mais qu'elle serait ravie de bavarder un moment sur la terrasse à 6 heures.

Elle arriva en retard. Aucune trace de Palma. Les skieurs étaient très jeunes. À trente-quatre ans, elle était sans doute la plus âgée. Pas très agréable ! se dit-elle. Pour la première fois de sa vie, elle prenait conscience de son âge. Elle reconnut deux vedettes de cinéma célèbres et un mannequin américain qui discutaient en anglais. Tous semblaient se connaître et bavardaient gaiement. Sa solitude lui pesa. Elle regretta de ne pas être restée dans sa chambre. Puis elle aperçut une de ses fourrures et se sentit plus détendue.

Un jeune homme, à la table voisine, se leva et s'approcha d'elle.

– J'ai horreur de boire seul. Et vous ? dit-il avec un accent américain très prononcé.

Elle leva les yeux vers lui avec une certaine gêne, mais une telle douceur émanait de son visage qu'elle se sentit apaisée. Il était jeune et d'une beauté redoutable. Il y avait un air fripon dans son regard et son sourire révélait un humour légèrement teinté de cynisme. Il a l'habitude d'arriver à ses fins, se dit Marika, mais après tout, avec un tel charme, pourquoi pas ?

Elle acquiesça tout en l'observant froidement. Il avait un visage carré, un nez romain; ses yeux marron, légèrement écartés, avaient une lueur malicieuse. Quand il souriait, de petites rides se formaient sur ses joues. Bronzé, musclé, il avait fière allure. Ses cheveux bruns étaient coupés en brosse, sans doute parce qu'ils avaient légèrement tendance à boucler.

Il est trop beau, se dit Marika, remarquant ses dents d'une blancheur éclatante. Quel âge devait-il avoir ? Impossible à deviner. Près de la trentaine peut-être.

– Vingt-sept, dit-il.

– Était-ce aussi visible ? répondit-elle en rougissant.

– Je vous pardonne. Que désirez-vous prendre ?

– Un whisky avec de la glace, s'il vous plaît, dit-elle en souriant.

Il passa la commande.

– Je m'appelle Tony. Et vous ?

– Marika. (Elle jeta un coup d'œil alentour.) J'ai un problème. Je suis censée avoir rendez-vous ici...

Il fronça les sourcils en soupirant exagérément.

– Elles attendent toutes quelqu'un ! C'est l'histoire de ma vie.

– Je n'en crois rien, dit-elle en souriant. J'avais besoin de me rafraîchir. C'est bon en fin de journée quand on est resté dans la neige d'être bien au chaud à l'intérieur.

– Avec qui avez-vous rendez-vous ?

– Un associé a découvert que je me trouvais ici et m'a écrit un petit mot. Il m'a invitée à dîner, mais je ne supporterais pas de passer la soirée à parler affaires avec un vieux raseur. Il se fiche du monde de m'aborder ainsi pendant que je suis en vacances.

– La cinquantaine, bien enveloppé, l'air suffisant, non ?

Elle esquissa un sourire.

– À vrai dire, je ne le connais pas, mais c'est comme ça que je l'imagine. Vous le connaissez ?

– Un type appelé Palma a eu un malaise il y a environ une demi-heure.

– Ce n'est pas possible ! C'est justement son nom.

Il haussa les épaules en guise d'excuse.

– Mon Dieu !

– Puisque vous êtes là... si nous dînions ensemble ?

– Avec plaisir, dit-elle sans l'ombre d'une hésitation.

– Très bien, venez, je vais vous présenter mes amis.

Une demi-heure plus tard, elle se demandait pourquoi elle avait passé trois soirées seule. Elle s'était fait plusieurs amis et tout le monde semblait la connaître de réputation. Elle se sentait acceptée et heureuse. Ils étaient là pour s'amuser et organisaient leurs divertissements avec sans doute autant de sérieux que leurs affaires. C'est du moins ce que se dit Marika.

L'atmosphère était très agréable, le repas somptueux. Après dîner, ils se réunirent dans un petit bar où un jeune homme aux cheveux gominés jouait de la guitare. Le feu de cheminée crépitait, une odeur de sève de pommes de pin emplissait la salle. Marika se prélassait dans un fauteuil, l'air rêveur, tout en écoutant le gitan gratter sa guitare. Elle en était à son troisième verre et se sentait plus détendue que jamais.

– J'ai du sang gitan dans les veines, lui dit Tony. Donnez-moi votre main et je vous dirai la bonne aventure.

– Quelle absurdité ! dit-elle en riant et en lui tendant la main.

Tony la prit délicatement dans la sienne, la tourna et lui effleura les doigts.

– Arrêtez ! lui dit-elle.

– Cela fait partie de la magie, fit-il d'un air légèrement teinté de cynisme. Vous êtes en grand danger. Vous avez dédaigné un admirateur. Il fera tout pour vous avoir.

– C'est stupide ! murmura-t-elle en retirant sa main.

Mais il insista.

– Il est riche, impitoyable. Il ne reculera devant rien pour vous séduire.

– S'il est riche, pourquoi s'intéresserait-il à moi ?

– Je le vois clairement... C'est Palma. Je crois qu'il va devenir agaçant.

– Est-ce là tout ce que vous voyez ? lui demanda-t-elle, un peu déçue.

Elle était certaine qu'il allait lui faire un brin de cour.

– Ça ne vous suffit pas ? Vous êtes vraiment exigeante !

– J'avais oublié Palma, murmura-t-elle en lançant un coup d'œil autour d'elle.

– Lui ne vous a pas oubliée.

Tony semblait ne plus se préoccuper de lui prédire l'avenir. Il prit la guitare du gitan et entonna des chansons italiennes d'une voix de baryton presque parfaite. Apparemment ce n'était pas la première fois qu'il se livrait à ce petit jeu. Le gitan alla s'asseoir au bar et discuta avec le garçon.

Et si Tony était un gigolo ? Il était trop beau et de toute évidence très connu.

Quand Marika monta dans sa chambre, il ne le remarqua même pas. Elle s'endormit au son de sa voix qu'elle percevait du bar situé au-dessous de sa fenêtre.

Elle fut réveillée par la femme de chambre qui lui apporta le petit déjeuner et un magnifique bouquet de roses rouges accompagné d'une petite carte. *Désolé de vous avoir manquée... Je suis tombé malade. Peut-on se voir ce soir ? Palma.*

– Oh, non ! s'écria-t-elle.

Elle rencontra Tony dans le funiculaire et lui dit qu'elle avait reçu des roses.

– Méfiez-vous de Palma, lui dit-il. Il a eu une liaison scandaleuse avec une vedette de cinéma, il y a environ dix-huit mois. La réputation d'une femme est vite faite si on la voit en sa compagnie.

– Je n'irai pas, lui dit-elle.

– Accompagnez-moi, si vous voulez. J'ai envie d'un hamburger et de frites et ce n'est pas dans cette auberge qu'on va en trouver.

Tony était d'une compagnie agréable. Marika passait des soirées très gaies et elle était ravie de skier en sa compagnie. Mais elle était un peu gênée de recevoir chaque jour d'énormes bouquets de fleurs de Palma. Elle avait demandé à Tony de prendre des renseignements sur cette « vieille noix » comme elle le surnommait.

Quand Tony disparut deux jours, elle se sentit abandonnée et déprimée. Après avoir skié seule toute la journée, elle retourna dans sa chambre avec l'intention de faire ses valises et de rentrer chez elle le lendemain.

Sur sa table, elle trouva une orchidée. Une petite carte l'accompagnait : *Portez-la ce soir. 7 h 30 dans la salle à manger. Palma.*

– Il ne manque pas de toupet ! s'exclama-t-elle.

Elle se précipita à la réception et soudain entendit la voix de Tony derrière elle.

– Bonjour, Marika, comment allez-vous ?

Son visage s'illumina. Puis elle rougit. Quelle absurdité ! Il avait sept ans de moins qu'elle et lui avait fait un brin de cour simplement parce qu'elle était seule.

– Oh, Tony, regardez ! (Elle lui tendit l'orchidée.) C'est encore Palma. Je la lui renvoie. Je ne le connais pas et ne tiens pas à le connaître. De toute façon, j'ai décidé de partir demain.

– Il vous fait peur ?

– Grand Dieu, non !

– C'est un tort.

– Je ne vois pas pourquoi il s'attend à ce que je dîne avec lui simplement parce qu'il est riche. Quel maladroit !

Elle le regarda en souriant. Il lui plaisait. Günter faisait partie du passé. C'était une étrange sensation. Tony était bien plus agréable et sa présence lui était nécessaire. De surcroît, il était américain et sa plus grande qualité était d'être toujours présent.

Il avait un drôle de sourire aux lèvres et une lueur étrange dans le regard. Enfin elle trouvait un être qui l'attirait autant que Günter. Pour la première fois de sa vie, elle aurait aimé avoir dix ans de moins.

– Accompagnez-moi, dit-il d'un ton désinvolte. (Puis, soudain plus sérieux, il ajouta :) C'est vrai, après tout, pourquoi ne venez-vous pas avec moi ?

– Où ?
– Sur la crête. La neige est meilleure, les restaurants aussi. Je suis sûr que vous apprécierez.
Elle prit sa décision en un clin d'œil. C'était peut-être de la folie, mais pourquoi pas ?
– D'accord.
– Nous partons dans une demi-heure. Ne soyez pas en retard. La route est mauvaise, il faut y aller avant la nuit.
Il fronça les sourcils en regardant sa montre.
Marika régla sa note, appela le portier et trouva Tony au parking devant une superbe Maserati 5000 S. Elle fut surprise. Soudain elle se rendit compte qu'elle ne savait pas grand-chose à son sujet.
– C'est à vous ? lui demanda-t-elle.
– Non, c'est à ma société, je l'ai empruntée, répondit-il avec un sourire forcé.
– Il me faut laisser un message au portier.
– Il est juste là.
Le portier se redressa après avoir mis les bagages dans le coffre.
– Oui, madame.
– Pourriez-vous dire à M. Palma que je suis partie et que je ne dînerai avec lui ni ce soir ni aucun autre soir ?
– Oui, madame, répondit-il, à la fois surpris et amusé.
Qu'il pense ce qu'il voudra ! se dit-elle, furieuse. C'est elle qui décidait !
– Oh, Tony, attendez une minute, lui dit-elle au moment où la voiture démarrait.
Elle tendit l'orchidée au portier.
– Donnez cela à M. Palma avec mes compliments, lui dit-elle.
– Certainement, madame.
Le portier fit le tour de la voiture et l'offrit à Tony.
– Avec les compliments de Madame, monsieur.

La Maserati démarra en trombe dans la nuit qui commençait à tomber.

– Oh, non ! Oh, Tony !...

Elle éclata de rire.

– Je vous avais dit que Palma aurait le dernier mot ! Et vous voilà seule en compagnie de ce goujat sur une route alpine déserte, entraînée dans un lieu secret en pleine montagne. Tut ! Tut ! Je vous avais prévenue, mais vous n'avez pas voulu m'écouter.

Un sourire machiavélique se dessina sur ses lèvres.

La voiture dérapa en prenant un virage serré. Tony se concentra davantage sur la route.

– Je me suis laissé avoir, dit-elle sèchement.

– Pas encore, patientez quelques heures.

– Voulez-vous que je vous fasse une confidence ? lui dit-elle.

– Pourquoi pas ?

– Je profiterai de chaque seconde.

55

Était-ce l'isolement du chalet suisse juché au milieu des pins dans une vallée encaissée entre deux pics ou la situation étrange et peu naturelle dans laquelle elle se trouvait, ou bien encore le désir de rompre une fois pour toutes les liens qui l'attachaient à Günter ? Toujours est-il que Marika se donna comme elle ne l'avait jamais fait auparavant.

Tony était exigeant en tant qu'amant, homme et ami. Il voulait tout d'elle et n'était jamais satisfait. Il était prêt à faire l'amour à n'importe quelle heure de la journée. Au moindre de ses regards, elle fondait. Il passait la nuit à lui parler de philosophie, d'art, de politique. Il n'avait presque pas besoin de sommeil. Une heure ou deux lui suffisaient. Il skiait toute la journée, parcourait des kilomètres en voiture à une allure folle. Marika était épuisée mais peu lui importait puisque Tony était heureux.

Elle avait parfois l'impression d'être une délicieuse orange dont il aspirait le jus avant d'avaler la pulpe, les pépins et même l'écorce au point de ne plus rien laisser. Elle éprouvait un sentiment étrange de fatalisme et d'appartenance. Il pouvait l'aimer, ou bien skier avec elle ou converser, tout la comblait pourvu qu'elle soit auprès de lui.

Elle cherchait toujours à en savoir plus sur lui, sur sa façon de penser, de réagir et même de faire l'amour. C'était une drogue, elle ne pouvait se passer de lui, de son étrange pouvoir sur elle, de sa présence dans la même pièce, de sa voix hurlant dans le téléphone, de son corps exigeant.

Elle vécut cette semaine-là avec l'énergie du désespoir, car elle savait que cela ne se reproduirait jamais. Il allait retourner aux États-Unis, elle à ses affaires. Elle avait trois jours de retard, ce qui ne s'était jamais produit, et avait donc téléphoné à Tanya pour lui expliquer.

Elle comptait les jours qui lui restaient, les heures même et skiait, skiait. Puis elle recomptait les heures et s'adonnait à des activités sans importance comme prendre un petit train jusqu'au village pour acheter des souvenirs, patiner sur le lac, et les heures s'amenuisaient.

L'aimait-elle ? Impossible à dire. Parfois elle se sentait prise au piège de son puissant magnétisme, tel un papillon de nuit attiré par une flamme. Elle jouait essentiellement le rôle de maîtresse dénuée de pudeur. Elle était embrasée. Très vite sans doute, ce feu la consumerait. Il lui arrivait de se rebeller, de répondre par bravade, mais ce n'était qu'un simulacre. Elle était totalement soumise aux désirs de Tony.

Ses conversations téléphoniques lui en apprirent

plus sur lui que ce qu'il daignait lui confier. Il était président-directeur général d'une multinationale de produits chimiques et pharmaceutiques qui fabriquait au moins une demi-douzaine de médicaments. Il possédait quatre filatures et deux usines de vêtements aux États-Unis et à Rome dont l'une faisait des modèles Marika Magos sous franchise. Récemment il avait acheté six puits de pétrole au Texas, et maintenant il essayait d'acquérir le maximum d'actions dans une société d'informatique installée aux États-Unis mais fabriquant des ordinateurs en Corée.

Il était parfaitement amoral, sinon immoral. Il avait des principes bien particuliers auxquels il était attaché. Les us et coutumes orthodoxes ne le concernaient pas. Il créait son propre environnement à sa convenance.

Sa puissance et sa richesse la laissaient pantoise. Tony – c'était un surnom – déplaçait des sommes d'argent inouïes d'un continent à l'autre comme d'autres des pions sur un échiquier. Les distances ne représentaient rien pour lui. Son avion ou un hélicoptère de location l'amenaient à l'endroit souhaité en un minimum de temps et un maximum de confort. Il voyageait toujours en compagnie d'une flopée de secrétaires.

À ses yeux, les affaires étaient un divertissement.

– J'ai parfois l'impression que c'est un jeu créé spécialement à mon intention, lui dit-il un soir. Si je gagnais toujours, il n'y aurait plus de suspense et le jeu perdrait de son intérêt. Si c'était le cas, je ne ferais plus d'affaires mais rien ne me procure autant de plaisir. À part te faire l'amour. Oui, je crois que c'est encore meilleur.

Elle sourit en femme avisée, prudente. Elle était un passe-temps pour lui et lui pour elle après tout. Ils étaient à égalité, il n'y avait pas lieu de se plaindre. Ils y prenaient chacun autant de plaisir. Mais elle ne pouvait s'empêcher de compter et recompter les heures paradisiaques qu'il lui restait à vivre : trois jours, sept heures, quarante minutes.

– Tu as de la chance d'avoir hérité d'une telle fortune avec le tempérament que tu as ! lui dit-elle un matin au petit déjeuner.

– Oui, c'est vrai, avoua Tony tout en lui lançant un regard interrogateur. Mais je n'ai hérité que les manufactures de vêtements. Mon père est mort quand j'avais dix-sept ans. J'ai acquis le reste ces dix dernières années.

Tony était une énigme. Il avait l'esprit vif, un sens de l'humour acéré au point de devenir parfois cruel, mais c'était toujours par jeu, par amusement, par plaisir.

Son esprit en ébullition ne supportait pas de rester longtemps inactif; quel que soit son champ d'action, qu'il s'agisse d'art, de politique, de finance ou de sport, il fallait qu'il maîtrise le problème. Elle finit par abandonner l'idée de découvrir sa véritable personnalité.

Dimanche. Dernier jour. Ils devaient partir tôt le matin. Ils étaient descendus à skis depuis le chalet jusqu'au village en contrebas. C'était une longue balade merveilleuse. Le parcours fut si enchanteur que Tony éprouva le désir d'acheter le chalet.

Elle ne skiait pas réellement bien, mais son seul but était de rester avec lui. Sa témérité lui donna des ailes. Toute appréhension s'estompa. Peu lui importait de survivre. Elle avait vécu, goûté chaque minute avec intensité. Tous ses sens étaient en éveil. Ce parcours lui procura une joie jamais ressentie auparavant. Au village, le chauffeur de Tony les attendait pour les reconduire au chalet.

Ils dînèrent chez eux après avoir poussé la table près du feu qui crépitait dans l'âtre. Marika promena son regard dans la pièce. Elle s'était attachée à ce chalet, à son parquet et ses poutres au plafond, à ses petites fenêtres sympathiques et son énorme cheminée de pierre qui couvrait presque la totalité d'un mur.

Tony semblait préoccupé. Il fixait son assiette, l'air soucieux, ne faisait pas la moindre plaisanterie, n'avait plus cet air moqueur qui lui était si familier. Mais elle aimait tous les aspects de sa personnalité. Il était comme la mer, jamais le même, toujours changeant; parfois beau, parfois implacable... et même effrayant par certains côtés. Quand leurs regards se croisaient, elle se demandait s'il partageait ses sentiments.

Brusquement il repoussa son assiette.

– Je n'ai pas envie de manger mais de te baiser !

– Ça m'amuse de t'entendre parler ainsi... dit-elle en esquissant un sourire enjôleur typiquement féminin.

– Là, devant le feu.

Il la déshabilla avec des gestes lents, caressants, s'arrêtant parfois pour contempler son corps avec un sentiment de fierté et de crainte.

Elle était intriguée.

– Avec toi, j'ai souvent l'impression d'être une statue que tu veux poser sur ta cheminée, lui dit-elle sans faire attention à ses paroles.

– Tu lis dans mes pensées.

– Je me demande. Est-ce un compliment ?

– Non, je suis comme ça, c'est tout.

– Je suis bien vivante.

– Non.

Il fondit sur elle, la chatouilla, la fit rouler sur le tapis au milieu des rires et des ébats.

– Tu es peut-être vivante. Je n'ai jamais possédé de statue chatouilleuse, dit-il en la taquinant.

Quel bonheur ! Son Tony ! Il avait deux personnalités ou peut-être douze !

– Viens ici.

Il s'assit sur ses talons, la tira jusqu'à lui. Elle

aimait sa large poitrine musclée, ses touffes de poils sous les aisselles et son cou puissant.

Elle passa ses jambes autour de sa taille et ses bras autour de son cou. Elle lui mordillait l'oreille tout en sentant qu'il la pénétrait.

– Pourquoi es-tu si bronzé en plein hiver ? lui demanda-t-elle en voyant le contraste entre la blancheur de sa poitrine et le hâle de sa peau.

– J'arrive d'Amérique du Sud. Mais ne parle pas, remue.

Il se laissa aller en arrière, posa ses mains sur ses fesses et lui imposa un rythme lent d'avant en arrière.

– Tu es extraordinaire ! lui dit-il. J'aimerais que tu puisses te voir de cet angle. Tes seins sont dressés comme une offrande et tu as cet air rêveur... Tu me donnes le vertige. Dépêche-toi ou tu vas tout louper.

– Oh, oh ! gémit-elle avec tristesse. (C'était la toute dernière fois.) Ses gémissements peu à peu laissèrent place à d'âpres sanglots déchirants.

– Je ne regrette rien, lui dit-elle en s'essuyant les yeux.

– C'est fini avec la dame blanche ? demanda-t-il.

– Fini, répondit-elle fermement.

Il la fit rouler sous lui, la regardant avec un mélange de désir et d'irritation. Il avait une expression étrangement féroce. Il se pencha, l'embrassa avec fougue et, une seconde plus tard, la berça doucement dans ses bras avant de jouir.

Elle détourna la tête et lui caressa la joue en embrassant ses cheveux bouclés. Elle savait qu'il jouirait une seconde fois quelques minutes après. Une fois, c'était pour le commun des mortels. Tony, lui, c'était toujours deux fois.

Il s'écarta brusquement, ce qui était inhabituel, s'assit, jambes croisées, le regard fixé sur le feu de cheminée. Les flammes formaient sur son visage des reflets d'or et des zones d'ombre. Il avait l'air d'un gladiateur romain, avec ses cheveux noirs comme jais, son nez arrogant et son expression boudeuse et cruelle.

– Marika, veux-tu m'épouser ? lui demanda-t-il brusquement.

Elle resta bouche bée. Jamais auparavant elle ne lui avait vu un visage aussi crispé.

– Nous n'avons pas abordé le problème de l'âge, Tony, lui dit-elle avec douceur un instant plus tard. J'ai trente-quatre ans, bientôt trente-cinq, toi vingt-sept... Nous avons sept ans de différence.

– Merde ! dit-il d'un ton cinglant. Je n'ai nulle envie d'une leçon de mathématiques. Je veux ta putain de réponse.

– Oui, répondit-elle sans l'ombre d'une hésitation.

– Bien. Voilà une affaire réglée. Nous nous marierons à Londres mardi. On s'occupera des détails plus tard.

Il se leva, entra dans son bureau en claquant la porte derrière lui.

Elle se demandait pourquoi il agissait toujours ainsi. Il allait hurler dans le téléphone et tout le monde l'entendrait.

Elle alla s'agenouiller devant la cheminée. Les flammes dessinaient d'étranges figures tandis que les bûches se consumaient lentement avec parfois quelques sursauts.

Sa vie avait pris un tournant inexorable. Peut-être serait-elle plus enrichissante, plus constructive. Là, elle appréciait ce bref moment de paix et de silence.

Elle se trouvait à la charnière de deux modes de vie, l'ancien et le nouveau. Si seulement elle avait pu rester suspendue dans le temps, entre le passé et l'avenir, la jeunesse et l'âge mûr, la liberté et la soumission. Impossible désormais de faire demi-tour. Elle n'avait plus le choix. Elle ne pouvait pas, ne souhaitait pas bannir l'amour pour la seconde fois.

Pourtant... Elle aurait souhaité que cet instant irréel durât l'éternité.

56

Londres, août 1963

Quelle orgie ! se dit Marika en promenant son regard sur les reliefs de la soirée dispersés dans le jardin au milieu des buissons et des haies. Les invités, sous l'effet du champagne, s'étaient égosillés au son d'un orchestre latino-américain jusqu'à 3 heures du matin, puis les derniers fêtards s'en étaient allés à regret. Les domestiques étaient ensuite venus effacer toute trace de leur passage.

L'aube se levait. Les cygnes avaient quitté l'île où ils se sentaient protégés pour s'élancer sur le lac, silhouettes éthérées dans la lueur diaphane de l'aube. Au-delà, des chênes formaient des ombres dans la grisaille environnante.

Seuls les souvenirs subsistaient, aussi désagréables que ce qu'il en restait : Tony jouant le galant avec leurs invités, tout en tenant Marika par l'épaule d'un geste possessif; John Sidwell, obsédé par sa quête désespérée pour attirer un mannequin dans son lit et partant le dernier, frustré et furieux; une danseuse, d'une beauté glaciale, qui, après s'être dévêtue, avait plongé dans le lac et nagé jusqu'à l'île où elle avait esquissé au clair de lune quelques pas de danse, dans sa nudité spectrale, troublant le sommeil des oiseaux.

Le manoir d'Outwood, leur demeure, était un ancien monastère situé au milieu des collines crayeuses du Kent, mais, pour Marika, il représentait le symbole de leur univers : éphémère, décadent. En y pensant, elle ressentit un frisson d'insécurité.

Toute distance était abolie. Rien n'était impossible. Un hélicoptère les emmenait de chez eux à l'aéroport où trois pilotes, aux commandes de leur avion privé, étaient prêts à décoller à n'importe quel moment du jour ou de la nuit.

Le monde devrait être plus grand, se disait-elle. La vie était une promesse non tenue, une lueur éphémère. Plus on avait l'impression de la saisir, plus elle vous glissait entre les doigts. La planète se rapetissait, la vie semblait superficielle, précaire. Elle éprouvait cette sensation de plus en plus intensément lorsqu'ils parcouraient le monde, allant de soirée en soirée au sein de la haute société, ce qui leur arrivait en permanence.

Ils dévoraient goulûment tous les plaisirs de ce monde infiniment désirables, infiniment accessibles. Les hommes politiques, les vedettes de cinéma, les musiciens, les hommes d'affaires les plus célèbres étaient leurs amis. Un soir, ils dînaient avec le président des États-Unis, un autre soir ils allaient rendre visite à un sculpteur yougoslave émigré à Haifa puis s'envolaient pour la Suisse où ils passaient un long week-end à skier. Lorsqu'ils en avaient assez de la neige, ils allaient retrouver le soleil à Buenos Aires où leur ami Toledo, le matador, donnait de fabuleuses réceptions. Seul le temps manquait pour tout faire, car ils exigeaient de plus en plus de la vie.

L'argent mène le monde, se disait-elle. Tout s'achète : les gens, le bon temps, la santé, même la beauté. Le monde entier était à vendre. C'était une gigantesque fête, il suffisait de choisir. Même la revanche fait partie du lot, songea-t-elle avec amertume. Finie la vendetta ! L'argent était un moyen efficace de lutter. Toute une équipe d'agents et d'informateurs parcouraient le monde à la recherche de Geissler. Ils finiraient par l'attraper. Cette perspective comblait Marika.

– Je suis heureuse, dit-elle à haute voix, ajoutant aussitôt : Ou plutôt j'aurais pu l'être.

Lorsqu'elle était soucieuse, sa beauté s'estompait. Elle avait trente-cinq ans et, selon son humeur, elle pouvait en paraître vingt ou quarante.

Tony qui venait à sa rencontre remarqua son air soucieux. Il en fut agacé. Son amour de la beauté était obsessionnel. En présence d'un paysage harmonieux ou d'une œuvre d'art, il était pris d'un désir insensé de se fondre en eux, d'en faire partie intégrante. Pour assouvir son désir il l'achetait et c'était alors qu'il éprouvait un sentiment de frustration démesuré.

Marika, à ses yeux, était une œuvre d'art dont la beauté ne devait jamais ternir. C'est ainsi qu'il la voulait.

– Qu'est-ce qui ne va pas ?

Elle sursauta.

– Tu m'as fait peur.

– Tu avais l'air soucieuse.

Marika eut l'impression d'être mise en accusation. Elle fit un effort pour sourire. Elle avait appris à le connaître. Il l'aimait de façon possessive, il était attiré par sa beauté, son talent, sa réussite. Tony n'aimait que les gagnants. L'échec était, à ses yeux, inacceptable et la tristesse était un échec. Ses engouements étaient précaires. Marika redoutait de paraître triste.

– Ce n'est pas parce que je fronce les sourcils que quelque chose ne va pas ! dit-elle, feignant la gaieté. J'étais simplement plongée dans mes pensées...

– Je suis Aladin ! s'exclama Tony. (Sa voix se répercuta sur le lac; les cygnes firent demi-tour et se glissèrent dans l'ombre.) Dis-moi tes souhaits, ils seront exaucés.

Il fit quelques pitreries sur la pelouse. Marika soupira. La vie était si simple pour Tony ! Il suffisait de savoir ce que l'on désirait. Tout pouvait s'acquérir... ou s'acheter. Ça revenait au même. Contrairement à Tony, elle était incapable de définir la cause de son humeur chagrine, de ses craintes ou de ses désirs. Sa vie était bien remplie. Tony était beau et plaisant. Les affaires de Marika marchaient au-delà de ses espérances. Elle était riche et célèbre. Que pouvait-elle souhaiter d'autre ? Pourtant il devait bien exister un je-ne-sais-quoi qui apporterait à sa vie un sens sinon de la joie.

– N'as-tu pas vu suffisamment de sourires vides en une soirée ? lui demanda-t-elle.

Sa tristesse avait une cause. Elle mettait le doigt sur une blessure indélébile : sa famille. Elle avait à maintes reprises supplié Sylvia de venir vivre auprès d'elle, ne serait-ce que quelques mois par an, mais sa fille avait toujours refusé.

– Ma famille me manque réellement, dit-elle à Tony, esquissant un sourire désarmant pour lui montrer que la cause de son tracas n'était pas bien grande.

– Fais-les venir. (Il cessa de faire le pitre et lui passa un bras autour du cou.) Marika, j'en serais très heureux, je t'assure.

– Elles préfèrent Günter et l'Afrique du Sud.

– Si tu insistes, elles viendront, lui dit-il en la serrant dans ses bras avec affection.

Il a tout du petit garçon compatissant, se dit-elle avec un certain cynisme, mais elle ne connaissait que trop sa perversité.

– À ton avis, je n'ai jamais essayé ? s'écria-t-elle dans un accès de colère. Pour toi tout paraît simple, n'est-ce pas ?

– Évidemment, c'est toi qui compliques tout.

Le code moral de Tony n'avait plus de secret pour Marika. Quand un plaisir se présentait, pas l'ombre d'un doute ne l'effleurait. Il lui fallait tout immédiatement. Les autres ne lui importaient nullement. Ce qui était bon pour lui devait l'être pour autrui. Jusque-là ses désirs avaient correspondu à ceux de Marika. Lentement, mais inévitablement, elle s'était pliée à ses règles, à ses caprices, mais elle commençait à ressentir quelques remords. Elle luttait contre certaines appréhensions.

– M'aimes-tu ? lui demanda-t-elle soudain, le regard tourné vers le lac. M'aimes-tu pour moi, pour ce que je suis, non pour les apparences ?

– Je suis fou de toi, répondit-il.

Ce n'était pas la réponse qu'elle espérait. Marika ne put s'empêcher de sourire. Il émanait de lui une puissance, une volonté, une arrogance impressionnantes, le tout mêlé d'un extraordinaire sens de l'humour.

– Peut-être crains-tu de l'amener ici et de me voir jouer le rôle de père ? dit-il d'un ton courroucé. Tu as peur que j'y prenne goût ?

Il savait qu'elle éprouvait une peur panique de tomber enceinte.

Il la taquinait mais un silence glacial régna. La sentant faiblir, il poursuivit son attaque.

– Papa, dit-il d'un air méditatif, c'est un mot qui sonne bien.

Il s'interrompit, l'air brusquement soucieux. Le jeu semblait oublié. Il promenait son regard inquiet sur le lac. Toujours agité ! Elle savait qu'il s'était replongé dans son univers à lui. Sans crier gare, il se mit à courir en direction de la maison.

Elle s'assit sur le vieux banc de pierre devant le lac. Le ciel passa du gris-vert au rose puis au bleu. Des nuages s'amoncelaient à l'horizon. Il allait bientôt pleuvoir. Ils avaient eu de la chance que le temps se maintienne pour la soirée.

Elle percevait au loin la voix de Tony qui hurlait dans le téléphone. Il avait commencé sa journée de travail et n'allait plus dormir. Elle était épuisée. Que faire sinon aller se coucher. Qu'importe ! John avait pris la direction de l'usine avec Tanya, mais leurs relations étaient toujours aussi difficiles. Ils s'étaient entourés d'un groupe d'économistes triés sur le volet et, sur leurs conseils, Marika avait fait fortune. Dans l'habillement elle avait une place importante sur les marchés anglais et américain. Ses fourrures étaient mondialement connues.

Un domaine lui appartenait totalement : le stylisme. Ni Tony ni John ne pouvaient l'aider. Elle seule était capable de concevoir ses modèles. La réussite du groupe dépendait des collections qu'elle présentait deux fois par an. Les meilleurs hommes d'affaires du monde ne pouvaient lancer des modèles ratés, se disait-elle fièrement. Dans l'univers de la mode, elle était au premier plan et avait bien l'intention d'y rester.

– Où vas-tu, chérie ? hurla Tony en la voyant passer devant son bureau.

– Me coucher.

– Je monte dans cinq minutes, mais pas pour dormir. Au diable le sommeil !

– Je suis fatiguée.

En remarquant ses yeux cernés et ses épaules tombantes, Tony s'irrita. Une telle perfection physique devait s'accompagner de capacités mentales et intellectuelles hors du commun. Voilà l'idéal ! Mais elle était loin d'être parfaite. Elle était trop sensible, trop capricieuse et pouvait s'emporter brusquement au moment le plus inattendu. Elle se mettait à crier sans vergogne et son visage en devenait boursouflé et laid. Quand elle était heureuse, elle éprouvait une sorte d'ivresse insupportable. Elle était prude mais sa sensualité perçait à travers ses fausses apparences. Elle n'était jamais naturelle et pourtant n'arrivait pas à cacher ses sentiments ou ses intentions. Elle ne supportait pas la critique. Son esprit et sa nature désordonnés le rendaient fou. Il se rebellait contre l'attrait qu'elle exerçait sur lui, contre sa dépendance vis-à-vis d'elle. Lorsque son regard se posait sur ses hanches, sa taille fine et ses cuisses élancées que révélait la fente de sa jupe, il se sentait submergé de désir.

Dieu ! quelle femme extraordinaire ! Non seulement par son allure mais par son talent. Il lui suffisait de le déployer, d'en faire part à ses nombreux stylistes et ses modèles obtenaient une réputation mondiale en un jour ! Incroyable ! Le talent et l'allure ! Mais pour le reste, c'était une catastrophe. Parfois elle paraissait son âge malheureusement. Là elle montait les escaliers avec peine, comme si elle n'avait pas dormi pendant une semaine et non une nuit. Elle allait jeter par terre ses vêtements et se glisser nue dans les draps avec ce sourire béat sur son visage parfait.

L'idée de la savoir au lit lui était insupportable. Il l'imaginait allongée, les cheveux défaits, les lèvres roses légèrement écartées, révélant une rangée de perles, son cou fin et gracieux, sa peau diaphane ou presque. Il avait remarqué l'esquisse d'une ride au bord des yeux et des lèvres, mais elle était toujours la femme la plus belle qu'il ait jamais rencontrée. Et Dieu sait s'il en avait vu ! Elle était la seule à avoir traversé sa carapace. C'était une drogue, et plus les mois passaient, moins il pouvait s'en passer.

Il perçut la voix de la standardiste. Il était en ligne avec Hong Kong.

– Vous avez votre correspondant Karl Bremen, monsieur...

– Je rappellerai plus tard.

Il posa l'appareil lentement et se leva. Ridicule ! se dit-il en remarquant son souffle haletant, ses lèvres sèches et ses mains moites. Je ferais mieux de rester cloué sur cette chaise et de me concentrer sur l'affaire de Hong Kong !

Mais c'était impossible. Submergé de désir, il se dévêtit sans même s'en rendre compte et arriva à moitié nu devant la porte de la chambre.

57

Le déjeuner du dimanche à Xhabbo était un rituel auquel chacun se pliait avec joie. Vers 10 heures, ils se réunissaient sous la véranda devant la piscine où Claire avait disposé sur la table de la salade de fruits et du jus d'orange. Ils se prélassaient ainsi toute la matinée et une grande partie de l'après-midi, bavardant tandis que Günter préparait des côtelettes d'agneau au barbecue et que les domestiques apportaient de la bière glacée, de la salade et des pommes de terre cuites au feu de bois.

Sylvia était la première ce matin. Elle promena son regard sur la propriété. Quel bonheur de vivre à Xhabbo ! C'était l'endroit le plus merveilleux du monde.

La tiédeur de l'air en cette belle matinée était agréable. La clarté était telle qu'on apercevait l'horizon voilé d'azur tout au loin. Des tisserins pépiaient dans les arbres ou sautillaient dans l'herbe, dérangeant des étourneaux qui tentaient de les chasser. Des haies montaient des senteurs d'herbe coupée et de jasmin sauvage.

Le rêve ! se dit-elle en plongeant dans la piscine, suivie par Pluton, son labrador, qui aurait voulu la rattraper pour la ramener au bord.

– Va-t'en, vilain chien ! s'écria-t-elle.

Ses éclats de rire résonnèrent dans toute la propriété. Günter arriva un instant plus tard.

– Ton sale chien va me boucher le filtre, grommela-t-il. Il n'y a rien de pire que les poils de labrador.

Il se pencha par-dessus la haie, l'air soucieux, et la regarda nager.

Elle avait changé d'un seul coup. Hier encore

c'était une grande gigue maigre, et maintenant il avait devant lui une femme. Élancée, mince, des hanches bien formées, une poitrine arrogante, elle était incroyablement belle. Elle avait même une élégance naturelle surprenante car elle n'était absolument pas féminine. Derrière un profil d'une perfection absolue, de grands yeux mauves ardents et une chevelure blond cendré étincelante se cachait une enfant timide, incapable d'admettre l'idée qu'elle quittait l'adolescence. Il détourna le regard en remarquant son embarras quand elle sortit de la piscine. Elle enfila aussitôt une sortie de bain. Elle voulait à tout prix porter le maillot noir tout simple de l'école et s'était fait couper les cheveux très court. Mais tout lui allait. Parfois il regrettait de ne pas pouvoir la conseiller davantage.

Une fois emmitouflée dans son épaisse sortie de bain, elle passa ses bras autour de son cou et l'embrassa sur la joue.

– Bonjour, papa. Tu t'es levé du mauvais pied, on dirait. As-tu remarqué le temps merveilleux qu'il fait ?

Il la prit dans ses bras et l'étreignit. Elle sentait le chlore et le talc. Ses cheveux lui chatouillaient les narines. Il était difficile de se fâcher avec elle. C'était le souvenir vivant de Marika.

– Tu nettoieras le filtre, lui dit-il.

Claire arriva aussitôt, le regard étincelant. Elle aimait Sylvia mais ne pouvait s'empêcher d'être jalouse.

Claire n'a aucune pudeur, se dit-il en voyant la taille minuscule de son bikini. Elle n'avait jamais eu grand-chose à cacher et avec les années n'avait guère pris de poids. Sa chevelure rousse prit mille reflets sous l'éclat du soleil quand elle plongea dans la piscine.

Elle fit quelques longueurs puis sortit rapidement de l'eau et mit une veste verte. Elle ne fait jamais rien de spontané, se dit-il, tout est calculé chez elle. N'était-elle pas arrivée au moment propice lorsque Marika avait refusé le diamant ? Avec le recul il se rendait compte qu'il avait commis la plus grosse erreur de sa vie en l'épousant. Il avait été poussé par un sentiment de culpabilité.

Elle s'était montrée si aimante et si fidèle depuis des années sans jamais être payée de retour ! Il était certain d'être le seul homme de sa vie et de le rester. Quel fardeau ! Il se demandait pourquoi il avait l'esprit si critique ce matin. Il est vrai qu'elle s'habillait très bien; elle savait dépenser l'argent !

Claire posa son regard madré sur Günter, l'air inquisiteur. Elle essayait de deviner ses pensées. Elle était toujours sur ses gardes, prête pour l'assaut de l'ennemi. Elle l'aimait mais était parfaitement consciente de la distance qui les séparerait toujours. Elle voyait donc de la médisance partout et prenait toujours l'offensive.

– Ce vieux costume bleu est vraiment affreux, lui dit-elle. On voit les reprises que t'a faites Bertha là où le chien t'a mordu. On dirait que tu n'as pas les moyens de t'offrir un autre costume !

Souriant, il lui pinça l'oreille. Une gentillesse de plus ! se dit-il, mais il ne laissa rien paraître de ses mauvaises pensées.

– Il me plaît comme ça, lui répondit-il avant d'aller chercher le braai.

Claire le regarda entrer dans la maison avec une pointe de mécontentement. Elle était si fière de lui, ça tournait presque à l'obsession. Rien d'autre ne comptait pour elle. Quand Günter s'absentait, elle passait son temps à améliorer le décor de la maison ou du jardin, car Xhabbo reflétait la personnalité de Günter. C'était une extension de lui-même ou du moins l'était-ce à ses yeux. Xhabbo avait autrefois été la demeure de l'un des premiers magnats de la mine au temps de la ruée vers l'or. Il en avait fait une somptueuse résidence aux nombreuses pièces lambrissées, aux plafonds en bois repoussé et aux murs décorés d'appliques en cuivre. Günter avait appelé la demeure Xhabbo, ce qui signifie « paix » en bochiman. La bibliothèque abritait sa collection d'objets africains considérée comme l'une des plus belles du monde.

Elle promena son regard alentour avec fierté. Elle avait apporté tant d'améliorations dans cette propriété, elle avait exercé son emprise sur cet environnement tout comme sur Günter. Mais elle éprouvait une sensation désagréable. Günter avait reçu une lettre de Marika, Bertha également. Depuis, ils se montraient irritables. Chaque fois que Marika écrivait, c'était la même chose.

Elle retourna sous la véranda et vit Bertha arriver.

– Bonjour, Bertha, vous êtes matinale ! s'écria-t-elle.

Bertha avait l'air fatiguée. Sa peau, parcheminée par tant d'années passées au soleil, était ridée pour son âge. Elle avait les yeux cernés.

– Je n'ai pas fermé l'œil, se plaignit-elle; je crois m'être vaguement assoupie vers 4 heures et ces affreux moineaux m'ont réveillée à 5 heures. Je n'ai jamais entendu un tel vacarme.

– Voyons, Boba, ce sont des tisserins, non des moineaux, dit Sylvia, levant les yeux de son livre.

– Toujours est-il qu'ils font un bruit épouvantable !

– Ils font leurs nids, lui expliqua Sylvia.

Bertha vit un oiseau jaune fondre sur elle et faire brusquement volte-face au ras de l'herbe des pampas. Puis il s'envola, tenant dans son bec acéré une touffe d'herbe, ce qui donnait l'impression d'un cerf-volant. Il alla très vite placer sa proie dans son nid.

– Je vais acheter des protège-tympans, dit-elle.

Quelle absurdité de rendre les oiseaux responsables ! C'était bel et bien la lettre de Marika qui l'avait bouleversée et empêchée de dormir. Elle prit un fauteuil et fit semblant de lire le journal.

Impossible ! Son esprit vagabondait. Comment abandonner tout cela ?

Elle lança un regard discret vers Sylvia en soupirant. Comment cette gosse pourrait-elle s'habituer à Londres ? Elle était superbe, mais au fond de son cœur elle était attachée à ce pays. Son bonheur suprême était de camper dans la brousse ou de s'occuper de ses animaux. Son seul défaut était de se montrer parfois intolérante, se disait Bertha.

Sylvia observait sa grand-mère. Elle croyait connaître la raison de sa mauvaise humeur. Ils avaient découvert le pot aux roses pour la manifestation de la veille. Dieu sait comment. Elle avait passé trois heures à occuper le trottoir devant l'université de Wits au point d'être au bord de l'évanouissement. Elle avait été reconnaissante envers la police qui les avait repoussés.

– Vidons notre sac, dit-elle à son père, quand il vint s'asseoir auprès d'elle après avoir allumé le feu. Tu es furieux contre moi. (Il régna un silence pesant.) Réponds franchement, je sais que tu m'en veux. (Elle brandit son poing sous le nez de son père.) C'est toi qui m'as appris à lutter pour une cause qui me semble juste, papa. Eh bien c'est exactement ce que je fais. Fais ce que tu veux, je m'en moque, dit-elle, le regard furibond.

En réalité elle y attachait une grande importance.

Günter remarqua ses ongles rongés et poussa un long soupir. Après tout un séjour à Londres lui ferait peut-être du bien. Ces derniers temps elle s'exprimait de façon effroyable, ce qui ne cadrait pas avec sa féminité et sa beauté de plus en plus éclatantes.

– Dès que tu auras terminé tes études, tu iras en Angleterre. Ta mère insiste sur ce point.

Ébahie, elle se tourna vers Bertha. Derrière elle, Claire laissa tomber une assiette.

– Insiste ? dit Claire avec un certain mépris. Qui prête attention à ses souhaits ? Elle n'a aucun droit.

– Aucun droit, répéta Sylvia. Je n'irai pas.

Pour une fois, elles étaient d'accord. Sylvia se tourna vers Bertha, l'air suppliant.

– Tu hais l'Angleterre, n'est-ce pas, Bertha ? Et tu sais très bien que je n'irai pas sans toi !

– Ce n'est pas aussi simple, balbutia Bertha. C'est ta mère qui est légalement chargée de toi. Jusqu'à présent elle t'a laissée vivre ici, mais elle a le droit d'exiger que tu ailles habiter auprès d'elle. Quand elle t'a laissée avec moi, il a bien été entendu que tu retournerais avec elle quand tu serais un peu plus grande et qu'elle aurait une situation qui lui permette de t'élever. Ça a pris un peu plus de temps que prévu, c'est tout. Je ne pourrais pas t'empêcher de partir, même si je le souhaitais. Et ce n'est pas le cas. Vois-tu, dit Bertha, ennuyée, si seulement j'étais restée en Angleterre... tu aurais vécu là-bas. Je me suis toujours sentie coupable de ne pas être restée pour aider ta mère.

– Elle m'a éloignée d'elle, répondit Sylvia d'un air de défi. Elle n'est jamais venue aux vacances comme elle l'avait promis.

– Ta mère voudrait que tu ailles passer une année à Londres, dit Günter. Après quoi tu pourras revenir. Elle a monté une très grosse affaire. Tu en hériteras un jour si tu le souhaites, mais pour l'instant elle se demande si elle doit la garder pour toi. Autrement elle a l'intention de la vendre.

– Et tu la crois ? Tu crois un mot de ce qu'elle dit ? s'écria Sylvia, scrutant le visage de Bertha avec la franchise des jeunes.

– Ta mère doit être bien seule pour en arriver là.

– Elle a besoin de toi, ajouta Günter.

– Si j'ai bien compris, les désirs de ma mère et les tiens gouvernent ma vie, dit-elle méchamment. Oh, n'essayez pas de me berner ! lança-t-elle, rouge de colère. Vous êtes tous les deux entichés d'elle. Vous l'avez toujours été.

– Tu es ridicule, lui dit Bertha. C'est un problème de conscience. C'est ta mère…

– Elle n'est rien. Elle est même moins que rien. Je la hais. Tu ne le savais pas, n'est-ce pas ?

Sylvia s'affala sur sa chaise et chercha Claire du regard.

– Je ne crois pas qu'elle devrait partir… murmura Claire, mais, d'un geste, Günter l'arrêta net.

– Ta mère souhaite enfin avoir l'occasion de bien te connaître. Une année seulement, ensuite tu reviendras.

– Si tu m'envoies là-bas, je ne reviendrai jamais, s'écria Sylvia en sortant de la maison en courant, suivie de son chien.

Günter et Bertha l'appelèrent, mais elle se précipita dans son bureau où elle s'enferma à clé. Elle savait que, malgré ses explications, ses suppliques, son refus, elle finirait par partir. Pourquoi ? Parce que son père ne prendrait jamais parti contre Marika. Elle ne pouvait effacer de sa mémoire le regard suppliant de son père quand il avait demandé à cette sale bonne femme de l'épouser dans cet horrible hôtel de Luderitz. Il l'aimait toujours, l'imbécile ! Maintenant on allait l'expédier chez sa mère sur un plateau d'argent ! Comme une offrande à une déesse implacable.

– Ce n'est pas possible, pas possible ! s'écria-t-elle en se jetant par terre.

58

Une légère bruine couvrait le ciel en cette matinée lugubre. L'aéroport était encore plus sinistre. Affreux pour des retrouvailles. Sa fille était accoutumée à l'espace et à un paysage toujours renouvelé. Marika saisit la rampe avec une certaine appréhension. Ces trois dernières semaines, elle avait été la proie de sentiments confus. Elle éprouvait à la fois un bonheur intense et un étrange pressentiment. Le temps sinistre était à l'image de ses craintes. Bon sang ! Il n'aurait pas pu faire beau ! On était bien en avril ! Mais les arbres ne bourgeonnaient pas encore.

Elle sentait la main de Tony sur son épaule. Elle lui lança un bref regard. Si seulement il avait fait la connaissance de Sylvia en Afrique du Sud ! Sa fille serait certainement fatiguée et les premières impressions sont tellement importantes ! Elle avait suggéré à Tony d'attendre chez eux, mais il avait refusé tout net.

– Je suis papa ! avait-il répondu en riant. Dis-lui de m'appeler papa.

Il prenait plaisir à jouer ce rôle. Il avait acheté un tandem et il y avait une nouvelle jument à l'écurie. Marika n'était pas censée le savoir. Dieu fasse que Sylvia lui plaise un peu ! Si seulement ils pouvaient former une famille ! Mon Dieu, je vous en supplie ! priait Marika en silence.

Elle n'avait pas vu sa fille depuis deux ans. C'était sa faute. Elle n'avait pas voulu revoir Günter maintenant qu'il avait épousé Claire et avait éprouvé un sentiment de colère et de jalousie à l'idée que Bertha partageait leur bonheur. Elle avait maintenant envie de créer des liens avec sa fille, de panser les blessures et de rattraper le temps perdu. Une seconde chance, c'est tout ce qu'elle souhaitait. À dix-huit ans, Sylvia n'était plus une enfant. Dans son esprit, Sylvia était toujours cette adolescente dégingandée, qui avait sans doute grandi mais qui était fondamentalement la même.

Les premiers Sud-Africains apparurent, souriants, bronzés, un sac de safari jeté sur l'épaule.

Elle leva la main et la laissa un instant sur l'épaule de Tony. Elle sentait qu'il était crispé. Au fond, elle lui était reconnaissante d'être venu. Une peur irrationnelle s'était emparée d'elle. Et si elles avaient raté l'avion ? Si elles avaient décidé de ne pas venir au dernier moment ? Peut-être Bertha avait-elle changé d'avis ? Peut-être Günter les avait-ils retenues ?

Elle en frissonna. Soudain elle aperçut Bertha, le visage pourpre, les yeux enflés. Marika allait se précipiter mais elle resta soudain figée, ébahie. La jeune femme qui tenait le bras de Bertha était d'une beauté époustouflante. Elle n'avait pas le sourire, mais ses lèvres charnues avaient une forme parfaite, son nez était légèrement retroussé. De ses yeux mauves émanait un charme fou, et sa chevelure blond cendré accentuait la pureté de ses traits. Sa coupe de cheveux, sa démarche nonchalante et ses sandales plates dénotaient un certain refus de cette exquise féminité.

C'était bien Sylvia. Personne d'autre ne pouvait avoir ces yeux-là !

– Tony, elle est si... si...

– Si épuisée, dit-il d'un ton sec.

Marika leur fit signe et se précipita vers elles comme dans un tourbillon irréel. Se retournant vers Tony, elle remarqua qu'il était troublé et restait figé. Que diable se passait-il ? Elle étreignit sa fille avec passion mais la sentit se raidir et reculer. Puis elle bredouilla quelques paroles de bienvenue.

– Bertha a mal supporté le voyage.

Ce furent les premières paroles de Sylvia. On aurait dit une accusation.

– Marikala, ma chérie, s'écria Bertha d'un ton apaisant. N'écoute pas Sylvia, je vais très bien. Maintenant qu'on est sur la terre ferme, tu vas voir comme je vais vite me remettre.

Bertha n'avait pas changé. Elle était toujours malade en avion.

Elles allèrent chercher les bagages et un caddie, bavardant allègrement comme si elles ne s'étaient quittées que depuis quelques jours. La voiture, qui les attendait, les emmena aussitôt.

Jetant un coup d'œil vers Sylvia, Marika s'aperçut que le spectacle qu'offraient les petites maisons qu'on distinguait à peine dans la grisaille brumeuse à travers les vitres embuées la glaçait de dégoût. Tony restait bizarrement silencieux dans son coin.

– Tony veut que tu l'appelles papa, dit Marika en riant, le visage tourné vers Sylvia, la main posée sur le genou de Tony.

– C'est faux, s'écria Tony, ce serait parfaitement ridicule !

Marika resta bouche bée. Elle se sentait trahie.

– C'est vrai, après tout, répondit-elle d'un ton faussement gai.

Troublée, au bord des larmes, Marika devait affronter l'hostilité de Sylvia et l'indifférence de Tony. Elle évoqua le bon vieux temps avec Bertha jusqu'au moment où la voiture approcha du manoir d'Outwood.

Soudain Sylvia manifesta sa joie et son étonnement devant la beauté de cette demeure avec son toit d'ardoises, ses lucarnes faîtières, sa grange et son lac.

– C'est tellement anglais ! Quelle perfection ! soupira Sylvia. Jamais je ne t'aurais crue capable de choisir un tel endroit, maman !

Pourquoi cette insulte ? se demanda Marika sans répondre.

– Attends de voir l'intérieur, ma chérie, dit brusquement Tony.

Souriant, il avait l'air satisfait et fier en garant la voiture. Tout va très bien se passer, se dit Marika. Il faut simplement un peu de patience.

Le déjeuner fut servi dans la salle à manger lambrissée. Ce fut pénible. Sylvia resta les yeux fixés sur son assiette, Bertha les saoula de paroles;

Tony, contrairement à son habitude, était réservé et distant. Pour l'amour de Dieu, se dit Marika, ils ne peuvent pas faire un effort ! Elle essayait de paraître calme et heureuse.

Sylvia buvait son café de façon inconvenante.

– Puis-je aller faire un tour... simplement pour me familiariser...

– Bien sûr, ma chérie, répondirent-ils de concert. Pourquoi ne pas défaire tes valises d'abord ?

Sylvia adressa un sourire amical à Tony, ne prêta nulle attention à sa mère et sortit dans le jardin.

– C'est fou ce qu'elle a grandi ! dit-elle en souriant à Tony. Elle est magnifique.

Tony lui lança un regard étrange mais ne répondit pas.

– Tu ne trouves pas ? dit-elle en insistant.

– C'est un doux euphémisme.

– Je ne sais pas ce qu'il a, confia Marika un peu plus tard à Bertha quand elles montèrent dans sa chambre, bras dessus, bras dessous. Il était bien à l'aéroport. Bon, n'y pensons plus. Avec Tony ça ne peut pas être bien grave. Parlons de toi.

Mais c'était sérieux. Le visage de Sylvia, à la fois si lointain et si familier, l'avait conquis. Il avait devant lui une version nouvelle, plus jeune, d'une beauté encore plus obsédante de la femme qu'il aimait avec passion depuis quinze mois. Il avait l'impression d'être à la place de celui qui vient d'acquérir un faux et se trouve confronté avec l'œuvre d'art authentique convoitée mais appartenant à un autre. Marika n'était que la réplique.

Il était submergé de colère et de culpabilité. Sylvia était faite de chair et de sang; ce n'était pas un tableau et, de surcroît, elle était sa belle-fille. Il espérait que Marika n'avait pas remarqué l'afflux de sang sur son visage et le désir qui l'avait envahi. Il avait été si subjugué qu'il en était resté muet. Mais un peu plus tard, lorsque son regard se posa sur ses membres élancés, sa taille fine, ses yeux d'une pureté radieuse, il faillit chanceler, tel un jeune homme sans expérience. Puis il avait éprouvé une certaine joie en la voyant découvrir avec plaisir la maison, le tandem et la jument, incapable de résister au bonheur de tout lui offrir.

– Mon Dieu, c'est impossible ! grommela-t-il.

Il avait l'impression de plonger dans un trou noir et terrifiant. C'était un sentiment étrange et inquiétant. Il laissa errer son regard dans le jardin, ne prêtant pour une fois aucune attention au paysage.

Sylvia le trouva prostré. Elle avait frappé doucement à la porte de son bureau et, n'entendant aucune réponse, était entrée.

– Tony ! Vous avez l'air d'aimer cette vue ! dit-elle d'une voix douce et grave.

Elle avait posé sur lui son regard merveilleux où se mêlaient timidité et ressentiment.

Elle s'était approchée tout près de lui, trop près peut-être. Elle scrutait son visage. Il se demanda si elle était myope. Elle posa une main sur son bras.

– Tony... ou plutôt papa ? dit-elle en éclatant de rire. (Il en fut troublé.) Ah, cette pauvre maman et ses illusions ! Je venais vous dire de ne pas vous inquiéter pour Bertha et moi. Nous n'allons pas vous déranger longtemps... Je lui ai promis de venir à Londres pour lui faire plaisir. Mais je hais déjà cette ville et je dois dire que je ne vous en veux pas... d'être courroucé. Se voir affublé d'une belle-fille de mon âge, ce n'est pas très drôle, j'en conviens.

Tony réagit brusquement.

– Ne soyez pas stupide, c'est bien la dernière de mes pensées.

Il la regarda d'un air pensif. Elle avait un esprit d'indépendance et sur une remarque elle était capable de faire ses valises et de partir sur-le-champ. Cette pensée le fit frémir. Il préféra choisir un ton gouailleur.

– On ne peut pas dire que vous soyez adulte ! lui dit-il en souriant.

Mais son sourire était plutôt un rictus qui se répercuta sur tout son visage.

Bizarre ! pensa Sylvia. Il avait une voix étrange ! Était-ce son imagination ? Elle se sentit soudain gênée tandis que son vernis de politesse fondait. Quel homme séduisant lorsqu'il souriait ! Des yeux marron vifs, des fossettes sur les joues et une sorte de duvet qui accentuait son hâle. Il n'était pas particulièrement grand mais en donnait l'impression, sans doute à cause de son rayonnement éclatant. Malgré son charme, il émanait de lui une certaine dureté. Il avait un visage marqué et lorsqu'il ne souriait pas une expression de dureté, voire de cruauté, se dessinait.

Et puis après tout, pourquoi se poser toutes ces questions ? se dit-elle. Pourtant... elle était intriguée. Dans l'univers de Sylvia, il y avait les bons et les mauvais, et elle ne savait pas dans quelle catégorie le placer. Avec sa mère, c'était facile. Depuis l'âge de douze ans, Sylvia l'avait mise dans les mauvais.

– Sans doute attendiez-vous quelqu'un de plus jeune ?

– Qu'est-ce qui vous fait penser cela ?

Elle avait évidemment raison. L'intuition féminine !

– Vous aviez l'air si choqué ! Je vous ai observé.

– Vous êtes belle, dit-il sans réfléchir.

Il regretta aussitôt ses paroles.

Elle se mit à rire puis se dirigea vers la fenêtre.

Tony se sentit stupide. Il la comprenait fort bien. Elle était le produit de son environnement. La moralité, tout comme le reste, était un luxe. Elle tirerait le meilleur parti de tout et arborerait sa prise, tel un chevalier du Moyen Âge ses couleurs, pour que le monde entier l'admire. Elle cherchait son dragon et il se sentait particulièrement prêt pour ce rôle. Cette perspective n'était pas sympathique.

– Je sais que je suis belle, dit-elle avec une franchise inattendue. On me l'a dit souvent et je m'en suis rendu compte en me regardant dans la glace, mais je vais vous faire une confidence, j'exècre cette idée, oui, je l'exècre. Je n'aime que ce que j'acquiers avec difficulté. De surcroît, je suis d'une beauté trop éclatante.

– Vous ne savez pas comment vous en servir ?

– Exactement.

– Je ne vous crois pas, répondit-il en souriant. Vous en usez en permanence, peut-être inconsciemment. C'est une arme très efficace et vous êtes jeune et sans défense.

– J'espère que ce n'est pas vrai.

Elle éprouvait l'étrange sensation d'émerger de son inconscient et d'entrevoir la personnalité insondable de Tony. L'apparence était loin de la réalité. Son sourire sympathique cachait quelque chose. Il lui manquait un élément. Il lui sourit de nouveau et posa une main sur son épaule.

– Ne faites pas attention, je vous taquine. J'aime bien plaisanter et je sens que nous allons être amis.

– Oh, oui, répondit-elle, soulagée.

– Dites-moi, une femme aussi belle que vous devrait-elle faire du tandem ? lui demanda-t-il en riant.

– Cessez de me flatter, répondit-elle en rougissant.

– Les beaux-pères ne flattent jamais, ils font des remontrances.

Elle se sentit totalement détendue.

– Je ne sais pas si les jolies femmes font du tandem, mais les belles-filles certainement.

Il avait cessé de bruiner. Des gouttes de pluie perlaient à l'extrémité des branches et scintillaient sur les toiles d'araignée tissées dans les sous-bois. Il se dégageait de délicieuses senteurs d'herbe mouillée et de terre humide. Ils grimpèrent au sommet de la colline en riant et dévalèrent la pente à vive allure en riant comme des fous. Ils tombèrent même au milieu d'une touffe d'orties, et Tony lui apprit comment calmer les démangeaisons en se frottant avec des feuilles.

Ils ramassèrent des violettes dans les haies d'arbustes et trouvèrent des primevères. Sylvia tomba amoureuse de la campagne anglaise. Des nuages s'amoncelaient dans le ciel; des hirondelles volaient bas; une alouette pépiait au-dessus d'un massif de chélidoines, de lupinelles et de primulas, s'élevant et retombant aussitôt sans but, comme si elle s'extasiait de son propre vol. Sylvia poussa des cris de joie quand un renard traversa la route comme un éclair. Elle se jeta dans l'herbe humide et arracha une poignée d'herbe. Puis elle roula sur le dos, cueillit un bouton-d'or et contempla le ciel.

On peut l'examiner sous tous ses aspects, c'est toujours la perfection ! se dit Tony. Elle illuminait son univers. Jamais il n'avait vu de femme si belle. À sa beauté prodigieuse s'ajoutaient une ardeur et une passion puérile de la vie qui donnaient à son regard un éclat étincelant.

– Je vous ferai connaître la Suisse et l'Italie, lui dit Tony, rougissant et surexcité. Il y a tant à voir ! Ne vous sauvez pas trop vite.

Il posa le tandem contre un arbre et s'assit dans l'herbe auprès d'elle.

– Vous êtes effroyablement riche, lui dit-elle avec une franchise toute puérile.

– Je suis effroyable, répondit-il en faisant d'horribles grimaces.

– Vous n'avez vraiment pas l'air d'un requin pour un homme d'affaires, lui dit-elle en riant.

– Vous touchez au cœur du problème ! Ce qu'il y a de plus terrible chez ces gens-là, c'est qu'un monstre se cache sous une apparence humaine.

– Et vous, qu'avez-vous de particulier ?
– Rien.
Il détourna le regard, se disant qu'il pourrait lui répondre plus franchement, lui dire qu'il manipulait les êtres et parfois les détruisait.
– Généralement, je n'en fais qu'à ma tête, ajouta-t-il.
Elle lui trouva un regard bizarre. Elle ressentait une certaine confusion à laquelle se mêlait un sentiment de peur. Elle rougit sans pouvoir détourner de lui son attention.
– J'ai terriblement soif, lui dit-elle.
– Il y a un pub pas loin...
– Quelle chance ! Je n'ai jamais goûté de bière anglaise.
Ils s'assirent sur un vieux banc en bois devant la vieille auberge.
– Quel âge avez-vous ? lui demanda-t-elle.
– Bientôt trente ans.
Il remarqua un léger frémissement de ses sourcils.
– Maman ne m'avait pas dit que vous n'aviez que douze ans de plus que moi, murmura-t-elle.
– Et pourquoi l'aurait-elle fait ? dit-il sèchement.
– Pourquoi n'avez-vous pas épousé quelqu'un de votre âge ? demanda-t-elle d'un ton grave.
– Parce que je n'avais jamais rencontré de femme comme Marika auparavant et parce qu'à l'époque je croyais qu'elle était la plus belle femme du monde.
– Vous aimez ma mère ? dit-elle en détournant la tête.
– Oui, répondit-il brièvement et, comme vous êtes sa fille, il va de soi que je vous aime aussi.
Le sérieux de Sylvia s'estompa pour laisser place à des éclats de rire. La route du retour se fit dans la joie.
Tony se sentait vulnérable. C'était la première fois de sa vie qu'il éprouvait cette désagréable

sensation. Il se demandait comment une telle chose pouvait lui arriver.

59

Elle avait bu deux martini puis du champagne en attendant de dîner au night-club privé qui servait également de maison de jeu où se pariaient des sommes folles. C'était l'un des endroits les plus sélects de Londres. Marika avait eu l'idée de faire tout le repas au champagne pour cette première soirée londonienne de Sylvia. Elle voulait montrer à sa fille un monde où seul comptait l'argent, où elle était connue et où presque toutes les femmes arboraient ses fourrures. Elle envisageait ensuite d'aborder le problème de l'avenir avec Sylvia.

Elle avait porté une attention particulière à sa mise. Sans en percevoir la motivation, Marika avait voulu paraître jeune et séduisante. Elle avait choisi une création Barrera, ce qui n'était qu'un prétexte fallacieux pour porter une robe qui révélait ses formes voluptueuses tandis que le satin vert sombre aux reflets chatoyants faisait ressortir ses yeux d'ambre et la pâleur diaphane de sa peau. Sylvia ne manquerait pas de remarquer la séduction qu'exerçait encore sa mère, car depuis son arrivée elle s'opposait continuellement à elle, et Marika cherchait désespérément à gagner le cœur de sa fille.

Sylvia l'avait supplantée, mais elle n'en éprouvait nulle rancœur. On ne pouvait pas lutter contre la jeunesse et son éclat naturel qui ne laissait aucune chance même aux maquillages les plus coûteux. Avec ses traits d'une sensualité incroyable, l'éclat de ses yeux et sa chevelure blond cendré, Sylvia faisait sensation. Elle n'avait pas besoin du tailleur noir Balenciaga que Günter lui avait offert. Ce soir-là, en ce lieu où avaient défilé les plus belles femmes du monde, tous les regards étaient tournés vers elle. Peut-être étaient-ce son expression suffisante, ses cheveux coupés court ou l'absence totale de maquillage qui semblaient crier à la ronde : Au diable vous et votre univers !

Marika se sentait trop apprêtée. Elle buvait fébrilement son champagne tandis que Sylvia, le sourire figé, lançait à la ronde des regards méprisants qui en disaient long sur ses sentiments à leur égard.

À leur table, tout le monde était à cran, surtout Tony. Il était visiblement énervé, crispé, avait la repartie prompte et faisait plus de plaisanteries que d'habitude. Marika ne parvenait pas à trouver la cause de son tracas.

Elle remarqua l'attention que lui portait Bertha. Pourquoi ces regards insistants ? Elle n'était pas ivre... simplement détendue... Le champagne semblait lui avoir clarifié les idées. Si auparavant elle se demandait comment persuader sa fille de travailler avec elle, elle se rendait compte que son avenir était tout tracé. Elle aurait Londres à ses pieds en devenant le mannequin le plus recherché d'Angleterre, ce dont Marika avait toujours rêvé mais qu'elle n'avait pu réaliser. Ensemble, mère et fille formeraient une équipe fantastique, unique au monde.

Plongée dans ses chimères, elle se tourna vers sa fille.

– Sylvia, ma chérie, demain nous irons te choisir une fourrure. Un manteau de loutre blanche t'irait à merveille. As-tu remarqué qu'au moins six femmes ce soir portaient des modèles Magos ? Tu les reconnaîtras très vite.

Sylvia en frémit et baissa la tête.

– Oh, non, merci, maman, marmonna-t-elle.

– Il le faut, ma chérie. Tu as besoin d'une magnifique garde-robe, les gens te reconnaîtront.

Vois-tu, même ici, tout le monde t'a remarquée. Ils se demandent tous qui tu es et d'où tu sors.

Elle se mit à rire, heureuse et sûre d'elle. Mais pourquoi donc Bertha lui donnait-elle des coups de pied ?

– Sylvia est très jeune, lui dit Bertha gentiment.

– La jeunesse est un atout majeur, insistait Marika. Certaines fourrures ne peuvent être bien portées que par des jeunes.

Personne ne pouvait l'accuser d'être jalouse de la beauté et de la jeunesse de Sylvia.

– C'est impossible ! À la pensée de ces pauvres bêtes sauvages, piégées, mourant après mille souffrances simplement pour te permettre de t'enrichir, pour que ces femmes... ces horribles... (Elle bredouilla et s'interrompit.) Plutôt mourir que porter un manteau de fourrure ! Quant à tirer ma fortune de la cruauté et de la douleur... ça, jamais !

Ébahie, livide, Marika se redressa.

– Je ne tire pas ma fortune de la cruauté et de la douleur, dit-elle, répétant stupidement les paroles de sa fille.

– C'est pourtant ce que je pense.

Marika en avait le vertige. C'était un véritable coup de poignard et la guerre n'avait même pas été déclarée. Comment sa fille pouvait-elle avoir autant d'assurance et de mépris envers les autres et s'ériger en modèle de vertu ? Elle avait l'avantage de la jeunesse. C'était là la raison de son arrogance, jamais mise à l'épreuve donc pure, innocente jusqu'au moment où l'on prouverait sa culpabilité. Pour être un saint, il faut mourir jeune, se dit Marika.

– Je n'avais pas remarqué que tu étais végétarienne, lui dit-elle, cherchant ses mots tant sa douleur était grande. En te voyant manger des côtelettes d'agneau à midi, j'ai eu l'impression que tu les appréciais. Je doute qu'un agneau souffre plus ou moins qu'un renard ou un phoque.

– Je deviendrai végétarienne, dit Sylvia d'un

ton sec. Et puis tu es incapable de comprendre. Nous vivons dans deux mondes différents et selon des critères opposés. Enfin, je crois que nous devrions parler d'autre chose.

Elle se tourna vers Tony comme pour chercher de l'aide.

Pourquoi lui ? se demanda Marika. Il n'y avait pas une parcelle de pureté en lui. Les yeux voilés de larmes, elle vida son verre. Aussitôt un garçon le lui remplit de nouveau. En plus, elle va penser que je suis une ivrogne ! se dit-elle.

– Je crois que la seule chose que nous puissions manger sans danger aujourd'hui, dit Tony d'un ton sérieux, c'est un chou mort de mort naturelle. Je crois que c'est leur spécialité. (Il lança à Sylvia un regard moqueur.) Accepteriez-vous que je vous en commande un ? Méfiez-vous de la purée. Il paraît qu'on écrase les pommes de terre et qu'on leur arrache les yeux !

– Oh, Tony s'écria Sylvia en gloussant, que vous êtes bête ! (Puis elle tenta de reprendre son air guindé et ajouta :) De toute façon, vous ne pouvez pas comprendre, vous êtes trop vieux !

Vieux ! Encore ce mot affreux ! Y avait-il une conspiration parmi les jeunes pour qu'ils prétendent être les seuls à sauvegarder la moralité ?

Marika se plongea dans le menu. Elle avait des bourdonnements dans les oreilles, des picotements dans les yeux; elle se sentait rouge de honte. Ils doivent se rendre compte que je suis au bord des larmes, se disait-elle. Elle luttait contre sa souffrance. Dire que cette soirée était censée célébrer une joyeuse fête !

Marika se ressaisit et lança un regard qui se voulait maternel vers sa fille.

– Chérie, j'ai de bonnes nouvelles pour toi, tu as été acceptée à l'école de mannequins Lorraine Ashley.

Elle esquissa un sourire. Enfin elle marquait un point. Ashley était l'école la plus sélecte de

Londres. Ils n'engageaient que très peu d'élues chaque année.

Sylvia la regardait, ébahie, la bouche entrouverte. Au moins, j'ai pu créer un effet de surprise ! se dit Marika.

– Mais, maman, je n'ai nulle envie d'être mannequin. Je veux être missionnaire ou... assistante sociale. Je ne pourrais pas perdre mon temps en frivolités aussi stupides que la mode, les fourrures ou même venir à des soirées comme celle-ci, dit-elle d'un air méprisant pour l'assemblée.

Marika entendit un petit rire étouffé et s'aperçut que c'était Tony. Cette querelle l'amusait. Incroyable ! Elle se sentait doublement rejetée. Elle chercha désespérément Bertha du regard.

– Mais il le faut... s'entendit-elle murmurer. Tout cela est à toi... cet univers... ces sociétés... toute une vie de travail... mes collections... Sylvia, tu ne sais pas combien il est difficile d'arriver au sommet et d'y rester. Je suis fière de ce que j'ai accompli. Il m'a fallu quinze ans...

Pourquoi avait-elle mentionné le nombre d'années ?

Elle posa trop brusquement sa coupe sur la table, le champagne se renversa sur la nappe. Elle rougit de confusion.

– Marika, je crois que tu as trop bu, dit Tony d'un ton sec. (Il se tourna vers sa fille.) Accepteriez-vous de m'accorder cette danse, Sylvia ?

Stupéfaite, elle vit Sylvia acquiescer. Une seconde plus tard, ils évoluaient tous deux sur la petite piste de danse éclairée aux chandelles tandis que les trois musiciens de l'orchestre jouaient une musique douce.

Se tournant vers Bertha pour chercher un soutien, elle la vit essuyer furtivement une larme avec le coin de la nappe.

– Oh, Bertha, ce n'est pas très grave, dit-elle, feignant la bonne humeur.

Elle lui prit la main.

– Elle est jeune, répondit Bertha en reniflant, mais les enfants peuvent se montrer cruels et faire terriblement souffrir, surtout quand ce sont les nôtres. Tu ne l'as pas encore vue sous son meilleur jour, Marika, ajouta-t-elle, tentant de lui faire oublier ses problèmes. Je vais aller m'installer à Finchley la semaine prochaine. J'ai décidé de rester là-bas et de te laisser seule avec Sylvia.

– Tu es si sûre qu'elle aura besoin de toi, lui dit Marika, consciente une fois de plus de son échec en tant que mère.

– Non, ce sera plutôt toi qui auras besoin de moi. Sylvia n'est pas aussi vulnérable que toi. Heureusement.

Marika sursauta.

– Je ne veux pas jouer les belles-mères encombrantes, aussi ai-je décidé de vivre seule. Je vais chercher du travail pour ne pas rester oisive.

– Bertha, je me sens si coupable, je croyais que tu avais tout ce qu'il te fallait !

– Je ne manque de rien mais je ne serais pas peinée de gagner plus. En fait, il me faut un travail où j'aie la possibilité de rencontrer des gens et de leur parler. C'est plus une activité que de l'argent que je recherche.

– Bertha, dit Marika, rayonnante, j'ai exactement ce qu'il te faut. Voudrais-tu prendre la direction du personnel ? Je n'ai personne à l'usine. Tanya se plaint de passer la moitié de son temps à régler les problèmes de chacun. Tu connais Tanya. Elle préférerait employer des robots. Les problèmes humains ne l'intéressent pas.

– Cela me conviendrait parfaitement, répondit Bertha en souriant. Si Tanya est d'accord, c'est parfait. Merci, Marikala.

Elle s'interrompit en voyant revenir Tony et Sylvia.

Marika eut un coup au cœur. Tony tenait Sylvia par l'épaule d'un air possessif. Geste familier. Sylvia avait l'air grave et abattue.

Marika, au prix d'un grand effort, arbora un sourire naturel qui se voulait indifférent à la conduite de sa fille.

– Bonjour, Tony !

C'était Bruce Rose, leur courtier. Il avait un visage couperosé et des veines saillantes. Il arborait toujours un air jovial, mais ce soir il en faisait trop. Sans prêter la moindre attention à Marika, il s'extasia devant Sylvia.

– Dis donc, tu sais où les trouver ! dit-il, l'œil lubrique.

Il saisit la main de Sylvia et lui fit un baisemain d'un air théâtral.

– Ma fille... lui répondit Tony sèchement, mais Bruce éclata de rire.

– Ta fille ! Elle n'est pas mauvaise, celle-là ! Ça peut marcher à mon âge, mais toi tu n'as aucune chance, mon vieux !

– Tu es ivre, dit Tony d'un ton glacial.

Bruce semblait stupéfait. Il ne comprenait pas l'attitude de Tony.

– D'accord, d'accord, répondit-il en haussant les épaules. Ne le sommes-nous pas tous ? (Soudain il aperçut Marika et rougit.) Je suppose que vous allez dire vous aussi que c'est votre fille... Ah ! Ah !

– Oui, c'est ma fille, dit Marika d'une petite voix lasse.

L'air sceptique, il promena son regard de l'une à l'autre.

– Incroyable ! murmura-t-il.

Il se pencha vers Marika, qui sentit des effluves de cognac et d'ail.

– Il faudra la surveiller de près, surtout avec Tony ! Il aime les jolies femmes. Enfin, vous le savez mieux que moi.

Il partit brusquement.

– Demain matin, dit Marika avec fermeté, j'engagerai un nouveau courtier. Quant à toi, Sylvia, ça t'apprendra à connaître ce monde que tu rejettes avec tant de vigueur.

– Inutile d'en vouloir à la petite, dit Tony d'un ton apaisant. Nous avons eu une petite conversation tous les deux, n'est-ce pas, Sylvia ? (Il posa une main sur la sienne.) Sylvia veut aller à l'université, mais la rentrée ne se fait que dans six mois. Entre-temps elle accepte de suivre les cours à Ashley, dit-il avec suffisance.

– On dirait que tu as de l'influence sur elle, murmura Marika.

Sylvia se leva, intriguée et confuse. Sa mère était livide, Bertha, furieuse. Qu'avait-elle donc fait ? Ce n'est pas qu'elle prêtât une attention particulière à leurs états d'âme, mais elle aurait bien aimé en savoir la cause. Elle se sentait comme une enfant qui s'amuse avec un pistolet et découvre qu'il peut apporter la mort. Pourquoi accorder tant d'importance à la moindre de ses paroles ? Si seulement elle n'avait pas pris parti pour Tony ! Elle commençait à entrevoir la vérité. Elle se rendait compte qu'il l'avait flattée pour arriver à ses fins.

– Vous êtes la plus belle femme que j'aie jamais rencontrée ! lui avait-il dit en dansant, mais bon sang, quelle démarche épouvantable et quel air puéril ! Pourquoi ne pas passer quelques mois à apprendre à devenir une femme élégante ? Qu'avez-vous à perdre ?

En réfléchissant, Sylvia se demandait où il voulait en venir. Elle commençait à perdre de son assurance. Elle n'était pas chez elle mais en territoire ennemi.

– Je suis fatiguée. Je vais aller me coucher. Non, je vous en prie, dit-elle à Tony en le voyant se lever. Je préfère prendre un taxi.

– Je rentre avec Sylvia, dit Bertha. Moi aussi, je suis épuisée.

– Je ne vais pas permettre... dit Tony en faisant signe au garçon.

Sylvia posa la main sur son bras.

– Faites cela pour moi, Tony, restez avec maman.

En quel honneur sa fille suppliait-elle Tony de rester avec elle ? se demanda Marika en la voyant s'éloigner.

Tony se rassit, stupéfait.

– Quelle soirée ! s'écria Marika un instant plus tard pour rompre le silence.

Tony se tourna vers elle. Il avait dans le regard une expression qu'elle ne lui connaissait pas, comme un secret qu'il gardait jalousement. J'ai trop d'imagination ! pensa-t-elle.

– C'est vrai, répondit Tony.

– Je n'ai pas très faim.

Elle regarda son melon sans grand enthousiasme. Tony, imperturbable, avala sa soupe.

– Le départ de Sylvia ne semble pas t'affecter, lui dit-elle.

– Et pourquoi devrais-je l'être ?

– Parce que je le suis, moi. Sylvia peut se montrer cruelle, poursuivit-elle, essayant de susciter une certaine sympathie.

– C'est assez simple, tu ne la comprends pas, lui dit-il doucement comme s'il s'adressait à une enfant. C'est l'abîme qui sépare les générations. Mais ne t'inquiète pas.

Elle lui lança un regard désespéré puis détourna la tête. Croisant les mains d'un air las, elle essaya de concentrer son attention sur les toilettes somptueuses qui s'offraient à son regard.

Pour la première fois de sa vie, son âge était une entrave. Elle n'avait que trente-six ans, mais il était plus exact de dire qu'elle approchait de la quarantaine. Einstein avait oublié un point essentiel. Le temps était relatif, mais la différence dépendait uniquement du fait que l'on soit un homme ou une femme.

60

À 8 heures précises le lendemain matin, Bertha arriva à l'usine de Marika. Elle regrettait de lui avoir dit qu'elle avait besoin de travailler. Elle aurait dû se douter que sa fille lui trouverait aussitôt quelque chose. Du boulot pour les copains ! se dit-elle amèrement. Elle n'avait jamais apprécié ce style de procédés.

Marika avait tenu à passer la prendre dans l'après-midi et à l'amener à l'usine, mais Bertha avait préféré s'y rendre toute seule. Ne mêlons pas la famille et les affaires, lui avait-elle dit. Qui voulait-elle duper ? À cinquante-neuf ans, elle ne trouverait pas de travail facilement.

Elle resterait une semaine pour voir si vraiment elle pouvait se rendre utile. Si elle ne méritait pas son salaire, elle partirait d'elle-même. Cette décision prise, elle se sentit soulagée.

Arrivée au coin de la rue, elle s'arrêta, stupéfaite. Les bâtiments étaient peints en beige et marron. Les façades étaient ornées d'enseignes : Sidersky Fourrures, Modèles Marika Magos, Magos Haute Couture.

Bertha savait que sa fille avait réussi, mais elle ne s'attendait pas à une réussite d'une telle envergure. Elle entra avec curiosité. C'était la même entrée que du temps de Mendel, mais en dehors de cela, tout avait changé. À l'intérieur, les parois de verre donnaient une luminosité éclatante.

– Bonjour, je suis Bertha Factor, la nouvelle directrice du personnel. Savez-vous où je dois aller ?

– Du personnel ? lui dit une blonde, l'air pincé. Elle est bien bonne, celle-là ! Il me faudrait du chauffage.

– C'est vrai, on gèle ici. Je... je le note, dit Bertha en sortant un calepin.

– Si vous obtenez cela de M. Sidwell, je vous prendrai pour une magicienne, dit la jeune fille en reniflant. (Elle appuya sur l'intercom.) Monsieur Sidwell, votre nouvelle directrice du personnel est là. (Elle se tourna vers Bertha.) Attendez un instant, je vous prie.

Bertha était agitée. Elle avait l'impression que Marika l'avait complètement oubliée.

D'emblée elle éprouva de l'antipathie pour John Sidwell. Il se montra très aimable, mais elle décela un regard d'acier derrière sa mince silhouette. Ses yeux gris perle reflétaient une lueur cruelle. Ses boutons de manchettes scintillaient dans la lumière fluorescente quand il agitait nerveusement ses mains.

– Est-ce une farce ? s'écria-t-il. Vous prétendez que Mme Magos vous a engagée à votre âge !

– La tolérance s'acquiert avec l'âge, lui répondit Bertha d'un ton sec. La courtoisie s'apprend aussi, monsieur Sidwell.

– N'y comptez pas trop. Tout cela est parfaitement irrégulier. Je suis le directeur. Mme Magos est la présidente. C'est moi qui engage et renvoie le personnel, et je ne vois pas pourquoi elle s'est mis dans la tête que nous avions besoin d'un directeur du personnel.

Moi si, se dit Bertha en le regardant, mais elle se tut au prix d'un grand effort.

– Je suppose qu'elle vous a engagée parce qu'elle connaît votre situation de famille.

– Elle la connaît assez bien, en effet, répliqua Bertha.

– Bon, on va vous prendre à l'essai, dit-il d'un ton désagréable. Les chauffeurs ont déclenché une grève. Elle tombe au mauvais moment et ils le savent. Réglez l'affaire et vous aurez ce poste.

Les chauffeurs se trouvaient dans la cour, vociférant et le poing levé. C'était très intimidant.

Bertha se demandait comment agir. Elle ne parvenait pas à se faire entendre. Finalement elle se hissa sur une caisse.

– Ça ne sert vraiment à rien de crier.

Personne ne l'entendit. Elle recommença. Au bout d'un moment, un homme au regard fatigué mais bon et jovial l'interpella.

– Vous allez vous faire mal sur cette caisse, hurla-t-il à gorge déployée. À votre place, je descendrais.

– Mais ils ne vont pas m'entendre ! s'écria-t-elle.

Il siffla d'un ton autoritaire. Le silence se fit aussitôt.

– Je suis le directeur du personnel et je suis là pour écouter vos doléances.

– Des doléances ! Écoutez-la ! Je suis le régisseur. Nous n'avons pas des putain de doléances, m'dame. On veut que les amendes nous soient remboursées. Et cet avorton de merde, sauf le respect que je vous dois, refuse ! Voilà pourquoi nous ferons grève jusqu'à ce que ce salaud sorte cinquante livres de sa caisse ! C'est ce qu'il nous a retiré de nos salaires.

– Je vois, dit Bertha, ennuyée. Mais en quoi la société est-elle responsable ? Vous avez eu un procès pour violation des lois de la circulation, je crois.

– Ah, il vous a fait la leçon ! Le problème, le voilà : nous avons des horaires minutés que nous ne pouvons suivre qu'en maintenant un rythme infernal. Si nous ne nous y tenons pas, nous ne pouvons pas rentrer chez nous et pis encore, les clients n'ont pas leur marchandise à temps. De plus, il n'y a pas assez de camions ni de chauffeurs.

Était-elle mise en accusation ? En observant le régisseur, elle se dit que non.

Les chauffeurs finirent par accepter de reprendre le travail à la seule condition que Bertha accompagne le régisseur dans sa tournée de livraison des fourrures.

Cinq heures plus tard, elle se rendit compte qu'ils avaient raison. Leur plan de travail était impossible à suivre.

Elle vit John Sidwell à 2 heures.

– J'espère que vous avez apprécié votre repas, lui dit-elle. Car ni moi ni vos chauffeurs n'avons eu le temps de déjeuner, comme d'habitude d'ailleurs. Le problème de la grève est réglé, mais il faut trouver un autre camion et un autre chauffeur. Je referai les feuilles de route et je vous suggère de payer personnellement les amendes. C'est vous qui êtes responsable, pas les chauffeurs. C'est vous qui avez fixé ces horaires insensés, non ?

John, abasourdi, ne répondit pas sur-le-champ.

– Céder au chantage n'est pas un succès, dit-il au bout d'un moment. Et je n'ai nullement l'intention de leur payer ces amendes.

– Très bien. Je vais porter ce plan de travail à la police. Ils seront certainement très intéressés de savoir comment vous menez votre équipe.

– C'est absurde ! s'écria-t-il, furieux. Ils vous ont apitoyée. (Il la toisa du regard.) Je crois que j'ai le poste qui vous convient. Le magasinier a besoin de vêtements et de bottes étanches pour travailler en chambre froide où l'on garde les fourrures. Passez-y l'après-midi, madame Je-ne-sais-pas-comment. Allez voir s'il en a vraiment besoin.

Après avoir passé la matinée au magasin de New Bond Street, Marika arriva à l'usine peu après 4 heures. Elle entra dans le bureau de John.

– Il va falloir rénover le magasin, lui dit-elle. Il est défraîchi. Au fait, John, ma mère est arrivée à Londres et elle se sent seule. Elle viendra à l'usine un de ces jours. Déroulez le tapis rouge devant elle, trouvez-lui un beau bureau, donnez-lui de l'importance. Je vous en serais très reconnaissante.

– Marika, ma chérie, j'ai hâte de connaître votre mère ! Si elle vous ressemble, elle doit être divine ! Pendant que j'y pense, la vieille cocotte que vous avez engagée pour le personnel est enfermée dans la chambre froide; j'ai voulu calmer ses ardeurs. Je parie qu'elle partira ce soir d'elle-même. (Soudain il vit Marika pâlir.) Oh, non ! s'écria-t-il. Mon Dieu, venez-moi en aide !

Ils se précipitèrent dans la chambre froide.

– Je suis ravie de cet incident, Marikala, lui dit-elle avec fermeté en sortant de la pièce réfrigérée. Maintenant je sais que tu as besoin de moi.

Avec le recul, Bertha se dit que son aventure l'avait servie au mieux de ses intérêts. Le personnel l'adorait parce qu'il haïssait John. Par voie de conséquence, elle fut adoptée dès le premier jour.

C'était le mois d'avril. Elle travaillait à l'usine depuis un an. Les jours avaient passé très vite et à sa grande surprise, elle commençait à aimer l'Angleterre. Le temps s'était montré particulièrement clément, les arbres bourgeonnaient. Les parcs étaient couverts de jonquilles tout comme les bacs à fleurs accrochés aux fenêtres de l'usine. Bertha avait pensé que cela égaierait l'atmosphère.

Les murs des bureaux avaient été repeints de couleur claire, car il avait été scientifiquement prouvé que certains tons influençaient le moral. De la musique douce était jouée du matin au soir.

Depuis qu'elle était entrée dans la société, Bertha avait fait une étude sur la production et le temps partiel du personnel; elle espérait devenir membre de l'Institut. Elle prenait son travail très au sérieux. Elle savait que son succès était dû au fait qu'elle avait augmenté la rentabilité de vingt pour cent, que le renvoi du personnel avait baissé et l'absentéisme avait diminué de moitié.

Elle était heureuse et en connaissait la raison : elle était de nouveau utile. Elle avait engagé une secrétaire et, avec l'aide sociale, elle s'occupait des conflits matrimoniaux, du manque de crèches, des emprunts éventuels, des maladies, réelles ou imaginaires, et même des problèmes d'alcoolisme.

Bertha aimait arriver à l'usine à 7 heures. À cette heure-là, seule Tanya s'y trouvait. Elles prenaient une tasse de café ensemble avant de commencer leur journée de travail.

Ce matin-là, pas de Tanya. Bertha fut surprise de son retard.

Elle avait beaucoup changé depuis l'époque où Mendel dirigeait l'usine. Elle était toujours très bien habillée; là, elle portait un tailleur noir et un chemisier sombre. Ses cheveux blonds étaient remontés en chignon et ses grandes lunettes étaient serties de diamants. Elle avait tout à fait l'aspect de la femme d'affaires qui a réussi. Ce qui était le cas puisqu'elle dirigeait seule trois départements différents.

Tanya s'assit en soupirant.

– Mon Dieu ! s'écria-t-elle avec lassitude.

– Racontez-moi tout, lui dit gentiment Bertha.

– Croyez-moi ou pas, j'ai agi avec une stupidité étonnante, commença Tanya d'un air embarrassé. Samedi matin je me promenais dans le West End lorsqu'un jeune homme très beau de type italien, la trentaine, m'aborda. Il me dit que j'avais exactement le visage qu'il recherchait et me demanda si j'acceptais qu'on prenne quelques photos de moi pour son salon de beauté.

» Je ne sais pas ce qui m'a pris, je me suis laissé embobiner et conduire dans son salon. Il y avait quelques jeunes assistants assez beaux. On m'a massée et fait prendre un sauna, ensuite on m'a maquillée. Ils ont alors pris des photos et m'ont fait signer un papier les autorisant à les utiliser.

» C'est du moins ce que je croyais avoir signé. Hier la facture est arrivée. C'est plus de mille livres. Vous vous rendez compte ? Payable mensuellement pour trois séances par semaine. Les photos qu'ils ont prises semblent être un prélude à d'autres séries, dit Tanya, très embarrassée.

Que pouvait-elle en attendre d'autre ? se demandait Bertha. Mais il fallait donner une leçon à ces escrocs.

– Laissez-moi voir une copie du contrat, je suis sûre que l'avocat de la société va régler ce problème...

– En fait, je ne tiens pas à ce que ça se sache et à voir...

– J'imagine ce que vous devez ressentir. Je m'en occupe, dit Bertha.

Tanya sembla soulagée.

– À propos du nouveau mannequin, Bertha, cette Noire de la Jamaïque qui est censée lancer la mode exotique... Hier, à l'heure du déjeuner, je suis entrée dans la salle de repassage et l'ai surprise avec le tailleur. C'est très compromettant et plutôt gênant. Voulez-vous lui parler, je vous prie ? Je ne veux pas qu'on la renvoie. Elle fait très bien son travail.

Bertha l'inscrivit sur son calepin et Tanya s'en alla.

Elle trouverait peut-être cinq minutes, mais la journée s'annonçait difficile. Déjeuner avec le courtier d'assurances qui prétendait proposer à la compagnie un contrat plus intéressant pour la caisse de retraite; ensuite rendez-vous avec le directeur des ventes d'une compagnie qui pratiquait la souplesse des horaires. Il lui fallait commencer par le mannequin.

Elle avait promis à Sylvia d'aller la voir présenter la nouvelle collection Diedre à la soirée du Dorchester.

Elle se renversa sur son fauteuil en songeant à Sylvia et Marika et poussa un long soupir. Elles se ressemblaient terriblement, ce qui était peut-être la raison essentielle de leur mésentente. Elles étaient toutes deux obstinées et perfectionnistes.

Marika préparait ses nouveaux modèles. Bertha

se demandait comment elle pouvait mener de front la direction de l'usine où elle passait ses journées à travailler et la vie mondaine trépidante qu'exigeait Tony. Elle ne comprenait pas ce qui poussait sa fille à persévérer. Maintenant qu'elle avait réussi, ne pouvait-elle pas se détendre ? Quand elle lui posa la question un jour, sa fille haussa les épaules.

– Il est des choses plus importantes que le bonheur, Bertha, lui répondit-elle.

Avec ses yeux d'ambre, vifs et amers tout à la fois, elle avait un air profondément slave. Bertha se dit que Marika ne s'était jamais totalement remise de la guerre. Elle éprouvait toujours la même haine et ne faisait rien pour l'effacer.

– Tu as tout pour être heureuse, Marikala, lui dit Bertha, et tu n'essaies même pas.

– Allons, Bertha, pas de psychologie appliquée ! Bien sûr que je suis heureuse, répondit-elle en riant.

Mais elle ne pouvait tromper sa mère. En réfléchissant, Bertha se dit que tous les problèmes de l'usine étaient vraiment mineurs à côté de ceux de sa famille.

61

Dimanche matin. Marika était encore au lit, à moitié endormie. Elle percevait le ruissellement des gouttes de pluie qui tombaient du toit sur l'allée de gravier et le babillage d'une grive perchée sur un chêne près de la fenêtre.

Pourquoi était-ce si paisible ? Soudain tout lui revint en mémoire. Sylvia était à Singapour « en tournage extérieur », selon son expression. Le magnétophone ne diffusait pas les dernières chansons des Beatles et d'Elvis et aucun ami de Sylvia ne venait s'ébattre bruyamment dans la piscine. Quel calme !

Ces quinze derniers mois depuis l'arrivée de Sylvia avaient été mouvementés. Une fois sa décision de devenir mannequin prise, quoique temporairement, elle y avait mis toute son énergie. Dans ce domaine, elle ressemblait à Günter. Elle voulait toujours être la meilleure dans tout ce qu'elle entreprenait. En fait elle avait même réussi au-delà des espérances de Marika, mais c'était Tony qui l'avait persuadée de repousser d'un an son entrée à l'université et de viser le sommet. Marika avait éprouvé une joie mitigée. Sylvia finirait par se plaire dans l'univers de la mode et accepterait par la suite d'entrer dans la société.

Günter avait été déçu et Sylvia lui avait rendu visite à maintes reprises, généralement accompagnée de Bertha qui appréciait toujours autant ses séjours en Afrique du Sud.

Ce matin-là, Marika avait une légère migraine, rien de sérieux, mais elle ne se sentait pas bien. Le vieil Irwin aurait eu soixante-cinq ans; elle avait passé l'après-midi chez Bertha qui avait réuni quelques amis. Marika était restée plus longtemps que les autres et s'était confiée à elle après avoir bu un peu trop de vin doux.

À quoi bon ennuyer Bertha avec ses soupçons non fondés, ses pressentiments ? Visiblement un problème l'inquiétait, mais lequel et pourquoi ? Cela concernait Tony, mais rien n'était vraiment clair dans son esprit. Ils ne s'étaient pas querellés, pourtant... il se montrait distant. Oui, le terme était exact. Elle ne pouvait l'accuser de malveillance. La plupart du temps, Marika essayait de se libérer de ses appréhensions.

Au début, ils prenaient leurs vacances avec Sylvia. Elle avait eu l'impression que tous trois formaient une famille, mais très vite les engagements de Sylvia se multiplièrent. Elle se lia d'amitié avec bon nombre de mannequins de l'école. Sylvia venait d'avoir dix-neuf ans, mais elle n'avait toujours pas de petit ami attitré. Marika s'en était étonnée et lui avait posé la question.

– Aucun n'arrive à la cheville de papa, lui avait-elle répondu, aussi ne m'intéressent-ils pas.

Quand elle avait besoin d'être accompagnée, Tony se proposait toujours. C'est une bonne chose, se disait Marika. Mais l'était-ce vraiment ?

Elle se blottit sous ses couvertures et essaya de se rendormir. Soudain elle se rappela que le *Sunday Times* publiait un article sur sa fille dans son magazine en couleurs. Ces derniers mois, plusieurs articles avaient paru sur Sylvia, mais c'était la première fois qu'elle avait la vedette.

Évitant de réveiller Tony, Marika alla sur la pointe des pieds chercher les journaux devant la porte. Encore à moitié endormie, elle les posa sur la table d'entrée et les feuilleta.

Enfin elle trouva ce qui l'intéressait : trois pages et neuf photos de Sylvia dans des poses variées et vêtue chaque fois différemment. Elle resta bouche bée. Les photos rendaient encore mieux que prévu.

Elle faisait la une de tous les journaux : *Sylvia crève l'écran de la mode !* Marika se laissa tomber sur une chaise, éberluée. *Une jeune Sud-Africaine, arrivée en Angleterre il y a à peine dix-huit mois, est devenue l'un des mannequins les plus recherchés. La belle Sylvia Shaw.* Marika s'arrêta de lire un instant et contempla les photos. L'une d'elles était très connue, elle avait paru en couverture de *Nova*. Shaw, se dit Marika. C'était une catastrophe mais Sylvia n'avait pas voulu utiliser son nom car elle ne tenait pas à bénéficier de la réputation de sa mère. Bertha avait choisi le nom de Shaw.

Marika reprit sa lecture en soupirant. *La belle Sylvia Shaw, dix-neuf ans, n'est pas venue à Londres avec l'intention de faire son entrée dans le monde des cover-girls.*

Pourtant, aujourd'hui, ses apparitions lui rapportent de deux à quatre cents livres l'heure.

Sylvia, fille de l'un des couturiers les plus en vogue à Londres, Marika Magos, a fait la une de tous les magazines européens et a paru à la télévision dans plusieurs campagnes publicitaires.

Récemment, elle a été choisie pour être la partenaire de James Bond dans son nouveau 007, mais a refusé l'offre quand elle a appris qu'elle devrait apparaître nue.

Sylvia a commencé sa carrière à l'école de mannequins Lorraine Ashley et en quelques mois est devenue la cover-girl la plus demandée. Son travail lui a fait connaître la Californie, l'Espagne, l'Allemagne, la Grèce et l'Amérique. Elle se trouve actuellement à Singapour pour la campagne publicitaire de la compagnie BOAC. *Pour la femme britannique, c'est d'abord celle qui a présenté quotidiennement les cosmétiques Lavande à la télévision pendant plusieurs mois.*

À la grande surprise de tous, Sylvia n'a pas l'intention de faire une carrière de mannequin. « Je veux faire quelque chose de beaucoup plus intéressant », a-t-elle déclaré à Cannes la semaine dernière. Étrange déclaration de la part d'une jeune fille connue de tous sur deux continents.

L'article continuait, mais Marika était frigorifiée dans ce hall en plein courant d'air. Elle demanda qu'on lui serve le café et repartit lire dans son lit.

Tony était à moitié endormi mais, lorsqu'il aperçut le journal, il se redressa.

– Incroyable ! murmura-t-il.

Mais en fait ça ne l'était pas. Une telle perfection ne pouvait qu'être recherchée.

Ce n'était pas tant la pureté de sa beauté virginale que les photographes révélaient qui le faisait frémir qu'une sensualité latente. On pressentait la passion qui surgirait un jour. Elle brillait dans ses yeux et comme par miracle les photos l'avaient captée. À cela il fallait ajouter une franchise et une candeur déconcertantes. Pas étonnant que les agences de publicité se disputent ses services !

Il contempla longuement les photos. Que faisait-elle à Singapour ? Si seulement il pouvait être auprès d'elle ! Après tout, pourquoi pas ?

Il se tourna vers Marika.

– L'idée qu'elle soit seule là-bas me déplaît, lui dit-il. C'est l'un des ports les plus malfamés du monde ! Ce n'est vraiment pas un lieu convenable pour une jeune fille. Je suppose que tu t'es occupée de lui trouver un garde du corps.

– Non, répondit Marika, inquiète. Cette idée ne m'est même pas venue à l'esprit. Les jeunes filles de dix-neuf ans n'en font qu'à leur guise de nos jours.

– En Occident peut-être, mais pas à Singapour...

Il ne termina pas sa phrase pour laisser planer une menace plus grande puis contempla de nouveau les photos.

– Tu as sans doute raison, je devrais la rejoindre, mais ça tombe mal. La collection est dans dix jours.

– Si tu veux, j'y vais. J'ai quelques affaires là-bas, je pourrai y jeter un coup d'œil pour qu'elle ne pense pas qu'on veuille s'immiscer dans son univers.

– Oh, Tony, ce n'est vraiment pas nécessaire ! dit-elle en l'embrassant. Je suis sûre qu'elle ne quittera pas les autres. (Elle se sentit confuse d'éprouver des soupçons, aussi ajouta-t-elle en allant prendre un bain :) Mais si tu penses qu'il vaut mieux...

Puis elle s'assit sur le rebord de la baignoire, triste et malheureuse.

Midi. Journée tropicale torride. Ciel nuageux, lourd et pesant. Trente-cinq représentants de l'agence et de la compagnie aérienne transpiraient dans le parc aux oiseaux où il faisait encore plus chaud sous l'énorme bâche tendue sur plusieurs hectares au bas de la colline.

Ils tournaient une trente-deuxième publicité pour la télévision sur les voyages familiaux en Extrême-Orient. Le but était d'inciter les épouses, après avoir vu ce petit film, à accompagner leur mari.

Pourquoi fallait-il suffoquer sous cette bâche, au milieu des cris assourdissants des perroquets ? se demandait le directeur commercial de la compagnie aérienne pour la cinquantième fois. Parce que le publiciste l'avait imposé et que la campagne coûtait plus de mille livres l'heure. Alors à quoi bon rouspéter ?

Le directeur de la publicité discute avec le photographe et l'argent coule à flots ! se disait le directeur de la compagnie en maugréant.

– Mais qu'est-ce qui nous retarde ? s'écria-t-il.

– Il y a un problème, lui expliqua calmement le photographe. Nous ne trouvons pas de palmier, monsieur.

Le photographe eut un mouvement d'humeur. Il savait aussi bien qu'eux de quoi il retournait. Sylvia devait apparaître sur fond de montagnes et de cascades, puis devait s'arrêter pour admirer le magnifique plumage des oiseaux perchés sur un palmier tandis que quelques frêles geishas vêtues de kimonos allaient passer devant Sylvia en s'inclinant pour manifester leur admiration. Le but était de montrer que parmi ces beautés locales, dans la splendeur d'un décor exotique soulignée par mille chants d'oiseaux, une Occidentale pouvait transcender ce paysage et paraître plus belle encore.

Les caméras arrivaient, les dirigeants avaient l'air tendus et ennuyés, le directeur avait la gorge nouée car la création de ce paradis illusoire lui coûtait une fortune.

Nulle trace de Sylvia. Elle était allée faire la sieste dans une caravane garée non loin de là.

L'inquiétude du directeur grandissait. Son emploi était en jeu. Tout l'impact de cette fantasmagorie dépendait de la beauté de Sylvia. Il lui faudrait diablement bien jouer pour supplanter ces jeunes Malaises. Il avait d'ailleurs rendez-vous le soir même avec l'une d'entre elles. Des gouttes de sueur commençaient à perler sur son front.

Soudain Sylvia apparut. L'atmosphère s'allégea comme par enchantement, il en oublia la chaleur. Il poussa un soupir de soulagement. Les épouses se laisseraient convaincre facilement. La compagnie ne dépenserait pas une fortune à fonds perdus.

Avec sa chevelure blond cendré qui lui tombait sur les épaules, sa peau diaphane et ses grands yeux mauves, elle exerçait une séduction époustouflante. La pureté de ses traits ressortait dans ce décor exotique. À côté d'elle, les jeunes Malaises faisaient pâle figure avec leurs cheveux raides et sans éclat.

Le directeur de la compagnie se demanda s'il ne devait pas annuler son rendez-vous. Peut-être Sylvia… ? Il la contempla d'un air songeur et abandonna tout espoir.

– Elle est trop pure, murmura-t-il.

Il oublia les mouches qui l'agaçaient sans arrêt et l'odeur désagréable des oiseaux en la voyant évoluer sur les flancs de la colline, s'arrêter devant un palmier sorti miraculeusement Dieu sait d'où et caresser le plumage d'une perruche, tandis qu'un groupe de frêles geishas vêtues de kimonos la regardaient avec une jalousie non dissimulée.

62

Elle se renversa sur son siège en soupirant et commanda un autre Coca-Cola glacé à un garçon impeccablement vêtu d'un costume blanc, d'un fez et de gants assortis. Elle regarda avec une certaine amertume le ventilateur accroché au plafond. Sylvia était déçue par Singapour. Les Anglais laissent leur empreinte partout où ils passent, se dit-elle tristement. Et cet hôtel...

Elle s'attendait à un bâtiment oriental exotique, mais le fameux hôtel Raffles essayait de convaincre les clients qu'ils étaient revenus à la période coloniale du temps où le sahib anglais dirigeait le monde. C'est vieux jeu, tout ça, se dit-elle, tout comme ces deux agents de la compagnie qui viennent vers moi.

Elle chercha une échappatoire. Soudain elle aperçut Tony dans l'entrée.

– Tony ! Oh, Tony ! s'écria-t-elle en se précipitant vers lui et en se jetant dans ses bras. Quelle merveilleuse surprise ! Vous tombez bien ! fit-elle en désignant les deux hommes qui allaient l'aborder. (Elle poussa un long soupir théâtral.) Où est maman ?

– À Londres. (Il se dégagea de son étreinte et ajouta :) Elle ne peut pas laisser son affaire en ce moment.

– J'ai entendu ça toute ma vie !

– Soyez adulte. Vous n'avez plus l'âge de jouer les orphelines délaissées. N'y pensez plus.

– Vous venez d'arriver. Ne vous fâchez pas !

Il n'aimait pas qu'elle se comporte comme une enfant. Elle était si naïve, parfois. Ses manières puériles l'agaçaient.

– Je croyais que vous étiez sortie faire la fête ! lui dit-il.

– Faire la fête ici ? Vous plaisantez ! Avec cette foule de paumés ?

– Vous êtes une enfant gâtée.

– Je sais, mais vous en êtes en partie responsable.

Devant son sourire, elle se sentit fondre.

– Que connaissez-vous de Singapour ?

– Les clubs, répondit-elle tristement.

Il l'observa un instant.

– Bon, je vais vous emmener au quartier chinois et à Geary Street.

Il lui fit visiter les temples bouddhistes et hindous. Ils arpentèrent les rues étroites encaissées entre des rangées de maisons orientales où des poteaux, dressés à chaque fenêtre comme des drapeaux, arboraient des vêtements qui séchaient au soleil. Ils virent des coolies tirer des brouettes jusqu'à un parking désert qui fut vite transformé en restaurant à ciel ouvert, le plus grand du monde, avec des crabes vivants et des crevettes grésillant sur des charbons ardents, des omelettes d'oursins, des salades de fruits de mer, des currys, des tartes, enfin tout ce qu'on pouvait concevoir de mieux pour le plaisir du palais. Ils parcoururent des kilomètres au milieu des étalages des quatre-saisons, achetèrent des disques et quelques colifichets, puis se rendirent à Geary Street où les travestis les plus célèbres du monde sortaient par vingtaines de sombres couloirs, vêtus de fanfreluches et arborant des seins volumineux, comme les reines des termites aux ailes virginales dans leur bref instant de gloire éphémère.

Puis ils firent demi-tour, bras dessus, bras dessous, suivis d'un jeune métis au visage blême et au regard avide.

– Vous voulez une fille ? Un beau garçon ? Vous voulez regarder une fille avec des garçons ? Une jeune fille, magnifique ? Dites ce que vous voulez, elles le feront.

Il récitait son répertoire sans l'ombre d'un remords.

– Faites-le partir, il me rend malade, lui dit-elle.

– Je vais vous ramener, répondit-il sans se hâter, car il n'avait aucune envie de se séparer d'elle. Si vous le souhaitez, je vais louer un sampan et nous allons faire le tour de la baie.

– Qu'il fait bon ! dit-elle en se renversant sur son siège, les yeux fermés. On se croirait en Afrique.

– Vous avez le mal du pays, lui dit-il d'un ton accusateur.

– Oui, terriblement. L'Italie ne vous manque-t-elle jamais ?

– J'étais très jeune quand ma famille a émigré.

– Parfois vous faites très italien et parfois vous avez tout d'un Américain.

– Lequel préférez-vous ? lui demanda-t-il d'un air sérieux.

Rougissante, elle promena son regard sur la baie.

– Les deux. C'est le mélange qui est troublant, je ne sais jamais où j'en suis...

Elle sentait chez lui une certaine tension. Soudain elle éprouva une grande appréhension. Ce n'était pas vraiment de lui dont elle avait peur, mais des sentiments et des réactions qu'il faisait naître en elle. Pourquoi était-il venu ? Qu'attendait-il d'elle ?

– Je vais rentrer bientôt, lui dit-elle brusquement. Oui, en Afrique. Je ne veux en aucun cas devenir mannequin, je crois que vous le savez. Je vous ai promis d'essayer et j'ai abandonné mes cours à l'université à cause de vous... Vous êtes très convaincant.

– Ça a été payant, répondit-il avec douceur. Vous êtes arrivée au sommet.

– Mais ce n'est absolument pas ce que je recherche.

– C'est généralement une bonne chose d'arrêter quand on est à l'apogée de sa gloire.

Il savait que, s'il la poussait dans ses derniers retranchements, elle retournerait aussitôt avec Günter et il la perdrait à tout jamais. Cette idée le faisait frémir. Doucement, doucement, se disait-il. Pris au piège de sa propre duplicité, il éprouva une certaine nostalgie et se renfrogna.

Ce n'était pas de l'amour. Il n'avait jamais aimé personne. C'était sa passion effrénée et incontrôlable pour la beauté. Sylvia était la plus belle femme qu'il ait jamais rencontrée. C'était devenu une obsession, un besoin qui ne le quittait jamais. Et pourtant elle n'était pas consciente de ce potentiel latent. À dix-neuf ans, cela paraissait invraisemblable. Elle était la belle au bois dormant attendant que le baiser de son prince charmant vienne la réveiller. Il savait qu'elle était un peu amoureuse de lui, mais elle avait une certaine pudeur et, de plus, c'était sa belle-fille. Tout l'argent et toute l'influence de la terre ne feraient jamais de lui son chevalier servant.

Mais il lui était impossible de la laisser partir. Il l'observa discrètement.

– Je suis venu exprès pour vous voir. Je tenais à vous parler loin de Londres et de la famille, lui dit-il pour la calmer, car il la sentait fébrile.

Elle esquissa un sourire mais ne dit rien. Le silence régna quelques instants. On ne percevait que le doux bruit des pagaies qui effleuraient les eaux calmes et des voix lointaines qui parvenaient du village de pêcheurs à cinq cents mètres de là.

– Il y a longtemps que j'ai envie d'aborder ce problème avec vous, mais je savais que cela gâcherait votre carrière, je veux parler de celle de mannequin. Je voulais être certain que vous ne suivriez pas cette voie.

– Le suspense me fait frémir.

– Très bien, dit-il en riant. Vous savez que je dirige une énorme société de cosmétiques. C'est là un de mes rares échecs. Ce département n'a jamais très bien marché. Pourtant, c'est un domaine très lucratif. (Il se pencha vers elle et lui prit le poignet.) Il me faut un nom, le vôtre, pour lancer le produit. Vous êtes l'idéal parce que c'est un haut de gamme antiallergique et très coûteux.

Il eut soudain un timbre de voix rauque et s'exprima beaucoup plus vite. Il s'interrompit et respira longuement.

– Sylvia Cosmétiques ! Ça sonne bien, mais il vous faudrait abandonner les présentations de mode.

De grosses gouttes de sueur glissaient le long de ses joues. Il prend ses affaires au sérieux, se dit Sylvia en le voyant si tendu. Pas étonnant qu'il soit riche !

– Je vous donnerai deux cent mille dollars pour un contrat de trois ans, plus dix pour cent d'actions et dix pour cent de la compagnie pour votre mère, simplement pour qu'elle ne se sente pas tenue à l'écart.

Il craignait de s'arrêter de parler de peur de l'entendre refuser.

– Avec cet argent, vous seriez libre, indépendante et vous pourriez suivre vos cours à l'université en vous assumant toute seule. (Il se pencha en avant une fois de plus, avec trop de précipitation, et le bateau faillit chavirer. Le batelier parvint à le redresser en maugréant.) Cela n'implique que quelques heures de travail par semaine, c'est tout, par exemple le samedi ou le jour qui vous convient. Vous passerez à l'agence pour présenter nos modèles. Qu'en dites-vous ?

– Oui, répondit Sylvia, l'air intriguée.

Pourquoi était-il si tendu ? Il n'avait pas besoin d'elle pour lancer ses cosmétiques. Mais il fallait convenir que le marché était correct, même plus que correct. Elle songea avec nostalgie à Xhabbo et à son père. Après tout, trois ans, ce n'était pas si terrible et d'ici là elle aurait son diplôme.

– En fait, lui dit-il, j'ai le contrat. J'ai pensé

que nous pourrions tout régler à Singapour. Pourquoi pas demain en déjeunant ensemble ?

– Pourquoi une telle hâte ? lui demanda-t-elle, sensible à ses craintes.

– Ce n'est pas de la hâte, mais votre mère et Bertha vont vouloir donner leur avis, et je crois qu'il est grand temps que vous preniez votre vie en main.

– C'est vrai. (Instinctivement elle lui prit la main et la serra très fort.) Voyez-vous, Tony, parfois vous me faites peur. Je ne sais pas pourquoi.

– Peut-être avez-vous peur de vos propres sentiments, lui dit-il.

Puis il se renversa sur sa chaise et l'observa attentivement.

– C'est possible, murmura-t-elle, frissonnant devant sa hardiesse. Parfois je regrette que vous soyez le mari de maman. Ça limite nos relations. Non, ne dites rien, dit-elle en voyant qu'il allait répondre. Ce n'est vraiment pas utile, Tony. Restons amis, un point c'est tout.

– Amis, d'accord.

Mais il savait que ce ne serait pas le cas.

63

Bertha prit le téléphone et fit le « 0 » pour obtenir la ligne. Elle entendit une voix. Elle allait reposer l'appareil lorsqu'elle reconnut Marika.

– Pour l'amour de Dieu, qu'avez-vous ? Je vous dis que c'est moi qui paierai. Il faut aller jusqu'au bout. C'est notre seule chance. Nous avons tout essayé.

– Êtes-vous sûre de pouvoir vous procurer l'argent ?

Bertha entendit une petite voix répondre :

– C'est une grosse somme.

– Oui, je sais. Vingt mille livres, c'est beaucoup. Je n'ai pas tout en liquide par-devers moi. Accordez-moi le temps.

Il y eut alors un petit déclic impersonnel.

Bertha, toute tremblante, se rassit. Que se passait-il ? Sa fille était-elle soumise à un chantage ? Bertha garda le secret pendant deux jours puis se décida à en parler à Marika. Peut-être pourrait-elle l'aider ? Le lundi matin, elle l'appela par l'intercom.

Sa fille semblait agitée.

– Marikala, si nous déjeunions ensemble ?

– Quand ?

– Aujourd'hui.

Marika allait lui répondre qu'elle était très occupée lorsqu'elle prit conscience que Bertha ne lui avait jamais demandé de déjeuner avec elle. Avait-elle un problème ? Il lui faudrait faire bonne figure.

– Avec plaisir, Bertha, où ?

– Un endroit calme. Choisis.

– Si nous allions à la Bonne-Terre ? On se donne rendez-vous là-bas parce que je dois voir un client au magasin à midi.

– Très bien. Ne te presse pas, j'attendrai.

Bertha arriva de bonne heure et songea à Marika. Elle avait changé mais il était difficile de dire en quoi. Il y avait chez elle une certaine tristesse que Bertha ne lui avait jamais vue auparavant. Heureusement qu'elle avait ses affaires ! Mais Bertha se demandait si c'était réellement une bonne chose, car Marika passait son temps à travailler. Elle donnait l'impression d'un papillon de nuit attiré par la lumière. Elle s'agitait en permanence.

Sylvia, elle aussi, avait changé. Elle se montrait toujours vigilante, secrète même, et il lui arrivait d'être franchement désagréable.

Londres n'était en rien bénéfique à sa petite-fille. Elle était bien plus heureuse à Johannesburg. Il n'y avait aucun amour entre mère et fille, mais Marika n'acceptait pas la vérité. Il ne se passait pas un jour sans qu'elle dise à Bertha que tout était pour le mieux.

Bertha avait décidé d'en faire part à Günter lors de leur voyage à Xhabbo à Noël, mais lorsqu'elle s'était aperçue de l'atmosphère pesante qui régnait entre Claire et Günter, elle avait préféré se taire.

Pauvre Claire ! Elle ne pouvait s'empêcher d'éprouver une certaine pitié pour elle, bien qu'elle ne l'ait jamais vraiment aimée. Claire avait été si heureuse de les revoir toutes deux. Bertha en devinait la raison. Quand Sylvia était auprès de lui, Günter était heureux. Sylvia remplissait le vide laissé par Marika. Günter passait ses journées à son bureau et très souvent même le week-end.

Ces temps derniers, sa famille semblait menacée de toutes parts. Elle soupira et soudain son visage s'illumina en apercevant Marika qui arrivait en courant.

– Oh, Bertha, je suis désolée d'être en retard.

Elle se pencha vers elle et embrassa Bertha sur la joue. Puis elle s'assit avec un étrange sourire.

– Doit-on attendre la fin du repas pour que tu me fasses part de ce qui te préoccupe ou veux-tu que nous réglions le problème immédiatement ? lui demanda-t-elle en plaisantant.

Bertha se força à sourire. Marika serait toujours sa préférée. Elle ne voulait pas se mêler de ses affaires mais tenait à ce que Marika comprenne qu'elle pouvait compter sur elle.

– Marikala, le week-end dernier, j'ai surpris une conversation téléphonique, ce qui me fait penser qu'il faut changer de système. Il faut que tu trouves très vite une grosse somme d'argent. Je veux savoir ce qui se passe. As-tu des ennuis ?

Marika sourit tristement.

– Ce n'est rien de bien nouveau, Bertha. À dire vrai, je ne voulais pas que tu le saches.

– Ne dis plus rien si tu ne le souhaites pas, s'empressa d'ajouter Bertha.

– Oh, non, plus maintenant. Tu t'inquiéterais.

Bertha vit son expression changer, comme si le soleil se cachait brusquement. Lorsque Marika se renfrognait, elle avait un air cruel. Bertha s'en rendait compte pour la première fois.

– Je paie une organisation qui recherche les criminels de guerre nazis. Ils en ont attrapé plusieurs jusqu'à présent. Ça me donne bonne conscience. Je me sens concernée.

Elle fit un effort pour sourire mais en vain. Puis elle fixa son regard sur son verre comme si elle venait de prendre une grave décision.

– Vois-tu, Bertha, tu ne peux pas comprendre. Tu as tendance à tendre l'autre joue quand on te fait du mal. Moi non. Je ferai tout ce qui est en mon pouvoir pour retrouver les assassins de mon père et de toutes les victimes d'Oradour.

Bertha gardait le silence.

– Ne sois pas choquée. (Marika lui prit la main.) Ça fait des années que ça dure. Bien avant ton départ de Londres. Je leur verse quinze pour cent de mon salaire et aujourd'hui je dois leur donner une somme importante pour une affaire spéciale. (Elle fronça les sourcils en regardant Bertha.) Je vois très bien que tu n'approuves pas, mais, vois-tu, en 1954, on a découvert qu'Otto Geissler était encore en vie. C'est là que j'ai augmenté mes versements de dix à quinze pour cent.

» Ça te donne à réfléchir, n'est-ce pas ? Il se trouve quelque part, mène une vie normale, il a l'apparence d'un être humain. Pourtant il a massacré des centaines de personnes, des femmes et des enfants, les a fait griller à petit feu.

Elle en frissonna.

– Cette fondation est entièrement bénévole. Quand ils trouvent une piste et qu'ils n'ont pas assez d'argent pour la suivre, je les aide financièrement. C'est le moins que je puisse faire.

– Est-ce tout ? Il leur faut donc des centaines de milliers de livres pour découvrir qu'il est encore vivant ?

Marika se pencha vers Bertha.

– C'est mon devoir d'agir ainsi.

Elle s'interrompit et regarda son verre d'un air absent.

– Bertha, je me demande ce que je ferais sans cette haine qui m'habite, ce besoin de revanche. C'est une sorte de tuteur qui m'a soutenue dans bien des cas. Dans le passé... quand tu étais à Johannesburg, j'ai failli laisser tomber mes affaires à maintes reprises. J'en avais assez de lutter. Et sais-tu pourquoi je n'ai jamais capitulé ? Parce que, sans argent, je serais perdue. C'est ma seule arme dans ma guerre contre Geissler et ses compères. Si tu m'enlèves ma haine, il ne me reste rien. Cette haine, elle fait partie intégrante de moi.

Bertha semblait bouleversée.

Marika se sentit coupable.

– Ne prends pas cette histoire trop à cœur. Je peux facilement trouver cette somme d'argent.

L'argent ? Ce n'est pas l'essentiel, se dit Bertha en observant sa fille avec stupéfaction.

– En un sens je choisis la solution de facilité et c'est ce qui m'ennuie, dit Marika. Je devrais moi-même participer aux recherches au lieu de verser simplement de l'argent. Un jour ils retrouveront Geissler et je le verrai mourir. (Elle eut une expression bizarre.) C'est une promesse que je me suis faite.

Bertha en frémit. Avec ses lèvres pincées et son regard malicieux, elle avait un air diabolique.

– J'aimerais que tu oublies tout cela, Marikala.

C'est étrange comme on peut vivre auprès de quelqu'un et l'aimer sans toutefois le connaître, se dit Bertha. Cette ardeur typiquement slave qui l'animait effrayait Bertha. Dans ces instants-là, elle prenait conscience de l'amour intense qu'avait porté Marika à ses parents. Bertha voulait se persuader qu'elle était la seule mère que Marika ait jamais eue, mais elle savait très bien que c'était une illusion.

– Ne sois pas triste, Bertha, lui dit Marika en l'embrassant sur la joue. Cet après-midi, je vais assister à une présentation privée de la nouvelle collection. Il n'y aura que John et Tanya; ils doivent simplement apporter quelques modèles et croquis. Je t'en prie, Bertha, viens.

C'est bien la Marika que je connais ! se dit Bertha en retournant à l'usine. Étrange et complexe. Faite d'amour et de haine, prête à créer mais aussi à détruire. Toujours dévorée par une passion intense.

64

C'était le jour des inscriptions à l'institut d'économie de Londres. Les cours devaient commencer le lendemain. Après la cohue, les queues interminables, les cris des organisateurs de clubs qui essayaient de racoler de nouveaux adhérents, la salle du restaurant Robinson était étrangement calme. Les bruits de vaisselle étaient insupportables. Les gens parlaient peu. La plupart des étudiants étaient nouveaux et se sentaient dépaysés, mais ils se formaient déjà par groupes de deux ou trois et faisaient peu à peu connaissance. Tous sauf Sylvia.

Tout le monde semblait s'être donné le mot pour l'ignorer, et elle essayait de ne pas prêter attention aux regards furtifs qu'on lui lançait avec envie.

Les tables étaient partout complètes sauf la sienne. Aussi prit-elle son hamburger et ses frites en silence, le regard fixé sur son assiette. Quand elle levait les yeux, les étudiants détournaient le regard aussitôt.

Un jeune homme s'avança vers elle d'un pas tranquille, un livre dans une main, une assiette dans l'autre. Grand, les épaules carrées, mince, il avait l'air intelligent et hypersensible. Mais qu'il était débraillé ! Il portait un pantalon défraîchi et élimé, une chemise à carreaux ouverte, révélant un maillot de corps jaune, et ses cheveux noirs bouclés étaient coupés en brosse.

Elle se demanda quelles matières il étudiait. Peut-être était-il assistant ? Non, il ne devait pas avoir plus de vingt-deux ans. Il n'était pas vraiment beau, avec son menton trop prononcé, son nez un peu long, mais il avait un regard attachant avec ses grands yeux sombres et son large front. Écossais ? se demanda-t-elle.

Conscient de l'examen minutieux auquel il était soumis, il la regarda d'un œil indifférent.

– La place est prise ? lui demanda-t-il, d'une voix grave.

Il avait l'accent américain.

– Non, non, je vous en prie.

Il se concentra sur son pâté de poisson.

– Grand Dieu, c'est bien de la cuisine anglaise !

– Vous vous en plaignez ?

Il sursauta. En fait, il avait exprimé sa pensée un peu trop fort.

– C'est l'un des châtiments que l'on doit subir pour acquérir une éducation anglaise.

– Et les autres ?

– Quels autres ? dit-il d'un ton sec.

– C'est ce que je vous demande, lui dit-elle en esquissant son sourire à quatre cents livres l'heure. Quels sont les autres châtiments que vous devez subir ?

– D'abord des femmes stupides comme vous. Ces lieux en regorgent.

Le sourire s'estompa.

– Je suis désolée de vous avoir ennuyé, dit-elle dépitée. C'est parce que personne ne veut s'asseoir auprès de moi.

Elle se demandait pourquoi il avait ce ton agressif. Il semblait lui préférer son livre. Personne ne m'a encore adressé la parole, se dit-elle mais tout le monde me regarde. Si seulement ils pouvaient simplement me dire « Salut », mais non, ils ont les yeux rivés sur moi comme ça... C'est particulièrement irritant.

Il posa son livre en soupirant.

– Je crois que vous avez un problème, ma petite. Si j'étais vous, j'essaierais de le régler, lui répondit-il d'un air maussade avant d'attaquer son pâté de poisson.

Il me croit folle, se dit-elle. Après tout, peut-être a-t-il raison ? J'ai sans doute trop l'habitude d'être le point de mire. Elle se leva.

– Je suis sûre que vous avez raison. Bon, je dois partir.

– Au revoir, répondit-il sans même la regarder.

Elle prit son temps pour ramasser ses affaires. Si seulement elle avait pu parler à quelqu'un !

– Je suis Sylvia Shaw. Et vous ?

– Andy Stark... De Boston.

– Je le savais... Je vous l'avais dit, s'écria quelqu'un à la table voisine.

Sylvia se retourna et vit plusieurs regards fixés sur elle.

– On a parié que vous étiez Sylvia Shaw et j'ai gagné, s'exclama une étudiante à voix haute. C'est elle. C'est Sylvia Shaw. Tu me dois deux livres. Donne-les-moi.

Sylvia se tourna vers son voisin.

– Au moins la glace est rompue.

– Je crois que vous avez réellement un problème, lui dit-il légèrement surpris mais souriant cette fois. Seulement ce n'est peut-être pas celui que je croyais. Très bien, je suis désolé, ma petite.

Il se décida enfin à poser son regard sur elle et resta bouche bée.

– Vous êtes incroyablement belle. Ça doit vous créer des soucis dans la vie. (Il promena son regard dans la salle.) Vous avez raison. Tous les yeux sont fixés sur vous. Je ne les blâme pas. L'attrait de la beauté est une sorte d'aimant. On s'en rend compte chaque jour, avec les fleurs... les oiseaux à la saison des amours. Je ne sais pas si vous avez vu...

Il s'interrompit brusquement.

– Pourquoi diable est-ce que je vous raconte tout cela ? (Il fit signe à quelqu'un.) Je pense que la leçon d'aujourd'hui vous sera utile; je suis ravi que vous ne soyez pas simplement un objet décoratif. Ça ne doit pas être toujours facile. Bien, dit-il en se levant, je suppose qu'on ne se reverra pas, alors... bonne chance.

Il s'éloigna. Sylvia n'en croyait pas ses oreilles.

Elle le rattrapa.

– Je pense exactement la même chose, mais vous êtes le premier à me parler aussi franchement.

Il y avait une foule telle qu'elle avait du mal à rester près de lui.

– Qui est Sylvia Shaw quand elle n'essaie pas de jouer à la petite nouvelle ? s'écria-t-il.

– J'ai laissé tomber ma carrière de mannequin pour suivre des cours de sociologie, lui cria-t-elle, car il avait été entraîné par la foule.

L'avait-il entendue ?

– Mannequin ? répondit-il, incrédule. C'est vraiment la chose la plus stupide au monde !

– On a au moins un point commun tous les deux, mais j'ai bien peur que maman ne vous apprécie pas.

Il s'arrêta brusquement, se retourna et lui lança un regard à la fois gêné et stupéfait.

– Ma petite, je ne ferai jamais la connaissance de votre mère.

– Ça fait trois erreurs en trois minutes, lui dit-elle. Vous avez failli battre tous les records.

Sylvia était impatiente de raconter à Bertha sa première journée à l'institut d'économie, mais son enthousiasme s'évanouit dans la circulation intense qui lui fit perdre une heure. Elle arriva à Finchley épuisée et soucieuse.

Bertha lui prépara aussitôt une soupe chaude pour la remonter et la harcela de questions. Malgré la description chaleureuse de ce premier jour à l'université, Bertha décela une certaine déception.

– Et puis il y a eu ce type. Un peu vieillot. Il a été le seul à m'adresser la parole de la journée. Il n'a pas été particulièrement aimable. Plutôt étrange.

– Si tu ne l'intéresses pas, il doit être effectivement très bizarre.

– Oh, Bertha, grommela Sylvia, souriant à contrecœur, j'admets que c'est inhabituel... Inutile de se cacher la vérité... La plupart des hommes sont prêts à se battre pour sortir avec moi.

– Tu n'as jamais fréquenté de gens valables. Ça te ferait du bien d'en connaître qui attachent de l'importance aux vraies valeurs.

Elle eut envie d'ajouter : Au lieu de ce bon à rien qu'a épousé ta mère, mais elle préféra se taire.

– Tu as trop longtemps vécu un conte de fées. Depuis quelque temps, tu sembles dépassée par les événements. Ça ne m'a pas échappé, tu sais.

– Oh, Bertha, ce n'est pas vrai. (Elle passa les bras autour du cou de Bertha.) Pourquoi es-tu de mauvaise humeur ?

– Qu'est-ce qui te fait croire ça ? C'est parce que je ne te fais pas un sourire commercial ou ne bêtifie pas devant toi ?

– Très bien, très bien, je me suis trompée, tu es d'excellente humeur. Au fait, j'ai rejoint un groupe qui s'occupe de la protection des animaux sauvages et de l'environnement...

Elle continua à jacasser tandis que Bertha s'affairait dans la cuisine.

Je suppose que c'est ça, la vieillesse, se dit Bertha en lui préparant ses plats favoris : du potiron et du riz brun suivis d'une tarte au fromage. Dieu sait si je ne me sens pas différente. Soixante ans, ce n'est tout de même pas bien vieux, mais les jeunes sont de vrais enfants, de nos jours.

Après le repas, Sylvia passa la soirée plongée dans ses cours. Bertha s'installa près d'elle avec ses mots croisés, non sans remarquer que Sylvia ne parvenait pas à se concentrer. Elle avait l'air soucieuse. De toute évidence, ce jeune homme l'avait froissée. Ça ne lui faisait pas de mal. Ces derniers temps Bertha avait trouvé qu'elle se prenait un peu trop au sérieux.

Andy se mit à son bureau devant une pile d'ouvrages d'anthropologie. Il était de fort méchante humeur. *Les Pratiques sexuelles des Mélanésiens.* S'il lui fallait lire tout cela, il serait aussi cornu qu'un bouc. Le sexe était un sujet auquel il évitait de penser. À ses yeux, il y avait deux catégories de femmes : celles qui en voulaient à son argent et celles qui lui faisaient perdre du temps. Or il manquait et d'argent et de temps.

C'était tout au moins le prétexte qu'il avait trouvé. En vérité, Andy n'avait pas de succès auprès des femmes. Il avait le regard trop distant, l'esprit trop interrogateur, et bien qu'il ne le sache pas encore, c'était un perfectionniste. Son peu de succès dans ce domaine l'avait rendu timide.

Il se disait avec une certaine tristesse qu'une liaison ne durerait jamais très longtemps. Pourtant il savait exactement quel type de femme lui conviendrait : agréable, infirmière ou médecin, de préférence originaire de Boston, qui l'aiderait dans son projet de recherches et d'aide aux pays sous-développés.

À vingt-deux ans, Andy était en deuxième année d'économie et faisait une licence d'anthropologie. Avant de commencer ses études, il avait travaillé deux ans dans un zoo en Rhodésie. Il avait deux passions dans la vie : la faune et le cinéma. Parfois, lorsqu'il trouvait les fonds nécessaires, il tournait un film sur la faune et la flore. Il avait envisagé d'être scénariste, mais, après son expérience envoûtante en Afrique, comme il se plaisait à le dire, il prit la décision d'entrer dans une organisation des Nations unies chargée d'aider les pays sous-développés.

Il habitait une petite chambre austère dans un grenier, se nourrissait de haricots sur toasts et parfois allait au restaurant universitaire où les repas n'étaient pas chers. La plus grande partie de l'argent qu'il percevait chaque mois de l'héritage de sa mère allait dans ses diverses campagnes.

Quelle journée ! se dit-il. Il reposa les livres, et sortit une bière du réfrigérateur. D'habitude il attendait 7 heures pour boire sa seule bière de la journée en faisant réchauffer ses haricots, mais ce soir il voulait s'accorder une pause.

D'un air maussade il avala sa bière tout en contemplant de sa fenêtre la vue sur les toits de Londres. Il frissonna. Devait-il investir un peu d'argent dans un appareil de chauffage ? Il enfila son duffle-coat en haussant les épaules.

La journée avait mal commencé. Avec son ami Bob Israel, ils avaient installé la table et les pancartes pour attirer l'attention des nouveaux étudiants et les inciter à s'inscrire à la société Sauvez le Monde. Il avait fondé le club au début de l'année précédente, et Bob Israel, étudiant en deuxième année de psychologie, s'était joint à lui peu de temps après. Maintenant ils le dirigeaient ensemble. Mais cette année la campagne n'avait pas porté ses fruits.

Et puis ce mannequin stupide, dont il ne se rappelait même pas le nom, l'avait agacé au déjeuner et il s'était ridiculisé. Quand il s'était levé de table, il avait oublié son calepin qui contenait le nom de tous les nouveaux membres. Quand il revint plus tard, le calepin s'était envolé, bien sûr.

Il se trouvait avec Bob dans l'entrée principale quand il l'aperçut. Elle s'inscrivit à son club bien qu'il fût réticent. Il aimait les gens sincères. Bob s'était laissé prendre au piège en la voyant s'extasier devant les pancartes. De toute évidence il était tombé amoureux d'elle. Il lui souhaitait bonne chance ! Mais il s'en repentirait vite. Bob avait même envisagé de l'envoyer faire campagne pour trouver de nouvelles adhésions, mais là, il allait trop loin. Elle n'y connaissait rien. Ils s'étaient violemment querellés.

– Tu es misanthrope ou quoi ? lui avait lancé Bob après le départ de Sylvia. Tu sais qui c'est ? Tu sais combien de membres elle peut nous ramener ?

Oh, il ne voulait plus penser à tout ça ! Il ouvrit une seconde bouteille de bière et lut jusqu'à minuit.

65

8 h 30. Publicité sur ITV. *Musique sensuelle. Scène exotique. Une légère brise caressait des plantes tropicales. Était-ce Tahiti ? Hawaii ? En fait c'était le Devon et les plantes provenaient d'une serre locale. Elles se faneraient vite mais pour l'instant créaient l'illusion d'une île paradisiaque pour milliardaires.*

Sylvia, d'une beauté époustouflante dans son sarong aux couleurs vives, apparut au milieu de cette dense végétation, cueillit une fleur d'hibiscus et se la mit derrière l'oreille. Puis elle se dirigea nonchalamment vers la mer. Un bel homme bronzé sauta de son yacht de milliardaire et courut vers Sylvia qui déboutonnait lentement son sarong, révélant un bikini. Elle s'arrêta un instant, lui fit signe et disparut dans l'écume. L'homme ramassa la fleur d'hibiscus, la broya dans ses mains, en respira le parfum et plongea derrière Sylvia au son d'une suave musique hawaïienne qui se perdait dans le grondement de la mer. La marque du parfum apparut en gros plan sur l'écran. « Hibiscus », murmura une voix qui semblait sortir de la profondeur des eaux, « Un nouveau parfum Sylvia Shaw, irrésistible. »

Andy se leva et éteignit la télévision. Soudain la pièce lui sembla vide.

– De toutes les publicités idiotes qu'elle a faites, c'est vraiment la plus débile ! s'écria-t-il.

Pourquoi donc la regardait-il chaque soir ? Il en connaissait la réponse. Il ne pouvait s'empêcher de contempler son corps et son beau visage à son insu. Elle apparaissait chaque soir dans l'une de ces publicités languissantes et chacune d'elles restait gravée dans sa mémoire.

Il arpenta la pièce, de la table au lit puis au placard. Les étudiants à l'étage au-dessous se plaignaient de son agitation perpétuelle. Ces derniers temps, la tristesse était devenue un symptôme tangible qui lui nouait l'estomac.

Quelle absurdité ! Comment pouvait-il rêver à une fille comme elle ?

Jusque-là, le travail lui avait suffi. Il ne pouvait pas se permettre de perdre du temps. Il passait des nuits blanches. C'était de la pure folie de penser à Sylvia. Heureusement qu'elle le détestait ! À chaque rencontre, ils se balançaient des vannes.

Il se plongea dans la lecture d'un livre ennuyeux : *Les Pierres d'Afrique.* Impossible de se concentrer. Il repartit chercher une bière.

Le club Sauvez notre Terre se développait à vue d'œil. Ce soir-là, une trentaine d'étudiants s'étaient rassemblés dans le petit appartement d'Andy qui servait de salle de réunion pour le club. C'était la fin du mois d'avril mais il faisait encore froid. Le vent du nord, glacial, pénétrait à travers les fissures du toit. Malgré son poncho de mohair, Sylvia était gelée. Elle frissonnait mais, si les autres le supportaient, pourquoi pas elle ?

Il y avait un certain nombre de problèmes à régler et les étudiants ne manquaient pas d'idées : une expédition pour filmer le massacre des bébés phoques, une délégation auprès de l'ambassade du Japon pour protester contre le dépeuplement des baleines, la distribution de prospectus visant les sociétés qui faisaient des expériences sur les animaux pour tester leurs produits. Mais l'argent manquait et Sylvia trouvait qu'ils sériaient mal les problèmes.

Quand elle parvint enfin à se faire entendre, elle leur tint ce discours :

– On a besoin d'argent, dit-elle en jetant un coup d'œil à Andy. (Il semblait furieux. L'imbécile ! se dit-elle. Elle prenait tout autant que lui ce club à cœur.) Sans liquidités, on ne pourra jamais mettre en pratique toutes nos belles théories. Il me semble que réunir des fonds devrait être notre objectif numéro un. Après on pourra envisager quelque chose de sérieux.

– On ne t'a pas attendue pour avoir cette idée, Sylvia, l'interrompit Andy. Bob et moi avons mis toutes nos économies dans ce club.

– Eh bien, c'est complètement idiot, dit-elle avec assurance. Ce que l'on peut prélever individuellement n'est rien. Il faut faire une opération commerciale. Il suffit d'essayer. (Elle jeta un regard interrogateur autour d'elle.) Si vous ne me croyez pas, laissez-moi une chance.

Andy était furieux mais, malgré ses doutes, tous votèrent en faveur de Sylvia. Elle était chargée de trouver des capitaux. Quatre autres se portèrent volontaires pour l'aider. Ce fut la raison pour laquelle elle se retrouva avec Andy dans sa mansarde après que tous furent partis.

– J'aimerais te rappeler, ma petite, qu'à cause de toi ce club prend une tournure différente. Il va falloir le déclarer comme association à but non lucratif et tenir à jour nos registres.

Elle se demandait pourquoi il semblait si amer.

– Est-ce si important comparé aux fonds dont tu as besoin ? lui demanda-t-elle.

– Occupons-nous d'abord de l'argent, répondit-il, ne trouvant rien d'autre à dire et se sentant stupide.

– Tu m'en veux, n'est-ce pas ? dit-elle, froissée.

– Oui, parce que tu es trop belle. Je n'arrive pas à croire que tu puisses t'intéresser à ce club ni à autre chose, d'ailleurs. Encore moins à la faune et la flore. Tu défaillirais si tu posais ton regard sur un lion.

– Alors, à ton avis, pourquoi suis-je ici ?

– C'est ce que j'aimerais savoir. Je parie que tu as une armoire pleine de fourrures.

Elle partit sur-le-champ, ne voulant pas laisser à Andy le plaisir de découvrir combien elle était blessée. Il était tellement injuste. Elle adorait les animaux. Elle les avait toujours aimés depuis sa plus tendre enfance. Tout l'amour maternel qu'elle avait refoulé s'était reporté sur son petit chien. Elle ne supportait pas de voir des animaux souffrir. Quand elle voyait un chat ou un chien abandonné dans la rue, elle éprouvait du chagrin et se portait toujours à son secours. En un sens c'était elle qui se sentait apeurée et sans foyer. Que faire devant ces superbes et à la fois horribles manteaux de fourrure qui pendaient comme des cadavres dans l'usine de sa mère ? Elle avait envie de se dresser pour défendre cette cause en laquelle elle croyait. Elle n'avait pas parlé à Andy de sa mère, elle n'avait pas osé.

– Débile, ce mec. Vraiment débile ! dit-elle à Bertha le lendemain soir en lui racontant sa soirée. Cet horrible bonhomme, sûr de lui, égoïste ! Je vais lui donner une leçon ! Je vais les inonder de billets. Je vais lui montrer qui tient le plus à ce club. Il pourrait se poser des questions par la suite.

– Quand on veut donner une leçon à quelqu'un, il faut penser au choc en retour, dit Bertha en secouant la tête.

Une semaine plus tard, Sylvia, resplendissante dans un tailleur de velours noir et un chemisier blanc en crêpe, dînait au manoir d'Outwood tout en lisant des notes. Elle allait sortir pour sa réunion hebdomadaire du club Sauvez notre Terre lorsque Tony lui fit une remarque agressive.

– Tu devrais travailler davantage, lui dit-il, l'air pensif, en regardant son tailleur. C'est pour cela que tu es ici, n'est-ce pas ?

– Il est important de participer aux activités des clubs, répliqua Sylvia.

– Pourquoi un si beau tailleur pour une simple réunion ?

Marika les observait, ne comprenant pas pourquoi Tony s'inquiétait tant des soirées de Sylvia. Elle n'avait plus seize ans.

Tony l'accompagna jusqu'à sa voiture.

– Ne va pas à cette sale réunion. On pourrait aller prendre un verre quelque part.

– Je suis obligée d'y aller.

– Le mois dernier tu n'y es pas allée. C'est dommage de porter une tenue pareille pour ces minables étudiants.

Il lui saisit le bras.

– Laissez-moi partir, dit-elle fébrilement, je dois faire un discours.

– Allons, ce n'est pas pour toi. Bon, si tu veux obtenir ton diplôme, oublie le reste. Travaille. Je t'emmènerai skier en Amérique du Sud aux prochaines vacances en juin.

– Je suis déjà prise pour les vacances.

Saisissant ses dossiers, elle sauta dans sa voiture et démarra en trombe.

Elle avait le cœur battant, les mains moites. Qu'il aille au diable ! Qu'espérait-il ? C'était l'époux de sa mère, non ? Mais pourquoi ces palpitations ? Pourquoi avait-elle les genoux qui tremblaient quand il l'effleurait ? C'était une situation dangereuse, insensée. Il fallait à tout prix sortir de ce cercle vicieux.

Elle arriva tôt à la mansarde d'Andy. Elle chantonnait seule dans son coin, espérant que personne ne remarquerait qu'elle tremblait.

Andy la regardait, l'œil courroucé. Elle ne pouvait s'empêcher de le comparer à Tony. C'était l'opposé. Avec lui on savait à quoi s'en tenir, il était même trop direct, mais si bon. Irréel, presque. Lui et Tony, c'étaient la nuit et le jour. Mais la nuit exerçait un attrait extraordinaire.

Andy ne manquait pas de virilité. Avec son intuition féminine, elle savait qu'il n'était pas insensible à sa beauté et que sa présence le rendait agressif.

Curieusement Andy ne lui était pas non plus indifférent. Quand elle se trouvait près de lui, elle en avait la chair de poule. Elle s'en demandait parfois la raison. En le détaillant, elle se rendit compte qu'il n'était pas dépourvu de charme. Grand, large d'épaules bien qu'un peu maigre, il avait des traits réguliers et bien marqués. Il n'avait qu'un gros défaut : son regard vous transperçait au point de mettre au jour chaque faille. Mais au moins, une fille savait où elle allait avec lui, si toutefois il se faisait piéger.

La réunion traînait, n'apportant rien de nouveau jusqu'au moment où Sylvia se leva pour faire son rapport sur les fonds qu'elle avait réunis.

– Deux mille livres de Sylvia Cosmétiques. Je ne reviendrai pas là-dessus. Mille livres d'une société minière canadienne soucieuse de se joindre à notre campagne contre la chasse. Et ce n'est pas tout.

» Ces gens-là mettent du temps à se décider, poursuivit Sylvia. Il vient également d'y avoir une offre d'une compagnie minière sud-africaine qui finance le Fonds sud-africain de sauvegarde de la faune et de la flore. En retour ils demandent qu'on les aide à se faire connaître pour trouver des capitaux pour la protection de la faune dans le Namib. (Elle s'interrompit.) Ils veulent des signatures, des articles et des photos dans la presse. Ils pensent que le soutien des étudiants peut avoir une importance majeure. Il s'agit de brandir quelques pancartes lors de manifestations. Qui est intéressé ?

Quand les acclamations s'apaisèrent, il fut décidé de mettre tous les projets à exécution et de donner la priorité à la faune du Namib.

Andy ressentit une haine encore plus implacable que d'habitude.

– Ils ont l'air de s'intéresser drôlement à la campagne du Namib, lui dit Sylvia d'un air suffisant après le départ des autres, tout en classant son rapport dans les dossiers d'Andy.

– Bien sûr, répondit-il avec mépris. Maintenant c'est toi qui dictes sa conduite au club. Tu as réglé tous les problèmes, n'est-ce pas ? Tout comme tu manipules tous ceux qui croisent ton chemin. La beauté et l'argent. Tu as tout. Bien, ce n'est plus la peine de compter sur moi.

– Fais ce qu'il te plaira. Je suppose qu'il me faudra chercher d'autres locaux. Tu es jaloux et méprisant. Je serais curieuse de savoir pourquoi tu m'en veux tellement.

– Bon sang, mais que crois-tu que je ressente ? Je me sens parfaitement idiot, lui dit-il en lui lançant un regard furtif. Écoute-moi, Sylvia, tu es trop irréelle. Le fait que tu sois ici prouve que tout cela n'est qu'un canular. Rien n'est réel. Le Fonds pour la sauvegarde de la faune du Namib est probablement une invention de Sylvia Cosmétiques pour leur image de marque. Simplement pour que le public n'aille pas fourrer son nez dans leurs laboratoires. Je parie qu'ils torturent des lapins. La faune et la flore ! Ha ! ha !

– Ce n'est pas une supercherie, Andy. Il te suffit de vérifier. C'est une organisation officielle qui n'a rien à voir avec Sylvia Cosmétiques. Et puis je ne suis que mannequin dans la société.

– Je n'aime pas être manipulé et encore moins par la haute société. Ou c'est toi ou c'est moi qui pars.

Elle devint écarlate, tourna les talons et rentra chez elle furieuse. Il était impensable qu'Andy quittât son club. C'est lui qui l'avait fondé. Il ne durerait pas longtemps sans lui. Au fond d'elle-même, elle éprouvait une rancune mêlée d'admiration pour ce monstre.

Sylvia ne se rendit pas aux réunions qui suivirent. Elle sortit avec Tony. Il n'y a rien de mal à cela, ne cessait-elle de se dire d'un air coupable. Ils ne faisaient que bavarder. C'était agréable de parler de choses importantes sans la présence de sa mère. Un jour où Marika se trouvait en Amérique, ils s'envolèrent pour Paris dans le jet privé de Tony simplement pour la soirée et revinrent dans la nuit.

Elle ressentait tout de même une certaine inquiétude. Elle avait l'impression de marcher au bord d'un précipice sans pouvoir se contrôler et d'avancer sciemment vers les ennuis. Elle était effrayée. Tony s'arrangeait pour que tout paraisse normal, digne d'intérêt, mais au tréfonds de son âme elle sentait le danger. La moralité arrogante d'Andy lui paraissait tellement plus appréciable. Andy avait une vue simple des choses : c'était blanc ou noir. Avec Tony, la vie était un kaléidoscope permanent.

Au début du mois d'octobre, Sylvia se trouvait au restaurant universitaire lorsque Andy l'aperçut et vint s'asseoir auprès d'elle.

Il semblait gêné.

– Je t'ai attendue aux réunions, lui dit-il en guise de bonjour.

– Tu ne m'as pas donné l'impression d'y être la bienvenue, lui répondit-elle, souhaitant pour une fois qu'il lui dise quelque chose de gentil.

– Ça ne t'embêtait pas avant. Je crois que tout le monde te regrette. L'idée que tu sois partie à cause de moi m'insupporte.

– Qu'est-ce que ça peut te faire ? lui dit-elle d'un air suffisant.

– J'ai longuement réfléchi pour les fonds et j'en suis venu à la conclusion que j'avais tort. Excuse-moi... Ce n'est pas l'argent qui me manque. C'est toi. (Elle ne répondit pas, aussi s'empressa-t-il d'ajouter :) Je crois que je te dois une sorte de trêve. Es-tu libre ce soir ? Nous pourrions dîner ensemble.

– Tu ne me dois rien, Andy, répondit-elle doucement.

– Oh, n'essaie pas toujours de donner le ton. Si je te dis que je te dois quelque chose, c'est que je te dois quelque chose.

– Et toi, va au diable, Andy Stark ! s'écria-t-elle, tremblant de rage. Ou tu as envie de m'inviter à dîner ou tu n'as pas envie ! Décide-toi, dis-moi quand ou paie tes dettes imaginaires.

Il régna un long silence. Andy avait la tête baissée. Quand il leva les yeux, il avait une étrange lueur dans le regard.

– Tu as raison. Mais une fois seulement j'aimerais que tu laisses les autres garder leur dignité. J'essayais de t'inviter.

Ils allèrent dîner le lendemain dans un excellent restaurant. Elle se culpabilisait à l'idée qu'il allait payer puis apprit qu'il recevait une petite rente. Il se montra très correct toute la soirée et ne lui prit le bras que pour la faire traverser.

– C'est amusant mais je ne t'imagine pas t'intéressant aux animaux, lui dit-il à la fin du repas. Ni à rien d'autre, d'ailleurs, si ce n'est aux plaisirs de la vie facile.

– Que sais-tu de moi, Andy ? Tu n'as que l'image de ces publicités idiotes de parfum.

Elle lui parla de sa maison, du Namib, de leur ferme dans le Kalahari, de son père qui l'avait élevée, des instants merveilleux où ils allaient camper ou prospecter ensemble. Elle évoqua aussi sa nostalgie de l'Afrique. Elle ne mentionna ni sa mère ni les mines de son père.

– Ton père est prospecteur ? lui demanda-t-il en la raccompagnant à sa voiture.

– Il est dans les mines.

– C'est une vie rude. Mais dis-moi, pourquoi me racontes-tu tout cela ?

– Je voulais simplement te dire que le fait d'être mannequin n'exclut pas celui d'être également ton style de femme.

– Mon style de femme ? dit-il, stupéfait.

– Pourquoi ne pas être amis ? balbutia-t-elle. Comme tu l'es avec Bob.

– Bob est un homme.

– Ne crois-tu pas en l'amour platonique ?

– Non.

– Pourquoi ?

– Le désir et la jalousie finissent toujours par surgir.

– Est-ce que tu me désires ? murmura-t-elle timidement.

– Je ne suis pas anormal. N'importe qui te désirerait.

– Alors pourquoi te montres-tu si agressif à mon égard ?

– Écoute, Sylvia, dit-il en s'appuyant contre la voiture, chaque soir, pour être franc, j'allume la télévision et te vois dans ces affreuses publicités. Et puis je me demande ce que ferait une fille comme toi avec un gars comme moi. (Il donna un coup de pied dans un tas de papiers sur le trottoir qui alla rouler dans le caniveau.) Il commence à faire froid, tu veux monter prendre un café ?

– Oui, je veux bien.
– Tu sais comment j'envisage l'avenir, lui dit-il en mettant la cafetière électrique en marche. Comment pourrais-je m'attendre à ce qu'une fille aussi belle que toi vienne vivre en Afrique avec moi ? Tu ne m'as pas l'air non plus d'être du genre à passer une nuit avec n'importe qui. Enfin, je crois.
Elle lui lança un regard perplexe.
– Et comment vois-tu mon avenir, Andy ? Un époux riche ? Un yacht peut-être, comme dans cette publicité que tu détestes ?
– C'est un peu ça.
– Tu crois que je devrais me décider à mener une vie normale au lieu d'essayer de trouver un homme qui me convienne ?
– Un jour il se trouvera sur ton chemin et tu l'aimeras.
– Et si je te disais que je t'aime ?
– Je te répondrais que tu te trompes ou que tu mens.
– Tu as peut-être raison, Andy, mais j'aimerais bien avoir l'occasion de découvrir la vérité.
Il servit le café et lui tendit une tasse. Puis il s'assit et la dévisagea.
– Tu caches quelque chose, Sylvia. Tu sembles avoir mille secrets. C'est du moins l'impression que tu m'as toujours donnée.
Elle le regarda d'un air coupable. Elle avait envie de lui parler de ses craintes, de sa sensualité naissante, de son besoin d'être aimée qui la poussait dans les bras de Tony.
– Il y a un autre homme dans ma vie. Mais il est marié.
À ma mère, allait-elle ajouter, mais elle se tut.
Il tressaillit. Il avait cru qu'elle était vierge.
Devant son expression, elle rougit.
– Tu veux faire l'amour ?
– Oui. Aime-moi un peu. Ce soir. Je t'en prie, Andy.
Elle tremblait. Une étrange sensation parcourait

son corps. Douleur et plaisir mélangés. Elle était comme paralysée.

Pourquoi n'est-il pas content ? se demandait-elle tristement. Je me jette dans ses bras et je sais qu'il me désire. Ne pourrait-il pas être plus démonstratif ?

Elle se leva et ôta ses vêtements. Il faisait un froid de canard, mais elle ne le sentait pas. Elle savait qu'elle avait un corps magnifique et pour la première fois en éprouvait de la joie. Elle voulait plaire à Andy mais, en levant les yeux vers lui, elle s'aperçut qu'il était loin d'être heureux.

– Es-tu sûre que c'est ce que tu souhaites ? demanda-t-il d'un ton sec.

– Oui.

– Je suppose que les mannequins passent leur temps à se déshabiller.

– Bien sûr.

– Faire l'amour ne signifie pas grand-chose à tes yeux, alors ? dit-il d'un air chagrin.

– Non. Pourquoi ? Est-ce la première fois pour toi ?

– Non.

Elle ressentit une pointe de jalousie en se glissant sous les draps.

Andy l'observa un instant puis, haussant les épaules, se leva.

– C'est glacial !

Sylvia le regarda se déshabiller bouche bée. Quel corps ! Mince mais large d'épaules. Tout de muscles.

– Je me suis totalement trompé sur ton compte, lui dit-il. C'est à cause de cette pureté virginale que tu arbores.

– C'est bon pour ce que je fais.

– Oui, sans doute. Mais dis-moi... Ce n'est pas que ce soit vraiment important... Mais est-ce terminé entre toi et ce type marié ?

– Oui, dit-elle avec assurance. J'ai besoin de toi, Andy. Aime-moi. Aide-moi.

Il lui prit les seins dans les mains, s'allongea sur elle et la pénétra.

– Oh, non ! gémit-elle.

Il se retira et la regarda, affolé. Il aurait dû écouter son instinct. Il savait qu'elle était vierge.

– Pourquoi ne m'as-tu rien dit ? soupira-t-il. Oh, Sylvia, qu'ai-je fait ?

Il se cacha le visage entre ses seins et effleura sa peau de ses lèvres.

C'était un amant passionné mais d'une douceur extrême. Elle ne ressentait plus de douleur et se sentait glisser imperceptiblement vers le plaisir. Quand Andy jouit, elle cria de bonheur.

Ils restèrent un long moment dans les bras l'un de l'autre. Andy restait pensif. C'est un rêve, je ne dois pas m'attacher à elle, mais il était submergé de tendresse. Elle était si belle ! Il ne pouvait détourner son regard de son corps. Il l'avait désirée depuis le premier jour. Pourquoi l'avait-elle choisi pour sa première expérience ? Lui aussi était vulnérable. Il tombait trop vite amoureux et elle n'était pas faite pour lui. Il en était conscient.

Sylvia était blottie dans ses bras. Appartenir à quelqu'un était un sentiment si nouveau. Il n'était pas aussi puissant et aussi beau que son père, ni aussi excitant que Tony, mais au moins elle n'avait pas à le partager avec sa mère.

66

8 heures du matin. Marika travaillait sur sa planche à dessin depuis plus d'une heure quand la femme de chambre lui monta les journaux et le café.

Elle les feuilleta avec passion. La veille, elle avait fait un discours à un groupe de féministes sur l'impact psychologique de la mode sur la société. Elle s'attendait à de vives critiques, mais la presse s'était montrée clémente.

Elle resta pétrifiée en lisant un article anodin au bas de la page. L'ancien officier SS Ernst Stuckler, recherché depuis 1945 pour crimes de guerre dans les camps de concentration polonais, venait d'être arrêté à Athènes alors qu'il se rendait en Amérique du Sud après un bref séjour à Genève pour raisons médicales. Celui qui était à l'origine de son arrestation, Klaus Greenstein, disait aux reporters...

Marika jeta le journal et se cacha le visage dans ses mains. Elle se mit à trembler. Elle saisit le téléphone et appela Greenstein. On lui répondit qu'il serait de retour après le déjeuner.

La matinée s'écoula lentement. Ses efforts devant sa planche à dessin furent infructueux. Marika était d'une nervosité grandissante. Elle s'en prit à sa secrétaire, puis avala un demi-comprimé de tranquillisant avec un verre de lait. Elle eut l'impression d'être encore plus déprimée.

Au prix d'un grand effort, elle attendit 14 h 30 pour rappeler Greenstein. Elle avait tellement refoulé sa colère qu'elle arrivait à peine à parler.

– Mon argent... vous m'avez manipulée... vous m'avez dit que vous teniez Otto Geissler.

– Une erreur regrettable, lui dit Greenstein. Je vous avais prévenue. De toute façon, nous avons découvert un autre criminel nazi. C'est tout de même le but de notre association. Nous ne sommes pas là pour des vendettas personnelles. Je vous l'ai dit maintes fois. (Sa voix se fit plus douce.) Marika, vous connaissez notre objectif. Nous suivons toute trace possible. Vous participez à toutes les opérations. Nous faisons de notre mieux. Si je découvrais le lieu où se cache Otto Geissler, je l'arrêterais sur-le-champ. Croyez-moi, ma chère. Oui, j'avoue que moi aussi j'y ai cru...

Qu'il paraissait vieux ! Sa voix n'était qu'un murmure. Elle frissonna de peur. S'il mourait ou capitulait... C'était son unique lien avec Geissler. Elle eut l'impression d'être un fœtus suspendu de façon précaire au bout d'un long et fragile cordon ombilical. Ce n'était qu'à travers Greenstein qu'elle pouvait espérer une revanche. Elle était furieuse devant sa propre impuissance et son incapacité à pouvoir se maîtriser.

– Vous savez très bien quels criminels de guerre rechercher, dit-elle d'un ton sec. Ce sont toujours les plus célèbres, ceux qui sont susceptibles de vous amener des fonds et de la publicité... Oh, je comprends, les affaires sont les affaires.

– Ma chère, si c'est vraiment là le fond de votre pensée, je vous conseille de cesser vos versements, lui répondit-il d'une petite voix fatiguée. Je suis vraiment navré que vous pensiez que nous vous avons laissée tomber.

– Oui, c'est exactement ce que je ressens. (Elle n'éprouvait aucune pitié devant sa lassitude pourtant réelle, mais seulement une grande colère.) Je vais augmenter mes versements. Faites quelque chose ! N'importe quoi ! Trouvez de meilleurs agents. Je vous envoie un chèque.

Elle reposa l'appareil avant même qu'il ait eu le temps de répondre et s'assit, furibonde. La suggestion de Greenstein de suspendre ses paiements l'avait effrayée. Sa volonté de revanche était une drogue qui la motivait, qui constituait sa raison de vivre et son désir de réussir. Sans cela, tout s'écroulait. Qu'était-elle, après tout ? Rien. Du néant.

67

Il y avait presque cinq ans que Günter avait donné le kwammang-a en garantie à la banque pour un emprunt de dix millions de dollars. L'argent lui avait donné le pouvoir d'accroître ses capitaux, d'ouvrir de nouveaux gisements miniers, d'étendre les opérations de prospection de diamants et surtout de ruiner Tex MacGregor en lui reprenant les mines d'uranium du Namib tant convoitées. Günter avait préparé sa revanche avec la minutie et la volonté qui caractérisaient toutes ses entreprises. Grâce à son courtier et à des prête-noms, il avait secrètement acheté des actions de la Compagnie d'exploitation des minerais de l'Ouest chaque fois qu'il s'en présentait sur le marché. Comme bien d'autres sociétés minières, le groupe des Minerais de l'Ouest ne possédait pas la majorité des actions. En fait, Tex à lui seul en avait vingt-cinq pour cent, le reste étant détenu par des particuliers. Si Günter parvenait à acquérir la majorité des actions de la compagnie, il pourrait évincer MacGregor.

Mais, ces cinq dernières années, la compagnie avait pris de l'extension en rachetant des mines extrêmement rentables en Afrique du Sud et en Australie. Les projets de Günter lui coûtaient bien plus cher qu'il ne l'avait prévu.

Il avait mis au point une stratégie à long terme. Jusque-là il était gagnant. Les dernières opérations de Tex rendaient le contrôle du capital pratiquement impossible.

Six semaines plus tard, la Compagnie des minerais de l'Ouest allait faire une offre publique pour accroître le capital dont Tex MacGregor avait besoin pour exploiter les énormes gisements d'uranium du Namib. Ces mines qui m'appartiennent ! se disait Günter avec rage. Plus que six semaines ! S'il ne réussissait pas, il perdrait à jamais la chance de prendre sa revanche.

Pour l'instant il possédait vingt-neuf pour cent des parts, quatre pour cent de plus que Tex. Le plus gros actionnaire était toujours avantagé. Pourquoi ? Parce que, invariablement, les petits investisseurs donnaient leur procuration à celui qui dirigeait la compagnie. S'il n'y avait pas la perspective de la prochaine offre publique d'achat, Günter pourrait miser sur une bataille de procurations. Mais pour l'instant il n'aurait pas l'ombre d'une chance. Il fallait être fou pour tenter l'expérience.

La domestique lui apporta son petit déjeuner, mais Günter la renvoya d'un geste furieux. Il était de mauvaise humeur depuis l'annonce de la vente faite quelques jours auparavant. Le public détiendrait désormais soixante pour cent des actions, ce qui atténuerait son pouvoir. La puissance nucléaire et l'uranium étaient la réponse à la crise de l'énergie, comme il l'avait toujours prévu. En conséquence, la demande serait forte. Il aurait de la chance s'il parvenait à acquérir cinq pour cent des titres.

Or, pour réussir, Günter devait porter un coup décisif avant le lancement de la campagne. C'était sa dernière chance.

Mais comment agir ?

Günter saisit le téléphone et composa le numéro de son courtier.

– Des actions de la Compagnie des minerais de l'Ouest ont-elles été lâchées sur le marché ? lui demanda-t-il.

– Pour l'amour du ciel, Günter, c'est la troisième fois que vous m'appelez en trois jours. S'il en vient, nous les achèterons. (Il y eut un brouhaha soudain.) Attendez une minute, Günter, attendez. (Il entendit sa voix couvrir toutes les autres.) Vous savez aussi bien que moi qu'étant donné qu'avec MacGregor vous détenez cinquante pour cent des actions et les grosses sociétés trente autres pour cent, il ne restera pas grand-chose à acheter. C'est vous-même qui avez insisté pour qu'on agisse avec prudence pour que l'adversaire ne se rende pas compte qu'on veut accaparer le marché. (Il s'interrompit un instant pour laisser à Günter le temps de répondre puis continua :) Avouez que nous n'avons perdu que le strict minimum depuis que nous nous sommes lancés dans cette opération.

– Très bien, très bien, dit Günter, vous m'avez déjà expliqué tout cela.

Il reposa l'appareil, furibond.

La journée s'écoula lentement. Claire l'agaçait plus que de coutume. Elle le harcelait de questions, voulait savoir pourquoi il n'avait pas d'appétit, pourquoi il ne venait pas chez l'entraîneur admirer les derniers chevaux de course qu'elle venait d'acheter. Claire s'intéressait de plus en plus aux chevaux. Elle n'avait d'amis que dans le milieu hippique.

À la tombée du jour, seules quelques actions avaient été acquises. Günter était dans un état de nervosité extrême. Si seulement il était financier, il aurait trouvé un autre moyen ! Après cinq années de labeur et de plans minutieux, ces satanées sociétés détenaient encore plus d'actions que lui.

Soudain il bondit.

– Merde ! s'exclama-t-il. Voilà la réponse !

Il était là comme une marionnette à essayer de tirer quelques actions par-ci, par-là, alors que le gros de l'affaire était détenu par moins d'une douzaine d'investisseurs constitués principalement par des compagnies d'assurances et des groupes d'investissements. Il suffisait de trouver le moyen de les persuader de vendre leurs trente pour cent. Pourquoi son courtier n'y avait-il pas songé ? À la fin de l'opération, il lui donnerait congé.

Depuis que Tex lui avait extorqué ses biens, Günter ne s'était adressé qu'à des conseillers de haut niveau. Il reprit le téléphone et appela l'un de ses associés dans une compagnie d'avocats internationaux qui s'occupait des affaires de la société. Peut-être aurait-il dû faire appel à eux dès le début, mais le secret était nécessaire.

À 10 heures le lendemain matin, il se trouva dans une salle de réunion du conseil d'administration, en présence de son comptable et de son conseiller financier. Il se rendit très vite compte qu'il lui faudrait beaucoup plus de liquidités que prévu. S'il réussissait à avoir la majorité des actions de la compagnie, il se verrait dans l'obligation d'acquérir une grande partie de celles que MacGregor mettrait sur le marché sous peine de perdre la confiance des investisseurs. De toute façon, il devrait maintenir cette majorité. Et pour cela une grosse opération financière était nécessaire.

Son comptable et son banquier avaient un projet compliqué à lui proposer. Ils suggéraient de faire une sorte de trust financier pour avoir des sources de capitaux différents. Günter devrait mettre aux enchères des actions de ses gisements diamantifères du Namib et de ses autres sociétés, tout en gardant le contrôle du groupe et en ayant la majorité des actions du trust. Entre-temps le banquier était prêt à avancer les capitaux à Günter et prétendait que, grâce à des contacts discrets avec les gros investisseurs, ces derniers avaient la ferme volonté de vendre leur portefeuille d'actions. Günter accepta aussitôt.

Quatre jours plus tard, son comptable vint lui faire un rapport. La Compagnie d'assurances sur la vie et la Société d'investissements du Commonwealth, qui détenaient sept pour cent des actions des Minerais de l'Ouest, acceptaient de les lui vendre immédiatement mais à un prix élevé. C'était coûteux mais cela en valait la peine.

De surcroît, la Banque d'investissements de l'Union, qui contrôlait environ neuf pour cent des actions par l'intermédiaire des portefeuilles de ses clients, ne voulait pas vendre mais était disposée à aider Günter à la seule condition d'avoir une option sur l'échange de leurs actions dans les Minerais de l'Ouest contre d'autres dans les différentes sociétés de Günter.

Günter se précipita chez ses avocats, débordant

de joie. Son comptable avait préparé les dossiers et les contrats. Günter avait ce qu'il souhaitait : cinquante et un pour cent des parts de la compagnie. Pour Tex MacGregor la nuit des longs couteaux venait de commencer.

Malgré l'aspect imposant du bureau de Tex à Londres, ce n'était qu'une succursale avec un personnel et des directeurs anglais. La maison mère se trouvait à Johannesburg. C'est de là-bas que Tex dirigeait la prospection de ses gisements sur trois continents.

Günter et son avocat arrivèrent tôt le lundi matin suivant dans les bureaux de la compagnie à Johannesburg. En dehors de MacGregor qui ne devait revenir que dans la soirée, la Compagnie des Minerais de l'Ouest comprenait quatre autres directeurs sud-africains employés à plein temps.

Günter pénétra dans le bureau du directeur financier, muni des procurations qui attestaient de son pouvoir, et conseilla au pauvre homme stupéfait de réunir sur-le-champ tous les directeurs.

La réunion eut lieu aussitôt et le message de Günter fut bref. En accord avec le règlement de la compagnie, il avait demandé à tous les actionnaires de se rassembler pour leur annoncer qu'il prendrait le contrôle de la société dans moins d'un mois. Les directeurs pouvaient choisir de travailler pour lui dans l'intérim ou de s'adresser à des agences pour trouver un autre emploi. Sans l'ombre d'une hésitation, les directeurs invitèrent unanimement Günter à se joindre à eux.

Quand Tex revint, le soir, il trouva Günter installé dans son bureau, dictant aux directeurs une note de service stipulant que la signature de Tex n'était désormais plus valable.

Tex hurla de colère. Il y avait une expression meurtrière dans ses yeux. Son regard se baladait dans la pièce à la recherche d'une arme.

– Dehors, Tex, dit Günter. À moins que vous ne souhaitiez une raclée comme la dernière fois. J'ai l'impression que votre nez en garde toujours des traces. Ou peut-être est-ce à la suite d'une bagarre dans un bordel ?

Tex resta pétrifié en comprenant qu'il s'était laissé berner. Dans son désir de croissance rapide, il ne s'était pas préoccupé du contrôle du droit de vote et se retrouvait en minorité dans la société de Günter.

– Prenez tout, grommela-t-il. Faites une offre.

Confortablement installé derrière son bureau, Günter esquissa un sourire narquois.

– J'ai déjà le contrôle de la société, je n'ai nul besoin de vos actions. Essayez de les vendre au public. Mais n'oubliez pas, Tex, agissez pour le bien de la compagnie, sinon les actions vont baisser. C'est vous le vendeur, pas moi.

Tex jeta son mégot sur le tapis persan et l'écrasa de son talon.

– Au fait, poursuivit Günter, ce matin on m'a accordé le droit exclusif d'utiliser la Rolls-Royce et la vaste demeure londonienne de la société. Laissez les clés à ma secrétaire en partant.

L'opération, avec ses intrigues politiques et le déballage de tous ses biens, fit la une de tous les journaux.

Günter éprouvait une grande satisfaction. Il avait réussi à se venger de Tex. Mais il n'avait pas prévu l'inventaire public de ses biens, depuis ses gisements de minerais du Namib qui constituaient déjà une fortune colossale jusqu'à cette dernière acquisition qui la décuplait.

Soudain on n'eut pour lui que respect et admiration. Il devint une célébrité. Mais son plus grand plaisir fut d'avoir enfin les fonds pour reprendre le kwammang-a.

La semaine suivante, il fit sursauter son banquier en allant personnellement le voir pour retirer son diamant.

– Mais, mon cher Grieff, vous ne prétendez tout de même pas le mettre dans votre poche et partir ? Il a une valeur inestimable ! Laissez-le dans un coffre à la banque ou bien faites-vous escorter jusqu'à chez vous.

Günter soupesa son diamant et le fourra dans sa poche.

– Savez-vous pourquoi j'y tiens ? Parce qu'il m'a sauvé une fois la vie. Et maintenant, grâce à lui, je viens d'acquérir les Minerais de l'Ouest. J'aime le sentir, le toucher. N'est-ce pas incroyable qu'il ait dérivé ainsi au large de la côte du Squelette pendant des milliers d'années, peut-être plus ? C'est là que je l'ai trouvé. Il va pouvoir survivre à un périple de quelques kilomètres.

Le banquier raccompagna Günter jusqu'à la porte, lui enviant sa désinvolture. Il disparut dans la foule. Le banquier haussa les épaules. Il est complètement fou ! se dit-il. Enfin, il faut l'être pour devenir riche. Puis il songea au kwammang-a. Ça ne me déplairait pas d'avoir un grain de folie ! songea-t-il.

68

Après des mois de préparation, Marika lançait enfin sa nouvelle collection. La salle était bondée. Tous les plus gros acheteurs, toute la presse étaient là.

Marika écarta le rideau et jeta un coup d'œil furtif dans la salle. Elle avait l'estomac noué. Elle était si tendue que cela en devenait insupportable. Tout son corps lui faisait mal. Elle savait qu'elle ne se débarrasserait jamais du trac. Malgré sa fortune, malgré sa célébrité, elle avait toujours besoin de l'approbation du public tout comme au début lorsque Mendel l'avait laissée dessiner sa propre collection. Elle était tout aussi tendue, tout aussi effrayée.

Elle sentit la main de Bertha dans la sienne.

– Tout ira bien, murmura Bertha, ne t'inquiète pas.

Bien seulement ! se dit-elle, furieuse. Si ce n'était que cela, elle préférerait se mettre une balle dans la tête. Sa collection devait être de loin la plus belle qu'elle ait jamais créée, elle devait surpasser toutes les autres. Pourquoi ? Tout simplement parce qu'il était dans son caractère d'être toujours la meilleure.

Marika se rendait compte que cette année l'organisation était parfaite. Les mannequins n'étaient pas énervés, rien n'avait été perdu, les rafraîchissements étaient arrivés à temps et l'animateur était parfaitement compétent et d'un calme extraordinaire. Sans doute l'influence de Bertha. Marika se demandait comment elle avait pu se passer d'elle toutes ces années.

La présentation débuta par un concert de trompettes. Sur un air de Prokofiev, huit mannequins entrèrent sur scène et évoluèrent en valsant, vêtus des modèles préférés de Marika. Les flashes des photographes se déchaînèrent, les journalistes sortirent leurs calepins, les conversations se turent.

Quand Marika entendit les applaudissements, elle sentit fondre sa tension. La collection allait être un succès.

Après tant de mois de réflexion, de travail, d'espérance, il ne manquerait plus que ce soit un échec ! se dit-elle. Mais le succès n'était jamais garanti. Le travail, les efforts ne suffisaient pas toujours, elle le savait bien. En cet instant précis, son souhait le plus cher était de se blottir dans un coin et de dormir.

Il y avait là plusieurs photographes internationaux : David Montgomery, Tony Snowdon, Oliviero Toscani, bon nombre de journalistes des plus célèbres magazines de mode et la presse féminine de trois continents. Elle ne les avait pas déçus. Les années 70 se profilaient à l'horizon, et Marika avait réussi à représenter la femme de l'avenir avec une clarté et une sensibilité étonnantes. La féminité laissait place à la sensualité, la pudeur à la passion de la vie. Elle avait façonné la nouvelle décennie avec vigueur et hardiesse.

C'était presque l'heure de l'entracte. Marika écartait de temps à autre le rideau pour voir les réactions du public. Elle était ravie et songeait à Mendel avec nostalgie. Elle utilisait toujours la même salle. Les mêmes tapis persans étaient sortis chaque année, ainsi que les lustres que l'on faisait briller à cette occasion. Comme il aurait été fier d'elle ! Tony aussi, s'il était là, se dit-elle avec regret.

Soudain elle perçut des cris à l'extérieur. Elle reconnut la voix du concierge au milieu du vacarme. Les portes s'ouvrirent brusquement et un groupe d'étudiants se précipitèrent dans la salle et s'affalèrent par terre. Des chaises furent renversées sur leur passage. Les étudiants déroulèrent leurs banderoles et se frayèrent un chemin à travers la foule en hurlant : « Pensez aux animaux, ne portez pas ces fourrures ! »

Marika, frissonnante, se précipita dans les coulisses. Les pancartes étaient horribles : des renards pris au piège se rongeant les pattes, un chien mort affamé, des castors noyés.

– Mon Dieu ! Mais c'est horrible ! s'écria-t-elle.

Puis elle aperçut Sylvia, le regard brillant de colère. Elle brandissait une pancarte et hurlait avec les autres.

Marika resta pétrifiée, incapable d'avancer sous le choc. Elle vit Bertha se précipiter vers Sylvia et lui donner une paire de claques. Puis elle s'en prit à un jeune homme assez grand, aux cheveux bouclés, qui tirait Sylvia par le bras. Trop tard. La presse avait reconnu Sylvia Shaw et savait qu'elle était la fille de Marika. Les réprobations se transformèrent en brouhaha. Tout le monde était surexcité. Ils avaient un scoop.

Marika se ressaisit aussitôt et demanda qu'on augmente le son de la musique. Les mannequins faisaient de leur mieux, mais elles ne parvenaient pas à se frayer un chemin au milieu des manifestants.

C'était le chaos total.

La police arriva. Les étudiants furent éjectés.

La manifestation n'avait duré que cinq minutes. Un véritable tremblement de terre, se dit Marika tristement en promenant son regard dans la salle mise sens dessus dessous.

Elle monta sur scène et saisit le micro.

– C'est un signe des temps, commença-t-elle en cherchant ses mots. Inutile de se le cacher. C'est un fait. Une nouvelle prise de conscience.

Elle s'interrompit et regarda alentour. Les visages étaient levés vers elle. Il régnait un étrange malaise.

– Certains d'entre vous sont là parce que c'est leur métier que d'acheter des fourrures. C'est à vous spécialement que je m'adresse. Les statistiques prouvent qu'il y a une demande de fourrures de plus en plus grande sur le marché. Quant à vous, qui représentez la presse, soyez conscients du fait que vous assistez à une révolution sociale. Pour la première fois depuis plusieurs décennies, des jeunes se rassemblent pour extirper le mal et engendrer le bien. Ils se cherchent et commettent des erreurs. Personnellement, je crois que ce soir ils en ont commis une. (Il y eut de petits rires dans la salle.) Mais cela n'a aucune importance, dit-elle d'un ton ferme. L'important, c'est qu'ils y portent de l'intérêt. Et si parfois leur zèle de missionnaire tombe dans l'excès et prend la mauvaise direction, eh bien, il faut se dire que c'est pour défendre la cause du bien.

Elle jeta un coup d'œil aux tapis déchirés, aux chaises mises en pièces et aux portes brisées.

– Ce ne sont que des dégâts matériels, poursuivit-elle en haussant les épaules. Abordons maintenant le problème épineux. Est-ce une faute de porter un manteau de fourrure ? Je ne pense pas mais tout dépend de chacun, tout comme manger de la viande ou aller à la pêche sont des choix personnels. J'aimerais tout de même ajouter que nos peaux ne sont pas celles de bêtes sauvages. Toutes les fourrures que vous avez vues ce soir proviennent d'animaux élevés à la ferme.

Elle termina son discours sous un torrent d'applaudissements, mais elle savait que la présentation était un échec et elle ne se trompait pas.

Quand tout le monde fut parti, Bertha, Tanya et John rejoignirent Marika pour la traditionnelle coupe de champagne avec le personnel et les mannequins.

Bertha tira Marika à l'écart.

– Ne prends pas cet incident trop à cœur. Sylvia n'a pas voulu se démarquer des autres. Tous les étudiants manifestent. Je dois te dire que son ami Andy Stark était furieux. Il ne savait pas qu'il s'agissait de sa famille. Il a tenu à me le dire et je le crois. C'est un jeune homme bien. N'en fais pas une affaire personnelle, Marika. Bientôt tu n'y penseras plus.

Elle prit Marika dans ses bras et l'étreignit avec amour.

– Je ne savais même pas qu'elle avait un ami, répondit Marika tristement. (Elle se demanda comment elle pouvait être aussi loin de sa fille.) Je suis sûre que tu as raison, dit-elle pour apaiser Bertha, mais elle ne pouvait chasser de son esprit le regard pourpre de colère de sa fille.

– On peut supposer que Sylvia n'entrera jamais dans la société, dit John d'un ton cassant quand il se trouva auprès de Marika. Quel meilleur moyen avait-elle de le prouver, ma chère ? Suivez mon conseil. Laissez tomber. Vous vous leurrez si vous pensez que les choses vont s'améliorer entre vous, lui dit-il avec son tact habituel.

Marika essaya de persuader Bertha de venir dîner chez elle, mais Bertha était fatiguée et souhaitait se coucher tôt. Marika rentra chez elle, le regard voilé de larmes.

Tony était enfermé dans son bureau. On l'entendait hurler dans le téléphone. Il ne fit qu'une brève apparition pour le dîner. Marika décida de ne rien lui dire. Elle était assise seule près de la cheminée, triste, l'esprit confus, lorsque Sylvia entra.

– Je sais que tu es fâchée contre moi, s'écria-t-elle. (Elle semblait bouleversée, ce qui étonna Marika.) Mais j'ai le droit de me battre pour une cause que je crois bonne. Le fait que toi tu fasses le commerce des fourrures ne change rien à mon opinion. Je suis absolument opposée à ce système.

– Tu me l'as bien fait comprendre, répondit Marika d'un ton glacial. Tu m'as également coûté une petite fortune, ce soir. Je suppose que tu en étais consciente aussi.

– L'argent ! L'argent ! Pour l'amour de Dieu, maman, si seulement nous pouvions parler d'autre chose ! Une fois seulement ! Cette manifestation ne t'a-t-elle donc pas fait réfléchir ? Ce n'est pas l'argent qui compte mais la douleur et la souffrance. Sais-tu combien de renards il a fallu tuer pour faire ce beau manteau dont tu semblais si fière ? Y as-tu jamais songé ?

Marika allait lui proposer une trêve, mais Sylvia ne lui en laissa pas le temps.

– Bien sûr, poursuivit-elle, tu ne peux pas comprendre, tu es parfaitement insensible, seule ta propre ambition a de l'importance à tes yeux.

Inutile d'insister.

Marika éclata en sanglots, lança à sa fille des piques blessantes qu'elle ne pensait même pas.

Sylvia répliqua avec rage. Puis la sonnette de la porte d'entrée retentit et Sylvia partit en courant dans sa chambre.

Ils s'étaient violemment querellés sur le trottoir. Pourquoi diable Sylvia ne lui avait-elle pas dit que sa mère avait une affaire de fourrures ? Il ne l'aurait jamais laissée participer à la manifestation. Ce n'était certes pas une façon de se conduire envers sa mère, même si elle était la reine de la fourrure de toute la Grande-Bretagne. Andy s'en voulait de son ignorance mais l'univers de la mode lui était parfaitement inconnu. Il était furieux contre Sylvia. À elle seule, elle avait fait échouer la manifestation. Toute la publicité, leur travail, le message qu'ils essayaient de faire passer étaient réduits à néant au profit d'une stupide querelle familiale. La presse allait s'en donner à cœur joie. Il avait vu un photographe tenter d'avoir Marika et Sylvia ensemble sur sa pellicule. Le fossé des générations ! Voilà à quoi tout cela se bornait à cause de Sylvia et de sa mère.

Il avait fait tous ces reproches à Sylvia. Elle avait éclaté en sanglots et s'était enfuie. Andy avait eu pitié d'elle en s'apercevant qu'elle était bouleversée. Il avait aussitôt pris sa voiture pour essayer de la rattraper, se demandant où elle allait en la suivant le long de chemins de campagne.

Il suivit Sylvia jusque dans l'allée imposante du manoir d'Outwood. Merde ! Un manoir et une mère immensément riche. Pas étonnant qu'elle ne l'ait jamais invité chez elle. L'espace d'un instant, il hésita puis haussa les épaules. Il devait mettre fin à leur liaison. Quel imbécile de s'être amouraché d'elle ! Il n'avait rien à offrir à une fille comme elle, il aurait dû s'en rendre compte depuis le début. Leur aventure était vouée à l'échec.

– Quelle baraque ! s'exclama-t-il.

Il gara sa voiture, fit retentir une cloche imposante suspendue à une porte non moins imposante. Il s'attendait presque à entendre résonner toutes les cloches d'une église, mais ne perçut qu'une sonnerie discrète dans l'entrée puis des pas qui approchaient.

Un homme aux cheveux gris d'une haute stature et d'une dignité parfaite vint lui ouvrir. Il avait l'air vaguement condescendant.

– Je suis Andy Stark, dit-il, un peu gêné. Je suis un ami de Sylvia. J'aimerais voir sa mère, Mme Magos. Vous êtes son beau-père, je suppose. Bonjour, monsieur.

– Je suis le valet de chambre et sa mère s'appelle Mme Palma, répondit-il sans l'ombre d'un sourire. Voici M. Palma.

Andy sursauta en apercevant Palma. Comment pouvait-il être le beau-père de Sylvia ? Il ne paraissait pas beaucoup plus vieux que lui. Un parfait dandy, se dit-il. D'emblée il éprouva de l'antipathie à son égard. Un coup d'œil furtif dans la pièce le laissa sans voix. Des meubles anciens, des tableaux, des tapis persans ! La caverne d'Ali Baba !

– J'aimerais parler à Mme Palma, dit Andy.

– Elle est occupée et ne veut pas être dérangée, répondit Tony.

– Où est Sylvia ?

– Vous ne pouvez pas la voir. Elle est allée se coucher. Ne revenez pas.

– Je sais qu'elle est là, dit Andy en montrant une porte de l'autre côté de l'entrée.

Il percevait ses sanglots.

– Non, elle ne s'y trouve pas.

– Vous mentez, dit Andy, le regard haineux. Ce n'est pas sa faute. Je veux vous expliquer.

– Allez vous faire fiche !

Andy traversa le couloir et ouvrit brusquement la porte.

– Sylvia !

Mais la femme qui leva les yeux vers lui n'était pas Sylvia, bien qu'il y ait une grande ressemblance. C'était Marika Magos, qu'il avait vue quelques heures auparavant sur scène et qui pleurait amèrement.

– Je suis désolé, vraiment désolé. Je ne savais pas que c'était votre collection... je veux dire... je ne savais pas que vous étiez sa mère. Je vois combien vous êtes blessée. Je vous en prie, ne soyez pas fâchée contre Sylvia, c'est moi qui ai tout organisé.

Marika se tourna vers lui.

– Qui êtes-vous ? lui demanda-t-elle. (Elle esquissa un sourire timide.) Je sais, vous êtes Andy. Bertha m'a parlé de vous.

Il lui plut immédiatement, malgré sa misérable manifestation. Beaucoup trop pur pour ma fille, se dit-elle perfidement. Il souffrira à cause d'elle.

– Il m'est difficile de croire que vous êtes sa mère, poursuivit-il. Vous vous ressemblez, mais vous êtes si jeune !

– Vous avez fait votre numéro. Maintenant foutez le camp, lui dit Tony.

Soudain tout se déclencha dans son esprit. Angelo Palma, l'industriel : puits de pétrole, industrie chimique, cosmétiques, habillement, des usines, bref, de tout. Andy en eut le vertige. Que diable faisait-il au milieu de tous ces gens de la haute société ?

– Si je vous revois ici, vous vous en repentirez ! s'écria Tony en lui claquant la porte au nez.

Andy mit le moteur de sa vieille guimbarde en marche et jeta un dernier coup d'œil au manoir. Il y avait de la lumière à l'étage. Sans doute Sylvia. Eh bien, se dit-il tristement, j'aurais dû écouter mon sixième sens quand j'ai fait sa connaissance.

Elle allait lui manquer. En quittant l'allée, il prit soudain conscience de l'amour qu'il avait pour elle.

69

C'était une matinée de janvier particulièrement froide. Le jardin était auréolé d'une lueur diaphane. Malgré son chagrin, Sylvia ne pouvait s'empêcher de remarquer le changement. Les sapins qui bordaient le lac gelé étaient couverts de neige, des gouttes de rosée perlaient, tels des diamants, à chaque brindille. L'air était vif et pur. Lorsque l'atmosphère lugubre de la maison devenait insupportable, elle allait faire un tour dans le jardin et s'asseyait sur un banc près du lac.

Elle avait l'impression que tout le monde lui en voulait. C'était une sévère leçon, elle en était parfaitement consciente.

– C'est trop, c'est trop ! ne cessait-elle de murmurer.

Mais la cause réelle de son tourment, c'était Andy. Depuis la manifestation, il l'évitait. Quand il leur arrivait de se rencontrer, il était poli, mais glacial, ce qui était pire qu'une bonne querelle. Elle avait essayé d'utiliser Andy pour se débarrasser de Tony. Résultat : elle était tombée amoureuse de lui.

Sa mère la trouva assise sur ce banc. Elle se demandait pourquoi ce spectacle sinistre exerçait une telle fascination sur sa fille. Les cygnes, glacés et abattus, s'étaient réfugiés sur l'île, la brume recouvrait le lac, le ciel était chargé. On dirait une vierge de glace, se dit Marika en voyant sa fille au teint blafard et à la chevelure blond cendré se fondre dans la blancheur éclatante du paysage.

Impossible de faire une promenade paisible comme elle l'eût souhaité. Ses pas craquèrent sur la neige verglacée. Sylvia se retourna et fronça les sourcils. Ses yeux mauves avaient la même froideur indifférente que ce paysage hivernal.

Cette cordialité n'était-elle qu'une illusion qui ne se déclenchait que sur commande, à un signe du metteur en scène, de façon aussi factice que les plantes tropicales et la brise des Îles ? se demanda Marika.

Nul sourire aimable.

– Mère ? dit-elle, crispée.

– Je t'ai apporté cette étole, répondit Marika en feignant la gaieté. Tu dois être gelée. Et puis tiens, voilà du pain. J'ai pensé que ça te ferait plaisir de donner à manger aux canards.

Sylvia prit le sac de pain et lança tristement quelques quignons sur le lac. Aussitôt des oiseaux affamés et tremblants accoururent.

– Pauvres bêtes, elles meurent de faim, s'exclama Sylvia.

– Elles aiment le pain, c'est tout. Le jardinier leur donne à manger deux fois par jour.

– Oh, dit-elle, surprise. Je n'aurais jamais pensé...

– C'est un leitmotiv chez toi.

– Oh, mère !

– Sylvia, pourrais-tu me faire le plaisir de m'appeler maman ? dit Marika en se triturant nerveusement les mains. Ce n'est pas grand-chose, mais autrefois tu le faisais, oh, il y a bien des années, je sais. Bien entendu, ça ne te dit rien. Au fond, cela n'a aucune importance, dit-elle en mentant. Te rappelles-tu quand nous allions toutes les deux à Hampstead nourrir les canards ?

Elle évoqua les jours heureux qu'elles avaient passés ensemble à Londres, leurs longues promenades dans les parcs et leurs pique-niques sous les arbres où elles dessinaient en pleine nature. Tout cela n'avait pu être totalement oublié.

Sylvia écoutait en silence, un sourire narquois au bord des lèvres. Sa mère faisait vibrer un peu tard la fibre maternelle. Elle était prête à tout pour la reconquérir. Les vieux souvenirs, les sentiments refoulés depuis longtemps. Il lui faudrait creuser très profondément pour les mettre au jour.

– Je me rappelle, dit Sylvia d'un ton indifférent.

– J'ai commis une erreur en te laissant partir, mais tu étais tout pour Bertha et je ne pouvais pas m'occuper de toi comme je l'aurais souhaité. C'était à l'époque la meilleure solution.

Un mouvement à peine perceptible se dessina sur son front. Sylvia avait toujours le regard fixé sur les canards.

– Les années ont passé. Je te savais heureuse auprès de Günter. (Elle eut du mal à prononcer son nom.) Je me suis aperçue un peu tard de tout cela. Je ne pouvais plus te faire revenir. Je n'ai jamais cessé de regretter ces événements. Et cette bagarre... (Elle poussa un long soupir.) C'est idiot de faire revivre le passé, mais j'ai cru...

Elle s'interrompit, se demandant à quel instant elle avait réellement commis une erreur. Si elle était restée en Afrique, aurait-ce été un bien pour Sylvia ? Les choses auraient peut-être été différentes si elle avait gardé Sylvia à Londres avec elle. Elle aurait trouvé une solution.

En songeant au passé, les raisons de sa décision ne lui paraissaient plus aussi claires. Une chose était certaine : Sylvia l'avait rayée de son existence.

– J'ai pensé qu'au moins nous pourrions être amies, s'empressa de lui dire Marika en bégayant. Si nous repartions sur de nouvelles bases fondées sur la confiance ? lui dit-elle.

Sylvia lança à sa mère un regard dénué de toute pitié.

– Corrige-moi si je me trompe. Tu prétends que désormais tu vas jouer ton rôle de mère à la perfection. Excuse-moi, je voulais dire de gentille maman. Et tu comptes sur moi pour être la petite fille parfaite et ne plus te causer d'ennuis et de pertes financières. Oh, je sais à combien s'élèvent tes pertes, poursuivit-elle, sûre de son triomphe. Papa m'a tout dit à Noël.

Elle regarda sa mère qui faisait quelques mouvements de lèvres mais ne parvenait pas à émettre le moindre son. On dirait un poisson rouge, se dit Sylvia avec un sourire cruel.

Soudain elle prit conscience de la haine qu'elle vouait à sa mère. Ce fut un effet dévastateur, un véritable ouragan qui se déchaîna en elle, la prenant au creux de l'estomac et remontant au cerveau pour le faire exploser. Elle avait le visage en feu, les yeux qui piquaient.

Sa mère continuait à déverser son flot de paroles, le visage caché dans ses mains, la voix étouffée, essayant d'exorciser ses propres fantasmes. Arrête ! Arrête ! hurlait Sylvia au plus profond d'elle-même.

– Je ne supportais pas le désert, vois-tu, disait sa mère. Ce camp perdu au milieu du Kalahari. C'était ma maison, mais elle était sinistre. Tout ce sable, cette solitude... Mais je vais te faire une confidence, jamais depuis je n'ai retrouvé de maison où je me sente chez moi. Même pas ici. C'est une belle maison, j'en suis fière, mais je ne me sens pas chez moi.

– Qui ça intéresse ? dit Sylvia en sursautant. (Elle avait un air particulièrement méprisant.) Tout le monde s'en moque que tu te sentes chez toi ou pas. Tu ne peux soudain être d'une blancheur de lys, maman. Tu l'as perdue il y a bien des années.

Sylvia partit en courant vers la maison et se perdit dans la brume crépusculaire.

Tout s'illumina soudain. Les lumières semblaient si lointaines. Elle entendit le gardien siffler de l'autre côté du lac. Au signal, canards et cygnes se dressèrent et se dirigèrent tant bien que mal vers lui, sur le lac glacé. La brume formait des tourbillons, les sapins se courbaient en hommage à la nuit. Marika resta assise sur le banc, indifférente à l'humidité glaciale.

70

Après la scène qu'elles avaient eue, Sylvia ne se sentait plus capable de vivre dans cette maison. Le ressentiment qu'elle éprouvait à l'égard de sa mère était mêlé de culpabilité. Elle saisit son manteau, les clés de sa voiture et partit avant le retour de Marika.

Le voyage jusqu'à Londres fut un véritable calvaire. Dans l'épais brouillard, la visibilité était pratiquement nulle. Elle se faisait doubler sans arrêt. Nuit cauchemardesque. Nuit propice à l'introspection, au refoulement des rancunes et des rêves. Elle était décidée à demander des explications à Andy. Il devait lui dire ce qui n'allait pas. Il valait mieux savoir plutôt que dépérir à vue d'œil et se détruire en rêves stupides. Elle faillit écraser un piéton. Le brouillard devenait de plus en plus dense. Elle aurait dû rester chez elle.

Il était 9 heures passées lorsqu'elle arriva chez lui. Il n'avait pas fermé la porte à clé. C'était son habitude. Le lit n'était pas fait, la vaisselle sale. Il exécrait ce genre de travail. Mais le reste du studio était impeccable. C'était une pièce toute en longueur, au plafond bas, éclairée par de petites lucarnes. Les murs étaient couverts d'étagères bourrées de livres et de dossiers. À l'extrémité de la pièce, une cloison masquait la chambre noire et le petit laboratoire où Andy gardait son matériel photographique.

La pièce était à son image. Un homme qui ne vivait que pour son travail, évitant tout attachement qui pourrait lui faire perdre du temps. Un homme avec une mission à accomplir.

Elle se mit à faire le ménage. Ce n'était pas une mince affaire. À minuit, il n'était toujours pas là. Elle regrettait d'être venue. Il devrait être rentré, se dit-elle. Avec Bob Israel et quatre autres copains, ils s'étaient envolés pour Terre-Neuve et avaient affrété un bateau pour aller filmer la chasse aux phoques qui se déroulait chaque année. Sylvia aurait souhaité les accompagner mais ils n'avaient pas voulu d'elle. Elle se blottit dans son lit et s'endormit.

Elle se réveilla bien plus tard. Les lumières étaient allumées. Andy était rentré. Il semblait frigorifié, las et si familier. Elle se sentit confuse l'espace d'un instant.

– Oh, Andy, je t'attends depuis longtemps.

Puis elle se souvint de la raison de sa venue et se mordit les lèvres en rougissant.

Il devint blême en l'apercevant.

– Que diable fais-tu ici ? dit-il d'un ton sec.

Il jeta ses sacs par terre et posa plus délicatement son matériel photographique sur son bureau. Puis il alluma la cuisinière à gaz et suspendit son duffle-coat au crochet de la porte.

– Je suis venue te parler, dit-elle.

Elle se redressa et s'appuya contre le châlit en fer. Andy remplit la bouilloire et la mit à chauffer. Puis il se pencha et se frotta les mains au-dessus pour se réchauffer. Il avait le nez bleui de froid et les yeux lui piquaient.

– Tu rentres tard, lui dit-elle pour éviter l'affrontement.

– Encore heureux que je sois là. Une véritable catastrophe ! Ils m'ont pris mon film. Ils ont essayé de nous assommer, les brutes ! (Il esquissa un sourire narquois.) Mais j'en avais un autre caché. On s'attendait à les voir arriver, tu comprends.

– Andy, je ne suis pas venue pour parler des phoques, mais de nous.

Elle se leva et lui prit la main. Elle était glacée. Sylvia la serra très fort contre sa joue. Elle leva vers lui des yeux suppliants, mais il détourna la tête pour éviter son regard sincère et pénétrant.

– Pour l'amour de Dieu, Andy, quelle manière de te conduire ! Tu aurais pu m'envoyer au diable, me dire que tu en avais trouvé une autre, que tu en avais assez des blondes, que tu préférais les brunes ou je ne sais quoi...

– Chérie, tu es loin du compte, dit-il gentiment. La vérité, c'est que ton univers n'est pas à ma portée, Sylvia. Ne nous leurrons pas. Il n'y a aucune issue, sinon le chagrin et le déchirement pour nous deux. Il vaut mieux rompre maintenant avant de nous faire encore plus de mal.

Andy promena son regard dans la pièce et s'aperçut que tout était propre. Il l'observa en silence puis haussa les épaules.

– Tu as fait ton œuvre de charité ?

Elle bondit et lui donna une gifle. Puis elle se jeta sur le lit et martela l'oreiller de coups de poing.

L'eau bouillait. Il sortit deux tasses et prépara le thé. Il chercha un endroit où les poser et se demanda si elle allait se brûler en lui lançant le thé bouillant à la figure.

– Bon, excuse-moi, lui dit-il en posant la main sur son épaule. Je t'en prie, je ne supporte pas de te voir dans cet état.

– Ne mens pas, ne me mens pas ! grommela-t-elle.

– Tu n'es qu'une enfant, dit-il doucement. C'est ton visage, il est si beau, si parfait. La plupart du temps je ne fais plus attention à ta beauté mais à toi simplement, et puis le soir, à la télévision, je ne peux m'empêcher de te regarder dans ces publicités de parfum idiotes.

Andy la prit dans ses bras et tenta de l'apaiser. Elle finit par se calmer.

– Je t'aime, Sylvia, murmura-t-il, mais je ne peux pas vivre dans ton univers et je suis sûr que tu ne veux pas vivre dans le mien. C'est comme ça. Il n'y a pas de solution.

– Oh, Andy, gémit-elle, je suis si malheureuse. Je me suis rendu compte d'un seul coup… comme une illumination… Je hais ma mère.

– Il n'est aucune loi qui oblige une fille à aimer sa mère, ma chérie, mais elle m'a paru très gentille. Elle pleurait. En la regardant, je me suis aperçu que je ne t'avais jamais vue pleurer.

– J'ai pleuré quand elle m'a quittée, plus depuis. À quoi bon ? Cela ne change rien.

Elle fut parcourue d'un frisson.

– Je lui ai parlé des fourrures, poursuivit Sylvia, de ce que nous ressentions devant le massacre des animaux. Il y a quelques semaines de cela. Sais-tu ce qu'elle m'a répondu ? « Fais ce que tu as à faire. Moi aussi j'ai une mission à accomplir et j'y consacre ma vie. » (Sylvia prit la voix enrouée de sa mère.) « Tu ne t'en doutais pas, n'est-ce pas ? Et rien au monde ne peut m'arrêter. C'est une mission différente de la tienne. Plaise à Dieu que tu n'aies rien de plus grave que les phoques et les castors ! » Ensuite elle m'a regardée. Je te jure que je n'ai jamais rien vu de plus cruel que cette expression sur le visage de ma mère. Elle avait l'air mauvaise, haineuse. J'en ai eu la chair de poule.

» J'ai besoin de toi, Andy. Je ne veux pas ressembler à ma mère. J'ai la sensation qu'elle a fait un mauvais choix. Elle a totalement occulté la bonté. Je ne veux pas lui ressembler. Je t'en prie, Andy, aide-moi.

Elle n'avait jamais passé une nuit entière avec Andy, jamais franchi ce pas irrévocable.

La nuit sembla éternelle. Le clair de lune passait par la lucarne et elle distinguait la lune, boule jaune voilée qui traversait une étroite bande de ciel qui n'appartenait qu'à eux. Dans la lumière diaphane elle regarda Andy, son visage intelligent et sensible, ses yeux si aimants et attentifs.

Il était bon, sensuel. Il effleura de ses lèvres son cou, sa bouche, ses doigts, son corps. Elle s'abandonna dans une sorte d'extase, incapable de dire un mot. Andy l'aimait. Rien d'autre ne comptait. Tout allait s'arranger, elle en était certaine. Il était hypersensible.

Elle voulait le regarder, apprécier la beauté de son corps, la tension de ses muscles. Elle aimait sa peau, sa poitrine et ses jambes velues. Elle se redressa sur le lit, mais un froid glacial la fit plonger sous les couvertures. Ils se blottirent l'un contre l'autre.

Quand il lui fit l'amour, il prit appui sur ses coudes, lui prit les mains sans la quitter des yeux, la laissant brûlante de désir.

– Je t'aime, je t'aime, murmurait-elle.

C'était la première fois qu'elle prenait conscience de son corps. Elle découvrait sa propre sensualité et la passion qui l'animait. Elle savait maintenant qu'elle était faite pour cet homme, pour lui seul, et lui pour elle. Ils jouirent ensemble. Seul un destin capricieux les avait séparés mais ils formaient un tout. Andy, Sylvia. Voilà, c'était aussi simple.

Puis elle songea à sa mère et à ses paroles pitoyables, son plaidoyer en faveur d'une plus grande charité, son regard hâve et solitaire. Dans la nuit, imperceptiblement, serrée contre Andy, elle éprouva un sentiment de compassion et ses yeux se remplirent de larmes.

71

Londres, que Günter avait toujours détesté, lui sembla soudain plein d'attrait. Les maisons étaient plus gaies, les gens plus cordiaux. Il avait le sourire en traversant Piccadilly et tout le monde lui souriait en retour.

Dans l'air vif de la brume matinale, Günter

perçut au loin le martèlement des sabots de chevaux qui approchaient. Un soldat de la garde sortit de la brume, tel un spectre du passé. Uniforme rouge rutilant et boutons de cuivre. Puis il disparut comme par enchantement. Günter resta muet d'admiration sur le bord du trottoir comme un écolier.

Tout semble irréel ! se dit-il. On dirait un soldat de plomb vivant.

Il s'éloigna gaiement.

Les Minerais de l'Ouest ! Des gargouilles en granit au-dessus d'un porche massif et d'une porte sculptée. Les Minerais de l'Ouest ! Enfin la société lui appartenait.

Tout compte fait, il faisait très beau. Günter monta allègrement l'imposant escalier de pierre. Il sifflotait joyeusement.

Une fois dans l'entrée, Günter promena son regard. Le portier s'avança vers lui. Était-ce vraiment le portier ? Il avait autant de galons dorés qu'un général.

– Monsieur Grieff ? Suivez-moi, je vous prie. On vous attend.

Comment a-t-il deviné que c'était moi ? se dit Günter en traversant le hall.

Il y avait une trentaine de personnes dans la salle de réunion. Elles arboraient un sourire de circonstance mais semblaient gênées. Sur la longue table d'acajou étaient posés trois plateaux d'argent avec du cognac et des verres. Tex faisait toujours les choses bien.

Il prit la bouteille et se servit du cognac. Au diable le protocole !

– Servez-vous, messieurs, dit-il en levant son verre. À Tex MacGregor, un perdant courageux, mais un perdant tout de même. C'est bien le dernier combat que perdra la Compagnie des minerais de l'Ouest. Désormais, oubliez le protocole. Concentrez votre attention uniquement sur la réussite. Maintenant, parlons affaires.

Quand Sylvia arriva, suivie à contrecœur

d'Andy, Günter avait jaugé son équipe, partagé les différentes tâches et les responsabilités. Il savait également lesquels seraient renvoyés.

Il était en pleine discussion lorsque la porte s'ouvrit brusquement.

– Papa ! s'écria Sylvia en se jetant dans ses bras. On ne voulait pas me laisser entrer. Il a fallu que j'insiste, dit-elle, incrédule.

– Très bien, répondit-il, le regard brillant de fierté. Messieurs, je vous présente ma fille, Sylvia Shaw. Je suppose que vous l'avez vue à la télévision. C'est pour moi la seule occasion de la voir, aussi veuillez m'excuser, nous allons pouvoir enfin déjeuner ensemble. Rendez-vous à... (Il jeta un coup d'œil à sa montre.)... 2 heures.

– Tu ne m'as pas téléphoné, lui dit-elle sur un ton de reproche quand ils furent sortis de la salle du conseil.

– Oh que si, mais tu n'étais jamais là. Où donc étais-tu ?

– Chez Andy. Andy Stark. Je te le présente. C'est un ami intime, ajouta-t-elle au cas où son père ne l'eût pas remarqué.

Andy balbutia quelques paroles insipides. Ce n'est qu'en pénétrant dans la salle qu'il s'était rendu compte que son père était un personnage important. Il se rappelait maintenant avoir entendu parler de l'âpre combat qui s'était livré pour le contrôle de la vaste compagnie minière qui possédait des gisements au Canada, en Australie, en Afrique et en Amérique du Sud. Son père semblait posséder à la fois ce groupe et sa propre compagnie en Afrique du Sud. Comment imaginer qu'il pourrait le considérer comme un parti éventuel pour sa fille ? Pourquoi diable ne l'avait-elle pas prévenu ? se demandait Andy, furieux.

Il y eut un moment difficile. Günter le harcela de questions auxquelles Sylvia répondait pour lui. Au bout d'un moment, il perdit son calme.

– Sylvia, vas-tu cesser de répondre à ma place ? Je m'en sens parfaitement capable. Pour mettre fin à ce long interrogatoire, monsieur, et sans vous offenser, je puis vous dire très clairement que je ne suis pas un parti pour votre fille. Je ne peux lui assurer le style de vie auquel elle est habituée. En fait, je suis parfaitement incapable de l'entretenir. J'ai l'intention d'entrer aux Nations unies pour aider les pays sous-développés d'Afrique. Sylvia est très jeune et croit pour l'instant qu'il serait très romantique de vivre dans la brousse africaine. Elle a le choix : votre argent ou ma vie. Les deux ne pourront jamais se concilier.

– Quel discours ! répliqua Günter avec un sourire forcé. J'aimerais tout de même vous dire, Andy, que ma fille est capable de gagner sa vie. À moins que vous ne soyez assez vieux jeu pour penser qu'une femme ne doit pas travailler. De surcroît, s'empressa-t-il d'ajouter en arrêtant d'un geste de la main Andy qui allait répondre, vous n'apprendrez pas grand-chose à ma fille sur la brousse africaine. Elle l'a connue probablement avant même que vous en ayez entendu parler.

– Arrête de te vanter, papa ! l'interrompit Sylvia.

– Je ne veux en aucun cas m'immiscer dans sa vie, dit Günter en observant Andy.

Décidément ce garçon lui plaisait.

– Nous sortons ensemble, lui dit Sylvia d'un ton solennel. Mais nos activités sont réduites parce qu'Andy n'a pas d'argent et ne me laisse pas payer, ajouta-t-elle avec un sourire forcé.

– Ça ne te fera pas de mal, lui répondit Günter.

Andy était encore très jeune. Il cherchait à affirmer sa virilité et voulait commander chez lui. Il considérait l'argent de Sylvia comme une menace. Après tout, pourquoi pas ? Mais il ne pourrait pas s'y opposer sans cesse.

Au déjeuner, Günter demanda des nouvelles de Marika. Pas une fois il ne mentionna Tony.

Quand Sylvia apprit que son père possédait maintenant une succursale à Londres et espérait s'y installer dans moins d'un an, elle bondit de joie.

– Comment va Claire ? lui demanda-t-elle.

– Elle est en Irlande pour acquérir un cheval de course. Elle se passionne pour l'entraînement des chevaux. Je pense qu'elle sera là dans un jour ou deux. Tu la verras certainement.

Günter les regarda partir main dans la main. Il éprouva une joie soudaine à voir Sylvia toute à son bonheur.

Il se dirigea avec une gaieté subite vers la compagnie.

Il avait vingt minutes d'avance, aussi se rendit-il dans l'ancien bureau de MacGregor.

Sa secrétaire s'y trouvait. Elle avait l'air à la fois contente et pleine d'appréhension.

– Voici la clé du coffre, monsieur Grieff, lui dit-elle. M. MacGregor a insisté pour que vous soyez le seul à la détenir.

Elle la lui tendit comme s'il s'agissait des joyaux de la couronne, hésita un instant puis se retira.

Intrigué, Günter ouvrit la porte. Le coffre était vide. Il n'y avait qu'une petite note : « Va te faire foutre, Günter, salaud ! Tu as gagné cette partie mais je me suis envoyé Claire, et je peux te le dire, mon vieux, que c'était bon ! Demande-lui les détails. »

Piètre revanche d'un mauvais perdant.

Il s'assit tranquillement à son bureau, l'air pensif. Puis il téléphona à Claire en Irlande. Elle n'était pas là. Devait-il laisser un message ? Il décida de raccrocher sans rien dire. Qu'est-ce que ça peut faire ? se dit-il en déchirant la feuille en petits morceaux.

Il pénétra dans la salle de réunion, arborant un air joyeux. Il essaya de retrouver sa gaieté matinale, mais en vain. La journée était gâchée.

72

Tony, le regard furibond, était assis près de la fenêtre. Les pâles rayons du soleil perçaient les nuages, dardant çà et là les arbres et la pelouse. Le gel en fondant prenait les couleurs de l'arc-en-ciel. Un merle perché sur la branche dénudée d'un chêne sifflait de reconnaissance, et des cygnes d'une blancheur éclatante accentuée par la neige qui recouvrait leurs ailes ressortaient dans la grisaille hivernale. Qui y prêtait attention ? Certainement pas Tony, car Sylvia avait annoncé le matin même qu'elle quitterait la maison pour aller vivre avec Andy. La jalousie lui dévorait les entrailles. Il préparait sa revanche avec la même minutie qui lui avait permis de construire son empire.

– Les problèmes sont l'occasion d'apporter des modifications, grommela-t-il.

C'était une phrase qui revenait souvent au sein de son équipe, mais là il n'avait pas les idées claires. La colère le paralysait. Une seule pensée l'animait, une seule pensée agitait son esprit, tel un oiseau sauvage pris au piège. Détruire ! Détruire Sylvia et son univers touchant de puérilité, son univers sordide, son falot d'amant et mettre fin à toutes ces réunions stupides d'étudiants indisciplinés.

Marika devait broyer du noir dans un coin, trop entêtée et fière pour s'opposer à sa fille. Sylvia triait les affaires qu'elle voulait emporter. Andy s'était rendu à Boston auprès de son père malade. Elle attendait son retour pour aller s'installer chez lui.

Tony s'assit et se cacha le visage dans les mains. Jamais il ne s'était senti aussi malheureux. Même la mort de sa mère ne l'avait pas autant affecté.

Il fallait la mater comme un chiot. C'est tout ce qu'elle est malgré son incroyable beauté et sa naïveté. Et maintenant elle vient de découvrir sa sensualité avec un autre homme ! se disait-il. Elle avait passé trois nuits de suite avec lui. C'était la raison de sa douleur, de sa rage.

Sylvia arbora un air de défi tout en restant sur la défensive lorsqu'elle descendit dîner. Elle faisait une fugue et en était parfaitement consciente. Elle aimait Andy pour sa bonté et son intégrité. C'était un ami et un amant. Un jour elle l'épouserait. Pourtant Tony avait toujours le pouvoir de lui donner des frissons chaque fois qu'il effleurait son épaule. Un simple regard la faisait fondre. Aussi avait-elle l'impression de le fuir tout en souhaitant avoir toujours auprès d'elle Andy quand elle aurait besoin de lui.

Tout paraît étrangement normal, se dit-elle en se mettant à table.

– Sylvia, j'aime Andy, lui dit sa mère. (Elle avait dû répéter son discours.) Je ne l'ai vu qu'une fois, bien sûr, mais j'aimerais le voir plus souvent. Si l'on décidait de faire un dîner de famille le vendredi ? Tu pourrais venir avec lui. Il y a la piscine couverte, je suis sûre qu'il l'apprécierait l'hiver.

Marika avait l'air horriblement triste.

– Oui, dit Sylvia, soulagée. Merci, mère.

C'était beaucoup plus facile qu'elle ne l'avait pensé.

Tony souriait. Il avait l'air joyeux, ce qui la surprit.

– Tant que tu ne laisses pas tomber ton métier de mannequin, Sylvia, fais ce que tu veux. Mais je sais que ce n'est pas le cas. On a déjà dépensé une fortune pour la campagne publicitaire. Puisque tu vas être prise, je vais suggérer à l'agence d'avancer la date du voyage en Suisse pour le tournage. Ils te contacteront. Tout dépend de leurs plans, bien entendu, mais puisque Andy n'est pas là… (Il s'interrompit pour servir le vin.) Tiens, bois. C'est la fête, non ? Même si le héros est absent.

Sylvia se renversa sur sa chaise et poussa un soupir de soulagement. Tout allait bien se passer. C'était une bonne leçon pour elle. Elle avait défendu ses idées et Tony avait fini par capituler. Mais que pouvait-il faire d'autre ? N'était-il pas l'époux de sa mère ? Autrement…

Elle fut submergée de tendresse à son égard.

– C'est une excellente idée d'avancer ce voyage en Suisse, répondit-elle en souriant. Le temps passera plus vite jusqu'au retour d'Andy.

Le crépuscule tombait doucement sur les pentes neigeuses. En contrebas les lumières du village perçaient à travers le brouillard. L'air était vif, le ciel revêtait un bleu azuré, la brume s'épaississait au sommet des montagnes et, tout près, les sapins ployaient sous le poids de la neige.

Elle eut soudain l'impression bizarre d'être le seul être au monde dans cet univers insolite de carte postale de Noël.

– Tony ! Tony ! s'écria-t-elle, et l'écho de sa voix se répercuta au loin.

Elle fit demi-tour et s'élança librement sur la piste.

C'était leur dernière descente de la journée. Elle distingua Tony qui approchait du chalet. Il s'arrêta et lui fit signe. Elle répondit à son appel, mais en se retournant perdit l'équilibre et s'affala dans la neige. Quelle joie intense d'entendre le crissement de son corps dans la poudreuse ! La neige tombait des branches surchargées tout autour d'elle.

Il faisait presque nuit quand elle alla déposer ses skis dans la remise. Elle ôta ses chaussures.

Tony devait préparer des boissons, le feu devait crépiter dans l'âtre et l'aubergiste avait dû laisser mijoter un bon plat. Il y avait peut-être une délicieuse tarte aux pommes qui les attendait.

Sylvia se sentait bien. Elle venait de passer quatre jours merveilleux. L'agence de publicité était arrivée en force et s'était installée à l'auberge du village. Elle avait eu le chalet pour elle toute seule, mais depuis deux jours Tony était là. Il était arrivé impromptu, simplement pour voir comment se déroulait la campagne publicitaire. C'est du moins ce qu'il avait prétendu.

Ce n'est pas bien mais ce n'est pas grave, se dit-elle. Après tout, personne n'est au courant. Tony lui avait dit que « mère », comme il l'appelait souvent quand elle n'entendait pas, était partie en Amérique voir ses distributeurs.

Andy lui manquait mais, comme il n'était pas à Boston, elle pouvait très bien passer le week-end au ski. Maintenant elle était heureuse. Elle n'aurait jamais cru Tony aussi drôle. Ils avaient skié, patiné sur le lac, dîné dans des auberges locales et fait du shopping.

Elle avait les doigts gelés. Il lui fallut un certain temps pour délacer ses chaussures. Quel plaisir de pénétrer dans cet agréable chalet bien chauffé.

Tony l'avait entendue arriver. Il lui tendit aussitôt un verre.

– À votre santé ! J'espère que ce n'était pas trop pénible.

– Vous auriez pu m'attendre, dit-elle en goûtant le vin chaud parfumé au clou de girofle.

– J'ai pensé que cette boisson vous ferait du bien. C'est mon parfum que vous portez ? Je parie que vous ne vous doutiez pas qu'il a été spécialement créé à votre intention. Voilà pourquoi c'est un haut de gamme.

– Merci, Tony.

Elle avait l'habitude des compliments, mais là elle se sentit rougir. Tony esquissa un sourire.

– Venez ici, j'ai quelque chose pour vous, lui

dit-il en faisant le tour du bar. Quelque chose de très spécial.

Il eut un instant d'hésitation. Puis il chassa de son esprit tout sentiment superflu. Seule l'action importait. Il allait franchir le pas décisif. Il s'imaginait dans le rôle de l'archéologue qui tombe sur un objet inestimable utilisé quotidiennement par des tribus sauvages. Il fallait le mettre à l'abri. Les rares beautés de ce monde ne devaient pas rester aux mains de ces miséreux. Sylvia devait être choyée et protégée pour son bien.

– Ça s'appelle le « breuvage du grand manitou », dit-il en souriant. Pour que ça fasse de l'effet, il faut le boire d'un trait. Comme ça.

Il avala le contenu d'un petit verre de liqueur.

Elle l'imita et reposa en riant le verre sur le bar. Puis elle fronça les sourcils.

– Oh ! c'est fort ! Je n'ai nulle envie de skier avec la gueule de bois demain.

Il lui lança un regard étrange qui la mit mal à l'aise.

– J'ai faim, dit-elle.

Ils s'assirent près de l'âtre en pierre et mangèrent du veau aux herbes arrosé de porto. Sylvia était plus loquace que d'habitude. Elle lui parla de son père, de sa maison en Afrique, de son avenir avec Andy et de leur projet d'aller en mission en Afrique.

– Maman ne pourra jamais comprendre, lui dit-elle d'un air sérieux.

Mais il était difficile de l'être quand tout tournait autour d'elle.

– Je crois que j'ai trop bu, lui dit-elle lentement. J'ai l'impression que c'est cette boisson. Vous êtes complètement fou ! s'écria-t-elle en éclatant de rire avant de tomber dans un silence total.

Elle se renversa sur sa chaise, le regard étrangement vide, la bouche entrouverte.

Tony se leva et poussa la table près de la cheminée.

– Je ne sais pas pourquoi je me sens si légère, lui dit-elle. (Il fallait que Tony comprenne, c'était soudain important à ses yeux.) Je me sens bizarre. Une sorte de joie, d'euphorie.

Tony savait bien ce qu'elle ressentait. Il avait déjà essayé la mescaline et bon nombre de drogues. Il aurait pu décrire point par point cet état de fragmentation du réel dans lequel elle se trouvait. Il savait aussi que toute barrière tombait, laissant libre cours à l'amour et la sensualité au mépris de toute pudeur. Les frontières du bien et du mal s'estompaient.

– Prenez un autre breuvage du grand manitou, lui dit-il.

Elle pouffa de rire.

– Quel nom bizarre ! Je me sens si proche de vous, Tony, presque autant... que de papa... et même d'Andy. (Elle avait le visage embrasé.) Oui, servez-m'en un autre. Puis-je le déguster, cette fois ?

– Si vous voulez. N'en perdez pas une goutte. C'est une boisson précieuse.

Unique, en fait. Un mélange d'hallucinogènes et d'autres drogues, conçu par son meilleur chimiste.

Sylvia promenait son regard dans la pièce avec appréhension. Son environnement avait perdu sa structure tridimensionnelle. Les meubles la dominaient. Les couleurs ondulaient, telles des algues portées par la vague. Elle n'avait jamais vu de paysage plus beau. Les plis des rideaux aux tons chatoyants viraient au mauve, au rose, au pourpre, à la couleur cerise dans un tourbillon kaléidoscopique incessant. C'était encore plus spectaculaire qu'un feu d'artifice et bien plus saisissant. Presque douloureux. Elle porta les mains à ses yeux pour se protéger.

Quand Tony se leva, Sylvia resta bouche bée. Elle se mit à rire.

– Qui vous a peint sur un vitrail ? C'est une plaisanterie, n'est-ce pas ?

Sa voix se perdit et elle plongea dans l'univers secret de son imagination, l'œil fixé sur le mur.

Elle se pencha en arrière, muette d'extase.

– Oh !...

À cet instant Tony posa ses lèvres sur les siennes.

73

Elle se réveilla avec des maux de tête insupportables. Elle essaya de se lever. Impossible. Elle capitula, sortant par instants de sa léthargie. Avait-elle rêvé ?

Plus tard, bien plus tard, elle sentit une odeur de vomi sur l'oreiller. L'aubergiste suisse était penchée sur elle.

Elle s'endormit de nouveau. Quand elle ouvrit les yeux, il faisait nuit. Elle alluma sa lampe de chevet et appela.

Elle entendit des pas approcher. L'aubergiste entra.

– De la drogue ! lui dit-elle, mécontente. Vous avez de la chance d'être encore en vie, ma petite dame. J'espère que ça vous servira de leçon !

Quand le médecin arriva, elle lui demanda ce qui s'était passé. Il lui dit qu'elle avait été portée disparue deux jours auparavant et que son beau-père avait alerté la police. Il l'avait trouvée dans une chambre d'auberge avec un étudiant qui avait pris une overdose.

– Quelle auberge ?

Il n'en savait rien.

– Que me répondriez-vous si je vous disais que je ne prends jamais de drogue et que je ne me souviens pas m'être rendue dans une auberge. Je me rappelle simplement avoir dîné en compagnie de mon beau-père.

– Les hallucinations et la perte de mémoire sont courantes dans ces cas-là. Je ne saurais trop vous conseiller de mieux choisir vos amis, mademoiselle.

Elle prit le premier avion pour Londres le lendemain matin. Sa mère venait de rentrer. Elle fut surprise de la voir.

– Tony m'a dit que tu étais en Amérique avec Andy. Que s'est-il passé ? Vous n'êtes pas fâchés ?

Sylvia ne desserra pas les dents.

C'était vendredi. Andy devait revenir quelques jours plus tard. Peut-être devrait-elle partir à sa rencontre et chasser cette sordide affaire de son esprit ? Tout était réglé, maintenant. Pourtant, d'étranges souvenirs horribles persistaient.

Cette angoisse ne la quitta pas de la journée. Tony jouait le mari parfait auprès de Marika qui, elle, se montrait très maternelle envers sa fille.

– Reste à la maison demain, ma chérie, lui dit Marika après le dîner, tu m'as l'air très fatiguée. Il faut que j'aille au bureau, nous finissons la prochaine collection. C'est difficile pour tout le monde, mais Tony sera à la maison demain.

Sylvia passa une nuit blanche. Elle appréhendait de se trouver en face de son beau-père hors de la présence de sa mère. Qu'allait-elle lui dire ?

Le lendemain matin, avant le petit déjeuner, Tony s'approcha d'elle.

– Je veux te parler, lui dit-il.

Ils étaient arrivés dans la salle à manger au même moment.

– Moi aussi je veux vous parler. Mère est partie ?

– Oui.

– Tony, vous m'avez droguée, s'écria-t-elle, furieuse, une fois la porte de la bibliothèque fermée. C'était ce breuvage ! Comment avez-vous pu faire une chose pareille ? Vous êtes parfaitement conscient du danger que cela représente. Vous pourriez aller en prison. Je veux que vous sachiez que ces trois jours ont été pour moi un enfer.

– Ma chérie, pour moi aussi, dit-il en la prenant dans ses bras et en pressant ses lèvres contre les siennes.

Elle se débattit et, lorsque enfin il relâcha son étreinte, elle lui flanqua une gifle retentissante. Il en eut les yeux larmoyants et garda la marque sur la joue.

– Ne me dis pas que tu as si vite oublié ta petite partouze du week-end dans les Alpes ?

– Qu'est-ce que c'est que cette histoire ? hurla-t-elle.

– Je crois que tu t'en souviens très bien. Du moins d'une partie.

– Je vais aller tout raconter à la police, s'empressa-t-elle d'ajouter. Andy vous tuera. Mon père aussi. Je vais lui téléphoner.

Elle se rua sur le téléphone mais Tony fut plus rapide.

– Ma petite, tu vas apprendre à te taire. À moins que tu n'ambitionnes de devenir une vedette de cinéma ! Je résiste difficilement au plaisir de leur vendre ce film. Me suis-je bien fait comprendre ? Tu ferais mieux de jeter un coup d'œil pour être bien consciente de ce qui t'attend. Tout Londres sera au courant avant la fin de la semaine si tu vas te plaindre à ton pauvre papa ou à quelqu'un d'autre. Je préfère ne pas penser à ses réactions. Ni à celles d'Andy, d'ailleurs.

Il entra dans son bureau, baissa les stores puis alluma le projecteur.

Ébahie, elle vit défiler d'horribles, d'épouvantables images. L'œil fixé sur la caméra, un rictus au bord des lèvres, elle se démenait dans un acte d'amour effréné avec Tony.

Son esprit en ébullition cherchait désespérément une issue. Elle pourrait le poursuivre en justice, s'expliquer. Mais dans ce cas, le monde entier pourrait la contempler à genoux devant Tony. Et elle... non... mon Dieu, elle semblait y prendre un tel plaisir ! Elle songea à se supprimer, puis à tuer Tony. Elle pourrait détruire le film.

Soudain elle se précipita sur le projecteur, saisit le film et le mit en pièces. Elle était en sueur après un tel effort.

– Le voilà ! s'écria-t-elle, intriguée, car Tony n'avait rien fait pour la retenir.

– Quel dommage ! Tu as raté le meilleur. Peu importe, ce n'était qu'une copie. Tu pourras voir la suite au cinéma de ton quartier la semaine prochaine, si tu le souhaites.

– Tony, vous ne pouvez pas faire ça ! lui dit-elle d'un ton suppliant.

– Je ne sais pas vraiment ce qu'est l'amour, lui répondit-il sans la moindre émotion, mais je te tuerais plutôt que de te voir épouser Andy. Tu ne vas pas quitter la maison. Il n'est plus question que tu ailles vivre avec lui. Oublie tout ça.

– Mais je veux épouser Andy.

Jamais elle n'avait eu aussi peur.

– Chérie, j'ai les moyens de te faire rester ici aussi longtemps que je le voudrai et, vu les circonstances, cela risque de durer un certain temps.

Il est complètement fou, se dit-elle. Seul un névrosé peut envisager une telle revanche. Mille idées traversaient son esprit. La police, son père, Andy, tuer Tony. Mais rien ni personne ne l'empêcherait de vendre le film. On n'en retiendrait que sa position, nue, à califourchon sur Tony, riant en faisant l'amour. Il n'y avait aucune issue.

– Qu'attendez-vous de moi ? lui dit-elle d'une voix rauque. Simplement que je reste ici ?

– Pour l'instant, oui. Ensuite on improvisera.

Elle discernait maintenant le plaisir qu'il prenait au jeu du pouvoir, son manque d'humanité, son aspect impitoyable, sa volonté d'arriver coûte que coûte à ses fins. Tout était caché derrière un masque de gentillesse et de courtoisie. C'était là sa force. On le sous-estimait.

– Très bien, dit-elle.

Il falait miser sur le temps et sur l'imprévu. Elle s'éloigna en silence.

– Oh, Sylvia, s'écria-t-il au moment où elle allait sortir de la pièce, n'oublie pas de laisser ta porte ouverte, la nuit. Tu te rappelleras, n'est-ce pas ?

74

Marika venait de se baigner. La salle de bains était encore imprégnée de vapeur et de parfum. Tout ce qui s'offrait à son regard était agréable, sauf ce qu'elle apercevait dans la glace. Là, c'était le désespoir total. En marmonnant elle effaça un coin de buée pour se regarder.

– Je dois être masochiste, se dit-elle tristement.

Le néon accentuait chaque trait, chaque imperfection. Elle saisit son vaporisateur qui, d'après ce qu'elle avait lu, valait une petite fortune. Elle essaya d'estomper les rides, mais aucun produit ne faisait d'effet si ce n'était celui de lui rendre le visage écarlate.

– Bon sang ! s'écria-t-elle.

Elle s'aspergea le visage d'eau glacée de la cuisine. Inutile. Rien n'y faisait, ni les crèmes les plus sophistiquées, ni les massages hebdomadaires, ni la vitamine E. En soupirant, elle s'enveloppa dans une serviette de bain. Comme chaque soir, elle fit son introspection avec nostalgie. C'était un rituel auquel elle s'adonnait sans pouvoir y remédier.

Pourquoi est-ce aussi pénible ? se disait-elle. Personne ne semble s'en soucier.

Mais elle en connaissait la raison. Elle ne supportait pas de vieillir. Elle faisait un régime quotidien, se forçait à ne rien manger, parfois au point d'en souffrir, et jamais elle ne se trouvait assez mince. Elle haïssait son corps. Elle savait qu'elle était trop maigre. Tout le monde le lui disait. Elle n'arrivait plus à s'habiller. Mais elle continuait son régime. Elle avait jeté l'anathème sur toute nourriture, souvenir constant de la beauté éphémère de sa chair.

Une semaine auparavant, Klaus Greenstein avait téléphoné. Il était gravement malade et se voyait contraint de fermer son agence. Elle devait suspendre ses versements. Il en était désolé.

La nuit, Marika faisait le bilan de sa vie. C'était une opération destructrice : son mariage battait de l'aile, sa fille s'était détachée d'elle, la réussite de ses affaires la laissait totalement indifférente. Mais le pire : Geissler était libre. À côté de cet échec accablant, tout le reste était sans importance.

Ils venaient de dîner en compagnie d'un célèbre producteur. La maison était remplie de jeunes filles nubiles. Elle éprouvait de la haine à leur égard.

– On se sent vieux quand on les regarde, n'est-ce pas ? lui avait dit le producteur comme s'il devinait ses pensées.

Elle s'était efforcée de sourire, se retenant pour ne pas lui lancer son verre à la figure. Puis, en se retournant, elle avait vu Tony poser la main sur l'épaule de Sylvia. Quelque chose lui échappait. Qu'étaient devenus Andy et tous les amis loufoques de Sylvia ?

De vagues soupçons traversèrent son esprit, mais ils étaient si atroces qu'elle les chassa aussitôt par autodéfense.

La veille, elle avait pris Sylvia à part dans la bibliothèque.

– Ce n'est pas un régime que tu fais, dit-elle en voulant faire un peu d'humour, c'est un ravalement total ! Tu n'as plus que la peau et les os ! Je m'inquiète à ton sujet, lui dit-elle. Je t'en prie, dis-moi ce qui ne va pas. Peut-être pourrais-je t'aider ?

Mais Sylvia s'était éloignée, le regard haineux.

Et puis il y avait Tony. Il était d'une indifférence cruelle. Depuis combien de temps n'avaient-ils pas fait l'amour ? Six mois au moins. Ils partageaient la même chambre, mais Tony dormait presque toutes les nuits sur un divan dans son bureau. Il n'avait pas besoin de beaucoup de sommeil et passait son temps à recevoir des télex du monde entier.

Elle entendit Tony entrer dans la chambre et se rendit compte qu'elle tremblait. Que craignait-elle ? C'était facile à comprendre. Tony ! Ou plutôt son indifférence.

Elle enfila sa robe d'intérieur rose et se brossa les cheveux encore longs et soyeux qu'elle laissa retomber sur ses épaules. Puis elle alluma la lumière fluorescente. Elle paraissait vingt ans avec des effets de lumière rose.

Tony était déjà en pyjama. Il lisait un journal qu'elle avait laissé sur le lit.

– Cernik a incité les intellectuels à quitter la Tchécoslovaquie. Tu as lu ça ? dit-il en levant les yeux vers elle. Grâce à Dieu ils savaient où aller.

Il était difficile de croire qu'elle était tchèque. Elle ne se rappelait même pas sa langue maternelle.

– Tony, dit elle, encouragée par sa bonne humeur, ne pourrais-tu pas oublier tes affaires quelques heures ?

Il mit le journal sous son bras et lui adressa un petit sourire, forcé cette fois.

– C'est ce marché canadien. Je vais être contraint de passer la soirée au téléphone.

– Tu ne dors jamais.

– Je n'en ai pas tellement besoin. Ce n'est pas comme toi.

Elle s'approcha de lui, passa ses bras autour de son cou et l'étreignit.

– Tony, mon chéri, viens te coucher. Sais-tu depuis combien de temps nous n'avons pas fait l'amour ? Six mois. Que devient notre couple ?

Elle aurait voulu refouler ses sentiments, mais les mots sortaient tout seuls. Elle se sentait frustrée et solitaire, elle parvenait difficilement à se concentrer sur son travail. Si quelque chose n'allait pas, pourquoi ne pas en parler ? Il existait certainement une solution.

Tony la fit taire en posant un doigt sur ses lèvres et la prit dans ses bras. Elle ressentit un tel soulagement qu'elle éclata en sanglots et pleura sur son épaule, laissant une tache humide sur son pyjama de soie brune.

– Tu te sens mieux ? Je dois passer un coup de fil.

– J'en étais certaine ! s'écria-t-elle, indignée. C'est bien de toi ! Bon sang, Tony, dis-moi quelque chose.

– Il n'y a rien à dire. Je sais ce que tu veux, mais moi je n'en ai pas envie.

– Force-toi ! hurla-t-elle. J'ai le droit de l'exiger. C'est une cause de divorce. Tu es cruel, cruel !

Ce n'est pas la meilleure façon d'agir avec lui, se dit-elle, furieuse contre elle-même.

– Si tu veux divorcer, je ne te ferai aucune difficulté, lui dit-il. Je te comprends parfaitement.

Elle resta hébétée. Puis elle se regarda dans le miroir. Quelle angoisse s'y lisait ! Elle se cacha le visage dans les mains.

– Écoute, Marika , dit Tony à contrecœur, c'est le genre de problème qu'un homme ne peut discuter. Essaie de te montrer compréhensive.

Elle le regarda fixement.

– Qui a besoin de faire l'amour ?

– Toi.

– Non, une petite marque d'affection de temps à autre me suffit.

Elle esquissa un sourire aguichant mais Tony sortit de la pièce. Marika chercha dans le tiroir des somnifères. Elle décida d'en prendre deux. Elle entendit Tony hurler dans le téléphone puis tomba dans un profond sommeil.

Sylvia, allongée sur son lit, était crispée mais se sentait impuissante. Elle savait que Tony allait venir, il le lui avait dit, et elle appréhendait l'instant où elle entendrait des pas dans l'escalier. Des cris montaient jusqu'à elle. Sa mère et Tony se querellaient. Puis la porte du bureau claqua.

Six mois s'étaient écoulés depuis cet horrible week-end en Suisse. Depuis, Tony venait lui rendre visite presque toutes les nuits. Que pouvait-elle faire ? Elle se languissait d'Andy. Son intégrité sans faille l'avait souvent agacée, mais elle avait tant besoin de sa bonté et de son amour. Elle savait qu'elle l'aimait mais se sentait vile. S'il l'apprenait, Andy ne lui pardonnerait jamais, aussi ne pouvait-elle pas aller lui demander secours. Parfois elle avait envisagé de se confier à sa mère, mais elle n'accepterait jamais de l'aider et, de surcroît, irait tout avouer à son père.

Sylvia était allée consulter un homme de loi. Elle lui avait parlé de la drogue, du viol, des nuits où elle était contrainte de se donner. Il avait longuement posé sur elle son regard pénétrant. Elle s'était sentie souillée et mise à nu. Il ne la croyait pas aussi innocente qu'elle le prétendait. Elle s'en rendait bien compte, tout le monde réagirait comme lui.

– Mademoiselle Magos, lui dit-il d'un ton grave, il vous faudrait poursuivre votre beau-père en justice pour viol et obtenir du tribunal la saisie du film. Vous gagnerez sur le premier point, mais certainement pas sur le second. Vous risquez un débordement de publicité et, si votre beau-père est aussi impitoyable que vous le prétendez, il s'arrangera pour divulguer le film, au besoin illégalement. Ne serait-ce qu'à Londres, il trouverait une centaine de salles qui l'accepteraient.

» Je vous conseille de quitter cette maison dès maintenant, et je vais demander un recours immédiat du tribunal pour interdire la sortie de ce film. Relevons le défi.

Elle avait suivi son conseil et s'était installée chez Bertha. Le dimanche suivant, tous les journaux montraient des photos de Sylvia complètement nue, mais de dos. Impossible de dire s'il s'agissait vraiment d'elle à moins de connaître la tache de naissance qu'elle avait dans le dos.

Est-ce le célèbre mannequin Sylvia Shaw ? Les producteurs d'un nouveau film pornographique qui paraîtra bientôt sur vos écrans l'affirment. Sylvia y tiendrait le rôle principal. Elle nie cette affirmation, tout comme sa famille.

On racontait mille autres sornettes. Sylvia, dégoûtée, jeta le journal. Si son père et Andy découvraient la vérité, elle se tuerait. Elle rentra chez sa mère le soir même et sa vie reprit son effroyable routine.

Elle entendit des pas dans le couloir. Quelques secondes plus tard, Tony entra dans sa chambre et ferma la porte à clé derrière lui.

– Pourquoi n'es-tu pas au lit ? lui demanda-t-il.

Il se pencha vers elle, passa les bras autour de son cou et posa ses lèvres sur les siennes pour l'empêcher de parler, mais elle le repoussa. Sa décision était prise.

– C'est fini, lui dit-elle. Il faut me donner ce film ou je me tuerai.

– Petite putain idiote, répondit-il d'un ton langoureux.

– Je ne plaisante pas.

– Rien n'a changé, pas même toi. Tu aurais dû être missionnaire. (Il fit un pas en arrière et lui lança un regard furibond.) Vertueuse jusqu'au bout. Pourquoi avoir renoncé à cette vertu quand les gens du coin t'ont violée ? Je sais combien de fois tu as joui.

– Tout cela s'ajoute à mes tourments, dit-elle tristement. Laissez-moi tranquille ou je vais crier. Tout m'indiffère, désormais.

– Pourquoi n'as-tu pas crié il y a six mois ? dit-il en ricanant. Marika sait depuis combien de temps je ne l'ai pas baisée. Crois-tu que ton père et Bertha comprendront ?

Ses yeux se remplirent de larmes. Elle était toujours perdante. Tony lui caressa les cheveux, les seins, effleurant sa joue des lèvres.

– Sylvia, Sylvia, je t'aime. Ne sois pas si cruelle. Je ne peux vivre sans toi.

Il lui écarta de force les genoux, et malgré sa résolution, elle sentit son corps prendre le dessus sur son esprit.

75

Elle avait envie de se faire du mal. De souiller la beauté qui l'avait détruite. Allongée sur le lit toute tremblante, elle vit Tony se lever en bâillant et enfiler son pyjama. Quelle assurance il arborait alors que Sylvia était submergée de dégoût.

Quand il partit, elle mit un survêtement et sortit de la maison.

La lune brillait dans un ciel clair et sa lueur se reflétait sur le lac. À travers les arbres sur l'île elle percevait une vague lumière blanche. Il faisait bon mais l'automne s'annonçait doucement. Elle distingua clairement le ululement d'un hibou perché sur la branche d'un arbre mort, tout près d'elle. Elle ne vit pas Andy qui l'observait, caché derrière un arbre.

Il faillit ne pas s'approcher. Il hésitait, éprouvant presque de la haine à son égard. Il ne se demandait même pas pourquoi elle errait ainsi échevelée, au milieu de la nuit.

Six mois s'étaient écoulés depuis qu'elle avait rompu. Au début, il avait essayé de se montrer courtois, lui disant qu'il aimerait bien faire la connaissance de celui qui l'avait supplanté, lui avait même proposé son amitié. Il ne voulait pas faire état devant ses amis de la jalousie qui le dévorait. Quand il se remit de cette épreuve et qu'il eut les idées plus claires, il remarqua que Sylvia avait terriblement maigri, qu'elle ne suivait pratiquement plus un cours et ne s'intéressait plus au club. Puis elle avait brusquement disparu. Il continuait à la voir apparaître chaque soir à l'écran, incapable de résister à ce plaisir.

Il l'avait suivie de temps à autre pour connaître la raison de leur rupture, mais, à sa grande surprise, elle sortait peu et toujours en compagnie de ses parents. Était-elle malade ? Vu son état de pâleur extrême, il le redouta. Après avoir passé des jours à se torturer, il vint rôder autour de la maison, espérant la rencontrer. Ce soir il allait capituler lorsqu'il avait vu une lumière s'allumer dans sa chambre, entendu des murmures, des bruits qui ne trompaient pas et qui le laissèrent tremblant de rage. Il était resté figé, incapable de partir. Puis il avait cru voir Tony enfilant son pyjama.

Elle avait donc une liaison avec son beau-père ! Quel imbécile je suis ! se dit-il. Pourtant une sorte de voix intérieure le contraignit à rester caché là, dans le bois, près du lac.

Ah, la fragilité des femmes ! se dit-il en voyant sa mince silhouette disparaître au coin vers la route. Où diable pouvait-elle bien aller à cette heure-là ?

Il hésita un instant puis la suivit. Elle s'arrêta au sommet d'une colline, puis prit la direction de l'autoroute.

Une demi-heure plus tard, elle se trouva sur

le bord de la route, blême mais l'air décidé, le regard tourné vers le nord.

Drôle d'heure pour faire de l'auto-stop, songea-t-il. Tony allait-il venir la chercher ? Il distingua deux phares dans le lointain et la vit avancer comme un automate. Elle ne l'entendit pas approcher. Il avait l'impression d'être un intrus.

Quand la voiture ne fut qu'à quelques mètres, il comprit soudain et se jeta sur elle.

Pendant un moment atroce qui sembla durer une éternité, ils se battirent au bord de l'autoroute. Il entendit des crissements de pneus et les hurlements de Sylvia qui se débattait comme une folle.

La voiture s'arrêta. Le conducteur sortit furieux de la voiture. Il venait d'avoir une peur bleue. Ensemble ils la mirent à l'arrière de la voiture et la transportèrent immédiatement au plus proche hôpital où on lui administra des tranquillisants. À l'instigation d'Andy, elle lui raconta tout, elle parla de sa haine, de sa dégradation et de sa crainte du scandale.

Il avait failli la perdre. Que serait-il arrivé s'il n'avait pas été là ce soir ? Il ne cessait de se poser cette question. Il l'aimait bien au-delà de ses propres ambitions. Il trouverait un emploi, gagnerait sa vie et veillerait sur elle.

Mais que devait-il faire, maintenant ? Ce problème le tourmenta toute la nuit. Son alternative était aussi limitée que celle de Sylvia. Pour la première fois de sa vie, il se trouvait confronté à un problème qu'il se sentait incapable de résoudre.

Son beau-père était un fou, mais puissant et rancunier. Si le film sortait, Sylvia ne s'en remettrait jamais.

À l'aube, toujours dans l'incapacité de trouver une solution, il téléphona à Günter. Bertha lui apprit qu'il était à New York pour affaires.

76

En ce bel après-midi, l'air fleurait bon la fin de l'été. Il soufflait une légère brise. Les chênes avaient revêtu leurs nouvelles teintes d'automne, les canards et les oies sortaient des eaux calmes du lac alors que du salon parvenaient les accords d'un orchestre à cordes que Marika avait engagé.

Marika et Tony étaient assis à chaque extrémité de la table, entourés de leurs invités : un membre du Congrès américain et son épouse, quelques danseurs de la compagnie royale danoise, deux directeurs de la succursale anglaise d'une société chimique de Tony et leurs femmes, un poète anglais inconnu mais surprenant, le président d'une grande compagnie sud-américaine avec lequel Tony essayait de négocier, accompagné de sa femme et de sa fille.

C'était le style de soirée où Marika excellait. Comme toujours, le dîner était remarquable, le service impeccable. Marika portait une robe ravissante. Pourtant, ce soir, elle se sentait déprimée et avait hâte que le dîner se termine et que les invités s'en aillent.

Elle avait trop de soucis. Sylvia l'inquiétait. Bertha avait téléphoné dans la matinée pour dire que Sylvia était arrivée le matin même dans un état de fatigue extrême et qu'elle l'avait persuadée de rester quelques jours à Finchley pour se reposer. Tout paraissait normal et pourtant la voix de Bertha avait un timbre inhabituel. Comme une pointe d'hostilité.

Elle en avait fait part à Tony qui lui avait répondu très sèchement. Pourquoi ? Il fut crispé toute la soirée. Il parvenait difficilement à se maîtriser et sa courtoisie souriante était peu naturelle.

Marika essaya d'égayer le dîner et de chasser ses craintes, mais le calme de la soirée lui rappelait le Namib avant une tempête. Elle parlait de l'annulation des ballets du Bolchoï lorsqu'elle remarqua que les invités avaient les yeux fixés sur la fenêtre. Levant les yeux, elle aperçut Günter dans l'encadrement de la porte.

Sous le choc, elle resta figée, incapable de prononcer la moindre parole. Elle ne l'avait pas vu depuis des années et avait oublié sa beauté et la puissance qui émanait de lui. Mais quelle colère dans son regard ! Quel air féroce ! L'instant de surprise passé, elle se demanda à quel titre il venait gâcher sa réception.

– Un de tes amis ? s'écria Tony en souriant, mais en l'observant attentivement Marika se rendit compte qu'il s'attendait visiblement à un esclandre.

Soudain elle se rappela qu'il n'avait jamais eu l'occasion de rencontrer Günter.

– C'est Günter, dit-elle.

Il régna soudain un silence de mort.

Les joyeux accords de la musique napolitaine parvenaient du salon. Ce n'est vraiment pas le moment ! pensa-t-elle.

Günter traversa la pièce à grandes enjambées et se rua sur Tony, les poings serrés, les yeux exorbités.

Marika eut l'impression de voir un film au ralenti. Il va le tuer, se dit-elle, incapable de bouger ou de parler. L'espace d'un instant elle éprouva une certaine pitié à l'égard de Tony. Il avait l'air si sûr de lui. Elle savait qu'il était fier de sa condition physique et s'imaginait avoir les qualités d'un boxeur. Mais que pouvait-il faire, face à un taureau déchaîné ?

Tony le vit arriver. Il en connaissait la raison. Il savait qu'il aurait à lutter pour sa vie. Günter fondit sur lui. Tony parvint à l'esquiver et saisit une chaise en guise de bouclier. La petite chaise

Chippendale fut réduite en miettes par Günter qui du même coup envoya Tony rouler par terre près de la cheminée.

Se levant avec difficulté, Tony saisit un tisonnier et le lança à la tête de Günter.

Günter se protégea de son avant-bras en ignorant totalement la douleur.

Dans son élan désespéré, Tony avait perdu l'équilibre. Il resta au sol sans protection. Günter, tel un dard, lui décocha un coup de poing qui l'atteignit à la mâchoire.

Tony, suffoquant, cracha du sang sur le tapis. Il avait des dents cassées.

Tout s'était déroulé très rapidement, ne laissant ni le temps de penser ni le temps d'agir. Marika vit Tony se tordre de douleur et son visage enfler.

Les invités commençaient à réagir. Certains se levèrent. L'épouse de l'industriel sud-américain triturait son collier d'émeraudes.

Ce n'est pas un gangster ! avait envie de hurler Marika, mais aucun son ne sortait de sa gorge.

Le maître d'hôtel traversa la pièce en courant, un plateau d'argent à la main, et le lança sur Günter, le touchant à la tête. Günter parut surpris. Il se croyait seul avec Tony.

Puis Andy entra par une autre porte. C'est impossible, insensé ! se dit Marika. Andy ne connaît pas Günter.

– Mesdames et messieurs, voulez-vous rentrer chez vous, dit-il de son accent américain très marqué.

– Ils vont se tuer, murmura le membre du Congrès.

– Je t'ai dit qu'ils faisaient partie de la mafia, dit l'épouse du président.

Pendant ce temps Tony s'était relevé. Il traversa la pièce brusquement et alla saisir le téléphone. Rien.

– Salaud ! Tu as coupé la ligne !

– C'est moi qui l'ai fait, répondit Andy.

Marika parvint à se ressaisir.

– Arrêtez ! Arrêtez immédiatement, s'écria-t-elle, horrifiée. (Elle était au bord de la crise de nerfs.) Comment osez-vous venir ici ? Comment osez-vous couper le téléphone ? Peut-on m'expliquer ce qui se passe ? (Elle se tourna vers les invités.) Je suis vraiment navrée, mais partez, je vous prie !

– Je suis venu voir un film pornographique, dit Günter d'une voix tonitruante. J'ai entendu dire que vous en possédiez un excellent, tellement surprenant que Palma a l'intention de le faire passer sur les écrans. Quelqu'un a-t-il envie d'assister à la séance ?

– Ah, vous voulez voir un film porno, Grieff ? hurla Tony malgré ses difficultés à ouvrir la bouche. Patientez. Il y en a un intéressant qui sort la semaine prochaine. Vous et le reste du monde verrez votre sainte nitouche de fille s'envoyer en l'air. Maintenant, foutez le camp.

Il avait dans la main le couteau à découper et arborait un sourire satanique.

Il sait de quoi il s'agit, se dit Marika. Elle se jeta sur Andy et lui martela la poitrine.

– Allez-vous me dire enfin ce qui se passe ?

Mais Andy l'écarta et bondit sur Tony.

Günter lui fit un croc-en-jambe. Andy s'étala par terre, lançant un juron à l'égard de Günter tout en se frottant le genou.

– Je t'ai dit de me le laisser. Ne te mêle pas de ça ! hurla Günter. Rends-toi utile. Fais-les tous sortir d'ici, ajouta-t-il en désignant les invités.

Marika ne savait que faire. Ses hôtes, pressentant un scandale, n'avaient nulle envie de partir.

– Il s'est envoyé Sylvia, si tu veux le savoir, rugit-il en lançant un regard furibond à Marika. Toutes les nuits pendant que tu dormais. Mais dormais-tu vraiment, salope ? (Soudain il eut des sanglots plein la voix.) Il l'a droguée... dit-il en respirant longuement. Il a fait un film et lui a fait du chantage. Pourquoi donc crois-tu qu'elle a arrêté ses cours... rompu avec Andy... ? Mais tu ne réfléchis donc jamais ?

Tony se jeta sur lui en l'insultant violemment.

Günter recula, évitant de justesse le couteau, et, profitant de l'élan de Tony, le poussa avec force. Tony fut propulsé contre le mur.

Sous la violence du choc, un tableau se décrocha du mur. Marika était comme paralysée devant les horreurs proférées. Elle s'aperçut vaguement qu'Andy faisait sortir les invités et que le maître d'hôtel les implorait d'appeler la police. Il lui sembla entendre des voitures démarrer, mais la voix du membre du Congrès lui parvenait du hall. Il y eut une sorte de rixe, puis Andy se mit en colère.

Günter se baissa pour ramasser le couteau. Au même moment, Tony lui donna un coup de pied en pleine tête, le faisant basculer contre le placard. Les plats, les assiettes, les verres vénitiens que Marika venait d'acheter volèrent en éclats.

Tony allait se précipiter vers lui, mais il se ravisa, sauta par la fenêtre sur le balcon. Il se trouvait en haut des escaliers quand Günter lui fit un croche-pied. Ils roulèrent dans l'escalier tout en continuant à se battre comme des lions.

Tony était plus agile que prévu, mais rien ne pouvait arrêter la fureur impitoyable d'un père vengeur. C'était une bête sauvage qui déchiquetait Tony, le pourchassant à travers la pelouse, les buissons et jusqu'au lac.

Tony n'en pouvait plus. Il s'écroula, trop épuisé pour songer à ce qui allait se produire. Günter le saisit par sa chemise en lambeaux, le mit debout, le traîna jusqu'au lac et lui plongea la tête dans l'eau. Tony utilisa ses dernières forces pour essayer de respirer en la maintenant hors de l'eau, mais Günter la lui enfonça de nouveau.

– Je vais te tuer, salaud de mec, mais d'abord il me faut les preuves.

Marika avait l'impression de vivre un cauchemar irréel en voyant Günter sortir Tony de l'eau et essayer de le mettre debout. Tony, méconnaissable, était inconscient. Il avait les yeux enflés, les vêtements déchirés.

Günter n'avait même plus la force de hisser Tony sur ses épaules. Il se dirigea en titubant vers la maison. Andy se précipita à son secours, mais Günter le repoussa.

– Fais revenir à lui ce salaud avec du cognac, dit-il à Andy.

Marika pleurait à chaudes larmes.

– Je ne crois pas un mot de tout cela, lui dit-elle. Tu n'as pas le droit... Tu n'as aucun droit de débarquer ici et de porter toutes ces accusations. À qui as-tu parlé ? Est-ce Sylvia qui te l'a dit ?

– Tu t'en rendras compte par toi-même, lui dit Günter d'un ton sec.

Tony réussit à avaler quelques gorgées de cognac et ouvrit vaguement les yeux, mais il ne voyait rien.

Il refusa de dire où il avait caché le film jusqu'à ce que Günter martelât de coups ce qui ne ressemblait plus à un visage. Il finit par avouer la cachette en hurlant.

Andy eut du mal à installer le projecteur tant ses mains tremblaient. Il exécrait la violence et n'en avait jamais, jusqu'à ce soir, compris l'utilité. Il admirait Günter.

Ni Marika ni Andy ne souhaitaient voir le film, mais Günter insista. Il la fit s'asseoir au premier rang et lui demanda de garder les yeux bien ouverts. Elle pleura mais quelques instants plus tard le choc fut si grand qu'elle n'eut même plus la force de verser des larmes.

Quand l'image de Sylvia se profila sur l'écran, Andy oublia le bien- ou le mal-fondé de la violence. Il ne regrettait qu'une chose : ne pas avoir frappé Tony lui-même. La pauvre enfant était visiblement droguée : les yeux fixes, grands ouverts, les lèvres pendantes.

Cinq minutes plus tard, Günter décida de mettre un terme à la séance. Trop c'est trop, se dit-il. Marika était prostrée, le regard rivé sur l'écran sans comprendre. Andy pleurait doucement. Il saisit quelques papiers sur le bureau de Tony, y mit le feu et brûla minutieusement le film.

– Et la pauvre petite était assez naïve pour croire que Palma allait sortir ce film, alors qu'on le reconnaît parfaitement, dit Günter à Andy. Tiens, ça, c'est de la part de Sylvia.

Il assena à Tony un dernier coup de poing avec toute la tristesse, la colère, le désir de vengeance et la honte d'un père sali. Tony fut catapulté sur le sol, inconscient.

Andy se demanda s'il était mort sans toutefois s'en préoccuper outre mesure.

– Marika a besoin d'un médecin, dit-il à Günter. Allons-y.

77

Günter avait ramené Marika et Sylvia chez lui à Hampstead depuis plus d'un mois. Il commençait à s'agiter et était impatient de rentrer. C'est encore trop tôt, se disait-il chaque jour, mais son inactivité lui pesait.

Il écarta les lourds rideaux et jeta un regard nostalgique par la fenêtre. De magnifiques pelouses, des buissons, deux beaux hêtres s'offraient à son regard. Mais Günter ne percevait que le désert qui s'étendait à perte de vue sous un ciel bleu voilé.

C'est là qu'il retournerait dès la fin de toutes ces péripéties. Il avait décidé de demander le divorce. Ce mariage avait été une erreur depuis le début. Ensuite il irait faire de la prospection. Quant à l'avenir, tout dépendait de Marika.

Il se trouvait en Amérique pour affaires lorsque Andy lui avait téléphoné. Les mois précédents il avait réussi à éviter Claire. Il l'avait appelée à Johannesburg et lui avait expliqué qu'à la suite d'un problème il était contraint de rester à Londres quelque temps pour le résoudre. Elle n'émit aucune plainte. La révélation de Tex avait été cruciale. Günter ne comprenait pas vraiment pourquoi. Il était parfois conscient de se conduire comme un goujat vis-à-vis d'elle. Mais l'instant de la décision était arrivé. Il n'avait pas le choix. Il n'allait tout de même pas abandonner Marika au moment où elle avait besoin de lui.

Elle était malade, au bord de la dépression nerveuse. Parfois elle semblait se remettre mais ce n'était qu'éphémère.

Il arpentait son bureau de long en large. Il avait l'impression d'être un intrus dans sa propre maison et cela lui faisait mal. Cette demeure faisait partie des avantages en nature de la Compagnie des minerais de l'Ouest, comme les six voitures de la société, dont l'une était une Rolls, et une loge attitrée à Covent Garden. C'était un vaste bâtiment sombre qui le déprimait. Il se demandait souvent comment Tex s'en sortait en Australie. Il avait essayé de remonter une compagnie minière. Impossible. Il avait perdu toute crédibilité. Günter s'en était chargé. Il dirigeait une mine de platine en pleine brousse, tout content d'avoir trouvé ce pis-aller. Il ne le reverrait probablement jamais.

Il sonna. Une femme de chambre arriva.

– Vous allez essayer de m'égayer cette maison. Mettez des ampoules plus fortes, des lampes plus agréables au regard, ôtez-moi ces rideaux de tulle et tout ce qui est vieillot. Ah, oui, servez également le petit déjeuner ici, du café et des toasts, à moins bien sûr que Mme... Il ne pouvait se résoudre à prononcer le nom de Palma.

– Madame ne prendra pas son petit déjeuner ici, monsieur.

– Mme Factor est-elle arrivée ?

– Elle est à l'usine. Elle sera là à l'heure du déjeuner.

– Ce sera tout, merci.

Günter tenta de se plonger dans les comptes du groupe mais il finit par les mettre de côté. Il fouilla dans ses tiroirs et ses étagères pour se sentir le maître chez lui.

Cette maison avait appartenu à Tex MacGregor. Il avait été assez fou pour tout investir dans la Compagnie des minerais de l'Ouest.

Après des semaines de préparation, la prise de pouvoir s'était passée rapidement. Tex s'était retrouvé à la rue sans même avoir le temps de faire correctement ses bagages. Depuis il n'y avait eu personne dans cette maison en dehors des domestiques.

Le petit déjeuner fut servi. Günter croqua un toast en lisant le journal. La sonnerie de la porte d'entrée retentit. Ce devait être Grainger, son avocat de Londres, un être étrange, introverti mais très intelligent. Günter ne l'aimait pas, mais ce matin son intrusion était la bienvenue.

Le maître d'hôtel fit entrer Grainger. Il était plus pâle que de coutume. Ses yeux gris disparaissaient derrière ses grosses lunettes en écaille. Bien bâti, il donnait cependant l'impression d'une certaine fragilité. Sans doute parce qu'il était grand et marchait toujours penché.

Il avait l'air particulièrement soucieux.

– Il y a un certain nombre de problèmes... des plus déplaisants... Ce n'est pas vraiment de mon ressort... Cependant, vu les circonstances...

Sa voix aiguë agaçait Günter.

– Du café ? lui demanda-t-il d'un ton impatient.

– Non, merci... (Grainger s'éclaircit la voix.) Lors de notre dernière entrevue, je vous ai fait part de la décision de Palma d'engager des poursuites judiciaires contre sa femme, Marika Palma, et de demander le divorce en l'accusant d'avoir quitté le domicile conjugal. Il l'accuse d'adultère et vous cite comme...

Embarrassé, il leva les yeux vers Günter.

– Eh bien, traduisons-le en justice.

– Si je peux me permettre... En fait... j'aimerais savoir quels sont les vœux de Mme Palma. La jeune femme est irréprochable.

– Elle pense qu'il faut le laisser faire, répondit Günter, s'efforçant d'être aimable.

– Je préférerais lui parler directement.

En soupirant, Günter appela la domestique qui semblait écouter derrière la porte.

– Dites à Mme Palma que son avocat est là et que nous monterons dans vingt minutes. (Il se tourna vers Grainger.) Autre chose ?

– Palma vous traîne en justice. Il vous accuse de l'avoir défiguré et vous demande des dédommagements pour tout ce que cela a entraîné : manque à gagner, honoraires des médecins, clinique, etc. De toute évidence, il restera hospitalisé quelque temps, au moins deux mois d'après son avocat.

– Nous allons lui régler son compte à celui-là, dit Günter sèchement. J'aimerais le voir en face de moi au tribunal.

L'avocat sourcilla en ajustant ses lunettes.

– Il y a un dernier point qui risque de vous faire bondir. Palma poursuit également votre fille Sylvia, exigeant dix millions de livres de dommages et intérêts : estimation des pertes dues à l'arrêt de la campagne publicitaire de Sylvia Cosmétiques. J'ai la liste : publicité, recherche...

– Épargnez-moi les détails, l'arrêta Günter d'un geste. Nous repousserons également cet argument. Laissez-le attaquer.

– Je ne vous suis pas.

– C'est très simple. Je n'ai nullement l'intention de donner un rotin à ce salaud.

L'avocat se mordit les lèvres et inscrivit quelques notes sur son calepin. Puis il leva les yeux vers Günter.

– Je suis sûr qu'il accepterait de s'arranger à l'amiable. Si l'affaire est portée devant les tribunaux, la publicité risque d'être embarrassante.

– Pas un sou ! répéta Günter. C'est un tyran et ma fille doit apprendre à affronter ce genre d'individus. (L'espace d'un instant, Günter baissa la tête tout en lui lançant un regard belliqueux.) Dites à son avocat que dès l'assignation nous le poursuivrons pour trafic de drogue, chantage et adultère.

Grainger savait qu'il ne capitulerait jamais. Il est dangereux, se dit-il. Certes intelligent mais il a tout de l'homme de Neanderthal.

– Bon, allons voir Marika, dit Günter à contrecœur.

La porte était fermée à clé. Günter essaya d'ouvrir avec un double mais Marika avait laissé la clé dans la serrure. Il appela Marika puis d'un coup de pied força la porte.

Marika était dans une tenue négligée. Elle avait l'air hébétée. Elle se précipita sur sa robe de chambre, se brossa les cheveux à la hâte mais la brosse tomba par terre.

Günter poussa un long soupir en la lui ramassant. Marika avait le visage enflé, les mains tremblantes.

– Je me reposais, dit-elle, voulant donner le change. Quelle journée ! Je n'avais pas envie de m'habiller. Attendez-moi en bas, je serai là dans quelques instants.

Elle rit gaiement mais son rire sonnait faux.

Günter fondit devant elle. Il lui prit le visage dans les mains.

– Ne ris pas, Marika, quand tu as envie de pleurer, lui dit-il en la regardant avec amour. Pleure ! (Il lui caressa doucement la joue.) Reste au lit si tu le souhaites. Fais ce qui te plaît. Je t'aime et peu m'importe si tu es habillée ou non. (Il se tourna vers Grainger.) Si seulement elle se rendait compte de sa beauté !

Grainger, qui n'était pas marié, n'avait jamais assisté à une scène aussi intime. Rougissant, il se dirigea vers la porte. Mais il se rappela le but de sa visite.

– Madame Palma, votre mari a demandé le divorce et vous accuse de complicité d'adultère. Voulez-vous vous justifier ?

– Non, dit-elle d'une voix monocorde, qu'il fasse ce qu'il voudra. Une chose m'importe : être libérée. Comment va Sylvia ? ajouta-t-elle en se tournant vers Günter.

– Certainement mieux que toi. Elle est plus endurcie et... elle a plus de ressort.

– Elle est plus jeune aussi, répondit Marika en soupirant.

Encore une parole malheureuse, se dit-il.

Elle leva les yeux vers lui en esquissant ce beau sourire enjôleur qu'il avait tant aimé.

– Bon, tant mieux, c'est merveilleux, dit-elle avec une gaieté forcée.

À cet instant, le médecin arriva au grand soulagement de tous.

C'est Marika qui a subi un choc, pas Sylvia, se dit Günter. Il en éprouvait un sentiment étrange. Le contraire aurait dû se produire. Sylvia s'était remise à une vitesse étonnante. Elle avait tenu à faire un examen complet dans une clinique privée, puis elle avait délibérément chassé de son esprit tous ces événements comme si c'était un simple cauchemar qu'il valait mieux oublier. Andy lui téléphonait chaque jour. Elle avait repris ses cours à l'université mais avait été contrainte de redoubler.

Les femmes sont bizarres, songea Günter en s'adonnant à son travail routinier avec Grainger. Elles pouvaient supporter le viol, la corruption et même la prostitution comme faisant partie de la vie ou de la survie, mais jamais au grand jamais elles ne souffraient d'être délaissées. Cela risquait même de les tuer. Marika était toujours aussi belle. Elle avait simplement un peu minci. Elle paraissait trente-cinq ans. Des années auparavant dans le Namib, il s'était dit qu'elle embellirait avec l'âge. Elle avait gardé sa silhouette élancée, la candeur de ses grands yeux et ses sourcils épais qu'elle ne maquillait pas. Il ne comprenait pas pourquoi elle était si déprimée. Quel gâchis avec une beauté aussi éclatante ! songea-t-il.

Günter se trouvait dans son bureau lorsque Sylvia fit irruption, traînant Andy derrière elle. Le jeune homme semblait embarrassé et fébrile.

– Papa, s'écria-t-elle en se jetant au cou de Günter et l'embrassant sur la joue, nous allons nous marier. La semaine prochaine. N'est-ce pas merveilleux ? N'es-tu pas heureux pour moi ? Je suis folle de joie.

– Je te crois volontiers, dit-il en se dégageant de son étreinte.

Il jeta un regard furieux, presque haineux, vers Andy. Il avait toujours su que cela devait arriver. Dieu sait qu'il aimait ce garçon ! Pourtant... L'air sceptique, il détourna le regard.

Sylvia décela aussitôt sa contrariété.

– Mais, papa, tu es fâché ? Tu aimes Andy, tu me l'as toujours dit.

– L'aimer, oui, mais ça ne veut rien dire.

Il éprouvait le même ressentiment que lorsque Marika avait épousé Palma. C'est absurde ! se dit-il. Le mariage était une rupture rédhibitoire. Inévitablement elle s'éloignerait de lui. En fait, c'était là le nœud du problème. Il avait le cœur brisé de voir sa fille lui échapper.

– Eh bien, Andy, qu'en dites-vous ?

À retardement Günter lui donna une petite tape amicale sur l'épaule avec une gaieté forcée.

– Je crois qu'il faut ouvrir une de nos meilleures bouteilles. Attendez un instant, je vais chercher Marika.

– Si tu vas chercher maman, je m'en vais, dit Sylvia d'un ton glacial.

– Ce n'est pas très gentil, lui dit Andy.

Günter lui lança un regard réprobateur. Il s'arrogeait le droit exclusif de réprimander Sylvia. Ne peut-il pas attendre d'être marié ? se dit-il avec une pointe de jalousie.

Marika refusa de se joindre à eux. Ils célébrèrent l'événement en toute solennité mais avec une certaine hâte, car Sylvia était pressée d'aller faire des courses.

Quand il se retrouva seul, Günter fut doublement malheureux.

Le téléphone sonna. C'était pour Marika. Il alla la prévenir mais elle refusa de répondre.

– Je vais prendre le message, lui dit-il d'un ton sinistre.

Il prit l'appareil qui se trouvait près de son lit.

– Mme Palma se repose. Oui, elle vous rappellera, je prends votre numéro... Klaus Greenstein...

Marika saisit aussitôt l'appareil. Günter, intrigué, resta dans la pièce. Quelqu'un ou quelque chose pouvait encore l'atteindre au plus profond d'elle-même.

– C'est personnel, dit-elle à Günter.

Günter, tristement, sortit de la chambre.

Greenstein semblait malade. Sa voix était très faible. Elle l'entendait à peine.

– Je savais que vous seriez heureuse d'apprendre que durant toutes ces années vous n'avez pas versé de l'argent pour rien, lui dit-il. La police française a des informations qui risquent de nous mener sous peu à l'arrestation d'Otto Geissler.

Marika avait du mal à le comprendre. Entre deux quintes de toux, elle parvint à entendre qu'au cours d'une enquête sur un faussaire français, dont le procès allait bientôt commencer, la police avait découvert des dossiers secrets portant sur le travail accompli juste après la guerre pour les SS. Le faussaire avait fabriqué de faux papiers pour plusieurs nazis recherchés, dont Geissler. Les dossiers révélaient leur fausse identité et leur nationalité ainsi que le numéro de leur passeport. Leur arrestation n'était plus qu'une question de temps s'il survivait jusque-là.

Marika le remercia et reposa l'appareil. Elle en avait le vertige tant elle était bouleversée. Pour la première fois depuis des années, elle se mit à pleurer. Elle éprouvait un besoin effréné de faire partager cette bonne nouvelle, mais nul ne pouvait comprendre ce que cela signifiait pour elle. Elle s'approcha de la fenêtre. Les feuilles ruisselaient de pluie, le jardin, typiquement anglais, était verdoyant. Elle ouvrit brusquement la fenêtre et se pencha. Quelle merveilleuse senteur de terre humide et d'herbe mouillée ! Elle se demanda pourquoi elle était restée tant de jours cloîtrée au lieu d'aller se promener dans la lande. Il fallait qu'elle sorte davantage. Il était grand temps de goûter à nouveau aux plaisirs de la vie.

Claire arriva en taxi au milieu de l'après-midi.

– Günter, mon chéri, dit-elle en tendant la joue pour recevoir un baiser tout en ôtant ses gants. (Elle essayait de donner le change, mais ses mains tremblaient, son regard reflétait une certaine appréhension.) Tu m'as tellement manqué, balbutia-t-elle en s'efforçant de sourire. Ce ne sont pas vraiment des vacances sans toi, aussi ai-je cru bon de faire un saut jusqu'ici pour passer quelques jours auprès de toi. J'irai faire des courses pendant que tu termineras tes mystérieuses affaires.

Bravo, Claire ! se dit Günter, admirant sa prestation tout en éprouvant une certaine pitié à son égard. Elle était splendide dans son tailleur vert émeraude et ses bijoux assortis. Sa minijupe lui allait à merveille.

– Tu es magnifique, lui dit-il, et il n'y a rien de mystérieux dans mes affaires, je t'ai tout dit avant de partir.

Son visage s'illumina.

– Chéri, combien de temps… ?

– Comment as-tu appris que Marika était là ?

Elle haussa les épaules.

– Par recoupements.

– Claire, dit-il, embarrassé, je veillerai à ce que tu ne manques de rien… mais c'est fini entre nous, je ne reviendrai pas vivre avec toi.

L'espace d'un instant elle ressembla à un animal sauvage aux abois, prête à bondir sur lui. Instinctivement il recula et se protégea le visage.

Elle éclata de rire.

– Oh, de toute façon, je t'aurai, lui répondit-elle d'une voix implacable, le visage haineux. Mais je ne suis pas aussi brutale que toi.

Elle se cacha le visage dans les mains pour cacher sa colère. Elle regrettait ses paroles hâtives.

– Günter, je t'aime. Laisse-moi venir habiter ici avec toi. Je t'aiderai à veiller sur Marika et Sylvia. Tu peux compter sur moi.

– C'est impossible.

– Marika ne t'aime pas. Tu souhaites être aimé, n'est-ce pas ?

– Je veux Marika, dit-il calmement.

– Elle te détruira… comme elle l'a toujours fait… Tu la connais suffisamment… quand elle n'a pas besoin de toi… elle est incapable d'aimer…

– Elle a besoin de moi.

– Mon Dieu ! Ainsi elle a besoin de toi ! s'écria-t-elle au bord de la crise de nerfs. Elle a besoin de toi pour le moment. Mon mariage… ma vie gâchée ! Oui, gâchée, tu entends bien ! (Elle laissait maintenant éclater sa fureur sans aucune retenue.) Je te poursuivrai devant les tribunaux, salaud que tu es ! Je te plumerai ! J'attaquerai cette intruse !

– C'est toi l'intruse, Claire, lui dit-il, oubliant sa résolution de garder son sang-froid. Tu l'as toujours été, tu le sais très bien.

Elle se jeta sur lui et lui martela le visage de coups, le lacérant même de ses ongles.

– Je te hais... je te hais... je te tuerai...

Günter la repoussa un peu trop violemment. Elle bascula sur la table et s'affala par terre.

– Ça suffit, lui dit-il brutalement. Tout est fini entre nous. Si je souhaitais rester avec toi, Claire, je le ferais. Ne peux-tu pas le comprendre ?

Elle se hissa sur une chaise, abasourdie, désespérée. Günter ne voyait que ses genoux maigres et sa chevelure rousse qui encadrait son visage secoué de sanglots.

– Je vais te préparer une tasse de thé, lui dit-il, embarrassé, trouvant un prétexte pour quitter la pièce.

Quand il revint cinq minutes plus tard, Claire était partie. Il se précipita dans la rue. Personne. Il rentra chez lui.

– Elle va m'envoyer son avocat, dit-il à voix haute pour atténuer son sentiment de culpabilité.

En fin d'après-midi, le médecin arriva.

– Elle est complètement dans les nuages, dit-il à Günter. Elle a tous les symptômes d'une maniaco-dépressive. Elle refuse de prendre un sédatif. Je ne peux pas faire grand-chose pour l'instant, mais si elle ne se ressaisit pas, il faudra envisager un traitement de choc.

– Ah, ça non ! s'écria Günter.

Le médecin haussa les épaules et s'en alla.

Le tic-tac de la pendule sur la cheminée résonnait. La pluie dégoulinant du lierre tombait sur le rebord de la fenêtre. On percevait le crissement de pneus sur les routes humides et le vrombissement lointain d'un avion. Il y avait dans la pièce une odeur de cuir, de tabac et de livres poussiéreux. Quelle horrible journée !

– Merde ! s'exclama Günter en donnant un coup

de poing sur le rebord de cuir du bureau, mais même le coup ne rendit aucun son. Merde ! Merde et merde !

Les pneus continuaient à crisser dans le lointain, la pendule égrenait les minutes qui semblaient s'éterniser.

Il se leva et alla fermer la porte à clé. Puis il revint à son bureau, se prit la tête dans les mains en songeant que la mort devait être préférable à cette situation.

78

Aveuglée de larmes qui, mêlées au mascara, coulaient le long de ses joues, Claire fit un faux pas et s'étala sur le trottoir boueux.

– Günter ! Salaud ! dit-elle en cherchant son sac.

Quelqu'un se précipita aussitôt pour l'aider à se relever.

– Rien de cassé, madame ?

Claire essuya ses larmes et évalua les dégâts : deux genoux écorchés, un collant déchiré, un mariage rompu et sa vie irrémédiablement gâchée. Elle héla un taxi.

Elle n'eut plus souvenir du trajet jusqu'à l'hôtel. Seul le regard glacial de Günter lui assenant la vérité : « C'est toi l'intruse, Claire. Tu l'as toujours été, tu le sais très bien » lui restait en mémoire.

Elle se sentait très malheureuse. Comment supporter ce fardeau seule ? Mais elle ne pouvait le partager avec personne, aussi se jeta-t-elle sur son lit en pleurant à chaudes larmes.

Au crépuscule, elle appela la rédaction d'un journal bien connu.

– Claire Grieff. Vous avez parlé du nouveau

directeur de la Compagnie des minerais de l'Ouest, il y a quelques mois. Oui... ce Grieff. Je peux vous expliquer les raisons pour lesquelles il tenait à tout prix à l'acquérir... et celles qui me poussent aujourd'hui à demander le divorce. (Elle essaya d'étouffer un sanglot.) Et aussi pourquoi sa fille, Sylvia Shaw, a rompu son contrat avec Sylvia Cosmétiques. Si cela vous intéresse, je suis au Hilton.

Elle raccrocha violemment.

– Je vais avoir ma revanche et lui faire autant de mal qu'il m'en a fait.

Elle savait qu'elle ne pouvait l'atteindre qu'à travers Sylvia et Marika. Ni l'argent ni rien d'autre n'avait d'intérêt à ses yeux.

Le lendemain soir, une équipe de reporters allèrent vérifier les allégations de Claire et les rédacteurs décidèrent de les publier. C'était le scoop de l'année, comme ils le disaient modestement.

Günter frémit en lisant les journaux du matin. On y trouvait les meilleures photos de Sylvia et le nu tiré du film que Tony leur avait envoyé. *Le mannequin le plus célèbre du monde contraint à des orgies nocturnes par son non moins célèbre beau-père,* titrait le journal, ajoutant : *Le magnat de la mine, Günter Grieff, son père, envoie Palma à l'hôpital.* Et un peu plus loin : *La reine de la fourrure, Marika Magos, appelée à comparaître devant un tribunal pour adultère.*

Le sinistre journal s'en donnait à cœur joie. *Furtivement, la nuit, le richissime industriel Angelo Palma quittait le lit conjugal pour celui de sa belle-fille, la fabuleusement belle Sylvia Shaw, et la forçait à se soumettre à ses exigences sexuelles jusqu'au petit matin où il retournait dans le lit de sa femme...*

Günter tremblait tellement qu'il arrivait à peine à lire le journal.

– Salope ! Tu vas pouvoir te défendre, maintenant !

Le téléphone sonna. Günter se précipita. C'était Andy qui fulminait de rage et tenait des propos incohérents.

– Sylvia est là, lui dit-il.

– Je m'en suis douté, dit Günter en colère. Vous n'êtes pas encore mariés, vous savez.

– Il m'a fallu l'enfermer dans la salle de bains, poursuivit Andy sans prêter attention à ses paroles. L'entendez-vous hurler ? Elle essaie de sortir. Elle veut tuer Claire. Restez en ligne. (Günter l'entendit crier.) Je vais la ramener chez vous. Je resterai avec elle quelque temps, si vous n'y voyez pas d'inconvénient. Un autre scandale, c'est vraiment ce qu'il nous faut !

– « Nous. » (Günter aimait ce « nous ».) Oui, Andy, venez tout de suite.

Il perçut un cri de surprise en reposant l'appareil. Bon sang ! Pourquoi Marika se levait-elle si tôt en ce moment ? Elle parcourut le journal, abasourdie. Günter aurait préféré le lui cacher. Elle était si tendue ces jours-ci, toujours pendue au téléphone et se précipitant pour y répondre. Il aurait aimé savoir ce qui la préoccupait. Ce ne pouvait tout de même pas être Tony ! S'il avait l'audace de se montrer, il le tuerait.

– Qu'allons-nous faire ? dit-elle, les mains tremblantes. Ça risque de tuer Sylvia.

– Et toi ? C'est toi qui m'inquiètes.

– Moi ? répondit-elle, intriguée. Je vais très bien. Qui se préoccupe de moi ?

– Moi, dit-il d'un ton bourru.

Elle ne l'écoutait plus.

– C'est moi qui l'ai forcée à venir ici, dit-elle doucement, et je l'ai laissée tomber. Oh ! Regarde !

Günter s'approcha de la fenêtre et vit des journalistes et des photographes cachés derrière les arbres. Deux d'entre eux couraient dans l'allée, leur appareil pointé vers la maison.

Ils étaient encore là une demi-heure plus tard

quand Andy arriva. Il vit le jeune homme essayer de se frayer un chemin à travers la foule, traînant Sylvia derrière lui. Andy se retourna et donna un coup de poing à celui qui était juste à côté d'elle.

Günter fit irruption, balançant des coups à droite et à gauche. Quelques appareils volèrent en éclats et les journalistes battirent en retraite.

– Vous êtes dans une propriété privée, hurla-t-il, aveuglé par les flashes.

Ils repartirent tous trois vers la maison, en silence, refoulant leurs sentiments de colère.

Peu après ils entendirent des voix s'élever. Par la fenêtre ils aperçurent Bertha qui se débattait au milieu de la foule avec son parapluie. Elle ne laissa pas à Günter le temps d'arriver.

– Ils m'ont demandé de leur faire une déclaration. Oui, une déclaration ! Vous n'obtiendrez rien de moi, leur ai-je dit. Vous tenez à attendre ? Eh bien, attendez. Attrapez froid, c'est tout ce que vous pouvez espérer !

Les journalistes ne semblaient pas vouloir partir. Combien d'articles allaient être produits ? Sans Bertha, ils perdraient tous la raison. Sylvia n'adressait pas la parole à Marika qui elle-même passait le plus clair de son temps à ruminer dans sa chambre, tandis qu'Andy attendait avec impatience le moment propice pour épouser Sylvia. Son humour mordant détendait l'atmosphère et, devant son dévouement extrême, il leur était difficile de se plaindre.

Le mercredi matin, la famille se rendit à la mairie dans des voitures séparées pour éviter les journalistes. Après le mariage, le couple partit pour l'Espagne et Bertha retourna dans sa maison de Finchley.

Quelle étrange sensation de se retrouver tous les deux seuls après tant d'années. Ils étaient timides et maladroits. Günter lui proposa de jouer aux échecs. Marika accepta.

– Les voilà qui reviennent ! dit Marika en riant.
– C'est un peu tard, non ?

La domestique ouvrit la porte et revint avec un air bizarre.

– Deux détectives vous demandent, monsieur. Ils attendent dans le hall.

– Faites-les entrer, lui dit Günter. Tony n'a pas perdu de temps pour lancer ses accusations. Ne t'inquiète pas, dit-il en adressant un sourire réconfortant à Marika.

Dès qu'elle les aperçut, Marika se rendit compte qu'ils ne venaient pas à cause de Tony. Ce n'étaient pas de simples détectives. Elle fut parcourue d'un frisson.

Ils se présentèrent très poliment et sortirent leur carte de police.

– Nous vous serions très reconnaissants de nous suivre jusqu'à Scotland Yard pour subir un petit interrogatoire, lui dit l'inspecteur. Nous vous conseillons de téléphoner à votre avocat avant de partir. Il est de mon devoir de vous dire, monsieur, que vous n'êtes pas tenu de répondre aux questions qui vous seront posées, mais tout ce que vous direz pourra être retenu contre vous. C'est un problème de crimes de guerre, monsieur.

Günter recula, effrayé, renversant le verre de Marika.

Elle se baissa pour le ramasser, essayant de cacher la frayeur qui s'était emparée d'elle. Quelle politesse ! Ils auraient demandé l'heure sur le même ton, mais une voix intérieure lui criait : Des crimes de guerre !

– Nous avons reçu une demande d'extradition des autorités françaises.

– Vous devez vous tromper, balbutia Günter.

– C'est ce que nous aimerions vérifier à Scotland Yard, monsieur.

– Bon, je vais chercher mon manteau.

– Je suis désolé, mais le sergent Williams doit vous accompagner, monsieur.

Günter était effaré.

– Appelle Grainger. Demande-lui de venir à Scotland Yard sur-le-champ, lui dit-il.

Il avait l'air si vulnérable qu'elle avait envie de pleurer.

Elle acquiesça, incapable de prononcer la moindre parole, et vit Günter partir entre les deux hommes. Elle entendit la voiture démarrer puis se perdre dans le lointain.

Jamais elle ne s'était sentie aussi seule.

Grainger vint à l'aube lui annoncer que Günter allait bien et qu'il avait parlé au commissaire.

– C'est une histoire absolument incroyable, lui dit-il. Mais ne vous inquiétez pas, je suis sûr que ce n'est qu'une confusion d'identité. Cela arrive en permanence. (Il ôta ses lunettes et l'observa tout en les nettoyant.) Après tout, Günter n'est même pas allemand.

– Qui est-il d'après eux ? finit-elle par demander.

En levant les yeux vers elle, il remarqua son regard apeuré.

– Pour le moment, ils ne font aucune allusion directe. Ils cherchent. La procédure normale veut qu'on garde le suspect une semaine, le temps de procéder à des vérifications. Si l'on prouve que la demande des autorités françaises est justifiée, ils entament la procédure d'extradition, mais nous savons tous deux que cela ne sera pas nécessaire.

– Qui croient-ils détenir ?

– Eh bien, Otto Geissler, le bourreau d'Oradour-sur-Glane.

Grainger était plus athlétique qu'il ne le paraissait. Il n'eut que le temps de saisir Marika au moment où elle s'évanouit et la porta sur un divan. Puis il appela de l'aide.

– Pauvre femme, dit-il au médecin à qui il téléphona aussitôt.

C'est tout de même troublant, songea Grainger

en rentrant chez lui. Il décida de faire appel au meilleur avocat français.

79

PARIS, février 1969

Voici donc l'instant de triomphe que j'ai tant attendu ! se dit-elle amèrement en faisant les cent pas dans le parvis du palais de justice, n'arrivant pas à se décider à entrer. Enfin l'assassin de son père allait être jugé ! Il y avait eu trois mois d'attente. Günter était resté emprisonné, d'abord à Londres puis à Paris. Elle avait toujours gardé l'espoir qu'il n'était pas Otto Geissler, mais plus la date du procès approchait, plus elle perdait confiance.

Marika avait l'impression que la justice française allait se livrer à une enquête approfondie et non à un simple jugement. Pierre Guedi, l'avocat de la défense, avait longuement expliqué à Günter que la procédure française était totalement différente de celle des tribunaux anglais. Il y avait déjà eu une enquête préliminaire qui avait mené à des conclusions qui devaient être présentées à la Cour avant l'audience. Günter ne plaiderait ni coupable ni non coupable. Les faits devaient être passés au crible par la défense et l'accusation, puis viendrait le moment du jugement, non du verdict, rendu par le président et fondé sur les voix de ses assesseurs et des jurés.

– Mais il est tout de même innocent tant qu'on n'a pas prouvé sa culpabilité ? murmura-t-elle.

– Non, c'est une approche totalement différente. Ni meilleure ni pire que le système britannique, parce que le but, c'est la justice, et pour rendre la justice il faut trouver la vérité. Quelle que soit la méthode, tous poursuivent le même objectif. Personnellement, je préfère la méthode continentale. De toute évidence, les Britanniques manquent d'instinct joueur, mais c'est parfois un avantage. Votre désir effréné de fair play vous a souvent poussés à remettre en liberté bien des criminels.

Cette conversation était restée gravée dans sa mémoire et l'incita à se lancer dans l'arène. Quittant la colonne derrière laquelle elle s'était mise à l'abri des regards, elle s'avança dans la salle. Aussitôt les flashes l'aveuglèrent. Les journalistes du monde entier s'étaient donné rendez-vous là, aussi intrigués par la vie privée de Günter que par le procès. On avait évoqué le divorce et le rôle joué par Sylvia dans ce scandale. Pendant des semaines les moindres détails de leur vie avaient été disséqués.

Heureusement ses amis lui étaient restés fidèles. Tanya et John l'avaient soutenue depuis l'arrestation de Günter, tout comme Bertha. Sans eux elle aurait perdu la raison. En y songeant, des larmes lui montèrent aux yeux. Elle trébucha et faillit tomber. Les flashes se déchaînèrent.

Claire était là, discrètement vêtue d'un tailleur bleu marine et blanc rehaussé d'une profusion de bijoux comme à son habitude. L'espace d'un bref instant, elle leva un regard haineux vers Marika. Marika en frémit et détourna la tête.

Elle sentit une main posée sur son épaule. En se retournant, elle aperçut Andy, tenant Sylvia par l'épaule. Il lui sourit mais sa fille resta de glace. Andy lui lançait des regards désespérés pour qu'elle engage la conversation. Mais qu'était-elle censée expliquer ? Il n'y avait plus rien à dire. Elle tenta de se faufiler vers le premier rang et à sa grande surprise vit Andy la suivre, traînant toujours Sylvia. Il avait l'air tendu. N'était-il pas trop jeune pour participer à tous ces ennuis familiaux ? Être le gendre d'un criminel de guerre nazi n'était pas chose facile. Elle se demandait s'il ne regrettait pas de s'être marié aussi hâtivement. Sylvia s'accrochait à son bras. Derrière eux, au bout de l'allée, Claire s'essuyait les yeux avec un mouchoir.

Le silence régna brusquement lorsque les portes s'ouvrirent. Voilà donc un tribunal français ! se dit Marika. Un lieu où l'on dissèque et l'on dévoile la vérité sans pitié ni compassion, comme s'il s'agissait du viol d'une bonne sœur dans une mission isolée. La vérité toute nue ! Elle comprit brusquement le sens de cette expression.

Marika se tourna et prit sa fille par le bras.

– Je suis désolée...

Mais Sylvia ne broncha pas. J'aimerais que l'on inscrive ces mots sur ma tombe, songea Marika avec une certaine amertume.

Au bout de dix minutes, quand l'assistance se fut calmée, l'avocat général entra. C'était un petit homme sans envergure, aux cheveux blancs coupés très court et au visage rose couvert de taches de rousseur. Il s'assit à la droite des juges et lança un regard de défi aux avocats. Puis arrivèrent trois avocats de renom qui s'étaient constitués partie civile pour les parents des victimes, et peu après, dix jurés. Le dernier était Pierre Guedi, l'avocat de Günter, et ses assistants. Marika n'aimait pas Guedi. Il avait un visage trop émacié pour inspirer confiance. Seule sa voix grave était agréable mais elle ne cadrait pas avec son physique. Il était accompagné de deux confrères qui avaient l'air insignifiants et ridiculement jeunes pour une affaire de cette importance.

Le silence se fit lorsque Günter pénétra dans la salle et fut conduit au box des accusés. Quelle pâleur ! Il avait des cernes sous les yeux. Il paraissait plus que ses quarante-six ans et son regard trahissait une profonde tristesse. Elle ne pouvait détacher de lui son regard. Elle se leva ainsi que toute l'assistance quand le président et les juges entrèrent. Le procès allait se dérouler en français. L'accusé serait assisté d'un interprète.

Le président donna la parole au greffier pour la lecture de l'acte d'accusation. Puis le président commença l'interrogatoire.

Marika parlait le français, mais elle savait que Günter ne comprenait rien. Le traducteur s'approcha de Günter et lui parla doucement :

– Vous êtes Otto Geissler, né à Hambourg en 1915. En 1944 vous commandiez le premier bataillon du Führer. Depuis vous vous êtes fait passer pour un Suisse, Günter Grieff, et vous êtes ressortissant d'Afrique du Sud.

– Je reconnais être Günter Grieff, mais je ne suis pas Otto Geissler.

– La Cour a procédé à une enquête à la suite de vos allégations selon lesquelles il s'agirait d'une confusion d'identité. D'après le dossier que j'ai ici, il ne fait aucun doute que vous êtes Otto Geissler. Nous vous entendrons en temps voulu.

» Vous êtes accusé du meurtre délibéré de six cent cinquante Français, hommes, femmes et enfants, dans l'après-midi du 10 juin 1944 à Oradour-sur-Glane.

Il avait à peine terminé sa phrase qu'il y eut un torrent d'injures et d'insultes proférées à l'encontre de Günter. Le vacarme était tel que la police fut incapable de l'endiguer.

La colère, la frustration, le désir de revanche, tout était là en elle et autour d'elle. Marika se sentait en accord avec la foule. Elle jeta un regard compatissant vers les manifestants que la police faisait sortir. C'étaient des paysans respectables, d'un certain âge, qui n'avaient pas l'habitude du tapage. Ils étaient en pleine confusion.

Marika s'agrippa au rebord de la chaise. Elle percevait les sanglots de Sylvia et éprouvait des sentiments contradictoires qui la déchiraient intérieurement.

80

Quand enfin le silence fut revenu dans la salle, le président prit la parole.

– Êtes-vous représenté par un avocat ou souhaitez-vous que la Cour en nomme un d'office ?

Pierre Guedi se leva.

– L'accusé est représenté, monsieur le Président... Pierre Guedi, avocat de la défense.

Le président inscrivit quelques notes sur son carnet et se tourna vers l'accusation.

– Le procureur peut présenter les faits.

Le procureur prit sa place en face des juges et commença à narrer les faits.

– Monsieur le Président, messieurs de la Cour, les événements sont connus. Oradour-sur-Glane restera comme le crime le plus hideux de la Seconde Guerre mondiale.

» Nul Français n'ignore cette histoire terrifiante. Je ne perdrai pas de temps à condamner les crimes du prisonnier. Le fait que Geissler ait outrepassé les ordres reçus et pris l'initiative d'ordonner ce massacre appartient à l'Histoire et ne peut être simplement considéré comme un excès de zèle. Il n'a pas pris d'otages comme il en avait reçu l'ordre. La responsabilité de ce massacre n'incombe donc ni au commandement du régiment du Führer, ni à la division du Reich, ni même aux autorités allemandes, mais repose entièrement sur les épaules d'Otto Geissler.

Il se tourna vers le box des accusés d'un air théâtral.

– Vous, Otto Geissler, ici présent, êtes coupable d'avoir donné l'ordre à vos troupes d'anéantir tout un village en tuant les hommes, les femmes et les enfants.

Il posa son dossier, fixa Günter, les larmes aux yeux. En soupirant, il promena son regard dans la salle puis fit face aux juges.

– Nous avons ici des documents donnant une autre version des faits, celle d'Otto Geissler. Je vais vous lire un extrait du registre du Führer rédigé par le commandant Weidinger, officier supérieur de Geissler. (Il s'éclaircit la gorge.) « Tard dans l'après-midi du 10 juin, commença-t-il d'une voix monocorde, le commandant Geissler fit le rapport suivant à son régiment : la compagnie a dû faire face à une certaine résistance à Oradour-sur-Glane où elle a trouvé de nombreux corps de soldats allemands assassinés. Aussi la compagnie a-t-elle occupé le village et l'a-t-elle fouillé de fond en comble. Elle découvrit des munitions et des armes cachées. Geissler fit tuer tous les hommes qui se révélèrent être des maquisards.

» Pendant ce temps, femmes et enfants avaient été enfermés dans l'église et le village mis à feu et à sang. Des munitions cachées explosèrent dans presque toutes les maisons. Le feu soudain se propagea dans l'église qui avait également des armes cachées dans le clocher. L'église se consuma très rapidement. Femmes et enfants moururent. »

Un tel silence régnait dans la salle qu'on entendait le pas des sentinelles de police à l'extérieur. Des murmures d'horreur parcoururent les bancs de l'assistance.

Le procureur parlait d'une voix grave et tendue.

– Récit intolérable. Mais bien pires seront les preuves apportées par nos témoins.

Il posa ses papiers et se tourna vers les juges.

– L'officier supérieur de Geissler, le colonel Stadler, fut profondément choqué en prenant acte de ce rapport. (Il s'arrêta et fouilla dans son dossier.) « Geissler, lui a-t-il dit, vous allez payer cher cet acte. Je vais vous faire traduire en conseil de guerre par la division. Je ne peux accepter que le régiment soit tenu pour responsable d'une action aussi vile. » À cette époque, Geissler ne se défendit pas mais il comptait le faire devant le tribunal militaire. On décida de le faire passer en cour martiale le plus vite possible.

Le procureur reposa ses papiers devant lui. Il semblait abattu et poussa un long soupir.

– C'est loin déjà, mais les documents sont d'une telle précision...

Il y eut un profond silence durant lequel il promena longuement son regard sur l'assistance.

Le procureur se pencha vers Günter.

– Otto Geissler, vingt-cinq ans plus tard, confirmez-vous ou niez-vous cette déclaration ?

Pierre Guedi se leva aussitôt.

– Nous n'avons aucunement l'intention de confirmer ni de nier la déclaration faite par Otto Geissler, monsieur le Président. Nous nous contenterons de dire que cela n'a aucun lien avec les charges qui pèsent contre mon client.

Le procureur lui lança un regard réprobateur.

– Vous comprenez qu'il s'agit de prouver sa culpabilité ?

– Parfaitement, monsieur le Président. Mais le but de ma plaidoirie n'est pas de contester ces déclarations. Au nom de la justice, je veux prouver l'innocence de mon client.

– Poursuivez, dit le président en se tournant vers le procureur qui se tourna d'un geste théâtral vers les juges pour montrer son agacement.

– Avec votre permission, monsieur le Président, je voudrais appeler à la barre des témoins qui prouveront en premier lieu que le prisonnier Günter Grieff et l'ex-commandant Otto Geissler sont une seule et même personne.

– Permission accordée.

Il appela d'abord Klaus Greenstein.

Marika eut un pincement au cœur en constatant combien il était amaigri et vieilli. Greenstein avançait plié en deux, sa voix n'était qu'un murmure. Néanmoins ses réponses étaient pertinentes et précises. Il se présenta et expliqua la nature de son travail, rappelant avec une certaine fierté le nom de criminels nazis notoires qui avaient été arrêtés grâce à lui. Il retraça tous les événements qui avaient mené à la découverte de Günter Grieff, depuis la toute première visite de Marika dans son bureau.

– À l'époque, je lui avais dit qu'il y avait de grandes chances pour que Geissler soit mort. Les registres indiquent que le commandant Otto Geissler a été tué au combat le 30 juin 1944. Sa prétendue mort, attestée par ses camarades, comportait bon nombre de zones d'ombre, ce qui nous a incités à mener une enquête.

Il fut interrompu par une quinte de toux. On dut lui apporter un verre d'eau.

– Ses camarades avaient pu le couvrir pour ne pas qu'il ait à affronter la colère des Alliés pour son crime d'Oradour. (Il s'interrompit et promena son regard dans l'assistance. Dès qu'il aperçut Marika, il la regarda avec compassion.) Une première enquête nous avait conduits à penser que toute sa famille avait été tuée dans le Blitz de Berlin. Impossible de trouver sa tombe. Nous n'avons donc pu procéder à des vérifications, sa denture par exemple... Cependant elle... je veux dire Mme Palma... a insisté pour qu'on ne laisse aucun détail dans l'ombre.

» Puis, en septembre 1954, nous avons joué un rôle déterminant dans l'arrestation d'un autre criminel de guerre nazi en Argentine qui nous a déclaré, après un interrogatoire serré, je l'avoue, que Geissler n'était pas mort, mais il prétendait ignorer ce qu'il était devenu.

Il se tourna vers le président, la mine contrite.

– Je suis entré en contact avec Mme Palma, alors Mme Magos, qui a décidé d'augmenter sa contribution. Mais nos nombreuses enquêtes s'éternisèrent sans donner le moindre résultat. Cependant nous avions informé les autorités françaises, révélant tous les détails de la vie de Geissler avant la Seconde Guerre mondiale.

Le procureur l'interrompit :

– Voudriez-vous informer la Cour sur vos découvertes ?

– Eh bien, dit le vieil homme en clignant des yeux, c'était un très long document.

– Peut-être pourrais-je vous rappeler quelques détails qui nous aideraient dans l'affaire qui nous concerne. Je crois que vous vous êtes appesanti sur l'enfance de Geissler. Ses grands-parents maternels avaient vécu dans le Sud-Ouest africain et Geissler aurait dit à maintes reprises qu'il envisageait d'aller s'installer en Afrique. Ses parents divorcèrent quand Geissler avait seize ans. Il vécut quelque temps avec sa mère, avant d'entrer à l'université de Heidelberg où il passa un diplôme de géologie juste avant le début de la guerre. Est-ce correct ?

Marika commençait à s'agiter. Elle en avait la nausée. L'Afrique ! La géologie ! Elle n'osait pas regarder Günter. Quand enfin elle leva les yeux vers lui, elle remarqua qu'il était totalement hébété, l'œil fixe, la bouche ouverte. Jamais elle n'avait vu cette expression dans son regard.

Quand l'interrogatoire fut terminé, Greenstein était tellement épuisé qu'il fallut l'aider à regagner sa place. La défense ne crut pas bon de procéder à un interrogatoire contradictoire. Le vieil homme s'en alla, s'aidant de sa canne et toussant plus que jamais.

Un autre témoin prêta serment, le sergent Breyton de la police française. C'était un bel homme mais un peu négligé, bedonnant, légèrement chauve, avec des bajoues. Il raconta d'une voix traînante comment il était arrivé à obtenir l'extradition de Grieff.

Après dix ans de recherches, ils avaient découvert un faussaire du nom de Maurice Mousson qui avait fabriqué de faux papiers pour les principaux criminels nazis. L'un d'eux avait parlé, ce qui avait permis l'arrestation de Mousson.

– Ainsi, poursuivit Breyton dans une salle silencieuse, c'est au cours d'une perquisition de routine chez Mousson que nous avons découvert une petite boîte en fer cachée au grenier qui contenait le détail des travaux effectués pour les SS vers la fin de la guerre.

Il s'interrompit un instant, conscient de l'importance de chacune de ses paroles.

– Pendant son interrogatoire, Mousson avoua qu'il craignait depuis des années que l'un de ses anciens clients nazis ne le supprime, car il était le seul à connaître la nouvelle identité et la nationalité de plusieurs criminels de guerre recherchés par les polices du monde entier. Et pourquoi ? (Il lança un regard triomphant autour de lui.) Parce que c'était lui qui leur avait fourni papiers et passeports. Prévoyant, il avait ainsi conservé les preuves chez lui. Son frère avait pour instructions de remettre la boîte à la police au cas où Mousson disparaîtrait dans des conditions douteuses.

» Dans les dossiers se trouvaient des détails sur les faux papiers vendus à Otto Geissler en décembre 1944. C'est ainsi que nous avons appris que Geissler avait pris la nationalité suisse et vivait sous le nom de Günter Grieff.

Il y eut un murmure de satisfaction dans la salle. Breyton s'essuya le front avec un grand mouchoir et se tourna vers le procureur comme pour s'excuser. L'ordre fut très vite rétabli. Il y eut un léger brouhaha quand Breyton alla se rasseoir.

Le président fronça les sourcils mais ne dit rien. Une fois de plus la défense ne demanda pas à procéder à un contre-interrogatoire. Il était près d'1 heure lorsque le président prit la parole.

– La séance est levée. Elle reprendra cet après-midi à 3 heures.

Le président quitta la Cour avec une agilité étonnante pour un homme de son âge. Il fut suivi de ses deux assesseurs. Günter Grieff fut emmené par un garde sous les huées du public.

81

Mousson fut appelé à la barre après le déjeuner. Il prêta serment dès l'ouverture de la session de l'après-midi. C'était un homme ardent, prétentieux et sans scrupule.

– Vous vous appelez Maurice Mousson et vous purgez une peine de dix ans pour faux et usage de faux ?

– Oui, monsieur le Président.

– Vos activités de faussaire vous ont amené à entreprendre un certain nombre de travaux pour des groupes politiques et particulièrement pour des SS vers la fin de la guerre ?

Mousson semblait embarrassé.

– Vous pouvez répondre sans crainte, lui rappela le président, puisque ce n'est pas vous qui êtes l'accusé. Vous comparaissez simplement comme témoin et rien de ce que vous direz ne pourra se retourner contre vous.

Mousson finit par avouer qu'il avait rencontré Otto Geissler en novembre 1944. Il raconta comment il avait été amené à le voir dans sa cachette, car officiellement il était censé être mort au combat. Il décrivit en détail la maison, le grenier et les conditions de vie de Geissler.

– Un salaud cynique, dit-il au président qui l'arrêta aussitôt. Un rude client, ajouta-t-il. Pas du style à se laisser doubler.

Mousson expliqua que les SS l'avaient payé

pour lui fabriquer un passeport suisse portant le nom authentique d'un certain Günter Grieff. Il avait remis à Geissler ces papiers en décembre 1944 et ne l'avait plus revu depuis.

– Mousson, pouvez-vous identifier le prisonnier qui se trouve dans le box des accusés comme étant celui pour lequel vous avez fait de faux papiers en 1944 ?

– À dire vrai, vous me demandez beaucoup. (Il jeta un coup d'œil vers Günter et détourna très vite le regard.) Il y a plus de vingt ans, voyez-vous, dit-il en haussant les épaules, un sourire aux lèvres. Je peux simplement dire qu'il devait avoir la même taille, qu'il était blond aux yeux bleus et qu'il n'était pas antipathique. Pour l'amour de Dieu, les gens changent, non ? C'est la vie !

– Monsieur Mousson, dit le procureur en se frottant les mains, si vous ne pouvez catégoriquement reconnaître le prisonnier, pouvez-vous nous dire au moins si ce passeport est votre œuvre ?

Tous les regards se tournèrent vers Günter qui s'accrochait désespérément à la barre. Il semblait horrifié.

Le procureur resta imperturbable et pour la première fois esquissa un sourire glacial.

En observant Grieff, Guedi éprouva un sentiment de colère. Il garda le silence un moment, tripotant son stylo. Impossible de changer de tactique. À ce stade, c'était suicidaire. Grieff lui avait dit qu'après avoir épousé Claire à Johannesburg, en 1962, il avait décidé de prendre la nationalité sud-africaine. Il avait remis les papiers aux autorités et ils se perdirent au retour. Guedi aurait juré que Günter disait la vérité.

Sans ces papiers, le dossier du procureur était peu convaincant. Il reposait sur des témoignages de personnes qui n'avaient pas vu Geissler depuis plus de vingt ans. Maintenant ils avaient la preuve qui pouvait conduire Grieff à la guillotine. Il était furieux. Il n'y avait rien de pire pour un avocat qu'un client qui mentait. Le crime le plus hideux était défendable, mais comment prévoir un événement de dernière minute ? Günter était un imbécile. Il haussa les épaules, se disant qu'après tout cette affaire serait l'un de ses rares échecs. Une sur vingt. Ce n'était pas un mauvais pourcentage.

Le procureur saisit un vieux passeport tout écorné et le tendit au témoin.

– Voici le passeport suisse de Günter Grieff, lui dit-il. Est-ce l'une de vos œuvres ?

La salle se tut. Tout le monde attendait dans un silence pesant. Le pas des gardes à l'extérieur résonnait de façon lugubre.

– Regardez-moi ça, dit-il en saisissant le passeport. Vingt ans et pas une seule tache, la couleur ne s'est même pas fanée. Les autorités ne sont pas capables de faire mieux, voyez-vous.

– C'est donc bien vous qui l'avez fabriqué ? Pouvez-vous l'affirmer sous serment ?

– Oh, oui, répondit Mousson avec pour la première fois un sourire confiant aux lèvres.

Voilà un homme qui aime son travail ! se dit Marika, horrifiée.

– Je connais les ficelles du métier, il a mon empreinte. Moi, Mousson, je n'ai jamais commis d'erreur dans ce domaine.

Le procureur semblait soulagé. Il souriait. Il fit un geste amical à l'égard du témoin.

– Dites-moi, monsieur Mousson, dit-il comme s'il s'adressait à un enfant espiègle, pourquoi Günter Grieff ? Qu'est-ce qui vous a fait choisir ce nom ?

– Je vous l'ai déjà expliqué, répondit Mousson, attristé. Je n'y suis pour rien. Mon travail consistait uniquement à fabriquer de faux papiers. (Il jeta un regard inquiet dans l'assistance.) C'étaient les SS qui choisissaient les noms et me procuraient les certificats de naissance. Ils étaient toujours en règle. Ne me demandez pas comment ils se les procuraient. Sans doute provenaient-ils de personnes décédées sans aucune famille. Et dans des camps. (Il haussa les épaules.) Quant à la nationalité suisse de Grieff ? (Il fit un geste éloquent.) Ils payaient bien.

Marika était trop bouleversée pour prêter attention à ses paroles. Il y eut un léger murmure dans la salle. Le président demanda le silence. Sylvia éclata en sanglots et sortit en courant de la salle, suivie d'Andy. Marika aurait aimé aller réconforter sa fille, mais elle avait peur.

Claire pleurait à chaudes larmes. Brusquement elle bondit et se mit à hurler :

– C'est ignoble ! Oui, ignoble ! Vous m'avez eue ! Je vous ai remis ces papiers pour prouver son innocence ! Il est innocent, je vous le jure !

Elle sanglotait. On la fit sortir.

L'interminable contre-interrogatoire de Guedi ne fit que renforcer l'implacable fierté de Mousson devant son œuvre. Il confirma que c'était bien lui qui avait fabriqué ce passeport, il pouvait le prouver. Pas l'ombre d'un doute ne traversa l'esprit de l'assistance sur la véracité de ses dires.

Quand le procureur fit entrer le témoin suivant, un fonctionnaire de l'ambassade de Suisse qui jura que le passeport était faux, il n'y eut aucune réaction dans la salle. Nul n'avait besoin d'être convaincu. Il fit remarquer que le certificat de naissance était authentique, mais que les autorités suisses possédaient également un certificat de décès de la même personne. Günter Grieff avait succombé à la tuberculose au début de la guerre, à l'âge de vingt-quatre ans, et n'avait aucun parent en vie. C'était un orphelin qui avait été élevé dans une institution publique.

– Soyez reconnaissants pour ces petits bienfaits, dit Guedi à ses confrères. Grieff au moins n'a pas encore témoigné, aussi ne devra-t-il pas changer un iota de l'histoire.

Il lui restait encore suffisamment de temps pour consulter Grieff et essayer de trouver une parade à ce bourbier de preuves accablantes.

– Faites appeler Mme Marika Palma.

Marika se leva. Elle était dans un état de tension extrême. Elle avait envie de fuir. Un bras ferme la saisit et l'amena à la barre des témoins. L'instant de vérité approchait. Qu'allait-elle dire ? Des milliers de souvenirs assaillaient son esprit : les Allemands marchant sur la Tchécoslovaquie, les bottes, les croix gammées, leur cruauté effrayante, son père emmené dans un wagon, sa mère en larmes, et finalement sa famille décimée.

Elle avait dépensé des milliers de livres. Pour quoi ? Pour cet instant de revanche. Devant elle se tenait Günter, l'homme qu'elle aimait. Quelle ironie du destin avait fait de cet homme chéri l'assassin de son père ?

– Vous vous appelez Mme Marika Palma, ex-Marika Magos, et vous êtes propriétaire des Fourrures Marika Magos, épouse d'Angelo Palma, industriel ?

– Oui.

– Madame Palma, depuis combien de temps êtes-vous mariée ?

– Plus de six ans.

– C'est votre premier mariage ?

– Exact.

– En 1945, vous avez donné naissance à une fille, nommée Sylvia Magos ?

Marika acquiesça sans rien dire.

– Et son père vous était connu sous le nom de Günter Grieff ?

– Oui.

Elle avait la bouche sèche au point de pouvoir à peine parler.

– Le prisonnier qui se trouve dans le box des accusés est-il le père de votre enfant ?

– Oui.

– Voudriez-vous raconter à la Cour comment vous avez fait la connaissance du prisonnier ?

– Je portais des fruits aux malades de l'hôpital, commença-t-elle en tremblant. Nous sommes tombés amoureux.

Que les mots étaient faibles dans de tels instants ! Comment expliquer le fluide magique qui les avait inexorablement liés avant même qu'ils aient prononcé la moindre parole ? Elle se rappelait Günter à l'hôpital, lui tenant la main, la suppliant de revenir. Plus tard ils avaient fait l'amour dans les dunes et ils avaient conçu Sylvia. Étant le fruit de l'amour, il était normal qu'elle fût si belle.

– Nous nous sommes fiancés, poursuivit Marika, et par la suite nous avons rompu ces fiançailles.

– J'aimerais que vous expliquiez à la Cour les raisons qui vous ont poussée à rompre toute relation avec le prisonnier. Vous étiez tout de même enceinte et fiancée.

Marika jeta un coup d'œil à Günter. Il la regardait avec tendresse. Il n'avait jamais cessé de l'aimer, même là alors qu'elle était responsable de son infortune.

– Oui, dit-elle d'une voix monocorde.

Elle se demandait qui avait pu les renseigner. Elle avait l'esprit confus. Le moment était venu de déclencher le couperet qui allait s'écraser sur la tête de Günter. C'était bien ce qu'elle avait toujours désiré, non ? Après tant d'années d'espoir et tant d'argent versé, le meurtrier de son père était enfin devant elle. Il était de son devoir... Non, c'était plutôt un plaisir de leur annoncer que Günter en fait était allemand et qu'elle l'avait toujours su. Pas un simple citoyen, un Allemand qui avait combattu pendant la guerre et avait mérité la croix de fer. Un criminel de guerre.

– Voulez-vous, je vous prie, répondre à ma question ? dit le président avec une certaine impatience.

– Je ne comprends pas, murmura-t-elle en se passant la langue sur les lèvres.

Et si elle mentait ? En quoi aiderait-elle Günter ? Que répondre ? On avait prouvé que les papiers étaient faux. Dieu seul connaissait sa véritable identité. Toujours est-il qu'il n'était pas Günter Grieff. Elle fut submergée de tristesse et faillit se mettre à pleurer. La vérité mise à nu ! Si Günter était réellement l'assassin, il devait payer.

– Je l'aimais, dit-elle doucement. Je l'aimais tant, mais nous nous sommes disputés. Il a refusé de travailler dans le magasin de ma mère, il voulait aller faire de la prospection dans le désert. Je hais le sable... du sable, du sable, toujours du sable.

Elle s'interrompit et se tourna vers le président.

– Est-ce tout ? lui demanda-t-il gentiment. En êtes-vous sûre ?

– C'est tout ce que j'ai à dire.

Soudain elle perçut la voix de Günter du box des accusés.

– Marika, dis la vérité.

Le président frappa avec son marteau sur la table.

– Si vous dites une seule parole de plus, je vous fais évacuer de la salle.

Lentement, Marika leva les yeux vers Günter et ils échangèrent un long regard. Puis elle secoua la tête.

– C'est la vérité, dit-elle, n'hésitant pas à mentir, puis elle se tourna timidement vers le président.

La défense ne jugea pas utile de lui faire subir un contre-interrogatoire. Elle traversa le tribunal et sortit dans la brume glaciale. Pourquoi avait-elle menti ? Elle s'assit sur un banc devant le tribunal et essaya de mettre de l'ordre dans ses pensées. Elle était en proie à des sentiments contradictoires.

C'est là que Sylvia la trouva. Elle avait l'air furieuse et déchaînée. Ses yeux violets brûlaient d'indignation.

– J'étais derrière. J'ai entendu ce que tu as dit.

– Et alors ?

– Qu'a voulu dire papa quand il t'a demandé de révéler la vérité ? Qu'essayait-il de te faire dire ?

– Je ne sais pas, balbutia gauchement Marika.

– Tu le sais très bien. J'ai vu ton visage, j'ai vu le sien aussi. Il t'aime mais tu l'as détruit. Je te méprise, dit-elle. (Le ton montait.) Tout est ta faute. Depuis le début. Et tout cela parce que tu n'aimes pas le sable ?

Sylvia bondit et donna une gifle cinglante à sa mère.

Marika se recroquevilla sur le banc de pierre et leva la main pour se protéger.

– Oui, répondit-elle.

Elle leva vers sa fille des yeux remplis de larmes. Sylvia, échevelée, complètement affolée, repartit en courant vers le tribunal.

Aussitôt après, la séance fut ajournée jusqu'au lendemain matin. Marika s'éloigna précipitamment pour éviter les journalistes qui sortaient en masse à la recherche d'une autre victime.

– Pourquoi m'avez-vous menti, Günter ? lui demanda Guedi, un peu las.

Il attendait dans la cellule qu'on le ramenât au box des accusés.

Günter poussa un long soupir et lança un regard sévère à son avocat. Il semblait s'avouer vaincu.

– Je croyais qu'il était suisse, dit Günter au bout d'un moment.

– Qui ?

– Grieff, ou Dieu sait qui. Il avait l'air si sincère,

si… C'est moi qui étais allemand. Je me sentais coupable… Je me suis toujours senti coupable… De surcroît, comment avouer que je suis allemand, que je vis sous un faux nom, alors qu'on m'accuse de crimes de guerre ?

Guedi soupira.

– Vous êtes donc Otto Geissler.

– Bien sûr que non ! dit Günter, choqué et saisi de panique. Vous ne pouvez tout de même pas croire cela ? J'étais dans les sous-marins pendant la guerre. Mais il y a tellement longtemps ! Depuis je vis sous le nom de Grieff. Je me suis habitué à ce nom. Les mines, la fortune, la réputation, toutes les réalisations de Günter, c'est moi qui les ai accomplies. Oui, moi ! J'ai pensé qu'il serait plus sûr de nier en bloc. Comment aurais-je pu savoir que ce Grieff…

Il s'interrompit.

– Pourquoi m'avez-vous dit que votre passeport et vos papiers s'étaient perdus ?

– Je le croyais, dit Günter en fronçant les sourcils. Claire m'avait dit que le ministère de l'Intérieur ne les avait jamais renvoyés. Nous avons fait une enquête puis nous avons capitulé. Je n'en avais plus besoin.

Guedi ne répondit pas.

– Il y a bien longtemps, poursuivit Günter, à une autre époque, dans une autre vie, il y avait une guerre et j'étais jeune ingénieur dans un sous-marin. Je m'appelais Hans Kolb.

Il lui raconta toute l'histoire. Il faisait nuit quand il la termina, mais ni l'un ni l'autre ne s'en étaient rendu compte.

– C'est la vérité, murmura-t-il. Mais je jure devant Dieu que moi-même j'ai l'impression qu'il s'agit d'un roman. Günter Grieff… Pour moi, ce nom est une réalité. Je me sentais en sécurité avec ces papiers. (Il se cacha le visage dans les mains.) Claire les a conservés tout ce temps-là. Pourquoi ? Pourquoi a-t-elle fait cela ?

– Ainsi, seule Claire détient la vérité ?

– Oui.

– Très bien. Mettons-nous au travail. Nous allons bien trouver quelqu'un qui puisse vous identifier.

Deux heures plus tard, Guedi était totalement désespéré.

– Je n'ai pas besoin de vous rappeler que c'est la guillotine qui vous attend... à moins que vous n'arriviez à prouver votre identité.

Günter acquiesça.

– Réfléchissez ! Réfléchissez donc ! Et désormais tenez-vous-en à la vérité. Je vais demander un ajournement du procès mais sans grand espoir de réussite. Vous avez subi suffisamment d'interrogatoires. Ils penseront que c'est une invention de dernière minute pour sauver votre tête.

En voyant le regard sinistre de Guedi, Günter éprouva une sensation assez étrange autour du cou. Il y passa la main.

Guedi remarqua son geste et sourit sans pitié.

– Réfléchissez encore, dit-il en partant.

Guedi veilla tard ce soir-là. Il tournait le problème dans sa tête. Il faudrait des mois pour trouver quelqu'un qui ait connu le jeune Hans Kolb, si toutefois c'était vrai. Le vrai Hans Kolb avait disparu comme s'il n'avait jamais existé. Ses parents étaient morts durant le Blitz. Leur ferme avait été vendue. Il n'y avait nul parent survivant. L'école tout comme les registres avaient brûlé pendant le Blitz. Les dossiers de l'école navale de Stralsund avaient également été détruits.

82

En quittant le tribunal, Marika se rendit directement à son hôtel. Elle passa devant un kiosque à journaux et une curiosité morbide l'emporta sur sa décision de ne pas jeter un coup d'œil aux titres. Elle s'approcha fébrilement, s'assurant que personne ne prêtait attention à elle. Quand elle s'aventurait dans la rue, elle portait toujours des lunettes noires et un grand foulard sur la tête pour qu'on ne la remarque pas. Mais ce soir il pleuvait et les piétons étaient emmitouflés dans leur imperméable, leur seul souci étant de rentrer au plus vite chez eux.

Sur la couverture d'un magazine, on apercevait Sylvia, toute frêle, agrippée à Andy, sortant précipitamment du tribunal. *Le célèbre mannequin fuit le tribunal. Le mannequin de réputation internationale, Sylvia Shaw, s'est enfuie de la salle d'audience, cet après-midi, lorsqu'il a été prouvé que le passeport de son père était faux. Mousson, un faussaire qui purge une peine de dix ans, déclare...*

Marika parcourut l'article en soupirant. Elle tressaillit en apercevant sur une autre page une horrible photo d'elle arrivant au tribunal le matin. Elle se contempla tristement puis tourna la page.

L'alibi de Grieff s'écroule, lut-elle. *Il n'est pas suisse, affirme l'expert.* Tous les journaux ne parlaient que du procès. Marika en eut la nausée.

Une photo dans le *Daily Mail* de Londres attira son attention. Elle sursauta. *Claire raconte toute l'histoire... « Je resterai aux côtés de mon mari jusqu'à la fin... »*

– Jusqu'à la fin ! Mon Dieu ! s'exclama Marika.

Pour Claire l'exécution ne faisait aucun doute. Elle reposa le journal et s'éloigna.

– C'est cruel, cruel ! murmura-t-elle.

La main de la justice s'abattait sur Günter, le poussant lentement mais inexorablement vers la guillotine.

C'est bien ce que j'ai toujours souhaité, se dit-elle. Œil pour œil... L'esprit confus et un vague sentiment de culpabilité au fond du cœur, elle héla un taxi. Quand enfin elle se retrouva dans sa chambre, à l'abri de tous les regards, elle se jeta sur son lit et se mit à pleurer.

Elle était encore en larmes lorsqu'elle entendit frapper à la porte. C'était Bertha.

– Oh, Bertha, tu n'aurais pas dû venir ! Tu m'avais promis de rester à Londres.

– Comment aurais-je pu tenir ? L'attente est insupportable. De plus, tu as besoin de moi. J'ai vu Sylvia, elle est bouleversée, naturellement, mais elle se remettra. Grâce à Andy, je dois le dire. Mais c'est toi qui m'inquiètes.

– Je ne sais pas ce que je ressens, si c'est de la haine ou de la pitié. Ça me rend folle.

Bertha demanda qu'on leur serve le thé et versa un tranquillisant dans la tasse de Marika. Il lui faut du sommeil, se dit-elle. Vivons au jour le jour, on ne sait pas ce que demain nous apportera.

Günter était seul dans sa cellule, recroquevillé dans une couverture, mais il ne pouvait s'empêcher de trembler et il savait que ce n'était pas simplement de froid. Le regard de Claire l'avait glacé d'effroi. Comme si elle était seule responsable de tout. Elle savourait sa revanche et pourtant elle avait joué son atout en produisant le passeport de Grieff, le condamnant ainsi aux yeux de tous. Alors pourquoi minaudait-elle avec tant d'arrogance et d'assurance ? Pourquoi donnait-elle l'impression de détenir le pouvoir de faire l'aumône de la vie... ou de la mort ? Günter était hanté par l'expression diabolique de son regard.

Toute la soirée il avait été assailli de doutes. Des années auparavant, Claire avait prétendu que le passeport de Günter Grieff s'était perdu. Pourquoi ? Qu'est-ce qui avait incité cette névrosée à dissimuler ces preuves pendant tant d'années ?

Dans la solitude de sa cellule, il se rappela le cauchemar que fut la longue route parcourue à la nage du sous-marin à Walvis Bay. Il revoyait la lune voilée juste au-dessus de l'horizon et ressentait presque les mêmes crampes qui l'avaient tant fait souffrir. Il s'était débarrassé de son gilet de sauvetage pour avancer plus vite et puis... la douleur était si forte ! Que de précautions il avait prises pour sortir ses papiers de sa ceinture et les placer dans la poche de sa chemise avant de se défaire également de son pantalon ! Il les avait enveloppés dans un morceau de toile cirée. C'était l'unique raison pour laquelle il avait gardé sa chemise. Plus tard, quand il avait repris connaissance à l'hôpital, Claire lui avait dit qu'elle n'avait trouvé aucun papier. Mais elle avait aussi prétendu que son passeport était perdu et elle avait menti. Il songea à ces documents. Tout devait y être, sa photo, ses empreintes, tout ce qui pourrait prouver son identité. Claire les avait-elle cachés tout ce temps ? Cette pensée le rendait fou.

Il ne fut pas surpris de la voir pénétrer dans sa cellule tard ce soir-là.

– Oh, Günter, s'écria-t-elle, ne sois pas fâché. Je ne pouvais pas savoir. Comment aurais-je pu deviner qu'il était faux ?

Il avait les yeux fixés sur ses mains de façon inquiétante et préférait ne pas les lever vers elle. S'il la regardait, il se sentait capable de la tuer.

– Pourquoi m'as-tu menti ? lui demanda-t-il au bout d'un moment. Tu m'avais dit que le passeport s'était perdu. Je me rappelle parfaitement. Que mijotes-tu encore, Claire ?

Elle s'humecta les lèvres, fébrilement.

– J'ai simplement caché le passeport au cas où tu en aurais eu besoin un jour.

Ou au cas où toi tu en aurais besoin, se dit-il. Soudain il comprit ce qu'elle avait derrière la tête.

Claire remarqua l'expression sur son visage et recula aussitôt.

– Günter, je suis ta femme. Tu sais combien je t'aime.

Il détourna le visage et regarda par la fenêtre de sa cellule.

– J'ai arrêté le divorce, murmura-t-elle. J'ai commis une erreur. J'étais si jalouse. (Elle lui prit la main et la serra très fort contre sa joue.) Je suis sûre que tu comprends.

– Oh, oui, je comprends, dit-il tristement. Je l'ai toujours su. C'est moi qui ai fait ton malheur.

– Pourquoi un malheur ? On peut y remédier. Repartons de zéro. (Elle leva vers lui un regard plein d'espoir, certaine que la force de sa passion parviendrait à le reconquérir.) Sept ans, Günter. Sept années merveilleuses. Ne gâche pas tout.

– Claire, lui dit-il doucement, c'est fini. Tu dois comprendre.

Elle recula et le regarda droit dans les yeux.

– Très bien, répliqua-t-elle, s'armant de courage. Quel est le prix de ta vie ? Es-tu prêt à te réconcilier avec moi ? Tu as le choix, Günter. Moi ou la guillotine. Laisse tomber Marika et reviens-moi. J'ai ta vie entre les mains. Je peux te sauver.

Il était blême, les yeux étincelants de colère.

Elle a un regard de serpent, se dit Günter. Il en frissonna. Il savait maintenant qu'elle détenait les papiers.

– Ce n'est pas bien ce que tu fais, Claire. Le diable ! Oui, tu es le diable en personne !

Elle n'écoutait pas.

– Je ne peux vivre sans toi, Günter, dit-elle d'une voix gutturale. (Elle était au bord de la crise de nerfs.) Je préférerais te voir mort plutôt qu'avec une autre femme ! Renonce à Marika et dans quarante-huit heures tu seras libre.

– Et si je refuse ?

– Oh, Günter, ne m'oblige pas à faire ce choix abominable.

Elle ne s'attendait pas à recevoir la gifle retentissante qui la propulsa contre le mur de la cellule.

– Sors d'ici, lui dit-il d'une voix calme, pendant que tu es encore en vie. Claire... ne reviens jamais, quoi que tu fasses. Je ne veux plus te revoir.

– Sois maudit, Günter ! Rendez-vous à ton enterrement !

83

Le lendemain matin, Marika arriva au palais de justice une heure avant le début de l'audience, mais il y avait déjà une foule de journalistes et de curieux qui essayaient d'entrer. Il lui fallut user de tout son charme et de sa force de persuasion pour se frayer un chemin jusqu'à Sylvia et Claire, déjà assises au premier rang.

Enfin les portes s'ouvrirent de chaque côté de la salle, et la défense et l'accusation allèrent s'installer à leur place.

Quand Günter fut introduit entre deux gendarmes, il y eut un mouvement de colère dans l'assistance. On dirait des requins, se dit Marika, ils sentent le sang et ça les excite. Günter était décomposé, il semblait au bout du rouleau.

Le président et les juges entrèrent, l'air fiers et contents d'eux comme s'ils pressentaient une affaire vite réglée. Le procureur se leva, un sourire aux lèvres, et se tourna vers les juges.

– Monsieur le Président, messieurs de la Cour. (Il s'arrêta et dévisagea les juges.) Nous pensons que les preuves fournies sont suffisantes pour affirmer que Günter Grieff n'est autre qu'Otto Geissler qui, le 10 juin 1944, fut responsable du massacre de six cent cinquante Français, hommes et femmes. Nous vous avons montré les preuves du faussaire, Maurice Mousson, qui a fourni à Otto Geissler un passeport au nom de Günter Grieff, et celles des autorités suisses. Les deux ont confirmé que le passeport était un faux et que le vrai Günter Grieff était mort depuis longtemps.

» Dans les deux cas, la défense n'a apporté aucun démenti. Je ne tiens pas à faire perdre plus de temps à la Cour en m'appesantissant sur ces accusations. Il me suffit de démontrer que le crime était à la fois prémédité et délibéré.

Ce qui suivit fut un véritable cauchemar pour Marika. Pour la première fois elle entendit des témoins raconter le massacre de son père et d'autres victimes d'Oradour. Bon nombre de témoins des villages voisins furent appelés à comparaître pour identifier Geissler. Tous sans exception le reconnurent. Certains étaient catégoriques, d'autres moins, évoquant les années écoulées, leur mémoire défaillante, le vieillissement.

– Il ne m'est pas étranger, dit l'un deux. Il a la même stature, le même teint, la même couleur d'yeux et de cheveux. Bien entendu, il a changé. Il fallait s'y attendre en plus de vingt ans.

Une seule femme avait survécu au massacre d'Oradour. Elle s'appelait Mme Grandjean. C'était une petite femme d'une soixantaine d'années, aux cheveux gris et au teint argileux. Elle était soignée pour dépression et avait fait de nombreux séjours en hôpital psychiatrique depuis la catastrophe. Elle fit le récit du massacre en pleurant.

– Nous partageons votre chagrin. Ce fut une expérience terrible et nous regrettons de devoir vous faire subir cet interrogatoire. Néanmoins il faut vous ressaisir et répondre à mes questions de façon concise, lui dit le président.

En larmes, elle raconta comment quatre cents femmes, enfants et bébés furent conduits puis enfermés dans l'église tandis que les SS s'étaient massés à l'extérieur, mitraillette au poing. Ils attendirent un long moment. Les portes s'ouvrirent alors et des soldats apportèrent dans la nef une lourde caisse. Ils allumèrent une mèche qui dépassait et s'enfuirent.

À cet instant, Mme Grandjean eut une crise de nerfs. Une auxiliaire de police s'approcha d'elle et l'apaisa. Puis elle poursuivit son récit.

– Horrifiés, nous avons vu soudain une épaisse fumée noire sortir de la caisse. Nous avons essayé de fuir en hurlant, mais les Allemands armèrent leurs fusils. Quand nous avons perçu les premières explosions dans le village, les SS se mirent à jeter des grenades et à vider leurs chargeurs sur une foule de femmes, d'enfants et de bébés.

» Mon Dieu ! gémit-elle. Je les vois encore... je sens l'odeur... et le sang. Des bébés ! Vous rendez-vous compte, des bébés ! J'ai vu ma fille mourir sous mes yeux. J'ai glissé et suis tombée par terre. Je baignais dans le sang. C'était horrible ! Cette image me hantera toute ma vie.

Marika essuya furtivement quelques larmes. Quand elle leva les yeux vers Günter, elle s'aperçut qu'il pleurait. Était-ce du remords ? De la culpabilité ? De la crainte ? Pour quelle raison pleurait-il ?

Le procureur se leva.

– Monsieur le Président, nous avons le récit de Mme Grandjean qu'elle a raconté maintes et maintes fois. Serait-il possible de le lire à haute voix, elle n'aurait ainsi qu'à en reconnaître l'authenticité ?

Le président inclina la tête et Mme Grandjean, reconnaissante, regagna sa place.

Lisant rapidement, le procureur décrivit comment elle s'était jetée derrière la colonne où l'abbé allumait ses cierges et de là avait sauté par la fenêtre. Bien qu'elle ait reçu cinq balles dans le corps, elle parvint à se sauver et à se cacher dans un jardin potager jusqu'au crépuscule.

Il se tourna vers son témoin.

– Merci, dit-il simplement. Vous êtes une femme courageuse.

Un murmure de sympathie traversa la salle. Le président fronça les sourcils.

– La défense a-t-elle des questions à poser à ce témoin ?

Guedi semblait perdu dans ses pensées.

– Monsieur le Président, j'aimerais interroger le témoin tout à l'heure au moment de ma plaidoirie.

– Le témoin peut se retirer mais il sera rappelé à la barre.

– Merci, monsieur le Président, dit Guedi d'une voix calme.

Le procureur fit entrer l'un des cinq survivants du massacre qui raconta à une assistance hébétée l'après-midi fatidique où tous les hommes d'un village furent enfermés dans des garages et des granges avant d'être mitraillés puis brûlés.

L'un d'eux était son père. Marika éclata en sanglots sans retenue. Mais pourquoi pleurait-elle ? Elle connaissait ce film d'horreur. Elle l'avait déroulé chaque nuit dans son esprit. Toute une population avait été massacrée pour punir un acte de sabotage qui avait été commis ailleurs. On n'avait trouvé ni armes ni munitions à Oradour ou dans l'église. Son père, qui était dans le maquis, se trouvait là par hasard. Versait-elle des larmes pour lui, pour les six cent cinquante victimes innocentes ou pour Günter, appuyé sur le rebord du box, blême et inquiet ?

Le procureur prit la parole et s'adressa aux juges sur un ton qui ne présageait rien de bon.

– Monsieur le Président, messieurs de la Cour, l'accusation est nette : meurtre délibéré et prémédité contre le peuple de France. Crime si abominable qu'il restera dans l'Histoire comme l'un des plus odieux que l'humanité ait connus. Nous vous avons soumis la preuve de ce crime écrite de la main du prisonnier lorsqu'il préparait un rapport pour son régiment. Nous avons fait comparaître une série de témoins pour confirmer l'authenticité de nos déclarations.

» De surcroît, nous avons la preuve que Günter

Grieff est un nom usurpé, le vrai étant décédé depuis trente ans.

» Le fait que Geissler ait outrepassé les ordres qui lui avaient été donnés et pris de son plein gré l'initiative d'ordonner le massacre fait désormais partie de l'Histoire.

» Les récits des témoins sont précis et accablants. Je ne veux pas faire perdre son temps à la Cour en apportant d'autres preuves.

– Dans ce cas, dit le président, la parole est à la défense, mais, comme il est près de 4 heures, je pense que nous pourrions nous arrêter là pour aujourd'hui. L'audience reprendra demain matin à 10 heures.

84

Il fallut à Marika pas moins de cinq heures pour obtenir l'autorisation de rendre visite à Günter. On la conduisit le long d'un couloir glacial où résonnait chaque pas jusqu'au quartier de haute sécurité où se trouvait la cellule de Günter. Le gardien lui ouvrit la porte sans ménagement. Günter était recroquevillé sous une couverture au fond de son lit.

– Ne vous inquiétez pas, dit-il d'une voix monocorde, personne ne viendra vous déranger. Vous avez une demi-heure.

Günter était abasourdi. Était-ce un rêve ? Il esquissa un pâle sourire. Il se leva avec difficulté, en tremblant comme un vieil homme. Il semblait avoir perdu tout espoir.

– Je suis venue te dire que je t'aime et que je te pardonne, lui dit Marika, essayant de montrer une force qu'elle n'avait pas. Peu importe ce que tu as pu faire et les raisons qui t'ont poussé à agir, je te pardonne. Si je pouvais te faire sortir d'ici, je le ferais. Me crois-tu ? J'ai l'impression de devenir folle.

Il lui adressa un sourire plein de tendresse et de compassion.

– Marika, je n'ai jamais eu l'occasion de t'expliquer, de te dire comment tout cela est arrivé...

Il fut obligé de s'interrompre car il claquait des dents. Il alla s'asseoir sur le lit et mit la couverture sur ses épaules.

– Je ne veux rien savoir, dit-elle aussitôt. Nous n'avons qu'une demi-heure, je voudrais que tu me fasses l'amour. Parce que... (Parce que ce sera sans doute la dernière fois, songea-t-elle, mais elle ne pouvait le lui dire. Elle lui sourit.) J'ai besoin de toi, Günter.

– Je ne m'en sens pas capable, lui répondit-il tristement.

– Oh, on gèle !

Elle ôta ses vêtements. Surprise par le froid, elle en eut la chair de poule. Elle oublia le garde qui faisait les cent pas dans le couloir et le sol glacial sous ses pieds nus.

Elle s'avança doucement vers Günter, s'agenouilla devant lui et lui passa les mains dans les cheveux. Puis elle l'embrassa sur le front, lui ferma les yeux et pressa ses lèvres contre les siennes. Il avait froid. Il était tendu. Incapable de donner ou de participer, il avait cependant désespérément besoin d'elle.

– Aime-moi, Marika, murmura-t-il.

Elle lui défit les boutons de sa chemise et lentement la lui enleva. Autrefois il n'avait jamais froid, mais là, il frissonnait. Elle défit son pantalon et lui demanda de se lever pour le lui retirer entièrement ainsi que son slip. Il n'éprouvait aucun désir, aucune passion. Il n'était que l'ombre frémissante de l'homme qu'elle avait connu. Elle refoula ses larmes et le poussa doucement sur le lit. Elle effleura de ses lèvres son ventre, son sexe qu'elle prit dans la bouche tout en le caressant. Sous la douceur de sa langue, elle sentit sa verge vibrer. Il gémit et se mit à pleurer comme un enfant. Puis il se tourna et enfouit sa tête dans l'oreiller.

Elle comprit et s'allongea auprès de lui, le serrant avec amour contre sa poitrine. Günter la saisit brusquement. Elle se retint de crier sous la douleur quand il lui enfonça les ongles dans les épaules et l'embrassa avec fougue.

– Oh, Marika, mon amour, mon amour.

On aurait dit un homme perdu dans le désert, trouvant soudain une oasis. Il la prenait avec violence, se jetant sur sa poitrine, son estomac, son nombril, passant ses lèvres avec vigueur sur tout son corps, inhalant sa douceur suave. La femme est synonyme de survie ! Elle était toutes les femmes, et chaque femme ! Havre de paix, bref répit avant la route périlleuse qui le mènerait à la mort.

Quand il la pénétra, il eut l'impression d'enfoncer ses racines dans une terre fertile, à la recherche de nourriture et de force, vibrant, tremblant, absorbant toute la bonté qui se trouvait en elle, sentant qu'elle lui insufflait son énergie vitale. La femme éternelle, celle qui lui accorderait la survie. Elle était le commencement. La joie. L'accomplissement. La clé du salut.

Elle lui donna tout ce qui était en elle, son amour, son corps, sa sensibilité et sa douceur.

Il frémit de plaisir et l'attira contre lui.

Elle sourit. Il avait retrouvé sa virilité et était prêt à affronter l'avenir.

– Il ne nous reste plus beaucoup de temps, tu devrais t'habiller, lui dit-il en se levant.

Il lui tendit ses vêtements.

Ils entendirent des pas approcher doucement et des sifflements dans le couloir.

– Ces Français ! murmura-t-elle en enfilant son manteau. Ils sont si compatissants !

– Marika, lui cria-t-il au moment où la porte

se refermait. Prie pour moi... prie pour un miracle.
– Oui, dit-elle, oui.

Günter lui avait demandé de prier pour lui. Elle en avait fait la promesse. Elle la tiendrait. Il devait bien y avoir une église dans le coin. Elle sortit dans la nuit, sans bien savoir quelle direction prendre, ennuyée à l'idée de pénétrer dans une église. Il y avait si longtemps qu'elle ne s'y était pas rendue. Depuis combien de temps n'avait-elle pas prié ?

Le vent cinglant soufflait en tempête, un vent humide et pénétrant. Elle releva son col, rentra les épaules, l'œil fixé sur le sol. Les pavés la ramenaient dans le passé.

Peut-être si elle trouvait une mosquée ou une synagogue pourrait-elle prier un dieu étranger bien ancré dans l'esprit des croyants. Elle ne pouvait retourner à une foi méprisée, à une croyance abandonnée, à des vœux oubliés et, bien pis, se laisser emporter par la colère et le chagrin.

Elle avait seize ans à la mort de son père. La rage et la déception qui l'avaient menée à renoncer à sa foi s'étaient depuis longtemps apaisées. Souvent elle avait essayé de renouer avec la religion, mais les croyances de sa jeunesse se heurtaient à sa maturité d'adulte et elle était trop honnête pour faire semblant, trop fière pour se contenter des lambeaux d'une foi vacillante.

En désespoir de cause, elle s'en était tenue à ses idées, qui n'étaient en fait qu'une accumulation de faits, de choses concrètes auxquelles elle accordait de l'importance : l'évolution de la vie, l'inéluctabilité de la vie et de la mort.

Au tréfonds de son âme, elle en était à peine consciente, brûlaient les flammes du ressentiment, et l'énergie qui l'alimentait était la terreur. La vie, le bourreau. Vision éphémère du paradis, de ce paradis de l'existence balayé par le vent. La matière survivrait, elle non. Le reste était insignifiant à côté de ce jugement final : la mort. Mais parfois elle se posait des questions. Était-ce vraiment la fin de tout ?

Elle errait sans but dans les rues de Paris, la nuit. Une intense tristesse surgissait du fond de son être et l'enveloppait, telle une brume humide contaminant tout ce qui était à sa portée. Pas d'amertume, se disait-elle. Oh, non ! Le procès lui avait conféré une sorte d'émerveillement devant la force qui soulevait l'humanité à travers la vérité, la justice et la lutte pour faire triompher le bien. Pourquoi ? se demandait-elle. Pourquoi donc l'homme recherche-t-il le bien alors que la vie est un démenti permanent ?

Il lui sembla soudain que tous les péchés ne faisaient qu'un, repoussant le bien. Le reste n'était que détail.

Elle finit par trouver une église. Elle était cachée au fond d'une rue étroite encombrée de magasins minables. Sans doute une église des quartiers ouvriers.

Elle y entra. L'odeur de l'encens la surprit. Elle fut aussitôt asssaillie de souvenirs. Sa mère priant pour son père quand il fut emmené par les Allemands. Une jeune fille idéaliste agenouillée à Walvis Bay, priant à voix basse tandis que vent et sable martelaient les murs. La dureté du plancher quand elle priait la Vierge Marie qui, par miracle, prenait les traits de sa mère, la suppliant de faire revenir son père à la fin de la guerre. Toutes ces prières ! Tout ce temps perdu et ces genoux écorchés ! Et voilà qu'elle se retrouvait dans ce lieu de culte, priant pour l'assassin de son père ! C'était absurde. Mais Günter était croyant et elle ne pouvait le laisser tomber.

Elle s'avança le long des bancs, effleura le bois verni de ses doigts, leva les yeux vers l'autel, si douloureusement familier avec ses cierges allumés.

Une silhouette dans la nef marchait lentement, un cierge à la main.

Marika s'agenouilla.

– Sauvez Günter.

Puis elle récita une prière... Pardonnez-nous nos offenses comme nous pardonnons... Elle s'interrompit.

À quoi bon ? Quel galimatias ! Elle se trouvait dans cette église au même titre que la vieille paysanne assise au fond, toute seule. Elle se leva, attirée comme un aimant vers la femme, remarquant avec attendrissement ses mains noueuses croisées pour la prière, son visage ridé et ses dents jaunes. Elle priait avec ferveur.

Marika sentit une main posée sur son épaule. Elle se retourna et aperçut un prêtre qui l'observait, tenant toujours son cierge allumé.

– Voulez-vous vous confesser, mon enfant ? lui demanda-t-il.

– C'est inutile parce que je ne crois pas en Dieu, répliqua-t-elle tristement.

– Et pourtant... c'est ici que vous êtes venue, lui dit-il en souriant avec douceur.

– L'Église ne peut m'aider. J'ai besoin de réponses du XXe siècle, dit-elle en s'éloignant.

Dehors le vent soufflait de plus en plus fort. Il gémissait à travers les toits. Elle allait héler un taxi et retrouver le confort sécurisant de son hôtel de luxe. Mais elle était effrayée à l'idée que la vie, avec tous ses agréments, n'était qu'éphémère et ne pouvait offrir qu'un havre temporaire, et qu'elle était seule, désespérément seule. Elle erra dans la rue.

– De l'aide, murmura-t-elle à la nuit indifférente. J'ai besoin d'aide.

Elle entendit des pas approcher. En se retournant, elle aperçut la vieille femme de l'église qui avançait rapidement, proférant encore quelques prières du bout des lèvres, la démarche terriblement lourde.

Elle lui tendit les mains, marmonnant toujours, mais Marika ne comprenait pas ce qu'elle disait. Elle fouilla dans son sac pour lui donner un peu d'argent.

Pourquoi pas ? Ce soir, elle l'aimait d'un amour ardent, tout comme ses enfants, les enfants de ses enfants et tous ceux qui étaient nés avant et tous ceux qui n'avaient pas encore vu le jour. Tous luttaient, pleins d'espoir, et étaient exterminés à leur tour. Si elle avait pu, elle leur aurait accordé l'immortalité.

L'espace d'un instant irréel, elle se sentit autre. Elle avait oublié son moi pour se fondre dans le flot d'énergie vitale qui la submergeait et dans lequel elle baignait. Elle était cette vieille femme, elle était ces branches d'arbres dénudés, elle était le trottoir, la rue, le vent qui hurlait autour de ces vieilles maisons et les gens qui y dormaient paisiblement. Elle était eux, elle faisait partie intégrante d'un tout, partie de cette force vive d'énergie et d'amour. C'est là que résidait la réalité. Tout le reste était éphémère.

Le temps s'écoula. Une heure ? Plus ? Elle était incapable de le dire. Soudain elle se retrouva seule, emprisonnée dans le carcan de sa cellule évanescente. Mais pas pour toujours. Elle avançait lentement, essayant de comprendre. Elle songea à la condition humaine, à sa propre déception, à sa crainte de l'anéantissement. Mais Dieu était toujours présent, autour d'elle comme au plus profond de son être.

Comment était-elle parvenue à une telle révélation ? Elle n'en savait rien. Elle se rendait seulement compte qu'elle avait reçu quelque chose de précieux.

Incapable de raisonner et encore moins de comprendre, mais submergée de joie, elle rentra précipitamment à l'hôtel.

85

Bien avant le début de l'audience, Marika avait pris place au premier rang, aux côtés de Bertha. Elle attendait fébrilement l'arrivée de Günter. Dès qu'il entra, il la chercha désespérément du regard jusqu'à ce qu'il la vît. Il lui sourit. Il avait ce sourire du passé, celui du Namib, d'une infinie tendresse, mais son visage était sombre, il avait l'air vieux et décharné.

Günter parut surpris lorsque Guedi l'appela. Il prêta serment dans une salle plongée dans un silence total. Le pas des gardes à l'extérieur résonnait de façon sinistre.

Le moment tant attendu était arrivé : le monstre, tel un requin pris dans un filet, avait enfin été capturé.

– Vous êtes connu sous le nom de Günter Grieff, naturalisé citoyen sud-africain. Vous êtes président de la Compagnie minière du Namib et récemment vous avez acquis les Minerais de l'Ouest, une multinationale dont la maison mère se trouve à Londres.

– C'est exact.

– Pourriez-vous expliquer à la Cour pourquoi et comment vous êtes devenu Günter Grieff ?

Un murmure de surprise parcourut la salle. Marika se tourna vers Sylvia, mais sa fille restait de glace, l'œil fixé sur le box des accusés, la main agrippée à Andy.

Günter fronça les sourcils.

– Par où commencer ? murmura-t-il.

Il se tourna vers Marika et elle eut l'impression qu'à travers elle il replongeait dans un passé lointain, dans un univers perdu.

– Tout est si irréel, dit-il doucement. C'est si

loin. Comme si c'était arrivé à quelqu'un d'autre. Comme si c'était un roman.

– Le prisonnier doit se contenter des faits, dit le président d'un ton sec.

Günter acquiesça.

– Je suis Hans Kolb, fils unique de Karl et Frieda Kolb, né le 13 mars 1923 à Weyer, Autriche. Je suis allé à l'école du village et, au début de la guerre, je suis entré à l'école navale de Kiel, puis à celle de Stralsund. Je suis devenu ingénieur, spécialisé dans les sous-marins et, de 1940 à 1942, j'ai servi dans l'Atlantique puis je fus rappelé en Allemagne pour une formation spéciale sur un nouveau type de sous-marins équipés de moteurs diesels Walther. C'étaient des modèles révolutionnaires. Après avoir passé six mois à l'usine Walther, je suis retourné en service actif en septembre 1942 à bord du sous-marin *XLII* comme ingénieur en chef. Nous opérions entre Walvis Bay et Gibraltar.

» Le 14 avril 1945, notre commandant, Max Erath, livra bataille à un convoi de cargos et nous parvînmes à torpiller un bateau suédois qui prit feu avant de couler.

» L'un des destroyers britanniques qui les escortaient lança des grenades sous-marines dont l'une explosa près de la poupe du *XLII*, endommageant le bordage. L'eau s'engouffrait...

Il s'interrompit, se rappelant soudain les lumières qui baissaient, l'odeur de fuel, le bruit de l'eau noyant la salle des batteries, Schmidt, le cou brisé, et sa peur paralysante. Günter s'agrippait au rebord du box, le visage en sueur. Puis il leva les yeux vers l'assistance.

– J'ai pensé que j'allais mourir. Depuis ce jour, la vie m'est apparue comme un don de Dieu.

– Que le prisonnier s'en tienne aux faits, répéta sèchement le président.

– Je fus appelé sur la tourelle avec le second, poursuivit Günter en acquiesçant. Le commandant nous ordonna de quitter le bateau en sortant par l'écoutille. Nous nous exécutâmes tandis que le sous-marin était envahi d'eau. C'est la dernière image que je garde. Je m'évanouis et ne repris connaissance qu'un instant plus tard en surface. J'ai nagé vers le rivage avant d'être recueilli par l'équipage d'un canot de sauvetage britannique et transporté à l'hôpital de Walvis Bay.

Günter fit une pause. Il remarqua le visage hostile des juges et du président qui le regardaient d'un air sceptique. De toute évidence, on ne le croyait pas. Il fut submergé de désespoir et l'espace d'un instant ne trouva pas le courage de continuer.

Guedi parvenait à peine à refouler la colère qui montait en lui. Du temps, il lui fallait du temps... Si le récit de Günter était vrai, il lui faudrait procéder à des vérifications, mais Günter parlait bien trop tard. Plus personne ne le croyait. Le seul espoir, c'était Claire. Si elle acceptait d'appuyer la thèse de Günter, il obtiendrait l'ajournement du procès.

Günter semblait à bout d'arguments. Il promenait son regard triste dans la salle, passant sa langue sur ses lèvres sèches.

– Ensuite ? demanda Guedi.

– Cinq survivants des bateaux touchés furent transférés à l'hôpital de Walvis Bay au service des urgences. L'un d'eux était Günter Grieff, qui se trouvait sur un cargo suédois en route pour l'Afrique du Sud. Il était mourant et l'infirmière qui administrait les premiers soins aux blessés sur le quai, Claire MacGuire, qui est maintenant mon épouse, se montra compatissante et me suggéra d'échanger nos papiers. Elle me dit que nous nous ressemblions, Grieff et moi. Voilà. J'ai pris ses papiers après sa mort.

Il n'avait pas l'air convaincant, comme si lui non plus ne croyait pas vraiment à cette histoire.

– C'est si loin déjà, j'ai l'impression d'avoir rêvé, dit-il en s'excusant.

À en croire les rumeurs hostiles de l'assistance, personne ne le croyait.

– Dites-moi, monsieur Grieff, poursuivit Guedi, la guerre était presque finie. Vous deviez savoir qu'au pire vous subiriez un interrogatoire suivi d'un bref emprisonnement comme prisonnier de guerre avant d'être rapatrié en Allemagne. Pourquoi avez-vous commis le délit d'usurper une identité et une nationalité qui, de surcroît, vous étaient étrangères ? Vous n'aviez rien à cacher.

Guedi fit un pas en arrière et attendit une réponse avec fébrilité. Il jouait son atout, il le savait. Si Günter refusait de raconter intégralement l'histoire, comme il l'avait fait la veille, il laisserait planer un doute encore plus grand sur les juges et le président.

– Je voulais rester dans le Sud-Ouest africain, murmura-t-il.

Guedi lança un juron discret.

– Veuillez dire à la Cour les raisons de ce choix.

– Cela n'a aucun rapport avec l'affaire.

– Moi je crois que si, s'empressa d'ajouter Guedi.

– Je l'ai aimée dès le premier jour, dit-il tout doucement en se tournant légèrement vers Marika. J'avais peur de partir, peur qu'elle ne m'attende pas. Je savais que je ne pourrais pas revenir à Walvis Bay avant des années. J'étais sûr de la perdre.

– Continuez.

J'ai donc pris les papiers, c'est tout. J'étais ennuyé, mais avec le temps j'ai fini par croire que j'étais réellement Günter Grieff. J'ai trouvé un emploi dans la conserverie de produits de la mer du village.

– Emploi qui vous convenait parfaitement ?

– Oui.

– Vous vous êtes donc fiancé à Marika Palma ?

– Magos.

– Comme vous voudrez.

– Nous nous sommes fiancés mais elle a rompu nos fiançailles quand elle a découvert que j'étais allemand. Il est difficile de comprendre maintenant, mais elle a terriblement souffert de la guerre. Toute sa famille a été exterminée et son père tué à Oradour.

– Est-ce vous qui lui avez dit que vous étiez allemand ? lui demanda Guedi.

– Non, je n'en aurais jamais eu le courage. Claire lui fit cette révélation.

Soudain, il y eut un regain d'intérêt dans l'assistance. Sylvia, le visage livide, était tournée vers sa mère, le regard interrogateur. Marika était trop abasourdie pour y prêter attention. L'image d'une croix de fer, jetée à ses pieds, lui revenait en mémoire. Où était-ce et pourquoi avait-elle tout oublié, excepté l'horrible prise de conscience de la nationalité allemande de Günter ?

– Merci, monsieur le Président, je n'ai pas d'autres questions à poser au prisonnier.

Günter semblait abattu, bouleversé.

Le président demanda le silence dans la salle.

– Claire Grieff, épouse de l'accusé, annonça le greffier.

Günter scruta le visage de Claire mais elle ne se tourna même pas vers lui. Elle sortit son mouchoir. Günter avait les épaules rentrées, la tête baissée. C'était la première fois qu'il semblait s'avouer vaincu.

– Vous vous appelez Claire Grieff et vous êtes la femme de l'accusé ?

Claire balbutia quelques paroles entrecoupées de sanglots et porta le mouchoir à sa bouche.

Le président s'exprimait d'une voix sûre, tel un instituteur s'adressant à un élève attardé.

– C'est un moment extrêmement pénible pour vous. La Cour vous assure de toute sa sympathie, mais nous vous demandons de vous ressaisir et de répondre clairement à nos questions.

– Oui, murmura-t-elle.

– Depuis combien de temps êtes-vous mariée à l'accusé ? lui demanda Guedi.

– Depuis bientôt sept ans.

– Est-ce, à votre avis, un mariage réussi ?

– Oui, dit-elle en se remettant à pleurer et en faisant un gros effort pour se contrôler.

– Depuis combien de temps connaissiez-vous votre mari avant de l'épouser ?

– J'ai fait sa connaissance en 1945. Cela fait vingt-quatre ans.

– Pourriez-vous nous dire de quelle façon vous avez fait connaissance ?

– J'étais infirmière à l'hôpital de Walvis Bay, balbutia-t-elle. Günter voyageait sur le cargo suédois qui avait rejoint le convoi. Le bateau fut torpillé par un sous-marin au large des côtes et Günter fut le seul survivant.

Guedi recula et l'observa attentivement, essayant de maîtriser sa colère.

– Vous savez que votre mari prétend qu'il était l'un des survivants du sous-marin, que son véritable nom est Hans Kolb et que vous et lui avez échangé ses papiers contre ceux d'un mort, Günter Grieff, pour qu'il ne soit pas envoyé dans un camp de prisonniers de guerre. Avez-vous échangé ces papiers ou en avez-vous eu connaissance ?

– Je… je ne sais pas… Je ne sais vraiment pas…

– Je vous rappelle que vous avez prêté serment, dit le président sèchement.

– Le survivant du sous-marin fut enterré à Walvis Bay, répliqua-t-elle à voix basse. Je croyais que mon mari était suisse. Ce n'est qu'à son arrestation que j'ai appris…

Elle éclata à nouveau en sanglots.

Marika se redressa brusquement. C'était un mensonge. Un souvenir rejaillit. Elle courait… courait vers le cimetière à cause du message laconique de Claire. Qu'est-ce qu'il disait ? Ah, oui. *Günter Grieff est mort. Viens au cimetière.*

Marika bondit.

– Elle ment, s'écria-t-elle. Günter Grieff est mort. Elle l'a écrit... Elle me l'a écrit et c'est comme ça que je l'ai découvert... (Sa voix fut noyée dans un brouhaha puis par un rappel à l'ordre.) Il est innocent, je vous le jure. Il est innocent, hurla-t-elle.

Bertha lui saisit le bras et la ramena à sa place.

– Tais-toi, Marika, murmura-t-elle.

– Menteuse ! Menteuse ! répétait-elle en pleurant.

Des rumeurs s'élevèrent dans l'assistance.

– Encore un éclat, madame Palma, et je vous fais évacuer de la salle, dit le président.

Il se rassit, l'air furieux.

– Quelqu'un d'autre que vous, madame Grieff, a-t-il parlé à Hans Kolb quand il a repris connaissance ? demanda Guedi.

Claire marqua un instant d'hésitation.

– Non, personne. J'étais la seule infirmière sur le quai.

– Nous pouvons donc dire qu'en dehors du prisonnier qui se trouve dans le box des accusés, vous êtes l'unique personne à détenir la clé de son identité ?

– Il a été identifié par de multiples personnes durant ce procès, répondit Claire d'un air contrit.

– Est-il vrai qu'à l'époque de l'arrestation vous avez entamé une procédure de divorce pour adultère en nommant expressément Marika Magos ?

– Oui.

– Plus de questions ! s'exclama Guedi.

– Merci, madame. Ce sera tout.

Claire se tourna furtivement vers Günter.

Le président fut surpris par l'expression de son visage. Il lui lança un regard pénétrant puis inscrivit quelques notes sur son calepin.

Claire revint s'asseoir. En passant à côté de

Marika, elle s'arrêta un instant. Leurs regards se croisèrent. Claire, l'œil étincelant de jalousie, arborait un sourire triomphant.

86

La séance fut suspendue pour le déjeuner. Hébétée, Marika suivit Bertha parmi la foule. Elles se retrouvèrent dans la rue. Il faisait froid. Elle enfila son manteau. Soudain elle sentit une main sur son bras.

C'était Sylvia, suivie d'Andy. Sa fille avait les yeux rouges, gonflés de larmes. Andy s'arrêta un instant et prit le bras de Bertha, les laissant toutes deux seules.

– Oh, maman ! s'écria Sylvia en essayant de refouler ses sanglots. Dis-moi tout, je t'en prie. Il n'est pas coupable, n'est-ce pas ? Tu sais qu'il ne l'est pas.

Elle leva un regard implorant vers Marika.

– Il est innocent, dit Marika d'un ton ferme. Günter Grieff est enterré au cimetière de Walvis Bay.

Soudain elle se rappela avoir entendu Grieff gémir dans la salle d'hôpital. Ainsi donc j'ai vu mourir l'assassin de mon père ! se dit-elle, exactement comme je l'avais toujours souhaité.

Mais cela n'avait plus guère d'importance.

– Qu'allons-nous faire ? s'écria Sylvia.

– Nous allons le sauver. Guedi va essayer d'obtenir l'ajournement du procès et, même s'il n'y parvient pas, on a le temps jusqu'à... jusqu'à...

Elle ne pouvait prononcer le mot guillotine. Elle préféra esquisser un sourire.

– On peut faire appel, on gagnera du temps. Nous trouverons le moyen de prouver son identité, dit Marika, essayant d'arborer une certaine assurance. Du temps, voilà ce qu'il nous faut.

– Si seulement j'avais compris pourquoi toi et papa... dit Sylvia tristement. Vois-tu, je t'en ai toujours voulu d'avoir refusé d'épouser papa. J'ai cru que tu avais fait passer ta carrière avant lui.

Elle prit un mouchoir pour s'essuyer les yeux.

– Je n'ai jamais voulu t'ennuyer avec ces histoires de guerre, lui dit Marika en marchant la tête enfoncée dans les épaules à cause du vent. Et je ne pouvais pas te dire que ton père était allemand. J'ai ressenti longtemps une certaine amertume. Avec le recul, je me rends compte de mes fautes.

– J'aimerais te dire quelque chose, lui dit Sylvia, un peu nerveuse.

– Et quoi ? répondit Marika d'un air qui se voulait gai mais s'attendant à recevoir un coup fatal.

– Je te demande pardon. (Elle effleura le bras de sa mère.) Si nous repartions de zéro ?

La séance de l'après-midi commença. La salle était bondée de journalistes du monde entier. Ils espéraient un jugement rapide et, d'après les rumeurs, il semblait que la peine maximale serait requise.

À la surprise générale, au lieu d'appeler le témoin suivant, Guedi se leva et dit :

– Je demande à la Cour l'autorisation de reprendre cette audition dans deux semaines pour trouver les témoins à décharge.

Le président lui lança un regard mécontent.

– L'avocat de la défense a eu suffisamment de temps pour faire des recherches. Je vous rappelle que le prisonnier a purgé trois mois de prison avant le procès. Comment servir la justice en repoussant l'audition de quinze jours ?

– En révélant la vérité, monsieur le Président. C'est, après tout, le but de ce procès, justice et vérité. Mon client est accusé du plus odieux des crimes et je demande simplement une vérification des informations qui viennent de nous être soumises. Si Günter Grieff est réellement Hans Kolb, je requiers l'autorisation d'examiner ses allégations.

– Mais le prisonnier a juré qu'il était Günter Grieff, répliqua le président.

– Ce qui tendrait à prouver que c'est un menteur, non un assassin.

Le président le foudroya du regard.

– Mon client savait que son passeport suisse était contrefait, mais il pensait que ses papiers avaient été perdus. Sa femme les avait conservés pendant des années à son insu. Malgré ses sanglots et ses protestations dans cette salle, elle a remis ces preuves à l'accusation et non à la défense. Je n'en ai jamais rien su, dit Guedi, jouant sa réputation sur cette dernière justification. Cela prouve, de toute évidence, une intention malveillante à l'égard de son mari. (Guedi, d'un geste théâtral, pointa son doigt sur Claire.) Je demande respectueusement à la justice française de se placer au-dessus de la jalousie rancunière d'une femme abandonnée.

Le président parut choqué, puis il se reprit et lui signifia sa désapprobation.

– Vous dépassez les limites, dit-il, furieux.

Il griffonna de nouveau des notes sur son calepin, délibéra quelques minutes avec les juges, oubliant les murmures de la salle.

Enfin il leva les yeux. Le silence se fit.

– La séance est ajournée à la demande de la défense. Elle reprendra lundi matin à 10 heures.

– Merci, monsieur le Président.

C'était mercredi après-midi. Il ne restait que deux jours ouvrables. Que faire en deux jours alors que les registres de l'usine Walther se trouvaient maintenant de l'autre côté du Rideau de fer ?

87

8 heures du matin.

Marika marchait de long en large dans le bureau de Günter à Hampstead quand le téléphone sonna. L'appel venait d'une cabine téléphonique et le demandeur ne parvenait pas à obtenir la communication. Quelques instants plus tard ils furent coupés. Déçue, Marika reprit inlassablement sa marche.

Après l'ajournement du procès, la veille, Marika était rentrée à Londres avec Bertha et Sylvia qui avaient décidé de rester ensemble chez Bertha. Guedi et ses confrères s'étaient rendus en Allemagne de l'Est pour rechercher les preuves de l'identité de Günter. Andy était parti avec eux pour essayer de retrouver des parents de Kolb. Marika était donc retournée chez Günter où elle habitait depuis son arrestation. Elle souhaitait de tout son cœur pouvoir l'aider. Mais comment ? L'attente était insupportable. Elle ne tiendrait pas quatre jours.

Le téléphone sonna une seconde fois. Quelle déception d'entendre une voix étrangère.

– J'aimerais parler à Mme Grieff.

C'était une voix d'homme, grave, avec un accent étranger.

– Qui est à l'appareil ? demanda-t-elle, pensant qu'il s'agissait d'un collaborateur de la Compagnie des minerais de l'Ouest.

– Vous êtes madame Grieff ?

Marika eut l'impression qu'il allait raccrocher.

– Oui, dit-elle, n'hésitant pas à mentir.

– Madame Grieff, je détiens certains papiers concernant votre mari.

Marika sentait une certaine hostilité dans ses paroles.

– Quels papiers ?

Marika avait besoin de réfléchir. Qui était-ce et de quoi parlait-il ?

– Ils doivent certainement vous intéresser puisque vous vous êtes donné du mal pour les cacher. Combien êtes-vous prête à payer ?

– Combien voulez-vous ?

– Le kwammang-a pour commencer. C'est une pacotille comparée aux enjeux.

Marika ne savait que répondre. De quels papiers s'agissait-il ?

– Vous n'êtes pas d'accord ?

– Oui... c'est-à-dire... bien sûr, balbutia-t-elle. Où les avez-vous trouvés ?

– Dans votre coffre, madame Grieff.

– Je suis prête à payer ce que vous voudrez, mais d'abord dites-moi où sont les papiers.

Il y eut un déclic. Il avait raccroché.

Marika reposa l'appareil, en proie à la terreur et furieuse contre elle-même. Elle n'avait pas dit ce qu'il fallait. Quelle stupidité de sa part ! Claire devait savoir de quels papiers il s'agissait puisqu'ils étaient dans son coffre. S'agissait-il des papiers d'identité de la marine de Hans Kolb ?

Frissonnant de peur, elle s'assit et se cacha le visage dans les mains. Que faire ? Le voleur ou Dieu sait qui finirait par trouver Claire et elle lui donnerait la somme demandée.

Que Dieu me vienne en aide ! supplia-t-elle. En proie à la panique, l'esprit trop confus pour réfléchir, elle se précipita sur le téléphone et appela Bertha. Haletante, elle essaya de répéter leur conversation dans les moindres détails.

– Oh, Bertha, que vais-je faire ? Comment puis-je empêcher Claire d'avoir ces papiers ?

– Claire est à Paris, lui fit remarquer Bertha. Elle est restée pour essayer de voir Günter. Elle l'a dit à Sylvia. Elle sera de retour au Hilton ce matin. Cet homme ne la découvrira pas tout de suite.

– La trouvera-t-il ? demanda Marika en répondant à sa propre question. Bien sûr. Il n'a qu'à demander à l'avocat de Günter ou téléphoner à la compagnie. Peut-être... Je te rappelle dans un instant.

Marika ne connaissait qu'une agence de détectives privés. C'était la meilleure, car Tony y avait recours sans arrêt pour ses affaires et même pour faire appel occasionnellement à des gardes du corps.

La secrétaire lui répondit qu'ils étaient très occupés. Elle pouvait lui donner rendez-vous dans une semaine. Marika eut recours au nom de Tony pour qu'on lui passe directement l'un des directeurs, Jim Renwick. Elle se le rappelait. Il était venu pour affaires au manoir d'Outwood. Elle n'avait pas oublié sa suffisance.

– Peu importe le prix, conclut-elle après lui avoir exposé les faits.

Marika téléphona aussitôt à Bertha pour lui dire que l'attente serait longue.

9 h 30.

Trois détectives s'étaient installés au Hilton dans une chambre contiguë à celle de Mme Grieff. L'un d'eux n'était autre que Renwick. En général il ne se déplaçait pas, mais il ne fallait pas prendre de risques avec Palma. Cinquante pour cent de ses affaires dépendaient de son groupe.

À 10 h 30 exactement, Claire Grieff entra dans sa chambre, jeta une valise par terre et se servit à boire. Elle était dans son bain, son verre encore à la main, lorsqu'elle reçut un coup de téléphone. Il était 11 h 5.

Renwick avait des écouteurs. Il prit des notes en sténo.

Le demandeur : Madame Grieff ? J'ai les papiers que vous avez voulu à tout prix détruire. Ils valent une fortune, aussi suis-je sûr que vous êtes prête à me verser une somme importante. Quand votre mari sera guillotiné vous serez une femme très riche, madame Grieff, vous ne l'ignorez pas.

Mme Grieff : Comment osez-vous ? Qui êtes-vous ? Que voulez-vous ?

Le demandeur : Disons que je m'appelle Jones. Je suis un agent. Ces papiers m'ont été remis par un de mes clients qui les a volés dans votre coffre à Johannesburg. Si vous souhaitez les acheter, soyez à la cafétéria de Charing Cross à midi.

Il raccrocha.

Laissant ses collègues enregistrer d'autres appels éventuels, Renwick descendit à la réception et appela son bureau.

– Appelez Mme Palma à ce numéro et dites-lui que nous avons localisé sa cible. Il est entré en contact avec Mme Grieff et lui a donné rendez-vous à midi à la cafétéria de Charing Cross. Nous allons le prendre en filature.

La secrétaire de Renwick téléphona à trois reprises au numéro qu'on lui avait donné. C'était toujours occupé. En désespoir de cause, elle appela le manoir d'Outwood où Tony la persuada que Marika lui avait demandé de prendre le message.

Midi trente.

Le téléphone sonna. Marika se précipita. C'était Renwick.

– Excusez-moi. Impossible de vous avoir plus tôt, mais j'ai demandé à ma secrétaire de vous appeler.

– Elle ne l'a pas fait, répondit Marika en colère.

– Je suis désolé. Nous n'avons pu retrouver ce M. Jones, comme il se fait appeler, que lors de son rendez-vous avec Mme Grieff. Pour des raisons évidentes, nous ne savions pas à quoi il ressemblait. Jones est bien allé au rendez-vous. Ils ont conversé longuement mais aucun papier n'a été échangé.

Ils ont eu l'air de se disputer. Elle l'a rattrapé en courant quand il est sorti. Il semblerait qu'il essaie de lui faire sortir un maximum d'argent. Deux de mes hommes l'ont pris en filature.

– Ils n'ont fait que parler, murmura Marika, déçue.

– Oui, mais comme je vous l'ai dit, aucun papier n'a été échangé. C'est donc lui qui les possède encore. Mais ils ne sont pas seuls dans le coup. Deux hommes l'ont suivi quand il a quitté Charing Cross. Nous les connaissons tous deux. Du style louche. Prêts à tout. Quelqu'un d'autre veut s'approprier les papiers. Il va nous falloir agir vite. Que voulez-vous qu'on lui propose ?

Marika eut un instant de répulsion à l'égard de Renwick. Il était suffisant et madré.

– Je préférerais que vous me l'ameniez ici, lui dit-elle. Dites-lui que j'ai un acheteur qui lui offrirait bien plus que Mme Grieff.

Il régna un long silence.

– Nous allons d'abord le filer.

1 h 30.

Sylvia arriva en trombe et saisit le bras de sa mère.

– Pour l'amour de Dieu, que se passe-t-il ? Oh, maman ! Ne peut-on rien faire d'autre que rester ici à attendre ? Je vais devenir folle, gémit-elle.

Marika essaya de réconforter sa fille. Elles étaient toutes deux à bout de nerfs quand Renwick téléphona quelques instants plus tard.

– Nos affaires avancent bien, lui dit-il. Il a dit à Mme Grieff qu'il s'appelait Jones, mais en fait, son véritable nom est Kramer. Sujet britannique avec un accent étranger. Il perd pied, si vous voulez mon avis. C'est un trafiquant d'armes qui travaille souvent avec l'Afrique. Il connaît ces territoires parce qu'il y a été mercenaire à deux reprises. En Angleterre, il se tient à carreau. Il se tut un instant, attendant une parole d'encouragement de Marika. Rien.

– Nous l'avons filé jusqu'à chez lui, poursuivit-il. Il habite dans une ruelle à St. John's Wood. (Renwick communiqua l'adresse à Marika.) L'endroit est agréable. Il a son nom sur une plaque de bronze. Il figure même dans l'annuaire. C'est tout de même curieux !

– Qu'est-ce qui est curieux ?

– Il ne semble pas prendre de précautions particulières. Il donne l'impression de posséder quelque chose qui vaut une fortune, toujours est-il qu'il n'est pas très prudent, dit-il avant de raccrocher.

Marika se tourna vers Sylvia. Elle avait disparu. La porte était ouverte et le téléphone qui se trouvait dans l'entrée se balançait au bout du fil.

2 heures.

Sylvia se trouvait à sa banque, fulminant de rage. Elle prenait des airs importants. Elle voulait retirer toutes ses économies sur-le-champ. Le directeur envoya un messager armé à un autre secteur pour retirer la somme demandée. Après avoir vainement essayé de la dissuader et de connaître les raisons qui la poussaient à agir ainsi, il avait fini par capituler. Il lui tendit une petite mallette remplie de liasses de billets de vingt livres. La banque avait fermé ses portes depuis longtemps et un employé la fit sortir par une porte latérale.

Il faisait nuit noire. Le vent soufflait en rafales. Sylvia s'élança dans la rue avec une certaine appréhension. Que de temps perdu ! La voiture avait dû être emmenée par la fourrière. Non, elle était toujours là, avec un papillon sur le pare-brise.

Après avoir dérapé deux fois sur la neige fraîchement tombée, elle ralentit et une demi-heure plus tard trouva la maison dans une impasse.

– Il vaut mieux pour lui qu'il soit là, marmonna Sylvia sans même remarquer qu'elle parlait à voix haute.

Elle avait le cœur battant, les lèvres sèches.

Elle voulut fermer la porte à clé mais ses mains tremblaient. En jurant, elle jeta les clés au fond de son sac et se précipita vers la porte. Elle était fermement décidée à arracher les papiers à ce Kramer, même si elle devait lui promettre un million de plus.

Elle sonna. Personne. Étrange ! se dit-elle. Elle était certaine d'avoir entendu des pas dans la maison. Au bout de quelques secondes, elle sonna de nouveau et se tapit contre le mur du porche, essayant de s'abriter du vent glacial.

Elle mit la main sur la poignée. La porte s'ouvrit. À l'intérieur, il faisait sombre. Elle entra et trouva l'interrupteur.

Il régnait un désordre total. La pièce était jonchée de papiers et de livres. En temps normal, le salon devait être agréable avec ses étagères en bois naturel et son mobilier contemporain de style nordique, mais là, tout était lacéré, des rideaux aux tapis. Les haut-parleurs étaient brisés, la chaîne hi-fi en morceaux et même les tableaux avaient été arrachés de leurs cadres et éparpillés. C'étaient des marines. La moitié de la pièce devait servir de bureau car il y avait une grande table, des rangées de dossiers et de classeurs. Tout était renversé, les dossiers gisaient sur le parquet. Jamais elle n'avait vu pareil désordre.

Soudain elle perçut un bruit derrière elle et se retourna. Il y avait deux hommes, le visage masqué par un bas. Ils se ruèrent sur elle. Elle n'eut pas le temps de crier, un violent coup de poing la fit basculer. Un autre l'atteignit à la tempe. Elle s'évanouit.

88

Kramer s'éveilla en sursaut. Où diable se trouvait-il ? Il aperçut Bertha Factor qui avait le regard fixé sur lui. Elle était intriguée mais il y avait une lueur de compassion dans ses yeux.

Il se redressa et se passa la main dans les cheveux. Puis il se rappela vaguement quelques événements de la veille : Claire Grieff à la cafétéria avec son arrogance et sa chevelure rousse; Marika Palma et son air désespéré, et pour finir cette enfant incroyablement belle qui gisait, inconsciente, devant sa porte.

Ah, oui, il était chez Bertha Factor, dans une maison de Finchley, avec le mezuzah et les candélabres. Elle lui avait raconté toute l'histoire avec une telle passion qu'il lui semblait l'avoir vécue. Il se sentait gêné. Pourquoi s'était-il endormi ?

Bertha se leva. Quoique de corpulence assez forte, elle avait une certaine agilité.

– Vous avez dormi plus d'une heure, lui dit-elle.

– Je suis désolé. (Il était embarrassé devant ce regard interrogateur posé sur lui.) Comment va Sylvia ?

– Elle va bien. Elle ira passer une radio tout à l'heure. (Elle hésita un instant. De toute évidence elle voulait lui poser une question. Mais elle n'osa pas.) Voulez-vous une tasse de café ? lui demanda-t-elle.

Les questions viendraient plus tard.

– Volontiers, murmura-t-il.

On ne peut pas lui cacher grand-chose, se dit-il. Elle avait raison. Ils vivaient dans un univers totalement différent. Ils étaient tous plus durs, plus rusés les uns que les autres. Quelle famille !

Pas étonnant qu'ils soient aussi riches ! Mais il lui fallait tout de même le diamant.

Bertha alla dans la cuisine allumer le fourneau. Elle prépara le café et posa quelques biscuits dans une assiette. Quand elle revint, il avait disparu.

La neige s'était remise à tomber. La tempête avait redoublé. Quel dommage de partir sans prendre de café ! se dit-il. Quel froid ! Il se mit à courir en direction de la gare tout en songeant aux journées trépidantes qu'il venait de passer.

Kramer savait que c'étaient les hommes de main de Palma qui avaient mis à sac sa maison et battu Sylvia. Il avait un compte à régler avec lui, mais plus tard. D'abord le kwammang-a.

Kramer ralentit en arrivant près de la station de métro. Il était 5 h 30 du matin. Il entra dans une cabine téléphonique et appela Claire Grieff à son hôtel. Elle semblait étonnamment alerte. Après avoir raccroché, il la soupçonna de ne pas s'être couchée de la nuit.

– Je veux le diamant, lui dit-il. Le diamant contre les papiers.

– Il a disparu. Mais je suis prête à vous donner ce que vous voudrez. Je vous l'ai déjà dit. Dites-moi combien.

– Je viens de vous le dire. Le kwammang-a ou rien. Vous êtes la seule à avoir pu retirer le diamant du coffre. Où est-il ?

Elle marqua un temps d'hésitation.

– À Johannesburg, monsieur Jones, dans un endroit où vous ne le trouverez jamais.

Il jeta un coup d'œil à sa montre et lança un juron. Ils pouvaient y être samedi matin.

– Minuit, samedi, à Xhabbo, lui dit-il. Dernier délai. J'ai une offre très intéressante de Mme Palma.

Il raccrocha sans attendre la réponse.

Il faisait une chaleur torride. L'air fleurait l'hibiscus et les fleurs de tabac. On percevait les bruits coutumiers d'une nuit africaine.

Claire se tenait dans le patio, le regard tourné vers le jardin et la piscine, essayant de mettre de l'ordre dans ses idées. Elle voulait tout oublier, mais chaque brin d'herbe, chaque plante, chaque meuble, chaque tableau lui rappelait Günter.

– Mon amour ! Günter, mon amour ! s'écria-t-elle en sanglotant. Mon Dieu, Günter !

Traître et victime, elle déplorait l'un comme l'autre.

Je ne pourrai jamais plus vivre ici, se dit-elle, luttant pour retrouver son calme. Je vais tout vendre. Après tout je suis encore jeune et je vais hériter d'une fortune. Je vais émigrer ! En France peut-être. Non, ça me rappellerait le procès. En Amérique ! C'est loin. Elle désespérait de trouver un lieu à sa convenance.

Soudain l'image de Marika au procès avec ses grands yeux d'ambre rougis et enflés par les larmes lui revint en mémoire. Le souvenir de son visage apeuré était comme un baume. Plus rien ne pouvait sauver Günter de la guillotine. Nulle autre femme ne sentirait la puissance de son corps, la douceur sensuelle de ses lèvres et son cou musclé.

Elle ressentit une douleur dans la main. Elle s'était enfoncé les ongles dans la peau et saignait. Elle sortit un mouchoir de son sac et l'appliqua sur ses blessures.

Au-delà de la châtaigneraie, il n'y avait plus une seule lumière allumée. L'intendant était allé se coucher. Claire lui avait accordé l'après-midi et avait demandé au gardien de ne pas la déranger de la nuit.

Néanmoins Claire n'éprouvait aucune appréhension en attendant son visiteur. C'était une affaire de plus à traiter. Elle détruirait les preuves. Elle aurait dû le faire depuis des années, mais même les papiers de Günter avaient eu de l'importance à ses yeux. Parviendrait-elle à oublier un jour ?

Elle entendit des pas derrière elle et se retourna. Il était à l'heure. Minuit venait de sonner.

– Comment êtes-vous entré ? lui demanda-t-elle.

– Par la porte.

– Généralement on sonne.

Kramer ne prêta nulle attention à ses paroles. Il sortit une enveloppe de sa poche et la jeta sur la table.

– Où est le diamant ?

Claire s'avança mais brusquement il braqua un revolver sur elle.

Elle recula.

– Je ne comprends pas, lui dit-elle. Ne pointez pas cette saleté d'arme sur moi.

– Mettez le diamant sur la table. Ensuite on traitera.

Il souriait mais il n'y avait aucune trace d'humour sur son visage. Simplement de la colère. Elle se demandait pourquoi.

Elle fouilla dans son sac et prit la clé, puis elle entra dans le bureau.

– Inutile de me suivre, lui dit-elle.

– Je préfère vous accompagner. (Il la vit tendre la main vers l'un des masques.) Ça va chercher combien ? demanda-t-il en montrant la collection de masques et de statues.

– On m'a fait une offre de cinq millions de dollars, répliqua-t-elle, l'air satisfaite.

– Ainsi, vous avez déjà trouvé un acheteur ?

Elle rougit soudain.

– Allez au diable !

Elle fourra sa main dans un masque hideux, mais Kramer avait l'œil fixé sur les quatre cents carats étincelants de beauté.

– Posez-le sur le bureau, lui dit-il.

Il jeta l'enveloppe pour la seconde fois sur la table et saisit le diamant.

Une intonation bizarre dans sa voix la fit sursauter. Quelque chose n'allait pas. Une idée germa dans son esprit. Une idée horrible ! Elle déchira l'enveloppe et en sortit des coupures de journaux et un disque en plastique. Elle faillit hurler mais des sanglots sortirent de sa gorge.

– Pourquoi ? Pourquoi ? Pourquoi ?

Elle avait le visage tordu de détresse. Elle avait l'impression de se voir dans un miroir en regardant Jones. Elle y voyait de la haine et de la répulsion.

Elle resta prostrée un long moment après son départ. Elle se sentait submergée de haine devant ce qu'elle allait accomplir.

Plus tard, bien plus tard, elle entendit des pas dans l'allée. Elle prit peur. Quelle stupidité de sa part de rester seule sans gardes ni chiens ! Xhabbo était la cible idéale pour un voleur, surtout après les articles publiés dans les journaux sur l'immense fortune de la famille et sur le kwammang-a. De plus tout le monde savait que Günter était en prison.

Les pas approchaient. C'était peut-être Hackett, le gardien, qui faisait une ronde... Pourtant elle lui avait dit de ne pas la déranger.

Au prix d'un grand effort, elle parvint à faire quelques pas et se pencha à la fenêtre.

– Est-ce vous, Hackett ?

Aucune réponse. Mais au lieu de s'éloigner, les pas se rapprochaient.

– Qui est là ? appela-t-elle dans l'obscurité.

Elle eut l'étrange pressentiment que c'était sa propre malveillance qui se matérialisait, que le diable en personne se faufilait dans les buissons.

Elle se précipita au salon et déclencha l'alarme. Les fils avaient été coupés. Elle ferma à clé les portes coulissantes. Puis elle passa de pièce en pièce, fermant portes et fenêtres sur son passage, se coinçant le doigt au passage et trébuchant sur les meubles dans sa panique.

Elle saisit le téléphone. La ligne était également

coupée. Que faire ? Hackett était toujours armé, mais c'était un vieil homme et il devait dormir. Elle songea à appeler au secours par la fenêtre, mais l'intendant était sourd et les voisins étaient trop loin pour l'entendre.

Claire avait toujours un revolver dans son sac et surtout dans la voiture, mais, comme elle revenait de Londres, il était enfermé dans le coffre de sa chambre.

Elle grimpa aussitôt dans sa chambre, mais là, dans l'escalier, elle sentit l'odeur écœurante de la transpiration des Noirs. Elle en eut la nausée et resta figée de peur. Ils attendaient. Elle avait failli monter. Peut-être même la voyaient-ils. Ils devaient être là depuis longtemps, sans doute avant l'arrivée de Kramer. Elle fit demi-tour et s'éloigna doucement. Les quelques secondes nécessaires pour traverser l'entrée de marbre lui parurent une éternité.

Enfin elle atteignit la porte d'entrée et l'ouvrit en grand. Elle se mit à crier mais la frayeur domina soudain. Le visage était hideux. C'était un Noir qui gardait des traces de sa race mais dont la peau, d'un rose brillant avec çà et là des taches noires comme l'ébène, était horriblement vérolée. Il était borgne. Son œil fermé était larmoyant, l'autre la fixait avec une malveillance insoupçonnable.

– Sortez d'ici ! s'écria Claire tandis qu'il s'avançait vers elle. Sortez ou j'appuie sur l'alarme.

– Elle est coupée, dit-il d'un ton laconique. Le téléphone aussi.

Il propulsa soudain son bras, tel un dard, et lui assena un coup au visage. Elle perdit l'équilibre et tomba à la renverse.

– Günter, Günter ! s'écria-t-elle pour faire croire qu'il y avait quelqu'un dans la maison.

– Grieff est en prison, je sais lire les journaux avec l'œil qui me reste.

Il avait une allure qui lui était étrangement

familière. Il s'avança en boitant et elle le reconnut peu à peu. Elle se rappela les mines du Namib et cet horrible camp : le forçat qui était la proie des flammes, portant la main à ses yeux et dévalant en hurlant le flanc de la montagne de pierre.

C'était Jason. Elle prit soudain conscience que le récit du procès l'avait conduit à Xhabbo, attiré par la richesse et la vengeance comme un requin par le sang.

– Mon Dieu ! murmura-t-elle.

Désespérée, elle tenta de s'enfuir, le repoussant avec une force décuplée par la terreur, mais il lui fit un croc-en-jambe et elle s'étala sur le sol. Elle se releva, courut comme une folle dans la pièce, se cogna la hanche sur le rebord de la table et se recroquevilla sous la douleur.

Il ferma la porte à clé et siffla. Trois autres compères dévalèrent l'escalier.

– Nous voulons le kwammang-a, dit Jason à Claire, étonnée qu'il en connaisse le nom et puisse le prononcer correctement.

– Je l'ai donné à ce... Jones... vous l'avez vu... dit-elle, la voix tremblante de peur.

Ils ne la croyaient pas. Ils la firent entrer de force dans la salle de bains et lui enfoncèrent la tête dans la baignoire. Quand elle fut au bord de l'évanouissement, ils lui ressortirent la tête, la martelèrent de coups et lui replongèrent la tête dans l'eau.

Elle les supplia d'arrêter en sanglotant. Elle ouvrit le coffre dans le bureau, leur montra celui de la chambre, mais seul le kwammang-a les intéressait. En jurant, Jason lui donna un coup de poing en plein visage.

Claire entendit son nez craquer. La douleur estompait la frayeur. Le sang coulait à flots. Elle perdit connaissance un bref instant. Quand elle ouvrit les yeux, elle se retrouva affalée sur le sol. Jason, la traînant par les pieds, lui fit traverser le bureau et pénétra dans le musée.

Des masques repoussants la fixaient; des lèvres d'ébène proféraient des obscénités; des yeux noirs la contemplaient, fascinés, tandis que les quatre hommes lui arrachaient ses vêtements et la clouaient au sol, malgré ses hurlements et ses ruades. Ils lui attachèrent les jambes à la lourde table d'acajou et les poignets à la porte jusqu'à ce qu'elle cesse de se débattre tandis qu'ils la violaient à tour de rôle.

C'était atroce. Elle était à demi consciente. Ils lui lacérèrent le bout des seins à coups de dents et lui ouvrirent le ventre avec leur couteau. Étaient-ce eux ou les masques hideux dans leur folie meurtrière rituelle ? Joues balafrées, rictus terrifiants, dents de bois qui s'entrechoquaient, mais le pire, c'était ce masque au visage blafard et à vif. Il lui faisait très mal et il était insatiable. Il lui sembla percevoir des chants tribaux et des grondements de tambour dans le lointain. Revanche ! Revanche ! Revanche !

Elle resta ainsi pendant des heures, meurtrie, ensanglantée. Parfois ils la laissaient seule. Elle essayait d'appeler à l'aide mais aucun son ne sortait de sa gorge. Elle les entendit traîner des taies d'oreiller et des couvertures remplies d'objets qui se brisaient et faisaient un bruit infernal jusqu'à la porte d'entrée.

Jason revint et lui donna un grand coup dans l'estomac. Elle trouva la force de crier. Il la regarda en ricanant. Il ne lui laissait plus aucun espoir.

Je suis morte, se dit-elle. Pratiquement morte. Combien de temps vais-je encore souffrir ? Elle se mit à pleurer, pas tant à cause de la douleur qu'à la pensée qu'elle ne pourrait jamais se venger de Günter.

89

PARIS, 9 heures du matin, le 3 mars 1969.

Triste matinée. Il restait çà et là quelques plaques de neige et le vent du nord était glacial. Les nuages étaient bas dans le ciel. Il pleuvrait certainement avant midi.

Les trois femmes se laissaient silencieusement emmener en taxi de l'aéroport au tribunal. Elles avaient appris le meurtre de Claire le samedi matin. Le gardien de Xhabbo avait téléphoné à Bertha. La police, appelée par les voisins en pleine nuit, avait attrapé les agresseurs avant l'aube, mais ils étaient arrivés trop tard pour sauver Claire. C'était une histoire horrible. Elles étaient encore sous le choc et en éprouvaient du dégoût.

Quand elles arrivèrent près du palais de justice, elles trouvèrent les rues adjacentes bloquées par des agents de police en motocyclette. Devant chaque entrée se trouvaient des gardes armés. Les autorités avaient tout prévu en ce dernier jour de procès, car les sentiments étaient exacerbés.

La presse du week-end avait fait resurgir le massacre d'Oradour dans les moindres détails : photos, interviews de parents de victimes, déclarations de ceux qui avaient découvert les corps calcinés et enterré les morts. Rien n'était épargné. Les déclarations de Günter selon lesquelles il était Hans Kolb étaient considérées comme l'invention de dernière minute d'un homme désespéré. La mort de Claire n'intéressa personne.

Sylvia avait l'air malade. Ses lunettes noires ne parvenaient pas à masquer totalement ses contusions. Bertha et Marika avaient tenté de la persuader de rester à Londres mais elle avait refusé. Personne ne savait où se trouvait Andy. Elles ignoraient également si la défense avait réussi à trouver une preuve de l'identité de Günter.

Peu de temps après, Andy arriva d'Allemagne et les rejoignit dans la salle d'audience. Il n'avait pas dormi et, d'un simple coup d'œil, elles se rendirent compte qu'il avait échoué. Il n'avait pu retrouver la moindre trace des parents de Hans Kolb. Il avait vieilli et son visage était empreint de tristesse, comme s'il découvrait pour la première fois que la vérité et la justice ne triomphaient pas nécessairement.

À 9 h 30, toute la famille était assise au premier rang. Guedi leur envoya un messager pour les avertir que les autorités est-allemandes s'étaient montrées polies, mais peu coopératives, et qu'on lui avait refusé l'accès aux dossiers de l'usine Walther datant de la guerre. Bon nombre de documents avaient été détruits durant le Blitz. Toutes ses investigations s'étaient révélées infructueuses.

Tendues, livides, les trois femmes attendirent la reprise du procès.

Il y eut une certaine agitation quand les juges entrèrent. Marika se sentit submergée de terreur quand Günter pénétra dans le box des accusés. Il avait l'air malade et apeuré. Il donne l'impression d'être coupable, songea-t-elle, horrifiée.

La salle se tut quand le président entra et s'assit. Il se tourna un instant vers les juges et les jurés puis fixa longuement son regard implacable vers la défense.

– Maître Guedi...

Guedi se leva.

– Monsieur le Président, commença-t-il en s'excusant, le temps m'a manqué pour procéder aux vérifications nécessaires. Nous n'avons eu que deux jours ouvrables et les preuves se trouvent de l'autre côté du Rideau de fer. (Il leva les mains au ciel.) Je dois vous dire que, dans l'intérêt de la justice et de la vérité, nous aurions besoin d'un laps de temps supplémentaire. J'avoue que mon client a commis une grosse erreur en ne déclinant pas sa réelle identité dès le début. Un temps précieux a été perdu. Je demande l'indulgence de la Cour, monsieur le Président.

– Vous vous trouvez dans une position tout à fait inconfortable puisque votre client n'a pas jugé bon de vous accorder pleinement sa confiance d'emblée, dit le président. Je compatis, mais ne vois vraiment pas comment un autre ajournement pourrait aider la justice et la vérité.

Toute l'assistance poussa un soupir de soulagement quand Guedi se rassit, s'essuyant le front avec un mouchoir.

Soudain il y eut un bruit au fond de la salle et une sorte d'altercation.

Un officiel se précipita vers le président et lui tendit une enveloppe.

Il l'ouvrit et la surprise se lut sur son visage. Il régna un silence de mort. Jetant un regard par-dessus son épaule, Marika aperçut Kramer dans l'encadrement de la porte entouré de deux officiels. Soudain Günter bondit.

– Steen ! *Steen !* hurla-t-il.

Guedi demanda l'autorisation de faire comparaître un autre témoin pour la défense. Kramer vint prêter serment. Marika se tourna vers Günter. De grosses larmes coulaient le long de ses joues.

– Veuillez dire à la Cour votre nom, votre profession, vos liens avec l'accusé et la nature des documents que vous avez remis à la Cour.

– Je m'appelle Steen Kramer, dit le témoin. Né à Hanovre, en Allemagne, le 13 mai 1923. Hans et moi étions camarades de classe. Nous avons servi ensemble à bord du même bateau, le

Schlesien, dans la Baltique. Plus tard nous avons été envoyés dans les sous-marins et nous avons passé deux mois sur le *977* pendant la bataille de l'Atlantique. Nous nous sommes perdus de vue quelque temps parce que Hans avait choisi de se spécialiser dans les fameux moteurs Walther qui étaient ultra-secrets et était parti faire un stage à l'usine même. Il était ingénieur, moi sous-lieutenant.

» Nous eûmes la surprise de nous retrouver vers la fin du mois de septembre 1942 à bord du *XLII* pour son premier voyage. Hans était ingénieur en chef. C'était une sacrée promotion, parce que le *XLII* était le seul modèle du genre en opération à cette époque...

– Nous n'avons pas besoin d'explications techniques, dit le président d'une voix grave.

Steen acquiesça.

– Nous avons patrouillé au large des côtes d'Afrique du Sud pendant six mois, jusqu'à ce que notre commandant livre bataille à un convoi ennemi au large de Walvis Bay à 18 heures très précisément, le 14 avril 1945. Le *XLII* subit de gros dégâts; il y eut une fuite dans la salle des moteurs. Le commandant Erath nous donna l'ordre à Hans et à moi-même de tenter de nous sauver.

Il s'interrompit et se tourna vers Günter.

– Je n'oublierai jamais cette nuit-là, dit-il comme s'il ne parlait qu'à lui-même. Dans l'épais brouillard la visibilité était pratiquement nulle. Je perdis très vite connaissance. Plusieurs heures plus tard, en ouvrant les yeux, je me retrouvai sur un bateau qui m'avait repêché puis transféré sur un navire britannique qui faisait route vers Le Cap. Je fus expédié en Angleterre pour y subir un interrogatoire et passai six mois dans un camp de prisonniers de guerre.

» Quelques années plus tard je suis tombé sur Hans dans le Sud-Ouest africain. Il a accepté de me prêter de l'argent pour monter un magasin. Ça a bien marché et aujourd'hui je suis installé à Londres où j'ai une affaire de vente d'armes en gros.

Kramer s'interrompit, s'essuya le front avec son mouchoir et jeta un coup d'œil dans l'assistance. Il aperçut Marika et lui sourit. C'était un sourire curieusement moqueur. Elle se sentit gênée.

– Au début du procès, la semaine dernière, Hans m'a demandé de rechercher ses anciens papiers d'identité de la marine que sa femme avait cachés quelque part. Il n'a appris l'existence de ces papiers que lorsque Mme Grieff a essayé de le faire chanter au début du procès.

Des rumeurs traversèrent la salle. Le président demanda le silence à plusieurs reprises.

– Je viens de vous remettre ces papiers, monsieur le Président. Vous avez les diplômes d'ingénieur de Kolb, son passeport et son laissez-passer. Vous remarquerez que ce dernier contient sa photo et ses empreintes digitales. Il lui a été remis en janvier 1942 par les autorités pour lui donner accès à l'usine Walther ultra-secrète.

– Faites sortir le témoin, dit le président.

Il se leva, l'air grave. La Cour en fit autant. Le président rangea les papiers dans un dossier et les mit sous son bras.

Le prisonnier resterait en prison le temps de procéder aux vérifications.

Il sortit précipitamment, suivi des juges, sous les huées de la salle.

Ce fut un débordement de joie au sein de la famille. Tout le monde s'embrassait. Bertha pleurait. Ils sortirent à grand-peine du tribunal tant la foule était dense.

Kramer avait disparu. Tout le monde était déçu.

– Vive Kramer ! Vive Kramer ! murmurait Bertha. Mais je me doutais de quelque chose, confia-t-elle à Marika. Le soir où il est venu chez moi, il a parlé pendant son sommeil. C'était une histoire d'eau qui s'engouffrait dans un sous-marin et il voulait sauver Günter… J'ai soupçonné la vérité… mais je craignais de susciter de faux espoirs.

Les journalistes s'en allèrent très vite, leur scoop gâché. La suite manquait d'intérêt à leurs yeux. Quelques reporters seulement suivirent la famille.

Ils retournèrent à l'hôtel en silence. Nul n'avait envie de parler. Il était trop tôt pour se réjouir. Ils étaient encore sous le choc.

Bertha, Sylvia et Andy allaient repartir immédiatement pour Londres, mais Marika avait décidé de rester à Paris pour voir Günter. Il fallait lui annoncer la mort de Claire.

Marika et sa famille fêtèrent discrètement l'événement à l'hôtel. Puis elle alla faire une petite promenade avec eux. Bertha se sentait déjà mieux. Elle avait le regard radieux. Marika savait qu'elle retournerait à l'usine avant la fin de la semaine. Sylvia, arborant son fameux sourire, tenait Andy par le bras.

90

Marika n'obtint l'autorisation de voir Günter qu'en fin d'après-midi. Il était assis, la tête dans les mains, mais dès qu'il l'aperçut il se leva, un sourire triste aux lèvres, et la prit dans ses bras. Il l'étreignit avec passion. Elle sentait qu'il craignait de se laisser aller.

– Ainsi tu sais tout, lui dit-elle simplement.

– Claire ? Oui. La police m'a informé hier matin. (Il poussa un long soupir.) Dieu merci, c'est terminé. J'attendais Steen depuis plusieurs jours.

– Tu aurais dû nous le dire. Nous avons tous

essayé de lui acheter les papiers. Il a disparu et j'ai cru que Claire lui avait offert le kwammang-a. C'est ce qu'il a toujours convoité.

– C'était convenu, lui dit Günter. Grainger est entré en contact avec lui lundi matin. Il lui a offert le kwammang-a en échange des papiers, lui a donné la combinaison du coffre, mais le diamant avait disparu. Vois-tu, c'est seulement quand Claire a essayé de me faire chanter que j'ai appris que les papiers existaient encore. Elle l'avait toujours nié. Il y a tant d'années... je me demande pourquoi.

– Tu n'as jamais parlé de Kramer, lui dit Marika, intriguée.

Günter baissa la tête.

– Nous étions amis mais Steen est devenu un voyou. Il a changé, je suppose. C'était un mercenaire. Il a été emprisonné au Zaïre mais a réussi à s'enfuir, et après avoir traversé l'Angola, s'est rendu dans le Sud-Ouest africain. Il est tombé sur une ferme appelée *XLII* et s'est dit qu'il devait y avoir un lien. Il m'a retrouvé à Johannesburg et m'a demandé de lui prêter cinquante mille dollars pour monter une affaire. Il m'a menacé de révéler mon identité si je refusais. J'étais en découvert à la banque à l'époque et j'ai dû faire un emprunt pour lui prêter cette somme. Quand j'ai vu que son affaire prospérait, j'ai tout de même éprouvé une certaine joie. Il ne m'a jamais plus redemandé d'argent et je ne l'ai pas revu pendant des années. Je me suis arrangé malgré tout pour savoir où il habitait et où il travaillait au cas où il se montrerait gourmand. (Günter haussa les épaules.) La moralité est un luxe. Qui peut se le permettre aujourd'hui ? Je me demandais s'il viendrait avec les papiers.

– Je l'aime bien, dit Marika sur la défensive. Si tu avais été sans le sou, je suis sûre qu'il t'aurait aidé de la même manière. Crois-tu qu'il ait le kwammang-a ?

– Je n'en sais rien. Pauvre Claire. C'est ma cruauté qui l'a tuée. Ce qui est bizarre, c'est que je l'aimais en un sens. C'est incroyable. Mais tu étais la récompense. Bon sang ! Il faut toujours que je gagne !

– Maintenant tu as gagné. Me voilà.

– Marika, dit-il lentement, submergé de remords. Il va me falloir du temps...

Elle lui lança un regard triste. Comment l'aider ?

– Tu y arriveras, lui dit-elle. Je t'aimerai toujours quelle que soit ta décision.

Elle ramassa son sac et s'en alla.

Dehors Kramer l'attendait. Elle ne fut pas surprise de le voir.

– Nous voulions tous vous remercier, Steen, lui dit-elle, mais nous ne savions pas où vous trouver.

Il sourit et elle ne put s'empêcher de remarquer qu'il était assez bel homme malgré son visage usé.

– Ne me remerciez pas. J'ai été payé pour ce travail.

Il fouilla dans sa poche et sortit le kwammang-a.

Marika se sentit embarrassée.

– Autrefois Günter me l'avait donné. C'était tout ce qu'il possédait et je l'ai refusé. J'ai pensé qu'il ne me le pardonnerait jamais.

Kramer remit le diamant dans sa poche.

– Je voulais vous dire que j'ai amoché Palma, lui dit-il. Mais ne vous inquiétez pas. Après quelques jours à l'hôpital, il se remettra. (Il éclata de rire.) Il va retirer sa plainte contre Sylvia et Günter dès qu'il ira mieux. Il ne s'attaquera plus à lui, vous pouvez en être sûre.

Marika le prit par le bras.

– La première fois que je vous ai vu, j'ai pensé que vous seriez soit le meilleur des amis, soit le pire des ennemis. J'espère que vous êtes mon ami.

Il la prit soudain dans ses bras et l'embrassa avec fougue comme un homme qui a rarement l'occasion d'embrasser une femme et voudrait que ce baiser dure éternellement.

– Non, vous êtes la femme de mon ami, lui dit-il. C'est tout.

Il s'éloigna et se perdit dans la foule.

91

Plus de deux mois s'étaient écoulés depuis la fin du procès. Quand Marika retourna à Londres, elle crut que sa vie serait irrémédiablement changée. Bizarrement ce ne fut pas le cas. Elle travaillait autant qu'avant, organisait ses collections, se mettait stupidement dans tous ses états pour le moindre retard, s'emportait contre le contremaître et les couturières, entrait dans des colères noires puis était envahie de remords.

Quelque chose pourtant avait changé. Tout le monde s'en rendait compte.

– C'est l'amour ! disait-on à l'usine, mais personne ne connaissait l'heureux élu.

Cependant son regard étincelait de bonheur, sa chevelure irradiait, ses dessins vibraient et elle mettait plus de passion dans tout ce qu'elle entreprenait.

Ils avaient raison. Marika était amoureuse. Elle était tombée amoureuse de la vie, de la moindre particule qui la composait : des arbres, des fleurs, du plus petit insecte, de tout homme, de toute femme, de tout enfant... et surtout de Celui qui avait créé une telle splendeur.

C'était le mois de mai et le jardin de Marika à Hampstead était pris dans le carnaval du printemps. Des pousses vertes étaient apparues, se dressant vers le soleil comme pour le transpercer; l'herbe bruissait en se balançant sous la brise au rythme des bruits de la nature qui explosait en hosannas de joie tandis que les oiseaux s'égosillaient pour laisser éclater leur bonheur. Marika se promena dans le jardin, effleurant les buissons et les arbres, reconnaissante de faire partie intégrante de ce tout.

Elle sourit en songeant à Sylvia qui était enceinte, toute à sa joie auprès d'Andy. À Bertha qui se réjouissait de l'arrivée du bébé. Elle serait arrière-grand-mère. Ce n'était pas si mal pour une femme qui n'avait pu avoir d'enfant ! se dit Marika.

Elle entendit des pas et se retourna. Günter avait emprunté l'allée et venait vers elle. Elle n'en fut pas surprise. Elle l'attendait. Il était splendide, elle ressentit soudain une bouffée de fierté, il revenait sans doute du Namib avec son teint bronzé et sa mince silhouette.

– J'étais inquiète et me demandais où tu étais passé, lui dit Marika. Maintenant je sais que tu étais parti prospecter.

– C'est ce que j'ai dit à tout le monde, mais en fait je n'ai pas beaucoup travaillé. (Il s'interrompit.) J'ai beaucoup réfléchi. J'ai essayé de trouver une cause à tout ce qui nous est arrivé.

Il se sentait timide. C'était ridicule ! Il n'avait plus vingt ans ! Il s'assit auprès d'elle sur le banc et lui prit gauchement la main.

– Il fallait que je vienne, lui dit-il.

– Bien sûr.

– Je vais rester ici avec toi.

– Je t'attendais.

– Mais... tu trembles.

– Il fait froid aujourd'hui, murmura-t-elle.

– Oui, très froid.

Froid ? Grand Dieu, il était en feu ! Il avait les lèvres sèches, les mains moites, le cœur battant.

Il lui caressa la joue et la sentit vibrer sous sa caresse.

– Oh oui, lui dit-elle, à peine consciente de ce qu'elle disait. Il faisait plus chaud hier.

Soudain Marika fut projetée dans le temps. Pour elle, il n'y avait que Günter, rien d'autre ne comptait. Elle sentait ses doigts l'effleurer. Elle haletait de joie.

– Si nous rentrions ? lui dit Günter.

– Oui, répondit-elle, submergée de désir.

Elle savait que c'était la répétition de ce qui s'était passé bien des années auparavant dans le Namib. Elle avait tout gâché. Mais maintenant elle avait appris à aimer.

2280

Composition Communication à Champforgeuil
Achevé d'imprimer en Europe (France)
par Maury-Eurolivres - 45300 Manchecourt
le 8 octobre 1999.
Dépôt légal octobre1999. ISBN 2-290-02280-2
1er dépôt légal dans la collection : novembre1987
Editions J'ai lu
84, rue de Grenelle, 75007 Paris
Diffusion France et étranger : Flammarion